FRAUEN

Catherine Alliott

Das Chaos hat einen Namen: Polly McLaren

Aus dem Englischen
von Katrine von Hutten

BASTEI LÜBBE

BASTEI-LÜBBE-TASCHENBUCH
Band 16160

Titel der englischen Originalausgabe:
The Old-Girl Network

Lizenzausgabe: Bastei Verlag Gustav H. Lübbe GmbH & Co.,
Bergisch Gladbach
Printed in Germany April 1997
Einbandgestaltung: Manfred Peters
Titelillustration: Melanie Bentele, München
Satz: Siebel, Lindlar
Druck und Bindung: Ebner Ulm
ISBN 3-404-16160-2

Für George

1. Kapitel

Ich setzte mich und musterte mit geschultem Auge die zehn Leute, die mir gegenübersaßen. Auf den ersten Blick sah ich, daß es kein guter Tag war. Genaugenommen war es ein außerordentlich schlechter Tag. Sechs Frauen und nur vier Männer; und als ob das nicht schon schlimm genug gewesen wäre, sahen alle Männer so aus, als hätten sie einen schweren Autounfall nur ganz knapp überlebt. Nicht gerade eine vielversprechende Auswahl, und ich mußte mit einem von ihnen ins Bett. Verdammt.

Ich lehnte mich zurück und schaute mir die vier Kandidaten mit meinen kurzsichtigen Augen genau an: zu fett, zu jung, zu chinesisch und zu rothaarig. Typisch. Wo war zu gutaussehend, den ich doch am meisten brauchte? Aber es brachte nichts, sich darüber aufzuregen, daß der Märchenprinz nicht dabei war; Spielregeln waren Spielregeln, und einer dieser glücklichen Typen würde bald noch glücklicher werden. Ich biß die Zähne zusammen und nahm mir jeden einzeln vor, suchte nach verborgenen Qualitäten. Ich würde ziemlich tief graben müssen.

Nummer eins war ein feister Fiesling in der Verkleidung eines Geschäftsmannes. Die Knöpfe an seinem blauen Nylonhemd leisteten unter dem ständigen Druck seiner verfetteten Brust beinharte Arbeit, und der Hosenbund war nicht zu sehen, weil sein dicker Bauch darüberhing. Wie hübsch. Doch damit nicht genug, er war auch noch kahl. Hinter dem linken Ohr hatte er sich eine lange Strähne wachsen lassen und sie sorgfältig über die Glatze gekämmt, aber darauf fiel niemand herein. Ich ahnte, daß eine Geschichte mit ihm bald in die Hose gehen würde, ließ ihn fallen und wandte mich Nummer zwei zu.

Ich unterdrückte einen Schauder. Dieser unreife Typ schlug sich noch mit etwas herum, was ich schon lange abgehakt hatte, und ich hatte keine Lust, mich noch einmal damit zu beschäftigen. Pubertät. Als ich sein mit Aknepusteln übersätes Gesicht mit kühlem Blick fixierte, verzog er den Mund zu einem anzüglichen Grinsen. Er warf mir einen herausfordernden Blick zu und kratzte sich mit der Hand am Reißverschluß seiner Jeans. Du liebe Zeit, allein die Vorstellung! Angewidert schüttelte ich den Kopf. So eine Frechheit.

Ich wandte meine Aufmerksamkeit Nummer drei zu. Oh. Also das war ein Fall für sich. Wissen Sie, ich habe nichts gegen chinesische Männer *per se*; der Chinese in dem kleinen Lokal bei mir um die Ecke hätte gar nicht netter sein können, es ist eben nur so, daß – na ja, alles in allem ziehe ich einfach englische Männer vor. Ich bin ziemlich sicher, daß Chinesen wunderbare Liebhaber sind, aber, wie ich schon sagte, mir persönlich ist jemand lieber, der von nicht ganz so weit herkommt, jemand wie – wie Harry, zum Beispiel.

Einen glücklichen Augenblick lang dachte ich sehnsüchtig an den göttlichen Harry Lloyd-Roberts. Ach ja, mit seinem wirren blonden Haar, seinem gebräunten, lächelnden Gesicht, den leuchtendblauen Augen, den schlanken, langen Beinen, den breiten Schultern, dem …

Ich riß mich zusammen. Konzentrier dich, Polly, Harry steht heute morgen nicht auf der Speisekarte, dafür aber dieser orientalische Gentleman, und du kannst jetzt nicht einfach behaupten, daß du mehr Appetit auf waschechte Engländer hast, und dich damit aus der Affäre ziehen.

Also nahm ich ihn widerwillig noch mal unter die Lupe und bemerkte mit großer Freude, daß er ausgesprochen merkwürdige Zähne hatte. Dankbar betrachtete ich dieses ungewöhnliche Gebiß. Tut mir leid, aber bei mir müssen Zähne absolut regelmäßig sein; regelmäßig gewachsen und sehr weiß, da bestehe ich drauf. Nein, ich bin wirklich kein Rassist, ich bin einfach – ja, ich bin ein kleiner Zahnist, genau das!

Ich verwarf ihn also und stellte schweren Herzens fest, daß ich nur noch einen Kandidaten hatte, und ich merkte plötzlich zu meinem Entsetzen, daß rote Haare für mich fast genauso unerträglich waren wie schiefe Zähne. Ich betrachtete den rotschopfigen Gentleman und seufzte. Aber nicht tief. Denn ich sagte mir: Moment mal, Polly McLaren, nicht so schnell. Bei näherer Betrachtung war dieser hier gar nicht so übel. Rothaarig natürlich, aber nicht karottenrot oder so widerlich rot wie Kapuzinerkresse, eher – na ja, eher ein herbstliches Rostrot. Machte ich mir was vor, oder waren seine Gesichtszüge auffallend ebenmäßig? Und hatte sein Gesicht nicht eine angenehme Bräune? Und hatten wir hier nicht ganz besonders leuchtendblaue Augen? Die hatten wir! Noch dazu mit schönen Lachfältchen rechts und links. Das reichte eigentlich, ich stehe nämlich auf Lachfältchen, aber vernünftigerweise besah ich mir auch noch schnell den Rest, bevor ich zugriff. Breite Schultern, lange Beine, keine Spur von Bauch. Gut.

Er trug ein hellblaues Hemd von Brooks-Brothers,

darüber eine teure marineblaue Jacke, einen Ledergürtel von guter Qualität und eine schwere Baumwollhose – nicht zu sackig, nicht zu eng – und, was noch wichtiger war (und wie dumm von mir, daß ich es nicht gleich gesehen hatte), am kleinen Finger seiner linken Hand blitzte ein Siegelring. Erleichtert lehnte ich mich in meinem Sitz zurück. Ich hatte einen Fang gemacht.

Es gab keinen echten Rivalen, aber ich musterte die anderen noch einmal kurz, nur um sicherzugehen, daß es fair zugegangen war. Zu chinesisch und zu jung waren nie aus den Startlöchern rausgekommen, zu fett war ganz eindeutig zu glatzköpfig; es muß einfach mal gesagt werden, daß ein Mädchen etwas braucht, wo es mit den Fingern durchfahren kann, selbst wenn's was Rotes ist, deshalb war und blieb es der Rothaarige – netterweise ließ ich das »zu« unter den Tisch fallen. Es war ein einfaches Rennen für ihn gewesen, er hatte gewonnen, weil die anderen zuwenig Haar, zu viele Hormone und zu schiefe Zähne hatten. Was für ein Glückspilz!

Froh über das »Happy-End« stand ich auf. Ich freute mich buchstäblich so, daß ich etwas Unverzeihliches tat. Ich lächelte dem Sieger zu. Das Lächeln entschlüpfte mir, bevor ich es zurückhalten oder wenigstens bösartig schief verzerren konnte. Es war da, hieß ihn strahlend willkommen, und meine Zähne blitzten wie Leuchtfeuer. Der Rotschopf blickte überrascht auf und erwiderte mein Lächeln, und wie erwartet rahmten die schönsten Lachfältchen seine blauen Augen ein.

Ich war ganz entsetzt über mich, wickelte mir den Schal um den Hals und lief zur Tür, gerade als – Gott sei Dank – die U-Bahn in die South-Kensington-Station einfuhr. Unangenehmerweise klemmte die Tür einen Moment, aber kurz darauf raste ich – na ja, ging schnell – zur

Rolltreppe. Wie grauenhaft. Er mußte ja glauben, daß ich ihn wirklich abgeschätzt, sogar versucht hatte, ihn anzumachen. Als ich mich in das idiotisch langsame Gestapfe zum Ausgang hin einreihte, schaute ich mich um, sah mich aber glücklicherweise von keinem hoffnungsvollen roten Lockenkopf verfolgt.

Du hast Glück gehabt mit deiner Flucht, Polly, sagte ich mir streng; tu so was nie wieder, um Gottes willen – wer weiß, in was für Schwierigkeiten du dich bringen könntest! Schlimm genug, daß du sie jeden Morgen so anstarrst, ohne sie wenigstens auch nur ein bißchen anzumachen.

Ich grinste etwas dümmlich, als ich daran dachte, wie ich mir auf dem Weg zur Arbeit die Zeit vertrieb. Es war ein harmloses Vergnügen, aber in letzter Zeit wurde es immer deprimierender. Zum Beispiel gestern. Es schüttelte mich, wenn ich daran dachte. Gestern hatte ich mich durch eine noch nie erlebte Überzahl von Frauen dazu gezwungen gesehen, zu einem Achtzigjährigen mit wackelndem Unterkiefer und Bläschen auf der Unterlippe in die Kiste zu steigen. Einen Augenblick lang hätte ich zur Lesbierin werden können, aber nein, ich blieb bei meinen Spielregeln. Schließlich war es mein eigenes Spiel, und ich konnte mich doch nicht selbst betrügen, oder?

Während ich meinen Platz in der sich drängelnden Menschenmenge an der Rolltreppe behauptete, entdeckte ich den anzüglich grinsenden »zu Jungen« vor mir in der Schlange. Oje, er schien die Regeln wirklich nicht zu kennen. Er schob sich vorwärts und blieb dann unverzeihlicherweise wie angewurzelt auf der linken Seite der Rolltreppe stehen, die, wie jeder städtische Verkehrsteilnehmer weiß, für eilige Leute freigehalten wird. Es war mir eine Genugtuung, als er von ein paar wütenden Leuten auf die rechte Seite geschubst wurde. »Man steht rechts«, murmelte jemand tadelnd – murmelte, verstehen Sie, denn niemand, der regelmäßig die U-Bahn benutzt, wäre so plump vertraulich geworden, mit jemand anderem zu sprechen. Ich starrte den Jungen im Vorübergehen zornig an und trug damit wie alle anderen zu seiner ritualisierten Demütigung bei. Zu meiner Überraschung hatte er die Stirn, mich wieder anzüglich anzugrinsen.

Na ja, dachte ich, als ich die Rolltreppe weiter hinaufstapfte, es ist immer schön, angegafft zu werden; selbst von einem pickeligen Vierzehnjährigen. Ich muß heute ja verdammt gut aussehen.

Wir kamen oben an, und ich streckte mich, um mich kurz im Spiegel am Photoautomaten zu begutachten, in den jeder reinguckt, obwohl er so tut, als ob ihm nichts ferner läge. Oje, dachte ich, als ich mich eine Zehntelsekunde lang sah, der muß ja völlig verzweifelt sein. Unmögliche Frisur, unmögliches Make-up (zu hastig geschminkt) und eine noch unmöglichere Jacke, gespickt mit Hundehaaren. Lotties Schuld, weil sie sich einen verdammten Yorkshire Terrier gekauft hatte. Ich klopfte mich ab und verwünschte meine impulsive Mitbewohnerin. Wenigstens war alles nur oberflächlich. Das Haar konnte gewaschen, die Jacke gewechselt und das Make-up vorsichtig und rechtzeitig für das abendliche Treffen mit dem göttlichen Harry erneuert werden. Bitte, lieber Gott, mach, daß es zu einem Treffen kommt! Bitte, lieber Gott, mach, daß er mich anruft und etwas mit mir unternimmt!

Ich erlaubte mir für einen Moment den Luxus, mir vorzustellen, wie wonnig es sein würde, mit Mr. Harry Lloyd-Roberts auszugehen, der so hinreißend war, daß es einen glatt umwarf. Mein Herz schlug wie verrückt, wie immer, wenn ich an ihn dachte, aber nach dem ersten Begeisterungssturm rutschte es gleich ein bißchen tiefer. Ich seufzte. Wenn er nur nicht so schwer zu fassen wäre! Wenn nur nicht jede Verabredung mit ihm eine solche Riesensache mit Trompetenstoß und rotem Teppich wäre, weil sie so selten stattfand. Wenn nur – also ganz ruhig, Polly. Und da ist noch etwas, dachte ich bitter, als ich mich zur Fahrkartensperre durchkämpfte, es kostet alles so viel Zeit. Ich wollte wirklich nicht zu den Frauen gehören, die nichts anderes als Männer im Kopf haben, aber bis dieser Kerl nicht mit Haut und Haar mir gehörte, würde ich mich auf absolut nichts anderes konzentrieren können. Es verstand sich von selbst, daß ich, wenn er erst einmal so auf mich abgefahren wäre wie ich auf ihn, viel mehr Zeit haben würde, um an – na ja, Sie wissen schon – Shakespeare, Kunst, hungernde Waisen und Ähnliches zu denken. Doch bis zu diesem wunderbaren Tag hatte ich einfach keine Zeit dafür.

Als ich mich der Sperre näherte, wühlte ich in meiner Tasche nach etwas Kleingeld. Der kleine Beamte, der einem den Fahrschein abnahm, streckte die Hand schon mit der Innenfläche nach oben aus. Wir hatten stillschweigend eine Übereinkunft getroffen. Er wußte, daß ich ein faules Stück war, das es nicht fertigbrachte, an der richtigen Station einen Fahrschein zu kaufen; er wiederum war ein diebischer Zeitgenosse, der mein Kleingeld gerne in die eigene Tasche steckte. Wir lächelten uns freundlich zu, beide glücklich über das praktische Arrangement, und die Londoner Verkehrsgesellschaft hatte keinen blassen Schimmer davon.

Als ich die paar Stufen zur Straße hinaufstieg, hatte ich das Gefühl, in eine Persil-Reklame hineinzugeraten. South Kensington glänzte im Sonnenlicht in leuchtenden, fröhlichen Farben. Hohe weiße Häuser reckten sich in den blauen Himmel, und die kleinen Grünflächen zu ihren Füßen spielten Gastgeber für die allerersten Frühlingsboten – Schneeglöckchen, Krokusse und ein paar einzelne Osterglocken. Es war ein wunderschöner Tag, und meine Laune stieg.

Sie stieg sogar noch mehr, als ich um die Ecke bog und in die Cresswell Gardens kam, denn hier hatte ich Harry kennengelernt, und darüber freute ich mich immer wieder. Nummer vierundzwanzig, um genau zu sein – ja, das war das Haus. Ich blieb stehen und gab mich kurz nostalgischen Gefühlen hin.

Ich kann ehrlich behaupten, daß ich an jenem Abend verdammt sexy aussah und sehr verführerisch in dem schwarzen Kleid, das sich an jede meiner Kurven schmiegte – und davon hab ich ein paar; manche finden sogar, daß es zu viele sind –, und mit den blitzenden Butler-and-Wilson-Klunkern an den Ohren und um den Hals. Ich hatte mir frische Strähnen in meine wellige blonde Mähne machen lassen und war noch braungebrannt... Ich hatte wirklich nicht schlecht ausgesehen.

Es war bei einer Cocktailparty anläßlich eines Geburtstags gewesen, aber bis zum heutigen Tag kann ich mich nicht daran erinnern, eingeladen gewesen zu sein, obwohl ich noch weiß, wie überrascht die Gastgeberin mich ansah, als ich sie herzlich auf beide Wangen küßte. Ich war ganz offensichtlich hereingeplatzt, vielleicht mit Lottie, die ja alle Welt kennt. Es war eine kleine Einladung mit ausgewählten Gästen, und die Party fand im Wohnzimmer dieses edlen Hauses statt. Es war vollgestopft mit alten Ölgemälden, geschmackvollen Antiquitäten und anderen teuren und extrem zerbrechlichen Familienerbstücken; die ganze Atmosphäre war so vornehm, daß auch die Gäste nur flüsternd miteinander sprachen.

Die Leute standen stocksteif in kleinen Gruppen da, statt umherzugehen und sich mit anderen zu unterhalten, und es kam mir so vor, als würden sich im nächsten Moment alle in Stein verwandeln und Teil der kostbaren Einrichtung werden.

Als der Abend sich quälend in die Länge zog, kam der Gastgeberin glücklicherweise eine gute Idee. Sie goß eilig eine Zweiliterflasche Brandy in den langweiligen Punsch. Ein Mädchen, das große Ähnlichkeit mit einem Pferd hatte, sagte zu mir, sie habe noch nie etwas so Dummes gesehen. Ich aber fand es ausgesprochen erfreulich. Innerhalb von zwanzig Minuten kam die Party endlich in Schwung, und ich kratzte meinen frisch angetrunkenen Mut zusammen und quatschte den attraktivsten Mann im Raum an.

Er stand am Fenster, hatte eine alte beigefarbene Cordhose, ein blaues Hemd und einen leuchtendroten Skipullover an. Ein paar störrische Strähnen seines blonden Haarschopfs fielen ihm immer wieder in die Augen – die blauesten, die ich jemals gesehen hatte. Er war fast zu schön, um wahr zu sein. In aller Seelenruhe knabberte er Pistazien und blickte aus dem Fenster auf die Straße. Er tat so, als habe er keine Ahnung, wie himmlisch gut er aussah und welchen Aufruhr er auslöste.

Nicht weniger als drei betörende Schönheiten schlichen um ihn herum, warfen meterweise seidiges Haar nach hinten und zogen ihre Röcke entweder rauf oder runter, je nachdem ob sie schöne oder weniger schöne Beine hatten. Ich entschloß mich, diese Formalitäten zu übergehen und mich gleich auf ihn zu stürzen. Ermutigt von etwas zuviel Alkohol und meinem scharfen Kleidchen atmete ich tief durch und trat auf ihn zu.

Irgendwie schaffte ich es – und weiß bis heute noch

nicht, wie –, ihn für den Rest des Abends mit meiner witzigen Schlagfertigkeit zu fesseln und gleichzeitig die Konkurrenz kaltzustellen. Die um ihn herumwandernden Gierhälse merkten allmählich, daß ich gesiegt hatte, und drehten ab, um ihre Egos anderweitig zu befriedigen. Eine Stunde später saß ich ihm gegenüber in einem Restaurant irgendwo in der Fulham Road. Bevor man auch nur sagen konnte, gehn wir zu dir oder zu mir, waren wir bei ihm, tranken Remy Martin und sanken aufs Bett – und das Weitere gehört, wie man so sagt, der Geschichte an. Leider hatte ich inzwischen das deutliche Gefühl, daß ich, wenn ich meinen Witz und meine Vitalität nicht beibehalten konnte, auch bald der Geschichte angehören würde. Unglücklich biß ich mir auf die Unterlippe. Warum war Liebe nur eine so verdammt mühsame Sache? Vielleicht sollte ich ein paarmal ins Sonnenstudio gehen.

Ich bog in die Egerton Street ein, wo die Häuser noch größer, noch weißer und noch schöner sind. Hier legte ich auf dem Weg zur Arbeit eine zweite Pause ein, genau – hier. Vor dem größten und weißesten Haus blieb ich stehen und schaute es mir an, denn hier würden Harry und ich wohnen, wenn wir erst einmal verheiratet waren. Für mich war es schon seit Ewigkeiten das absolut perfekte Haus. Ich konnte fast hören, wie ich mit meinen Manolo-Blahnik-Absätzen über die auf Hochglanz polierten Holzböden klapperte und nach meinen wunderschönen schlafenden blonden Kindern schaute, bevor ich in dem riesigen Spiegel in der Eingangshalle mein Chanel-Kostüm überprüfte und dann mit meinem Ehemann zum Dinner oder ins Theater ging – oder zum Dinner *und* ins Theater.

Bevor ich das Haus verließ, würde ich meiner schwedischen Kinderfrau noch ein paar Instruktionen geben … Habe ich schwedisch gesagt? Großer Gott, nein, ich meine rumänisch oder, besser noch – mongolisch. Oder waren es die Mongolinnen, die diese attraktiven hohen Wangenknochen hatten? Ich war ziemlich durcheinander. Na ja, dann hätten wir eben keine Kinderfrau. Babysitter waren genausogut und viel billiger. Aber jünger. Ich seufzte. Die Sache würde nicht leicht werden, wenn Harry sogar in meinen eigenen Phantasien unfähig war, seine Hände bei sich zu behalten.

Mit diesem Problem im Kopf ging ich die Treppe zu meiner Firma rauf, Penhalligan and Waters, Nummer dreiunddreißig. Ich klingelte Sturm, als ob ich schon lange vor dem Haus gestanden hätte und überhaupt nicht spät dran wäre.

»Ich bin's!« schrie ich in die Quäkbox hinein, und die Tür sprang auf.

Der einzige, der mich jetzt noch aufhalten würde, war Bob. Nervös schaute ich mich in der marmorverkleideten Eingangshalle um. Bob war ein großer schwarzer Labrador, der Maurice gehörte, dem alten, mürrischen Portier, der Besuchern und Kunden den Weg in die verschiedenen Büros des Gebäudes zeigt. Man sagt, daß ein Hund immer seinem Besitzer ähnlich sieht, aber diese beiden hätten wirklich nicht verschiedener sein können.

Maurice stammte aus Yorkshire; er war mürrisch, schlecht drauf, grauhaarig und jenseits von Gut und Böse. Bob hingegen war gut erzogen, verspielt, freundlich, hellwach und hatte eine Bombenkondition. Er begrüßte die meisten Leute begeistert und voller Zuneigung, was ganz in Ordnung war, solange er saubere Pfoten hatte und man nichts Weißes trug; aber ich hatte eine Sonderstellung bei ihm. Bob betete mich an. Genauer gesagt: Bob war heiß auf mich. Wenn er mich sah, bellte er vor Freude. Ein paar Sekunden später lagen seine Pfoten auf meinen Schultern, und er leckte mir das Make-up vom Gesicht. Wenn ich versuchte, ihn zurückzustoßen, glaubte er, das gehöre zum Vorspiel. Er streckte mir die Schnauze zwischen die Beine und jaulte vor Vergnügen. Und das war alles andere als lustig, weil Bob ein Riesenhund war. Da stand ich an die Regency-Treppe oder den georgianischen Tisch gedrückt und bettelte, daß er mich freigeben solle.

»Es sieht ganz so aus, als ob er spielen will«, sagte Maurice aus der Sicherheit seiner Portierloge heraus.

»Ja – ja, kann man wohl sagen«, keuchte ich, als Bob mir noch einmal seinen großen schwarzen Kopf sehr schmerzhaft zwischen die Beine stieß. »Au! Hau ab, Bob! Maurice, ich bin heute ein klein bißchen spät dran, könnten Sie – rufen Sie ihn bitte zurück! Ah!«

»Na, so was«, murrte Maurice leicht verletzt. »Er ist doch nur freundlich, viel netter als diese aggressiven Rottweiler, oder?«

»Ja, absolut, viel, viel netter«, stieß ich hervor und nickte wie eine Wahnsinnige. »Ich muß halt nur – na ja, Sie wissen schon, ich muß zur Arbeit und bin spät dran …«

»Hierher, Bob«, knurrte Maurice mißlaunig und schüttelte den Kopf. »Sie will deine Aufmerksamkeiten nicht haben. Spar sie dir für jemanden auf, der sie zu schätzen weiß.«

Zum Glück folgte Bob seinem Herrn aufs Wort – vielleicht hatte er so große Angst vor ihm wie wir alle –, er ließ sofort von mir ab und legte sich in seinen Korb. Ich murmelte ein Dankeschön und rannte dann die Treppe hinauf. Dabei wedelte ich erfolglos mit meinem Rock, um den scheußlichen nassen Fleck trockenzukriegen, den Bobs Geifer zurückgelassen hatte.

Heute morgen war der liebestolle Bob Gott sei Dank nicht zu sehen. Maurice schien in seiner Loge zu schlafen, ich schlich auf Zehenspitzen vorbei und hoffte, daß Bob neben ihm in seinem Korb im Tiefschlaf lag oder, noch besser, mit einer schweren Hundegrippe zu Hause geblieben war.

Ich schaute auf die Uhr und sprang, zwei Stufen auf einmal nehmend, die Treppe hinauf. Meine Güte! Mir war nicht klar gewesen, daß es schon so spät war. Ich lief einen der vielen Korridore in dem vornehmen, alten Haus entlang, in dem einst unzählige Ölgemälde und Familienportraits gehangen hatten. Jetzt beherbergte der zweite Stock eine Werbeagentur, und an den Wänden hingen Photos von Katzenfutter und Tampaxwerbung. Ich raste am Empfang vorbei, rief Josie »Morgen« zu, stieß dann völlig außer Atem mit der Schulter die nächste Tür auf und fiel in der Kaschemme, die ich mit Pippa teilte, auf meinen Stuhl.

Selbst für meine Verhältnisse herrschte hier eine irre Unordnung. Es war ein kleines Büro mit zwei riesigen Schreibtischen, die fast völlig unter Magazinen, Zeitungen, Drehbüchern für Fernsehspots, Vorführbändern, Synchronisationskassetten und einem oder zwei von diesen blöden Schreibcomputern verschwanden. Die Wände waren mit Polaroidphotos gespickt, die die Entwicklung einer ausschweifenden Party im Büro dokumentierten – eine wahrhaft bunte Collage aus Zungen, idiotischen Hüten, nackten Hintern, Gin-Flaschen und Hosenträgern. Auf dem Fensterbrett, dem Aktenschrank und jeder anderen leeren Fläche standen extrem fleißige Lieschen und ihre Nachkommen; Ableger von Ablegern von Ablegern hatten riesige Dimensionen angenommen. Auf dem Boden lagen noch mehr Magazine; gestapelt, gebündelt oder einfach in unordentlichen Haufen. Und mitten in diesem Chaos hing eine junge Frau in einem blauen Mantel wie ein armseliges Häufchen über ihrem Schreibtisch.

Pippa war offensichtlich an ihrer Schreibmaschine gestorben. Sie saß da, den Kopf auf die Arme gebettet, und preßte das Gesicht auf die Schreibunterlage. Sie war eines von diesen Mädchen, die an einem Tag unglaublich attraktiv und am nächsten geradezu lächerlich häßlich aussehen konnten. Heute war ganz offensichtlich der nächste Tag. Ihr unersättlicher Appetit auf Nachtclubs, lange Nächte, Gin Tonics und Männer – nicht unbedingt in dieser Reihenfolge – zeigte sich in den Auswirkungen stets am nächsten Morgen. Meine beste Freundin, Seelenverwandte und Leidensgefährtin bei Penhalligan and Waters, hob ihr blaßgrünes Gesicht von der Schreibunterlage und sah mich mit stark geröteten Augen an. »Sprich mich nicht an«, flüsterte sie.

»Kakao und Schinkensandwich?« fragte ich mitfühlend.

»Ja, bitte, wenn du gehst.«

Zu mehr war sie nicht in der Lage. Ihr Kopf fiel wie ein Stein zurück auf den Schreibtisch. Ich schmiß meine Handtasche hin und schob ein paar Papiere auf meinem Schreibtisch herum, damit es so aussah, als sei ich schon seit Stunden hier.

»Wenn Nick von seinem Meeting zurückkommt, sag ihm, daß ich schon ewig hier bin und nur kurz auf die Bank mußte!« befahl ich.

Pippa stöhnte zustimmend, und ich galoppierte die Treppe hinunter und entrann durch den Hintereingang, wo ich nicht an Maurice und Bob vorbeimußte.

Ich tauschte die üblichen Schmeicheleien mit den freundlichen Italienern in der Sandwich-Bar aus und raste, ihr *Arrividerci bella!* noch im Ohr, zurück zu der Patientin, in der Hand das Sandwich gegen ihren Kater.

Als ich es auf ihren Schreibtisch legte, fand ich, daß sie schon besser aussah, aber nicht viel. Sie hatte noch immer ihren marineblauen Wintermantel an, obwohl es ein warmer Frühlingstag war, aber ihr Kopf lag nicht mehr auf dem Schreibtisch, und sie tat wenigstens etwas. Sie rauchte ihre erste, zweite, dritte – vierte Zigarette an diesem Morgen, dem Inhalt des Aschenbechers nach zu schließen. Auch wenn man an Pippa eine Stirnlappen-Leukotomie vornehmen müßte, fände sie immer noch Zeit, sich einen Glimmstengel anzuzünden.

»War er es wenigstens wert?« fragte ich selbstgefällig von meiner erschreckend gesunden Position am Schreibtisch gegenüber aus.

»Oh, ganz bestimmt«, flüsterte Pippa, nestelte an dem Verschluß der Kakaotüte herum und schluckte schweigend die Tatsache, daß ich so frisch wie der junge Morgen aussah. Aber das hatte ich mir auch durch einen tödlich langweiligen Abend vor dem Fernseher erarbeitet, und nur zwei Schokoladenorangen und eine Schachtel Konfekt hatten mich trösten können. Ich hatte auf Lotties Hund aufgepaßt, während auch sie am Leben auf der Überholspur teilgenommen hatte. Pippa und Lottie besuchten mehr Nachtclubs und Partys als ich heiße Dates hatte. Wozu hatte ich eigentlich einen Freund, wenn ich nie mit ihm ausging? Letztere Überlegung äußerte ich vor Pippa jedoch nicht, da ich ihre zynischen Bemerkungen in bezug auf Harry schon zur Genüge kannte.

»Und du?« Es war eine große Anstrengung für Pippa, aber sie schaffte es, die beiden kurzen Silben auszusprechen. Die Frage: »Was hast du gestern abend gemacht?«

gehörte zu unserem unumstößlichen Morgenritual, ganz egal, wie gut oder schlecht es uns ging.

»Ach, weißt du, ich bin zu Hause geblieben. War zur Abwechslung mal ganz schön«, log ich. Ich hoffte, daß sie nicht fragen würde: Mit Harry? Aber sie machte den Mund auf, und ich warf hastig ein: »Nein, nicht mit Harry. Ihm ist was dazwischengekommen.«

Pippa seufzte. »Sein Dinner?«

»Wie meinst du das?« hakte ich schnell nach, weil ich spürte, daß sie wichtige Informationen besaß.

»Er war im selben Restaurant wie ich, total blau.« Es fiel ihr immer noch schwer zu sprechen, aber unser Ehrencodex gebot uns, schreckliche Neuigkeiten so schnell wie möglich mitzuteilen. Ich fröstelte, während ich darauf wartete, daß die Bombe platzte.

»Nein, keine Angst, er war nicht mit einer Frau dort, sondern mit einem Haufen reicher Pinkel, die einen draufgemacht haben.«

Ich atmete erleichtert auf, es war also kein *tête-à-tête* bei Kerzenlicht gewesen. Aber warum hatte er mich nicht mitgenommen? Ich liebe Restaurants, und reiche Pinkel stören mich nicht weiter. Und ich liebe Partys. Ich befragte Pippa nun gnadenlos, nahm keinerlei Rücksicht auf ihren Kater, aber entweder wußte sie nicht viel, oder sie war sehr nett. Ihre Antworten klangen jedenfalls verdächtig diplomatisch.

»... ungefähr zehn, fast nur Männer.«

»... nein, er hat mich nicht gesehen.«

»... äh, ein blondes Mädchen auf einer Seite und ein Mann auf der anderen.«

»... nein, nicht sehr hübsch, eher mausgrau als blond.«

»... ach, irgend so einen blauen Fummel, sah nicht gerade nach Modellkleid aus.«

»... nein, nicht mit dem Mädchen, allein – Polly, bitte drangsalier mich nicht mehr. Du weißt, daß er nichts für dich ist, was soll ich dir noch alles erzählen?«

Ihr Kopf fiel wieder auf den Schreibtisch. Die Fragestunde war vorbei. Ich seufzte und zündete mir eine für meine Verhältnisse sehr frühe Zigarette an. Sie hatte recht, er war nichts für mich. Er ging oft aus, aber nie mit mir. Ich entschloß mich zum millionstenmal, unsere sogenannte Beziehung beim nächsten Wiedersehen zu beenden. Ganz bestimmt. Ja, definitiv. Gleich nächstes Mal. Er war es einfach nicht wert. Nach diesem nicht ganz ehrlichen Entschluß fühlte ich mich besser und hatte sogar Lust auf mein Eiersandwich und die *Daily Mail*.

Nick, mein Boß, genau gesagt, *der* Boß, hatte immer noch ein Meeting mit einem Kunden, und wenn Nick nicht da war, dann war in der Agentur schon mal gar nichts los. Wir lungerten an unseren Schreibtischen, auf den Sofas und – nach einem schweren Lunch – auf dem Boden herum. Wir verteilten uns dekorativ um die Rezeption und sahen fern, erzählten uns schmutzige Witze, führten Ferngespräche nach Australien, tranken die Flaschen leer, die »ausschließlich bei Besprechungen mit wichtigen Kunden« geöffnet werden sollten, und benahmen uns im großen und ganzen so, wie alle Mitarbeiter in jeder ganz normalen Werbeagentur. Wenn Nick da war, machten wir genau dasselbe, paßten aber auf, daß er nichts merkte.

Was mich zum nächsten wunden Punkt bringt. Zum nächsten heiklen Thema auf der langen Liste meiner Enttäuschungen. Zu Nick Penhalligan.

Als ich vor sechs Monaten aus der arbeitsreichen und unterbezahlten Welt des Verlagswesens in die schillernde und mondäne Welt der Werbebranche wechselte, hatte ich sehr genaue Vorstellungen davon, wie mein Leben bei Penhalligan and Waters sein würde. Okay, es war eine kleine Agentur, nur fünfzehn Leute, aber kleine Agenturen machten bekanntermaßen großen Spaß. Ich würde auch für den Besitzer der Agentur arbeiten, wovon ich mir jede Menge Action versprach. Ich träumte davon, der unersetzliche weibliche Freitag eines durch und durch verrückten Werbefritzen zu sein, der von irren und impulsiven Ideen nur so übersprudelte; der zum Beispiel sagte: »Machen wir den Laden heute mal dicht, und schauen wir mal, ob uns im Vintage um die Ecke nichts Geniales einfällt.« Ich stellte mir einen elegant angezogenen Mann mit einer extravaganten roten Brille und einer großen Fliege vor, der in einer kreativen Traumwelt lebte und ein vernünftiges, zuverlässiges Mädchen an seiner Seite brauchte, die ihn durch seinen hektischen Tag geleitete.

Ich freute mich auf ausgedehnte Mittagessen mit viel Alkohol in schummrigen Restaurants in Soho, wo er sich mir anvertrauen und mir brühwarm seine Eheprobleme auftischen würde, und hinterher würden wir ein Taxi nehmen und losrasen, um einen Werbespot zu drehen. Wenn wir ins Studio stürmten, würde die Crew sich zuflüstern: »Das ist Nick Penhalligan, er ist absolut brillant, aber natürlich kann er keinen Schritt ohne Polly tun, sie ist seine rechte Hand; ohne sie wäre er völlig verloren.« Um das zu demonstrieren, würde Nick entdecken, daß er das Skript für den Werbespot verloren hatte, und würde wie ein Verrückter seine Aktentasche durchwühlen.

»Es ist nicht da!« würde er ausrufen. »Aber ich bin sicher, daß ich es reingetan habe!«

In das betretene Schweigen hinein würde ich lächelnd meine Handtasche öffnen und ein Manuskript herausnehmen.

»Alles in Ordnung, Nick«, würde ich beschwichtigend sagen, »ich habe eine Kopie mitgenommen.«

Alle würden erleichtert aufseufzen und so was Ähnliches sagen wie: »Herrje, ein Glück, daß es Polly gibt!« Und ich würde den Rest des Nachmittags damit verbringen, mit dem Regisseur zu plaudern, mit dem Produzenten und Nigel Havers, der die Hauptrolle in unserem Werbespot spielte. Und dann würde mein dankbarer Boß mich in die Zanzibar mitnehmen, wo er mir ein paar große Gin Tonics aufdrängen würde. Wie man sieht, habe ich die Realität voll im Griff.

Es stellte sich bald heraus, daß der echte Nick Penhalligan etwa so verrückt war wie ein Hängeregister, und das aufregendste Erlebnis mit ihm war bisher, daß er mich um ein Haar am ersten Arbeitstag gefeuert hätte. Ich hatte mich so angezogen, wie in meiner Vorstellung die Werbefritzen herumliefen: kurzer Lederminirock, weißes Katherine-Hamnett-T-Shirt mit einem Anti-establishment-Spruch quer über der Brust, schwarze Motorradjacke, Doc-Marten-Schuhe und wahnsinnig ausgefallene, baumelnde weiße Ohrringe, von denen mir Pippa später sagte, sie habe sie erst für Tampons gehalten. Also meiner Meinung nach todschick und richtig trendy.

Pippa riß die Augen auf, als sie mich an der Rezeption in ihrer puffärmeligen marineblauen Bluse, einem Rock mit Liberty-Aufdruck und einem Samtband im Haar abholte. Sie schaute das, was ich für einen Rock hielt, ungläubig an und murmelte etwas Zusammenhangloses wie »Scheiße«, bevor sie mich in Nicks Büro brachte.

Nick erkannte mich nicht. Das war nicht weiter überraschend, weil das Mädchen, mit dem er das Vorstellungsgespräch geführt hatte, bis zu den Ohrläppchen in Laura-Ashley-Klamotten gesteckt hatte und in keiner Weise der

Erscheinung ähnelte, die jetzt vor ihm saß. Er schaute mich ziemlich lange ziemlich starr an, öffnete und schloß den Mund, und dann fiel bei ihm der Groschen.

»Ach ja, Sie sind – äh… Sie müssen Polly sein, stimmt's?«

Ganz genau so hatte ich es mir vorgestellt: kein Gedächtnis, beschäftigte sich mit höheren, kreativen Dingen. Im nächsten Augenblick würde ich das vergessene Drehbuch aus meiner Tasche ziehen.

»Richtig.« Ich lächelte ihn an und half ihm aus der unangenehmen Situation, als wäre er ein kleines Kind. Ich beugte mich vor und sprach sehr langsam. »Sie haben vergangene Woche ein Vorstellungsgespräch mit mir geführt, erinnern Sie sich?« Ich lächelte ihm ermutigend zu und nickte.

»Ja, ja, natürlich. Vergangene Woche sahen Sie nur – äh – ganz anders aus…, irgendwie geschäftsmäßiger.« Nick hustete und rückte seine extrem geschäftsmäßig aussehende marineblaue Krawatte zurecht, und ich ahnte plötzlich, daß er nicht übermäßig ausgeflippt war.

Ich habe ein feines Gespür, wenn es um Atmosphäre geht, und ich spürte, daß sie alles andere als gut war. Es dämmerte mir, daß ich einen Riesenfehler gemacht hatte. So unauffällig wie möglich nahm ich den Kaugummi aus dem Mund und zog den Lederrock so weit runter wie es eben ging, damit er nicht mehr ganz so wie ein breiter Gürtel aussah.

Nick rutschte unangenehm berührt in seinem Sessel hin und her. »Ich glaube, es ist am besten, wenn ich Ihnen gleich am Anfang deutlich sage, daß bei uns viele wichtige Kunden ein und aus gehen. Obwohl manche recht aufgeschlossen sind, sind sie vielleicht doch nicht an eine solch – äh – ungewöhnliche Bürokleidung gewöhnt. Ich will ja nicht altmodisch sein, aber ich möchte Sie bitten, in Zukunft etwas – äh – unauffälliger gekleidet zur Arbeit zu erscheinen.«

»Das ist okay, absolut okay«, sagte ich schnell. »Ich kann Ihnen das auch erklären. Ich weiß genau, was Sie meinen, aber Sie müssen wissen, ich habe heute bei meiner Schwester übernachtet und mußte mir Klamotten von ihr ausleihen. Sie ist erst sechzehn und rebelliert zur Zeit gegen alles und jeden. Daher dieser – na ja, dieser avantgardistische Aufzug. Das ist sonst gar nicht mein Stil.«

»Ach so.« Er war offenbar nicht völlig überzeugt.

»Ja«, fuhr ich fort, »meine Eltern machen sich solche Sorgen um sie: Sie glaubt, das Leben sei eine einzige Party. Sie wissen schon, Sex, Drogen, Rock 'n' Roll.«

»Drogen?« fragte er alarmiert.

»Na ja, keine wirklich harten Drogen«, antwortete ich und lachte nervös. »Wissen Sie, nur solche zum – zum – Relaxen.« War das das richtige Wort? Nick zog die Augenbrauen bis zum Haaransatz hoch. Offenbar nicht.

»Nein, nicht zum Relaxen, das ist das falsche Wort, sie nimmt einfach Aspirin oder ein bis zwei Paracetamol«, sagte ich und nickte bedeutsam, »also nichts, das wirklich gefährlich werden könnte.«

»Oh.« Gott sei Dank kamen seine Augenbrauen wieder herunter, und er sah nicht mehr alarmiert, sondern nur noch überrascht aus.

Ich wollte unbedingt das Thema wechseln und von meiner fiktiven Junkie-Schwester wegkommen. »Und machen Sie sich keine Sorgen, morgen erscheine ich wieder in meinen eigenen Sachen.«

»Das ist gut, also morgen können wir Sie in etwas – äh – gemäßigter Form erwarten?«

»In Tweed und Schnürschuhen«, meinte ich grinsend. Und ich glaube, mich zu erinnern, daß auch er lächelte, und das war das einzige Mal bisher.

Es war nicht so, daß ich Nick nicht mochte, es war nur so verdammt schwierig, ihn kennenzulernen. Er war immer so unglaublich beschäftigt, und wenn ich es schaffte, mal mit ihm zu sprechen, war er immer kurz angebunden und manchmal direkt verletzend. Statt »Danke« zu sagen, nickte er nur, und seine Anordnungen bellte er durchs Büro.

Montag morgens klangen seine ersten Worte ungefähr so: »In einer halben Stunde habe ich eine Besprechung, ich möchte Tee, Kaffee und den Terminkalender«, und nicht: »Guten Morgen, Polly, wie war Ihr Wochenende? Wenn Sie einen Augenblick Zeit haben, könnten Sie mir vielleicht Kaffee machen und mir dann vielleicht einen kleinen Terminplan tippen, wenn es Ihnen nicht zu viele Umstände macht.« Dann hätte ich ihn süß angelächelt und alles erledigt. So aber raste ich in die Küche, knallte Tassen auf Untertassen und zerbrach natürlich alle naselang etwas.

Er war noch ziemlich jung für seine Position – ungefähr dreiunddreißig oder vierunddreißig –, und ich mußte zugeben, daß er ziemlich gut aussah, wenn man auf Männer wie ihn abfährt. Natürlich tat ich das nicht. Er war groß und schlank, hatte breite Schultern, sehr dunkles Haar und dunkle, buschige Brauen. Seine Augen waren dunkelbraun und tiefliegend. Er hatte ein markantes, sympathisches Gesicht und eine Adlernase, die gut dazu paßte. Leider verdarb er die Wirkung, weil er immer und ewig müde und gehetzt aussah, was er vermutlich auch war, denn er war der einzige in der Agentur, der wirklich arbeitete.

Was die konspiratorischen Mittagessen in kleinen schummrigen Restaurants anging – das einzige, was ich ihn jemals essen sah, war ein hastig runtergewürgtes Sandwich zwischen zwei Besprechungen. Ganz bestimmt war er rasend intelligent, das sagte jedenfalls Pippa, deren Bruder mit ihm in Cambridge studiert hatte – deshalb verachtete er uns natürlich, denn wir kamen einer wie der andere mit einer einzigen grauen Zelle aus.

Als ich eben gelangweilt gähnte, kam Nick mit einem Gesicht wie Stahlbeton herein. Sein alter Tweedmantel flog hinter ihm her, als er wie Batman mit wütend zusammengezogenen Brauen an mir vorbeirauschte.

»Gute Präsentation?« fragte ich, faltete die Zeitung zusammen und versuchte, intelligent auszusehen.

»Der verdammte Kunde hat mich versetzt«, bellte er und schlug die Tür seines Büros hinter sich zu.

»Oje«, sagte ich lahm.

»Schönen Tag noch«, sagte Pippa und zog eine Grimasse.

Ich wollte gerade meinen Notizblock nehmen und zu ihm reingehen, als sich die Tür wieder öffnete und er den Kopf herausstreckte. »Übrigens, unten ist ein Mann, der Sie sprechen möchte, Polly.«

»Ein Mann?« fragte ich überrascht. »Unten?«

Ich habe die Angewohnheit, zu wiederholen, was andere Leute sagen, besonders dann, wenn ich verblüfft bin. Das machte Nick offenbar wahnsinnig. Er knirschte mit den Zähnen und schloß die Tür, ohne zu antworten.

Ein Mann! Wer um alles in der Welt konnte das sein? Niemand besuchte mich jemals im Büro. Plötzlich schlug mir das Herz bis zum Hals. Aber natürlich! Harry! Harry wollte mich sprechen. Er wußte, daß Pippa ihn gestern abend gesehen hatte und war hier, um mir alles zu erklären, sich zu entschuldigen und mich für heute abend einzuladen. Das war's! Aber warum hatte er mich nicht angerufen? Warum war er den weiten Weg von seinem Bildschirm in der City bis hierher gekommen, nur um mich zu sehen? Liebe? Impulsivität? Selbst mir war klar, daß Harry nicht einmal die Bedeutung dieser beiden Worte kannte. Trotzdem sprang ich selig von meinem Stuhl auf und hatte einen Kuß für ihn bereit. Für alle Fälle.

»Wie ungewöhnlich, Pippa, ein Mann unten, der mich sprechen will! Wer in aller Welt könnte das sein?« plapperte ich aufgeregt vor mich hin, während ich mir die Haare bürstete und in der Schublade nach dem Lippenstift kramte.

»Keine Ahnung, aber ich sage dir eins – es ist nicht der, den du erwartest«, antwortete sie bissig und beäugte mißtrauisch meine Verschönerungsversuche.

»Mein Gott, Pippa, du bist ein echter Stimmungskiller! Woher willst du das denn wissen?«

»Glaub es mir, ich weiß es ganz einfach.«

Ich seufzte. Warum konnte keine meiner Freundinnen meine Begeisterung für den Mann, den ich liebte, teilen? Egal. Pippa würde vielleicht staunen, wenn es doch Harry wäre! Ich klappte meinen Make-up-Spiegel zusammen und raste los.

Ich beugte mich über das Treppengeländer und schaute in die mit Marmor verkleidete Eingangshalle hinunter. Wer immer es war, er mußte auf dem Sofa sitzen, das ich von hier aus nicht sehen konnte. Ich sah nur zwei lange, schlanke Beine in einer beigefarbenen Hose, an ihrem Ende ragten blaue Segeltuchschuhe heraus. Es waren nicht Harrys Beine, ganz bestimmt nicht. Er trug nämlich braune Segeltuchschuhe, keine blauen; aber komischerweise hatte ich das Gefühl, sie zu kennen. Ich verrenkte mir den Hals, konnte aber von der Gestalt nicht mehr sehen, ohne mich ernsthaft in Gefahr zu bringen.

Ich zuckte mit den Achseln. Na ja, dann war es eben nicht Harry, aber die Beine sahen auch nicht schlecht aus, deshalb sprang ich, wie ich hoffte, sehr leichtfüßig und grazil die Treppe hinunter, und mein blondes Haar flog hinter mir her.

»Kann ich Ihnen behilflich sein?« fragte ich mit meiner hoheitsvollsten und gleichzeitig wohlklingendsten Stimme.

In diesem Augenblick stellten sich die Schuhe parallel zueinander auf den Boden, und die Beine streckten sich. Als er aufstand und sich umdrehte, um mich anzuschauen, wußte ich, warum mir die Schuhe bekannt vorgekommen waren. Ich hatte sie erst vor einer knappen halben Stunde gesehen; hatte ihnen gegenübergesessen. Ich hielt die Luft an und schlug die Hand vor den Mund. Großer Gott, es war der Rotschopf!

2. Kapitel

Ich rang nach Atem und hielt mich am Treppengeländer fest. Du meine Güte, er hatte mich verfolgt. Er hatte gesehen, daß ich ihm in der U-Bahn schöne Augen gemacht hatte, und das völlig mißverstanden. Jetzt würde er sich gleich hier auf der kalten Marmortreppe auf mich werfen, und ich hatte zu große Angst, um zu schreien. Ich schaute mich verzweifelt um. Wo war Maurice? Wo war Bob? Selbst ein liebestoller Hund war besser als das. Ich trug nicht einmal die Alarmsirene bei mir, die mir meine Mutter als Schutz gegen eine Vergewaltigung zu Weihnachten geschenkt hatte. Der Rotschopf kam auf mich zu. Ich stöhnte leise und stieg langsam rücklings die Treppe hinauf.

»Hallo«, sagte er.

»Was wollen Sie von mir?« flüsterte ich mit einer kleinen, sehr wenig hoheitsvollen Stimme.

Er machte einen Riesenschritt in meine Richtung und legte seine große, sommersprossige Hand auf das Treppengeländer. Ich wimmerte vor Entsetzen und sprang noch eine Stufe höher. Er lächelte mich extrem unbedrohlich an, und ich sah die Lachfältchen um seine blauen Augen herum.

»Hallo, es tut mir leid, wenn ich Sie erschreckt habe, ich möchte nur mit Ihnen sprechen.«

Das beste Ivy-League-Amerikanisch. Ich kenne mich gut aus mit Akzenten, besonders mit amerikanischen. Ich war ein wenig erleichtert, aber ich wollte völlig sichergehen.

»Aber Sie sind mir gefolgt«, stieß ich hervor. »Von der Haltestelle bis hierher, ich habe Sie in der U-Bahn gesehen.«

»Sie haben ganz recht, ich bin Ihnen hinterhergegangen, aber« – er lachte freundlich – »aus einem völlig harmlosen Grund. Ich bin kein Verrückter, der Sie vergewaltigen will, ich will, was das angeht, wirklich gar nichts von Ihnen, da können Sie ganz beruhigt sein.«

»Oh!«

Er wies diesen Gedanken als etwas so völlig Absurdes von sich, daß ich fast schon beleidigt war. Ich richtete mich zu meiner vollen Höhe von einssechzig auf und nahm die zweite Position ein, die einem, wie mir eine Balletteuse erklärt hatte, Haltung verleiht. Und in der Tat merkte ich, wie ich allmählich meine Fassung wiedererlangte.

»Also, was genau wollen Sie von mir? Leider habe ich nur wenig Zeit. Man hat mich aus einer Besprechung herausgeholt«, sagte ich von oben herab.

Ich mußte zugeben, daß er nicht gerade gemeingefährlich aussah, und jetzt, da ich nicht mehr außer Atem war, konnte ich, wenn nötig, so laut um Hilfe rufen, daß die Wände wackelten.

»Ich brauche Ihre Hilfe«, sagte er. »Entschuldigen Sie, daß ich Ihnen einfach so gefolgt bin, aber mir ist Ihr Schal aufgefallen.«

»Mein Schal?« Ich faßte mir an den Hals. Ich trug keinen Schal. Manchmal trug ich einen Seidenschal unter meiner Bluse, aber heute ganz eindeutig nicht. Er war verrückt. Ein verrückter Schal-Fetischist. Vielleicht wollte er mich erdrosseln. »Ich trage keinen Schal!«

»Ich meine Ihren Wollschal«, sagte er geduldig. »Sie haben ihn heute morgen in der U-Bahn getragen.«

»Ach, den meinen Sie!«

»Ja, genau den.«

»Und was ist damit?« War dieser Typ eigentlich ganz dicht? Ihm gefiel mein alter College-Schal? Okay, es war ungefähr der einzige bleibende Wert, den ich vom St.-Gertrude-College mit auf den Weg bekommen hatte. Der Schal hatte leuchtend rote und grüne Streifen, aber selbst wenn, also *wirklich*. »Das ist mein alter College-Schal aus dem St.-Gertrude-College.«

»Ja, das weiß ich, ich hab ihn gleich erkannt, und deshalb bin ich Ihnen ja gefolgt.« Plötzlich faßte er in seine Brusttasche, um seine Kanone rauszuziehen. Lieber Gott! Ich duckte mich und hielt gleichzeitig die Hände hoch. Es war aber nur seine Brieftasche.

»Hey, beruhigen Sie sich, ich will Ihnen nur etwas zeigen.«

Während ich mich am Treppengeländer wieder aufrichtete, hielt er mir ein ziemlich mitgenommenes Photo unter die Nase. Ich kam mir völlig idiotisch vor und nahm ihm das Photo ab. Darauf war eine Frau in meinem Alter zu sehen, vielleicht etwas jünger, mit welligem hellem Haar und einem netten Gesicht. Lieb, aber nicht umwerfend.

»Kennen Sie sie?« Er sah mich eindringlich an.

»Nein … Ich glaube nicht.« Ich schüttelte den Kopf.

»Sie heißt Rachel Marsden, sie war an derselben Schule wie Sie«, sagte er mit Nachdruck.

»Wirklich? Am St.-Gertrude-College?« Ich betrachtete das Photo noch einmal. »Ich bin mir nicht sicher, leider. Wie alt ist sie?«

»Zwanzig.«

»Ach so, also ein bißchen jünger als ich. Wenn sie nicht in meinem Haus war, was ich vermute, dann kann ich sie nicht gekannt haben.«

»Ich bin ganz sicher, daß ihr Haus so ähnlich wie Finch oder Fich hieß ...«

»Finches. Nein, in diesem Fall war sie ganz bestimmt nicht in meinem Haus. Tut mir wirklich leid. Ich kann Ihnen nicht helfen, fürchte ich.« Ich reichte ihm das Photo zurück.

Er sah ganz geknickt aus. »Sind Sie absolut sicher?«

»Absolut.«

»Vielleicht erinnern Sie sich an Freundinnen von ihr?«

»Wer soll das gewesen sein?«

»Nun, das ist das Problem, sie war eine ziemliche Einzelgängerin. Es ist schwierig, überhaupt jemanden zu finden, der sie gekannt hat.«

Er steckte das Photo zurück in die Brieftasche und fuhr sich mit der Hand durchs Haar. Er sah wirklich ziemlich gut aus. Besonders wenn er das tat. Ich war fasziniert.

»Also – äh – Sie suchen das Mädchen, oder?«

Er seufzte. »Ja, genau.«

»Warum? Hat sie was auf dem Kerbholz?« Was war er denn, Sonderkommando MI 5?

Er lachte etwas gezwungen. »Nein, sie hat nichts auf dem Kerbholz. Sie ist meine ...« Er zögerte. »Meine Verlobte.«

»Ihre Verlobte!« Ich war platt. Diese graue Maus, die wahrscheinlich zwei oder drei Klassen unter mir gewesen war und an deren Gesicht ich mich nicht einmal erinnerte, hatte sich dieses tolle amerikanische Mannsbild geangelt, war abgehauen, und jetzt setzte er Himmel und Erde in Bewegung, um sie zu finden? Und wie, in Gottes Namen, kann jemand Verlobtes verlorengehen? Wenn ich einen Verlobten hätte, würde ich ihn in meinem Schlafzimmer in einen kleinen Käfig stecken und die Tür mit einem schweren Schloß sichern.

»Wenn jemand vermißt wird, meldet man das normalerweise der Polizei, oder?«

Er setzte sich auf die unterste Treppenstufe und schüttelte den Kopf. Er sah fix und fertig aus. Ich fand, daß er immer hübscher wurde. Ich setzte mich schnell neben ihn, schaute ihn mitleidig an, strich mir das Haar aus der Stirn, damit er mein Profil sehen konnte, und riß die Augen weit auf, damit sie größer wirkten.

»Sie wird ja nicht direkt vermißt«, sagte er. »Ihr Vater weiß, wo sie ist, aber er sagt es mir nicht.« Er lächelte traurig und klopfte mit der Spitze seiner Segeltuchschuhe auf den Marmorboden. »Er ist mit unserer Verlobung nicht einverstanden.«

»Also, so was! Sie sehen nicht gerade wie ein Taugenichts aus.«

Er lachte. »Das bin ich auch nicht. Aber er ... Nun, ich will mal so sagen, unsere Ansichten sind zu verschieden.«

Ich sah ihn ein bißchen argwöhnisch an. Vielleicht hatte er doch etwas Furchtbares getan. War mit dem Familiensilber abgehauen, hatte das Hausmädchen verführt, hatte Annäherungsversuche beim Hund unternommen – es hätte schon etwas in dieser Richtung sein müssen, damit meine Eltern mit meinem Auserwählten nicht einverstanden gewesen wären. Meine Mutter hatte tatsächlich schon Männer auf der Straße angesprochen, um mein Single-Dasein zu beenden und sich in ihren Brautmutterstaat werfen zu können.

»Warum um alles in der Welt kann er Sie nicht leiden?« fragte ich neugierig.

Er zögerte, und ich dachte, daß er gleich damit herausrücken würde, aber er überlegte es sich offenbar anders.

»Ach, das ist eine lange Geschichte.«

Ich nickte und stand auf. »Es tut mir leid, daß ich Ihnen nicht weiterhelfen konnte, aber ich erinnere mich wirklich nicht an sie. Wie heißt sie noch? Rachel Soundso.«

Er stand ebenfalls auf und streckte die Hand aus. Ich schüttelte sie. Was für charmante Manieren.

»Ist schon okay«, sagte er. »Trotzdem vielen Dank. Das war sehr nett von Ihnen.«

»Aber überhaupt nicht.« Fast hätte ich gesagt: Kommen Sie doch wieder.

»Auf Wiedersehen und vielen Dank.« Er ging auf die Eingangstür zu. Dort wandte er sich plötzlich um und sah mich eindringlich an. Er schien wirklich verzweifelt zu sein.

»Hören Sie, wenn Sie jemanden aus der Schule treffen, der sich an sie erinnert oder sie vor kurzem gesehen hat, würden Sie mir bitte Bescheid geben? Ich wäre Ihnen wirklich sehr dankbar. Wissen Sie, im Augenblick tappe ich völlig im dunkeln und bin, um ehrlich zu sein, mit meiner Weisheit am Ende. Ich hab keine Ahnung, was ihr passiert sein könnte. Vielleicht könnten Sie ein paar Leute anrufen? Ich meine, alte Schulfreundinnen? Ich möchte Ihnen nicht auf die Nerven gehen, aber – ich weiß einfach nicht, was ich machen soll. Ich bleibe bis Ende der Woche im Savoy, dort können Sie mich erreichen, wenn Sie etwas erfahren sollten. Ich heiße übrigens Adam Buchanan. Soll ich Ihnen meinen Namen aufschreiben?«

»Nein, das ist nicht nötig.« Adam Buchanan. Ich dachte, daß ich mir diesen Namen merken würde. Und im Savoy-Hotel wohnte er? Ich lächelte. »Ich verspreche, daß ich Sie anrufe, wenn ich etwas höre.«

»Vielen Dank. Es würde mir so viel bedeuten. Also dann, auf Wiedersehen. Ich freue mich, daß ich Ihre Bekanntschaft gemacht habe.«

»Äh – ich auch«, sagte ich und lächelte. »Wiedersehen.«

Diesmal ging er wirklich und schloß leise die Haustür hinter sich. Also, so was! Ich blieb einen Augenblick auf der Treppe stehen und versuchte, das alles zu verdauen. Dann ging ich langsam wieder nach oben.

Der arme Kerl! Wie furchtbar. Und was für ein gräßlicher Mensch mußte der Vater von Rachel Soundso sein, wenn er den netten Adam nicht leiden konnte. Er suchte ganz London nach seiner Verlobten ab; er mußte ja völlig verrückt nach ihr sein. Harry würde nicht mal unter das Bett schauen, wenn ich plötzlich verschwunden wäre.

»Und?« fragte Pippa neugierig, als ich, nachdenklich auf meinem Daumennagel herumkauend, in unser Büro zurückkam. »War er's?«

»Wer?«

»Harry, du dumme Gans.«

»Ach, Harry? Nein, aber es war sehr interessant ...« Ich erzählte ihr ausführlich alles und schmückte ihr zuliebe die Geschichte noch ein bißchen aus. Sie war angemessen entsetzt über die potentielle Vergewaltigung, preßte die Hand auf den Mund und rollte die Augen, war dann jedoch fast zu Tränen gerührt, und das hatte ich im voraus gewußt, als ich ihr erzählte, wie verzweifelt der große Liebende sein Mädchen suchte.

»Ach, Polly, ist das nicht entsetzlich? Dieser arme

Mann, ganz allein in einer fremden Stadt, kämmt die Straßen von London durch und spricht wildfremde Leute an, um seine Verlobte zu finden«, sagte sie dramatisch. »Gott, er muß ja völlig verzweifelt gewesen sein, wenn er dir einfach so hinterhergegangen ist.«

»Besten Dank«, sagte ich trocken, aber ich wußte schon, wie sie es meinte.

»Dann ruf doch ein paar alte Schulfreundinnen an, und frag sie, ob sie sich an sie erinnern«, sagte sie eifrig.

»Ach, jetzt übertreib aber nicht, Pippa«, erwiderte ich und schaute den riesigen Papierberg an, den mir Nick eben zum Abtippen auf den Schreibtisch gelegt hatte. »Ich habe wirklich genug eigene Probleme, ich kann mich nicht auch noch um die anderer Leute kümmern.«

»Aber du könntest ihm wirklich helfen, Polly, jemand könnte sie tatsächlich gesehen haben. Ruf doch einfach mal ein paar Leute an.«

»Später, wenn ich Zeit habe«, sagte ich und wußte, daß das eine Lüge war. »Erst muß ich mich durch diesen Berg durcharbeiten.«

Ich schaltete den PC ein und ratterte das erste Kontaktprotokoll des Tages herunter. Das erste von nur zwei Millionen, dessen war ich mir ganz sicher. Pippa gab mir immer das Gefühl, ein Unmensch zu sein. Sie half jedem lahmen Hund, der ihr über den Weg lief, und hielt förmlich danach Ausschau. Der alte Bettler an der South-Kensington-Station hätte sich eigentlich ein Schildchen »Kleidung von Pippa Harvey« an seine Kleider nähen müssen, so viele Münzen warf sie ihm immer hin. Ich schützte mich im Augenblick mit Hilfe des PCs vor allzuviel Mitgefühl. Plötzlich erstarrten mir die Finger über der Tastatur. Woher hatte er meinen Namen gewußt? Da war aber irgend etwas sehr faul! Ich schob meinen Stuhl zurück und raste in Nicks Büro, ohne auch nur anzuklopfen.

»Nach wem hat der Typ gefragt, Nick?« stieß ich hervor. »Wußte er meinen Namen?«

Nick saß hinter seinem Schreibtisch, und ihm gegenüber hatte Mr. Hutchinson, einer unserer wichtigsten Kunden, Platz genommen. Aber selbst wenn er die Queen gewesen wäre, wäre es mir im Augenblick egal gewesen.

»Sagte er Polly oder Polly McLaren, oder was?« fragte ich aufgeregt. Beide starrten mich an. Mr. Hutchinson war an die Kante seines Sessels vorgerutscht: Er liebte ein bißchen Drama, weil er ein so langweiliges Leben führte. Er war eine kleine Ratte von einem Mann mit dünnem grauem Haar, einem blassen, wächsernen Gesicht und dicken Brillengläsern, durch die er viel blinzelte. Ganz selten verzog er die Mundwinkel zu einem Lächeln, aber meist trug er eine Miene wie ein Leichenbestatter zur Schau. Seine Vorderzähne standen ziemlich weit vor, wie bei einer Ratte, und beim Versuch, die Zähne mit der Oberlippe zu verdecken, gab er allerlei schlürfende und schmatzende Geräusche von sich. Er war ganz groß darin, Pippa und mir mit beiden Händen die Hand zu schütteln, und wir vermuteten, daß dies für ihn eine Art sexueller Erfüllung war, die einzige, die er in seinem Leben kennengelernt hatte. Ein ekelhafter Gedanke. Wir wuschen uns jedesmal gleich hinterher die Hände. Jetzt zwinkerte er mich nervös an, lächelte aber nicht.

Nick sah mich kalt an und hielt seine eigenen Augenlider gut unter Kontrolle. Er blinzelte kein einziges Mal. »Wenn Sie den Herrn unten meinen«, sagte er mit ruhiger Stimme, »er hat nach Miss McLaren gefragt. Ich habe keine Ahnung, woher er Ihren Namen wußte.«

»Das ist ja gespenstisch, finden Sie nicht?« Ich war

jetzt nicht mehr zu bremsen. »Er muß ja tagelang hinter mir her gewesen sein, er weiß vielleicht, wo ich *wohne*, um Himmels willen, und ich habe ihm seine Geschichte abgenommen und sogar versucht, ihm zu *helfen*, während er in Wirklichkeit ...«

»*Polly!*« unterbrach Nick mich wütend und sehr laut. Das reichte. Noch nie hatte er mich so angeschrien, ich verstummte mitten im Satz. Er funkelte mich an. »Ich weiß weder, woher er Ihren Namen kennt, noch ist mir klar, wovon Sie überhaupt reden. Lassen Sie uns das später klären, ja?« Und das sagte er so eiskalt, als hätten seine Worte vierundzwanzig Stunden im Gefrierschrank gelegen.

Ich sah plötzlich ein Kündigungsschreiben vor mir und hatte sogar Verständnis für ihn. Schweigend zog ich mich zurück und schloß leise die Tür hinter mir.

Pippa sah mich entsetzt an. »Mr. Hutchinson ist doch da drin!« zischte sie.

»Das weiß ich«, flüsterte ich. »Aber woher wußte er meinen Namen?«

»Wer denn? Hutchinson?«

»Nein, du dumme Nuß, der Schal-Fetischist von unten.«

»Oh! Er hat gewußt, wie du heißt?«

»Ja! Er hat nach Miss McLaren gefragt.«

»Oh!« Pippa sah fast genauso entsetzt aus wie ich, doch dann schwang sie sich herum und zog meinen Schal vom Garderobenständer.

»Und was ist das hier? Hier steht doch dein Name drauf, du Schafskopf«, sagte sie und wedelte mir mit dem Schal vor dem Gesicht herum. »Da, schau doch mal!« Und plötzlich sah ich es. P. E. McLaren, mit roten Buchstaben auf einem kleinen weißen Stoffstreifen, von meiner liebevollen Mutter dort aufgenäht, Jahre bevor ich meine Karriere als berufliche Niete begonnen hatte.

»Er schmeißt mich raus!« jammerte ich. »Ich hab mich da drinnen wie ein Idiot aufgeführt.«

»Nein, tut er nicht«, sagte Pippa nicht sehr überzeugend. »Er wird nur wahnsinnig wütend sein.«

Wie recht sie hatte. Nick war unglaublich wütend. Als Mr. Hutchinson gegangen war, bat er mich mit geradezu mörderischer Stimme in sein Büro.

Ich schlich lammfromm hinein und setzte mich ihm gegenüber vor seinen riesigen, mit Leder bezogenen Schreibtisch. Ich beschloß, meine Geschichte schnell loszuwerden, bevor er eine Chance hatte, etwas zu fragen.

»Nick, es tut mir furchtbar leid, daß ich vorhin in Ihre Besprechung mit Mr. Hutchinson hereingeplatzt bin, aber der Kerl da unten hat mich von der U-Bahn bis hierher verfolgt, ob Sie das glauben oder nicht. Ich gebe ja zu, daß ich ihn zuerst angestarrt hatte, aber nur zum Spaß. Ich spiele nämlich jeden Morgen dieses kleine Spiel, welcher von den Männern im Abteil mir am besten gefällt – äh, na ja – und ich dachte, er hätte das falsch aufgefaßt, und deshalb war ich so aufgeregt, tatsächlich aber ist seine Verlobte verschwunden, und er ist mir nachgegangen, weil er meinen alten College-Schal erkannte, und er wußte meinen Namen, weil ...«

»Stop!« Nick hob seine Hand wie ein Polizist, der den Verkehr anhält. Er hatte die Augen fest geschlossen. »Kein Wort mehr!«

Ich schwieg. Er öffnete die Augen. Sie sahen nicht wie Augen aus, sondern wie kleine Feuersteine. Ich hatte das Gefühl, daß es jetzt ganz knüppeldick kam. Er beugte sich vor und verschränkte die Unterarme auf dem Schreibtisch. Sein Gesicht war meinem ganz nah. An seiner

Wange hüpfte ein Muskel auf und ab, und er sah einfach zum Fürchten aus.

»Hören Sie mir zu, Polly«, sagte er ruhig. Ich hörte zu. »Diese Agentur ist nicht groß; tatsächlich ist sie sehr klein. Wir haben ein paar unwichtige Kunden, die uns ein kleines Einkommen verschaffen, aber außerdem haben wir einen großen Kunden, dem wir riesige Rechnungen stellen können, und der heißt Mr. Hutchinson. Er ist, wie Sie wissen, ein absoluter Blödmann, doch wir sind ihm auf Gedeih und Verderb ausgeliefert. Wenn er sich nämlich entschließt, mit seinem ekelhaften Instant-Kaffee zu einer anderen Werbeagentur zu gehen, dann sind wir weg vom Fenster. Erledigt. Bankrott. Habe ich mich klar ausgedrückt?«

»Ja«, flüsterte ich und kam mir vor wie zwölf.

»Unser Image ist extrem wichtig. Ob Sie das nun gut finden oder nicht, es verschafft uns unsere Kunden. Deshalb ist es extrem wichtig, daß wir einen guten Eindruck machen. Sie kommen in mein Büro gerast und führen sich wie ein wahnsinnig gewordener Poltergeist auf. Dadurch wirkt unsere Agentur nicht gerade vertrauenserweckend. Verstehen Sie, was ich meine?«

»Ja«, flüsterte ich wieder und rutschte auf meinem Sitz hin und her. Wofür hielt er mich eigentlich, für eine absolute Vollidiotin?

Nick lehnte sich zurück, beobachtete mich scharf und klopfte mit einem Bleistift auf den Schreibtisch. »Und noch etwas, Polly. Ihr Privatleben spielt bei Ihrer Arbeit eine zu große Rolle. Sie sind nicht bei der Sache, stimmt's? Wenn Sie nicht an Ihrem Schreibtisch sitzen und sich die Nägel feilen, starren Sie Löcher in die Luft und denken an Ihren Freund und warten darauf, daß er anruft. Nun, dagegen habe ich nichts, wenn Sie's tun, nachdem Sie Ihre Arbeit erledigt haben. Aber jetzt höre ich, daß Sie Männer in der U-Bahn auflesen, sie in die Agentur lotsen und dann unten mit ihnen schwatzen. Ich fürchte, so geht das nicht. Es ist mir völlig egal, wenn Sie das in Ihrer Freizeit tun, obwohl es mich ehrlich gesagt wundert, aber bringen Sie diese Typen um Gottes willen nicht in die Agentur mit.«

Ich öffnete den Mund, um etwas zu sagen, aber die Polizistenhand hob sich wieder.

»Ich bin gleich am Ende. Es ist ganz einfach, Polly, und wir brauchen auch nicht lange darüber zu diskutieren. Ich möchte Sie nur darum bitten, daß Sie Ihre Freunde nicht ins Büro mitbringen und nicht wie eine tobende Irre in wichtige Besprechungen mit wichtigen Kunden hereinplatzen. Ist das klar?« Das Telefon klingelte, und er hob sofort ab. »Ja, hallo? Ach, Mr. Rawlings, ja, ich wollte Sie gerade anrufen …«

Ich riß den Mund auf vor Empörung, die ich, verdammt noch mal, sehr deutlich zum Ausdruck bringen wollte, aber Nick winkte mich aus seinem Büro. Ich ignorierte ihn und blieb sitzen. So leicht sollte er nicht davonkommen. Er redete weiter, sah mich noch dasitzen, runzelte die Stirn und versuchte, mich wieder rauszuwinken. Meinem Selbstwertgefühl zuliebe blieb ich weiterhin sitzen.

Plötzlich legte er die Hand über die Sprechmuschel. »Polly, wenn Sie nicht sofort verschwinden und mich ungestört mit Mr. Rawlings sprechen lassen, dann verliere ich wirklich die Beherrschung!« sagte er drohend. Ich zog Leine. Aber Junge, Junge, war ich vielleicht wütend! Was glaubte er eigentlich, mit wem er sprach? Faselte herum über meinen Freund! Männer auflesen! Nägel feilen! Ich besitze nicht einmal eine Nagelfeile. Und lange Fingernägel habe ich auch nicht. Er hatte das nur gesagt, damit ich mich richtig mies fühlen sollte, dieser Schuft!

Pippa versuchte, mich mit ein paar Tassen starkem, süßem Tee zu beruhigen, aber ich knirschte mit den Zähnen vor Wut, wollte unbedingt Dampf ablassen und wartete nur auf eine Gelegenheit, Mr. Nick Penhalligan die Meinung zu sagen.

Unglücklicherweise arbeitete Nick den Rest des Tages an einer Präsentation und gab uns telefonisch durch, daß er unter keinen Umständen gestört werden dürfe. Ich bin nicht gerade lebensmüde, deshalb ließ ich ihn in Ruhe und verließ Punkt halb sechs das Büro. Aber ich kochte immer noch vor Wut und schwor Rache.

3. Kapitel

In der Tregenter Road marschierte ich die Stufen zu unserer Eingangstür hinauf, schlug die Tür hinter mir zu und stampfte weiter über unzählige Stufen zu der Dachwohnung, die ich mit Lottie bewohnte. Ich war noch immer stinksauer. *Noch nie*, sagte ich mir, *noch nie* hat *jemand* so mit mir gesprochen. *Niemand!* Wütend rammte ich die Schulter gegen die Tür, die immer klemmte, warf meine Handtasche auf den Boden und mich total deprimiert aufs Sofa. Die Fine Young Cannibals hämmerten in voller Lautstärke auf meine Trommelfelle ein. Die Wohnung war in einem widerlichen Zustand: schmutzige Gläser, Weinflaschen und randvolle Aschenbecher standen überall herum, wo es nur ging, eine Reihe von Büstenhaltern und Unterhosen in verschiedenen Grauschattierungen trockneten auf dem Heizkörper, ein paar Stückchen Schokolade waren in den Teppich eingetreten, überall lagen Hundehaare, und Penicillinpilze wuchsen aus den gebrauchten Kaffeebechern, die auf allen Tischen standen. Warum räumt hier eigentlich niemand auf? dachte ich feindselig.

»Harry hat angerufen!« schrie Lottie aus dem Badezimmer.

Ich sprang auf, und meine Augen glänzten. Plötzlich kam mir die Wohnung wahnsinnig gemütlich vor und –

ja, angenehm bohemehaft, und die Musik war heiter und richtete mich auf. Ich lief ins Badezimmer, wo Lottie in ihrer Unterwäsche dastand und sich die Zähne putzte. Sie ließ sich gerade ein Bad einlaufen, das war ganz schlecht, ich brauchte ja das Wasser.

»Wann? Was hat er gesagt? Ruft er noch mal an?«

Lottie antwortete nicht gleich, sie hatte den Mund voller Schaum. »Vor zehn Minuten. Er holt dich in einer halben Stunde zum Abendessen ab. Nein, er ruft nicht noch mal an.«

Sie gurgelte und achtete darauf, daß sie keine Zahnpasta schluckte – wir hatten irgendwo gelesen, Zahnpasta sei eine Kalorienbombe. Dann bürstete sie ihre Zähne wie wild weiter, und ihre großen Brüste hüpften von der Anstrengung auf und ab.

»Freude! Freude! Danke, lieber Gott!« Ich tanzte ekstatisch herum und wickelte mich mit einem dramatischen Schwung in den Duschvorhang ein.

Lottie legte ihre Zahnbürste weg und schaute mich streng an. »Also gehst du mit«, sagte sie verärgert.

»Aber natürlich.« Ich ließ den Duschvorhang ungläubig fallen. »Ich habe seit sechs Tagen auf diesen Anruf gewartet!«

»Genau.« Lottie spülte sich den Mund aus. »Wenn du echt cool wärst, würdest du ihn zurückrufen und ihm sagen, daß du was anderes vorhast. Er setzt ganz selbstverständlich voraus, daß du Zeit für ihn hast.«

»Ach, das weiß ich ja«, sagte ich niedergeschlagen. »Aber zwing mich bitte nicht dazu, Lottie. Ich kann es einfach nicht, ich bin verrückt nach ihm«, jammerte ich.

Sie seufzte.»Ich weiß. Und das schlimmste ist, er weiß es auch. Hat angerufen, weil er jede Woche regelmäßig was im Bett braucht, nehm ich an.«

Besorgt suchte sie im Spiegel ihr Gesicht nach Mitessern ab. Ich setzte mich auf den Wannenrand und betrachtete sie. Ihr rundes, süßes Gesicht war von langem, seidigem dunklem Haar umrahmt, und sie hatte schöne große dunkle Augen, die mich jetzt kritisch musterten. Herrje, das war vielleicht alles schwierig.

Lottie war meine einzige wirklich gute Freundin. Sie hatte ihr Leben fest im Griff. War gut organisiert und hielt sich nicht mit Schnickschnack auf. Und sie fuhr gut damit. Einmal analysierte ich das Geheimnis von Lotties Erfolg und war überrascht, wie einfach es war. Tagsüber konzentrierte sie sich auf ihre Arbeit, sie war Rechtsanwältin in einer großen Kanzlei in der City. Das war ihr Job, und sie nahm ihn ernst. Sie lümmelte nicht auf ihrem Schreibtisch herum und pflegte sich, aß keine Schokolade oder träumte von Männern. Sie blockierte nicht das Telefon, indem sie endlos mit Freundinnen quatschte, sie ging auch nicht während der Arbeitszeit einkaufen, um endlich das umwerfende kleine Schwarze zu finden. Nein, nein. Lottie tat etwas, was mir ein Greuel war. Sie arbeitete. Sie wurde respektiert und gut bezahlt. Eine einfache Formel, sollte man annehmen, aber dennoch eine, die noch nicht bis zu mir durchgedrungen war.

Dann war da Lotties Liebesleben. Okay, im Augenblick war nicht viel los, aber das hatte sie selbst so gewollt. Ein ganz besonders netter (aber ziemlich kleiner) Antiquitätenhändler sprang vielleicht gerade in diesem Augenblick von der Blackfriars Bridge, weil Lottie ihm freundlich, aber energisch den Laufpaß gegeben hatte. Lottie machte immer Schluß mit Männern, nicht sie mit ihr.

Zugegeben, sie sah sehr gut aus, aber das trifft auch

auf mich zu. Zugegeben, ich bringe schon fast sechzig Kilo auf die Waage, aber wer tut das nicht? Und ich habe schöne Augen, eine gute Haut, hohe Wangenknochen, langes blondes Haar, eine Gott sei Dank unauffällige Nase und auffallend hübsche Beine. Also wieso läuft bei mir immer alles schief?

Habe ich einen unangenehmen Charakter? Hapert es vielleicht an Humor oder an Stil? Meine Freunde verneinen das. Ich lache für mein Leben gern, und Stil habe ich auch, und das nicht zu knapp.

Aha! höre ich so manchen von Ihnen flüstern. Vielleicht lauert ein scheußliches persönliches Hygieneproblem unter den Achseln. Wieder lautet die Antwort nein. Ich schnüffle immer rigoros an meinen Achselhöhlen – und nur an meinen –, und ich gurgele auch leidenschaftlich und laut. Was also kann mein Problem sein?

Das ist ganz einfach, sagt Lottie, ich will zu hoch hinaus. Viel, viel zu hoch hinaus. Offenbar täte ich besser daran, niedrigere Ziele anzupeilen – viel, viel niedrigere; am besten unterirdische, zwischen Nacktschnecken und Würmern. Lottie verfolgt diese Maxime tatsächlich, vor jeder Party sagt sie sich: Häßlichkeit ist kein Hindernis. Warum kostbare Zeit vertun, sagt sie, und sich in die lange Schlange der weiblichen Kandidatinnen einreihen wollen, wenn man doch weiß, daß man letzten Endes bei dem kurzbeinigen, glatzköpfigen Versicherungsvertreter in der Ecke landen wird. Das ist natürlich ungeheuer vernünftig, aber die Vernunft und ich waren noch nie gute Bettgenossen. Als ich mich – ein einziges Mal – an Lotties Rat hielt, stellte sich die vernünftige Entscheidung als ein wahrer Riese heraus; mehr Giraffe als menschliches Wesen. Sosehr ich mich auch bemühte, immer an seinen guten Charakter zu denken, es störten mich doch seine riesigen

Nasenlöcher (in die man von meinem niedrig gelegenen Aussichtspunkt gut schauen konnte) ganz gewaltig und seine geradezu endlose, glatte weiße Stirn, die ihm rund um den Schädel reichte. Überflüssig zu sagen, daß er bald gehen mußte und daß ich sofort nach seinem Verschwinden mit einem einzigen Riesensatz wieder auf der sonnigen Straßenseite war, da, wo die schönen Menschen leben.

Natürlich ist das Leben auf dieser Straßenseite viel anstrengender. Drüben auf der vernünftigen Seite bin ich ziemlich weit oben in der Hackordnung, aber hier, unter den *beautiful people*, bin ich bestenfalls Mittelmaß. Ich mußte meine Ecke verteidigen, und das tat ich, bis ich eines Tages den ersten Preis abschleppte. Harry. Nun, das hätte eigentlich mein Triumph sein sollen, ich hätte mit diesem hinreißenden Knaben vor Lotties vernünftiger Nase paradieren und ihr zurufen können: »Siehst du, siehst du, jetzt hab ich mir doch einen geschnappt!« Aber nein. Je mehr ich mit ihm angab, um so mehr schüttelte Lottie ihr weises Haupt und seufzte. Wie gerade jetzt. Oje!

Lottie stellte die Zahnbürste weg, setzte sich mir gegenüber auf den Wäschekorb und verschränkte auf eine irgendwie gräßlich geschäftsmäßige Weise die Arme. »Polly, darf ich dir eine Frage stellen? Genießt du eigentlich deine Rendezvous mit Harry? Sei ehrlich.«

»Genießen? Aber natürlich genieße ich sie. Was für eine Frage! Genießen? Ich lebe für sie und für nichts anderes!«

»Ja, ich weiß das, ich weiß, daß du den ganzen Tag lang davon träumst und wartest, daß das Telefon klingelt, aber kannst du dich auch entspannen, wenn du mit ihm zusammen bist? Ist er ein guter Gesellschafter? Bringt er dich zum Lachen? Versucht er – ich weiß ja nicht – Rücksicht auf dich zu nehmen, bemüht er sich um dich, damit du einen schönen Abend hast?«

»Lottie, sei doch nicht komisch; wir hören überhaupt nicht auf zu lachen, er ist der lustigste Vogel, den ich mir vorstellen kann.«

»Aber bist du auch entspannt? Ich meine, wirklich entspannt. Oder hast du das Gefühl, dich andauernd irgendwie anstrengen zu müssen? Immer, wenn ich dich mit ihm zusammen sehe, scheint es dich verdammt anzustrengen, und du kommst mir irgendwie verkrampft vor. Ich meine, ihr schiebt nie einfach mal nur ein Video in den Rekorder und schaut es euch gemütlich vom Sofa aus an, oder? Ihr bleibt nie einen Abend einfach zu Hause. Immer müssen es Nachtclubs und Partys und Restaurants sein; und du mußt immer ganz wunderbar aussehen. Du kennst ihn doch jetzt schon ziemlich lange, und ich glaube nicht, daß er dich jemals ohne Lippenstift und Make-up gesehen hat.«

»Ach, Lottie, was hat mein Make-up denn damit zu tun? Du weißt doch, daß ich mir immer viel Make-up draufschmiere.«

»Nicht zu Hause und auch nicht, wenn du deine Eltern besuchst.«

»Na ja, das ist doch was anderes.«

»Aber warum denn? Warum kannst du bei ihm nicht ganz natürlich sein? Warum darf er nicht sehen, wie du wirklich bist, anstatt immer nur die absolut perfekte Polly? Ich will dir nichts kaputtmachen, und ich weiß, daß du dich über seinen Anruf freust, aber die Geschichte geht jetzt schon neun Monate, und ich frag mich manchmal, ob du den Typen überhaupt kennst!«

Ich seufzte, zupfte an meinen Nägeln herum und fühlte mich wirklich mit dem Rücken an der Wand.

»Ich weiß, was du meinst, Lottie, aber ehrlich gesagt, läuft alles prima. Harry mag mich einfach so, mit viel Make-up und toll angezogen und ...«

»Ganz genau. Genau das meine ich ja.«

»Ich weiß, ich weiß, aber wenn Harry es nun einmal so mag, dann mag ich es auch«, fuhr ich etwas lahm fort. Ich merkte Lotties Gesicht an, wie erbärmlich das klang, aber ich war mit meiner Überzeugungskraft am Ende. Ich riß mich zusammen.

»Die Sache ist die – ich kann dir zwar nicht erklären, warum, aber mir macht das alles Spaß. Die Vorbereitung und – die Aufregung, die Vorfreude, die sich allmählich steigert. Ich will einfach nicht, daß wir durchschnittlich und langweilig sind – uns ein paar miese Fertiggerichte nach Hause mitbringen, uns vor den Fernseher hocken und unsere Liebe für etwas Selbstverständliches halten.«

»Natürlich nicht, aber es gibt doch den berühmten goldenen Mittelweg. Ich meine ...«

»Bitte, Lottie, ich weiß, was du sagen willst, aber ganz ehrlich, ich glaube, daß ich Harry jetzt bald in der Tasche habe. In ein paar Wochen frißt er mir aus der Hand. Ich bin sicher, daß er jetzt schon ganz verrückt nach mir ist«, log ich.

Lottie sah alles andere als überzeugt aus. Ich schaute kurz auf die Uhr. Oje, schon Viertel nach sechs!

»Hör mal, es läuft wirklich alles ganz prima, ich könnte gar nicht glücklicher sein. Und ich würde mich gern länger mit dir darüber unterhalten, aber er kommt in weniger als einer Stunde, und ich brauche unbedingt ein Bad.« Neidvoll schaute ich in ihr dampfendes Wasser. »Könnte ich vielleicht ...«

»Ja, ja, steig nur rein«, sagte sie und überließ mir mit dramatischer Geste ihr Badewasser. »Ich geh ja nur mit

Sophie ins Kino. Ihr ist es sicher egal, wenn ich noch Schaum vom Rasieren an den Beinen habe.«

Ich umarmte sie glücklich. »Vielen Dank, du bist wirklich ein Schatz, und ich versprech dir, daß ich über alles nachdenken will, was du gesagt hast.«

»Versprochen?« fragte sie und wußte, daß ich es nicht tun würde.

»Versprochen«, sagte ich und wußte, daß sie wußte, daß ich es nicht tun würde.

Als sie das Bad verlassen hatte, kippte ich schnell eine halbe Flasche meines teuersten Badeöls ins Wasser, hoffte, daß der Duft Lotties gesundes Badesalz übertönen würde, und stieg hinein. Nur noch eine Stunde. Sogar noch weniger. Ich hatte keine Zeit und mußte noch soviel tun. Ich schrubbte und rasierte und wusch und spülte ab und planschte ein bißchen herum, sprang dann hinaus und rannte tropfnaß in mein Zimmer, wo ich den gesamten Inhalt meines Schrankes aufs Bett warf.

Ich schaute den Kleiderberg an und stöhnte. »O Gott, ich hab nichts anzuziehen«, jammerte ich. »Lottie, leihst du mir deine Lederhose?«

»Die ist in der Reinigung!« rief sie zurück.

»O nein! Was hast du denn sonst noch?«

Ich raste in Lotties Zimmer, wo sie gehorsam ihre gesamte Garderobe auf dem Bett ausbreitete. Ich wühlte wie eine Verrückte darin herum, rannte aber schließlich zurück zu meinem eigenen Berg und entschied mich für einen kurzen schwarzen Rock und einen roten Seidenpullover, der einen tiefen Ausschnitt hatte und mir immer wieder verführerisch von der Schulter rutschte. Ich zurrte alles mit einem schwarzen Ledergürtel zusammen. Meine Schulter sah ein bißchen anämisch aus, deshalb verteilte ich mit dem winzigen Rest des Schwämmchens, das Wellington, Lotties Yorkshire Terrier, in seiner nachdenklichen Art zerkaut hatte, ein wenig Bräunungscreme auf Schultern und Dekolleté. Ich sauste in das Wohnzimmer, wo Lottie eine Bluse bügelte.

»Wie findest du das?« fragte ich, balancierte auf dem Sofa und betrachtete mich in unserem einzigen guten Spiegel über dem offenen Kamin. Ich hatte mein Haar zu wilden Zigeunerlocken aufgetürmt, nur eben blond, und riesige goldene Ohrringe angesteckt, die den Großteil meines letzten Gehaltes verschlungen hatten und so schwer waren, daß ich fast mit vorgebeugtem Kopf gehen mußte.

»Mann!« meinte Lottie ehrlich beeindruckt. »Das haut ihn aber bestimmt um.«

»Wirklich?« Ich freute mich, Lottie war eine strenge Kritikerin. »Nicht zu nuttig?«

»Na ja, es ist schon nuttig, aber man kann eben nicht alles auf einmal haben.«

Ich zog den Pullover ein bißchen züchtiger über die Schulter. »Besser so?«

»Na ja, er rutscht sowieso wieder runter, deshalb ist es doch ganz egal. Bleibst du heute nacht weg?«

Ich ignorierte Lotties mißbilligenden Ton und sprang aufgeregt auf dem Sofa herum. »Ich glaube schon! Schließ nicht zweimal ab, aber warte auch nicht auf mich – und hör auf, mich so anzuschauen wie ein altes Fischweib mit einer Teigrolle. Warst du nie wild und leichtsinnig?«

Lottie seufzte. »Gib mir doch eine kleine Chance. Häng nicht an jeder Silbe, die er von sich gibt, wie an einer Offenbarung, zerre ihn nicht in seine Wohnung, wenn er eine Tasse Kaffee vorschlägt, bügle ihm nicht jedes Hemd, das er sein eigen nennt, und ...«

Es klingelte mitten in diese Predigt hinein. Ich sprang vom Sofa und dann gleich wieder hinauf und geriet in Panik.

»Er kommt zu früh! Machst du auf, Lottie?«

»Na klar, dann glaubt er wirklich, daß es eine glückliche Nacht für ihn wird.« Lottie stand immer noch in ihrer Unterwäsche da. »Eine leichte Beute nach der anderen.«

Sie verschwand, um sich anzuziehen. Ich drückte auf den Türöffner, und mein Herz klopfte so laut wie das Tapp, Tapp, Tapp seiner Füße, die die Treppe heraufkamen.

Ich wußte, daß ich mich irgendwann beruhigen würde, aber in der ersten halben Stunde wirkte ich so, als hätte ich Drogen genommen. Ich sprang wie närrisch hin und her, redete mit einer viel zu hohen Stimme, atmete schwer, bot ihm Zigaretten an, obwohl er nicht rauchte, und schenkte ihm ein großes Glas Gin ein, obwohl er doch Whisky trank. Jeder andere, meinte Lottie, würde schrecklich unsicher werden und vermuten, daß die Woche über ein kettenrauchendes, Gin saufendes Mannsbild der Platzhirsch war, nicht aber Harry.

Er kam in die Wohnung wie ein junger Golden Retriever, genauso langbeinig und blond und weichhaarig. Er sah göttlich aus – wie immer. Braungebrannt von einem verlängerten Ski-Wochenende, das Haar von der Sonne gebleicht. Ich fühlte, wie sich meine Haarwurzeln vor Eifersucht sträubten.

»Polyester!« rief er, als er zur Tür hereinstürmte und mich ziemlich grob aufs Sofa warf. »Wie zum Teufel geht es dir? Halt dich fest, wir starten!«

Ich schrie vor Lachen, als das Sofa sich selbständig machte und durch den Raum rollte. Lottie kam im Morgenmantel und ein Stück Kuchen essend herein. Sie wich dem Sofa mit müder Gleichgültigkeit aus. Sie hatte das alles schon mal gesehen.

Harry blickte zu ihr auf, als das Sofa neben ihr zum Stillstand kam. »Hallo, Lottie, was macht dein Sexlife?« fragte er und zog an ihrem Bademantelgürtel.

»Es ist nicht so kompliziert wie deins, nehme ich an«, antwortete Lottie trocken und band den Gürtel wieder zu einer Schleife.

Harry lachte nervös. Lottie gegenüber war er unsicher, sie war ihm ein bißchen zu schlau. Er warf das Haar zurück. »Hier ist es mal wieder schön sauber und ordentlich, wie immer«, sagte er und sah sich in der chaotischen Wohnung um. »Das Bügelbrett steht anscheinend immer hier? Ist wohl moderne Kunst, oder? Haha!«

»Nein, reine Schlamperei«, sagte Lottie schlagfertig.

Harry richtete seinen kornblumenblauen Blick auf mich. Gott, sah er gut aus! Ich biß mir in die Hand, um ihm nicht den ersten Kuß zu geben. Warte darauf, Polly, warte darauf… Ah, da kam er ja. Er beugte sich zu mir herunter und küßte mich leicht auf den Mund. Er fing immer mit einem kleinen Kuß an, und erst dann kam der große Clinch. Ich machte begeistert mit, bedachte aber, daß Lottie noch im Zimmer war.

Als ich ihn schließlich losließ, grinste er träge und sexy, und seine blauen Augen fraßen mich förmlich auf. Er nahm mein Kinn in die Hand. Ich lächelte, von Liebe überwältigt.

»Nun, kleine Polly«, sagte er lässig, »was hast du denn die ganze Woche getrieben? Ich hab dich ja seit einer Ewigkeit nicht mehr gesehen. Braves Mädchen gewesen?«

Es klang so, als hätte ich ihm ein paarmal abgesagt, dabei hatte ich das Telefon angestarrt und auf seinen Anruf gewartet.

»Ach, es war allerlei los«, sagte ich so leichthin wie möglich. Harry liebte unabhängige Frauen. »Ein paar Cocktails, dann war ich ein-, zweimal zum Lunch.«

»Ist ja wunderbar. So was höre ich gern. Immer den Finger am Puls der Zeit.«

Mein eigener Puls raste, als er mir mit den Fingern durchs Haar fuhr. Er kam nur langsam voran, und ich sprang auf, als mir klar wurde, daß er sich durch eine Tonne Haarfestiger und Gel durcharbeiten mußte. »Ich brauche eine Zigarette«, sagte ich schnell.

Er setzte sich auf und sah mir beim Anzünden zu. Ich wußte, daß er mir gerne dabei zusah, deshalb ließ ich mir Zeit, stellte mich dann mit dem Rücken zum offenen Kamin – Brust raus, Bauch rein – und lehnte mich gegen die marmorne Einfassung. Es war ziemlich unbequem, aber wirkungsvoll. Anerkennend musterte er mich von Kopf bis Fuß.

»Du siehst heute abend verdammt appetitlich aus, toll. Wollen wir essen gehen, bevor ich dich vernasche? Oder wollen wir das Verfahren abkürzen?«

»Das würde deinem Portemonnaie so passen«, murrte Lottie. Harry hörte es nicht, aber ich, und deshalb erklärte ich tapfer: »Ehrlich gesagt, ich bin ziemlich hungrig.«

»Natürlich bist du das, mein kleiner Kürbis. Sollte ein Witz sein. Wohin willst du gehen?«

»Ach, ich weiß nicht. Warum nicht ins Giovanni?«

»In Ordnung. Gehen wir.« Er trank sein Glas aus und erhob sich, bereit für einen Tapetenwechsel.

Ich wunderte mich immer wieder darüber, wie schnell er sich langweilte. Er war wie ein kleines Kind, das immer wieder ein neues Spielzeug braucht.

Ich sprang auf, drückte meine Zigarette aus, kippte mein Glas hinunter, das heißt, ich schüttete mir das meiste über den Pullover und verschluckte mich am Rest. Lottie schüttelte ungläubig den Kopf.

»Nur ruhig, Schätzchen!« Harry klopfte mir auf den Rücken und lachte. »Daß du mir bloß nicht erstickst! Gut, wir gehen. Hast du deine Tasche gepackt?«

»Äh – nein, noch nicht.«

Ich hatte noch nichts zusammengepackt. Das letzte Mal hatte er mich nämlich um halb elf nach Hause gebracht und gesagt, daß er jetzt zu einem Ball müsse – hatte er mir das denn nicht erzählt? Er hatte nicht, und ich war mir wie eine Vollidiotin vorgekommen, als ich mit meinem Übernachtungsköfferchen in der Hand die Treppe zu meiner Wohnung hinaufgestapft war.

»Es geht blitzschnell«, sagte ich, nahm einen Slip von der Heizung und stopfte ihn in meine Handtasche. »Fertig!«

Harry zog die Augenbrauen hoch. »Das ist alles?«

Ja, das war alles, oder hielt er das für schlampig?

»Äh – nein, natürlich nicht, eine Sekunde ...«

Ich lief in mein Zimmer. »Keine Eile! Keine Eile!« rief er hinter mir her, aber ich war zu aufgedreht, um mich bremsen zu können.

Überhaupt nichts kam mir sauber vor, deshalb wühlte ich im Wäschekorb herum und zog schließlich eine marineblaue Bluse heraus, bei der man den Schmutz nicht sah, schnappte meine Reinigungsmilch, die Tagescreme und meine Zahnbürste, obwohl ich immer gern seine benutzte. Ich fischte unter dem Bett herum, zog eine alte Tasche hervor und stopfte alles hinein.

Als ich ins Wohnzimmer zurückkam, stand er in der Tür, spielte mit den Schlüsseln und sah ungeduldig aus.

»Tut mir leid«, stieß ich hervor, »ich konnte keine Bluse finden.«

»Macht nichts. Fertig?«

»Ja – tschüs, Lottie!«

Ich winkte ihr zu, ohne sie anzusehen. Ich hatte nicht die Nerven, ihren kritischen Blick zu ertragen; und ich mußte auch los, Harry war schon im Treppenhaus verschwunden. Komisch, daß er immer ein paar Schritte vorausgehen muß, dachte ich, als ich aus dem Haus trat. Er ließ schon den Motor aufheulen. Ich rannte zur Beifahrertür und limbotanzte mich in seinen ultraniedrigen Miezenschlepper. Mit einem Kavalierstart schossen wir davon.

Das ist auch so was, dachte ich, als ich mich in den knallengen Schalensitz zwängte. Warum nehme ich ihn eigentlich nicht mal richtig aus? Warum sage ich nicht einfach: Heut abend hätte ich Lust, ins Le Gavroche zu gehen.

Als er vor dem billigen kleinen Italiener parkte, dachte ich daran, daß er sich hier in der ersten magischen Nacht in mich verknallt hatte. Ich hoffte immer, daß auch er sich daran erinnerte.

Während wir uns durch das einzige genießbare Menü auf der Karte kämpften – Avocado, Mozzarella mit Tomaten und hinterher Kalbfleisch Marsala –, kugelte er sich vor Lachen über ein paar Storys, die ich im Lauf der Woche für ihn gesammelt hatte. Meine Bemühungen wurden reichlich belohnt.

Er lehnte sich auf seinem Stuhl zurück und wischte sich die Augen. »Polly, das ist ja irre. Ich weiß gar nicht, wo du diese Geschichten herhast.«

Aus meiner Phantasie natürlich, wäre die richtige Antwort gewesen. Aber warum die langweilige Wahrheit auftischen, wenn man eine gute Lüge zur Hand hat? Mir glühten die Wangen vor Freude über meinen Erfolg, und ich schenkte mir noch ein Glas Wein ein, obwohl ich dachte, daß wir hier eigentlich verkehrte Welt spielten. Sollte nicht er mich bei Laune halten und mit geistreichen Witzen umgarnen? Und warum schenkte ich mir mein Glas eigentlich selbst ein? Lotties weise Worte kamen mir in den Sinn, aber ich verdrängte sie eilig. Absoluter Schwachsinn, ich amüsierte mich prächtig.

O Gott, er hatte schon angefangen, und ich hatte nicht zugehört. Hastig gab ich mir den Anschein, als achtete ich sehr konzentriert auf seine Worte. Er beglückte mich wie jede Woche mit den neuesten Börsenberichten.

Ich verstand nichts von Aktien, aber da Harry mir alles schon zweimal erklärt hatte – das zweite Mal in dem geduldigen Ton, in dem man einem geistig Zurückgebliebenen etwas beizubringen versucht –, traute ich mich nicht mehr zu fragen. Ich lächelte nur verständnisvoll, nickte ständig und flocht, sooft er eine Pause in seinem Monolog machte, Bemerkungen ein, die mir passend erschienen:

»Wirklich, so viel?«

»Zweiundvierzig Prozent, großer Gott.«

»Nein, natürlich nicht, das wären ja Geschäfte aufgrund von Insiderinformationen.«

Es waren ausschließlich Zufallstreffer, die ich landete, aber er schien es nie zu merken. Wenn er erst einmal losgelegt hatte, konnte nichts und niemand ihn aufhalten, und dann hörte er sowieso nicht auf das, was ich sagte. Das paßte mir ganz gut, weil ich in der Zeit Atem schöpfen und mir weitere unglaubliche Lügengeschichten ausdenken konnte, um ihn später damit zu unterhalten.

»Polly?«

Harry tupfte sich den Mund mit der Serviette ab und sah mich nicht gerade freundlich an. Himmel, er hatte die Geschichte beendet, die er mit den Worten »Ich glaube, das wird dich amüsieren« angefangen hatte, und ich konnte mich absolut nicht mehr daran erinnern, um was es gegangen war. War es zu spät, um ein bißchen zu lachen? Ganz eindeutig. Ich schüttelte den Kopf und verzog den Mund zu einem, wie ich hoffte, schmerzlichen Lächeln.

»Wie komisch, aber wenn man es sich überlegt, ist es auch traurig, findest du nicht?«

Harry sah etwas verwirrt aus. »Äh – na ja, für seine Frau vielleicht. Du kannst Gift darauf nehmen, daß es nicht *ihr* BH war.«

Bevor er Zeit hatte fortzufahren, wechselte ich mit meiner berühmten sprunghaften Art das Thema und berichtete ihm von meiner Begegnung mit Adam Buchanan. Natürlich schmückte ich die Geschichte wahnsinnig aus und ließ den verzweifelten Mann praktisch an meiner Schulter schluchzen, ließ ihn mich anflehen, ihm dabei zu helfen, seine Freundin wiederzufinden. Ich erwartete natürlich, daß Harry dröhnend lachen, daß er über ein so liebeskrankes, unmännliches Verhalten spöttisch grinsen würde, aber es kam ganz anders. Er rutschte nach vorn, er beugte sich sogar über den Tisch, um mich besser zu verstehen. Das war eine Premiere. Sonst lehnte er sich nämlich immer zurück. Ich war diejenige, die sich meist vorbeugte. Einmal hatte ich mich zurückgelehnt in der Hoffnung, daß er sich dann vorbeugen würde, aber es klappte nicht, und wir mußten ziemlich laut schreien, um uns verstehen zu können. Aber jetzt wollte er jede kleine Einzelheit hören und stellte überaus mitfühlende Fragen.

»Wie ungewöhnlich. Sie sind also verlobt?«

»Offenbar.«

»Und jetzt ist sie einfach verschwunden?«

»Behauptet er.«

»Und der Vater glaubt, daß er einen schlechten Einfluß auf sie hat? Du kannst Gift darauf nehmen, daß Daddy sie irgendwo versteckt, der Mistkerl. Und dieser Amerikaner weiß wahrscheinlich nicht, wo er nach ihr suchen soll, er kennt in London sicher keinen Menschen, stimmt's?«

»Nein, er kennt niemanden, deshalb ist er mir ja auch gefolgt, wegen meines College-Schals.«

»Und was willst du jetzt tun?«

»Tun?«

»Ja, um ihm zu helfen. Hast du nicht gesagt, daß du versuchen willst, ihm zu helfen?«

Ich rutschte nervös herum. »Na ja – nein – nicht wirklich.«

»Und warum nicht?«

»Na ja, erstmal hab ich das Mädchen in der Schule gar nicht gekannt. Und dann, was könnte ich denn tun?«

»Auf jeden Fall mehr als er in einem fremden Land, das ist doch klar. Laß dir doch mal was einfallen.«

Das saß. Ich lächelte ihm süß zu. »Ja, aber eigentlich geht es mich doch nichts an, oder?«

»Nur daß er mit seinem Problem zu dir gekommen ist und dich gebeten hat, ihm zu helfen. Mensch, Polly, findest du das nicht äußerst spannend? Überleg doch mal, sich zu verlieben und den Menschen zu finden, mit dem man den Rest seines Lebens zusammenbleiben will, und dann löst sich ausgerechnet dieser Mensch gewissermaßen in Luft auf. Ganz schön verwirrend, wie?«

Ich schnaubte spöttisch. »Warum soll sie sich denn in Luft aufgelöst haben, Harry? Vielleicht hat sie sich in einen gutaussehenden Knaben aus Bayswater verliebt. Wer weiß denn, ob dieser Amerikaner überhaupt die Wahrheit sagt? Wer weiß überhaupt, was da eigentlich los ist?«

»Du jedenfalls nicht«, sagte Harry und schenkte sich Wein nach.

Ich holte tief Luft und griff nach meinem Glas. Mein Gott, er war sauer. War tatsächlich sauer, weil ich die Geschichte nicht zu Ende erzählen konnte, weil ich die Pointe selbst nicht wußte. Man hatte Harry sein neues Spielzeug weggenommen, als es anfing, ihm Spaß zu machen. Na ja, tut mir leid.

Aber meine Empörung galt eigentlich etwas anderem, und ich wußte es. Was mich wirklich umgehauen hatte, war der Satz von Harry, der Bände sprach: »Sich zu verlieben und den Menschen zu finden, mit dem man den Rest seines Lebens zusammenbleiben will.« Hatte er das wirklich gesagt? Harry, der ewige Schürzenjäger, der sich kaum auf einen Drink in einer Kneipe einließ, geschweige denn darauf, den Rest seines Lebens mit einer Frau zu verbringen? Harry, den ich selbstverständlich für einen emotionalen Krüppel hielt, weil er offenbar noch nie eine romantische Liebe erlebt hatte?

Ich war überzeugt gewesen, daß seine Kindheit daran schuld war. Ich hatte viele glückliche Stunden damit verbracht, mir die strenge und puritanische Erziehung vorzustellen, die ihm seine kompromißlosen und zweifellos brutalen Eltern hatten angedeihen lassen – zu viele Schläge als Kind, nicht genug Schokolade, nicht genug Fernsehen –, im Vergleich zu meiner eigenen verschmusten, extrem schokolade- und fernsehreichen Kindheit. Ich war ganz sicher, daß seine negative Einstellung daher kam, daß ich ihn aber mit ein wenig Geduld auf den richtigen Weg bringen und ihm beibringen könnte, was Liebe eigentlich war. Doch jetzt stellte sich heraus, daß er es schon wußte. Er wußte es und mehr als das – und da erstickte ich fast an meinen Zucchini –, er fand Liebe »wunderbar«! Harry war genau wie der Rest der menschlichen Rasse auf der Suche nach der schwer zu fassenden Liebe, und ich hatte seine intensive Suche danach einfach für die unersättliche Lust gehalten, jedem Mädchen, das er zu fassen kriegte, die Hand unter den Rock zu schieben.

Ich kämpfte so anmutig wie möglich mit den Zucchini, zwang mich dazu, sie runterzuschlucken, und bemühte mich verzweifelt, mich zu erinnern, was zu dieser welterschütternden Enthüllung geführt hatte. Ach ja, Rachel Soundso.

»Jedenfalls«, sagte ich und schluckte noch einmal, »ich glaube nicht, daß ich da groß helfen könnte. Ich kannte das Mädchen ja gar nicht. Ich weiß nur von dem Photo, das er mir gezeigt hat, wie sie aussieht.«

»Das ist es ja gerade«, sagte Harry schneidend. »Du steckst mal wieder den Kopf in den Sand.«

Ich war wütend. »Wie kannst du so was sagen? Was soll ich denn machen, soll ich all die ehemaligen Schülerinnen anrufen, die ich im Telefonbuch finde, und sie ausquetschen?«

»Das würde niemandem weh tun«, erklärte er. »Dann hättest du bei der Arbeit zur Abwechslung mal was zu tun.«

Harry machte das Ganze offenbar großen Spaß. Ich wurde langsam aber sicher immer wütender, und er legte es geradezu darauf an, mich auf die Palme zu bringen.

Und wie eine Geisteskranke ließ ich mich von ihm provozieren. »Nur damit du Bescheid weißt«, zischte ich wütend, »ich habe versprochen, mich darum zu kümmern.«

Harry warf den Kopf zurück und wieherte vor Lachen. »Ach, tatsächlich? Inspektor McLaren kümmert sich darum! Du willst also zwei, drei alte Freundinnen anrufen, ja? Ich freu mich darauf zu erfahren, wie du den Fall lösen willst.«

Der Kellner kam, um unsere Dessertbestellung aufzunehmen. Ich kochte vor Wut und zerfetzte meine Papierserviette in Millionen kleine Fitzelchen. Wir schwiegen eisern, während Harry eine köstlich aussehende Creme aß, die ich natürlich abgelehnt hatte. Wart nur! dachte ich. Ich brauche genau zwei Minuten, um dieses Mädchen zu finden. Wart nur! Ich trank den Rest meines Glases auf einen Zug aus, und das beruhigte mich irgendwie. Sei vernünftig, Polly. Das ist doch lächerlich. So kann man doch keinen Abend beschließen.

Harry dachte offenbar etwas Ähnliches. Schließlich ist es nicht gerade lustig, mit einem wütenden Mädchen ins Bett zu steigen. Er versuchte offensichtlich, gutes Wetter zu machen. »Und wie geht es deinen Eltern?« fragte er und lächelte mich zärtlich an.

Ich lächelte zögernd zurück. Ich liebte meine Familie und erzählte, wenn mir jemand zuhörte, lange Geschichten über meine wunderbaren Eltern und meine tollen älteren Brüder.

»Es geht allen gut, danke.«

»Leben immer noch auf dem Land?« fragte er und grinste mich ein bißchen spöttisch an.

Er mußte wirklich alles kaputtmachen, oder? Ganz am Anfang unserer Bekanntschaft hatte ich ihm einmal erzählt, daß ich übers Wochenende nach Hause aufs Land führe. Er lachte schallend, als er erfuhr, daß wir in Esher wohnten.

»Esher ist doch nicht Land! Das ist genausowenig Land wie Surbiton.«

Ich war sehr rot geworden; ich hatte Esher immer sehr gemocht. Harrys Eltern lebten in Derbyshire, »richtig«

auf dem Land, sein Vater war ein Gutsbesitzer, aber natürlich einer, der niemals selbst die Felder pflügte und sich die Finger schmutzig machte; das taten seine Angestellten. Nein, Harrys Vater lief auf seinem Besitz umher und ordnete an, wo Zäune errichtet und Gräben ausgehoben werden sollten, und er schoß Fasane oder Rebhühner, wenn er sich danach fühlte.

Mein Vater war nichts so Großartiges, er war Arzt in unserem Kreiskrankenhaus. Ein bescheidener Mann, der nichts besonderes tat, außer jeden Tag Leben zu retten und Leute vom Tod zu erwecken. Einen Tag kam ein Hirntumor dran, am nächsten Tag ein Herzinfarkt; reine Fließbandarbeit. Ich war immer sehr stolz auf meinen Vater gewesen, aber Harry hatte mir den Kopf gewaschen.

»Das klingt doch sehr nach Mittelklasse, Polly, wie alle diese Berufe.«

Er hatte mich einmal einigen seiner schicken Freunde mit den Worten »Das ist die Tochter des Doktors von Esher« vorgestellt und gelacht. Warum nur? Aber egal, ich lerne immer gern dazu. Und zum Glück hatte ich schon genug gelernt, um zu wissen, daß ein Haus einfach nicht genug ist. Mit diesem neuen Wissen im Hinterkopf beantwortete ich seine Frage.

»Ja, sie sind zur Zeit in Esher«, antwortete ich. »Gerade aus unserem Domizil in London zurückgekommen.«

»Ach, wirklich?« Harry sah mich erstaunt an. »Ich wußte gar nicht, daß deine Eltern ein Haus in London haben.«

Das wußte ich auch nicht, aber offenbar hatte ich gerade eines erfunden.

»Doch«, log ich, »wir haben immer was Kleines hier. Das ist so praktisch.«

»Oh!« Er lachte. »Was Kleines. Was ist denn das, eine Wohnung?«

»Nein, keine Wohnung. Ich sage ›was Kleines‹ nur aus Gewohnheit, aber in Wirklichkeit ist es ein großes Haus.«

»Wirklich?« Er sah überrascht aus. »Wie groß denn?«

»Was weiß denn ich? Sechs oder sieben Stockwerke, die übliche Größe eben.«

»Sechs oder sieben Stockwerke!« Jetzt war er doch ziemlich beeindruckt. Ich hatte offenbar etwas übertrieben. »Wo ist es denn?«

»In – äh – Knightsbridge.«

»Wirklich? Wo denn in Knightsbridge?«

War er nicht ein bißchen sehr neugierig? Ich geriet fast in Panik. Nenn eine Straße, irgendeine Straße, aber sie muß in Knightsbridge sein.

»Montpellier Street.«

»Was? Montpellier Street? Meine Tante lebt in der Montpellier Street. Welche Nummer?«

Welche Nummer? O Gott! Jetzt konnte ich irgendeine Nummer nennen, es durfte nur nicht die des Hauses seiner Tante sein. Ich zögerte, es war wie russisches Roulette.

»Weißt du die Nummer eures eigenen Hauses nicht?« fragte Harry.

»Doch, natürlich, Nummer vierundzwanzig!«

»Vierundzwanzig? Das ist das Nachbarhaus. Tante Rose wohnt in Nummer sechsundzwanzig. Was für ein Zufall!«

»Na ja, so ein Zufall nun auch wieder nicht. Irgend jemand muß ja im Nebenhaus wohnen, warum nicht Tante Rose?«

»Aber dann muß sie deine Eltern ja kennen. Ich sehe sie am Sonntag und frage sie. Sie kennt sie bestimmt.«

»Nein! Ich meine – äh –, frag sie nicht, denn sie kennt sie nicht unbedingt. Weißt du, die Sache ist die – das Haus ist – vermietet. An andere Leute vermietet.«

»Vermietet? Aber du hast doch gesagt, daß deine Eltern gerade da waren.«

Ja, Polly, das hast du gesagt, das hast du wirklich gesagt.

»Ja, sie waren letzte Woche ein paar Tage lang dort, das stimmt, sie sind nämlich mit den Mietern befreundet. Alte Familienfreundschaft. Sie kennen sich schon seit Jahren, deshalb können meine Eltern immer, wenn sie in London sind, dort wohnen.«

»Wie heißen sie denn?«

»Meine Eltern?«

»Nein, Dummchen, die Freunde. Wie heißen sie? Tante Rose kennt sie vielleicht.«

Ja, Polly, wie heißen diese Leute? Diese alten Freunde der Familie, wie heißen sie noch mal?

»Nun, ich kenn sie eigentlich gar nicht, es sind Freunde meines Vaters. Papa kennt sie seit Jahren, es sind Kollegen von ihm, lauter Ärzte.«

»Ach so.« Harry sah völlig verwirrt aus, und das konnte ich verstehen. »Also warst du selbst nie dort?«

»Genau. Ich war noch nie da.« Es war eine solche Erleichterung, endlich nicht mehr lügen zu müssen, daß es mir großen Spaß machte, diese Worte zu wiederholen. »Wirklich noch nie.«

»Ach. Klingt aber wirklich ein bißchen komisch.« Großer Gott, er hörte nicht auf. Konnten wir nicht über etwas anderes reden? Über sein Ego vielleicht? Oder seinen Sexappeal? »Ein Haus in London zu besitzen, das man nicht benutzen kann …« Er schüttelte nachdenklich den Kopf, dann grinste er spöttisch. »Ich glaube, deine Eltern brauchen das Geld.«

Ich wurde wütend. »Natürlich nicht! Brauchen das Geld? Aber wo sind wir denn. Diese Leute zahlen keine Miete. Ihnen steht das Haus sozusagen kostenlos zur Verfügung.«

»Oh!«

Wirklich oh! Also wie sieht es jetzt aus? Eine extrem philanthropische Geste, oder was? Ein paar armen, verarmten Ärzten gegenüber, die eng mit deiner Familie befreundet sind, deren Namen dir aber nicht einfallen? Ein schönes sechs, nein, sieben Stockwerke hohes Haus inmitten von Knightsbridge, für das die Bewohner keine müde Mark bezahlen. Was sind deine Eltern eigentlich, Missionare? Wiedergeborene Christen?

Glücklicherweise brachte der Kellner eine Flasche Wein, die, laut Harry, nach Korken schmeckte. Dadurch wurde er abgelenkt. Ich dankte dem unglücklichen Kellner aus tiefstem Herzen. Aber mir wurde auch klar, daß ich durch mein dummes Geschwätz irreparablen Schaden angerichtet hatte. Es verstand sich von selbst, daß Harry jetzt nie meine Eltern kennenlernen durfte. Ich stellte mir vor, wie er sich nach einem sonntäglichen Lunch in Esher mit meinem Vater zu einem ruhigen Gespräch hinsetzte. »Polly hat mir erzählt, daß Sie ein Haus in der Montpellier Street besitzen, Mr. McLaren.« O nein, das durfte niemals geschehen. Sie durften sich nie begegnen. Also konnte ich ihn auch nicht heiraten! Oder wenn ich es doch täte, würden meine Eltern nicht zur Hochzeit erscheinen dürfen. Es war entsetzlich.

Ich seufzte, als Harry die neue Flasche probierte. Na ja, irgend etwas würde sich schon ergeben. Vielleicht würden wir das Haus verkaufen. Ja, das war es, wir würden es verkaufen. Wir würden das verdammte Haus ein für allemal loswerden. Mir wurde es gleich viel leichter ums Herz.

Die neue Weinflasche war in Ordnung und ging offenbar aufs Haus, deshalb war Harry guter Laune und wollte auch mich aufheitern.

»Und wie geht es deinem gräßlichen Chef? Macht er dir und Pippa das Leben noch immer so schwer?« fragte er.

Ich lächelte. Das war endlich einmal ein Thema, bei dem wir einer Meinung waren. Für Harry war jeder Mann, der westlich der City und erst recht westlich der Fleet Street sein Geld verdiente, entweder schwul oder Immobilienmakler. Wenn er weder das eine noch das andere war, dann war er garantiert ein Werbefritze, und das war überhaupt das allerletzte. Wenn ihm danach war, konnte Harry einen hochmoralischen Ton anschlagen und sich stundenlang über das Verbrechen auslassen, den arglosen Menschen völlig unnötige Produkte aufzuschwatzen. Dann fiel er über rückgratlose Individuen wie Nick her, die, da es ihnen nicht gelungen war, einen anständigen Beruf zu ergreifen, in die Werbung gegangen waren und dort auf unanständige Weise enorme Gelder verdienten.

Für Frauen war es seiner Meinung nach in Ordnung, dort zu arbeiten. Frauen mußten im West End arbeiten, um in der Nähe der Boutiquen zu sein, sich zum Lunch zu treffen und über ihre Freunde reden zu können, die im Banker-Viertel arbeiteten. Aber für einen Mann war die Arbeit in einer Werbeagentur das allerletzte.

Ich erzählte Harry, wie Nick mich heute angeschrien hatte, weil ich während einer Besprechung an seine Tür geklopft und ihn sehr höflich etwas sehr Wichtiges gefragt hatte.

Harry beugte sich über den Tisch, nahm meine Hand und streichelte sie liebevoll. »Aber er ist ein Werbemann, Kleines, das darfst du nie vergessen, er ist nicht wie wir. Er hat keine Ahnung, wie man mit einer Dame sprechen muß. Er hat vielleicht nicht einmal eine Public School besucht.«

Nick war an der Elite-Schule Harrow gewesen, aber das erwähnte ich nicht. Ich genoß es, daß Harry mir die Hand streichelte, und war geschmeichelt, daß er mich eben indirekt als Dame bezeichnet hatte. Er bestellte mir einen Cointreau, ohne mich auch nur zu fragen, ob ich einen wollte. Ich nippte daran, während er die Rechnung beglich, und fühlte mich wieder sehr wohl in meiner Haut.

Ich blieb sogar völlig gelassen, als eine Wasserstoffblondine in einem hautengen schwarzen Kleid vorbeiging und Harry fast den Tisch umwarf, weil er dermaßen schnell aufsprang, um sie begeistert auf beide Wangen zu küssen.

»Also bis morgen im Ransome!« rief er ihrem schaukelnden Po nach, der in Richtung Klo verschwand und die meisten Männer im Raum hypnotisierte.

Ich versuchte, den Mund zu halten, aber es gelang mir nicht. »Was ist denn im Ransome los?«

»Ach, nur eine kleine Party. Ein Freund von mir, den ich seit Ewigkeiten kenne, gibt dort zu seinem Geburtstag ein Dinner. Er zahlt alles, deswegen können natürlich nur geladene Gäste kommen. Tut mir leid, meine Süße, ich würde dich wahnsinnig gern mitnehmen, leider geht es nicht. Ich fürchte, es wird ziemlich langweilig, aber ich muß hin.« Er trank sein Glas aus. »Fertig, Liebling?« Er stand auf und hielt mir den Mantel hin.

Ich war überrascht über den eiligen Aufbruch, trank aber gehorsam den Cointreau aus. »Ich bin soweit.«

Ich schlüpfte in meinen Mantel, schlüpfte auf den Beifahrersitz, schlüpfte in seine Wohnung und schlüpfte dort gleich in sein Bett.

Na ja, so ist es mit Harry immer, dachte ich, während ich auf ihn wartete. Er putzte sich eine Ewigkeit die Zähne. Ich fühlte mich wie ein gut abgerichteter Pudel. Vom Restaurant ins Auto, in die Wohnung, ins Bett. Du kennst ja die Regeln, Polly. Ich beklagte mich natürlich nicht. Keine Rede davon.

Harry erschien in der Tür und sah aus wie eine Zahnpastareklame; groß, blond, braungebrannt und mit schneeweiß blitzenden Zähnen. Ich kicherte, weil ich wußte, was jetzt gleich kam. Harry hatte das Sprungbrett vom Swimmingpool seiner Eltern geklaut und unweit des Bettes in den Fußboden geschraubt. Er würde darauf herumspringen und sich dann mit einem Schrei, der einem durch und durch ging, auf sein Opfer werfen. Ich mußte jedesmal wieder wahnsinnig kichern, aber als ich Lottie davon erzählte, sah sie mich entsetzt an und riß die Augen weit auf, als hätte ich ihr gesagt, daß er sich als Märchenprinzessin verkleidete und mich anflehte: »Schlag mich, schlag mich!«

Der Sprung vom Brett bestimmte weitgehend den Verlauf des Abends, denn was darauf folgte, kann man nur als vergnügliche Bumserei bezeichnen. Er lachte sich dabei immer fast kaputt, und ich gab kichernd spitze Schreie von mir. Zwischendurch fanden Kissenschlachten statt und einmal sogar eine Wasserschlacht mit Sprühflaschen. Alles letzten Endes nur, damit Harry sich nicht langweilte. Es war natürlich lustig, und ich vermute, daß ich jedesmal ein paar Pfunde abnahm – Komplexe wegen der Figur durfte man nicht haben, denn das Licht blieb selbstverständlich an –, aber es war nie, keine Sekunde lang, auch nur ein bißchen romantisch.

Es wäre absolut fehl am Platz gewesen, wenn ich irgendwann irgendwas Romantischeres gemurmelt hätte als

»O nein, doch nicht schon wieder auf der Kommode!« oder »Komm und fang mich!« vom Kleiderschrank herunter.

Einmal rutschte mir in einem besonders trunkenen und verrückten Augenblick, nach einer überaus leidenschaftlichen Balgerei, bei der wir halb aus dem Fenster hingen, heraus: »O Harry, ich liebe dich!« Aber er sah mich so entsetzt und überrascht an, daß ich so etwas nie mehr sagte.

Dieser Abend war keine Ausnahme. Der Junker und sein Frauenzimmer, denn genauso fühlte ich mich immer – wie ein richtiges Frauenzimmer –, tollten und tobten, kreischten und glucksten bis halb drei Uhr morgens herum.

Genau um halb drei setzte Harry sich im Bett auf und sah mich seltsam und fragend an. »Und was willst du jetzt, Polly?« fragte er.

Was ich wollte? Am liebsten schlafen. Schließlich war es halb drei, und ich mußte in ein paar Stunden schon wieder ins Büro. Ich hatte auch das Gefühl, daß wir fast alles durchprobiert und die heißesten Szenen aus den *Canterbury Tales* nachgespielt hatten. Doch ich wollte kein Spielverderber sein, deshalb riß ich die Augen auf und lächelte ihn fragend an.

»Ich weiß nicht, Harry, was hättest du denn gern?«

»Nun, wir wär's mit einer kleinen Rasur?« fragte er unschuldig.

Eine Rasur? Ich setzte mich auf und sah ihn erstaunt an. Was wollte er damit sagen? Ich dachte, ich hätte mich rasiert. Ich strich mir mit der Hand über die Beine. Alles in Ordnung. Ein oder zwei Stoppeln, aber das war auch zu erwarten gewesen, ich hatte ja kaum Zeit gehabt, mich zurechtzumachen. Ich zog die Stirn kraus. Unter den Armen! Mir blieb fast die Luft weg. Hatte ich das etwa vergessen? Saß ich in Harrys Bett wie ein italienischer Kugelstoßer, hatte ich verschwitzte Haarbüschel unter den Armen? Nein, falscher Alarm, alles war zart und glatt wie ein Babypopo. Was konnte er dann mit einer Rasur meinen? Ich war verwirrt und gleichzeitig begierig, zu erfahren, was er meinte.

»Da unten, Polly.« Er zeigte auf die Stelle.

Ich folgte der Richtung seines Zeigefingers und verschluckte mich fast. Da unten? Eine Rasur da unten? Alles? Doch wohl bestimmt nicht! Das konnte er doch nicht im Ernst vorschlagen. Ich sah ihn wieder an, und mir schoß durch den Kopf, daß er mir vielleicht einen Streich spielen wollte, über den er später mit seinen Freunden in einer Kneipe lachen würde. »Polly hat tatsächlich geglaubt, ich wollte sie rasieren. Stellt euch das vor!« Ich musterte ihn forschend. Nein, es schien ihm ernst zu sein. Er grinste von einem Ohr bis zum anderen. Harry hatte sich ein neues Spiel ausgedacht. Es hieß »Polly verunstalten«. Ich schluckte.

»Also, was hältst du davon?« fragte er.

Ja, was hältst du davon, Polly? Kahlrasiert? Was hältst du davon? Ich versuchte, die Sache rauszuzögern.

»Na ja, ich bin mir nicht ganz sicher. Glaubst du nicht, daß es hinterher ein bißchen – äh – stachlig wird, ich meine, hinterher? Für uns beide?« Ich wollte nicht selbstsüchtig erscheinen.

»Na ja, vielleicht ein bißchen, aber es dauert ja nicht lange, bis es wieder nachwächst.«

»Wirklich?«

Dumm, sehr dumm. Harry verwechselte dieses idiotische, impulsive »Wirklich?« mit echter Zustimmung; er reagierte darauf, als hätte ich »Ja, bitte!« gesagt und sprang eilfertig aus dem Bett.

»Toll!« rief er fröhlich und lief ins Badezimmer.

Mit Bangen hörte ich, wie er sich dort zu schaffen machte; Wasser lief, Rasierklingen wurden gewechselt, vielleicht sogar geschärft. O Gott! Ich spähte unter die Bettdecke und sah mich zum letzten Mal wehmütig an. Da war er auch schon zurück, splitternackt, bewaffnet mit einer großen Schüssel dampfendem Wasser, einem flauschigen weißen Handtuch, einem Rasierapparat und einem irren Jack-Nicholson-Grinsen. Er stellte alles aufs Bett, er hatte offenbar große Übung darin. Ich erwartete halb und halb, daß er ein Paar Gummihandschuhe unter dem Bett hervorholen würde.

»Jetzt halt still, Polly, sei ein liebes Mädchen.«

»Ich will nicht mehr!« quietschte ich.

»Sei nicht albern, du merkst doch nichts davon.«

Wirklich nicht? dachte ich und fühlte eine Menge heißes, seifiges Wasser auf meine unteren Regionen klatschen. Plötzlich wußte ich, daß ich über den gewissen Punkt hinaus war. Es gab kein Zurück. Harry summte vergnügt vor sich hin: »Tum-ti tum-ti tum-ti tum.« Ich wagte nicht, mich zu rühren. Ich lag da wie zu Stein erstarrt, zuckte mit keinem Muskel, hob nicht mal den Kopf vom Kissen, um der Operation zuzuschauen. Denn *was wäre, wenn er abrutschte*, lieber Gott? Was wäre, wenn seine Hand auch nur einen Millimeter abrutschte? Ich wagte nicht, daran zu denken.

»Ich brauche mehr Seife!« rief er fröhlich und marschierte, pfeifend und von seiner Tätigkeit erfüllt, ins Badezimmer.

Ich schaute hastig nach unten. Heiliger Bimbam! Das ging aber schnell; ich war schon halb kahl. Auf der einen Seite sah ich aus wie acht Jahre und auf der anderen wie zweiundzwanzig. Verzweifelt dachte ich, daß ich noch eine Chance hätte, wenn er jetzt aufhörte. Vielleicht konnte ich die eine Seite rüberkämmen, um die kahle Stelle zu verdecken, ja, das war's! Zu spät. Der dämonische Friseur war schon wieder da, der Rasierer glänzte in seiner Hand, und Wahnsinn glitzerte in seinen Augen. Ich dachte lange und intensiv an England, während er sein Werk vollendete und mich dann gründlich wusch.

»Das hätten wir!« sagte er und räumte eifrig alles ins Bad zurück.

Ich setzte mich auf und schaute an mir herab. War ich das wirklich? Und wenn das so war, wo war meine Unterhose? Ich entdeckte sie auf dem Sprungbrett, schnappte sie mir und zog sie in der Eile verkehrt rum an.

»Polly, nicht ...« Er zog daran, ich zog daran. Ich gewann.

Da saß ich nun in meiner Unterhose und zwang mich zu einem Lächeln.

»Was hältst du davon?« Er grinste. »Mal was Neues fürs Wochenende, Madame?«

»Wie wär's mit einem Toupet?« fragte ich gezwungen fröhlich und lächelte tapfer.

»Also es gefällt dir?«

»O ja, ist doch prima, ja, herzlichen Dank.«

Soll ich ihm ein Trinkgeld geben? dachte ich wild. Ich meine, was erwartete er von mir? Experimentierte mit mir herum und fragte mich, wie ich das fand. Tränen stiegen mir in die Augen. Eine lief mir sogar über die Wange. Harry endeckte sie.

»Aber Polly, was ist denn los? Findest du es nicht schön? Das hättest du mir sagen sollen!« Er legte den Arm um mich. »Du bist so ein Dummchen!«

Ja, das bin ich wirklich, oder etwa nicht? Aber ich liebe

ihn eben, und Liebe läßt uns alle möglichen verrückten Dinge tun. Ich schniefte und kuschelte mich an seine Schulter.

»Mach dir bloß keine Sorgen, es wächst bald nach«, sagte er fröhlich.

Wo hatte ich diese Worte bloß schon mal gehört? Sie kamen mir sehr bekannt vor. Ach ja, ungefähr zweimal im Jahr bei meinem Friseur. Natürlich war alles nur ein böser Traum, und Harry war genauso wie Raymond, der mir die Spitzen zwei Zentimeter kürzen wollte, und am Ende verließ ich jedesmal weinend seinen Laden.

»Ja, natürlich wächst es nach«, sagte ich und lächelte tapfer.

Als ich am nächsten Morgen aufwachte, merkte ich, daß er es noch dazu sehr schlecht gemacht hatte. Es sah schon jetzt wie ein Designer-Stoppelbart aus. Selbst Harry mußte zugeben, daß das nicht gerade eine Glanzleistung gewesen war.

»Tut mir leid, Polly. Weißt du was, ich mach's einfach noch einmal.«

»Auf gar keinen Fall.«

Ich wickelte mich fest in die Bettdecke ein. Harry war leicht gekränkt. »Polly, wirklich ...«

Verärgere ihn jetzt nicht! »Ich meine, vielen Dank, nein. Wirklich lieb von dir, daß du es noch einmal machen willst, aber das will ich auf keinen Fall. Trotzdem vielen Dank.«

Er akzeptierte das, wenn auch ein wenig verstimmt und widerstrebend, und er war ohnehin schon spät dran.

»Na schön, wenn du nicht willst«, sagte er und sprang aus dem Bett.

Harry badete schnell, raste dann im Schlafzimmer umher und zog sich an, während ich ins Badezimmer schlich. Ich schaute gerade müde in den Spiegel, als Harry wieder hereinkam.

»Ich muß los, Schätzchen – spielst du ein bißchen Hausfrau? Das Geschirr müßte dringend gespült werden, wenn du noch ein bißchen Zeit hast. Wir sehen uns morgen oder übermorgen.« Er küßte mich schmatzend und gab mir einen Klaps auf den Hintern. »Tschüs, Polyester!«

»Tschüs!« rief ich ihm im Treppenhaus nach und wünschte zum tausendstenmal, ich hätte ihm nie erzählt, daß mein zweiter Vorname Esther war. Mein Vater hatte das am Ende der *Swinging Sixties*, als ich geboren wurde, ungeheuer witzig gefunden. Ein Freund hatte seine Tochter Silk genannt, daraufhin hatte mein Vater mich Polly Esther getauft. Irre komisch. Idiotisch von mir, daß ich es Harry erzählt hatte, der sich fast totgelacht und es nie vergessen hatte.

Ich schaute auf die Uhr. Es war schon Viertel vor neun, ich mußte mich beeilen. Ich duschte schnell, fuhr in die Kleider und kontrollierte die Wohnung wie jede Woche auf »Spuren«.

Diese »Spuren« waren unauffällig, konnten aber auch irgendein Schmuckstück sein – vielleicht Ohrringe oder eine Halskette; ein kleines Parfümfläschchen; irgendwelche Klamotten –, besonders Unterwäsche, eben irgend etwas; wenn ich etwas gefunden hätte, wäre ich total ausgeflippt. Bisher hatte ich noch nichts entdeckt, nicht einmal eine Haarklammer, aber man konnte gar nicht vorsichtig genug sein.

Die Suche dauerte nicht lange, denn Harry gehörte zu den Minimalisten, und es gab nur wenige Stellen, an denen man überhaupt suchen konnte. Zwei, drei Schränke, eine Kommode, keine Regale. Seine Wände waren strahlend weiß, nur ein oder zwei obskure Bilder hingen an noch obskureren Stellen, zum Beispiel direkt über der Fußleiste oder über einem Fenster. Der Parkettboden glänzte immer wie frisch gebohnert, und kleine verbogene Chromteile oder Lederschnüre mit Knoten lagen hier und da bedeutsam herum, Gott weiß, warum. Dann gab es ein paar Objekte aus Chrom und Leder, die wohl Sessel und Sofas darstellen sollten – auf jeden Fall waren sie sehr unbequem und überhaupt nicht mein Geschmack, aber weil es Harrys Wohnung war, redete ich mir ein, ich fände sie ganz toll.

Die Suche nach »Spuren« beschränkte sich im großen und ganzen auf das Schlafzimmer und das Badezimmer. Ich machte Stichproben mit einem Staubkamm und litt Qualen, weil ich fürchtete, es könnten lange schwarze Haare darin hängenbleiben, aber aufhören konnte ich auch nicht.

Im Badezimmerschränkchen lag wie immer das ausgetrocknete Lip gloss, in der Nachttischschublade das angelaufene Silberarmband, aber beides war schon von Anfang an dagewesen, also okay. Keine Briefe, keine Ohrringe, keine Parfümfläschchen; nicht der geringste Hinweis auf irgendeinen weiblichen Besuch. Gut.

Ich fühlte mich sehr viel besser, trank eine Tasse Tee, schüttelte das Bett auf, spülte beinahe das Geschirr, konnte mich aber gerade noch bremsen, schnappte meine Handtasche und raste los. Ich malte mir noch schnell die Lippen an, während ich die Treppe hinunterrannte.

4. Kapitel

Pippa rollte die Augen und gestikulierte wie eine Verrückte, als ich hechelnd um Viertel vor zehn zur Tür hereinkam.

»Er wartet schon seit einer Viertelstunde auf dich!« flüsterte sie und deutete mit dem Finger auf Nicks Büro.

»O Gott!« Ich zog den Mantel aus und ließ ihn liegen, wo er hinfiel. Dann flitzte ich in Nicks Zimmer und schnappte mir unterwegs schnell noch meinen Stenoblock.

»Tut mir leid, Nick«, stieß ich hervor, als ich mich auf sein Ledersofa warf. »Die U-Bahn hatte mal wieder Verspätung.«

»Für jemanden, der nur zwei Stationen weit weg wohnt, brauchen Sie immer erstaunlich viel Zeit«, sagte er bissig. »Na ja, legen wir los, ich hab heute viel zu tun. Brief an Dick Appelby. Lieber Mr. Appelby, bezugnehmend auf unser gestriges Gespräch …« Und er war nicht mehr aufzuhalten.

Er ging im Zimmer auf und ab, sprach die Wände, das Fenster, den Teppich, seine Schuhe an, diktierte wie eine Dampflok, während ich wie eine Irre schrieb und versuchte, mitzukommen.

»Ein bißchen langsamer!« rief ich verzweifelt, als ich

mindestens einen Absatz hinterherhinkte. Ich war schnell, aber so schnell auch wieder nicht.

Er blieb stehen und wandte sich überrascht zu mir um. Dann lächelte er ein bißchen verlegen. »Tut mir leid – ich habe mich hinreißen lassen.«

»Kann ich mir bei Ihnen kaum vorstellen«, sagte ich, ohne nachzudenken, wurde knallrot und wünschte, ich hätte das nicht gesagt.

Nick zog die Brauen hoch. Er schaute mich fragend an und lächelte. »Ach, wirklich? Aber vorgestellt haben Sie es sich schon?«

»Nein, natürlich nicht.« Ich wurde noch röter und rutschte auf dem Sofa hin und her.

Er grinste. »In Ordnung. Ich will versuchen, etwas langsamer zu diktieren.«

Er fuhr tatsächlich ein bißchen langsamer fort, und dann klingelte zum Glück das Telefon. Es war unser Medieneinkäufer. Ich kritzelte ein wenig schmeichelhaftes Bild von Nick auf meinen Block. Als ich meinem Porträt eine große und ziemlich phallische Nase hinzufügte, fand ich, daß er einem fast menschlich vorkam, wenn er ein bißchen lockerer wurde. Ich malte ihm auch buschige Augenbrauen und studierte ihn genau, während er in seinem großen Ledersessel vor dem Fenster saß. Irgendwie sah er sehr anziehend aus, wenn man dunkle Typen mit markanten Gesichtern mochte. Ich persönlich stand mehr auf jungenhaftes Aussehen mit babyblauen Augen und honigblondem Haar. Wirklich komisch.

Nick gab mit ruhiger, autoritärer Stimme Anweisungen. Eine Strähne seines dunklen Haares fiel ihm in die Augen, und er schob sie ungeduldig zurück. Plötzlich drehte er sich mit seinem Sessel herum, um etwas in seinem Terminkalender nachzuschauen, und ertappte mich dabei, daß ich ihn anstarrte. Er lächelte. Er lächelte! Ich meine, was würde als nächstes passieren? Und es war nicht etwa ein knappes Lächeln, sondern ein richtig breites Grinsen. Vielleicht war er doch aus Fleisch und Blut und nicht nur eine Ansammlung von alten Zetteln und Dokumenten, die mit Büroklammern zusammengehalten wurden. Dieses Lächeln hatte ganz eindeutig mir gegolten. Ich schaute schnell über meine Schulter, um ganz sicherzugehen – nein, es war niemand sonst im Zimmer.

War es möglich, daß er endlich den diskreten und subtilen Charme von Polly McLaren entdeckte? War ein Sonnenstrahl durchs Fenster gefallen und hatte meine blonden Locken eine Sekunde lang in gesponnenes Gold verwandelt und ihn vielleicht an ein Kornfeld im Sommer erinnert? Hatte er endlich meine feingeschnittenen Züge, meine strahlenden Augen und die attraktiven kleinen Sommersprossen auf meiner kecken Nase entdeckt? Merkwürdig, daß er all das früher nie gesehen hatte, aber egal. Jetzt hatte er es endlich gecheckt. Und wenn es ihn zu einem freundlichen und lächelnden Chef machte, würde ich meinem Äußeren ab sofort mehr Aufmerksamkeit schenken und mir damit einen sehr viel angenehmeren Arbeitsplatz schaffen.

Zuerst ein Lächeln, und der Himmel wußte, was als nächstes kam. Hingerissen nahm ich vorsichtig eine, wie ich glaubte, verführerische Haltung ein, stützte den Ellbogen auf der Sofalehne auf und legte das Kinn anmutig auf den Handrücken. Dann zog ich die Beine unter mich wie ein Kätzchen, merkte aber leider nicht, daß ich mit den Füßen ein paar Papiere durcheinanderbrachte. Danach zog ich die Wangen ein, schaute aus dem Fenster, saugte am Bleistiftende und machte einen Schmollmund. Aus den Augenwinkeln heraus beobachtete ich Nick, um zu sehen, wie er reagierte und – du meine Güte! Er machte etwas mit seiner Hand, wedelte damit hin und her, konnte es sein … Ja, es war so, er *winkte* mir zu. Wie sonderbar! Jetzt ließ er sich wirklich gehen. Ich hob die Hand, winkte zurück, riß die Augen auf und lächelte ermutigend. Ob das okay war? Dieses Winkspiel war mir ganz neu. Zwinkern, ja; glühende Blicke, prima; damit konnte ich umgehen, aber winken? Er bellte einen letzten Befehl ins Telefon, so laut, daß ich zusammenzuckte, und knallte den Hörer auf die Gabel.

»Herrgott, Polly, gehen Sie doch von diesen Papieren runter. Ich muß sie nachher unterschreiben.«

Wieder schwenkte er seine Hand hin und her und gab mir zu verstehen, ich sollte mich anders hinsetzen.

»Und setzen Sie sich bitte anständig hin. Sie sind hier nicht zu Hause.«

Dieser Mistkerl! Wütend setzte ich mich stocksteif hin. Für wen hielt er sich eigentlich? Für meinen Vater?

Beim Telefonieren hatte er offenbar schlechte Laune gekriegt. Er zog die Brauen zusammen, und über seinem Haupt schwebte wie üblich eine Gewitterwolke.

»Gut, fangen wir noch einmal von vorn an. Lieber Mr. Hutchinson, anbei schicke ich Ihnen einen vorläufigen Produktionsplan …«

Wieder ging es rasend schnell, aber diesmal hatte ich nicht den Mut, ihn zu unterbrechen. Glücklicherweise kam wieder ein Telefonanruf, und ich hatte Zeit, seinen Vorsprung aufzuholen.

»Ja?« rief er ungeduldig. Großer Gott, war er charmant. »Ach, du bist es, Liebling.«

Liebling? Ich kam mir vor wie Dr. Spock, so sehr spitzte ich die Ohren. Das war offenbar sein Schätzchen, Serena. Ich schaute aufs Papier und tat so, als ob ich immer noch schriebe.

»Ich weiß, ich hab's versprochen«, sagte er müde, »aber ehrlich gesagt, ich weiß nicht, wo mir der Kopf steht vor lauter Arbeit, vielleicht muß ich hier bis Mitternacht weitermachen.«

Ich betrachtete eingehend die Spiralbindung meines Stenoblocks und machte mich so klein wie möglich, damit er meine Anwesenheit vergaß.

»Kannst du denn nicht allein hingehen oder Hugh bitten, dich zu begleiten?« Er wirkte jetzt gereizt, und das mußte sie auch sein, wenn man von seinem langen Schweigen auf den endlosen Monolog schließen konnte, den sie vom Stapel ließ. Sein Vorschlag, sie solle sich von Hugh begleiten lassen, war bei ihr offenbar nicht sehr gut angekommen.

»Ich habe gesagt, ich will es versuchen, mehr kann ich nicht tun. Ich rufe dich an, sobald ich weiß, wann ich fertig werde, aber nagle mich nicht drauf fest. Es ist höchst unwahrscheinlich, daß ich es früh genug schaffe. Und eines will ich dir sagen …« Er unterbrach sich plötzlich und erinnerte sich daran, daß ich immer noch im Raum war. Er legte die Hand über die Muschel.

»Polly, wenn es Ihnen nichts ausmacht, machen wir nachher weiter.«

Ich nickte, lächelte süß und schloß leise die Tür hinter mir.

»Serena hat mich gerettet«, sagte ich zu Pippa, die gerade *Harpers and Queen* las. »Er wollte gerade den Weltrekord in Steno brechen.«

»Hmmm –«, murmelte sie, während sie sehnsüchtig auf die zwanzig begehrtesten Junggesellen Londons starrte und die Auswahl an Titeln, riesigen Bankkonten und gutem Aussehen bewunderte.

»Ich kann ihn mir einfach nicht mit einer Freundin

vorstellen«, sagte ich und blätterte schnell einen Stoß Fernseh-Scripts durch, die mir zum Abtippen auf den Schreibtisch gelegt worden waren. »Ich wüßte wahnsinnig gern, wie sie ist.«

»Es wird schon was an ihr dran sein«, sagte Pippa, die sich gerade einen gutbetuchten Grafen ausgeguckt hatte. »Er ist jedenfalls ganz verrückt nach ihr.«

»Wirklich? Davon war eben am Telefon aber nichts zu merken. Ich wüßte gern, ob sie zusammen leben.«

Pippa antwortete nicht. Sie war ganz woanders – nämlich in Dorset – und schritt langsam am Arm ihres Vaters durch den Mittelgang einer kleinen Privatkapelle. Sie sah hinreißend aus in ihrem elfenbeinweißen, seidenen Hochzeitskleid und lächelte unter dem Schleier scheu die Gäste an. Als sie sich dem Altar näherte, kam der Organist zum Crescendo, ihr Graf wandte sich ihr zu und platzte fast vor Stolz über seine schöne Braut. Sie lächelte ihn zärtlich an …

»Ich wüßte gern, wie sie aussieht«, sagte ich.

Aber Pippa schritt noch immer mit hocherhobenem Kopf zu Purcells Musik dem Altar entgegen.

»Ich glaube nicht, daß sie eine Schönheit ist«, fuhr ich fort. »Vermutlich ein Blaustrumpf mit vorstehenden Zähnen und Akne.« Ich kicherte.

Pippa hielt sich mit eisernem Griff am Bankkonto ihres Grafen fest, grimmig entschlossen, sich nicht aus dem Konzept bringen zu lassen. »Du weißt doch, wie sie aussieht«, sagte sie und riß sich eine Sekunde lang von ihrem künftigen Ehemann los.

»Keine Ahnung. Ich bin ihr nie begegnet.«

»Nein, aber du weißt, wie sie *aussieht*.«

»Wie meinst du das?«

»Serena Montgomery, du hast sie doch in Filmen gesehen, oder nicht?«

»Serena Montgomery! Nick Penhalligan ist der Freund von Serena Montgomery! Das glaub ich nicht!« rief ich.

»Pst, er hört dich doch. Die beiden sind schon seit Ewigkeiten zusammen.«

»Du meine Güte! Wie hat er sie denn kennengelernt? Was findet sie denn an ihm? Bist du ganz sicher, Pippa?«

Aber Gräfin Pippa begrüßte inzwischen beim Hochzeitsempfang an der Seite ihres Gatten huldvoll ihre Freunde – ganz besonders die Freunde, die sie irgendwann einmal geschnitten, sie von ihrer Partyliste gestrichen oder ihr keine Weihnachtskarte geschickt hatten, und die sich später bestimmt darum reißen würden, zu ihren Bällen und Jagdgesellschaften eingeladen zu werden. Sie lächelte ihnen sanft und gütig zu, und ihr Diadem blitzte.

Ich überließ sie ihren Träumen und versuchte meine Kinnlade, die ungefähr bis in Brusthöhe runtergeklappt war, wieder in Normalstellung zu bringen. Serena Montgomery, das war ja unglaublich! Miss Montgomery war eine bildschöne englische Schauspielerin, die ihre Karriere im zarten Alter von etwa fünfundzwanzig begonnen hatte. Sie erschien nur in erschreckend geschmackvollen künstlerischen Filmen und war ganz ohne Skandalgeschichten bekanntgeworden. Sie war wahnsinnig erfolgreich und wahnsinnig gefragt, und Nick Penhalligan, mein Boß, das Kreuz, das mir auferlegt war, war ihr Freund! Ich war völlig geplättet.

Ich mußte Pippa einfach von ihrem Hochzeitsempfang wegholen. »Aber was, in aller Welt, findet sie an ihm?« wiederholte ich.

»Na ja, er sieht doch nicht schlecht aus, Polly, und außerhalb der Agentur ist er vielleicht ein völlig anderer Mensch. Du arbeitest für ihn, bist also zwangsläufig voreingenommen.« Ihr Blick wurde nachdenklich. »Ich finde ihn eigentlich ganz süß, und man weiß ja nie, vielleicht ist er ein geradezu dämonischer Liebhaber.«

»Ein dämonischer Liebhaber! Dieser Granitklotz dort drin? Der ist so sensibel wie ein Vorschlaghammer! Spinnst du?«

Ich schüttelte ungläubig den Kopf und begann meine Drehbücher abzutippen. Während ich mich durch Kaffeeplantagen in Kenia kämpfte, wo das sehr optimistische Kreativteam in der Hoffnung auf eine Reise nach Afrika den Werbespot angesiedelt hatte, gingen meine Gedanken zwischen Nick und Serena hin und her, und ab und zu dachte ich an Harry.

Ich hatte unseren kleinen Streit im Restaurant nicht vergessen und war fest entschlossen, Rachel Soundso zu finden, nur um es ihm zu zeigen. Was ich ihm damit beweisen wollte, wußte ich eigentlich nicht, aber beweisen wollte ich ihm etwas.

Immer wieder warf ich durch die Glastür einen Blick auf Nick, der irgend etwas schrieb. Ich versuchte, ihn mir im Bett mit Serena Montgomery vorzustellen. Verborgene Tiefen, die hatte er offensichtlich. Das Telefon riß mich aus meinen Tagträumen. Es war Lottie.

»Polly? Ich bin's. Hör zu, ich hab völlig vergessen, dir zu sagen, daß Caro heute abend zum Essen kommt, und ich hab überhaupt nichts zu Hause. Könntest du so lieb sein und auf dem Heimweg irgend etwas besorgen? Ich habe wahnsinnig viel zu tun und komme sicher spät heim.«

»Klar, ich gehe zu Safeways.«

»Prima, hol doch eine Lasagne und irgendeinen Salat. Wie war's gestern abend?«

»Ganz toll«, log ich. »Wir waren –«

»Erzähl es mir später, ich muß jetzt weitermachen.« Lottie war ganz anders als wir, sie quatschte nicht stundenlang am Telefon.

»Okay, ach, Lottie« – fiel es mir plötzlich ein –, »nur noch ganz schnell. Erinnerst du dich an ein Mädchen auf dem College, die Rachel Marsden hieß?«

»Nein, warum?«

»Lockiges blondes Haar, spitzes Gesicht wie eine Maus, zwei Klassen oder so unter uns. Denk mal schnell nach.«

»Nein, aber Caro erinnert sich vielleicht an sie, frag sie doch heute abend. Polly, ich muß auflegen. Ciao.«

Ich legte auch auf. Natürlich, Caro konnte es wissen. Sie war Lotties jüngere Schwester und vielleicht mit Rachel in einer Klasse gewesen. Caro kam manchmal zu uns, hauptsächlich um unsere neuesten Klamotten zu begutachten und sich das meiste davon auszuleihen. Ich würde sie fragen.

Ich verließ die Agentur wie gewohnt Punkt halb sechs – von unbezahlten Überstunden halte ich nichts – und ging zu Safeways. Mittwochabends sind die Geschäfte länger offen, und da der Laden mitten auf der belebten King's Road liegt, glaubt man eher, in eine Cocktail-Party geraten zu sein als in einen Supermarkt. An der Tür zog ich mir die Lippen nach und schnappte mir einen Korb. Wie erwartet, war schon die Hölle los; lauter junge Leute auf der Jagd nach Partyfutter.

Ein Freudenschrei ertönte, als jemand um eine Ecke fuhr und neben dem Hundefutter mit dem Einkaufswagen seines Nachbarn zusammenstieß, den er mindestens einen Tag lang nicht gesehen hatte. Man küßte sich schmatzend, rief: »Meine Liebe! Wie wunderbar, dich zu sehen!«, verglich, was man im Wagen hatte, tauschte die letzten Neuigkeiten aus und warf noch eine Büchse Lapsang Souchong zu den anderen Sachen. Es streunten immer viele männliche Singles herum, die mit einem einsamen Kabeljausteak und einem Paket Tiefkühlerbsen kundtaten, daß sie noch zu haben waren. Man hörte immer wieder dieselben blöden Anmachersprüche, wenn einer dieser einsamen Männer, über die Tiefkühltruhe gebeugt, ausrief: »Ach, Sie nehmen die Pekingente süßsauer. Ist die gut?«, oder auf ähnlich intelligente Weise ein Gespräch eröffneten, worauf die Single-Frau neben ihm antwortete: »Die ist köstlich, haben Sie sie noch nie probiert?« Und der Single-Mann sagte: »Nun, ich stelle mich am Herd ein bißchen ungeschickt an …« Natürlich hoffte er, daß die Single-Frau ihn zu einer praktischen Demonstration einladen würde.

Ich denke oft, daß der Inhalt eine
über einen Mann aussagt. Filetstea
sind in Ordnung, eine Flasche Sancerre ist
verkehrt, aber ich würde jeder Frau raten, einen großen Bogen um einen Mann zu machen, der Büchsennudeln, Carlsberg Bier und einen extrastarken Deostift erstanden hat.

Ich drängelte mich unauffällig durch die fröhlich schwatzenden Käufer und warf unterwegs das Nötigste in meinen Korb: zwei Avocados, Lachs und Wachteleier und auch ein oder zwei kleine Luxusartikel wie Herdreiniger und Waschpulver.

Nachdem ich die Lasagne und den Salat gefunden hatte, ging ich in eine weniger aufregende Ecke des Ladens und hielt nach Klopapier Ausschau, das eigentlich zum absoluten Muß eines Haushalts gehört, aber bei uns oft ein Luxusartikel war. Sinnigerweise wird das Klopapier in den Supermärkten immer hoch über der Gefriertruhe auf einem Regal aufgestapelt, so daß sich Zwerge wie ich auf die Zehenspitzen stellen müssen, um es zu erreichen.

Ich reckte und streckte mich also und versuchte erfolglos, ein paar Rollen Klopapier vom Regal herunterzuschubsen, als ich plötzlich schwankte, das Gleichgewicht verlor und mit einem lauten Schrei kopfüber in die Gefriertruhe fiel. Dort blieb ich erst einmal vor Schreck liegen, die Nase an das Gefriergut gepreßt. Nur meine Beine ragten oben heraus. Die Gefriertruhe war tief und ziemlich leer, und ich war so idiotisch hineingefallen, daß ich Schwierigkeiten hatte, mich zu bewegen. Hilfe, ich konnte mich nicht bewegen! Und abgesehen davon war es entsetzlich kalt, und mein Pullover klebte am Eis.

»Hallo! Kann jemand mir helfen?« jammerte ich mit [illegible] Stimme. Ich wartete eine Sekunde, hörte aber [illegible] meine Richtung liefen. Und da sich [illegible] Hände entgegenstreckten, versuchte [illegible], rückwärts hochzurobben und mich selbst hinauszuhieven. Ich stemmte mich mit den Händen vom Boden der Truhe ab und versuchte, durch einen Schwung mit den Beinen hochzukommen. Es ging nicht. Das Hauptgewicht steckte in der Truhe, und ich würde wohl oder übel erst ganz hineinklettern, mich umdrehen und dann hinausklettern müssen.

Wütend widmete ich mich dieser Aufgabe, schwang die Beine herum und herunter, versuchte auf den Tiefkühlpackungen Halt zu finden, und rappelte mich auf. Jetzt erst merkte ich, daß ich durchaus nicht allein war, wie ich angenommen hatte: eine kleine Kundenschar hatte ihre Einkaufsrunde unterbrochen und schaute mir mit offenem Mund zu.

»Was ist denn hier los?« fragte jemand.

»Da ist ein Mädchen in der Tiefkühltruhe«, stammelte

ein Mann, der einen Platz in der ersten Reihe ergattert hatte.

»Vielen Dank für Ihre Hilfe!« rief ich wütend in die Runde und entdeckte aus eisverkrusteten Augenwinkeln eine überaus attraktive junge Frau, die mir irgendwie bekannt vorkam. Sie schüttelte sich vor Lachen.

Ich schämte mich sehr und strich mir das nasse Haar aus dem Gesicht, schwang ein Bein über den Rand der Kühltruhe und begann hinauszuklettern. Ziemlich unsicher landete ich auf dem Gang. Mit zitternden Händen strich ich den Rock glatt und zog den Pullover hinunter, der bis zum Hals hochgerutscht und mit kleinen Eisstückchen übersät war. Dann schritt ich mit hocherhobenem Kopf, meinen Einkaufskorb in der Hand, davon. Als ich bei der Kasse ankam, klapperte ich mit den Zähnen, mein Haar tropfte, und die Eisstückchen auf meinem Pullover fingen zu schmelzen an.

Ich warf die Einkaufssachen auf das Förderband und fluchte leise vor mich hin. Die kaugummikauende Kassiererin zog überrascht die Augenbrauen hoch, als sie mich sah. Was hatte ich bloß gemacht? Fischstäbchen geklaut? Mir Tiefkühlgemüse unter den Pullover gesteckt? Es war unglaublich. Ich hätte in dieser Truhe glatt erfrieren können, und niemand hätte einen Finger gerührt, um mir zu helfen.

Als ich eine halbe Stunde später zu Hause ankam, wickelte ich mich in eine Decke ein, mischte mir einen großen Gin Tonic und zündete mir zittrig eine Zigarette an. Als ich sie geraucht hatte, erzählte ich Lottie und Caro von meinem gräßlichen Erlebnis.

Lottie kamen die Tränen vor Lachen. »Es hätte ja noch viel schlimmer kommen können: Du könntest noch immer bewußtlos zwischen den Tiefkühlhimbeeren liegen.« Sie wischte sich die Augen. »O Gott, Polly, du bist einfach unglaublich!«

Caro lächelte höflich und sah mich ungläubig an. Sie war von Kopf bis Fuß wie aus dem Ei gepellt, sie würde nie im Leben über einen Teppich stolpern oder kopfüber in eine Tiefkühltruhe fallen.

Caro und Lottie waren ganz unverkennbar Schwestern, beide hatten langes dunkles Haar, haselnußbraune Augen, eine feine blasse Haut und lange Wimpern, aber Caro war eine Schönheit. Lotties Augen waren groß und rund, die von Caro mandelförmig. Ihr Mund glich einer zarten Rosenknospe, und wenn Lottie ein bißchen üppig war und ein süßes rundes Gesicht hatte, war Caro gertenschlank, und ihr Gesicht war herzförmig.

Wie ihre Schwester hatte sie eine enorme Oberweite, um die ich sie nicht beneidete; aber anders als ihre Schwester, die das mit weiten T-Shirts und Pullovern zu kaschieren suchte, tat Caro alles, um diese Oberweite zu betonen. Die meisten ihrer Shirts und Pullover waren hauteng, und sie räkelte sich sehr gern und ausgiebig, damit ihr Busen nur ja gut zur Geltung kam.

Sie hatte kein Fältchen im Gesicht, vermutlich weil sie sehr wenig Gefühl zeigte. Wenn sie lächelte, dann war es ein kontrolliertes kleines Lächeln, genau wie das, mit dem sie mich jetzt ansah. Nie hätte sie sich vor Lachen gekrümmt und den Bauch gehalten wie Lottie gerade.

Lottie liebte ihre kleine Schwester abgöttisch und verwöhnte sie wahnsinnig. Ihre Mutter war tot, und Lottie hatte sich für Caro immer verantwortlich gefühlt. Caro nahm alles an, was Lottie ihr schenkte, und gab, soweit ich das beurteilen konnte, Lottie so gut wie nie etwas zurück. Sagen wir einfach, sie war mir nicht gerade ans Herz gewachsen.

Wie üblich ließ Caro auch an diesem Abend unsere Schränke nicht aus den Augen. »Darf ich nachschauen, was du dir in der letzten Zeit gekauft hast, Lottie?« fragte sie und ging schnurstracks auf Lotties Schlafzimmer zu. Ich heftete mich ihr an die Fersen. Wie immer lag nämlich die Hälfte meiner Klamotten in Lotties Zimmer herum, und ich wollte nicht, daß Caro mit ihren gierigen Fingern etwas schnappte, das mir wertvoll war.

»Ja, aber sag mir, was du dir leihst!« rief Lottie, die sich nicht von einer *Dallas*-Wiederholung losreißen konnte.

Caro kramte schon die Schubladen ihrer Schwester durch. Ich saß auf dem Bett und zündete mir eine Zigarette an.

»Oh, der ist wunderbar, den nehme ich mit!« sagte sie und zog den einzigen Kaschmirpullover, den ich vermutlich jemals besitzen werde, aus einer Schublade.

Ich riß ihn ihr aus ihren heißen kleinen Händen und lächelte süß. »Tut mir leid, Caro, das ist meiner.«

Caro schmollte. »Lottie hast du ihn geliehen, er war in ihrer Kommode.«

»Ja, aber nur, weil ich genau weiß, daß Lottie ihn mir nicht mit Rotwein- und Aftershaveflecken zurückgibt.«

»Na ja, schon gut.« Sie warf ihn zurück in die Schublade und fügte katzenfreundlich hinzu: »Schwarz ist sowieso ein bißchen zu alt für mich.«

Ich lächelte und erinnerte mich plötzlich daran, daß ich ihre Hilfe brauchte. »Ich habe aber einen schönen roten Rollkragenpulli, den ich dir leihen kann.«

»Ja?« Caro war interessiert. Sie probierte ihn und sah so toll darin aus, daß man nur die Wut kriegen konnte. Ich stand neben ihr, während sie sich im Spiegel bewunderte, und trat dann rasch zur Seite, um einem Vergleich aus dem Weg zu gehen. Mein schmuddeliger, alter Frotteebademantel hielt einen Vergleich mit ihrer scharf sitzenden schwarzen Steghose und dem enganliegenden roten Pulli beim besten Willen nicht aus.

»Ja, den nehme ich«, sagte sie, als sei sie in einem Laden. Ich knirschte mit den Zähnen und dachte, daß ein Bitte oder ein Danke auch nichts geschadet hätte, aber da sie sich für mich ihr kleines Hirn (sehr klein!) zerbrechen sollte, hielt ich wohlweislich den Mund.

»Hör mal, Caro, erinnerst du dich an ein Mädchen in der Schule, das Rachel Marsden hieß?«

»Hmmm, vage«, sagte Caro, hob einen Rock von mir auf und hielt ihn sich vor dem Spiegel an.

»Wie war die denn?«

»Sehr ruhig, klug, musikalisch, überhaupt nicht mein Typ.«

Das paßt, dachte ich.

»Weißt du, was sie jetzt macht?«

»Nicht die leiseste Ahnung.« Caro zog ihren Rock aus und schlüpfte in meinen. Ich betete, daß er nicht paßte. »Warum?«

»Ach, jemand, den ich kenne, hat nach ihr gefragt. Mit wem war sie denn in der Schule befreundet, weißt du das noch?«

»Eigentlich mit keinem, sie war eine ziemliche Einzelgängerin, aber vermutlich war Sally Lomax ihre beste Freundin. Die lebt jetzt in Paris.«

»Weißt du, wo?«

»Nein, aber ihre Eltern wohnen in Godalming, du könntest sie anrufen und nach Sally fragen.«

Nun, das war wenigstens ein Anfang. Adam konnte sich mit Sally in Verbindung setzen, wenn ich die Nummer für ihn rauskriegte, aber Paris kam mir sehr weit weg vor.

»Weißt du sonst noch was? Über ihre Familie, zum Beispiel?«

Seufzend zog Caro meinen Rock aus, der ihr viel zu weit war. Das Gespräch fing an, sie zu langweilen.

»Na ja, ihr Vater soll ein ziemlich unangenehmer Typ sein. Er ist Richter, so ein echt viktorianischer. Er hält nichts davon, wenn Mädchen zu gebildet sind. Er fand, Handarbeit und ein bißchen Französisch seien völlig ausreichend für Rachel. Ist das zu fassen? Jedenfalls nahm er sie ein Jahr vor dem Examen aus dem College, mit der Begründung, daß Mädchen hinterher sowieso heiraten. Es gab einen ziemlichen Aufstand, sie war nämlich sehr intelligent. Ich weiß noch, daß er ins College kam und mit seiner Tochter ewig lange bei Miss Harper im Büro blieb. Rachel weinte sich die Augen aus. Jedenfalls setzte er seinen Willen durch, und Rachel mußte das College verlassen. Wem gehört das?« fragte sie und hielt ein gelbes Hemd hoch.

»Das ist meins«, erklärte ich schwach. Sie faltete es zusammen und legte es auf den kleinen Haufen, den sie mitnehmen wollte.

Die Geschichte wurde immer interessanter. Ich hatte eine letzte Frage. »Was war mit den Lehrern? Ist sie mit einem besonders gut ausgekommen?«

»Sie war sehr gut in Musik, spielte Klavier und irgendeine Flöte, also könntest du Mr. Saunders fragen. Oh, und sie war auch in Mathe sehr gut, das hatten wir bei Mrs. Compton … Polly, wieso interessierst du dich plötzlich für Rachel Marsden? Sie war so verdammt langweilig.«

Aus Caro war nichts mehr herauszukriegen, daher ließ ich es gut sein und legte mir eine Gesichtsmaske aus Naturmoor auf.

»Ich hab nur so gefragt, vielen Dank, Caro. Kannst du

mir meinen roten Pullover in ein paar Wochen zurückbringen?« fragte ich ohne große Hoffnung.

»Klar.« Sie raffte all meine Sachen zusammen und ging ins Wohnzimmer, um dort noch den Schluß von *Dallas* mitzukriegen. In diesem Augenblick klingelte es.

»Ich geh schon!« rief Lottie.

Ich latschte in meinen bequemen, alten Hausschuhen in die Küche und versuchte, das Gesicht ganz stillzuhalten, damit die Moorpackung ohne Risse trocknen konnte. Ich hätte sie am liebsten schon wieder abgewaschen, aber auf der Packung stand: Zehn Minuten einwirken lassen. Ich dachte über die Information nach, die ich von Caro bekommen hatte. Ganz gut für den Anfang. Wenigstens kann ich Adam ein paar Hinweise geben, dachte ich, als ich die gefrorene Lasagne in den Ofen schob.

Ich steckte mir vorsichtig eine Zigarette zwischen die Lippen und entdeckte dann einen uralten Schokoladenkuchen, den Caro offenbar mitgebracht hatte. Ich schnitt ein großes Stück ab und konnte mich nicht entscheiden, ob ich zuerst die Zigarette rauchen oder das Stück Kuchen essen sollte, deshalb tat ich beides, und zwar abwechselnd, und versuchte die Kaubewegungen so klein wie möglich zu halten, damit mir nicht Brocken der trocknenden Moormaske auf den Kuchen fielen. Ich schlappte zurück zum Fernseher. Meine Hausschuhe waren so groß wie Hausboote, und den Bademantel mußte ich zuhalten, weil ich den Gürtel schon lange verloren hatte. Als ich durch die Wohnzimmertür kam, den Kuchen in der einen Hand, die andere um den Bademantel gekrampft, die Zigarette zwischen den Lippen, blieb ich wie vom Schlag getroffen stehen. Ich hörte, wie Harry in seinem unverwechselbaren Gang, der mich immer an einen jungen Hund erinnerte, durch die Wohnungstür hereingaloppiert kam.

5. Kapitel

Verständlicherweise erkannte mich Harry nicht sofort. Wenn nicht ich die Betroffene gewesen wäre, hätte ich das alles umwerfend komisch gefunden. Harry riß die Augen auf, runzelte die Stirn, und sein Mund stand weit offen. Dann dämmerte es ihm. Er beugte sich vor, und die Augen traten ihm fast aus den Höhlen. Ein markerschütterndes Gelächter folgte, das wie ein lautes Bellen klang und den armen Harry dermaßen schüttelte, daß er sich am Türrahmen festhalten mußte, um nicht umzufallen.

»O Gott, Polly, du siehst aus – du siehst aus, als kämst du aus einem Horrorfilm. Was – was hast du dir denn ins Gesicht geschmiert?« japste er, als er sich etwas von seinem Lachkrampf erholt hatte.

Ich wollte in mein Zimmer rennen, mich aufs Bett schmeißen und in mein Kopfkissen heulen, aber ich blieb so cool wie möglich, obwohl mein Gesicht unter der Maske brannte. Ich konnte nicht richtig sprechen, deshalb legte ich Kuchen und Zigarette wortlos in den nächsten Aschenbecher und spielte ihm dann mit großen Gesten ein bißchen Dracula vor. Wenn man nicht weiß, was man machen soll, bringt man die anderen am besten zum Lachen. Und darin war ich schon immer gut gewesen.

»O Gott, wie du aussiehst!« stieß er hervor. »Was ist das?«

»Eine Gesichtsmaske, du Blödmann, hast du noch nie eine gesehen?« murmelte ich wie ein Bauchredner.

»Und ich hab gedacht, das sei alles Natur«, meinte er. »Ich habe nicht gewußt, daß du jeden zweiten Abend eine Art Facelifting machst, und was für einen unglaublich scharfen Bademantel du hast!«

Er schüttelte sich wieder vor Lachen, während er sich meinen zehn Jahre alten Bademantel genau ansah. Als Antwort paradierte ich wie ein Mannequin auf dem Laufsteg, und er lachte noch lauter. Es war wirklich nicht schwer, ihn bei Laune zu halten. Ich wandte mich an meine Mitbewohnerin.

»Vielleicht kannst du Harry einen Drink holen, Lottie«, sagte ich so würdevoll, wie es unter den gegebenen Umständen möglich war. »Ich mache mich inzwischen ein bißchen präsentabler.«

Lottie kicherte. Dann lief sie los, um Eiswürfel und Whisky zu holen.

Die Tür ging auf, und Caro kam hereinspaziert; sie sah aus wie eben der neuesten Nummer der *Vogue* entstiegen.

Sie hatte immer noch meinen roten Pullover an, und – verflucht noch mal! – waren das nicht meine neuen schwarzen Leggings?

Harry lag noch immer glucksend auf dem Sofa, aber als Caro hereinkam, verstummte er und blickte interessiert auf. Es entstand eine etwas zu bedeutungsvolle Stille. Seine Augen begannen zu glänzen. Dieses Gesicht – diese Augen – dieser Mund – diese Figur – diese – diese Titten! Verdammt noch mal, diese riesigen, bunten, schwankenden Titten! Der arme Kerl versuchte verzweifelt, sich von Caros Oberkörper loszureißen und sie anzulächeln. Wer war dieses himmlische Wesen?

»Caro Hamilton, Harry Lloyd-Roberts«, sagte ich so sachlich wie möglich, bemüht, meiner Stimme nicht anmerken zu lassen, wie unglücklich ich war.

Caro war natürlich klar, daß sie Eindruck auf Harry machte, und kostete das weidlich aus. Sie schlenderte weiter, fing an, sich in den Hüften zu wiegen. Dann nahm die dumme Gans auch noch *meine* Lieblingsstellung ein, lehnte lässig und sexy am offenen Kamin. Brust raus, Bauch rein, etc. etc. Sie steckte sich eine Zigarette in den Mund, zündete sie langsam an, hob das Kinn und blies den Rauch aus ihrem hinreißenden Schmollmund verführerisch in die Luft. Das war mehr, als ich ertragen konnte. Sie machte es so viel besser als ich. Mit einem erstickten kleinen Japsen, das ich als Husten kaschierte, brachte ich mich im Badezimmer in Sicherheit.

Ich knallte die Tür zu, schrie auf und setzte noch einen oder zwei gedämpfte Klagelaute drauf. Warum nur war er gekommen? Selbst wenn ich es darauf angelegt hätte, hätte ich nicht schlimmer aussehen können. Ich kratzte und scheuerte an der vermaledeiten Gesichtsmaske herum, bis endlich etwas zum Vorschein kam, das einem Gesicht entfernt ähnlich war, wenn man mal von den roten Flecken absah. Ich sparte nicht mit Make-up, malte mir einen verwackelten schwarzen Strich unter die Augen und benutzte den einzigen Lippenstift, den ich fand – er gehörte Lottie und war viel zu rot für mich. Ich wimmerte unglücklich auf beim Anblick meines gespenstischen Spiegelbildes und fuhr mir mit dem Kamm durchs Haar.

Lottie steckte den Kopf zur Tür herein. »Beeil dich«, flüsterte sie. »Zwischen den beiden entwickelt sich ein Steppenbrand.«

»Aber ich seh so scheußlich aus«, jammerte ich.

»Nein, tust du nicht«, sagte Lottie aufmunternd. »Ein bißchen Make-up könnte allerdings nicht schaden.«

»Ich hab schon so viel draufgeschmiert, wie ich konnte.«

»Ach so. Dann vergiß es, aber beeil dich. Du bist schon ewig lange im Bad, er wird merken, daß du dich aufgeregt hast.«

Sie hatte recht. Ich lief in mein Zimmer, riß mir den verhaßten Bademantel vom Leib und zog Jeans und einen Pulli an.

Als ich ins Wohnzimmer kam, war mir sofort klar, daß Harry es nicht einmal gemerkt hätte, wenn mir in der Zwischenzeit ein zweiter Kopf gewachsen wäre. Er saß in der Sofaecke, sein Arm ruhte auf der Lehne, und seine Hand berührte fast Caros Haar. Caro hatte inzwischen den stilvollen Platz am Kamin aufgegeben und sich gemütlich auf dem Sofa zusammengerollt, nicht etwa in der anderen Ecke, sondern in der Mitte, direkt neben Harry. Mir wurde fast übel.

Ich zwang mich zu einem kleinen fröhlichen Lächeln und setzte mich auf das Sofa gegenüber, neben Lottie, die über die Spielchen ihrer Schwester entsetzt war und ziemlich grimmig guckte. Wir schauten die beiden über den Couchtisch hinweg an und beobachteten gebannt die Show, die sie abzogen. Mir fehlte nur noch eine Tüte Popcorn. Statt dessen zog ich mir so viel Nikotin wie möglich rein.

Harry und Caro waren gerade dabei, ganze Scharen gemeinsamer Freunde zu entdecken, gewissermaßen als Fassade für ihren handfesten Flirt.

»Ach, die *Watson-Smiths*!« sagte Caro mit übertrieben vornehmem Akzent. »Ja, natürlich kenne ich sie, sie sind *sehr* gute Freunde von mir – ich *bete* Hugo und Amanda geradezu an. Und Sie sind ein *Cousin* der beiden. Komisch, daß wir uns dort noch nie getroffen haben!«

»Sie müssen Sie mir vorenthalten haben«, sagte Harry und verschlang Caro mit seinen babyblauen Augen.

»Ich bin ziemlich oft am Wochenende bei ihnen, sie haben ein wunderschönes Haus, finden Sie nicht auch?« plauderte Caro weiter. »Ich werde sie über Sie ausfragen.«

»Glauben Sie denen nichts«, sagte Harry mit einem gewinnenden Lächeln. »Nichts als Lügen, jedes einzelne Wort!«

»Aha! Sie sind wohl ein bißchen verrufen, was?« Sie klopfte ihm spielerisch auf die Brust. »Ein kleiner Playboy, wie?«

Ich knirschte mit den Zähnen und lächelte so strahlend wie möglich.

»Na ja.« Er heuchelte Bescheidenheit. »So würde ich das nicht sagen ...«

»Ich glaube, ich muß gleich kotzen«, murmelte Lottie leise in meine Richtung.

Caro kicherte. »Polly hat mir viel von Ihnen erzählt.«

»Wirklich?« Harry grinste. »Was, zum Beispiel?«

»Zum Beispiel, daß Sie Börsenmakler sind, daß Sie in der Flood Street wohnen, daß Sie eine todschicke, minimalistische Wohnung haben, einen Porsche fahren und – oh! – ein Motorrad auch, und – na ja, alles mögliche eben.«

»Also wirklich«, sagte Harry genüßlich, »ich hatte ja keine Ahnung, daß ich ein so interessantes Gesprächsthema bin.«

Ich blähte die Nasenflügel und unterdrückte mit Mühe ein schnaubendes Geräusch. Na, besten Dank, Caro! Wirklich ganz toll. Ich schwor mir, daß der rote

Pullover nur über meine Leiche diese Wohnung verlassen würde. Ich zog meine Mundwinkel wieder nach oben und summte leise vor mich hin, um sicherzugehen, daß meine Stimme nicht brüchig klang.

»Hmmmmm ... Und was machst du so weit weg von Chelsea, Harry?« Ich klang wie Kermit, der Frosch. »Liegt ja nicht gerade auf deinem üblichen Wildwechsel. Hoffentlich hast du dich mit Bonbons versorgt, für die Heimfahrt.«

Harry zog eine kleine gelbe Pillenschachtel aus der Hosentasche und wedelte damit in der Luft herum. Er grinste. »Wenn wir schon von Bonbons reden, Liebling, du hast deine Smarties bei mir vergessen.«

Ich lief knallrot an. »Keine Angst, ich hab noch mehr als genug hier, vielen Dank!« Ich riß ihm die Schachtel aus der Hand.

»Na ja, wir wollen doch keine, hahaha, Fehlschläge, oder? Ich dachte, sicher ist sicher.«

Caro kicherte. Typisch, dachte ich, Harry schaut nur dann unangemeldet bei mir vorbei, wenn er Angst hat, Vater zu werden. Ich nahm mich mit großer Mühe zusammen.

»Na ja, du stehst doch sicherlich zu deiner Verantwortung, falls es jemals nötig sein sollte, was Gott verhüten möge; aber jetzt mußt du doch zum Abendessen ins Ransome – das ist doch heute abend, oder?« sagte ich zuckersüß.

Harry starrte wieder lüstern auf meinen Pullover – den leider nicht ich trug, aber er schaffte es, sich eine Sekunde lang loszureißen und mich überrascht anzusehen.

»Ach ja, dieses Abendessen.« Er hatte es offenbar völlig vergessen. »Ja, ich muß da wohl irgendwann mal hin – obwohl ich nicht glaube, daß man mich vermissen würde.«

Seine Blicke schienen von dem roten Pulli magisch angezogen zu werden. Und wer konnte dem armen Jungen einen Vorwurf machen? Das rote Zopfmuster war zum Zerreißen gespannt. Caro gähnte laut, streckte die Arme in die Luft, bog den Rücken durch und reckte ihren riesigen Busen immer weiter vor – er war so riesig, es sah fast obszön aus. Sie räkelte sich ausgiebig, stöhnte leise, entspannte sich dann, massierte sich die Nackenmuskeln und streckte dabei ihren Busen immer noch so weit wie möglich heraus. Das mußte sie verdammt lange geübt haben.

»Oh, ich bin ja so steif!« sagte sie ächzend.

»Wirklich? Da wär eine Massage gut«, antwortete Harry.

»Hmmm ... Das stimmt, ich sitze den ganzen Tag an der Schreibmaschine, deshalb bin ich so verspannt.«

Sie streckte die Beine aus, streckte auch die nackten kleinen Zehen und setzte sich dann wieder im Schneidersitz auf das Sofa, den Rücken kerzengerade aufgerichtet, die Hände auf den Knien. Und was jetzt? Sie schloß die Augen, senkte den Kopf und ließ ihn dann rhythmisch auf ihrem Schwanenhals kreisen. Kreisen, kreisen, kreisen.

»Hmmm ...«, stöhnte sie orgiastisch. »Ich glaube, es wird schon besser ...«

Jetzt waren wir alle wie hypnotisiert. Selbst Lottie und mir stand der Mund offen. Jetzt wird sie jeden Augenblick den Lotussitz einnehmen, dachte ich, oder sogar die Stellung, bei der man die Füße hinter die Ohren schiebt. Harry leckte sich über die Lippen.

»Besser?« fragte er anzüglich und verschlang ihre sich drehende und windende Gestalt mit den Augen: den schwankenden Riesenbusen, die schmale Taille, die auf dem Sofa gespreizten festen Oberschenkel ...

»Hmmm … Schon viel besser. Ein bißchen Yoga wirkt wahre Wunder. Versuchen Sie es doch mal, es ist ganz einfach und so entspannend.«

»Wirklich?« fragte Harry begierig. »Müssen Sie – äh – viel üben?«

»Ziemlich viel. Hält mich beweglich.«

»Also ich finde –«, faselte er.

»Harry, ich hab gedacht, du seist zum Abendessen eingeladen?« unterbrach ihn Lottie und sah den Verrenkungen ihrer Schwester entsetzt zu.

Caro hörte auf, mit dem Kopf zu rollen, und riß die Augen weit auf. »Also, ich finde Dinnerpartys gräßlich langweilig. Nichts als Gerede, und es passiert absolut *nichts*.«

»Nun ja, Leute, die es nicht gewöhnt sind, ihren Kopf zu gebrauchen, finden so etwas natürlich immer etwas anstrengend«, zischte ich.

»Und nichts ist schlimmer, als zu spät zu kommen, es ist so unhöflich«, sagte meine gute Lottie und sprang auf. »Ich hol dir deine Jacke, Harry.«

Sie stürmte hinaus, war blitzschnell wieder da und hielt Harry die Jacke hin wie ein Matador einem jungen Stier das rote Tuch. Unwillig trank Harry sein Glas aus und ließ es zu, daß Lottie ihm in die Jacke half. Seine Augen klebten immer noch an Caro. Er küßte mich flüchtig auf die Wange und tätschelte mir den Po.

»Tschüs, Polyester«, sagte er und grinste. »Vergiß die Pille nicht.« Er gab Lottie einen Kuß. »Paß auf deine kleine Schwester auf, Lottie, sonst macht das jemand anders!« Er zwinkerte Caro zu, die sich kichernd auf dem Sofa herumlümmelte. Ich versuchte das Knistern zwischen ihnen zu ignorieren. »Auf Wiedersehen, Miss Hamilton, es war mir ein Vergnügen, Ihre Bekanntschaft zu machen.«

Caro kicherte affektiert und winkte ihm geziert zu. »Ciao, Harry!«

Kaum war die Tür hinter ihm zugefallen, ging Lottie wütend auf ihre Schwester los. »Warum hast du dich nicht gleich nackt auf dem Fußboden gewälzt?«

Caro verzog keine Miene. »Sei nicht albern, Lottie«, sagte sie und gähnte laut. »Ich hab doch nur ein bißchen Yoga gemacht. Aber er ist wirklich süß, es wundert mich überhaupt nicht, daß du ihn so versteckst, Polly. Was ist denn mit deinem Gesicht passiert? Das ist ja total fleckig.«

Ich bekam kein Wort heraus. Stumm betrachtete ich ihr perfekt geschminktes rosiges Gesicht, die zu einem hämischen Lächeln verzogenen Winkel ihres Rosenknospenmundes, und eine Woge hochprozentigen Hasses schlug über mir zusammen. Einen Sekundenbruchteil fragte ich mich, ob ich vielleicht drauf und dran war, einen Mord zu begehen. Wie interessant, ich hatte noch nie jemanden umgebracht. Ich sah mich suchend nach einer passenden Waffe um, aber als ich mich eben entschieden hatte, daß die Fruchtschale aus Porzellan, ihr kräftig auf den Kopf gehauen, dieser dummen Gans endgültig das Maul stopfen würde, schlug die Woge von Haß in ein Meer von Elend um. Warum sollte ich mich an Caro abreagieren? Ich war diejenige, die sich lächerlich gemacht hatte. Warum nicht lieber mich selbst umbringen? Dann also Selbstmord. Auch ganz interessant, aber weniger lustig, vermutete ich. Nur ich, eine große Packung Paracetamol und dann ein stürmischer, kurzer Flug im weißen Nachthemd durch die Stratosphäre. Moment mal, eine große Packung… Plötzlich erschien eine große Denkblase über meinem Kopf – aber natürlich! Ich wußte genau, was ich machen würde. Es war weniger dramatisch und sehr viel befriedigender, als ein Mord oder ein Selbstmord es jemals sein könnten.

Ich sprang auf und marschierte in die Küche, direkt zum Kühlschrank hin. Da war etwas drin, was förmlich danach schrie, herausgeholt zu werden. Lottie war blitzschnell neben mir, fünf Jahre College und zwei Jahre Wohngemeinschaft hatten ihre Wirkung gehabt. Sie überholte mich, stellte sich wie ein Krieger mit dem Rücken vor die Kühlschranktür und breitete die Arme aus, um ihn vor dem bevorstehenden Raubüberfall zu schützen. Es war eine mutige Verteidigung, aber sie war von Anfang an zum Scheitern verurteilt. Ich hielt den Griff schon fest in der Hand.

»Aus dem Weg, Lottie«, sagte ich mit zusammengebissenen Zähnen. »Ich will dir nicht weh tun müssen.«

Lottie unterdrückte ein Kichern. »Tu's nicht, Polly«, bat sie mich. »Er ist es nicht wert!«

»AUS DEM WEG, LOTTIE!« Sie blieb zwar noch stehen, aber nur einen Moment. Meine Augen glitzerten gefährlich, und Lottie war nicht gerade mutig. Sie zögerte kurz und trat dann zur Seite. Ich riß die Kühlschranktür mit dramatischer Geste auf und öffnete das Tiefkühlfach. Aah – und da lag mein Trost, lag unschuldig zwischen Tiefkühlerbsen und Eiswürfeln. Eine Familienpackung Schokoladeneis, für einen Notfall wie diesen wie geschaffen. Ich holte sie vorsichtig mit beiden Händen heraus, riß die Verpackung auf und stürzte den kostbaren Inhalt auf einen großen Teller – plumps. Was für ein himmlisch dekadentes Geräusch das war! Ich trat mit erhobenen Armen zurück, als hätte ich eben ein Kaninchen aus dem Zylinder gezaubert. Lottie applaudierte mir kichernd. Ich fühlte mich schon etwas besser.

»So«, sagte ich triumphierend und fügte, falls irgend

jemand es bezweifeln sollte, hinzu: »Und das gehört mir ganz allein!«

»Doch nicht die ganze Packung, Polly«, jammerte Lottie und rang wie eine Schmierenkomödiantin die Hände. »Schau mal«, sagte sie, griff ins Tiefkühlfach, holte ein erbärmlich winziges Schokoeis am Stiel heraus und wedelte mir damit vor der Nase herum. »Wie wär's mit einem schönen, großen Schoko-Eis, das reicht doch, oder?«

Ärgerlich schob ich ihre Hand zur Seite. »Mach dich nicht lächerlich. Ich versuche mit einer Megakrise fertig zu werden, nicht mit einem ärgerlichen kleinen Zwischenfall. Und jetzt die Krönung. Wo ist die Sahne?«

Entschlossen kehrte ich zum Kühlschrank zurück und entdeckte frohlockend einen Becher Schlagsahne. Lottie sah mir mit sorgenvoller Miene zu.

»Das ist er doch nicht wert, Polly!« rief sie, als ich die Sahne aus großer Höhe auf das Eis herunterkleckern ließ.

»Und jetzt die Nüsse!« rief ich, ihr Flehen ignorierend, und riß eine große Packung Erdnüsse auf. Als ich sie über das Eis schüttete, sah ich förmlich, wie das Monosodium-Glutamat sie überzog. Ich rieb mir gierig die Hände. Das reicht wohl! Ich setzte mich. Aber Moment mal – hatte ich auch genug Kalorien zusammen? Ich schaute meine Eisbombe mißtrauisch an. Es sollten doch wenigstens dreitausendfünfhundert sein, wenn schon, denn schon. Ich stand wieder auf und ging langsam in der Küche umher, auf der Suche nach einer verborgenen Kalorienquelle, nach dem kleinen, feinen *je ne sais quoi*. Ich kratzte mich am Kopf; was konnte das sein? Na klar, Ahornsirup!

»Haben wir Ahornsirup, Lottie?«

»Ich – also, ich weiß nicht, nein, ich glaube nicht ...« Also *hatten* wir welchen.

Ich spurtete zu dem Schrank, vor dem sie so auffällig

Stellung bezogen hatte, riß ihn auf und entdeckte eine Dose. Sie war nur noch zu einem Drittel voll, aber das machte nichts. Ich kratzte sie fein säuberlich aus. Ein bißchen Aluminium hat noch keinem geschadet. Ich setzte mich und hielt einen Teelöffel einsatzbereit über den süßen Eisberg. Oder brauchte ich einen Eßlöffel? Lottie bemerkte mein Zögern und verstand es falsch. Sofort kam sie herbeigestürzt. »Du willst das doch gar nicht alles essen, stimmt's, Polly?«

Ich grinste dämonisch. Und ob ich das wollte!

»Sekundenlang im Mund, jahrelang kugelrund?« fragte sie.

Ich sah sie vernichtend an. »Da mußt du dir schon was Besseres einfallen lassen.«

Sie gab sich große Mühe. »Erinnerst du dich an Monica Stewart?«

Ich erinnerte mich an sie und schwankte einen Augenblick; aber nur einen Augenblick. Monica Stewart war bei weitem das allerdickste Mädchen, das ich je gekannt hatte. Sie war in unserer Klasse gewesen, und wir hatten uns gestritten, wer beim Mittagessen neben ihr sitzen durfte, um genau mitzukriegen, was für Riesenportionen sie verschlang. Eine halbe Schüssel Pudding, ganze Berge Kartoffelbrei, Unmengen von völlig ungenießbarem Kohl, ganze Gläser mit Vanillesoße, eine Schale nach der anderen voll grünem Wackelpudding: Absolut nichts war Monica zuviel gewesen. Während sie aß, sah man sie förmlich immer dicker werden. Ein paar Polster mehr auf die prallen Schenkel, noch einen Ring um den Bauch, noch ein feisteres Doppelkinn.

»Bei ihr waren die Drüsen schuld«, sagte ich. Mein Löffel war dem Eisberg schon gefährlich nahe und kam ihm immer näher.

»Gut, aber denk doch bitte an deine neue karierte Kenzo-Hose.« Der Löffel hielt zitternd über der Eisbombe inne. »Sie hat dich immerhin über einhundertfünfzig Pfund gekostet«, fuhr Lottie grausam fort.

Das war gemein, wirklich sehr gemein vor ihr. Ich hatte mich schon in der Umkleidekabine im Geschäft nur mit größter Mühe in die Hose gezwängt, aber ich hatte sie in der Hoffnung gekauft, daß sie nach ein bis zwei Wochen konsequenten Fastens wie angegossen sitzen würde. Ich zermarterte mir das Hirn, wie ich diese Klippe umschiffen könnte. Na klar! Der Sommer stand vor der Tür, die Kenzo-Hose war dann viel zu warm, das hatte ich beim Kauf nicht bedacht.

Jetzt konnte mich nichts mehr aufhalten, ich hatte grünes Licht. Ich stach zu und hebelte einen Riesenlöffel voll Eis heraus. Lottie legte mir die Hand auf den Arm, als ich den Löffel zum Mund führte. Was war jetzt schon wieder los? Ein letzter Versuch, mich zur Vernunft zu bringen? Sie näherte ihr Gesicht dem meinen und blickte mir tief in die Augen. »Polly, denk doch bitte mal«, sagte sie langsam und vorsichtig, »denk doch bitte mal an Caros lange – schlanke – Beine …«

Sie hatte das mit den besten Absichten gesagt, aber es war der größte Fehler, den sie machen konnte. Ich stieß ein wildes Kriegsgeheul aus, das dem letzten Mohikaner angst gemacht hätte, fegte ihre Hand zur Seite und schob mir etwa zweihundertfünfzig Kalorien in den Mund. Wenn mich irgend etwas darin bestärken konnte, mir diesen Eisberg einzuverleiben, dann war es der Gedanke an Caros Beine, die ganz zufälligerweise gerade in diesem Augenblick zur Küchentür hereinspazierten. Ich schaute sie nachdenklich an und geriet fast in Versuchung, in eines dieser hübschen Beinchen hineinzubeißen, unterließ es dann aber doch. Zuwenig Fleisch dran.

Ich bohrte meinen Löffel mit großem Genuß in das Eis, und Caro setzte sich zu uns an den Tisch. Sie starrte die Riesenportion ungläubig an und beobachtete dann entsetzt, wie ich mir einen Löffel nach dem anderen in den Mund schob.

»Was macht Polly da eigentlich?« fragte sie.

»Ersatzbefriedigung«, meinte Lottie.

»Kapier ich nicht«, sagte Caro.

»Das kannst du auch nicht«, sagte ich und schaute auf ihre Zweiundfünfzig-Zentimeter-Taille.

»Das nennt man Frustessen, Caro«, erklärte Lottie.

»Ich dachte, es gäbe Lasagne ...«

Ich sagte zwischen zwei gehäuften Löffeln: »Umdisponiert. Lasagne macht nicht dick genug.«

Lottie kicherte und holte zwei Löffel aus der Schublade. Sie reichte Caro einen und konnte sich nicht mehr zügeln. »Kampf dem Frust!« rief sie und bohrte ihren Löffel lustvoll ins Eis.

»Braves Mädchen«, sagte ich und zerbiß geräuschvoll die Erdnüsse.

Caro erhob sich angewidert. »Also ehrlich, das ist mir einfach zu blöd«, erklärte sie hochnäsig. »Ich glaube, ich kann eine so ekelhafte Fresserei nicht mit ansehen. Denn genau das ist es doch, oder? Warum macht ihr das bloß?«

»Deinetwegen«, stieß ich hervor, aber sie hatte schon den Raum verlassen und hockte sich vor die Glotze, wo sie sich nach Herzenslust mit den superschlanken, salatblätterknabbernden Traumfrauen aus *Dallas* identifizieren konnte.

Lottie und ich schlemmten weiter, aber ich bin froh, sagen zu können, daß wir kaum die Hälfte meiner Kalorienbombe schafften. Wir warfen den Rest ins Klo, lehnten uns auf unseren Stühlen zurück, kicherten und hielten uns die Bäuche. Wir konnten einfach nicht mehr. Oder?

»Lasagne?« schlug Lottie übermütig vor.

»Gute Idee!« lobte ich sie.

Sie ging zum Herd und holte die Lasagne heraus. Sie war ein bißchen verbrannt an den Rändern, aber durchaus noch genießbar.

»Caro, das Essen ist fertig!« rief ich.

Sie erschien in der Tür. »Habt ihr etwa das ganze Eis gegessen?« fragte sie fassungslos.

»Aber natürlich«, erwiderte ich. »Das war nur unsere kleine Vorspeise, und jetzt kommt das Hauptgericht.«

Sie setzte sich total verwirrt hin, und wir machten uns an die Lasagne, die uns erstaunlich gut schmeckte. Danach wankte ich ins Wohnzimmer, sank dort aufs Sofa und fühlte mich hundertmal besser, ahnte aber, daß ich es bitter bereuen würde. Als ich meine Beine aufs Sofa hievte, fiel mir etwas ein. Natürlich – dann war ich mit Harry quitt! Ich nahm unser schnurloses Telefon und ging damit in mein Zimmer.

»Wen rufst du an?« rief Lottie mir nach.

»Erzähl ich dir gleich«, antwortete ich geheimnisvoll.

Ich holte mir ein Glas Wein, ein Päckchen Zigaretten und einen Aschenbecher und schloß die Tür hinter mir.

Dann setzte ich mich im Schneidersitz aufs Bett und zündete mir eine Zigarette an. Sollte ich ihn anrufen? Ich probierte, ein paar Rauchringe zu blasen, was mir noch nie gelungen war, und ich schaffte es auch diesmal nicht. Ich trank einen großen Schluck Wein und wählte die Nummer so schnell, daß ich mich nicht mehr anders entschließen konnte. Ich hatte ja eh nicht viel zu verlieren, oder?

Es läutete zwei- oder dreimal, dann meldete sich ein Mädchen. »Savoy Hotel.«

»Hallo, könnte ich bitte mit Adam Buchanan sprechen?«

Ich leckte mir nervös die Lippen, als das Gespräch in sein Zimmer durchgestellt wurde.

»Hallo?«

»Mr. Buchanan?« Ich entschloß mich, einen professionellen, geschäftsmäßigen Ton anzuschlagen. »Hier ist Polly McLaren. Sie sagten mir gestern, daß Sie gerne meine Dienste in Anspruch nehmen würden.« O Gott! Das klang ein bißchen sehr professionell – so in Richtung Callgirl. Das erstaunte Schweigen am anderen Ende der Leitung war nicht zu überhören. Also versuchte ich es noch einmal. »Was ich sagen will – äh –, Sie haben mich gebeten, Ihnen zu helfen – Sie wissen schon, um Rachel zu finden.«

Vom Callgirl zur Vollidiotin. Reiß dich zusammen, Polly. Ich trank einen Schluck Wein.

»Hey, ja, natürlich!« rief er aufgeregt. »Haben Sie etwas rausgefunden?«

Aha! Er baumelte am Haken. Ich machte eine Pause und genoß es kurz, ihm eine Nasenlänge voraus zu sein. Obwohl ich selten das Vergnügen habe, war ich zu gutherzig, um ihn lange zappeln zu lassen.

»Ich habe mit einem Mädchen gesprochen, das in derselben Klasse wie Rachel war, und sie hat mir ein bißchen was erzählt. Aber die Sache ist die« – das war mir gerade erst eingefallen –, »ich möchte zuerst mal die ganze Geschichte hören, bevor ich meine Informationen preisgebe.«

Was wäre zum Beispiel, wenn Rachel gar nicht gefunden werden wollte? Vielleicht konnte sie Adam auf den

Tod nicht ausstehen und mied ihn wie die Pest. Er begriff sofort, worauf ich hinauswollte.

»Ich verstehe«, sagte er schnell, »ich verstehe Sie sehr gut. Wir können uns ja treffen, dann erzähle ich Ihnen alles. Wie wär's, wenn wir morgen abend zusammen essen würden?«

Morgen abend? Zusammen essen? Der Vorschlag haute mich fast um, aber ich fand ihn nicht schlecht.

»Äh – also – morgen paßt es nicht so ganz.« Man konnte ja schlecht immer Zeit haben. Morgen war Freitag, und es wäre verdammt peinlich, am Freitagabend nichts vorzuhaben.

»Wir wär's dann mit Anfang nächster Woche? Zum Beispiel am Dienstag?«

»Dienstag paßt mir gut.«

»Wir könnten bei mir im Hotel essen. Der Grill Room ist ausgezeichnet. Soll ich einen Tisch bestellen?«

Das hörte sich gar nicht so schlecht an: der Grill Room im Savoy.

»Warum nicht?« antwortete ich leichthin, so als würde ich immerzu im Savoy speisen.

»Gegen halb neun?«

»Wunderbar.«

»Gut. Ich freue mich darauf, Sie wiederzusehen. Bis dann!«

Als ich den Hörer auflegte, war ich außer Atem und fühlte mich grandios. Ich treffe mich nicht jeden Tag mit fremden Amerikanern zum Dinner im Savoy. Ich sprang vom Bett auf und lief in die Küche, um Lottie alles zu erzählen. Sie kratzte eben die verbrannten Lasagnereste in Wellingtons Freßnapf; aber der kleine Vierbeiner rümpfte nur angeekelt die Nase.

»Er kommt aus Yorkshire, Lottie, nicht aus Italien.«

»Zu schade«, sagte Lottie und legte noch ein paar Hundekuchen über die Lasagnereste, um ihn hinters Licht zu führen.

»Einen heißblütigen Italiener könnten wir hier ganz gut brauchen.«

»Wie wär's mit einem heißblütigen Yankee?« Ich erzählte ihr von meiner Verabredung am Dienstag.

»Mann!« sagte Lottie beeindruckt. »Er hat dich also als seine Privatdetektivin angeheuert? Und als Honorar spendiert er dir ein Essen im Savoy?«

»Warum nicht? Ich meine, wenn Harry jede Nacht einen draufmacht, kann ich doch auch mal mit einem reichen amerikanischen Supermann ausgehen.«

»Ja, warum eigentlich nicht?« Lottie kniff nachdenklich die Augen zusammen. »Wie reich ist er denn? Wie super?«

Ich lachte. »Wenn wir Rachel nicht finden, dann schenke ich ihn dir. Rote Haare, nicht ganz mein Typ, aber er sieht gut aus, könnte sein, daß du auf ihn abfährst.«

»Karottenrot?« fragte sie vorsichtig.

»Nein – eher rostbraun wie ein Setter.«

»Hmm … Wenn du ihn hier anschleppst, bring gleich eine Extraportion Hundefutter mit.«

Wir kicherten beide, als Caro hereinkam.

»Ich glaub, ich geh jetzt heim. Ich hab deine Klamotten wieder auf dein Bett gelegt, Polly.« Sie vermied es, mich direkt anzuschauen. »Sie stehen dir sowieso besser als mir.«

Meine Güte, hatte sie etwa Gewissensbisse?

»Nimm sie ruhig mit, Caro, ich komm gut ein bis zwei Wochen ohne sie aus.«

»Danke, ist schon okay, ich lasse sie lieber hier. Tschüs

Polly, tschüs Lottie.« Sie gab uns beiden einen Kuß, und man merkte ihr an, daß sie sich schämte.

Lottie begleitete sie zur Wohnungstür. Ich glaube, dort fand eine kleine Unterhaltung statt. Als Lottie zurückkam, biß sie an ihrem Daumennagel herum und sah ziemlich nachdenklich aus.

»Tut mir leid, das mit Caro«, sagte sie ein bißchen schroff. »Ich soll dich von ihr um Entschuldigung bitten. Sie hat zur Zeit ein bißchen Probleme mit ihrem – äh – Selbstwertgefühl.«

»Schon gut«, sagte ich. »Ist doch nicht deine Schuld, wenn sich deine Schwester wie ein Flittchen aufführt.«

Wir lachten und verbrachten den Rest des Abends damit, den Wein zu leeren.

Als ich ins Bett ging, merkte ich, daß sich meine Gedanken zum erstenmal seit Ewigkeiten nicht um Harry drehten. Statt dessen malte ich mir sehr lebhaft das *tête-à-tête* mit Adam Buchanan am Dienstag abend aus.

6. Kapitel

Der Rest der Woche verlief ziemlich ereignislos, was typisch für mein Leben war. Und dann war endlich Dienstag abend. Ein Taxi setzte mich genau zehn Minuten zu spät an der Strand Street ab, und ich war so nervös, daß ich dem Fahrer ein viel zu hohes Trinkgeld gab. Als ich aus dem Taxi stieg, strich ich mir mit der Hand über den Rücken, um die Falten in meinem Kleid zu glätten. Ich hoffte, daß es nicht allzu zerknittert aussah. Leinen ist ja eigentlich immer ein Alptraum. Das Kleid saß auch ein bißchen sehr eng, und ich hätte vielleicht lieber keine Unterhose anziehen sollen, weil die sich immer so stark abzeichnete, aber Lottie war entsetzt, als ich es nur erwähnte.

»Stell dir vor, er merkt es!«

»Das wird er kaum, es sei denn, er kriecht unter den Tisch und schaut mir unters Kleid.«

»Glaub mir eines, Polly«, hatte sie gesagt und mich dabei weise angesehen, »es gibt Männer, die merken so was einfach!«

Das reichte mir: Ich behielt den Slip an. Ich fingerte an meiner Perlenkette herum, als ich auf den Hoteleingang zuging. Sollte ich sie doch noch schnell ausziehen? War ein kleines Schwarzes und eine Perlenkette nicht ein bißchen sehr phantasielos? Vielleicht, aber ich konnte an der Kette herumspielen, wenn ich nicht rauchte. Deshalb behielt ich sie an.

Zuerst verschwand ich in der Damentoilette. Ich schaute in den Spiegel. Alles in allem gar nicht so übel. Meine Haut war erstaunlich glatt, und meine Augen sahen in diesem Licht fast blau aus. Ich neigte den Kopf nach vorn und schüttelte ihn heftig, damit meine Locken so natürlich wie möglich fielen. Dann warf ich das Haar zurück und sprühte etwas Haarspray auf die neu entstandene Pracht. Die Wirkung war verblüffend. Fast wie nach einem Besuch beim Starfriseur. Fast.

Als ich die gläserne Schwingtür aufstieß, auf der in diskreten kleinen Goldbuchstaben »Grill Room« stand, mußte ich mich zusammennehmen, um nicht zu kichern. Das hatte sicher etwas damit zu tun, daß ich zu Hause mit Lottie noch eine Flasche Wein geleert hatte, um mir Mut anzutrinken. Ich erinnerte mich an das einzige Mal, an dem ich mit meinen Eltern und meinen beiden älteren Brüdern hier gewesen war. Wir hatten meinen sechzehnten Geburtstag gefeiert, und auch damals war ich irrsinnig aufgeregt gewesen und trank zum erstenmal offiziell ein Glas Sekt. Inoffiziell hatte ich schon oft nach den Cocktail-Partys meiner Eltern aus Trotz und Rache die Reste aus den Sektgläsern geschlürft. Meine Vorliebe für Gutes und Teures hatte sich schon früh entwickelt.

Ich schlenderte in den Raum, versuchte, so lässig wie möglich auszusehen, und betete zu Gott, daß Adam Buchanan schon da war. Ich schaute mich schnell um, konnte ihn aber nicht entdecken. Ich bin leider ziemlich kurzsichtig. Der Maître d'hôtel war sofort neben mir.

»Kann ich Ihnen behilflich sein?« fragte er mit gedämpfter Stimme.

»Ja, ich bin mit Mr. Buchanan zum Dinner verabredet. Würden Sie mich zu seinem Tisch führen?« antwortete ich ebenso gedämpft und kam mir vor wie in einem Film aus den vierziger Jahren.

Er zuckte nicht mit der Wimper. Offenbar sprachen hier die meisten Leute so. Er fuhr mit dem Zeigefinger eine Liste hinunter. »Aber gern, folgen Sie mir bitte.«

Ich folgte seinem stocksteifen Smokingrücken an einem Meer von Tischen vorbei durch das elegante Restaurant. Mit den holzgetäfelten Wänden, den Vasen, Kerzen, Leuchtern und Aschenbechern aus Messing und den mit grünem Samt bezogenen Sesseln hätte es sehr gut ein Club für Gentlemen sein können.

Ich entdeckte Roger Moore, der mit Frau und Kindern an einem Ecktisch saß und zu Abend aß. Ich zwang mich, ihn nicht anzustarren, außerdem hatte ich Adam entdeckt.

Er trug einen gutgeschnittenen anthrazitgrauen Anzug, ein hellblaues Hemd und eine Krawatte mit marineblauen Punkten, und dadurch wirkte sein Haar weniger rot und seine himmelblauen Augen blauer. Das ließ sich ja alles ganz gut an. Er saß etwas weiter hinten in einer Ecke und erhob sich sofort, als ich näher kam. Das war gar nicht so einfach, da er auf einer Bank saß, die er beim Aufstehen nicht wie einen Sessel zurückschieben konnte. Er stand da wie ein Abfahrtsskiläufer, während wir uns begrüßten und uns die Hände schüttelten. Ich setzte mich schnell, um ihn zu erlösen, und er lehnte sich erleichtert zurück.

»Guten Abend. Schön, Sie zu sehen, Miss McLaren.«

Meine Güte, der Film aus den vierziger Jahren nahm überhaupt kein Ende.

»Polly genügt«, sagte ich lächelnd.

Er entspannte sich ganz offensichtlich und lächelte zurück.

»Gut, dann also Polly. Champagner?«

Er deutete auf eine Flasche, die in einem Eiskübel auf einem Beistelltisch ruhte, und wie durch Zauberei stand plötzlich ein serviler kleiner Kellner neben mir und schenkte mir ein. Ich zündete mir eine Zigarette an, die erste von vielen. Mein Gott, in diesem Lokal war alles dermaßen gedämpft, daß es Gefahr lief, irgendwann völlig zu verschwinden. Hier ging es anders zu als in den kleinen Bars in South Kensington, die ich so liebte, wo man sich mit den Ellenbogen einen Weg zum Tresen bahnen und eine Stimme wie Pavarotti haben mußte, um überhaupt gehört zu werden. Ich hoffte, daß ich in dieser feinen, leisen Umgebung nicht aus alter Gewohnheit laut und derb werden würde.

Adam war offenbar ein geübter Gedankenleser. Er lachte. »Ich weiß, es ist ein bißchen sehr vornehm hier, aber das hat den Vorteil, daß man sich in Ruhe unterhalten kann. Sie gehen vermutlich lieber in Lokale wie das Langan?«

»Ja – äh – eher in solche Lokale« – aber nicht halb so teuer, dachte ich. »Aber hier ist es ja richtig edel.«

Mensch Polly, wann hast du jemals – *jemals* gesagt, etwas sei richtig edel? Ich mußte ziemlich nervös sein. Ich versteckte mich hinter der riesigen Speisekarte und schlürfte hastig meinen Champagner.

»Haben Sie schon gewählt?« fragte Adam. »Die Seezunge ist recht gut, aber Sie können natürlich nehmen, was Sie wollen.«

»Nein, nein, ich nehme die Seezunge«, sagte ich, erleichtert, daß mir wenigstens eine wichtige Entscheidung abgenommen worden war. »Ich esse Fisch sehr gern.«

Fisch? War das wirklich das angemessene Wort für Dover Seezunge Müllerinart? Polly, hier war die Rede von erstklassig zubereiteten Fischspezialitäten, nicht von »fish and chips«, eingewickelt in Zeitungspapier. Oje. Ich nahm wieder Zuflucht zum Champagner.

»Also zwei Dover Seezungen«, sagte er und klappte die Speisekarte zu.

Der Kellner schien gerochen zu haben, daß die Entscheidung gefallen war, und tauchte wieder so plötzlich aus dem Nichts auf wie zuvor. Adam bestellte mit der Sicherheit eines Mannes, der schon öfter in vornehmen Restaurants gespeist hatte als ich warme Mahlzeiten zu mir genommen hatte. Als das erledigt war, wandte er sich mir zu. Er stützte die Ellenbogen auf dem Tisch auf und maß mich mit einem durchdringenden Blick aus seinen blauen Augen.

»Wissen Sie, ich hab mir gedacht, anstatt höfliche Konversation zu machen und stundenlang um das eigentliche Thema herumzuschleichen wie die Katze um den heißen Brei, erzähle ich Ihnen jetzt gleich alles über Rachel und mich. Dann haben wir's hinter uns und können das Essen richtig genießen. Wie finden Sie das?«

Ich nickte begeistert. »Klingt gut.« Ich war immer fürs Genießen, wo, wann und mit wem auch immer. Natürlich nur auf absolut ehrbare Art.

Er lehnte sich zurück, faltete seine Serviette zu einem ordentlichen kleinen Viereck und holte tief Atem. »Also, ich könnte natürlich damit anfangen, wie wir uns kennengelernt haben, aber ich hole noch etwas weiter aus. Haben Sie ein bißchen Geduld, Sie werden bald sehen, warum.«

»Okay, schießen Sie los.«

Er beugte sich wieder vor. »Rachel war, wie Sie wissen, in derselben Schule wie Sie, im St.-Gertrude-College.«

Ich nickte. »Ja, die Ärmste.«

Er zuckte mit den Achseln. »Nun, seltsamerweise war sie gern dort. Bei ihr zu Hause fand so gut wie kein Familienleben statt, ich glaube, daß sie deshalb gern im Internat und so gut auf dem College war. Soviel ich weiß, vergrub sie sich sogar in den Ferien in ihre Schulbücher. Wahrscheinlich wußte sie nicht, was sie sonst machen sollte.«

»Ach, jetzt weiß ich endlich, warum ich so schlecht in der Schule war. Bei uns zu Hause war immer viel los. Zu viele Einladungen, Partys, Ponys, Ausflüge – kein Wunder, daß ich nicht dazu kam zu lernen. Alles die Schuld meiner Eltern.«

Adam lachte und hörte endlich auf, seine Serviette immer wieder auseinander- und zusammenzufalten. Gut, gut. Ich bin zwar kein Ausbund an Klugheit, aber ich kann immer mit ein, zwei Witzen die Stimmung heben, und ich wollte, daß dieser Abend so vergnüglich wie möglich wurde.

»Aber wenigstens klingt das so, als sei es bei Ihnen immer lustig zugegangen. Bei Rachel war das ganz anders. Sie büffelte und büffelte aus lauter Verzweiflung und bekam wohl deshalb in allen Fächern die besten Noten. Offenbar war sie in Musik und Mathematik ganz besonders gut und hatte vor, nach der Schule aufs Konservatorium zu gehen. Aber es kam ganz anders.«

Ich zog eine Grimasse. »Jetzt kommt der böse Vater ins Spiel.«

Adam schaute mich überrascht an. »Sie wissen es also?«

Ich hätte mir auf die Zunge beißen können. Ich wollte seine Version hören, die von Caro kannte ich ja schon. »Ach, ein Mädchen aus ihrer Klasse hat mal ein paar vage Andeutungen gemacht, aber erzählen Sie weiter.«

»Nun, wie Sie richtig sagten, jetzt kommt der Vater ins Spiel. Ihn böse zu nennen wäre vielleicht etwas übertrieben, aber er ist bestimmt reaktionär, viktorianisch und stur wie ein Holzklotz. Jedenfalls kommt er eines Tages aus heiterem Himmel ins College und besteht darauf, daß Rachel in Windeseile ihre Sachen zusammenpackt und mit ihm nach Hause fährt. Ist das nicht unglaublich?«

»Einfach unglaublich! Und ich frage mich: warum? Es ist doch nicht so, daß ihm die Schule zu teuer war! Rachel ohne Grund herauszunehmen war doch total verrückt!«

»Genau. Er ist total verrückt. Ich halte ihn sogar für unzurechnungsfähig. Offenbar reicht es ihm, wenn eine Frau Ikebana und Sticken lernt. Er sagte, er wolle nicht, daß aus Rachel eine knallharte Karrierefrau werde, daß die Bildung bei Mädchen reine Zeitverschwendung sei, weil sie am Ende doch nur heirateten und Kinder bekämen.«

»Mein Gott, wie einem Roman von Charles Dickens entsprungen.«

»Absolut. Na ja, Rachel mag in mancher Hinsicht ein wenig schüchtern und scheu sein, aber wenn es um ihre Musik geht, ist sie die Leidenschaft in Person, und sie war nicht bereit, sich den Wünschen ihres Vaters zu fügen. Sie kämpfte wie eine Löwin, ähnlich wie eure Schuldirektorin. Die war auch völlig außer sich.«

»Kann ich mir gut vorstellen. Sie hatte schließlich nicht viele solcher Super-Schülerinnen wie Rachel«, sagte ich und leckte mir die Lippen, als mir die größte Seezunge serviert wurde, die ich je gesehen hatte.

Adam machte eine kurze Pause, als Silberschüsseln voller zarter, kleiner, neuer Kartoffeln und al dente gekochte Brokkoli-Röschen aufgetischt wurden. Er schien das Essen gar nicht zu bemerken. Geistesabwesend schob er es auf seinem Teller hin und her und spielte dann wieder mit seiner Serviette. Ich legte ein Salatblatt über das Auge meines Fisches, damit er mich nicht so anstarrte, und verzehrte ihn dann mit großem Genuß, während Adam weitererzählte.

»Natürlich war es von vornherein ein ungleicher Kampf. Der alte Marsden hatte schließlich das Portemonnaie in der Hand, und Rachels Bitten glitten an ihm ab wie Regentropfen an einer Fensterscheibe. Er hatte für Rachel etwas beschlossen, und dabei blieb es.«

Adam nahm seine Gabel und schob wieder den Fisch ein bißchen hin und her. Ich fragte mich, ob es unschicklich gewesen wäre, ihn zu fragen, ob er seinen Fisch vielleicht nicht mehr mochte, und mich als Abnehmer anzubieten, fand aber, daß das doch zu weit ging.

»War sie sehr verzweifelt?«

»Am Boden zerstört. Sie weinte tagelang, was ihren Vater ziemlich aus dem Konzept brachte. Ich glaube, er hatte sich vorgestellt, sie werde ein bißchen grollen und dann klein beigeben; aber sie schloß sich tagelang in ihr Zimmer ein und weigerte sich sogar, mit ihm zu sprechen.«

»Finde ich ganz toll.«

Ich hatte fast nur noch Gräten auf dem Teller, und er hatte noch nicht einmal angefangen. Ich spielte mit meinem Brokkoli herum, um ein bißchen länger etwas davon zu haben. Der Champagner war süffig, und ich wurde allmählich ein bißchen beschwipst. Bis hierher kannte ich Rachels Story schon, mich interessierte eigentlich nur die Fortsetzung.

»Ich vermute, daß sie in erster Linie von ihm wegwollte, deshalb fragte sie, ob sie eine Zeitlang ins Ausland gehen dürfe. Das waren die ersten Worte, die sie nach tagelangem Schweigen an ihn richtete, und er war so überrascht, daß er es ihr auf der Stelle erlaubte, allerdings unter der Bedingung, daß sie nicht einfach mit einem Rucksack herumziehen dürfe, sondern bei meiner Familie in Boston wohnen sollte.« Adam griff nach der Flasche und schenkte mir nach.

»Woher kannten Sie sich?«

»Marsden und mein Dad waren zusammen in Oxford, kennen sich also schon ewig und sind immer in Verbindung geblieben. Dad sagt, Marsden sei früher gar nicht so übel gewesen, obwohl es mir schwerfällt, das zu glauben.« Er ließ seinen Fisch Fisch sein und zündete sich eine Zigarette an. Ich sah mit großem Bedauern zu, wie der Kellner den Teller abräumte.

»So habt ihr euch also kennengelernt?« Ich zündete mir auch eine Zigarette an, um ihm Gesellschaft zu leisten.

»Ja. Ich war damals gerade bei meinen Eltern, und sie baten mich, Rachel vom Flughafen abzuholen.«

»Sie hatten sie noch nie gesehen?«

»Noch nie. Es war ihre erste Amerikareise, und ich hatte ihre Familie während meiner Englandaufenthalte nie besucht. Na ja, ich fuhr also zum Flughafen, hatte auf ein kleines Schild ›Miss Rachel Marsden‹ geschrieben und fand das Ganze eigentlich ziemlich lästig. Viel lieber hätte ich was fürs Studium getan oder wäre mit meinen Freunden einen trinken gegangen ...«

Er machte eine Pause und blies eine lange Rauchfahne über meinen Kopf hinweg. Seine Hand strich über das Weinglas. Er schien ganz woanders zu sein. »Mein Leben lang werde ich den Augenblick nicht vergessen, in dem ich sie zum erstenmal sah«, sagte er leise.

Ich lächelte etwas angestrengt. Jetzt aber, Mr. Buchanan, Sie wollen mir doch nicht weismachen, daß Sie von ihrer Schönheit geblendet waren? Also nach dem Photo zu urteilen, das Sie mir gezeigt haben, sieht sie ja ganz ordentlich aus, aber nicht so, daß der Verkehr ihretwegen zum Stillstand kommen würde.

Er schien meine Gedanken zu lesen und lächelte reuig. »Okay, okay, ich weiß, was Sie denken, und Sie haben ja auch recht, sie ist keine atemberaubende Schönheit, aber Polly...« Er beugte sich vor. »Sie hätten sie an diesem Tag sehen sollen. Nicht daß sie wunderschön gewesen wäre, wirklich nicht, aber irgendwie hübsch und so jung und unschuldig, als sie mit ihrem Gepäck auf mich zukam. Sie sah so – ich weiß, es klingt kitschig –, so verloren aus mit ihren großen Augen. Ihr blasses, ängstliches kleines Gesicht schrie förmlich nach einem freundlichen Menschen. Sie wirkte ungeheuer verletzlich. Ich wußte, daß sie es war, ich brauchte nicht mal mein Schild hochzuhalten. Sie trug ihren Schulmantel ...«

Ich senkte schnell die Nase ins Champagnerglas. Großer Gott, den Schulmantel, dieses gräßliche, alte grüne Ding? Hatte dieses Mädchen denn überhaupt keinen Stil? Als nächstes würde er mir erzählen, daß sie völlig ungeschminkt war.

»... und diesen lächerlichen Schal, mit dem ihr alle herumzulaufen scheint. Klingt verrückt, ich weiß, aber ich verliebte mich praktisch auf den ersten Blick in sie.«

»Wie romantisch«, sagte ich. Ich fand das alles nicht sehr glaubwürdig, nahm mir aber vor, demnächst meinen alten Schulmantel herauszukramen und das verletzliche Pflänzchen zu spielen. Meiner Meinung nach mußte man den Mantel um mindestens fünfzehn Zentimeter kürzen und darunter nicht viel anziehen, um auch nur einigermaßen verführerisch darin auszusehen. Mittlerweile machte mir der Abend großen Spaß, und ich genoß den Champagner und die Unterhaltung gleichermaßen.

»Und Rachel war natürlich auch gleich hingerissen.«

»Nein, das nicht gerade, aber ich hatte ein bißchen Zeit und zeigte ihr in der nächsten Woche Boston, ging mit ihr in Konzerte und Museen und fuhr mit ihr ans Meer, wo meine Familie ein Cottage hat.«

»Aha!« Ich horchte auf. Ich weiß genau Bescheid über diese kleinen leerstehenden Häuschen auf dem Land. Ich hatte das Gefühl, daß die Geschichte jetzt endlich ein bißchen interessant würde.

»Na ja, eins kam zum anderen …« Er machte eine Pause. War das alles, was er dazu sagen würde? Er starrte Löcher in die Luft. Hoffentlich wurde er jetzt nicht sentimental und vergaß mich völlig.

»Und?« fragte ich sehr schamlos und sehr gespannt.

»… und – schon nach wenigen Tagen waren wir …, nun ja, ein Paar.«

»Schon nach wenigen Tagen!« rief ich. »Praktisch gleich nach ihrer Ankunft in Boston? Da haben Sie ja nicht gerade getrödelt!«

Adam schaute mich bestürzt an. »Also glauben Sie bloß nichts Falsches … Ich habe sie nicht überrumpelt oder so, sie wollte es genauso, das versichere ich Ihnen.«

Aha. Also war Rachel die treibende Kraft gewesen. Tüchtig, tüchtig. Und all das mit einem blassen Gesicht, erbärmlich dünnem Haar und einem alten Schulmantel. Nicht schlecht!

Adam seufzte. »Ich weiß, es klingt irgendwie unglaubwürdig, wenn man bedenkt, wie kurz ich sie erst kannte. Aber ganz ehrlich, Polly, ich war schon sehr verliebt in sie.« Es war ihm sehr wichtig, daß ich ihm glaubte, und ich tat ihm den Gefallen. Es gefiel mir auch, wie er meinen Namen aussprach: Pahlly.

»Nein, nein, es klingt kein bißchen unglaubwürdig.« Warum sprach ich plötzlich mit amerikanischem Akzent und noch dazu mit einem Akzent aus dem tiefen Süden? Ich räusperte mich und fuhr in bestem Oxford-Englisch fort: »Ich finde das wunderbar. Ehrlich. Ich wünschte nur, mir würde auch einmal so etwas passieren.«

Er grinste. »Na ja, für mich war es auch das erste Mal.«

»Und Sie sind einfach dort geblieben, in diesem Cottage? In romantischer Zweisamkeit?«

»Eine Zeitlang, ja. Dann fuhren wir zurück nach Boston, und ich erzählte es meiner Mutter. Wir verstehen uns sehr gut, und sie nahm es großartig auf, war nur am Anfang etwas besorgt, weil Rachel so jung war.«

»Sie kann doch nicht älter als siebzehn gewesen sein!«

»Sie war schon achtzehn, aber das ist auch noch sehr jung, und vergessen Sie nicht, ihr Vater hatte sie meinen Eltern anvertraut.«

»Geschieht ihm ganz recht«, sagte ich und schwenkte übermütig mein Champagnerglas. »Sie haben ihm doch hoffentlich nichts erzählt?«

Er verzog das Gesicht. »Mit Rücksicht auf sein jähzorniges Temperament entschlossen wir uns, ihm nicht sofort etwas zu sagen. Ich war nicht unbedingt scharf darauf, daß er am Bostoner Flughafen mit einem Fleischermesser auf mich losging. Rachel schrieb ihm also, es gehe ihr wunderbar …«

»… aber nicht, mit wem sie ging!« unterbrach ich ihn, beschwipst wie ich war, und lachte schallend über meinen infantilen Witz.

Er lächelte. »Genau.«

Dieses »Genau« hatte ein wenig zu höflich geklungen. Reiß dich zusammen, Polly, dachte ich. Laß die Finger vom Champagner, oder du erfährst das Ende der Geschichte nie.

»Jedenfalls schien der alte Knabe sich zu beruhigen und schrieb zurück, daß sie noch etwas länger bei uns bleiben könne. Vielleicht fühlte er sich auch schuldig, weil er ihr die akademische Laufbahn verdorben hatte, ich habe keine Ahnung. Wir fuhren jedenfalls zurück in unser Cottage am Meer. Er hatte keine Ahnung davon, weil meine Eltern ihre Briefe weiterleiteten.«

»Und was sagten Ihre Eltern?«

»Na ja, sie waren nicht gerade glücklich darüber, aber sie wußten, daß wir unbedingt zusammensein wollten, und sie glaubten auch, daß Rachels Vater sie sofort nach Hause zurückholen würde, wenn er die Wahrheit erfuhr. Mum und Dad sind sehr gelassen und sehr tolerant, Rachel konnte es kaum fassen. Wissen Sie, daß sie nie mit einem Mann ausgehen durfte, nicht einmal mit einem Jungen ihres Alters? Ist das nicht abartig? Vielleicht ist das die feine englische Art, aber bei uns in Amerika gehen die Teenager ungefähr ab fünfzehn miteinander aus.«

»Das finde ich zwar ein bißchen früh, aber...« Ich dachte an meine Eltern, die mich in diesem Alter im allgemeinen alles machen ließen, was ich wollte, vorausgesetzt, sie lernten die Jungen kennen, und vorausgesetzt, ich kam zu einer vernünftigen Zeit nach Hause. Oft war es nach einer Party allerdings doch sehr spät geworden, und ich schlich, die Schuhe in der Hand, die Treppe hinauf und hörte oben auf dem Treppenabsatz die schläfrige Stimme meiner Mutter fragen: »Bist du es, Kleines?«

»Ja«, flüsterte ich zurück. »Schlaf weiter!«

Am nächsten Morgen kam sie dann, setzte sich zu mir

auf die Bettkante und quetschte mich gnadenlos aus, wollte einfach alles wissen. Wer war dagewesen? Was hatten die Mädchen angehabt? Hatte ich jemanden Nettes kennengelernt? Das gehörte noch zur Party dazu, und ich konnte es mir gar nicht anders vorstellen. Ich habe kein einziges Mal etwas hinter ihrem Rücken angestellt, obwohl ich zugeben muß, daß mein Vater beim Gedanken, daß ich es in Amerika mit einem älteren Mann getrieben hätte, ganz schön durchgedreht wäre. Deutlich sichtbar leerte ich mein Glas, und siehe da, es wurde sofort wieder nachgefüllt.

»Also haben Sie richtig zusammengelebt?« Ich merkte, daß ich schon ein wenig lallte.

»Ja.«

»Wie lange?«

»Ungefähr ein Jahr. Dann habe ich sie gefragt, ob sie meine Frau werden wolle. Sie sagte ja und …«

»Herzlichen Glückwunsch!« schrie ich und schwang mein Sektglas in seine Richtung. Es stieß laut klirrend gegen sein Glas. Ich plumpste unsicher zurück auf meinen Stuhl. »Auf die Braut und den Bräutigam! Auf das glückliche Paar!« Ich war jetzt super drauf, und die Leute vom Nebentisch schauten zu uns herüber. Sie lächelten und nahmen vielleicht an, daß wir uns gerade verlobt hätten.

Adam lachte leicht nervös. »Äh – danke. Soll ich weitererzählen?«

»Ich bitte sehr darum«, lallte ich.

»Nun, wir überlegten, wo wir heiraten sollten, in England oder in Amerika, wie viele Leute wir einladen wollten, wer Brautjungfer sein sollte, was für Blumen wir wollten und so weiter. Und je mehr wir darüber sprachen, um so klarer wurde uns, daß es für uns keinen Ausweg gab: Wir mußten es Rachels Vater irgendwann sagen, also warum nicht gleich? Wir hätten auch hinter seinem Rücken heiraten können, aber Rachel wollte das nicht, und ich hätte es auch nicht gut gefunden. Ich war auch durchaus bereit, noch ein Jahr zu warten, falls er meinte, sie sei zu jung zum Heiraten.«

Obwohl ich beschwipst war, entging mir nicht, daß Adam jetzt sehr unglücklich aussah. Er hatte sein Dessert nicht einmal angerührt, was ja Bände sprach, und zupfte an dem Rosenstrauß herum, der auf dem Tisch stand.

»Na ja … Ich brachte sie zum Flughafen, und sie flog nach England. Das war vor etwa zwei Wochen. Seitdem habe ich nichts mehr von ihr gehört.«

Er verstreute die Blütenblätter auf dem Tischtuch, stützte sich mit den Ellenbogen auf und fuhr sich mit den Händen durchs Haar. Ich saß da und schwieg, da ich das Gefühl hatte, daß jetzt jede Art von witziger Bemerkung fehl am Platz gewesen wäre.

Er seufzte und hob den Kopf. »Ich dachte, sie würde mich am nächsten oder übernächsten Tag anrufen und mir berichten, wie alles gelaufen war, und als sie das nicht tat, rief ich bei ihrem Vater an. Er legte einfach auf. Ich versuchte es immer wieder, immer dasselbe. Ich schrieb einen Brief und bekam keine Antwort. Ich schickte ein Telegramm – nichts. Ungefähr nach einer Woche bin ich hergeflogen. Ich hatte wahnsinnige Angst, daß er sie nach Australien oder so verschleppt.«

Er lehnte sich zurück, und wieder gelang es mir wie durch ein Wunder, meinen Mund zu halten. Ich betrachtete meine Finger, die sich entsetzlicherweise vermehrt zu haben schienen. Wenn ich mich nicht stark irrte, lagen etwa zwanzig Finger auf dem Tischtuch. Ich fing an zu zählen, leise natürlich, bewegte aber die Lippen, um mich nicht zu verzählen. Eins, zwei, drei …

»Ich klingelte an seinem Haus, und er schlug mir die Tür vor der Nase zu. Ich schrie durch den Briefschlitz, warf Kieselsteine gegen das Fenster, übernachtete vor dem Haus in einem Mietwagen. Eines Nachts versuchte ich sogar« – er sah ziemlich beschämt aus, als er das sagte –, »in das Haus einzubrechen. Aber es ist gesichert wie Fort Knox. Solche Sorgen hab ich mir um sie gemacht.«

Er macht sich *wirklich* Sorgen, dachte ich und starrte weiter auf meine Hände; was war mit meinen verdammten Fingern los? Um ganz sicher zu sein, zählte ich noch einmal nach. Als der Kaffee serviert wurde, war ich gerade bei achtzehn. Ich trank einen großen Schluck. Der Effekt war unglaublich. Heiß, schwarz und stark lief er durch meine verkalkten Adern und stieg mir blitzschnell zu Kopf, wo er wunderbarerweise einen kurzen Augenblick für Klarheit sorgte. Ich trank noch einen Schluck. Ja, es wirkte. Sieh mal einer an, meine angeschlagenen kleinen grauen Zellen erlebten ein phänomenales Comeback. Worüber sprachen wir gerade? Ach ja, natürlich Rachel. Wir suchten Rachel.

Es gelang mir, halbwegs verständlich zu sagen: »Aber sie könnte überall sein«, wurde rot vor Freude über diesen Erfolg und versuchte mich an einem weiteren Satz: »Sie könnte, na ja, irgendwo auf dem Land sein oder im Ausland …«

»Sie ist nicht im Ausland, und sie ist nicht auf dem Land«, sagte Adam klipp und klar. »Sie ist hier in London.«

»Wirklich? Woher wissen Sie das?«

»Weil ich sie gesehen habe.«

Diese Schocktherapie wirkte besser als der schwärzeste Kaffee.

»Sie haben sie gesehen? Wo denn?«

»In einem Taxi. Sie saß mit ihrem Vater im Fond eines Taxis am Piccadilly Circus. Ich steckte im Stau in die entgegengesetzte Richtung, deshalb konnte ich nichts machen. Aber sie war es.«

»Hat Rachel Sie gesehen?«

»Nein, sie schaute geradeaus. Ich stellte nur fest, wie blaß und traurig sie aussah.«

»Oh.«

Großer Gott, was für eine Geschichte. Was für ein gräßlicher Kerl dieser Vater sein mußte. Ich stürzte den Rest des Kaffees hinunter und fühlte mich wieder völlig nüchtern. Ich schaute auf meine Hände. Zehn Finger. Was für eine Erleichterung: Der Nachwuchs war verschwunden.

»Wo haben Sie denn noch gesucht, jetzt, wo Sie wissen, daß Rachel in London ist?«

»Na ja, ich habe ihr Haus belagert, habe vor dem Gericht gewartet, um mit ihrem Vater zu sprechen, aber das klappte nicht; er fährt nur mit Chauffeur, daher ist es praktisch unmöglich, an ihn heranzukommen. Er geht keinen Schritt zu Fuß, man trifft ihn nie auf der Straße.«

Adam rieb sich die Augen. Er sah müde aus. »Vor zwei Tagen bin ich nach Paris geflogen.«

»Um Sally Lomax zu besuchen?«

»Sie kennen Sally?«

»Nein, aber ich habe herumgefragt und erfahren, daß Sally Rachels Freundin war.«

»Ihre einzige Freundin. Ich war verzweifelt und dachte, daß Rachel ihr vielleicht eine Nachricht hatte zukommen lassen. Das war nicht der Fall, aber sie hatte ihr auf dem Flug von Boston nach London einen Brief geschrieben, den sie offenbar am Flughafen eingeworfen hat. Sally hat ihn mir gegeben.« Er lächelte verlegen. »Sie sagte, der Brief sei sowieso mehr für mich als für sie bestimmt.«

Adam holte die Brieftasche heraus und reichte mir ein Blatt Papier, das offensichtlich schon oft gelesen worden war. Ich legte es vor mich auf den Tisch und konzentrierte mich wie verrückt. Der Brief war in einer runden Schulmädchenschrift geschrieben.

Liebe Sally,
meine Schrift ist so schlecht, weil ich Dir diesen Brief im Flugzeug nach London schreibe, und es ist ziemlich stürmisch. Tolle Neuigkeiten, Du wirst es niemals erraten – Adam hat mir einen Heiratsantrag gemacht. Ich kann es selbst noch kaum fassen. Ich hab mich ja auf den ersten Blick in ihn verknallt, und jetzt werde ich Mrs. Buchanan. Ist das nicht phantastisch? Er ist wirklich wunderbar, Sally. Ich bin sicher, daß Du ihn genauso anbetungswürdig finden wirst wie ich. Er mag dieselbe Musik wie ich, das ist ein Plus, außerdem sieht er wahnsinnig gut aus (finde ich jedenfalls, aber ich bin voreingenommen!).

An diesem Punkt mußte ich einfach aufblicken. Adam lächelte mich etwas schafsköpfig an. Ich lächelte zurück und las weiter.

Ich kann es kaum erwarten, daß Du ihn kennenlernst. Wir haben vor, unsere Flitterwochen in Paris zu verbringen, aber vorher mußt Du nach London kommen, Du sollst nämlich meine Brautjungfer sein. Bitte mach mir die Freude. Ich schreibe Dir noch das genaue Datum, es wird vermutlich Ende September sein.

Die einzig dunkle Wolke am Himmel ist die, die mich am Flughafen in Heathrow erwartet. Ich fliege heim, um Daddy um die Heiratserlaubnis zu bitten, und Du weißt ja, wie er sein kann – Hilfe! Wir heiraten auf jeden Fall, ganz gleich, was er sagt, aber es wäre viel schöner, wenn wir seinen Segen hätten! Ich halte Dich auf dem laufenden. In Eile, gerade wird dieses ungenießbare Plastik-Lunch ausgeteilt.

Alles Liebe, Rachel

Ich faltete den Brief zusammen und gab ihn Adam zurück. »Nun, das war eine der Neuigkeiten, die ich für Sie hatte. Ich hätte mir natürlich denken können, daß Sie schon wußten, wer ihre beste Freundin ist. Das einzige, was ich sonst noch herausgefunden habe, ist, daß sie bei einigen Lehrern sehr beliebt war. Die könnte ich anrufen und fragen, ob sie etwas von ihr gehört haben.«

»Wenn Sie glauben, daß das was bringt, wäre ich Ihnen sehr dankbar.«

Er machte eine Pause und sah mich gut zehn Sekunden lang durchdringend an. Ich faßte mir instinktiv ans Gesicht. War mein Make-up verschmiert? Hatte ich Lidschatten auf der Nase? Lippenstift auf den Zähnen? Er beugte sich vor und bohrte seinen stahlblauen Blick in meine blaugrünen Augen. Was ist? dachte ich verzweifelt. Was ist denn los?

»Polly, würden Sie etwas für mich tun?«

»Wie könnte ich Ihnen etwas abschlagen?« meinte ich, erleichtert, daß er endlich etwas gesagt hatte. Mir war ganz entschieden nach Kichern zumute.

»Würden Sie für mich zu Rachels Vater gehen?«

»Was? Ich?« Ich verschluckte mich fast. »Warum denn?«

»Weil es gut möglich ist, daß er mit Ihnen reden würde. Sie können behaupten, Sie seien eine alte Schulfreundin, was ja fast der Wahrheit entspricht, und ihn fragen, wo sie jetzt ist. Behaupten Sie einfach, daß Sie ein Klassentreffen organisieren wollen oder so was. Er wird nie darauf kommen, daß Sie etwas mit mir zu tun haben.«

Damit hatte er sicherlich recht, aber wollte ich mich überhaupt so weit auf die Geschichte einlassen? Bis jetzt war es ja ganz nett gewesen, aber ich war mir nicht sicher, ob ich mich mit einem verknöcherten alten Richter herumschlagen wollte, der zu cholerischen Anfällen neigte.

Ich zögerte und vermied es, Adam in die Augen zu blicken, die mich bittend ansahen. Verdammt! Schließlich konnte ich seinem Blick nicht mehr ausweichen. »Also gut«, sagte ich schwach. »Wird erledigt.«

Er war überglücklich und schlug mir so kräftig auf den Rücken, daß ich fürchtete, meine Seezunge Dover werde wieder zum Vorschein kommen.

»Sie sind ein tolles Mädchen, Polly!« rief er. »Wirklich, ein tolles Mädchen!«

Ja, das wußte ich selbst. Meine Zusage hatte ihn derart überwältigt, daß ich mal annahm, daß er sich kaum eine Chance ausgerechnet hatte. Da kannte er Polly McLaren aber schlecht. Kein Job war ihr zu gering, keine Bezahlung zu schlecht. Eine Sekretärin gefällig, die auch nebenbei den Boden aufwischte? Dafür war ich goldrichtig. Eine Freundin gesucht, die man mit dem Schild »Bitte die Schuhe abputzen« an der Wohnungstür postieren konnte? Weiteres Suchen unnötig. Ein kleines Problemchen mit einem beinharten Richter? Schon zur Stelle. Polly McLaren erledigte alles reibungslos.

»Hier wohnt er«, sagte Adam und fertigte eine schnelle Skizze vom Schauplatz meiner Exekution an. »Am Wochenende oder abends ist er meist zu Hause.«

Abends, wenn es schön dunkel ist, sinnierte ich, wenn

sich mein rotes Blut nicht ganz so grell vom Teppich abhebt … Ich stöhnte leise auf.

»Sie werden das schon machen, Polly.« Adam war ganz zuversichtlich. »Ich kann Ihnen gar nicht sagen, wie dankbar ich Ihnen bin … Das müssen wir feiern. Noch eine Flasche Champagner!«

Ich hatte ihn wirklich glücklich gemacht.

»Lieber nicht, ich kann wirklich nichts mehr trinken.«

»Man kann immer noch was trinken.«

»Nein, nein, wirklich nicht, der Kaffee hat mich ein bißchen nüchtern gemacht.«

»Nur ein Glas.«

»Also schön.«

»Herr Ober!«

Die Entscheidung war gefallen. Er glaubte offenbar, ich hätte nur aus Höflichkeit protestiert, und er hatte völlig recht. Andere Leute glücklich zu machen machte unheimlich durstig. Die Flasche wurde gebracht. Die Flasche, die das eine Glas enthielt, das das Glas zuviel sein würde.

Sichtlich entspannt schlürften wir den Champagner. Adam strengte sich jetzt sehr an, mit mir Schritt zu halten, aber ich merkte, daß er Amateurtrinker war, und außerdem hatte ich zwei volle Flaschen Vorsprung. Ich fing an, ihm von Harry zu erzählen – versuchte ihm klarzumachen, daß Harry neben Filterzigaretten das Beste war, das es überhaupt gab, aber irgendwie erweckten meine Schilderungen wohl den Eindruck, daß es sich bei dem göttlichen Harry um einen ziemlichen Blödmann handeln mußte. War das etwa das, was man *in vino veritas* nannte?

»Scheint ja ein ziemlicher Blödmann zu sein«, sagte Adam, was ich ein bißchen stark fand, da er immerhin vom Vater meiner ungeborenen Kinder sprach.

»Was ist denn mit dem Typ, für den Sie arbeiten, dem Typ, dem ich auf der Treppe begegnet bin? Der schien recht nett zu sein. Ist das nicht genau der Typ Mann, den Frauen unwiderstehlich finden?«

»Jetzt sprechen Sie von einem *echten* Blödmann.« Ich erwärmte mich für mein Lieblingsthema und gab ihm eine grobe Beschreibung von Nick, den ich irgendwo zwischen Al Bundy und Saddam Hussein einreihte.

»Und er ist Ihr Boß, stimmt's?« fragte Adam.

»Ja, er hat die Agentur vor ungefähr fünf Jahren zusammen mit einem gewissen Hugh Waters gegründet, aber Waters hat nicht viel zu sagen, er ist nur stiller Teilhaber. Für eine so kleine Agentur, wie wir es sind, geht es uns sehr gut. Nick ist schon ein intelligenter Bursche, aber er macht sich immer unbeliebt, weil er uns herumkommandiert, als ob der Laden ihm gehörte.«

»Aber Sie haben doch eben gesagt, daß die Agentur ihm mehr oder weniger allein gehört.«

»Na ja. Das stimmt schon. Aber deshalb braucht er sich noch lange nicht so aufzuspielen, oder?«

Adam lachte. »Ihr Engländer seid wirklich ein lustiges Völkchen. Es gehört sich anscheinend nicht, Geld zu machen und Erfolg zu haben. Was für Kunden haben Sie denn?«

Wir machten eine kleine Gesprächspause, da ich den Versuch startete, mir eine Zigarette anzuzünden. Die Koordination zwischen Hand und Mund wurde zu einem echten Problem, da jemand meinen Mund verschoben zu haben schien. Er war jedenfalls nicht dort, wo er sich normalerweise befand. Zum Glück kam Adam mir zu Hilfe, drehte die Zigarette um, damit ich sie nicht am Filter anzündete, steckte sie mir in den Mund und gab mir Feuer. Ich zog den Rauch tief ein. Was hatte er mich zuletzt gefragt? Was für Kunden wir hatten? Wie sollte ich das um diese nachtschlafende Stunde wissen? Ich nahm noch einen Schluck Champagner und öffnete dann den Mund in der Hoffnung, daß die Worte wie üblich ganz von allein ihren Weg nach draußen finden würden. Die Namen der Produkte unserer Kunden waren auch im nüchternen Zustand Zungenbrecher. Nichts passierte, deshalb entschloß ich mich, sie auf schwedisch auszusprechen, oder war es russisch?

»Na ja, wer ham Supa Tach un Nacht Kwaffee un Zütronenfuchtschäfte, un wer ham …«

Adam gab sich großzügig mit diesem Gelalle zufrieden. »Okay, okay.« Er lachte. »Ein andermal vielleicht. Ich glaube, es ist Zeit für uns, ins Bett zu gehen.«

»Ins Bett?« fragte ich alarmiert. Das fand ich nun ein bißchen plötzlich.

»Nach Hause, Polly«, erklärte er geduldig. »Ich glaube, es ist Zeit, nach Hause zu gehen.«

Ach ja, gehen. Das war der Moment, dem ich mit gemischten Gefühlen entgegengesehen hatte. Was von meinem Verstand noch übrig war, wußte, daß es höchste Zeit war, aufzubrechen, aber ich war nicht sicher, wie meine Beine dazu stehen würden. Der Tisch wurde ein wenig zur Seite gerückt, und während Adam den Ober bat, die Rechnung auf seine Zimmernummer zu setzen, versuchte ich vorsichtig aufzustehen. Die Knie waren ganz in Ordnung, aber mein Oberkörper schwankte gefährlich. Adam stützte mich. Ich hing schwer in seinem Arm, und wir gingen langsam die schwierige Aufgabe an, uns einen Weg aus dem Restaurant zu bahnen. Irgendein Idiot hatte mir absichtlich ein Hindernis nach dem anderen in den Weg gestellt, aber ich nahm die Herausforderung an und schlängelte mich mit Adams freundlicher Unterstützung erstaunlich geschickt durch ein Meer aus Tischen, Stühlen und speisenden Gästen.

Diesmal ließ ich es mir nicht nehmen, Roger Moore direkt anzusehen und dabei sein Markenzeichen nachzuahmen: Ich hob eine Braue so hoch es nur ging, aber er reagierte überhaupt nicht darauf, was ich für ziemlich unsportlich hielt. Ich streckte ihm die Zunge heraus. Ja, ich kann auch brutal sein.

Als wir am vorletzten Tisch vorbeischwankten, sah ich, wie jemand, der mir sehr bekannt vorkam, das Lokal betrat. Ich kannte ihn gut, wußte aber nicht, wo ich ihn hinstecken sollte; trotzdem begrüßte ich ihn wie einen alten Freund, der er ja zweifellos auch war.

»Hallo, du da!« rief ich zur Freude der Gäste laut aus und winkte ihm fröhlich zu.

»Sag's mir nicht, nein – sag's mir nicht, es liegt mir auf der Zunge!« Ich schlug mir mit der flachen Hand auf die Stirn. »Du bist – äh …«

»Das ist der Maître d'hôtel« zischte mir Adam ins Ohr.

»Meter Tell? Meter Tell?« wiederholte ich laut. »Nein, das kann nicht sein, so'n doofen Namen hätt ich mir bestimmt gemerkt, wie viele Männer heißen schon Meter Tell? Machen Sie sich doch nicht lächerlich, Adam.«

»Er hat Ihnen den Tisch gezeigt«, sagte Adam jetzt mit normal lauter Stimme. Zu flüstern hätte auch keinen Sinn mehr gehabt. Alle Gäste im Restaurant hatten Messer und Gabel weggelegt und verfolgten amüsiert das trunkene Spektakel, das ich veranstaltete.

»Er hat mir einen Tisch gezeigt?« Ich dachte angestrengt nach. Es war schon einige Zeit her, daß ich in einem Einrichtungshaus gewesen war. Hatte er mich beraten? »Adam sagt mir, daß du mir einmal einen Tisch gezeigt hast!« schrie ich, während mein Begleiter mich unbarmherzig an ihm vorbeizerrte. »Das find ich ganz reizend! Adam, warten Sie, ich will mich bei ihm bedanken, ich …«

Irgendwie näherte ich mich dem Ausgang. Ein kräftiger Ostwind fuhr mir um die Nieren, als mein strammer Amerikaner mich aus dem Lokal auf die Straße bugsierte. Um mich zu wärmen, zog ich mir meine Perlenkette etwas enger um den Hals. Ich zitterte. Ein Taxi hielt neben uns an, und Adam schob mich geschickt auf den Rücksitz.

»Wo wohnen Sie, Polly?« fragte er.

»Chunder Road?«

Er schaute mich zweifelnd an. »Chunder Road? Sind Sie ganz sicher?«

Ich versuchte es noch einmal. »Chegunder Road.«

»Schon gut, Kumpel«, sagte der Taxifahrer zu Adam. »So heißt die Tregunter Road bei den Schnapsdrosseln. Ich bring sie schon heil nach Hause.«

Adam grinste und winkte mir nach. Als das Taxi losfuhr, drehte ich mich um, um zurückzuwinken. Das hätte ich lieber nicht tun sollen. Das Taxi schlingerte um die Ecke, und das tat auch mein Magen. Mit einer Hand umklammerte ich den Türgriff, mit der anderen hielt ich mir den Mund zu und versuchte an etwas anderes zu denken. Als wir endlich in der Tregunter Road hielten, seufzte ich erleichtert auf. Ich stieg schwankend aus, überreichte dem Fahrer mein Portemonnaie und hoffte, daß er mich nicht sämtlicher weltlicher Güter berauben würde. Mir selbst konnte ich nicht trauen, ich hätte dieses verdammte Ding nie im Leben aufgekriegt. Lächelnd reichte er mir das Portemonnaie zurück.

»Ist okay, Kleine, Ihr Freund hat schon bezahlt.«

Harry? Großer Gott, wie ungewöhnlich. Der Taxifahrer winkte mir freundlich zum Abschied, bevor er verschwand, und überließ es mir, mit dieser dramatischen Veränderung der Lage fertig zu werden. Harry? Wo kam der jetzt plötzlich her? Und wie ungewöhnlich großzügig von ihm, daß er das Taxi bezahlt hatte. Ich schüttelte verwundert den Kopf, als ich die Stufen zur Haustür hinaufstolperte.

Kurz danach hatte ich allerdings ein noch viel größeres Rätsel zu lösen: Wie bekam man den Schlüssel ins Schlüsselloch? Wie merkwürdig. Das Schlüsselloch war viel zu klein für meinen Schlüssel, und es hielt auch nicht still, sondern rutschte hin und her, wenn ich versuchte, den Schlüssel hineinzustecken. Das war für meine seelische Verfassung doch etwas zuviel. Ich dachte angestrengt nach. Na klar, Lottie mußte in meiner Abwesenheit das Schloß ausgewechselt haben. Zu viele Männer hatten mal wieder das Haus belagert und um Rendezvous gebettelt. Ich würde das Schloß aufbrechen müssen.

Es gelang mir nicht, aber ich machte einen solchen Radau, daß die Tür aufflog und Lottie im Nachthemd, bewaffnet mit einem Tennisschläger, auf die Schwelle trat.

»Lottie, hab die Tür nich aufgekriegt, verdammtes Schloß, verdammter Schlüssel«, nuschelte ich gefährlich schwankend. »Hastu Tennisspielt? Bißchen spät, was?«

»Komm rein!« schrie sie und zerrte mich unsanft am Arm. »Ich hab dich für einen verdammten Einbrecher gehalten! Um ein Haar hätte ich dir eins mit dem Schläger über den Kopf gegeben.«

Sie zog mich in die Wohnung, fluchte wie ein Besenbinder und wünschte mir alle möglichen schrecklichen

Todesarten an den Hals, während sie mich durchs Wohnzimmer zerrte und mich dann unsanft auf mein Bett schubste. Dort lag ich bis zum nächsten Morgen in einem tiefen, glückseligen Koma, die Stiefel fest an den Füßen wie alle guten Cowboys.

7. Kapitel

Als der Feueralarm am nächsten Morgen schrillte, war ich tot. Na ja – Reinkarnation wäre vielleicht das richtige Wort. Denn der Körper, in dem ich aufwachte, war verdammt nicht mein eigener. Das Wesen, als das ich wiedergeboren worden war, hatte jedenfalls eine riesige Zunge: dick und pelzig und viel zu groß.

Und was für einen Schädel diese Person hatte: voller klopfender und hämmernder Geräusche, die so laut waren, daß die Augen in den Höhlen ständig hüpften und flimmerten. Und wie hielt man es eigentlich aus, wenn einem soviel Sandpapier in den Hals gestopft wurde? Oder war es Katzenstreu? Auf jeden Fall mußte ich es so schnell wie möglich loswerden. Dieses Wiedergeburtsspielchen öffnete einem wirklich die Augen darüber, wie die andere Hälfte der Menschheit lebte. Der verdammte Feueralarm schrillte immer noch. Der Körper streckte einen Arm aus, und die Hand schlug dem Wecker eins aufs Dach.

Eine Stunde später schrillte der Wecker wieder. Zehn nach neun, verkündete die Uhr, die vor den Augen verschwamm. Vor meinen Augen. O Gott, ich lebte ja noch!

»Scheiße!«

Ich sprang aus dem Bett und bereute es auf der Stelle.

Stöhnend hielt ich mir den Kopf, der so eindeutig meiner war, und ließ mich zurück aufs Bett sinken. Jede Form von Bewegung bedeutete Qualen, aber ich würde mich bewegen müssen, es sei denn, ich legte es darauf an, meinen Job zu verlieren und die Zahl der Arbeitslosen zu vergrößern. Ich schwankte in die Küche und hielt mich dabei an den Wänden und an den Türrahmen fest. Ich trank ein großes Glas Wasser, bedauerte es sofort und setzte mich, geschwächt von soviel Aktivität, wieder hin. Großer Gott, tat mein Kopf weh! Ich mußte gestern abend wie um eine Goldmedaille für England gebechert haben.

Wankend machte ich mich auf den Weg ins Bad und steckte unterwegs den Kopf in Lotties Zimmer. Es sah aus wie auf der »Marie Celeste«, jenem geisterhaften Schiff, das im vorigen Jahrhundert treibend im Ozean aufgebracht worden war; die Besatzung spurlos verschwunden. Alle Lichter brannten, das Radio plärrte, und ihr Lockenstab versengte gerade den Teppich. Ich stellte alles ab. Sie mußte in großer Eile abgehauen sein; wahrscheinlich hatte sie verschlafen, weil ich sie nachts aus dem Bett geholt hatte; ich fühlte mich angemessen schuldig.

Ach ja, Lottie. Sie hatte heute nacht nicht gerade glücklich ausgesehen. Wie die australische Wimbledon-Siegerin Evonne Cawley, geborene Goolagong, in Flanell. Ich kicherte, als ich an ihre Haßtiraden dachte. Lottie war ungenießbar, wenn man sie aus dem Schlaf riß.

Ich ging ins Badezimmer und ließ mir ein Bad einlaufen. Langsam kamen mir immer mehr Erinnerungen. Aber was davon stimmte wirklich? Es gab immer noch große Lücken, zum Beispiel hatte ich keine Ahnung, was zwischen sieben Uhr abends und Mitternacht passiert war. Dunkel erinnerte ich mich, daß eine riesengroße Seezunge Dover eine Rolle gespielt hatte – ich preßte die

Hand auf den Mund und verbot mir, an den Fisch zu denken –, und ich erinnerte mich vage daran, daß ich versprochen hatte, einen Richter wegen seiner Tochter aufzusuchen, aber diese Erinnerung konnte ich leicht abschütteln. Ich erinnerte mich auch, ziemlich hemmungslos Gebrauch von Mr. Buchanans Champagnerflasche gemacht zu haben, aber hatte ich mich währenddessen danebenbenommen? Ich zermarterte mir das Hirn, um mich an irgendeine Art von Ausschweifung, Indiskretion oder unanständigem Verhalten zu erinnern, was – beeile ich mich hinzuzufügen – normalerweise nicht zu meinem Repertoire gehört – na ja, jedenfalls nicht alles auf einmal. Ich dachte angestrengt nach. Nein. Mir fiel überhaupt nichts ein. Vorsichtig ließ ich mich in die Wanne gleiten. Ich hatte mich offenbar tadellos benommen, weder mir noch meinem Gastgeber Schande bereitet. Was für eine Erleichterung!

Das warme, mit Badeöl angereicherte Wasser erfrischte, wie es die Werbung versprach, sogar Teile meines Körpers, von denen ich nicht einmal gewußt hatte, daß sie existieren – oder brachte ich jetzt mehrere Werbespots durcheinander? Jedenfalls kletterte ich ziemlich bald wieder aus der Wanne, und fühlte mich wieder einigermaßen menschlich und stark genug, um mich anziehen und schminken zu können. Ich tappte zurück in mein Zimmer.

Aber nicht so schnell! Bei genauerer Betrachtung hatte jede meiner Strumpfhosen eine Laufmasche, und meine beiden Hosen waren in der Reinigung (ich zählte die mit Ketten verzierte Hose mit Leopardenfellmuster nicht mit, denn ich vermutete, daß Nick sie nicht halb so witzig finden würde wie ich). Also mußte ich die Jeans anziehen. Ich fischte sie aus dem Kleiderhaufen, der auf dem Boden lag, schlüpfte schnell hinein und zog ein schwarzes Seidenhemd an, das nicht allzu zerknittert war. Mich in Schale zu werfen hatte länger gedauert, als ich geplant hatte. Mir blieb keine Zeit mehr, mich zu schminken.

Ich schnappte Mantel und Tasche, doch als ich wie ein Meistersprinter durch den Flur zur Eingangstür flitzte, erblickte ich unglückseligerweise eine Sekunde lang mein Spiegelbild. Ich blieb ruckartig stehen und bohrte dabei fast ein Loch in den Teppichboden. Langsam den Rückwärtsgang einschalten und mein Aussehen noch einmal überprüfen. O weh, so ging es wirklich nicht, dachte ich. Ich sah so furchterregend natürlich aus, daß mich niemand erkennen würde. Ich schmierte mir hastig Make-up ins Gesicht, aber es wurde sofort aufgesogen, als sei meine Haut ein ausgetrockneter Schwamm. Doch egal, das mußte genügen. Ich war schon sehr spät dran.

Auf dem Bord neben dem Spiegel stand das Telefon, und einen verrückten Augenblick lang streckte ich die Hand nach dem Hörer aus. Sollte ich ihn abnehmen und mich krank melden? Oder tot? Oder schnell eine Großmutter sterben lassen? Ich zögerte, entschied mich aber dann zum Glück dagegen. Viermal in drei Wochen krank sein genügte, um gefeuert zu werden, und da ich den größten Teil meiner älteren Familienangehörigen bereits umgebracht hatte, würde ich mich jetzt an den jüngeren vergreifen müssen, was ich nicht so ohne weiteres fertigbrachte.

Statt dessen schritt ich wie ein tapferer kleiner Soldat zur U-Bahn-Station Earls Court, kam mir ausgesprochen tugendhaft vor und vergaß völlig, daß ich meinen üblen Zustand selbst verschuldet hatte. Als ich dort ankam, stellte ich mich neben die nächste Säule und umarmte sie dankbar. Ich hatte nicht einmal genug Kraft, mir die *Daily Mail* zu kaufen. Ich schmiegte mich nur an meine Säule, atmete schwer und fühlte mich leicht benommen.

Während ich da so stand und im düsteren April-Nieselregen badete, fühlte ich plötzlich etwas Weiches und Warmes auf meinem Fuß. Es war nicht unangenehm, eher sogar angenehm, aber ich dachte, ich sollte doch lieber hinschauen, falls es eine pelzige, kleine Ratte war, die beschlossen hatte, sich auf meinem Fuß zusammenzurollen und zu sterben. Doch das wäre harmlos gewesen gegen das, was ich sah. Eben rutschte der letzte Zipfel meiner Unterhose aus dem Hosenbein und war kurz davor, auf dem Bahnsteig zu landen. Es handelte sich ganz eindeutig um meine Unterhose. Ich erkannte sie an dem ausgeleierten Gummi und am Grauschleier, den meine gesamte Unterwäsche hat, seit ich sie mal mit den Socken zusammen in die Waschmaschine gestopft hatte. Ich wurde knallrot, schnappte den Slip und steckte ihn schnell in meine Handtasche.

Danach schaute ich weiter zu Boden und konzentrierte mich wie verrückt auf meine Schuhe. Ich schwor mir, daß ich nie mehr Jeans und Unterhosen aus Faulheit in einem Rutsch ausziehen würde, denn nur dadurch war dieser peinliche Vorfall möglich gewesen. Außerdem schwor ich, daß ich ab sofort alle Schlamperei und Unordnung ein für allemal aus meinem Leben verbannen würde. Gestärkt von diesen guten Vorsätzen, wagte ich es, aufzublicken.

Ich schielte unter meinem Pony hervor. Links von mir war alles okay, niemand schien etwas gemerkt zu haben. Gut. Viel zu zuversichtlich schaute ich nach rechts und entdeckte dort einen sadistisch grinsenden Gartenzwerg im Nadelstreifenanzug, der mich hinter seiner *Financial*

Times hervor anstarrte. Peinlich berührt kehrte ich ihm den Rücken zu und wollte mich entfernen. In diesem Augenblick fuhr die U-Bahn auf dem Bahnsteig ein.

Ich schaffte es wenigstens, in einen anderen Wagen einzusteigen, aber als ich mich auf dem Bahnsteig noch einmal umschaute, blinzelte er mir zu. So ein Miststück! Es hätte allerdings noch schlimmer kommen können – zum Beispiel im Büro, mit Nick als Zeugen. Ich schauderte.

Als ich endlich in die Agentur kam, saß Pippa wie ein Vorbild an Nüchternheit, Gesundheit und guter Arbeitsmoral da. Während ich schwankend hereinkam und mich an den Möbeln festhielt, begrüßte sie gerade einen Anrufer so, wie es sich gehörte: »Guten Morgen, Penhalligan and Waters. Kann ich Ihnen behilflich sein?« Ihre auf Hochglanz polierten Schuhe, Fingernägel und Telefonmanieren waren fast unerträglich; aber netterweise beendete sie das Gespräch mit dem künftigen Kunden, als sie meinen Zustand bemerkte.

»Kaffee?« fragte sie besorgt.

»Bitte«, antwortete ich mit leiser Stimme und ließ mich dankbar auf meinem Stuhl nieder. Als erstes sah ich einen Riesenberg von Korrespondenz, die von mir erledigt werden sollte. Dankbar legte ich den Kopf auf dieses rücksichtsvoll plazierte schneeweiße Din-A4-Kissen.

»Polly, kann ich Ihnen gleich eine Liste all der Dinge geben, die ich heute vormittag erledigt haben möchte?«

Mein Kopf schoß in die Höhe, ich riß die Augen auf und lächelte meinen Chef wie gewöhnlich strahlend an. Aber, meine Fresse, tat das heute vielleicht weh!

Nick beugte sich, noch im Mantel, über meinen Schreibtisch. Ich hatte ihn offenbar nur um ein paar Sekunden geschlagen, doch es war ein Pyrrhussieg, da ich bis vor kurzem im Bett gelegen hatte, während er bereits von einer Besprechung mit einem Kunden am anderen Ende Londons zurückkam. Mit ein bißchen Glück würde es gar nicht auffallen, daß ich eben erst eingetrudelt war.

»Sind Sie eben erst gekommen?« fragte er.

»Aber nein, ich bin schon eine halbe Ewigkeit hier«, log ich.

Er legte die Hände auf den Schreibtisch und beugte sich zu mir herunter, um mich anzusehen. Er runzelte die Stirn.

»Geht es Ihnen gut?«

»Ja. Warum?« fragte ich lächelnd und versuchte, ihn beim Sprechen so wenig wie möglich anzuhauchen.

»Sie sehen ein bißchen – ein bißchen seltsam aus.«

»Ach, wirklich?«

Er kam näher und spähte unter meinen Pony; und mehr noch, er sah besorgt aus.

»Ist Ihnen kalt?«

»Nein, warum?«

»Na ja, weil Sie noch den Mantel anhaben.«

»Hab ich das wirklich? Also so was! Ich war so im Streß, daß ich das gar nicht gemerkt habe«, redete ich mich heraus.

»Und die roten Äderchen in Ihren Augen sehen aus wie eine Straßenkarte.«

»Vielen Dank«, knurrte ich und gab das strahlende und eifrige Lächeln auf. »Ich hab mich wahrscheinlich in letzter Zeit ein bißchen überanstrengt.«

»Ach so, mir geht ein Licht auf.« Er verzichtete darauf, weiterhin Besorgnis zu heucheln. »Sie haben ein paar Spätschichten eingelegt, um Ihre Stenokenntnisse aufzupolieren, was?« sagte er trocken.

»So etwas Ähnliches, ja«, sagte ich und biß die Zähne

zusammen. Was, zum Teufel, ging es ihn an, wie ich meine Abende verbrachte?

»Gut, da Sie offenbar nur eine kleine Alkoholvergiftung haben, können wir ja an die Arbeit gehen, ja?« bellte er. »Dieses Dokument hier soll achtmal kopiert und dann gebunden werden, aber sauber bitte. Diese Briefe müssen alle getippt werden, das wissen Sie ja, obwohl nichts darauf hinweist, daß Sie schon damit begonnen haben. Und dann bitte ich Sie, diese beiden Telefonprotokolle zu korrigieren. Wenn Jason der Meinung ist, daß unser Kunde diesem Budget zugestimmt hat, dann waren er und ich bei zwei verschiedenen Besprechungen. Allerdings muß ich zugeben«, fügte er etwas müde hinzu, »daß es mir manchmal so vorkommt, als sei er sowieso auf einem ganz anderen Planeten.«

Ich kicherte. Der arme Jason verwaltete bei uns die Werbeetats.

Er war jung, schrecklich eifrig, aber auch noch sehr unerfahren und hektisch. Bei Besprechungen konnte er nicht einmal Kaffee eingießen, ohne dabei ein paar Kunden zu verbrühen.

»Also ändern Sie das Budget von zwei Millionen auf zweitausend – und dann hätte ich gern für meine Besprechung um elf Uhr Tee und Kaffee für sechs Personen. Danke.« Den letzten Befehl hatte er ins Telefon gebellt. Der Anruf für ihn war auf meinen Apparat durchgestellt worden. Es war der unglückliche Jason, der ihn aus einem Meeting bei einer Produktionsfirma anrief. Als ihm Nick geduldig den Unterschied zwischen grobem und feinem Tabakschnitt erklärte, nahm ich die Gelegenheit wahr, um mir diesen Schrank von einem Mann noch mal aus nächster Nähe anzusehen. Ich mußte zugeben, daß er einen recht eindrucksvollen Anblick bot.

Unglücklicherweise hatte Nick, während ich ihn so eingehend betrachtete, den Hörer aufgelegt und mir noch einen Auftrag erteilt, den ich nicht mitbekommen zu haben schien. Er zischte förmlich, als er ihn wiederholte, und schloß mit der dunklen Drohung: »An Ihrer Stelle würde ich das so schnell wie möglich erledigen. Sie stehen auf dünnem Eis, Polly, auf sehr dünnem Eis.«

Mit diesen Worten fegte er in sein Büro, ich tippte wie eine Wahnsinnige drauflos und fühlte mich ganz entschieden mies.

Sobald er verschwunden war, kamen Joss und Ron, unser Kreativ-Team – Artdirektor und Werbetexter –, aus ihrem Büro. Sie setzten sich auf meinen Schreibtisch, um meinen Kater zu begutachten, denn in dieser Hinsicht waren sie absolute Experten.

»Ein Sandwich mit halbrohen Eiern, Polly?« meinte Ron.

»Ein Glas Hundepisse?« fragte Joss.

Ron legte mir die Hand auf den Schenkel, angeblich um meine Reaktionen zu prüfen. Ich stieß sie kichernd weg.

»Hmmm – bißchen langsamer als sonst, Süße«, sagte er nachdenklich.

Joss und Ron waren zwei alternde Hippies, die nicht glauben konnten, daß die sechziger Jahre wirklich für immer und ewig vorbei waren. Sie waren dreiundvierzig und führten sich auf wie dreiundzwanzig; beide hatten langes ergrauendes Haar, das sich bei Joss auf dem Kragen ringelte; Ron trug es sogar schulterlang. Sie hatten sich vor vielen Jahren in einem College in Schottland kennengelernt, hatten zusammen gekifft und fühlten sich zwanzig Jahre später noch immer wie zwei Jungs, die eben die Carnaby Street entdeckt hatten. Ihr lebenserhaltendes

System beruhte auf möglichst vielen Einladungen zum Essen, möglichst vielen One-night-stands und möglichst vielen Sauftouren, und ihnen war grundsätzlich alles egal. Glücklicherweise versorgte sie der Werbeschwindel mit allen Ingredienzien, die sie brauchten, um ein ausschweifendes, glückliches Leben zu führen, aber ihre Existenz war stark gefährdet. Doch irgendwie schafften sie es immer wieder, nach vierstündigen Mittagspausen noch genügend Layouts, Texte und Headlines zu produzieren, um nicht zu fliegen. Wenn sie es nur ein einziges Mal zu weit trieben, was gar nicht so schwierig war, und zum Beispiel mehr als zehnmal pro Monat von der Mittagspause überhaupt nicht zurückkamen, wurden sie unweigerlich von jeder Agentur gefeuert, bei der sie gerade schmarotzten.

Wenn sie arbeitslos waren, übten sie eine Zeitlang strenge Enthaltsamkeit. Dann schafften es die Jungs, wenigstens eine Woche lang keinen Tropfen Alkohol zu trinken. In der Zeit frisierten sie sorgfältig ihre ergrauenden Locken, frisierten auch ihre Lebensläufe, fügten ihren Arbeitsmappen außer ihren letzten eigenen Werbespots auch noch ein oder zwei unterwegs geklaute hinzu und gingen wieder auf Arbeitssuche. Nach ein paar Fehlstarts landeten sie durch die unwiderstehliche Mischung aus Charme und Erfahrung wieder auf den Füßen, nicht zuletzt auch wegen ihres unbestreitbaren Talents. Wenn ihre Designer-Turnschuhe wieder fest unter neuen Arbeitstischen standen, heckten sie ein paar witzige Werbekampagnen aus, bevor sie überarbeitet und durstig die Restaurants in der näheren Umgebung durchprobierten, weil sie das Gefühl hatten, daß sie für diesen Monat genug verdient hatten.

Hin und wieder wagte es ein nervöser junger Sachbearbeiter wie Jason, ihr Büro zu betreten. Blaß, zitternd, schwitzend vor Angst, näherte er sich dem entweder schlafenden, trinkenden oder mit einem schweren Kater geschlagenen Freundespaar und bekam von ihm zu hören: »*Mehr*? Du willst *mehr* Arbeiten von uns sehen? Verdammt, Jungchen, da mußt du uns schon vorher ins Kettner einladen.«

Jason bestellte mit schlechtem Gewissen einen Tisch und verbrachte schlaflose Nächte, weil er nicht wußte, wie er Nick ein weiteres Arbeitsessen auf Firmenkosten erklären sollte. Saßen sie aber erst einmal in ihrer Lieblingsfutterkrippe, ignorierten die Jungs Jason und begrüßten mit lautem Hallo ihre kreativen Freunde – die sehr zahlreich waren, wenn man bedenkt, wie viele Stationen die beiden hinter sich hatten.

Gegen Ende der Mahlzeit (so gegen fünf Uhr nachmittags) tat Jason den beiden leid – sie waren ja nicht herzlos –, und sie kritzelten ein paar geniale Layouts auf die Papiertischtücher, rissen die kostbaren Früchte dieses Arbeitsessens ab und überreichten sie dem jungen Mann.

»Bitte sehr. Jetzt aber los, und verlieren Sie das Zeug bloß nicht. Wenn wir dafür keinen Preis kriegen, fressen wir einen Besen«, erklärten sie strahlend.

Jason, der vor Erleichterung knallrot geworden war, preßte das kostbare Papier an seine Brust, als sei es ein signiertes Bild von Picasso, bedankte sich überschwenglich und rannte dann aufs Klo. Es war höchste Zeit.

Nach getaner Arbeit durchstreiften die beiden Jungs auf der Suche nach hübschen Miezen – wie sie sie immer noch nannten – die Bars von Soho. Ihre Methoden waren lächerlich leicht zu durchschauen. Joss schüttete mit Vorliebe einer Schönen ein paar Tropfen Bier auf die Bluse, um besagte Bluse trockenreiben zu können, und Ron ließ eine Münze nach der anderen fallen, um den Damen unter die Röcke schauen zu können. Sie handelten sich dabei alle möglichen Schwierigkeiten ein und wimmelten später am Telefon wütende Ehefrauen/Geliebte/Miezen/leichte Mädchen ab, die alle wissen wollten, was zum Teufel eigentlich los sei. An diesem Punkt waren sie dann echt in der Klemme, standen mit dem Rücken zur Wand, sahen sich an, schüttelten die alten ergrauten Häupter und stellten traurig fest, daß es heutzutage so etwas wie kostenlose Amore wohl nicht mehr gab. Natürlich setzten sie ihre Spielchen fort, nachdem sie sich mit einer Mischung aus Schmeicheleien und handfesten Lügen aus einer potentiell gefährlichen Situation befreit hatten. In der Agentur wurden sie von allen heiß geliebt, sogar von Nick, der sich von ihnen zwar nicht um den kleinen Finger wickeln ließ, aber ihr kreatives Talent erkannte, das er selbst nicht hatte.

An diesem besonderen Morgen pflegten Ron und Joss, die in der vergangenen Woche eine Reihe von Headlines und Layouts fertiggestellt hatten, ausgiebig der Ruhe. Ich tippte weiter und versuchte, sie zu ignorieren. Das war schwer, da Ron mir die Wange streichelte und Joss mir tief in die Augen blickte.

»Welche Farbe haben sie eigentlich, meine Süße?« fragte er nachdenklich.

»Blau.«

»Wirklich? Blaue Schlüpfer? Wie hübsch.«

Ich kicherte, ihre Witzchen waren alle so leicht vorhersehbar. Dann erzählte ich ihnen, wie mir heute morgen der Slip durch das Hosenbein auf den Schuh gerutscht war, denn ich wußte, daß das genau ihre Art von Story war. Sie schrien vor Lachen.

»O Gott, Polly«, sagte Joss und wischte sich die Augen, »ich hab schon immer gedacht, daß du zu den

Mädchen gehörst, die ohne viel Federlesen gleich ins Bett hüpfen.«

Rons Telefon klingelte. Er drückte auf einen Knopf und nahm das Gespräch an meinem Apparat entgegen. Es war seine Frau. Er richtete sich stocksteif auf und hob warnend die Hand, damit wir absolut still wären. Wir gehorchten und lauschten mit angehaltenem Atem. Ganz anders als Joss, der zum vierten Mal verheiratet war, bestand Rons erste Ehe noch, aber nur mit Ach und Krach. Seine Frau war Lehrerin, und offenbar hatte er furchtbare Angst vor ihr.

»Ja, Schätzchen? Nein, nein, die Arbeit hält sich in Grenzen ... Ach, Elternabend? Wie schade ... Ganz vergessen. Na ja, mach dir keine Sorgen ... Nein, ich finde schon was zu essen ... Du weißt doch, ich liebe Würstchen ... Und den Apfelkuchen finde ich bestimmt auch. Ja, im Kühlschrank ... Ja, meine Süße ... Nein, meine Süße ... Nein, nein, beeil dich bloß nicht, ich schaff es schon allein ... Auf Wiedersehen.«

Er legte auf und sah Joss mit leuchtenden Augen an. »Wie herrlich! Ein Elternabend! Ron, alter Junge, heute abend ziehen wir um die Häuser und machen ein Riesenfaß auf.«

Joss schüttelte ihm herzlich die Hand, sie schlugen sich gegenseitig auf den Rücken und jubilierten. In diesem Augenblick ging Nicks Tür auf, und sein Kopf erschien im Rahmen, als stecke er auf einem Stock. Er sah auf den ersten Blick, daß hier von Arbeit auch beim besten Willen nicht die Rede sein konnte.

Pippas Füße lagen auf ihrem Schreibtisch, meine Beine wurden von Joss und Ron belagert, und Jason, der von seinem Meeting zurückgekommen war, saß auf einem Aktenschränkchen und kicherte über die Angebereien der beiden Jungs. Nicks Gesicht wurde finster. Jason ging hinter dem Aktenschrank in Deckung, und Joss und Ron rutschten im Handumdrehen von meinem Schreibtisch. Sie schlichen in ihr Büro und schlossen leise die Tür hinter sich. Sie erkannten einen verärgerten, überarbeiteten Boß schon auf fünfzig Meter gegen den Wind.

Nick wandte sich an mich. »Polly, könnten Sie mir, wenn Sie nicht zuviel zu tun haben« – war das jetzt sarkastisch, oder was? –, »etwas zu essen holen?«

»Na klar, was wollen Sie denn?« Ich brannte darauf, Adam anzurufen und mich für gestern abend zu bedanken und mich wegen meines eventuell schlechten Benehmens zu entschuldigen, aber so würde es nie was werden.

»Ach, einfach ein paar Sandwichs, Thunfisch und – äh – Erdnußbutter.«

Ich lief über die Straße in die Sandwich-Bar und überlegte, ob Harry wohl heute anrufen würde. Das machte er manchmal unter der Woche, wenn auch nur, um mir zu erzählen, was für ein herrliches Wochenende er vor sich habe und wie leid es ihm tue, daß er mich nicht sehen könne.

Nick kritzelte etwas an seinem Schreibtisch, als ich ihm sein Mittagessen brachte. »Danke, Püppchen«, sagte er und war mit seinen Gedanken offenbar ganz woanders. Ich war total geplättet.

Er blickte auf und fand in die Wirklichkeit zurück. Das war kein Püppchen, das war die Frau, die er jede Nacht im Traum erdolchte. Es war ihm peinlich. »Oh – äh – Polly, entschuldigen Sie. Vielen Dank, was schulde ich Ihnen?« Er packte sein Sandwich aus.

»Ach, ungefähr einsachtzig, aber lassen Sie nur, das nächste Mal können Sie mir ja ein Sandwich mitbringen.« Ich war noch immer verblüfft über das Kosewort, das ihm rausgerutscht war, und ich werfe Leuten, die nett zu mir sind, immer Geld nach.

Er lächelte und sah überrascht aus. »Vielen Dank, das mache ich.«

Plötzlich verzog er das Gesicht, als müsse er sich gleich übergeben. Vielleicht mußte er es tatsächlich. Verzweifelt schaute ich mich nach dem Papierkorb um. Ungläubig starrte er das Sandwich an. »Was ist denn das?«

»Genau das, was Sie haben wollten, Thunfisch und Erdnußbutter.«

Er stöhnte. »Aber doch nicht zusammen, Polly«, sagte er und fuhr dann mit der Stimme, mit der er sonst nur mit Vollidioten und geistig Zurückgebliebenen sprach, fort: »Das paßt doch nun *wirklich* nicht zusammen.«

»Oje, das tut mir leid. War reine Gedankenlosigkeit. Ich hole Ihnen ein neues.«

Er winkte ab. »Nein, macht doch nichts, macht doch nichts«, sagte er müde und spuckte den widerlichen Bissen in den Papierkorb. »Machen Sie sich an die Arbeit, und tippen Sie die Briefe für mich ab. Ich hole mir später selbst etwas.«

Unglücklich ging ich hinaus. Warum mußte ich alles verderben, ausgerechnet wenn es zwischen uns ein bißchen besserzugehen schien? Pippa bot mir an, mir aus ihrer Mittagspause ein paar Sandwichs mitzubringen. Ich beschloß, Adam anzurufen. Ich mußte mit einem Mann reden, der meinen Anblick ertragen konnte. Die Telefonvermittlung des Savoy stellte mich sofort in sein Zimmer durch, und im nächsten Moment tröstete mich seine ruhige, angenehme nordamerikanische Stimme.

»Hallo, Polly, wie geht's?«

»Schlecht. Ich bin gerade mit meinem idiotischen Chef aneinandergeraten.«

Nick richtete sich hinter der Glastür stocksteif auf. Ach du Schreck! Wieviel konnte er da drin eigentlich verstehen?

»Hören Sie«, fuhr ich fort, »ich möchte mich bei Ihnen für gestern abend bedanken. Es war sehr nett.«

»Fand ich auch, hat mir viel Spaß gemacht.«

»Wirklich? Ich habe gedacht, ich sei ein bißchen, na ja, angeschickert gewesen?«

»Aber Polly, Sie hatten einen erstklassigen Vollrausch!«

Ich lachte. »Oje, das habe ich fast vermutet. Aber Adam, die Sache mit diesem Richter ...« Ich überlegte, wie ich mich elegant aus der Affäre ziehen konnte; ich hätte mir vor dem Anruf etwas einfallen lassen müssen.

»Der Richter? Gehen Sie heute abend zu ihm?«

»Äh – nein, heute abend nicht, wissen Sie, ich habe mir überlegt ...«

»Auf einen Tag kommt es doch nicht an, morgen ist es genausogut, machen Sie sich bloß keine Gedanken.«

»Ach, wissen Sie ...«

»Schon gut, schon gut, mir ist alles recht. Aber rufen Sie mich bitte sofort an, wenn Sie zurück sind. Ich rechne auf Sie, okay?«

»Äh – ja, aber ...«

»Großartig. Hören Sie zu, ich muß jetzt weg, ich treffe mich mit einem Landsmann in der Bar. Ich höre ja bald von Ihnen. Okay? Und hören Sie – kurieren Sie Ihren Kater gut aus. Das beste ist immer, noch einmal dasselbe zu trinken wie am Abend vorher. Ciao.« Er legte auf.

Ich Idiot! Ich kompletter, unverbesserlicher Vollidiot! Hatte wieder mal alles falsch gemacht. Jetzt mußte ich den Richter besuchen, ob ich wollte oder nicht.

Als ich so dasaß und mir selbst leid tat, kam Pippa mit den Sandwichs zurück. Hinter ihr betrat eine atemberaubend schöne Frau in einer hinreißenden Armani-Jacke unser Büro. Ich hatte die Jacke vorige Woche im Schaufenster gesehen, aber sie war so teuer, daß ich nicht einmal im Traum daran denken konnte, sie zu kaufen.

Sie war blond und hatte den kurzen, knabenhaften Haarschnitt, den man nur tragen kann, wenn man sehr jung oder sehr schön ist. Sie war beides. Sie war schmal wie eine Makkaroninudel, hatte ein vollkommenes Gesicht und schräge grüne Augen. Außer der Armani-Jacke trug sie einen winzigen schwarzen Rock, der ihre unglaublich langen, schlanken Beine gut zur Geltung brachte, und unter der Jacke schaute ein gelbes Polohemd heraus. Die Wirkung war umwerfend. Sie war wunderschön, und sie kam mir irgendwie bekannt vor.

»Kann ich Ihnen behilflich sein?« fragte ich.

»Ja, ich möchte zu Nick – kennen wir uns nicht?« Es dämmerte uns beiden zur gleichen Zeit.

»Aber natürlich!« rief sie. »Sie sind das Mädchen aus der Tiefkühltruhe!« Und sie begann glockenhell zu lachen.

Ach ja, und Sie, dachte ich grimmig, sind die Frau, die dabeistand und zuschaute. Der berühmte Filmstar, die hinreißende Schönheit und Nicks Freundin in einer Person: Serena Montgomery. Das glockenhelle Lachen ging mir plötzlich auf die Nerven.

»Das stimmt«, sagte ich forsch-fröhlich. »Ich habe für einen unserer Kunden eine Feldstudie gemacht. Er wollte genau wissen, welche Temperatur in den Tiefkühltruhen herrscht. Es hat etwas mit den Haltbarkeitsdaten zu tun, aber ich vermute, daß Sie damit nicht viel anfangen können.« Ich lächelte, aber nur mit dem Mund. »Wissen Sie, ich stürze mich immer so in meine Arbeit.«

»Ja, das tun Sie wirklich!« sagte sie glucksend, und dann ging das verdammte glockenhelle Lachen wieder los, offensichtlich unter dem Eindruck, daß *sie* etwas Witziges gesagt hatte.

Aus den Augenwinkeln sah ich, daß sich zwei Gesichter an die Glastür drückten. Joss und Ron hatten einen Lockruf gehört und waren sofort hellwach und schnüffelten herum.

Ich zog die Augenbrauen hoch. »Werden Sie erwartet?« fragte ich so, als sei Nick der Vorstand eines Chemiekonzerns.

»Äh – nein, aber ich will mit Nick zum Lunch gehen. Ich kann Ihnen nicht sagen, wie komisch es aussah, als Sie in der Tiefkühltruhe lagen. Sie ...«

»Dann versuchen Sie's erst gar nicht«, unterbrach ich sie mit einem zuckersüßen Lächeln. »Wenn Sie hier bitte warten wollen, ich frage Nick, ob er Zeit für Sie hat. Und Sie sind?«

»Wie bitte?«

»Ich meine, wer Sie sind?« sagte ich und warf ihr ein bösartiges Lächeln zu, als ich auf Nicks Tür zuging.

»Serena Montgomery«, sagte sie kurz.

»Danke«, schnurrte ich. »Einen Moment bitte.«

Ich betrat Nicks Büro und lehnte mich an die Tür. Zicke! Aber warum regte ich mich über sie auf? Wahrscheinlich hatte ich wirklich ziemlich lächerlich ausgesehen. Ich seufzte und hatte das Leben satt.

Nick blickte erwartungsvoll auf. »Was gibt's?«

»Serena möchte Sie sehen.«

Er sah mich verblüfft an. »Sie ist hier?«

»Ja, sie wartet draußen, sie will mit Ihnen zum Lunch gehen. Nur gut, daß Sie das Sandwich nicht gegessen haben.«

Müde legte er den Füller auf den Schreibtisch. »Bitten Sie sie herein.«

Ich öffnete die Tür und sagte mit heuchlerisch-freundlicher Stimme: »Miss Montgomery? Mr. Penhalligan erwartet Sie.«

Nick sah mich erstaunt an, und ich entdeckte die Andeutung eines Lächelns auf seinen Lippen, als Serena an mir vorbeimarschierte und mich wütend anfunkelte. Ich lächelte süß und schloß die Tür.

Ein paar Minuten später war sie wieder draußen und machte ein beleidigtes Gesicht, während Nick sie sanft zum Ausgang schob.

»Du bist ein richtiger Langweiler, Nick. Ich habe einen Tisch im Bibendum reserviert, und Justin wartet auf uns.«

»Nun, es tut mir sehr leid«, hörten wir ihn auf der Treppe sagen. »Wirklich sehr leid, aber ich weiß nicht, wo mir der Kopf steht vor Arbeit. Es geht wirklich nicht. Sag Justin viele Grüße von mir, aber …«

Den Rest hörten wir nicht mehr, aber Pippa, Joss, Ron und ich stürzten ans Fenster und kamen gerade rechtzeitig, um zu sehen, wie er sie um ihr Mercedes-Cabriolet herumführte, ihr väterlich beim Einsteigen half und ihr einen flüchtigen Kuß auf die Wange gab. Sie zog noch einen Schmollmund, sah aber schon wieder ein bißchen besänftigt aus.

»Mann. Der ist ganz schön cool, wie?« meinte Pippa. »Nicht viele Männer würden es wagen, Serena Montgomery einen Korb zu geben.«

»Hmmm … Megacool«, stimmte ich zögernd zu.

Joss und Ron waren sprachlos vor Bewunderung. »Der Mann ist ein Vollidiot«, brachte Joss schließlich kopfschüttelnd heraus.

Ron sah völlig verstört aus, und die beiden zogen sich in ihr Büro zurück und wunderten sich über das absolut unerklärliche Verhalten eines Geschlechtsgenossen.

Plötzlich wurde mir klar, daß Serena Nick garantiert irgendwann die Story von der Tiefkühltruhe erzählen würde, vielleicht schon heute abend im Bett oder sonstwo. Ich sah ihre beiden Köpfe, einen dunklen und einen blonden, auf einem Kissen liegen und stellte mir vor, wie er laut lachend sagte: »Aber das ist so typisch für Polly. Sie ist ein total verrücktes Huhn!«

Wir hörten Schritte auf der Treppe, und Pippa und ich sausten zu unseren Schreibtischen zurück und setzten uns, einen Sekundenbruchteil bevor Nick hereinpolterte.

»Polly, Pippa, ich arbeite jetzt an einer Präsentation. Stellen Sie also bitte keine Telefongespräche durch, und auch sonst wünsche ich nicht gestört zu werden, klar?«

»Klar, Nick!« sagten wir einstimmig und grinsten wie zwei Schulmädchen.

Er grinste ebenfalls und schloß die Tür hinter sich.

»*Sehr* sexy, wenn er lächelt«, flüsterte Pippa.

»Ach, Pippa, das sind doch alle Männer.« Aber auch ich mußte zugeben, daß die seltenen Anwandlungen von Menschlichkeit bei Nick mir sehr angenehm waren.

Im Laufe des Tages schien mein Kater immer schlimmer zu werden, und ein- oder zweimal ging es mir so schlecht, daß ich um ein Haar Harry angerufen hätte.

Pippa redete mir das aus. »Du darfst ihn erst anrufen, wenn er dich wie seine Freundin behandelt und nicht mehr wie seine Amüsierdame.«

»Aber ich vermisse ihn«, jammerte ich.

»Durchhalten«, gab sie zurück.

Ich seufzte. Sie hatte recht, und ich kannte die Spielregeln. Schließlich ging ich heim und verzog mich gleich mit der neusten Ausgabe des *Tatler*, einem Big Mac und einer Wärmflasche ins Bett. Ich bin mir nicht einmal sicher, ob ich mich sehr viel besser gefühlt hätte, wenn Harry plötzlich neben mir ins Bett gekrochen wäre.

8. Kapitel

Am nächsten Morgen stand ich sehr früh auf und rief im College an. Es war ein Samstag, und daher waren bestimmt nicht viele Leute da, aber soweit ich mich erinnern konnte, hatte Mrs. Compton Samstagvormittag ein Colloquium. Miss Arnold, die Schulsekretärin, meldete sich, und einen Augenblick lang war ich wieder fünfzehn Jahre alt, hatte einen zu kurzen Rock an und ein Päckchen Zigaretten in der Tasche versteckt. Automatisch wickelte ich mir wieder eine Haarsträhne um den Finger, eine nervöse, fast vergessene Teenager-Angewohnheit, aber sobald ich ihre kriegerische, rechthaberische Stimme hörte, entwickelte ich mich wieder zurück.

»Ja? St.-Gertrude-College«, fauchte sie. »Ja? Sprechen Sie lauter, ich kann fast nichts hören!«

Ich hatte noch kein Wort gesagt. »Hallo, kann ich mit Mrs. Compton sprechen?«

»MRS. COMPTON!« bellte sie ungläubig, als ob ich den Erzengel Gabriel verlangt hätte. »Mrs. Compton hält eben ein COLLOQUIUM ab, sie darf jetzt auf keinen Fall gestört werden.«

»Ach so! Aber vielleicht können Sie ihr etwas ausrichten? Sie soll bitte so freundlich sein, Polly McLaren anzurufen. Ich gebe Ihnen meine Telefonnummer: 723-1982.

Ich bin eine ehemalige Schülerin, sie erinnert sich bestimmt an mich.«

»Da verlassen Sie sich lieber nicht drauf«, schnarrte Miss Arnold. »Wir können uns doch unmöglich an alle ehemaligen Schülerinnen erinnern, besonders nicht an die, die ohne Examen abgegangen sind.«

Ich mußte lächeln. Sie erinnerte sich also ganz genau an mich.

»Vielen Dank, Miss Arnold, und bitte grüßen Sie Ihre liebe Schwester von mir.«

Die Antwort war ein Knurren.

Sie legte auf. Ihre Schwester war die Hausmutter gewesen, ein genauso unangenehmes Frauenzimmer wie sie. Ein eiskalter Blick von ihr, und die Blutversorgung zum Herzen war abgeschnitten. Sie glaubte nicht an Krankheiten. Man mußte schon an Cholera sterben, bevor sie einen widerwillig in die Krankenstation schickte, und dort herrschten Zustände, daß es in jedem Fall besser war, still auf seiner Schulbank zu sterben, vielen Dank.

Das Telefon klingelte, als eben mein Toast verbrannte, während ich an die Collegezeit zurückdachte und mir überlegte, was man beim Besuch bei einem Richter wohl anzog. Es war Mrs. Compton.

Mrs. Compton war eine große Ausnahme unter den Lehrerinnen am St.-Gertrude-College. Sie war nicht nur Ehefrau und Mutter, sie hatte auch keinerlei Warzen, haarige Beine, Krampfadern, und sie hatte weder Mundgeruch, noch roch sie nach Schweiß. Sie war ziemlich jung, ziemlich hübsch, und Gott allein wußte, was sie an dieser Schule eigentlich verloren hatte.

»Hallo, Polly, ich hab von Ihrem Anruf erfahren. Sagen Sie mir nicht, daß Sie in Ihrem Alter noch Ihre Kenntnisse in Algebra aufpolieren wollen?«

»Nein, wirklich nicht, ich kann immer noch bis zwanzig zählen, allerdings nur mit Hilfe eines Päckchens Zigaretten. Aber das reicht doch, oder?«

Sie lachte. »Offenbar. Also, was kann ich dann für Sie tun?«

»Haben Sie vielleicht etwas von Rachel Marsden gehört? Ich wollte sie vor ein paar Tagen anrufen, aber sie scheint sich in Luft aufgelöst zu haben.«

»Rachel? Sie hat nicht gerade zur Lippenstift-und-Disko-Brigade gehört, oder?«

Ich lachte. »Nein, das nun wirklich nicht, aber ein paar alte Schülerinnen planen so eine Art Klassentreffen, und jemand schlug vor, wir sollten auch Rachel ...« schwindelte ich lahm.

»Nun, ich habe sie zum letzten Mal gesehen, als ihr Vater sie von der Schule nahm. Es war ein Jammer, ein so kluges Mädchen. Aber seitdem habe ich absolut nichts mehr von ihr gehört.«

»Und was ist mit Mr. Saunders? Er hat sie doch auch unterrichtet?«

»Ja, natürlich, die beiden sind sehr gut miteinander ausgekommen, weil sie eine brillante Musikerin war, doch er unterrichtet schon seit längerer Zeit an einer Schule in Sussex. Ich glaube zwar nicht, daß er noch Kontakt mit ihr hat, aber ich kann Ihnen seine Nummer geben.«

»Nein, nicht nötig, ich finde Rachel bestimmt durch eine andere ehemalige Mitschülerin. Vielen Dank jedenfalls.«

»Keine Ursache. Grüßen Sie sie herzlich von mir, wenn Sie sie finden. Passen Sie gut auf sich auf, Polly, und treten Sie nicht zu oft ins Fettnäpfchen. Soweit ich mich erinnere, hatten Sie eine echte Begabung dafür.«

Ich lachte. »Ich will's versuchen. War nett, wieder einmal mit Ihnen zu sprechen.« Ich legte auf.

Nun, das hatte sich als eine Sackgasse herausgestellt, und eigentlich hatte ich auch nichts anderes erwartet. Jetzt würde ich Richter Marsden besuchen müssen. Wieder ging mir die alte Frage durch den Kopf. Was, in aller Welt, sollte ich anziehen? Ich warf den verbrannten Toast in den Abfalleimer und wühlte in meinem Kleiderschrank. Durch Zufall fiel mir etwas Passendes in die Hände. Ein Kilt. Ich schüttelte ihn aus und betrachtete ihn genauer. Er war genau das richtige; ich hatte vergessen, daß ich ihn besaß. Okay, er war ein bißchen kurz, und das Karo eher Fiorucci als echtes Black-Watch-Karo, aber das war piepegal. Also zog ich den Kilt an, dazu dunkelblaue Strumpfhosen und Schnürhalbschuhe, die vielleicht ein bißchen übertrieben waren, aber ich übertreibe nun mal gern. Ich wickelte mir den alten College-Schal um den Hals und band mir das Haar zu einem Pferdeschwanz zusammen. Jetzt brauche ich nur noch einen Schulranzen und einen Apfel für den Richter, dachte ich, als ich, das alte Schullied auf den Lippen, in die Küche ging.

Lottie saß im Morgenmantel am Tisch, und ihre Nase wanderte zwischen ihrem Teller mit Cornflakes und der *Daily Mail* hin und her. Sie blickte ungläubig auf. »Sag nichts, ich weiß alles: Harry steht zur Abwechslung mal auf Schulmädchen, und du bist unterwegs, um dir eine tüchtige Tracht Prügel mit dem Rohrstock zu holen. Und er trägt Talar und Doktorhut.«

»Völlig daneben, ich geh jetzt zu Richter Marsden. Ich bin doch eine alte Freundin von Rachel, hast du das vergessen? Und sie ist ein paar Jahre jünger als ich. Wie seh ich aus?« fragte ich und drehte mich einmal um meine eigene Achse.

»Ja, wie eine echte kleine Lolita. Ich hoffe, du trägst

auch den marineblauen Schlüpfer, er prüft das sicher nach.«

Ich lachte und verließ, von einer unerklärlichen Aufregung gepackt, die Wohnung. Ganz offenbar reizte mich die geheime Mission, zu der ich unterwegs war, und bewirkte diesen kräftigen Adrenalinausstoß. Vielleicht hätte ich Spionin werden sollen.

Adrenalin schien auch im Garten im Überfluß vorhanden zu sein. Es war ein wunderschöner Frühlingsmorgen, und die Pflanzen in unserem winzigen Vorgarten reagierten mit Begeisterung darauf. Sie schienen zu fühlen, daß der Frühling in diesem Jahr ziemlich spät gekommen war, und bemühten sich jetzt auf Teufel komm raus, die Verspätung aufzuholen. Ungefähr ein Dutzend schlanker grüner Stengel reckte sich in den Himmel, stand wie eine Reihe kleiner grüner Soldaten in Hab-acht-Stellung da und bemühte sich, so interessant wie möglich auszusehen. Am Himmel schob ein leichter Wind ein paar Wolken spielerisch herum, aber alles in allem war es ein klarer, heller himmelblauer Morgen.

Ich hüpfte in meinen alten Renault 5 – den ich bislang liebevoll »Rosti« genannt hatte, der aber jetzt einfach »Auto« hieß, seit Harry mir erklärt hatte, daß es ungeheuer spießig sei, einem Auto einen Namen zu geben. Und ich hatte keine Ahnung davon gehabt. Da sieht man wieder einmal, daß ich dauernd dazulerne. Dank Harry!

Ich schnallte den Sicherheitsgurt fest, drehte den Zündschlüssel um, schloß die Augen und betete sicherheitshalber sowohl zu Gott als auch zu Allah und Buddha. Wunderbarerweise sprang das Auto sofort an. Dankbar küßte ich das verbeulte alte Lenkrad, preschte los nach Kensington und sang noch immer mit lauter Stimme unser altes Schullied.

Der sehr ehrenwerte Richter Marsden lebte in einem Haus, wie man es bei einem Mann seiner Position erwartete: einem großen, strengen weißen Gebäude mit einem eleganten kleinen Vorgarten. Es war genau die Art von Garten, die ich mit Wonne hätte verwildern lassen. Ich hatte die größte Lust, darin herumzurennen und überall Tütchen mit vulgären, leuchtendbunten Pflanzen wie Ringelblumen und Kapuzinerkresse zu verstreuen, nur um dem Todlangweiligen, Geschmackvollen eins auszuwischen. Ein paar weiße Narzissen nickten mit den kleinen Köpfchen diskret im leichten Wind, und der sorgfältig beschnittene Magnolienbaum in der Mitte der quadratischen Rasenfläche war gerade dabei, Knospen anzusetzen. Komisch, daß die Blumen reicher Leute früher zu blühen schienen. Ob sie wohl ein Monopol auf Sonnenschein hatten?

Ich betrachtete das Haus einen Augenblick. Natürlich suchte ich nach Hinweisen, wie jede gute Privatdetektivin, die ihr Essen im Savoy wert war, es getan hätte. Aha! Im dritten Stock wies eine Jalousie in rosarot getupftem Laura-Ashley-Design darauf hin, daß dort das Zimmer eines jungen Mädchens lag. War sie da? Und wenn, was ging es mich an?

Ich merkte, daß mein Mut Fersengeld gab und die Straße entlang davonlief. Am liebsten wäre ich hinterhergelaufen. Das Schullied war mir im Hals steckengeblieben, und ich trällerte ein C in mittlerer Tonlage, nur um die Ohren steifzuhalten. Was, in aller Welt, hatte ich hier verloren? Hatte ich einen heimlichen Todeswunsch, oder was?

Ich ging auf Zehenspitzen auf das Haus zu und hoffte, daß meine Schuhe den unglaublich sauber gekiesten Weg nicht in Unordnung brachten. Am Fuß der Marmorstufen, die zur Haustür führten, blieb ich stehen. Die Treppe sah ähnlich steil und schroff aus wie die Stufen der ägyptischen Pyramiden und endete vor einer abweisend wirkenden schwarzen Eingangstür. Es war immer noch Zeit, umzukehren und zu verschwinden, aber aus irgendeinem Grund tat ich es nicht. Ich erklomm die Stufen – doch wie ich das ohne Steigeisen und Kletterseil schaffte, war mir schleierhaft. Die Luft oben war ziemlich dünn, aber ich atmete tief ein, drückte den Messingknopf auf dem Klingelbrett und rieb fieberhaft den schmutzigen Fingerabdruck mit meinem Ärmel ab.

Ich räusperte mich und murmelte ein paarmal »Guten Morgen«, um mich zu überzeugen, daß meine Stimme noch funktionierte. Kurz darauf hörte ich das regelmäßige Klick-Klick von Absätzen auf einem polierten Fußboden. Dann war es still, ganz offensichtlich äugte jemand durch den Spion. Ich warf meinen Pferdeschwanz über die Schulter und zwang mich, vergnügt und unbeschwert auszusehen. Die Tür öffnete sich einen Spalt, aber die Sicherheitskette blieb vorgelegt.

»Ja, bitte?« fragte eine Frauenstimme.

»Hallo«, sagte ich fröhlich, »ist Rachel zu Hause?«

»Wer sind Sie?«

»Eine alte Schulkameradin von Rachel.« Ich widerstand der Versuchung, es dadurch zu beweisen, daß ich auf der Treppe Seilchen sprang, und wunderte mich über das Wort »Kameradin«, das eigentlich nicht zu meinem Wortschatz gehörte.

Ich linste durch den Türspalt und erhaschte einen Blick auf die Besitzerin der Stimme: eine Frau mittleren Alters mit stahlgrauem Haar, das sie straff zurückgekämmt und zu einem strengen Knoten zusammengedreht hatte. Sie hatte ein kleines, spitzes Gesicht und eine kleine, spitze Nase, an der wahrscheinlich ein Tropfen hing. Sie trug einen weißen Arbeitskittel, der sie eindeutig als Hausangestellte auswies. Ach ja, das mußte Mrs. Danvers sein, die getreue, aber verrückte Haushälterin.

»Einen Augenblick«, sagte sie und verschwand.

Ich grinste mein wohlerzogenes Schulmädchenlächeln, und sie knallte mir die Tür vor der Nase zu. Reizend. Kurz darauf wurde die Tür weit aufgerissen, und ich trat überrascht einen Schritt zurück. Als ich später daran dachte, kam mir das wie ein Eingeständnis schlechten Gewissens vor.

Vor mir stand ein mindestens ein Meter neunzig großer Mann, mager wie eine Bohnenstange und mit dichtem weißem Haar, das er nach hinten gebürstet trug. Sein Kopf war leicht geneigt, und er erinnerte mich an eine der Narzissen in seinem Garten. Er war schon älter, aber noch nicht uralt, trug eine geflickte Wolljacke über einem feinkarierten Baumwollhemd, eine ausgebeulte Cordhose und bequeme Hausschuhe. Er wirkte ganz und gar nicht einschüchternd. Das einzige, das irgendwie richterlich wirkte, war die halbmondförmige Brille, die ihm auf der Nasenspitze saß. Er lächelte und schaute mich über die Brille hinweg wohlwollend an.

»Meine Haushälterin sagt mir, daß Sie Rachel suchen.«

»Stimmt«, antwortete ich ein bißchen außer Atem.

»Wollen Sie nicht hereinkommen?«

»Ins Haus?«

»Ja, bitte kommen Sie.«

»Oh!« Ich überschritt ein wenig nervös die Türschwelle. Selbst in meinen pessimistischsten Augenblicken hatte ich mir immer vorgestellt, vor dem Haus und nicht im Haus mit dem berühmten stumpfen Gegenstand erschlagen zu werden. Nie wäre es mir in den Sinn gekommen, daß ich das Haus betreten müßte. Ich nahm mir vor, meine Gage zu erhöhen und mich das nächste Mal zum Essen ins Annabel einladen zu lassen.

Ich folgte den Pantoffeln in ein sehr schönes, in Hellgelb gehaltenes Wohnzimmer mit vielen Büchern und Bildern, in dem ein kleiner Stutzflügel stand. Ein Feuer brannte im offenen Kamin, und auf dem Sims standen jede Menge Einladungskarten. Der Richter war offenbar ein sehr beliebter Mann. Durch das große Eckfenster auf der einen und die Verandatür auf der anderen Seite des Raumes fiel helles Sonnenlicht. Ein paar Sonnenstrahlen spielten auf den Akten und den juristischen Fachbüchern, die sich auf einem Schreibtisch in der Ecke stapelten. Der Lohn der Sünde, dachte ich grimmig. Vor dem Feuer hatte sich ein ehrwürdiger Golden Retriever ausgestreckt. Er beobachtete mich, als ich näher kam, klopfte mit der schweren Rute auf den Boden und schien sich dafür entschuldigen zu wollen, daß er zu alt war, um aufzustehen und mich anständig zu begrüßen. Überall standen Photos in Silberrahmen, auf vielen war Rachel zu sehen. Ich dachte, gleich kommt sie herein, ich schreie: »Adam ist im Savoy!«, flitze durch die Terrassentür und renne um mein Leben.

Mr. Marsden bot mir einen blaubezogenen Sessel an. Ich hockte nervös auf der Kante. Er ließ sich mir gegenüber, den Rücken zum Fenster, in einen bequemen, alten Sessel fallen.

»Und wie heißen Sie?« fragte er, zog eine Pfeife aus seiner Jackentasche und stopfte sie. Bis jetzt sah alles noch recht ungefährlich aus.

»Oh, ich bin Polly McLaren, eine alte Schulfreundin von Rachel.«

»Wirklich?« Er lächelte und klopfte seine Jackentaschen nach einer Streichholzschachtel ab. »Sie gehören also zur alten St.-Gertrude-Bande?« Sein Blick war freundlich und ermutigend, ich möchte sogar behaupten, daß er mir zuzwinkerte.

Ich entspannte mich. »Ja«, antwortete ich und warf mir den College-Schal um den Hals, als trüge ich ihn unausgesetzt, sogar im Bett. »Wir hatten eine Menge Spaß.«

Lächelnd steckte er sich die Pfeife an. »Nun, Sie wissen ja, es heißt, die Schulzeit sei die schönste im Leben. Ich erinnere mich eigentlich nur an eiskalte Duschen, an die Arbeiten, die wir für ältere Schüler erledigen mußten, und an ausgesprochen mieses Essen.«

»Ach ja. Das Essen ist nicht viel besser geworden, die Vanillesoße ist noch genauso eklig, aber man muß den Klassensprechern nicht mehr die Klositze vorwärmen. Es wird Sie freuen, zu hören, daß das aus der Mode gekommen ist.« Ist das nicht ein bißchen riskant, Polly? Du hast den alten Knaben erst vor einer Minute kennengelernt und sprichst schon vom Klo.

Glücklicherweise warf er den Kopf zurück und lachte. Meine dezente Art von Klowitzen amüsierte ihn offensichtlich. Davon habe ich noch viele auf Lager, Euer Ehren, dachte ich, und mir wurde ganz warm ums Herz, so freundlich waren seine Augen.

»Das freut mich außerordentlich«, sagte er. »Möchten Sie eine Tasse Kaffee? Ich wollte gerade eine trinken.«

»Nein, danke. Eigentlich schrecklich gern, aber ich kann nicht lange bleiben.«

»Ach so. Na gut.« Er sah enttäuscht aus. Der arme alte Knabe, vielleicht hatte er nur selten Besuch. Und bestimmt hatte er nicht jeden Tag Gelegenheit, sich an seine Schulzeit zu erinnern und mit einem hübschen jungen

Mädchen wie mir witzige Bemerkungen auszutauschen. Ich war jetzt so entspannt, daß ich das Gefühl hatte, die Füße auf den Tisch legen und den Fernseher einschalten zu können.

»Ich trinke sowieso zuviel Kaffee«, sagte er und zog an seiner Pfeife. »Und nachts kann ich dann kaum schlafen.«

Der Hund trottete heran, um sich einen Klaps zu holen, und der Richter streichelte ihm den Kopf. Ich sah die stattliche Ansammlung von hochprozentigen Getränken in dem georgianischen Schränkchen in der Ecke und fragte mich, um wieviel Uhr sich ein Richter am Samstagvormittag mit einer Bloody Mary aufwärmte. Es ging auf Mittag zu. Er folgte meinem Blick und erriet, woran ich dachte.

»Wie wär's mit einem Glas Sherry?« fragte er. Er sah mich an und erkannte in mir eine verwandte Seele. Er schaute auf die Uhr. »Ich glaube, wir könnten es als Aperitif vor dem Mittagessen bezeichnen.«

»Warum eigentlich nicht? Mein Vater sagt immer, irgendwo auf der Welt ist es bestimmt zwölf Uhr mittags«, scherzte ich und verkniff mir, ihm zuzuzwinkern. So ein alter Tunichtgut, in seinen wäßrigen Augen blitzte es ganz schön auf.

Er rieb sich die Hände wie ein übermütiger kleiner Junge und sprang bereitwillig auf. Aus dem Vitrinenschrank wählte er zwei wunderschön geschliffene Kristallgläser aus und hielt sie gegen das Licht, um sich zu vergewissern, daß sie sauber waren. Er wandte sich um und blickte mich über die Brille hinweg an.

»Möchten Sie Sherry, oder hätten Sie lieber was anderes?«

»Nein, nein, Sherry wäre wunderbar.«

Es gluckerte herrlich, als die goldene Flüssigkeit aus der Karaffe floß. Sherry war nicht unbedingt mein Lieblingsgetränk, aber im Moment genau das richtige. Mr. Marsden reichte mir mein Glas, das mehr als gut gefüllt war.

»Danke, aber ich weiß nicht, ob ich dann noch in den Bus steigen kann«, witzelte ich.

Er lachte. »Sie brauchen das Glas nicht auszutrinken. Ich hab schon oft gehört, daß ich mich beim Sherryeinschenken etwas ungeschickt anstelle.« Er setzte sich wieder in seinen Sessel. »Waren Sie mit Rachel eng befreundet?« fragte er zerstreut und rieb den Rand seines Glases mit einem ziemlich schmutzig wirkenden, gepunkteten Taschentuch ab. Er hielt das Glas gegen das Licht und begutachtete es kritisch.

»Nicht besonders eng, ich glaube kaum, daß sie mich erwähnt hat, aber sie hatte ja so viele Freundinnen.«

Er schaute mich überrascht an. Gut gemacht, Polly! Das war der erste Schnitzer, den ich mir geleistet hatte.

»Waren Sie in derselben Klasse?«

»Nein, ich bin ein paar Jahre älter als sie.«

»Haben Sie im selben Haus gewohnt?«

»Äh – nein ... Aber wir haben beide« – hilfesuchend sah ich mich im Zimmer um, und mein Blick fiel auf den Stutzflügel –, »wir haben beide Klavier gespielt.« Verstohlen schaute ich auf meine kurzen, nicht gerade musisch wirkenden Finger.

»Ach, noch eine Musikerin«, sagte er und sah das Klavier an. Guter Gott, er würde mich doch nicht bitten, eine kleine Sonate zum besten zu geben?

»Ja, aber ich war nie auch nur halb so gut wie Rachel«, sagte ich hastig.

»Ach, ich bin sicher, daß Sie sehr gut waren. Es ist

doch eigentlich nur eine Frage des Übens, oder? Wenigstens behauptet Rachel das immer. Ich selbst kann keinen Ton spielen. Ich bin mit zehn Daumen zur Welt gekommen. Wie auch immer, ich rede und rede, und Sie haben vielleicht eine Menge zu tun. Sie möchten sich sicher mit Rachel treffen?«

»Genau«, sagte ich fröhlich. »Ich habe gedacht, es sei an der Zeit, daß wir uns wiedersehen und ein paar Sinfonien miteinander spielen.«

Er sah mich überrascht an. »Sinfonien? Sie spielen mit einem Orchester?«

»Äh – nein, natürlich keine Sinfonien – ich meine, Duette oder dergleichen. Ich würde sie einfach gern wiedersehen«, plapperte ich und versuchte verzweifelt, von der verdammten Musik wegzukommen.

»Ach so.« Er nickte und zog heftig an der Pfeife, die ganz eindeutig ausgegangen war. Wieder klopfte er seine Taschen nach der Streichholzschachtel ab; ein bißchen verärgert diesmal.

»Ihre Streichhölzer liegen auf dem kleinen Tisch«, sagte ich freundlich. Dieser Opi war doch eher ein gütiger, zerstreuter Professor als ein gnadenlos strenger Richter.

»Vielen Dank. Die verdammte Pfeife geht dauernd aus. Ganz üble Angewohnheit, diese Raucherei. Kann sie aber nicht aufgeben, wie es scheint.«

»Mir geht's genauso mit den Zigaretten«, sagte ich beruhigend.

»Gibt es einen besonderen Grund, wenn ich fragen darf?«

»Ach, ich glaub, nur damit ich was zwischen den Fingern habe. Inzwischen bin ich vom Nikotin ziemlich abhängig. Man kann jetzt, glaube ich, Nikotinkaugummis kaufen, wenn man sich das Rauchen abgewöhnen will.

Aber ich denke, ich kaufe sie, um sie zu kauen, wenn ich gerade mal nicht rauche. Mir gefällt die Idee, praktisch ununterbrochen Nikotin …«

»Nein, nein«, unterbrach er mich. »Tut mir leid, ich habe gemeint, ob Sie einen bestimmten Grund haben, Rachel wiedersehen zu wollen.«

»Ach so!« meinte ich verdutzt. »Den habe ich. Ich organisiere ein Treffen von ehemaligen Schülerinnen.«

»Wirklich?« Er lächelte mir ermutigend zu, aber die nächste Frage kam raketengleich aus dem Nichts daher. »Und wo?«

»Äh – nun, ich weiß auch noch nicht genau, äh … Vielleicht in meiner Wohnung oder in einem Restaurant.«

»Aha. Und wann soll dieses Treffen stattfinden?«

»Wann?« Ich fühlte mich ein bißchen in die Enge getrieben, als ich so viele Fragen so schnell beantworten sollte. »Na ja, so bald wie möglich. In den nächsten Wochen, sobald ich alle zusammengetrommelt habe.«

»Alle? Klingt nach einem ziemlich großen Treffen. Wer hat denn bisher schon zugesagt?« Er schlug die Beine übereinander, legte den Kopf in den Nacken und paffte seine Pfeife, aber es kam mir so vor, als beobachte er mich gleichzeitig sehr genau mit seinen stahlgrauen Augen, die über den ebenso stahlgrauen Rand seiner Bifokalbrille lugten.

Ich fühlte, daß mein Pony kraus wurde, wie immer, wenn ich schwitze. Es war furchtbar heiß, viel zu heiß für ein Feuer. Ich überlegte, wen in aller Welt Rachel wohl kannte.

»Na ja, Sophie Steward-Jones, und – äh – Caro Hamilton, und natürlich kommt Sally Lomax auch.«

»Sally Lomax? Aus Paris?«

»Ja, aus Paris!« Ich lächelte glücklich. Was für ein Triumph!

»Wirklich? Großer Gott!«

Mr. Marsden erhob sich und ging langsam zu seinem Schreibtisch. Dort blieb er stehen und trommelte nachdenklich mit den Fingern auf die Schreibunterlage. Er nahm einen schweren, in Leder gebundenen juristischen Wälzer und blies den Staub vom Buchrücken. Er schlug das Buch auf, blätterte ein paarmal um und fuhr mit dem Zeigefinger die Spalte hinunter, die er überflog. Offenbar beschäftigte er sich gerade mit seinem nächsten Fall. Soll mir recht sein, dachte ich und trank einen Schluck Sherry.

Dann fing er doch wirklich an zu summen. Das Buch lag noch geöffnet vor ihm, aber, gerechter Heiland, er las nicht, sondern starrte Löcher in die Luft. Was, um Himmels willen, machte er? Ich betrachtete sein Profil, er schien ganz vergessen zu haben, daß ich noch im Raum war. Natürlich! Ja, natürlich, er war drauf und dran, mich ins Vertrauen zu ziehen, und überlegte sich, wie er es mir sagen sollte. Ja, so war es. Daß ich Sally Lomax' Namen erwähnt hatte, hatte ihn endgültig überzeugt: Er würde mir gleich sagen, wo seine Tochter war. Im Keller eingesperrt, in einem Kibbuz in Katmandu, als Tänzerin bei den Tiller-Girls – mir war es völlig egal. Was zählte, war, daß er es mir sagen würde. Anscheinend zermarterte er sich den Kopf darüber, wie er mich dazu bringen konnte, ihren Aufenthaltsort für mich zu behalten. Wie sollte er mir erklären, daß es sich um ein großes Geheimnis handelte und ich Rachels Aufenthaltsort keiner einzigen Menschenseele verraten durfte? Ich umfaßte mein Sherryglas fester und wartete gespannt auf seine Antwort.

Plötzlich wandte er sich um und lächelte mich an. »Wie schön«, sagte er leise. »Ich mag Sally sehr. Ich hatte ja keine Ahnung, daß sie herkommt, sie muß natürlich bei uns wohnen, darauf wird Rachel bestehen.«

»Ja, ja, das tut sie bestimmt gern.«

»Es sei denn, daß sie bei Ihnen wohnt?«

»Nein, nein, soviel ich weiß – das heißt, nein, sie wohnt nicht bei mir.«

»Gut. Dann einigen wir uns darauf, daß sie hier bei uns bleibt.«

»Aber klar, kein Problem«, sagte ich und nickte zustimmend. Es war mir wirklich piepegal, wo Sally wohnen würde, und ich wußte nicht so recht, worauf er eigentlich hinauswollte. Und dann wußte ich es. Absolut folgerichtig auf ein Adreßbuch und ein Telefongespräch.

»Ich kann sie genausogut sofort anrufen und ihr sagen, daß wir hier ein Bett für sie haben. Es wäre doch zu dumm, wenn sie ein Hotelzimmer buchen würde. In ein paar Wochen, sagen Sie?«

Dieser hinterhältige alte Mistkerl! Er blätterte in einem großen geblümten Adreßbuch, und sein Finger blieb bei »L« stehen. Auf meiner Stirn standen jetzt Schweißperlen, und mein Pony wurde immer lockiger. Er fand Sallys Nummer, griff zum Telefon und begann zu wählen.

»Nein!« Ich sprang alarmiert auf und ging auf ihn zu.

Er legte langsam auf. »Nein? Und warum nicht, Polly?« Dieser plötzliche, ziemlich drohende Gebrauch meines Vornamens ging mir durch und durch. Ich umklammerte mein Sherryglas und blickte zu ihm auf. Der nette, freundliche alte Mann hatte sich in Luft aufgelöst, und ich stand einem bösen, verbitterten alten Richter gegenüber, der nichts Gutes im Schilde führte. Er ließ mich nicht aus den Augen.

»Und warum nicht?« wiederholte er.

»Weil – äh – weil – Sie hatten recht, sie wohnt nämlich bei mir. Ich hatte es nur vergessen! Momentan vergessen!«

Ich stellte mein Glas auf einem kleinen dreibeinigen Tisch ab und ging ein paar Schritte rückwärts in Richtung Tür. Dabei schaute ich den Richter an und stolperte fast über den Hund, der aufjaulte und sich unter dem Sofa verkroch. Ich hätte es ihm am liebsten nachgemacht.

»Miss McLaren, falls Sie wirklich so heißen«, sagte der Richter mit jener gefährlich ruhigen Stimme, mit der er normalerweise nur mit Terroristen und Massenmördern sprach, »ich habe Grund zu der Annahme, daß Sie sich unter einem falschen Vorwand in mein Haus eingeschlichen haben. Ich gehe sogar so weit, zu behaupten, daß Sie eine Lügnerin und Betrügerin sind. Was haben Sie dazu zu sagen?«

»Ich – ich sage, ich sage, ich sage«, entfuhr es mir in dem schrillen Ton, in dem man Witze erzählt, nur war dies hier alles andere als komisch. O Gott, nein. Es war sogar verdammt beängstigend. Ich wußte nicht, was ich sagen sollte.

»Ich glaube, Sie kennen meine Tochter überhaupt nicht. Sie dachten, Sie könnten mich täuschen, was? Sie dachten, Sie brauchten sich nur einen geliehenen Schal um den Hals zu binden, sich so albern wie ein Schulmädchen aufzuführen, ein paar Namen von ehemaligen Mitschülerinnen meiner Tochter zu nennen, und ich würde Sie schnurstracks zu ihr führen, richtig?«

Der Richter kam langsam auf mich zu. Wo waren meine zwölf Geschworenen? Wo waren die Verteidiger? Das war nicht die englische Gerichtsbarkeit, die ich kannte und respektierte. Ich ging weiter rückwärts auf die Eingangstür und die Freiheit zu.

Der Richter hatte seine Anklage beendet und schickte sich an, das Urteil zu verkünden. »Sie sind eine gemeingefährliche Person, Miss McLaren –« gerechter Heiland, das war wirklich starker Tobak! –, »und Sie stecken offenbar mit einem gewissen amerikanischen Herrn unter einer Decke, den ich, wie ich schon mehrfach ausdrücklich erklärt habe, NIEMALS AKZEPTIEREN WERDE!«

Dies brüllte er mir mit etwa zwanzig Millionen Dezibel ins Ohr. Der Hund jaulte wieder und versuchte, ein Loch in den Fußboden zu scharren.

Ich stammelte zusammenhangloses Zeug wie: »Nicht totschlagen, bitte!«, wich weiter zurück und war wirklich zu Tode erschrocken. Er kam auf mich zu, während ich mich im Rückwärtsgang der Haustür näherte. Seine vorhin noch so freundlichen Augen blitzten mich jetzt wütend an. Wie hatte ich mich so in ihm täuschen können? Er war ungefähr so freundlich und vertrauenerweckend wie ein Amokläufer. Und all das nur wegen eines Freundes seiner Tochter, der ihm nicht paßte. Der Mann war total verrückt.

»Verlassen Sie sofort mein Haus«, sagte er gefährlich leise. Ich wimmerte wie ein todgeweihtes Kätzchen. »Ich geh ja schon, keine Angst, ich geh ja schon«, flüsterte ich, fühlte die Haustür an meinem Rücken und tastete verzweifelt nach dem Türgriff. In diesem Augenblick hob er die Hand zu dem tödlichen Schlag.

»Bitte, schlagen Sie mich nicht!« schrie ich, bedeckte meinen Kopf mit den Händen und fiel auf die Knie, jämmerlicher Feigling, der ich nun mal bin.

Er griff über meinen geneigten Kopf hinweg und drückte die Klinke. Als er die Tür aufriß, sprang ich auf und quetschte mich an ihm vorbei, um hinauszukommen. Dann rannte ich los, als sei der Teufel hinter mir her. Ich sprang die Marmortreppe hinunter und erwartete, daß er mir noch einen Pantoffel hinterherwerfen würde. Aber das blieb mir zum Glück erspart.

»Kommen Sie ja nie wieder!« schrie er mir nach. In den Nachbarhäusern wurden die Vorhänge beiseite geschoben, und tausend neugierige Augen hefteten sich auf ein wimmerndes, lächerlich großes Schulmädchen mit krausen Haaren, das mit halsbrecherischer Geschwindigkeit die Stufen hinuntersauste.

Ich raste durch den Vorgarten, sprang über das Mäuerchen und stürzte über die Straße zu meinem Auto. Ich kann schnell rennen, wenn ich will, und ich wollte. Ich riß die Autotür auf und warf mich auf den Fahrersitz. Dann drehte ich den Zündschlüssel um. Nichts.

»Ach, bitte, spring doch an!« kreischte ich. »Laß mich jetzt nicht im Stich, Rosti!«

In meiner Verzweiflung sprach ich das Auto wieder bei seinem alten Namen an, aber es reagierte nicht. Null Komma null Reaktion. Mein launisches kleines Auto hielt Siesta, und nichts auf der Welt würde es jetzt dazu bringen loszufahren. Ich kannte mein Auto gut. In zehn bis fünfzehn Minuten würde es brav wieder anspringen.

Ich schlug mit dem Kopf ein paarmal gegen das Lenkrad. O Gott, ich wollte nichts wie weg hier! Nichts wie weg von diesem eiskalten Richter, der jetzt bestimmt sein Messer schärfte, während ich hier wie eine Ratte in einer rostigen Falle festsaß.

»Hilfe!« schrie ich, schaute zu dem Haus und erwartete, daß jeden Moment die Tür aufgerissen würde. Aber der Richter war nicht zu sehen. Und er schien mich nicht einmal aus dem Fenster zu beobachten. Aber er konnte im Handumdrehen hier sein und mich anbrüllen, warum ich noch hier herumsaß, direkt vor seinem Haus.

Ich schaute auf meine Hände. Sie zitterten, zitterten wie verrückt. Soweit ich mich erinnern konnte, war mir das noch nie passiert, und ich saß da, schaute meine zitternden Finger an und empfand eine Art morbider Faszination. Es erinnerte mich an einen Unfall, den ich als Kind gesehen hatte. Ein Mann war mitten auf der Straße von einem Auto angefahren worden und hatte so gezittert, daß jemand ihn mit einer Decke zugedeckt hatte. Meine Mutter zog mich an der Unfallstelle vorbei, als der Notarztwagen kam.

»Warum hat er so gefroren?« hatte ich gefragt.

»Er hat nicht gefroren, er hatte einen Schock, Liebchen«, hatte sie gesagt.

Ich schaute meine Hände ziemlich stolz an. Ja, ich hatte ganz eindeutig einen Schock, ganz zweifellos. Wo war meine Decke? Wo war der Notarztwagen?

Ich wußte aus Erfahrung, daß ich noch etwas länger warten mußte, bevor der Wagen anspringen würde, deshalb zündete ich mir zitternd eine Zigarette an, die wie eine wärmende Decke auf mich wirkte und mich so weit beruhigte, daß ich in der Lage war, mir klarzumachen, wie entsetzlich Richter Marsden tatsächlich war.

Ich blies eine Rauchwolke gegen die Windschutzscheibe. Der Mann war unzurechnungsfähig. Das stand zweifellos fest. Adam würde nichts zu lachen haben. An seiner Stelle würde ich mir Rachel abschminken. Wer wollte schon einen solchen Schwiegervater? Ich würde Adam die ganze Geschichte erzählen. Und nicht einmal ein I-Pünktchen müßte ich dazuerfinden. Über das Ergebnis meiner Bemühungen würde er zwar nicht gerade glücklich sein, aber ich hatte schließlich alles getan, was ich konnte. Ich würde in dieser Angelegenheit keinen Finger mehr krümmen, ganz bestimmt nicht.

Die Zigarette half mir sehr. Ich sog den Rauch bis in die Fußspitzen ein und schaute auf meine Uhr. Noch ein paar Minuten, und dann würde die alte Schrottlaube vielleicht wieder anspringen. Ich sah in den Rückspiegel. Was für ein Anblick! Die Haare standen mir wie Sprungfedern über dem blassen, kleinen Gesicht ab. Ich fand einen Lippenstift und malte mir meine zitternden bläulichen Lippen schreiend rosa an, so daß sie am Ende dunkelviolett aussahen. Ich wischte den Lippenstift wieder ab, schaute wieder auf meine Uhr. Noch eine Minute, dann würde ich es noch einmal probieren. Ich biß mir die Haut um meinen Daumennagel herum ab und dachte an Rachel. Die arme, arme Rachel. War sie auf dem Speicher eingesperrt? Lag sie in Ketten im Keller und hatte außer einem Glas Wasser nur noch ein paar hungrige Ratten zur Gesellschaft?

Ich schaute zu dem Haus hinauf und erwartete so halb, hinter einem Fenster im dritten Stock ein kleines weißes Gesicht auftauchen zu sehen, das mit den Lippen lautlos das Wort »Hilfe« formte. Statt dessen sah ich jedoch, daß die Haustür geöffnet wurde. Hilfe, er war wieder hinter mir her! Ich drehte den Zündschlüssel um, der Motor stotterte, rumpelte – und dann sprang er an. Als ich den Rückwärtsgang einlegte, sah ich auf und war darauf gefaßt, daß der wütende Richter auf meine Motorhaube sprang, aber zu meiner Überraschung stellte ich fest, daß nur die Haushälterin die Treppe herunterkam. Sie trug einen alten Tweedmantel und einen grünen Filzhut und schleifte einen ziemlich mitgenommen aussehenden alten Koffer hinter sich her. Hatte sie umgehend gekündigt, nachdem sie die gräßliche Szene zwischen ihrem Arbeitgeber und dem süßen, arglosen jungen Mädchen miterlebt hatte?

Ich schaltete in den Leerlauf und beobachtete, wie sie langsam die Treppe herunterkam. Der Koffer war zwar nicht groß, aber offenbar sehr schwer, denn sie konnte ihn kaum heben. Sie zog ihn auf dem Kiesweg hinter sich her und ließ ihn dann auf den gepflasterten Bürgersteig plumpsen. All das war dem alten Koffer zuviel. Er sprang auf, der Inhalt fiel auf das Pflaster. Keuchend und ächzend bückte sie sich und stopfte, ärgerlich vor sich hin schimpfend, ihre Sachen wieder in den Koffer. Aber Moment mal. Schwarze Levis-Jeans? Ein Body aus Stretch? Leggings? Ich musterte den alten Tweedmantel und den Filzhut. Das durfte doch nicht wahr sein! Sie hob etwas auf, das in den Rinnstein gerutscht war. Ein Walkman? Mein lieber Schieber, hatte die sich als Frau Biedermann verkleidet und war in Wirklichkeit eine total verrückte, total ausgeflippte Tante? Benutzte sie ihren freien Tag dazu, um mal richtig auf die Pauke zu hauen? Oder gehörten diese heißen Klamotten – jemand anders? Aber natürlich. Natürlich! Ich wurde immer aufgeregter. Diese Klamotten gehörten einer jungen Frau: Rachel.

9. Kapitel

Ich bückte mich, während sie den Koffer mit großer Mühe wieder zuschnappen ließ. Sie hievte ihn zu einem zerbeulten alten Mini, der direkt vor dem Haus stand, und öffnete den Kofferraum. Es war schwer, aber sie schaffte es, den Koffer hineinzuheben. Ich rutschte tiefer, bedeckte das Gesicht mit den Händen, linste durch die Finger und sah, wie sie um das Auto herumging und sich auf den Fahrersitz setzte. Mein Herz hämmerte vor Aufregung. Es war klar, was sie vorhatte. Sie brachte der Gefangenen frische Sachen. Jetzt bloß keinen Fehler machen, Polly! Diese Frau war unterwegs zu Rachel, und ich mußte ihr folgen. Natürlich hätte ich nicht Zeugin dieser kleinen Szene werden sollen. Sie glaubten, daß ich schon lange weg war, und das wäre ich auch gewesen, wenn mich der alte Rosti nicht wunderbarerweise im Stich gelassen hätte. In Gedanken klopfte ich ihm liebevoll auf die zerbeulte Kühlerhaube und beobachtete genau, was auf der anderen Straßenseite vor sich ging. Der alte Mini sollte offenbar aus seinem Schlummer unter den Bäumen geweckt werden, und ich hörte ein paar Fehlzündungen, bevor der Motor ansprang. Glücklicherweise brummte mein eigenes Auto noch leise vor sich hin, und als sich der Mini in Richtung Church Street entfernte, folgte ich ihm mit einigem Abstand.

Als wir den Hügel hinunterfuhren, öffnete ich das Handschuhfach und fummelte darin herum, bis ich meine Sonnenbrille zu fassen kriegte. Ich setzte sie auf, löste den Pferdeschwanz und zog mir den College-Schal vom Hals. Wenn sie so fuhr wie ich, würde sie nicht oft in den Rückspiegel schauen, aber es war auf alle Fälle gut vorzubeugen, damit sie mich nicht wiedererkannte. Als wir durch die Church Street zuckelten, schaute ich kurz nach hinten, um auf dem Rücksitz vielleicht noch etwas zum Verkleiden zu finden. Ich reise grundsätzlich mit schwerem Gepäck, und bei mir im Auto liegen hinten außer Zigarettenschachteln, Plastiktüten und sonstigem Kram immer auch ein paar Klamotten herum. Heute schienen alle brauchbaren Utensilien zur Verführung eines Mannes vorhanden – hochhackige Schuhe, tief ausgeschnittene T-Shirts, etc. Doch als ich einen kurzen Lederrock und eine leere Bierbüchse beiseite schob (zufälligerweise hatte nicht ich sie ausgetrunken), stieß ich auf den alten braunen Filzhut meines Vaters. Ich setzte ihn mir auf die wilden Locken und zog ihn tief in die Stirn. Ein Blick in den Rückspiegel sagte mir: total inkognito. Ich erkannte mich nicht mal selbst, also hatte sie überhaupt keine Chance.

Ich umklammerte das Lenkrad und spürte, wie mir ein Adrenalinstoß nach dem anderen durch den Körper rauschte. Ich hatte kaum mehr Benzin und hoffte nur, daß es für diese kleine Eskapade auch noch reichen würde. Wir bogen links ab und fuhren in Richtung Kensington Garden. Meine Nase klebte fast an der Windschutzscheibe; denn erstens bin ich sehr kurzsichtig, und zweitens fuhr ich wegen meiner extrem dunklen Sonnenbrille durch zappendustere Nacht.

Wir fuhren weiter, den Hügel hinauf und an dem phallischen Prinz-Albert-Denkmal vorbei, über das ich immer anzüglich grinsen muß. Königin Viktoria muß ihn für einen Mordskerl gehalten haben, da sie ihm zum Gedenken dieses enorme Ding hatte errichten lassen, mitten in einem öffentlichen Park, für alle Welt zu sehen. Ich hätte es verstehen können, wenn sie es irgendwo privat aufgestellt hätte, zum Beispiel vor ihrem Schlafzimmerfenster. Heute morgen beschäftigten mich aber schwerwiegendere Dinge als Prinz Alberts bestes Stück, und ich verschwendete keinen zweiten Blick darauf, als wir auf die Knightsbridge zufuhren, auf der es erstaunlicherweise keinen Stau gab.

Als wir zusammen zwei grüne Ampeln passierten, wurden meine Hände vor Aufregung feucht, und das Herz schlug mir bis zum Hals. Wo, um alles in der Welt, fuhren wir bloß hin? Ich warf einen Blick auf die Benzinuhr und betete zu Gott, daß wir nicht einen Tagesausflug aufs Land machten. Ich hatte höchstens noch fünfzehn Liter im Tank und fluchte über meine schlechte Angewohnheit, immer nur für zwei, drei Pfund zu tanken.

Wir fuhren um Hyde Park Corner herum, was gar nicht so einfach für mich war, da sie immer in der allerletzten Gelbphase über die Ampeln fuhr und ich manchmal bei Rot drüberpreschen mußte, um sie nicht zu verlieren. Nur schade, daß sie nicht ein bißchen schneidiger fuhr, damit ich zeigen konnte, was mein altes Auto noch hergab. Wir krochen mit etwa zwanzig Kilometer die Stunde dahin. Die Dame war wirklich keine Rennfahrerin, und ich mußte mich anstrengen, um ihr Tempo einhalten zu können. Ich zügelte meine an Miami Vice geschulten Instinkte und widerstand der Versuchung, die Kurven mit angezogener Handbremse zu nehmen anstatt im zweiten Gang.

Um den Buckingham Palace herum wimmelte es von Touristen, und der Verkehr kam zum Stillstand, als die Coldstream Guards samt Musikzug mitten auf der Straße paradierten. Bumm, bumm, bumm dröhnte die Kesselpauke, und bumm, bumm, bumm dröhnte mein Herz. Lieber Gott, mach, daß ich sie hier nicht verliere. Der Musikzug spielte zur Wachablösung der Garde. »Jetzt mal los, Jungs, ein bißchen dalli«, murmelte ich, als die Soldaten vorbeimarschierten. Dabei entging mir nicht, daß der kommandierende Offizier sehr attraktiv war, soweit man das unter der riesigen Bärenfellmütze überhaupt sehen konnte. Schließlich war der allerletzte Posten abgelöst, und unser kleiner Mini-und-Renault-Konvoi wurde von einem wohlwollenden Polizisten vorbeigewinkt. Wir krochen in Richtung Parliament Square davon.

Inzwischen lag ich fast auf dem Boden, bei dem häufigen Anfahren und wieder Halten hatte sogar ich ein paarmal in den Rückspiegel geschaut und hoffte inständig, daß mein Opfer nicht das gleiche getan und sich gewundert hatte, warum ein verdreckter blauer Renault an ihr klebte wie Kaugummi an einem Pullover.

Als wir links ins Embankment einbogen, bekam ich plötzlich ein sehr ungutes Gefühl. Wir näherten uns immer mehr dem am Fluß liegenden Eingang des Savoy. Was sollte das? War das ein abartiger kleiner Scherz? Ich war ganz schön erleichtert, als wir am Hotel vorbei in die City und – O Gott, natürlich – weiter in Richtung East End fuhren. Die arme Rachel wurde offenbar in einem schmutzigen kleinen Dachzimmer über einer Reinigung oder über einem Krämerladen festgehalten, an ein rostiges Eisenbett gefesselt, jawohl, ohne Essen und Trinken. Nur Mut, alte Gertrudianerin, Hilfe naht!

Ich rieb mir die feuchten Hände am Rock trocken und

fühlte, wie sich meiner eine Mischung aus Courage und wilder Entschlossenheit bemächtigte. In meiner Aufregung trat ich etwas zu fest aufs Gas, was mich fast verraten hätte: Ich fuhr ihr um ein Haar hinten drauf, als wir links – links? Wieso hier? – abbogen und ein riesiges schmiedeeisernes Tor passierten, von dessen Existenz ich bisher keine Ahnung gehabt hatte. Und ich hatte gedacht, daß ich London wie meine Westentasche kannte. Wo zum Teufel waren wir?

Ich folgte dem Mini blindlings, als wir durch einen Bogen und ein schmales Gäßchen mit alten Steinhäusern entlangfuhren. Fast stieß ich mir den Kopf am Wagendach, als ich über ein paar verkehrsberuhigende Bodenschwellen rumpelte. Dann bogen wir scharf rechts ab, wieder unter einem Bogen durch und in einen Hof.

Rechts davon träumte hinter einem eisernen Zaun ein wunderschöner Garten. Um einen makellosen Rasen, der wie ein riesiges grünes Tischtuch wirkte, zogen sich gepflegte Beete mit Krokussen, Rosen- und Fliederbüschen. Dem Garten gegenüber erhob sich ein großes Backsteingebäude, das wie eine Halle wirkte und – Moment mal, das kam mir irgendwie bekannt vor. Hatten hier nicht viele Anwälte ihre Büros – oder Kanzleien? Meine Vermutung bestätigte sich, als ein paar junge Männer um die Ecke bogen und vorbeischlenderten. Sie steckten in ihrer Wochenendkluft, Cordhosen und Tweedjacken, aber unter dem Arm trugen sie mit rötlicher Schnur zusammengebundene, dicke Papierstöße, und wenn mich nicht alles täuschte, handelte es sich bei diesen Papieren um Akten. Aha, richtig geraten, Polly.

Ich erinnerte mich auch vage an eine entfernte Cousine, die, nachdem sie sich einen ganz besonders attraktiven jungen Anwalt gekapert hatte, den Bund in einer Kirche in der Nähe segnen ließ – in der Temple Church. Natürlich, wenn das, wie ich vermutete, der Temple war, der Sitz zweier berühmter Londoner Rechtsschulen, dann hatte auch Marsden eine Kanzlei hier. Allmählich kam Licht ins Dunkel.

Obwohl es ein Samstag war, war der Parkplatz nicht leer, und es liefen auch ein paar Touristen umher, die diese an Charles Dickens erinnernde Kulisse samt Gaslaternen photographierten.

Ich blieb zurück und versteckte mich hinter einem Range Rover, während die Haushälterin ihren Wagen ganz hinten rechts einparkte. Ich stellte den Motor ab.

Mrs. Danvers, wie ich sie nach dem berühmten Vorbild aus Daphne du Mauriers *Rebecca* nannte, stieg aus dem Mini aus, öffnete den Kofferraum und wuchtete den Koffer heraus. Sie schleppte ihn ..., na, wohin denn ..., zum allerletzten Hauseingang. Nummer – einundvierzig? Ja, einundvierzig. Starren Blickes fixierte ich die Tür, hinter der sie verschwand. Meine Augen begannen zu tränen vor Anstrengung, aber nach, wie mir vorkam, etwa einer Stunde – es waren wahrscheinlich nur ein paar Minuten – kam sie wieder heraus. Ohne Koffer.

Sie stieg in den Mini und startete den Motor. Ich rutschte so tief wie möglich und beobachtete über das Armaturenbrett hinweg, wie sie gekonnt wendete und auf mich zufuhr. Sie mußte direkt an mir vorbeigefahren sein, aber das konnte ich nur ahnen. Meine Knie berührten meine Ohren, und ich inspizierte aus nächster Nähe das Bremspedal. Ich zählte langsam bis sechzig, arbeitete mich dann wieder zurück auf den Sitz und sah mich um. Die Luft war rein.

Ich zitterte vor Aufregung und überlegte, wie ich von meinem Auto zum Haus Nummer einundvierzig gelangen könnte, ohne allzusehr aufzufallen. Sollte ich auf die Tür zuschlendern, als hätte ich an diesem Samstagmorgen nichts Besseres zu tun, als mich im Temple herumzutreiben, oder sollte ich, als hätte ich Hummeln im Hintern, hinrennen und es so schnell wie möglich hinter mich bringen? Ich entschied mich sowohl für das eine, als auch für das andere und benahm mich so verdächtig wie möglich, indem ich auf Zehenspitzen lief, was einem Schuldbekenntnis gleichkam, und schlug zu allem Überfluß noch ein paar Haken, als ob auf mich geschossen würde. Was ich jetzt noch brauchte, war Billy the Kid, der mir Rückendeckung gab, dann hätte ich wirklich Aufmerksamkeit auf mich ziehen können.

Ich rannte die steinernen Stufen hinauf, öffnete die Haustür und schaute hinein. Vor mir lag ein schmaler, mit Fliesen ausgelegter Flur, der zu einer Treppe führte. Zu meiner Rechten war eine schwarze Tür mit einer Reihe von Namen: Mr. Michael Nelson, Mr. Charles Morgan-Brown, Mr. Richard Solmes etc., etc. Ich drückte leicht auf die Klinke – abgeschlossen. Das war ganz offenbar eine Kanzlei. Ich rannte die Treppe hinauf. Im nächsten Stock war wieder eine schwarze Tür, auf der wieder ein paar Namen standen. Ich las sie schnell durch. Marsden war nicht darunter. Ich drückte auf die Klinke – wieder abgeschlossen. Also weiter. Im dritten Stock befand sich ebenfalls eine schwarze Tür, aber statt mehrerer Namen stand da nur ein einziger in großen goldenen Lettern SIR EDWARD MARSDEN. In einem Film hätten die Goldbuchstaben aufgeblitzt, und die Musik hätte sich zu einem ohrenbetäubenden Crescendo gesteigert. Ich hielt mir mit der Hand den Mund zu, um mein eigenes Crescendo zu unterdrücken. Sir Edward Marsden! Das war's. Ich hatte Rachel gefunden! Ich zweifelte keinen Augenblick lang, daß sie sich hinter dieser Tür befand.

Aber was für eine Tür das war. Ich trat einen Schritt zurück und sah sie mir genau an. Die in den unteren Stockwerken hatten in Augenhöhe eine Glasscheibe gehabt und Messingklinken. Diese Tür war absolut unüberwindlich und schien aus einem halben Baum geschreinert zu sein. Sie hatte keine nennenswerte Klinke, dafür aber drei große Schlösser: Sie erinnerte mich an das Gefängnis im Tower. Es hätte gar keinen Sinn, wenn ich versuchen wollte, Rachel allein herauszuholen. Ich brauchte Hilfe. Ich brauchte einen Mann, noch besser, ein paar Männer und – ja, natürlich, ich brauchte Adam.

Es bestand überhaupt kein Zweifel, Adam mußte sofort kommen. Wenn ich versuchen wollte, die Tür allein aufzubrechen, würde ich nur im Krankenhaus landen. Als ich eben mit den Fäusten an die Tür hämmern, Rachels Namen rufen und ihr sagen wollte, daß ich telefonisch Hilfe holen würde, kam mir ein Gedanke. Was, wenn sie nicht allein war? Angenommen, es war jemand bei ihr, ein Wächter oder so? Angenommen, ich hämmerte an die Tür, und er kam heraus und gab mir eins auf den Kopf? Obwohl es mir schwerfiel, mich Rachel nicht sofort als Retterin zu erkennen zu geben, entschloß ich mich, für meine Verhältnisse ungewöhnlich erwachsen vorzugehen und als erstes einmal Muskelkraft in Form von Adam und vielleicht sogar die Polizei heranzuschaffen.

Ich stürmte die Treppe runter und platzte fast vor Aufregung. Ich mußte eine Telefonzelle finden. Im Laufen stellte ich mir vor, wie ich Adam die Neuigkeit erzählen würde, und hörte, wie seine Stimme zuerst ungläubig, dann erstaunt und endlich überglücklich klang. Ich jauchzte vor

Freude, sprang die letzten Stufen hinunter und lief in den Sonnenschein hinaus.

Natürlich werden Rachel und Adam sich für immer in meiner Schuld fühlen, dachte ich, einen Hofausgang ansteuernd. Nachdem wir Rachel befreit und Adam und sie sich umarmt und geküßt hatten, würden sie sich an den Händen fassen, mich mit feuchten Augen ansehen und Dinge sagen wie: »O Polly, wie können wir dir je vergelten, was du für uns getan hast?« Dann würden sie mich mit Geschenken überhäufen – mit Schmuck, Geld, Blankoschecks, solchen Dingen eben –, aber ich würde unglaubliche Großmut zeigen. Ich würde bescheiden lächeln, alles ausschlagen und sagen, daß ich mir nur wünschte, sie glücklich verheiratet zu sehen.

Ach ja, die Hochzeit. Natürlich, ich wäre der Ehrengast, würde in allen Reden erwähnt – erwähnt? Wie lächerlich! Eine ganze Rede würde auf mich gehalten werden, natürlich von Adam. Ich würde bezaubernd erröten, während er den Zuhörern von meiner Beharrlichkeit, meinem Mut und meiner Unerschrockenheit berichtete. Wie hieß noch der Film über diese Widerstandskämpferin? *Ihrem Namen Ruhm und Ehre*. Ja, genau; das wäre ein gutes Thema für die Rede. Ich würde es ihm, sehr diskret natürlich, vorschlagen.

Ich lief durch eine der kleinen Seitenstraßen, die vom Temple wegführten, und kam an mehreren schäbigen, alten Lagerhäusern vorbei, an ein paar ganz offensichtlich geschlossenen Kneipen und eigentlich nichts sonst. Ich fühlte mich irgendwie verloren, versuchte verzweifelt, mir den Londoner Stadtplan ins Gedächtnis zu rufen, und wandte mich nach links, weil ich das Gefühl hatte, daß dort die Fleet Street sei. Ich hatte Glück, auf der Straße, auf die ich zulief, fuhr ein roter Bus vorbei, und es sah ganz so aus, als gebe es dort einen Laden neben dem anderen.

Im Weiterlaufen dachte ich wieder an die Hochzeit. Alle Gäste würden sich darum reißen, mich kennenzulernen, und unauffällig auf mich zeigen. »Das ist sie«, würden sie sagen. »Das ist das Mädchen, das sein Leben riskiert hat, um die beiden zusammenzubringen. Ist das nicht einfach wunderbar?« Alle würden die Geschichte hören wollen, und ich würde sie immer wieder erzählen – vielleicht auch ein paar Kleinigkeiten hinzufügen, zum Beispiel, wie ich den Schlägen, die der verrückte Richter mir auf den Kopf geben wollte, erfolgreich ausgewichen war. Ach, und natürlich würde ich die Haushälterin zu einer lebensmüden Rennfahrerin machen, die mich zu einer wahnwitzigen Verfolgungsjagd gezwungen hatte. Alle wären ungeheuer beeindruckt, und alle gutaussehenden Männer würden mich um meine Telefonnummer bitten, und Harry – Gott, ja, Harry müßte auch dabeisein, ich wollte, daß er meinen Triumph miterlebte. Ja, Harry würde stolz auf mich sein, allen Männern, die mich belästigten, wütende Blicke zuwerfen, und ich würde ihn sagen hören: »Ja, sehr stolz … Ja, das finde ich auch, unglaublich mutig.«

Ich entdeckte ein Telefonhäuschen in der Fleet Street und rannte es fast um. Ich habe selten Kleingeld bei mir, und heute hatte mir Gott persönlich eine Zehn-Pence-Münze in mein Portemonnaie gesteckt. Ich wählte die Nummer des Savoy, die ich inzwischen auswendig kannte.

»Adam Buchanan, bitte, Zimmer vierundzwanzig.«

»Einen Moment, bitte«, sagte eine männliche Stimme.

Ich hörte das Telefon in Adams Zimmer klingeln. Es klingelte und klingelte und klingelte. Gott, Adam, nimm ab, nimm doch bitte ab!

»Tut mir leid, Mr. Buchanan scheint nicht da zu sein.«

»Könnten Sie es noch einmal probieren?« fragte ich verzweifelt. »Vielleicht war er gerade im Badezimmer oder so.«

Er versuchte es noch einmal. »Bedaure, er scheint wirklich nicht da zu sein. Kann ich ihm etwas ausrichten?«

Verdammt! Wo, zum Teufel, war er? Er wußte, daß ich heute den Richter besuchen wollte; er hätte neben dem Telefon sitzen und auf meinen Anruf warten müssen. Das Herz rutschte mir in die Hose.

»Können Sie nachsehen, ob er eine Nachricht für mich hinterlassen hat? Er erwartet nämlich einen wichtigen Anruf von mir. Ich heiße Polly McLaren.«

»Einen Moment, bitte, ich schaue nach.«

Ich trommelte ungeduldig gegen den Telefonhörer.

»Ja, Madam, hier ist eine Nachricht für Sie. Ich soll Ihnen ausrichten, daß er nur kurz zum Lunch gegangen ist und um halb zwei zurück sein wird.«

Um halb zwei! Ich schaute auf meine Uhr, es war kurz vor eins. Das war ja gar nicht so schlimm.

»Dann bitte ich Sie, ihm etwas auszurichten. Es ist wichtig, daß er die Nachricht sofort bekommt, wenn er zurückkommt. Haben Sie verstanden?«

»Ja, Madam, ich habe verstanden«, sagte der Mann leicht beleidigt.

»Richten Sie ihm bitte aus, daß ich Rachel gefunden habe.«

»Sie haben Rachel gefunden.«

»Ja, und zwar im Haus Nummer einundvierzig, Queens Bench Walk, im Temple. Oh – und bitte erklären Sie ihm, wie er hinkommt. Ich warte dort auf ihn. Lesen Sie mir das bitte vor.«

»Rachel ist im Haus Nummer einundvierzig, Queens Bench Walk, im Temple, und Sie warten dort auf ihn.«

»Und Sie sorgen dafür, daß er die Nachricht bekommt?«

»Ja, Madam.«

»Sobald er das Hotel betritt?«

»Madam, ich werde ihm auflauern und ihm Bescheid sagen, sobald er auftaucht«, sagte der Mann trocken.

»Vielen Dank.«

Ich legte auf und rannte zurück an den Ort des Verbrechens. Leider hatte ich vergessen zu sagen, daß es ganz praktisch wäre, wenn Adam eine Axt mitbrächte, aber wir würden uns schon irgendwie zu helfen wissen, wenn er erstmal da war.

Im Haus Nummer einundvierzig stürmte ich, immer zwei Stufen auf einmal nehmend, die Treppe hinauf und kam keuchend und atemlos im dritten Stock an. Wieder versperrte mir die große dunkle Tür bedrohlich den Zugang zu Rachel. Ich sah mir noch einmal den Namen an. Sir Edward Marsden, und ich hatte ihn Mister genannt. Sehr gut. Plötzlich verlor ich alle Bedenken, und jegliche Zurückhaltung verließ mich. Dieses arme Mädchen war jetzt schon wochenlang hier eingesperrt, da konnte ich sie doch wenigstens wissen lassen, daß Hilfe unterwegs war. Wenn sie bewacht wurde, womit ich eigentlich nicht rechnete, wäre es nur gut, wenn dieser Kerl wüßte, daß ich hier draußen war – vielleicht bekäme er es mit der Angst zu tun. Entschlossen ging ich auf die Tür los, hämmerte mit beiden Fäusten dagegen und schrie so laut ich konnte: *»Rachel! Rachel! Alles okay! Wir holen dich raus!«* Ich machte eine Pause, schlug wieder gegen die Tür und schrie noch lauter: *»Rachel! Rachel! Wir holen dich hier raus, es wird alles wieder gut!*

Du brauchst nicht länger da drin zu bleiben, wir holen dich raus!«

Gerade als ich mich in einen hübschen, kleinen hysterischen Anfall hineingesteigert hatte, ging die Tür auf. Rachel stand da und starrte mich überrascht an. Meine Fäuste blieben in der Luft hängen. Um ein Haar hätte ich ihr ein blaues Auge geschlagen.

Sie sah entsetzlich blaß und dünn aus, und ihr kleines herzförmiges Gesicht wirkte leblos und irgendwie verwaschen. Sie trug ein genauso verwaschenes blaues T-Shirt über grauen, an den Knien ausgebeulten Leggings. Ihre aschblonden Haare waren fettig und ungepflegt: Sie hatte sie offenbar seit Wochen nicht mehr waschen können, das arme Ding. Ihre blaßblauen Augen zwinkerten nervös, sie war wohl nicht mehr an Tageslicht gewöhnt.

Ich trat überrascht zurück. »Rachel!«

»Äh – ja?« fragte sie unsicher.

»Gott sei Dank! Ich hatte so furchtbare Angst, daß du tot wärst oder so – wie hast du es geschafft, diese Tür aufzukriegen? Hat die Haushälterin vergessen, sie abzuschließen? Wie komisch! Das ist ja wirklich verrückt, stell dir nur mal vor, du hättest einfach *rausgehen* können! Du hättest einfach diese Tür öffnen und *rausgehen* können!« plapperte ich.

»Hmmm – ja, das hätte ich.«

»Oje, du siehst entsetzlich aus, du Ärmste, absolut entsetzlich, so dünn und so blaß, und diese scheußlich dreckigen Kleider. Du weißt bestimmt nicht mal, was für ein Tag heute ist, oder? Heute ist Samstag.« Ich sprach das Wort langsam aus, falls sie mir nicht folgen konnte, vielleicht hatte sie Striche an die Wand gekratzt, um mit den Tagen auf dem laufenden zu bleiben, und ich hoffte für sie, daß sie sich nicht allzusehr verrechnet hatte. »Hast du gewußt, daß heute Samstag ist?« fragte ich sie gespannt.

Rachels Mund stand weit offen, und sie sah mich großäugig an. »Ich bin … Entschuldigung, kennen wir uns?«

»Oh!« Ich nahm Filzhut und Sonnenbrille ab. »Du hast mich natürlich nicht erkennen können, aber sicherheitshalber mußte ich mich verkleiden. Gut, oder?«

Sie zwinkerte nervös. »Äh – ja, sehr gut. Tut mir leid, aber ich weiß immer noch nicht …«

»Polly McLaren. Wir waren zusammen auf dem gleichen College, erinnerst du dich nicht?«

»Ja … Vage.«

Vage? Sie erinnerte sich vage an mich – ich war eine legendäre Gestalt gewesen, wenn ich das von mir sagen darf –, oder erinnerte sie sich vage an unser College? Beides klang besorgniserregend. Ich sah sie forschend an und suchte in ihrem Gesicht nach blauen Flecken, Beulen oder anderen Hinweisen auf Gewalttätigkeiten. Nichts. Aber ihr Blick war irgendwie leer. Stand sie unter Drogen?

»Geht es dir gut?« fragte ich.

»Ja, danke, alles okay, und wie geht es dir? Willst du reinkommen?«

Ich folgte ihr ins Wohnzimmer. Ins Wohnzimmer? Einen Moment mal bitte, das mußte doch eine Kanzlei sein, und doch befanden wir uns in einem wunderschönen Raum mit zartgrün getünchten Wänden und großen Fenstern, die auf den Hof hinausgingen. Von der hohen Decke hing ein riesiger Kronleuchter, und auf dem Perserteppich standen ein paar dünnbeinige antike Möbel und zwei riesige blaue Sofas, die so aussahen, als würden sie einen verschlingen, wenn man es wagte, sich auf den Rand zu setzen. Diesen Raum konnte man schwerlich eine Zelle nennen. Das Wort Luxuswohnung war schon eher angebracht.

»Was ist das?« fragte ich sie und versuchte gar nicht erst, meinen Mund zu schließen.

»Was ist was?« fragte sie höflich.

»Das hier. Sieht ja wie eine echte Wohnung aus.«

»Völlig richtig«, sagte sie geduldig. »Sie gehört meinem Vater. Viele Richter haben hier eine Wohnung.«

»Aber ich möchte wetten, daß sie ihre Töchter nicht darin einsperren, oder? Mensch, ich kann mir vorstellen, wie froh du bist, mich zu sehen.«

Sie schien nicht genau zu wissen, was sie dazu sagen sollte, und statt sich mir an die Brust zu werfen und mir ihren tiefempfundenen Dank auszusprechen, setzte sie sich auf die Kante des blauen Sofas und sah mich aus zusammengekniffenen Augen verwirrt an. Dann ging mir ein Licht auf. Hatte man sie einer Gehirnwäsche unterzogen? War es das?

»Rachel ...« Ich kniete vor ihr nieder und schaute ihr ernst in die blaßblauen Augen. Jetzt sah sie noch verwirrter aus, ja, sogar völlig durcheinander, die Ärmste. Ich redete langsam und deutlich.

»... Rachel, hörst du mich?«

»Äh ... Ja.«

»Hör zu, Rachel, haben sie dir was angetan? Die Haushälterin? Dein Vater? Haben sie Golduhren vor deiner Nase hin und her pendeln lassen? Haben sie versucht, dich zu hypnotisieren? Erinnerst du dich an irgend etwas in dieser Richtung?«

Sie zog die Stirn kraus und wirkte verärgert. »Also hör mal ...«

»Okay, ist ja schon gut.« Ich nahm ihre Hand und sprach beruhigend auf sie ein. »Wir brauchen jetzt nicht darüber zu reden, wenn du nicht willst. Ein andermal. Hast du etwas zu essen gehabt?«

Sie entzog mir ihre Hand und rutschte nervös auf dem Sofa herum. »Ja, ich habe gerade zu Mittag gegessen. Was soll denn das Ganze?«

»Was das Ganze soll? Ich bin hergekommen, um dich hier herauszuholen!«

So etwas von Undankbarkeit! Aber vielleicht steht sie ja noch unter Schock, dachte ich verständnisvoll. Ich setzte mich neben sie und legte ihr den Arm um die Schultern. Sie richtete sich stocksteif auf, betrachtete ungläubig meine Hand und sah mich dann aus riesengroßen Augen an.

Ich drückte sie leicht. »Rachel, ich suche dich schon eine ganze Weile«, sagte ich leise.

»Was?« Sie sprang erschrocken auf und hielt sich den Arm, wo ich ihn berührt hatte, als hätte ich sie mit einer Zigarette verbrannt. »Wirklich? Aber ich kenne dich doch gar nicht. Warum suchst du mich also?«

»Oh, nicht nur ich allein, natürlich!« Okay, dachte ich, jetzt lasse ich die Bombe platzen; jetzt will ich sehen, wie ihr Gesicht plötzlich wie ein Leuchtfeuer strahlt. Ich leckte mir in freudiger Erwartung über die Lippen. »Dein Freund sucht dich auch!«

»Mein Freund?« Ihr Gesicht wurde, wenn möglich, noch finsterer.

»Ja, dein Freund«, sagte ich ungeduldig.

Ihr Ich-bin-sehr-schwer-zu-kriegen-Spiel hing mir allmählich zum Hals heraus. Ich hatte auch den Eindruck, daß sie mich nicht einmal mit einem einfachen Dankeschön belohnen, geschweige denn mit Schmuck und anderen Geschenken überschütten würde. »Adam natürlich, Adam Buchanan.«

Ich wartete auf die Umarmung, die Tränen, die großen Gefühle. Statt dessen wich sie von mir zurück, ihr Gesicht wurde aschfahl. Sie preßte die Hand auf den Mund.

»Adam? Adam kommt hierher?« flüsterte sie.

»Ja. Adam kommt hierher.« Warum mußte sie alles wiederholen, was ich sagte? Dadurch wurde das Gespräch so langatmig, und jetzt hatte sie mich dazu gebracht, dasselbe zu tun.

»O Gott!« Ihre Stimme brach. »Wann?«

Ich schaute auf die Uhr. »In ungefähr zehn Minuten, glaube ich«, sagte ich fröhlich. »Du kannst dich vorher noch ein bißchen schminken«, fügte ich hinzu und betrachtete ihr kleines, spitzes Gesicht. Es wäre ihr doch bestimmt peinlich, wenn er sie so sähe. Ich kramte in meiner Handtasche und zog Wimperntusche und meinen liebsten grellrosa Lippenstift heraus. Ich war mir nicht ganz sicher, daß ihr diese Farbe stehen würde, aber es war immer noch besser als nichts.

»Da, ich leih sie dir«, sagte ich und bot ihr großzügig meine Schminksachen an.

»O Gott!« rief sie erstickt, als habe sie jemand an der Kehle gepackt, und stürmte, die Hand immer noch auf den Mund gepreßt, aus dem Zimmer.

Ich saß auf dem Sofa, meine Schminksachen in der Hand, und war wirklich sehr verwirrt. Stirnrunzelnd steckte ich den Lippenstift ein. Irgendwie lief alles ganz anders ab, als ich es mir vorgestellt hatte. Ich biß mir auf die Lippen und überlegte, wo ich etwas falsch gemacht hatte. War die Überraschung zuviel für sie gewesen? Der Schock zu groß? Sie spielte schließlich Klavier, und diese Künstler waren alle wahnsinnig sensibel. Vielleicht hätte ich ihr die Neuigkeit ein bißchen schonender beibringen sollen?

Aus einem Zimmer am Ende des Flurs kam ein ziemlicher Radau. Ich horchte, stand auf und überlegte, was tun. In dem Zimmer war offenbar der Teufel los. Führte sie einen kleinen Freudentanz auf, um Adams Ankunft zu feiern? Wie ich schon sagte, ist sie sehr musikalisch.

Langsam schlich ich mich zu dem Zimmer und steckte den Kopf durch den Türspalt. Rachel war dabei, Schubladen und Schränke zu öffnen. Sie warf ganze Arme voll Kleidungsstücke auf das Bett. Aha! Dieses Spielchen kannte ich, das hatte ich oft genug in der Tregunter Road gespielt. Natürlich – sie überlegte, was sie anziehen sollte. Eifrig betrat ich das Zimmer und fragte mich, ob ich irgendwie helfen konnte – eigentlich fest davon überzeugt, daß ich's konnte. Es war schließlich mein Spezialgebiet.

Als ich ihr eben meine Hilfe anbieten wollte, merkte ich, daß sie alle Sachen, die auf dem Bett lagen, in eine große rote Reisetasche stopfte. Ich zog die Stirn kraus. Alles würde schrecklich knittern, und was sollte das Ganze? Röcke und Pullover flogen in die Tasche. Westen, Westen? So klein? Ein Teddybär, noch ein Teddybär – großer Gott, wie viele Teddys braucht ein Mädchen? Und, großer Gott, was in aller Welt quäkte denn da so entsetzlich?

Ich folgte dem Quäken zum Fußende des Bettes und entdeckte in einer Tragetasche, in eine blaßblaue Decke gewickelt, einen kleinen Rotschopf. Ein Baby! Ein echtes, lebendiges Baby.

»Ein Baby!« schrie ich wie eine Vollidiotin.

Rachel stopfte weiter Sachen in die Tasche, als sei ich überhaupt nicht vorhanden. Ich war immer noch wie vor den Kopf geschlagen und sah zu, wie sie die Tragetasche ergriff, sich an mir vorbeidrückte und in die Küche raste. Ich folgte ihr blindlings. Sie packte Flaschen vom Regal und Büchsen mit Babynahrung aus dem Schrank, stopfte sie in die Tasche und wütete vor sich hin. Nachdem sie noch ein paar Fläschchen hineingeworfen hatte, drehte sie sich um und sah mich an. Ihr Gesicht war weiß vor Wut, ihre Lippen waren verzerrt.

»Du dumme Kuh!« zischte sie. »Du dumme Kuh, wieso hast du dich eingemischt?«

Mein Mund stand noch immer offen, ich versuchte wenigstens ein, zwei Sätze zu sagen, hatte aber weder genug Luft, noch fand ich die richtigen Worte. Eines allerdings wurde mir klar. Ich hatte irgendwas völlig falsch verstanden. Rachel war so nett, mich mit der Nase draufzustoßen.

»Er will das Baby, du blöde Gans!« Ihre Stimme wurde immer hysterischer. »Verstehst du? *Er will mein Baby!*« schrie sie mir aus einer Entfernung von wenigen Zentimetern direkt ins Gesicht.

Rückblickend bin ich froh, daß sie es so laut gesagt hat, denn durch die übergroße Nähe ihres verzweifelten Gesichtes und die Lautstärke, mit der sie mir diese unglaubliche Neuigkeit eröffnete, fiel bei mir endlich der Groschen. Ich trat betroffen ein paar Schritte zurück. Adam wollte das Baby. Er wollte nicht das Mädchen, er wollte das Baby. Ich hatte ihn zu dem Mädchen und daher auch zu dem Baby geführt. Mir wurde übel.

»O mein Gott!« Jetzt klang meine Stimme hysterisch schrill. »Er wird jeden Augenblick hier sein, mach schnell! Beeil dich!«

Ich griff nach ihrer Tasche, aber verständlicherweise nahm sie sie mir wieder ab und stieß mich heftig gegen die

Wand. Flach an dem nilgrünen Hintergrund klebend, sah ich verzweifelt, wie sie die Tasche auf die Schultern wuchtete und die ebenso schwere Tragetasche mit dem Baby aufnahm. Keuchend schleppte sie ihre Last zur Wohnungstür hinaus und machte sich an die schwierige Aufgabe, die Treppe mit zwei schweren Taschen und einem halben Zentner Windeln unter dem Arm hinunterzukommen. Das würde ewig dauern. Trotz ihres Protestes nahm ich ihr die rote Tasche ab und trug sie vor ihr die Treppe hinunter.

»Du mußt mir glauben!« rief ich und drehte den Kopf immer wieder wie ein Periskop zu ihr herum. »Ich hatte keine Ahnung! Absolut keine Ahnung! Er hat mich benutzt, hat mir erzählt, ihr wolltet heiraten, und dein Vater habe es verboten. Er sagte, er sei verzweifelt, sagte, *du* seist verzweifelt, und das Baby hat er mit *keinem* einzigen Wort erwähnt, das schwör ich dir. Ehrlich, Rachel, ich hatte keine Ahnung. Bitte, bitte glaub mir!«

Sie stieg hinter mir die Treppe hinunter, preßte die Lippen aufeinander, sagte kein Wort und konzentrierte sich darauf, die Tasche mit dem Baby nicht fallen zu lassen.

»Ich weiß, daß ich eine dumme Kuh bin und mich idiotischerweise eingemischt habe, aber ich mache es wieder gut, das schwör ich dir. Ehrlich, ich hätte keinen Finger gerührt, wenn ich das gewußt hätte – aber er wirkte so aufrichtig, so glaubwürdig. Na ja, du mußt ihn ja kennen, weißt, wie überzeugend er sein kann, ich hatte keine Ahnung.«

Sie sah alles andere als überzeugt aus, aber mein hysterisches Getue schien doch nicht ganz vergeblich gewesen zu sein, denn als wir schwitzend vor dem Haus standen, schaute sie gehetzt nach links und nach rechts und blickte mich dann verzweifelt an.

»Du schwörst es?« stieß sie hervor. »Du hast nichts gewußt?«

Fast auf den Knien, schwor ich bei meinem Leben, beim Leben meiner Mutter, beim Grab meiner Großmutter, bei meinem Hund – ich überlegte verzweifelt, was mir sonst noch viel bedeutete –, bei Harry, bei Harrys Eltern, die ich nicht kannte, die er jedoch sehr liebte und die ich deshalb auch schätzte – bei Harrys Hund … Aber sie unterbrach mich.

»Halt die Klappe.« Ich hielt sie. »Schnell, wo steht dein Auto?«

»Da drüben!«

Die Tragetasche mit dem Baby zwischen uns, liefen wir zum Auto. Der kleine Rotschopf guckte uns überrascht an, als wir mit ihm über das Kopfsteinpflaster flitzten. Rachel schluchzte hysterisch, als wir die Babytasche auf den Rücksitz schoben und uns dann vorn ins Auto warfen. Ich fummelte mit den Schlüsseln und erwartete jeden Augenblick, daß Adams Gesicht am Fenster auftauchen und seine große, sommersprossige Hand hineingreifen und mir den Schlüssel abnehmen würde. Der Wagen sprang beim ersten Versuch an, und ich nahm mir vor, ihn zum Zeichen meiner ewigen Dankbarkeit einmal zur Inspektion zu bringen.

Wir preschten im echten Hollywood-Stil vom Parkplatz, rumpelten über die Bodenschwellen und mußten erst am Embankment anhalten. Der Verkehr dröhnte in beiden Richtungen vorüber, aber bei der ersten Andeutung einer Lücke schloß ich die Augen und gab Gas. Ein Lastwagen mußte bremsen und kam leicht ins Schleudern. Es hätte um ein Haar gekracht. Der Fahrer hupte und schüttelte die Faust. Wir rasten in Richtung Stadtmitte, wechselten ständig die Spur und fuhren ein paarmal über eine Kreuzung, als die Ampel schon rot war.

Eine Zeitlang schwiegen wir beide. Aus den Augenwinkeln sah ich, daß Rachels Gesicht dieselbe Farbe wie ihre grünlichgrauen Leggings hatte. Sie zwinkerte nervös, und ihre Lippen bebten. Ich sagte leise und zerknirscht: »Es tut mir so leid, Rachel, wirklich.«

Ihr Kinn fing an zu zittern, eine Träne lief ihr über die Wange. Sie wischte sie wütend weg. »Warum konntest du dich nicht einfach um deinen eigenen Kram scheren?« fauchte sie feindselig.

Ja, warum? Ich hatte mich bisher erst einmal so hundsmiserabel gefühlt: als ich in der Grundschule vor der ganzen Klasse auf unseren Schulhamster getreten war. Natürlich aus Versehen. Er war aus seinem Käfig entwischt, ich wollte ihn wieder einfangen. Und brachte ihn um. Aber dies hier war ausschließlich meine Schuld, ich hatte alles von A bis Z vergeigt. Ich hatte Adam jedes Wort geglaubt, ohne auch nur eine Sekunde lang an Rachel zu denken. Wie eine Rakete war ich losgezischt, hatte ihren Vater belästigt, der, wie mir jetzt klar wurde, nur seine Tochter und seinen Enkelsohn beschützt hatte. Und dann hatte ich, noch nicht zufrieden mit meiner Leistung, Rachel in ihrem großartigen Versteck aufgestöbert. Ich hatte wirklich ganze Arbeit geleistet. Wie viele Leute wußten überhaupt von der Existenz dieser Wohnung? Nicht viele Londoner und ganz gewiß kein Amerikaner.

Aber ich begriff das Ganze noch immer nicht so recht. Rachel hatte ein Baby. Adam hatte ein Baby. Beide hatten ein Baby, und beide wollten es haben. Was sie nicht wollten – ja, ja, langsam dämmerte es mir –, sie wollten *nicht* zusammensein. Brillant, Polly. Ich hätte gern gewußt, warum sie sich zerstritten hatten, was schiefgegangen war in dem idyllischen Cottage am Meer? Doch jetzt war wohl nicht die richtige Zeit, sich danach zu erkundigen.

Ich sah Rachel kurz und prüfend an. Sie schien sich gefangen zu haben. Bald würden wir vielleicht miteinander reden und überlegen können, wohin sie am besten sollte. Sie würde natürlich keine Ahnung haben, und wieso auch? Ich hatte sie vor wenigen Minuten aus ihrer Wohnung vertrieben, und sie würde kaum noch ein so wunderbares Versteck aus dem Ärmel schütteln können. Mir mußte etwas einfallen, und zwar schnell. Ich bat mein überfordertes Hirn, eine Art Wunder für mich zu erwirken. Mal überlegen, wir konnten nicht zu ihrem Vater – Himmel, der mußte mich ja für eine obermiese Type gehalten haben! –, und wir konnten nicht in meine Wohnung, da Adam die Adresse kannte. Hatte sie vielleicht Freunde in London?

»Hast du Freunde in London?« fragte ich schüchtern.

Sie schüttelte den Kopf, und entweder dieses traurige Geständnis oder das heftige Kopfschütteln ließen sie erneut in Tränen ausbrechen. Gott, fühlte ich mich beschissen! Ich ging in Gedanken meine zweihundert engsten Freunde durch, aber es kam kaum einer in Frage. Es mußte jemand mit großem Herzen und großer Wohnung sein, der bereit war, ein verzweifeltes Mädchen mit Baby aufzunehmen. Eine einzige Freundin hatte das Pech, alle Bedingungen zu erfüllen: Pippa. Großes Herz, noch größere Wohnung. Es war Pippa.

Inzwischen schien sich Rachel jeglichen Verantwortungsgefühls entledigt zu haben und zuckte nicht mal mit der Wimper, als ich mitten auf der Fahrbahn umdrehte und Richtung Kensington fuhr.

Erst als wir in die Church Street einbogen, sagte sie alarmiert: »Nicht zu meinem Vater, da sucht er mich zuallererst.«

»Ist mir klar, ist mir klar, keine Bange. Wir fahren zu einer Freundin von mir.«

Wir zuckelten die Kensington High Street entlang, bogen am Kino links ab und dann noch einmal rechts in die Straße, in der Pippa wohnte. Vor ihrem Haus bremste ich scharf, und mein Kopf fiel wie ein Stein aufs Steuer. Gott sei Dank, diese Fahrt war zu Ende, ich war in zehn Minuten um etwa ein Jahr gealtert. Meine Hände, die das Lenkrad nicht mehr festhalten mußten, zitterten wie Espenlaub.

Ich hob den Kopf und sah Rachel an. Es kostete mich einige Mühe, denn ihre Augen waren noch immer feindselig, aber ich hatte das Gefühl, es sei das mindeste, was ich tun konnte.

»Es tut mir so leid, aber glaub mir, du bist hier sicher. Ich verspreche dir, dafür zu sorgen, daß er dich nicht findet. Hoch und heilig versprech ich dir das.«

Sie nickte ergeben. Was sollte sie auch sonst tun? Sie war auf mich angewiesen, auf mich, die sich bisher als absolut unfähig erwiesen hatte. Aber mir war es ernst mit dem, was ich sagte. Irgendwie würde ich mich so lange um sie und das Baby kümmern, bis sie in Sicherheit waren und weit außerhalb der Reichweite von Adam Buchanan. Einmal – ein einziges Mal – würde ich, Polly McLaren, nicht alles verderben.

10. Kapitel

Als Pippa endlich die Tür öffnete, sah ich ihr an, daß sie nicht allein war. Ihr normalerweise glattes blondes Haar war zerzaust, ihr Gesicht war gerötet, und ihre Augen glänzten unnatürlich. Sie trug einen kurzen weißen Bademantel aus Frottee und sonst nicht viel, stand in der Tür, zog sich den Bademantel enger um den Körper und warf die Haare nach hinten. »Polly! Was für eine schöne Überraschung!«

Das war es ganz gewiß nicht, aber ich war schließlich in einer verzweifelten Lage. »Pippa, das ist Rachel«, sagte ich und schob die schweigende Rachel vor mir ins Haus.

»Oh, hallo, Rachel, äh – kommt herein.«

Sie war schon drin, dafür hatte ich gesorgt, und ich war mit dem Baby in der Tragetasche direkt hinter ihr. Pippa entdeckte es sofort.

»Du hast ein Baby!«

»Es gehört Rachel«, antwortete ich und stolperte über die Schwelle. Meine Güte, womit fütterte sie ihn denn?

»Ein Glück, daß es nicht deins ist. Obwohl es niedlich aussieht, oder?« sagte sie, beugte sich über die Tragetasche und schäkerte mit dem Kleinen. »Wie alt ist er denn?«

»Fünf Monate«, sagte Rachel.

»Oh, er ist einfach süß. Wirklich dein Sohn? Du Glückliche.« Sie richtete sich auf und sah Rachel eindringlich an. »Du meine Güte! Bist du etwa *die* Rachel?«

»Was meinst du damit?«

Pippa wandte sich an mich. »Die Rachel, die du gesucht hast? Adams Rachel?«

»Äh – ja, aber weißt du, Pippa, sie will gar nicht ...«

»Wie aufregend!« Pippa drehte sich zu Rachel um und packte sie begeistert am Arm. »Aber das ist phantastisch! Sie hat dich gefunden, dieses schlaue Luder hat dich gefunden! Ist das nicht super? Du mußt ja überglücklich sein! Großer Gott, du siehst ganz schön mitgenommen aus, du armes Ding. Wie lange hat man dich versteckt? Ja – ja, wie dumm von mir, das zu fragen. Man sieht dir an, was du mitgemacht hast, du siehst einfach fürchterlich aus. Du freust dich wahrscheinlich auf eine Dusche und frische Sachen zum Anziehen? Ich kann dir was leihen, wenn ...«

»Es geht mir ausgezeichnet, vielen Dank. Ich hab heute morgen geduscht, meine Kleidung ist sauber, und ich bin alles andere als begeistert, daß sie mich gefunden hat«, antwortete Rachel bissig und schüttelte Pippas Hand ab. Sie packte die Tragetasche mit dem Baby und stolzierte ins Wohnzimmer.

Pippa sah verwirrt aus. Sie hob die Brauen. »Was hab ich denn gesagt?« flüsterte sie.

»Ich erkläre dir gleich alles. Ach, es ist schrecklich. Pippa, du *mußt* uns helfen!« Meine Stimme versagte; ich war den Tränen nahe.

»Ja, aber Polly, die Sache ist die, ich habe ...«

»Gleich, Pippa, ich erkläre es dir gleich.«

Ich packte ihren Arm und schob sie ins Wohnzimmer. Einen Augenblick glaubte ich, Einbrecher hätten die

Wohnung auf den Kopf gestellt. Der Teppichboden war übersät mit allem möglichen Kram, hauptsächlich Kleidungsstücke, aber auch eine Menge leerer Pizzaschachteln. Der Beistelltisch war umgekippt, alle großen Sofakissen lagen auf dem Boden, überall standen volle Aschenbecher und leere Flaschen herum. Selbst Pippa schien ein wenig betroffen über diese Unordnung.

»Oh – tut mir leid, gestern nacht ist es hier ein bißchen wild zugegangen.« Mit einer entsprechenden Kopfbewegung schaute sie bedeutungsvoll zur Treppe – ihr Schlafzimmer lag einen Stock höher – und verdrehte dramatisch die Augen. Ich verstand genau, was sie damit sagen wollte, tat aber so, als hätte ich keine Ahnung. Ich brauchte sie viel mehr als er, wer immer er war.

Rachel bahnte sich einen Weg zu einem Stuhl, stellte ihn auf, entfernte mit spitzen Fingern einen Büstenhalter, der an der Lehne hängengeblieben war, bevor sie sich mit dem Baby auf dem Arm hinsetzte. Sie wandte sich von uns ab und starrte aus dem Fenster in den Garten, als habe sie vorübergehend ihren Körper verlassen.

»Ich wollte mir – äh – eben Kaffee machen«, sagte Pippa. »Willst du auch eine Tasse?« Rachel antwortete nicht.

»Ich trinke gern einen Kaffee«, antwortete ich schnell. »Warte, ich helfe dir.«

Wir flüchteten in die Küche, und sie schloß die Tür. »Was ist eigentlich los, zum Teufel?« fragte sie heiser flüsternd. »Ist sie ein bißchen unterbelichtet? Es sieht aus, als sei sie hier nicht ganz knusper.« Sie tippte sich mit dem Finger an die Schläfe.

»Ich erkläre es dir gleich, Pippa, aber du mußt mir versprechen, uns zu helfen. Wir sitzen furchtbar in der Tinte.«

»Polly, weißt du überhaupt, wen ich oben im Schlafzimmer habe?« fragte Pippa, als habe sie ein wildes Tier gefangen.

»Wen denn?«

»Nur Charles Stanley.«

»Nein! Charles Stanley? Tatsächlich?« Trotz meiner schwierigen Situation blieb mir der Atem weg vor Bewunderung. Ich kannte den Mann nicht, aber ich hatte gehört, wie Pippa und ein paar andere meiner Freundinnen flüsternd und fast ehrfürchtig über ihn gesprochen hatten, und ich war immerhin so weit auf dem laufenden, daß er etwas Ähnliches wie der Heilige Gral war.

»Genau, Charles Stanley. Wie du weißt, bin ich schon seit *Monaten* hinter ihm her, Polly. Du *kannst* mir das nicht antun, und du wirst es mir nicht antun, also warum erzählst du mir nicht schnell, was los ist, damit ich euch rauswerfen und wieder zu ihm hinaufgehen kann.«

Ich stöhnte. »O nein, Pippa, bitte, das geht nicht, ich brauche dich wirklich. Könntest du nicht mit ihm reden und ihm sagen – ihm sagen, daß etwas wahnsinnig Wichtiges passiert ist und du dich so bald wie möglich wieder bei ihm meldest? Tu's bitte! Bitte tu's!« bettelte ich.

Pippa stöhnte. »Ihn wegschicken? Jetzt?«

»Es tut mir so leid, ich dürfte dich eigentlich nicht darum bitten, aber ich bin verzweifelt, wirklich *verzweifelt*!«

»Polly, du mußt verrückt geworden sein!«

Ich muß wohl tatsächlich so ausgesehen haben, denn sie starrte mich ein paar Sekunden lang ungläubig an und zuckte dann hoffnungslos mit den Schultern. Sie stellte ein paar Tassen auf ein Tablett und warf gleichzeitig das Handtuch.

»In Ordnung. Aber du mußt einen guten, einen verdammt guten Grund haben. Mach Kaffee, und ich gehe hinauf und rede mit Charles.« Sie drückte mir den Nescafé in die Hand und wollte die Küche verlassen.

Erleichtert fiel ich ihr um den Hals. »Vielen Dank, Pippa, vielen Dank. Hör mal – du kannst dich doch auch später mit ihm treffen, aber wir müssen jetzt mit dir reden und – äh – eine Weile bei dir wohnen.«

»Ach ja?« Sie zog ihre Brauen so hoch, daß sie unter ihrem Pony verschwanden. »Aber ja, bitte sehr, fühlt euch ganz zu Hause. Und wo wollt ihr euch einrichten? In meinem Schlafzimmer vielleicht?«

Ich lachte nicht, ich war nahe daran, in Tränen auszubrechen. Pippa spürte es und drückte meinen Arm. »Nur keine Panik, Polly, mach Kaffee, und ich mache inzwischen mit Charles alles klar. Dann erzählst du mir, was passiert ist, okay?«

»Okay«, flüsterte ich, und sie lief mit wehendem Morgenmantel die Treppe hinauf.

Ich war mir nicht sicher, ob ich mit meinen zitternden Fingern das kochende Wasser in die Tassen gießen konnte, ohne mir eine Verbrennung dritten Grades zu holen. Irgendwie schaffte ich es aber, und als ich mit dem Tablett ins Wohnzimmer ging, kam Pippa mit einem der schönsten Männer, den ich je gesehen hatte, die Treppe herunter. Er war groß und langbeinig, hatte lockiges dunkles Haar, das jetzt hübsch zerzaust war, grüne Augen, und sein breites, träges Lächeln war unglaublich sexy.

Und dieses Lächeln vertiefte sich noch, als er mich sah.

»Hallo, du mußt die völlig verzweifelte Freundin sein«, sagte er und stopfte sich das Hemd in die Jeans.

»Es tut mir so leid –«, fing ich an, aber er hatte sich schon Pippa zugewandt, sie in die Arme genommen und küßte sie so hingebungsvoll, wie ich es, außer im Film, noch nie gesehen hatte. Als er seinen Mund von ihrem löste, stand ich mit meinem Tablett da wie eine Platzanweiserin in einem Kino.

»Tschüs, mein Engel«, flüsterte er und umfing Pippas Gesicht mit beiden Händen. »Bis später.« Pippa flüsterte ihm etwas ins Ohr und öffnete ihm die Tür. Ich war beeindruckt, denn ich hatte sie noch nie in Aktion gesehen.

Als sie die Tür geschlossen hatte, sagte sie sachlich: »Gut! Hier hinein.« Sie schob mich ins Wohnzimmer. Ich stellte den Kaffee ab und warf mich auf das Sofa. Das blasse Mädchen in der Ecke schien sich in der Zwischenzeit nicht gerührt zu haben.

»Also, was soll der ganze Affenzirkus?« fragte Pippa und sah mich an. »Hab ich richtig verstanden? Das ist die Rachel, nach der dieser Adam Soundso sucht? Der Kerl, der dich ins Savoy zum Din ...«

»Ja, ja«, unterbrach ich sie hastig. Ich war nicht daran interessiert, daß diese Einladung zum Essen bei der Schilderung meines mutigen – wenn auch fehlgeleiteten – Einsatzes zuviel Gewicht erhielt. »Das ist Rachel, nur ...« Ich holte tief Luft und legte dann los, plapperte etwas von Richtern, Haushälterinnen, Verkleidungen und Verfolgungsjagden mit dem Auto, verstummte aber unglücklich, als ich erzählen wollte, wie ich in Rachels Allerheiligstes eingebrochen war.

Pippa wandte sich an Rachel. »So hat sie dich also gefunden?« Rachel antwortete nicht. Pippa sah wieder mich an. »So war das also? Sie war die ganze Zeit in dieser Wohnung?«

»Ja, aber ...«

»Wo liegt dann das Problem?« fragte Pippa unbeirrt. »Mir scheint, du hast deine Sache brillant erledigt. Hast eine Menge auf dich genommen, um ein wildfremdes Pärchen wieder zusammenzubringen!« Streng wandte sie sich an Rachel. »Du bist Polly ganz schön zu Dank verpflichtet, das ist dir hoffentlich klar. Es gibt nicht viele Leute, die sich so für andere einsetzen würden. Den meisten wäre das Ganze völlig egal gewesen. Ich finde, sie hat das toll gemacht, ganz toll. Selbstlos, einfallsreich, unternehmungsfreudig und …«

»Äh – einen Moment mal, Pippa«, unterbrach ich sie nervös. »Ich bin noch nicht fertig. Die Sache ist nämlich die …«

»Die Sache ist die«, sagte Rachel, wandte den Kopf um hundertachtzig Grad und sah uns an. Es war wie die Szene aus *Der Exorzist*; jeden Moment würde es jetzt mit uns aus sein.

Ihr Gesicht war feindselig und ihre Augen fast nicht mehr zu sehen, so fest kniff sie sie zusammen vor Wut. »Die Sache ist die, daß ich von ihr nicht gefunden werden wollte. Sie ist eine dumme Kuh, die sich ungefragt in fremder Leute Angelegenheiten einmischt.«

»Ja, da schau her«, sagte Pippa herzlich. »Das nenne ich aber undankbar. Ich finde …«

»Nein, Pippa, hör zu«, unterbrach ich sie. »Adam hat Rachel überhaupt nicht gesucht, sondern nur Jamie.«

»Jamie?«

»Ja, nur Jamie, das Baby – dieses Baby.« Ich zeigte mit dem Finger auf den Kleinen. »Ihr gemeinsames Baby.«

Pippa bekam große Augen. »Oh!«

Ich seufzte. »Genau.«

»Oh! O Gott, wie schrecklich! Willst du damit sagen, daß er nur so getan hat … Er hat dich reingelegt … Oh!« Sie wandte sich an Rachel. »Du wolltest also gar nicht gefunden werden?«

Rachel verweigerte die Antwort und warf ihr einen niederschmetternd hochnäsigen Blick zu, der die meisten Leute für den Rest ihres Lebens zum Schweigen gebracht hätte. Aber Pippa war entschlossen, jetzt alles richtig zu verstehen. »Also – Moment mal«, sagte sie beharrlich. »Ist das eine Art Tauziehen um ein Kind, ja? Solche Geschichten liest man doch immer wieder in der Zeitung.« Diese Bemerkung wurde wieder keiner Antwort gewürdigt, und Rachel betrachtete wieder den Kirschbaum im Garten.

Pippa sah mich an und verdrehte die Augen. Ihre Lippen formten lautlos die Worte »O Gott!« Ich nickte, verzweifelt und ganz ihrer Meinung. Jawohl, o Gott.

»Was hast du jetzt vor?« flüsterte sie mir zu.

»Keine Ahnung«, flüsterte ich zurück.

Es herrschte tiefe Stille. Ich schaute Jamie an, der friedlich in seiner Tragetasche schlief und keine Ahnung von dem ganzen Durcheinander um ihn herum hatte. Er war wirklich entzückend: ganz rosa und weiß und pausbäckig, und er hatte niedliche kleine Falten am Hals. Jammerschade, daß er so rotes Haar hatte, aber wenn er eines Tages so gut aussah wie sein Vater, war nichts dagegen einzuwenden.

Und die Mutter? Ich betrachtete kurz ihr Profil, mußte aber leider sagen, daß ich mich noch immer nicht an sie erinnerte. Sie hatte helles Haar, das nicht nur eine gründliche Wäsche, sondern auch Strähnchen für mindestens vierzig Pfund nötig hatte, ein blasses, herzförmiges Gesicht mit sehr ausgeprägten Zügen und kleine blaugraue Augen mit wenig anziehenden blonden Wimpern. Sie war, will ich mal netterweise sagen, hübsch wie ein kleines Mädchen, das ein bißchen verloren wirkt. Aber neben Pippa, die – das muß man zugeben – nach einem heißen Schäferstündchen wie das Leben selbst aussah und dadurch im Vorteil war, schnitt Rachel in bezug auf Sexappeal mit sechs minus ab. Ihre weite graue Wolljacke war auch keine Hilfe, da man nicht richtig sehen konnte, was für eine Figur sie hatte, aber ich vermute, daß ihre Hilflosigkeit auf Männer mit Beschützerinstinkt anziehend wirkte. Ich hatte den heimlichen Verdacht, daß sie unter der riesigen Wolljacke knallhart war, jedenfalls hielt sie diesem unangenehmen Schweigen eisern stand.

»Also, wie war es denn wirklich?« fragte ich so mitfühlend, wie ich konnte. Allmählich stieg leichte Gereiztheit in mir auf. Schließlich hatte ich mir verdammte Mühe gegeben, ihr zu helfen. Okay, es hatte sich als totaler Flop erwiesen, aber sie hätte wenigstens ein bißchen Licht in die Sache bringen können, anstatt in hochnäsigem Schweigen dazusitzen wie eine Botticelli-Madonna mit Kind.

»Rachel?« sagte ich etwas lauter. Noch immer nichts.

Pippa hüstelte nervös. »Ihr könnt natürlich eine Zeitlang hierbleiben, wenn ihr wollt. Es ist zwar keine ideale Lösung, aber ...«

Rachel starrte weiterhin den Kirschbaum an und schwieg sich aus. Pippa schaute mich an und hob die Brauen. Ich fuhr mir mit der Zunge über meine ausgetrockneten Lippen.

»Also, Pippa, ich finde das wahnsinnig nett von dir. Ich denke, wir sagen ja, wenn es dir recht ist und – äh – Rachel einverstanden ...«

Plötzlich drehte sich Rachel zu uns um, öffnete den Mund und – ja – schien etwas sagen zu wollen. Ich rutschte vor Aufregung auf die äußerste Kante des Sessels.

»Hast du etwas Stärkeres zu trinken da als Kaffee?«

fragte sie. Mann! Nicht nur ein Satz, sondern ein Meisterstück von einem Satz.

Pippa sprang auf, als habe sie einen Klaps aufs Hinterteil bekommen, und war von einem Augenblick zum anderen die Gastfreundlichkeit selbst. »Aber natürlich! Was hättest du denn gern?«

»Kann ich einen Gin Tonic haben?« Es wurde immer besser. Das waren wirklich die ersten vernünftigen Worte, die ich von Rachel gehört hatte.

Pippa flitzte zum Gefrierschrank und kam mit einer Eiswürfelschale zurück, mit der sie auf den umgestürzten Couchtisch klopfte, bis die Eiswürfel heraussprangen und Eissplitter in alle Richtungen flogen. In der Zwischenzeit schenkte ich drei riesige Gin ein und gab jeweils einen kleinen Spritzer Tonic dazu. Wir tranken dankbar und zündeten uns eine Zigarette an. Sofort schien die Atmosphäre im Raum eine weniger frostige, als seien wir keine Gegner, sondern Verschwörer.

Rachel legte den schlafenden Jamie in die Tragetasche zurück, schlug die Beine übereinander und stützte das Kinn in die Hand. Sie seufzte. »Okay. Ich erzähle euch, wie ich in diesen Schlamassel hineingeraten bin.«

Pippa und ich beugten uns vor und spitzten die Ohren, um keine einzige Silbe zu verpassen.

»Wie ihr vermutlich wißt, hat mich mein Vater kurz vor dem Abitur aus der Schule genommen.«

»Du liebe Güte, wie schrecklich! Warum hat er –«, begann Pippa.

»Pst!« Ich stupste sie leicht an. Um Himmels willen, Rachel hatte endlich angefangen, wir durften sie nicht unterbrechen. »Erzähl weiter, Rachel.«

»Na ja, ich hatte eine Stinkwut, und als wir nach Hause kamen, sprach ich kein Wort mehr mit ihm, sondern schloß mich in meinem Zimmer ein und weigerte mich rauszukommen. Das setzte ihm ganz schön zu, so sehr, daß er sofort einverstanden war, als ich ihn fragte, ob ich für eine Zeitlang ins Ausland gehen dürfe. Aber er machte es zur Bedingung, daß ich bei alten Freunden von ihm in Boston wohnen müsse. Das konnte ich akzeptieren und lernte so Adam kennen, den Sohn des Hauses.«

So weit, so gut, dachte ich.

Sie zögerte und zog an ihrer Zigarette. »Adam war – ist zehn Jahre älter als ich, sieht gut aus und ist sehr charmant. Ich war entsetzlich unglücklich, stand vermutlich immer noch unter Schock und hatte eine breite Schulter dringend nötig, an der ich mich ausweinen konnte.« Sie zuckte mit den Achseln. »Es kam, wie es kommen mußte, er bot mir seine Schulter an, und ich nahm sie.« Sie machte eine kurze Pause und trank einen Schluck Gin. »Er war nett und verständnisvoll und sehr amüsant. Durch ihn fühlte ich mich schnell viel besser, und bald waren wir praktisch unzertrennlich. Und landeten natürlich im Bett.« Sie schüttelte den Kopf. »Gott, wenn ich jetzt daran zurückdenke ... Wißt ihr, ich war so lächerlich unschuldig, er war der erste Mann, mit dem ich schlief, und ich war so arglos, daß ich an Empfängnisverhütung nicht einmal dachte. Ich wußte natürlich alles darüber, aber ich dachte einfach nicht daran.« Sie seufzte. »Ich wurde praktisch sofort schwanger.«

Laß dir das eine Lektion sein, liebe Polly, dachte ich. Vergiß die Pille nie!

Rachel trank wieder einen großen Schluck Gin und fuhr fort. »Ich sagte ihm eine Zeitlang nichts davon, weil ich Angst davor hatte, wie er reagieren würde, aber als ich mich wirklich nicht mehr in die Jeans zwängen konnte, sagte ich es ihm doch. Er hätte nicht netter reagieren können. Einmal hatte ich an Abtreibung gedacht, war aber zu feige dazu, und Adam war entsetzt, daß ich es überhaupt erwogen hatte. Um ehrlich zu sein, er freute sich wahnsinnig auf das Baby und wollte, daß wir heiraten.«

»Das klingt doch gar nicht so schlecht«, sagte ich. Ich stellte mir Harrys Reaktion auf eine unfreiwillige Vaterschaft vor: Er würde mich in die Harley Street schleppen, wo er bestimmt eine bezaubernde kleine Klinik kannte.

»Ja, du hast ganz recht, und eine Zeitlang lief alles großartig. Wir lebten im Haus seiner Eltern in Marblehead, und ich wurde immer dicker und war einigermaßen glücklich darüber. Als ich im siebten Monat war, riefen wir meinen Vater an und sagten es ihm.«

»Was?« stieß ich hervor. »Ist er nicht ausgerastet?«

Rachel lächelte. »Er ist nicht halb so schlimm, wie du zu glauben scheinst.«

Wer's glaubt, wird selig, dachte ich.

»Natürlich führte er keinen Freudentanz auf, aber er fand sich damit ab; was hätte er auch sonst tun können? Das Baby sollte in zwei Monaten zur Welt kommen. Jedenfalls besuchte er mich in Amerika, lernte Adam kennen, wie sich das gehört, und alle fanden, daß wir heiraten sollten. Alle, mit einer Ausnahme, das war ich.«

»Warum in aller Welt wolltest du nicht heiraten?«

»Weil« – Rachel gab sich Mühe, es uns zu erklären –, »weil ich ihn nicht wirklich liebte.« Sie biß sich auf die Lippen und starrte in die Luft, als gehe ihr beim Erzählen alles noch einmal durch den Kopf. »Ich hatte mich auf Adam eingelassen, als es mir sehr, sehr schlechtging. Ich war niedergeschlagen, unglücklich, einsam. Ich brauchte jemanden, der mich tröstete, und dieser Jemand war zufällig er. Rückblickend meine ich, es hätte jeder sein können, innerhalb bestimmter Grenzen natürlich. Wißt ihr, ich glaube, sogar schon damals, als wir anfingen, miteinander zu schlafen, wußte ich irgendwo im Hinterkopf, daß ich ihn nicht wirklich liebte.« Sie blickte auf. »Klingt das furchtbar?«

Pippa und ich schüttelten ganz entschieden den Kopf.

»Nein, natürlich nicht.«

»Überhaupt nicht.«

O ja, das hatten wir schon beide hinter uns. Wir hatten ein paar – ähem –, sagen wir mal, Liebschaften gehabt, bei denen unser Herz nicht viel höher als sonst geschlagen hatte.

»Ihr versteht also, warum ich ihn nicht heiraten konnte?«

Wir nickten, aber nicht mehr ganz so heftig. Das war ein bißchen schwieriger, da man weder Pippa noch mir je einen Heiratsantrag gemacht hatte. Wir hätten nichts dagegen gehabt, aber irgendwie waren diese vier kleinen Worte nie in unserer Hörweite gefallen. Daher konnten wir schwer sagen, was wir geantwortet hätten. Dennoch hatte sich Rachel unserer Meinung nach richtig entschieden.

»Absolut«, sagte Pippa.

»O Gott, und ob! Ich könnte nie jemanden heiraten, den ich nicht liebe«, fügte ich hinzu. Außer, dachte ich, er hätte sehr, *sehr* viel Geld.

»Jedenfalls«, fuhr Rachel fort, »schob ich die Sache hinaus, indem ich behauptete, ich würde lieber warten, bis das Baby geboren sei. Ich war ja ganz schön dick und tat so, als wollte ich eine richtige Hochzeit in Weiß.«

»Um Zeit zu gewinnen«, sagte Pippa.

»Ganz genau. Zwei Monate später kam Jamie zur Welt, und es ging eine Zeitlang gut. Ich war ziemlich glücklich. Dann fing Adam wieder an, mich zu löchern, ich sollte ihn heiraten. Ich vertröstete ihn und vertröstete ihn, und wir fingen an, ziemlich oft zu streiten. Ich wollte auch gern wieder musizieren, wollte die Schule beenden und für Jamie ein Kindermädchen nehmen. Adam war entsetzt – er fand, ich solle zu Hause bleiben; aber schließlich überzeugte ich ihn, und am Ende blieb er da und versorgte Jamie, denn er konnte auch zu Hause arbeiten. Es wurde trotzdem immer schlimmer zwischen uns.«

Rachel rieb sich mit dem Handrücken die Augen. Sie sah ganz fertig aus. »Adam wurde unglaublich besitzergreifend, fragte mich endlos nach den Jungen im College aus, verbot mir, nach dem Unterricht mit jemandem etwas trinken zu gehen. Er gewöhnte es sich an, vor dem Schultor im Auto auf mich zu warten. Einmal ertappte ich ihn sogar dabei, wie er mein Tagebuch las. Das war das Letzte! Ich mochte ihn nicht mehr, und schließlich haßte ich ihn.« Sie lächelte spöttisch. »Ihr wißt ja, wie das ist. Eine kleine Gereiztheit kann sich zu echtem Haß auswachsen.«

»Vielleicht hättet ihr zusammen Ferien machen sollen, nur ihr zwei, ohne Jamie, um euch wieder ineinander zu verlieben?« sagte Pippa, die gern die herzzerreißenden Leserbriefseiten in der Regenbogenpresse las.

»Aber ich war nie richtig in ihn verliebt gewesen, das war doch der Kern des Problems.« Rachel seufzte und drückte die Zigarette im Aschenbecher aus. »Eines Nachts hatten wir eine Mordsauseinandersetzung, einen Riesenkrach, und am nächsten Morgen hatte ich es endgültig satt. Adam war zu einem Meeting nach Boston gefahren, also buchte ich einen Flug nach London, packte meinen Koffer, schrieb ihm einen Zettel und reiste mit Jamie ab.«

Pippa und ich sahen uns betroffen an.

»Ich mußte es so machen«, sagte Rachel entschieden, »sonst wäre ich nie von ihm losgekommen. Ihr kennt Adam nicht. Er weiß sehr genau, was er will.«

Ich kannte Adam ein bißchen, und ich verstand, was sie meinte. Wenn sie eine Trennung vorgeschlagen hätte, wäre sie nie über die Türschwelle gekommen, geschweige denn bis zum Flugplatz. Ich sah Pippa an, die gebannt zuhörte. Ihr Mund stand offen, und mindestens zwei Zentimeter Asche hingen an ihrer Zigarette. Ich schnappte einen Aschenbecher und hielt ihn darunter. Zu spät.

»Du bist zu deinem Vater nach Hause gefahren?« fragte sie und ignorierte die Asche auf dem Teppich.

»Ich konnte sonst nirgendwohin. Er war bestürzt und wollte mich überreden, zurückzufliegen und es noch einmal zu versuchen. Doch als ich ihm alles erzählt hatte, verstand er mich und meinte sogar, es sei gut, daß wir nicht geheiratet hätten. Am nächsten Tag rief Adam an, stockbesoffen und hochaggressiv.« Rachel seufzte und nahm die nächste Zigarette aus der Packung. »Er beschimpfte und bedrohte mich und sagte, ich dürfe Jamie nicht behalten. Das wiederholte sich ein paarmal. Er bedrohte auch meinen Vater und kündigte an, er werde nach London kommen und Jamie zurückholen. Ich nahm das durchaus ernst, weil ich weiß, wie er ist, wenn er was will. Daddy und ich beschlossen, ich sollte in seine Wohnung im Temple ziehen. Er hat sie schon seit Jahren, aber fast nie benutzt. Ich glaube, niemand weiß, daß er sie überhaupt hat.« Sie zündete die Zigarette an, blies das Streichholz aus und zerbrach es in kleine Stücke. »Ich habe gern dort gewohnt, habe mich sicher gefühlt.«

Während sie aus dem Streichholz Kleinholz machte, schaute ich auf meine Schuhe hinunter und überlegte, welchem Teil meines Körpers sie wohl im Geist ähnliches antat. Ich hatte das Gefühl, daß es nicht falsch wäre, wenn ich mich jetzt noch einmal entschuldigte.

»Es tut mir wirklich leid, Rachel«, begann ich. »Ich hatte ja keine Ahnung ...« Aber sie unterbrach mich.

»Schon gut. Ich hab mir wahrscheinlich sowieso etwas vorgemacht. Früher oder später hätte er mich auch dort gefunden.« Dem stimmte ich zu, schließlich hatte der Name ihres Vaters in großen Goldbuchstaben an der Tür gestanden.

»Aber dein Vater«, sagte Pippa, »ist doch Richter. Dir steht doch ganz legal das Sorgerecht für Jamie zu, oder?«

»Ja, natürlich, aber das würde Adam nicht davon abhalten, ihn nach Amerika zu entführen.«

»Und wie wäre es«, fuhr Pippa, sich vorsichtig vortastend, fort, »wenn ihr euch darauf einigen könntet, daß Jamie immer abwechselnd bei einem von euch beiden leben soll.«

»Ja, was denn noch? Damit Jamie wie ein Ping-Pong-Ball immer hin und her fliegt? Nein, danke. Und wenn Adam ihn erst mal hätte, gäbe er ihn nie wieder her, das weiß ich genau.«

Ich wußte nicht, was ich sagen sollte. Adam hatte mich nach Strich und Faden hereingelegt. Aber er hatte so ehrlich gewirkt, so – verliebt. Plötzlich fiel mir doch was ein.

»Aber der Brief! Der Brief, den du Sally Lomax geschrieben hast und in dem steht, wie super Adam ist und wie verrückt du nach ihm bist. Was ist denn damit?«

»Ach, komm schon«, sagte Rachel spöttisch. »Ist doch kinderleicht, so etwas zu fälschen, oder? Oder kennst du vielleicht meine Handschrift?«

»Nein. Nein, natürlich nicht.«

War ich blöd oder was? Da hatte ich im Savoy gesessen, und er hatte eine komplette Närrin aus mir gemacht. Ich grub mir die Fingernägel in die Handflächen, so verlegen war ich. Was für ein Idiot war ich gewesen, auf einen Schwindler wie ihn hereinzufallen. Ich erinnerte mich genau daran, daß in dem Brief gestanden hatte, wie gut er aussähe. Ein wirklich starkes Stück, das von sich selbst zu schreiben. Ein sehr starkes Stück. Ich starrte ins Leere, denn das ganze Ausmaß seiner Frechheit wurde mir erst jetzt richtig bewußt.

Jamie wachte auf und fand es an der Zeit, seine Stimme zu erproben. Er bewies, daß er sehr gesunde Lungen hatte, und brüllte. Ich hatte nicht geahnt, daß Babys so laut schreien können. Pippa und ich gingen zu ihm und beugten uns über ihn, um ihn genauer anzusehen. Rachel nahm ihn auf den Arm, und er hörte zu schreien auf. Pippa streckte die Arme aus, um ihn zu nehmen, aber Rachel tat so, als merke sie es nicht.

Pippa richtete sich auf und zog den sehr knappen Morgenmantel fester zu. »Du bleibst am besten eine Zeitlang hier, Rachel«, sagte sie sachlich. Ich hätte sie umarmen mögen. »Hier wird er kaum nach dir suchen. Du kannst oben wohnen: Dort sind zwei kleine Schlafräume und ein Bad. Nicht gerade geräumig, aber sauber und halbwegs ordentlich, und – äh ...«

Während Pippa noch sprach, ging Rachel an uns vorbei in den Flur und die Treppe hinauf. Ich ärgerte mich grün über sie. Ein kleines Dankeschön hätte niemandem weh getan. Ich wartete, bis sie außer Hörweite war.

»Vielen Dank, Pippa, du bist ein Engel. Tut mir leid, daß sie so eine undankbare Kuh ist. Ich meine nämlich, sie ist hier tatsächlich sicherer als im Temple.«

»Schon gut. Sie ist wahrscheinlich noch wütend«, sagte die tolerante Pippa, hob die Sofakissen vom Boden auf und sammelte die leeren Flaschen ein. »Und du bleibst auch besser hier.«

»Ich? Warum denn?« fragte ich überrascht, bückte mich nach den Kleidungsstücken und legte sie zusammengefaltet auf einen Stuhl.

»Du Schlauberger, was wird Adam wohl zuallererst tun?«

Ich wendete eine Jeans und überlegte kurz. »Er geht zu Richter Marsdens Wohnung?«

»Genau. Und dann?«

Entsetzt ließ ich einen vollen Aschenbecher fallen. »Dann geht er zu meiner Wohnung.«

»Bingo! Und dann wird er auf jede Art, die ihm geeignet scheint, aus dir herausholen wollen, wo Rachel ist.«

»O Gott!« Ich fühlte mich wie Salman Rushdie. Ich wurde verfolgt – brauchte Polizeischutz! Ich griff nach meinem Filzhut, zog ihn tief ins Gesicht und setzte mir mit zitternder Hand die Sonnenbrille auf die Nase. Ich war nicht gerade ein mutiges Mädchen.

»Was soll ich machen?« flüsterte ich und sank in einen Sessel. Ich hatte weiche Knie.

»Bleib einfach hier und versteck dich.«

Ja, das wollte ich tun. Ich würde mich sehr gut verstecken, wenn nötig, sogar unter dem Sofa.

Ich lief auf den Flur, rief Lottie an, erzählte ihr die ganze irre Geschichte und bereitete sie auf den Besuch eines gewissen großen rothaarigen Adam Buchanan vor, der auf der Suche nach seinem Sohn bereit war, anderen Leuten Zähne, Haare und Eingeweide herauszureißen. Lottie ließ sich davon nicht beeindrucken: Sie war nicht so feige wie ich. Sie sagte, sie werde mir später ein paar Klamotten bringen. Plötzlich wußte ich, wer meine wirklichen Freunde waren.

»Oh, und Lottie!« rief ich, als sie gerade auflegen wollte. »Laß sie nicht auf den Bürgersteig fallen, ja? Nimm keinen Koffer, steck die Sachen in einen schwarzen Müllsack oder so – und schau dich um, um dich zu überzeugen, daß dir niemand folgt. Denk dran, derjenige könnte verkleidet sein und – paß einfach gut auf!« Natürlich dachte ich dabei eher an meine als an ihre Sicherheit.

Als Pippa und ich aufgeräumt hatten und sie ihren Morgenmantel durch etwas Passenderes ersetzt hatte, gingen wir ins Scarsdale zum Lunch – ein etwas merkwürdiges Grüppchen, das ziemlich bedrückt wirkte: Pippa, Charles Stanley, Rachel – mit dem schlafenden Jamie in einem Tragetuch vor der Brust – und ich.

Wir konnten Charles unmöglich die ganze Story erzählen, aber man sah ihm an, daß er sich den Kopf darüber zerbrach, was diese so verschiedenen Frauen eigentlich verband. Wer war die Blasse mit dem Baby in der Ecke? Und warum sprangen sie und die mit dem braunen Hut und der dunklen Sonnenbrille jedesmal auf, wenn jemand das Lokal betrat? War jemand hinter ihnen her? Solche und andere Fragen gingen ihm ganz offensichtlich durch den Kopf, aber er war ein netter Kerl, fragte nichts und benahm sich großartig – unterhielt uns, versorgte uns mit Speis' und Trank und winkte ab, als wir uns an der Rechnung beteiligen wollten.

Es war, als habe Pippa ihm plötzlich eine große und kunterbunte Familie angeschleppt, die er, ohne Fragen zu stellen, versorgen sollte. Und wird er nicht spielend damit fertig? dachte ich, während ich den langbeinigen, kräftigen Burschen beobachtete, der über sein Glas Guinness hinweg Pippa bewundernd betrachtete.

Wie hätte Harry wohl reagiert? Er war immer gern mit

Pippa zusammen, weil sie so hübsch war, aber ich war nicht sicher, ob er eine anämische Frau mit Baby akzeptieren würde. Fast bestürzt stellte ich fest, daß ich mindestens einen Tag lang nicht mehr an Harry gedacht hatte. Als ich Pippa und Charles so glücklich zusammen sah, vermißte ich Harry plötzlich ganz schrecklich. Ich wollte ihn später anrufen. Ja, das würde ich tun. Wetten, daß er sich fragte, wo ich steckte. Ich belog mich selbst fast so gut wie andere Leute. Ob er wohl versucht hatte, mich anzurufen? In der Agentur konnte er mich auf alle Fälle erreichen. Ich fröstelte. Auch Adam konnte mich dort erreichen.

»Pippa!« rief ich und unterbrach Charles, der sich gerade über die feineren Nuancen des neuesten französischen Films im Curson ausließ. »Pippa, er weiß, wo ich arbeite! Am Montag morgen wird er die Tür zur Agentur aufsprengen.« Ich sah förmlich die häßlichen Blutflecken auf dem Agenturteppich vor mir.

»Ja, daran habe ich auch schon gedacht«, sagte Pippa, die Unerschütterliche, die sich offenbar mit der Möglichkeit auseinandergesetzt hatte, bevor sie in meinen wirren Gedanken aufgetaucht war. »Du nimmst dir morgen am besten frei und bleibst mit Rachel zu Hause. Falls er aufkreuzt, sagen wir ihm, daß du ein paar Wochen Urlaub bei Freunden auf dem Land machst.«

»Und wenn er dir nicht glaubt?« jammerte ich.

»Na und? Was kann er schon machen? Wahrscheinlich glaubt er es. Ich meine, es wäre doch durchaus begreiflich, so wie er hinter dir her ist.«

Hinter mir her! Du grüne Neune, jemand war hinter mir her! Ich lehnte mich verzweifelt auf dem Stuhl zurück und trank einen großen Schluck Gin Tonic. Vielleicht sollte ich eine völlig neue Identität annehmen, einen Paß klauen, Nonne werden oder etwas Ähnliches, vielleicht nach Australien auswandern.

Aus den Augenwinkeln heraus sah ich, daß Charles immer verwirrter wurde. Dieser letzte Ausbruch der Verrückten mit dem Hut hatte die Rädchen in seinem Kopf wirklich in Bewegung gesetzt. Ja, ich war offenbar auf der Flucht vor meinem betrunkenen, gewalttätigen Ehemann oder – er sah, daß der Ringfinger an meiner linken Hand leer war – Lebensgefährten. Er schaute Pippa an. Pippa versteckte mich ganz offensichtlich, vielleicht leitete sie ein Heim für geschlagene Frauen, oder vielleicht – ja, das war's – arbeitete sie bei den Samaritern. Zärtlich ergriff er ihre Hand. Das würde auch die blasse alleinerziehende Mutter in der Ecke erklären. Vielleicht war die Blasse auch drogenabhängig oder eine Prostituierte, und Pippa hatte uns alle großmütig unter ihre Fittiche genommen. Er streichelte ihre Hand, und seine Augen glänzten vor Liebe und Bewunderung. Ich trank mein Glas aus. Na ja, ein Gutes hatte die Sache wenigstens: Pippas Image wurde von Minute zu Minute immer strahlender.

An diesem Abend wurde ich in Pippas Wohnung schwach und rief Harry an.

»Hallo, Polyester, wie geht's? Ich hab dich überall gesucht. Wo hast du dich denn versteckt?«

Meine Knie gaben nach, und ich ließ mich auf den Stuhl neben dem Telefon fallen. Harry hatte mich gesucht?

»Ich wohne für ein paar Tage bei Pippa«, antwortete ich leicht benommen.

»Ach, dort bist du also. Ich hab heute nachmittag versucht, dich anzurufen, um zu fragen, ob wir uns auf einen Drink treffen sollen, aber in der Wohnung hat niemand abgenommen.«

Diesmal wäre ich fast vom Stuhl gekippt. »Wirklich?«

»Ja, ich hatte Lust darauf.«

»Oh! Wie wär's mit heute abend?«

»Gott ja, ich würde wahnsinnig gern, Liebling« – Liebling? –, »aber ich stecke bis zum Hals in Arbeit.«

Das machte doch nichts, nichts machte was aus. Er hatte mich sehen wollen, hatte mich angerufen – nein, er hatte mich regelrecht *gesucht*. Freude über Freude!

»Hör zu«, fuhr er fort, »ich büffel zur Zeit Tag und Nacht für diese verdammte Börsenmakler-Prüfung am Montag. Ich rufe dich nächste Woche an, in Ordnung?«

Das fragte er noch? »Ja, ja, wunderbar!« sagte ich, unfähig, mir nicht anmerken zu lassen, wie glückselig ich war.

»Okay, paß gut auf dich auf.«

»Du auch …« Ich zögerte, nahm all meinen Mut zusammen und sagte: » … Liebling.«

Ich wartete auf ein spöttisches Schnauben – nichts. »Bis dann.«

»Bis dann.«

Ich legte auf und lehnte mich gegen die Tür. Harry hatte mich tatsächlich an einem ganz normalen Samstag angerufen. Er hatte den Hörer abgenommen und meine Nummer gewählt, weil er mich sehen wollte. Nein, nein, Korrektur. Weil er mich *vermißt* hatte. Ich versuchte, die Szene noch einmal nachzuerleben. Ja, ja, so mußte es gewesen sein. Zuerst hatte er mich vermißt (O Polly, oh, ich vermisse dich. Oh, wo bist du, Polly? Oh, ich vermisse dich so.) Und dann, *dann* erst hatte er den Hörer abgenommen (ans Telefon stürzen, muß Polly sehen, muß Polly sofort sehen), um mich zu fragen, *fragen* (bitte, Polly, bitte! Wenn du nicht soviel zu tun hast …), ob wir uns treffen könnten. Jetzt war alles andere egal, völlig egal. Diese ganze gräßliche Rachel-und-Adam-Geschichte schrumpfte zu einem Nichts zusammen.

Mit einem Freudenschrei sprang ich auf, hüpfte durch den Flur und warf jubelnd die Arme in die Luft. Ich rannte frontal in Rachel hinein, die Jamie im unteren Klo die Windel gewechselt hatte.

»Hoppla, entschuldige Rachel, hab dich gar nicht gesehen«, sagte ich mit einem albernen Grinsen.

Sie ignorierte mich und ging an mir vorbei und die Treppe hinauf, um Jamie zu baden. O Gott, sie mußte mich ja für ein ziemlich herzloses Stück halten, das zuerst ihr Leben durcheinanderbrachte und dann vor Vergnügen jubilierte. Ich suchte Pippa, die in der Küche war. Sie freute sich für mich, war aber nicht sonderlich beeindruckt.

»Es ist doch ganz natürlich, wenn er dich am Wochenende anruft«, sagte sie und schleuderte einen nassen Salatkopf trocken. »Eigentlich sollte er das jeden Tag tun.«

Doch nichts konnte jetzt mein Hochgefühl dämpfen. Nach einem schönen Abendessen mit Pippa – Rachel hatte gesagt, sie habe keinen Hunger – ging ich mit einem geradezu lächerlichen Glücksgefühl zu Bett und umarmte mich selbst vor Freude.

Nachts wachte ich auf. Jamie schrie nach seinem Fläschchen. Später wurde ich noch einmal geweckt. Diesmal aber war es Rachel, die ich weinen hörte.

11. Kapitel

Am Montagmorgen war es wunderbar sonnig. Ich zog die Vorhänge auf, hüpfte ins Bett zurück und zog mir die Decke bis ans Kinn. Ich lag da, sah die Schornsteine von Kensington vor dem leuchtend blauen Himmel und die Platanen, die sich leicht im Wind wiegten. Ich hörte, wie sich Pippa im Nebenzimmer fertig machte, um zur Arbeit zu gehen, und zum erstenmal, seit ich denken konnte, empfand ich Eifersucht. Was, zum Teufel, sollte ich den ganzen Tag allein mit Rachel anfangen? In feindseligem Schweigen neben ihr sitzen?

Ich hätte ihr gern mit Jamie geholfen, aber sie wies mein Angebot schroff zurück und verhinderte sogar jeden Kontakt zwischen mir und ihm, was ich irritierend und verletzend fand.

Ich hatte nicht oft Gelegenheit, mit einem richtigen lebendigen Baby umzugehen, und ich fing gerade an, mich ein bißchen für Kinder zu interessieren. Allerdings nur ein bißchen. Ich konnte mir vorstellen, daß es hübsch sein könnte, ein oder zwei kleine Abbilder von Harry auf meinen Knien herumhopsen zu lassen, ihnen beim Malen mit Fingerfarben zu helfen und zuzuschauen, wie die kleinen Schätzchen im Kindergarten, als Engel oder Hirten verkleidet, ein Weihnachtsspiel aufführten.

Jedenfalls gefiel mir die Vorstellung, Kinder zu haben. Nur wenn ich daran dachte, daß man sie auch zur Welt bringen mußte, bekam ich es mit der Angst zu tun. Die Frauen, die Kinder hatten, sagten immer, daß man »es« schnell vergißt, aber das klang in meinen Ohren nicht gerade vertrauenerweckend. Ich hätte Rachel gerne gefragt, wie die Geburt bei ihr verlaufen war, aber Rachel gehörte nicht gerade zu den Frauen, mit denen man sich zu einem gemütlichen Plausch über Eröffnungswehen und Preßwehen zusammensetzen konnte. Mit ihr kann man sich überhaupt nicht gemütlich zusammensetzen und über was auch immer plaudern, dachte ich, als sie schlecht gelaunt in einem langen Flanellnachthemd in die Küche kam, um Jamie zu füttern.

»Morgen!« sagte ich fröhlich und staunte über das Flanellding.

»Oh – äh – Morgen«, murmelte sie und warf mir einen Blick zu, der besagte, daß sie mich für einen totalen Faulpelz hielt.

»Aah aaaah!« krähte Jamie und lächelte mich strahlend an. Das gefiel mir schon besser.

»Huhu, Jamie!« rief ich, winkte ihm zu und schnitt eine lustige Grimasse. Er quietschte vor Vergnügen. Rachel schob ihm Cornflakes in den Mund, aber er schien mehr daran interessiert zu sein, sie auszuspucken, als sie zu schlucken. Und – o Gott, was machte er denn jetzt? Er stopfte sich Cornflakes in die Nase? Vielleicht sollte ich das Kinderkriegen doch lieber verschieben oder eins adoptieren, wenn es dieses klebrige Alter hinter sich hatte. Ein sauberes Kind aus dem Waisenhaus.

Pippa war schon fertig angezogen und löffelte sich in der verzweifelten Hoffnung, endlich mal auf dem Klo Erfolg zu haben, etwas in den Mund, das wie Sägemehl in

Milch aussah – ein Problem, mit dem sie sich Tag für Tag tapfer herumschlug.

»Noch immer kein Glück gehabt?« fragte ich.

Wie die meisten Menschen, die an Verstopfung leiden, sprach sie gern darüber. »Vor fünf Tagen zum letztenmal.« Tapfer schluckte sie noch einen Löffel feuchtes Sägemehl.

»Mach dir keine Sorgen, das kommt vielleicht von dem vielen Sex.«

»Großer Gott, dann hockt man als Nonne wohl den ganzen Tag auf dem Klo?«

Wir kicherten. Rachel sah alles andere als belustigt aus.

»Was willst du Nick sagen?« fragte ich, während Pippa sich noch eine weitere Tonne Kleie einverleibte.

»Ganz einfach, daß du krank bist.«

»Gut. Hoffentlich ruft er nicht bei mir zu Hause an.«

»Das tut er schon nicht – warum sollte er? Und selbst wenn, kannst du immer noch sagen, du hättest geschlafen und das Telefon nicht gehört. Das sagst du doch immer, wenn du blaumachst, oder? Ich muß jetzt gehen. Tschüs.« Sie legte den Löffel weg und nahm ihre Handtasche.

»Tschüs«, sagte ich mißmutig. »Viel Spaß im Büro.« Ich fühlte mich schon wie die sprichwörtlich gelangweilte Hausfrau.

Es war kein Hochsommertag, an dem ich mich vom Morgen bis zum Abend in der Sonne hätte aalen können, und um mich in die Stadt zu stürzen und so richtig ausgiebig zu shoppen – dazu fehlte mir im Moment leider das Geld. Ich schob eine Scheibe Weißbrot in den Toaster. Ein reiner Schaufensterbummel war nichts für mich. Ich fühlte mich hinterher immer arm und war ganz unzufrieden, und dann mußte ich eine Umtauschtherapie machen, damit es mir wieder besserging. Das bedeutete, daß ich mir ein billiges, lustiges Fähnchen kaufte und dann auf dem Heimweg im Bus feststellte, daß ein purpurroter Minirock voll daneben war und zu meinen anderen Sachen überhaupt nicht paßte. Dann mußte ich natürlich am nächsten Tag meine ganze Mittagspause opfern und das verdammte Röckchen in den Laden zurückbringen. Ich dachte mir phantasievolle Lügen aus; zum Beispiel, daß ich zum Zeitpunkt des Einkaufs wegen des Ablebens eines nahen Verwandten eine Menge Valium geschluckt hatte und nicht ganz bei mir gewesen war, oder ich steckte mir einen Vorhangring an den Finger und sagte, mein Mann könne mich in Purpurrot nicht ertragen, und dann mußte ich dieselbe Geschichte noch einmal erzählen, als die mürrische Verkäuferin die Geschäftsführerin holte.

Eine alte Fledermaus erschien, die beiden inspizierten den Minirock so gründlich, daß er dabei fast kaputtging. Dabei stießen sie spitze Schreie aus, und die Fledermaus fiepte: »Ich hoffe, daß Sie ihn nicht getragen haben, der Rock sieht nämlich etwas *verschmutzt* aus. Hier, ein kleiner Fleck!«

»Nein, nein, wenn Sie genau hinschauen, sehen Sie, daß das ein Webfehler im Stoff ist und …« So ging es immer weiter. Es war reine Zeitverschwendung, und am Ende hatte man nichts vorzuweisen und war völlig erschöpft.

Nein, ein Einkaufsbummel kam nicht in Frage. Vielleicht lief irgendeine Seifenoper im Fernsehen. Als ich ins Wohnzimmer ging und mir eben überlegte, ob halb zehn nicht selbst für die gelangweilteste Hausfrau ein bißchen früh sei, schrillte das Telefon.

»Hallo«, meldete ich mich mürrisch.

»Hallo, Polly. Hier ist Lottie.«

»Lottie! Wie geht's denn so ohne mich?«

»Oh, es geht. Hör mal, ich hab in der Agentur angerufen und von Pippa erfahren, daß du herumhängst und nichts zu tun hast. Sollen wir uns in meiner Mittagspause irgendwo treffen?«

»Sehr gern. Das ist eine gute Idee.«

»Gut, dann treffen wir uns gegen halb eins bei Corks. Okay?«

»Super. Bis dann, tschüs.«

Ich legte auf. Die Dinge entwickelten sich offensichtlich zum Besseren. Und als mir Rachel mit versteinertem Gesicht auf dem Flur entgegenkam, hatte ich das Gefühl, das Trojanische Pferd erfunden zu haben. Meine Flucht nahm Gestalt an. Die Freiheit winkte. Ich sah sie freundlich-besorgt an.

»Kommst du allein zurecht, wenn ich mittags kurz weggehe?« fragte ich sie.

»Selbstverständlich.«

»Ganz sicher? Ich will dich nicht allein lassen, wenn du Angst hast. Ich würde an deiner Stelle alle Türen abschließen. Mach am besten nicht auf, wenn es klingelt, und geh auch nicht ans Telefon.«

Sie antwortete nicht und warf mir einen geringschätzigen Blick zu. Wie kam ausgerechnet ich dazu, ihr gute Ratschläge über Sicherheit zu erteilen?

Um halb zwölf verließ ich das Haus und sprang übermütig über das kleine Mäuerchen im Vorgarten. Es war viel zu früh, aber wenn ich den Bus nahm, würde die Fahrt ewig lang dauern. Ich saß gern vorn auf dem Oberdeck. Wenn man sehr viel Zeit hat, gibt es nichts Schöneres, als mit dem Bus durch London zu fahren, aber es ist die Hölle, wenn man spät dran ist und pünktlich sein muß.

Der Bus rumpelte und schaukelte langsam durch das West End in Richtung City. Als wir bei der Bank of England um die Ecke bogen, kamen wir direkt an Harrys Büro vorbei. Ich spähte durch die dunkelgrauen Fensterscheiben. Der arme Harry, vermutlich schrieb er gerade in diesem Moment seine Klausur.

Ich kam Punkt halb eins im Corks an und schlenderte die steinernen Stufen in den Keller hinunter. Das Lokal war schon voll, Banker und Börsenmakler schrien sich gegenseitig an und wieherten vor Lachen. Ich zwängte mich zwischen einer Million Nadelstreifenanzüge durch. Lottie würde sich verspäten und mir erhitzt und aufgeregt Geschichten über unangenehme Klienten erzählen, die sie am Telefon aufgehalten hatten. Ich schaute mich im dunklen Keller nach einem Tisch um, auf den nicht schon ein Dutzend Banker warteten, und war überrascht, Lottie ganz allein an einem der vielbegehrten Ecktische sitzen zu sehen. Außerdem stand eine volle Flasche Wein vor ihr. Sie sah blaß und sehr erschöpft aus. Überarbeitet und unterbezahlt, dachte ich mitleidig: Sie hätte besser daran getan, wenn sie sich, wie ich, an Steno und kürzere Arbeitszeiten gehalten hätte.

»Hallo! Seh ich richtig? Ich hab gedacht, Leute in gehobener Stellung trinken mittags keinen Alkohol.«

»Das tu ich normalerweise auch nicht, aber ich habe gedacht, daß wir ihn unter den gegebenen Umständen vielleicht brauchen könnten«, sagte sie ein bißchen grimmig.

»Ja?« Ich küßte sie und setzte mich. Himmel, sie sah wirklich völlig fertig aus. Was war bloß los? Lottie klappte nur unter schwerstem Druck zusammen. Ich hingegen brauchte praktisch nach jedem Tippfehler einen Drink. Ich musterte sie forschend durch das Kerzenlicht. »Alles in Ordnung? Du siehst entsetzlich aus, wenn ich das sagen darf.«

»Ich habe schlechte Neuigkeiten«, sagte sie und trank einen Schluck Wein.

Arme Lottie, was konnte das sein? Seit dem Tod ihrer Mutter war ihr Familienleben nicht das allerglücklichste. Hoffentlich war nichts mit ihrem Vater oder ihrer Schwester Caro.

»Was ist denn los, Lottie, was ist passiert? Irgendwas schiefgelaufen?«

»Ja, das kann man wohl sagen, und da niemand anders damit herausrückt, muß ich dir wohl die Wahrheit sagen.«

Ich fühlte, wie es mir eiskalt den Rücken hinunterlief, denn ich wußte sofort, daß es sich nicht um sie selbst handelte, sondern um mich. Ich saß ganz still.

Zum erstenmal schaute Lottie mir in die Augen und zog ausgiebig an ihrer Zigarette. »Schenk dir was ein, Polly«, sagte sie leise.

»Gleich. Los, Lottie, sag es mir einfach.«

Lottie seufzte. »Gut. Harry ist mit Caro zusammen.«

Der Satz schlug wie eine Bombe ein.

Er pfiff mir durch die Ohren, sauste mir durchs Hirn und explodierte in meinem Herzen. Ich merkte, wie mir das Blut aus dem Kopf wich.

»Das kann nicht sein«, flüsterte ich.

»Es ist aber so«, sagte Lottie brutal, weil sie genau wußte, daß sie jetzt brutal sein mußte.

»Ich glaub es nicht.«

Sie legte ihre Hand auf meine und kam mit dem Gesicht ganz nah heran. »Glaub mir, Polly, es ist so, ich weiß es ganz sicher.«

»Aber – aber, er hat mich gestern angerufen, er hat mich Liebling genannt, er wollte mich sehen, hat *gefragt*, ob er mich später noch einmal anrufen darf. Es *kann* nicht sein, Lottie, es *kann* einfach nicht sein!«

»Wahrscheinlich hat er ein schlechtes Gewissen«, sagte Lottie. Plötzlich wußte ich, daß sie recht hatte.

Lottie ließ mir ein paar Sekunden Zeit, mich an den Gedanken zu gewöhnen. Sie goß mir ein Glas Wein ein. Ich trank einen großen Schluck.

»Was heißt, mit Caro zusammen?« flüsterte ich.

Sie schaute auf die rot-weiß karierte Tischdecke hinunter und kratzte mit dem Fingernagel ein bißchen Kerzenwachs ab. »Sie war Samstag die ganze Nacht bei ihm und heute nacht auch.«

Ich hielt ungläubig die Luft an. Das fand ich schlimmer als alles andere: der Luxus zweier aufeinanderfolgender Nächte. Ich hatte dieses Privileg nie genossen, nicht einmal ganz am Anfang. Harry war mit Caro zusammen. Harry *schlief* mit Caro. Ich ballte die Fäuste und biß die Zähne zusammen, um nicht laut zu schreien. Es war eine kleine Weinbar und Lotties Stammlokal. Sosehr ich mich auch bemühte, das Bild zu verdrängen, es gelang mir nicht. Ich sah, wie Harry sich, schön wie ein blonder Gott, vom Sprungbrett warf; ich sah eine kichernde, sich windende Caro, sah ihren vollkommenen nackten Körper auf dem edlen Bettlaken, das Seidenhaar auf dem Kopfkissen ausgebreitet. Meinem Bettlaken, meinem Kissen. Ich preßte die Hand auf den Mund. Ich würde nicht schreien, ich würde mich übergeben. Ich schluckte die Übelkeit hinunter und atmete die verrauchte Luft tief ein. Er hatte sie erst vor einer Woche in unserer Wohnung kennengelernt und schon … Ich stöhnte leise.

»Seit wann weißt du es?« fragte ich Lottie.

»Noch nicht lange.«

»Wie lange?«

»Seit ein paar Tagen.«

»Wie hast du es erfahren?« Jedes Detail war mir wichtig.

Lottie seufzte. Sie sah unglücklich aus. »Harry hat mich am Donnerstag im Büro angerufen und nach Caros Nummer gefragt.«

Ungläubig und wie betäubt starrte ich sie an.

Sie verzog das Gesicht und fuhr tapfer fort: »So war es, Polly, ein solcher Scheißkerl ist das. Ruft *mich* an, deine *beste Freundin*, um Caros Nummer rauszukriegen.« Sie sprach langsam und deutlich wie eine Fernsehansagerin, damit ich es auch wirklich verstand.

»Was hast du ihm geantwortet?«

»Daß er sich verpissen soll. Und ich hab dir nichts davon erzählt für den Fall, daß er beim Mittagessen zuviel getrunken und es sich hinterher überlegt hätte. Heute morgen habe ich Caro angerufen. Ich wollte Harry nicht erwähnen, fragte mich aber, ob sie es tun würde. Und sie hat's getan. Sie war ganz erfüllt von ihm und hat mir sofort alles erzählt«, sagte sie bitter.

Lottie tat mir leid, ihr mußte schrecklich zumute sein, weil sie uns beide mochte, sowohl ihre Schwester als auch mich. Aber mein Mitleid hielt sich in sehr engen Grenzen. Vor allem tat ich mir selbst leid, weil es höllisch weh tat. Ich hätte mich nicht mehr vor den Kopf geschlagen fühlen können, wenn mir jemand mit dem Cricketschläger eins übergezogen hätte. Ich trank mein Glas aus, füllte es wieder und hoffte, daß der Keller des Hauses für meinen plötzlich unstillbaren Durst gerüstet war.

»Ich will alles wissen, Lottie.«

Sie seufzte. »Da gibt es nicht viel zu erzählen. Ehrlich. Er hat ihre Nummer von diesen gemeinsamen Freunden bekommen, über die sie sich bei uns unterhalten hatten –

ich meine diese Leute aus Hampshire. Dann hat er sie angerufen, sie zum Essen eingeladen ...«

»Wohin?« Das war wichtig.

»Äh – ich glaube, ins Le Caprice«, sagte die arme Lottie.

»Ins *Le Caprice*!« Das war ein echter Magenschwinger. Plötzlich tat alles doppelt so weh. In meinen wildesten Träumen, und ich hatte ein paarmal ziemlich wild geträumt – unter anderem von Ferien auf Mustique, einer Einkaufsorgie bei Chanel und Saphirringen –, hatte ich mich nie so weit verstiegen, mir vorzustellen, Harry könnte mich einmal ins Le Caprice einladen. Er hatte sich nie was aus edlen – oder soll ich sagen, teuren – Lokalen gemacht. So viel Geld ausgeben für eine Karotte in Form einer Blume? Und so viel Bedienungsaufschlag, nur weil wir in Mayfair saßen? Natürlich war ich ganz seiner Meinung gewesen und hatte gefunden, wir sollten sein Geld für sehr viel wichtigere Dinge ausgeben, für Diamanten zum Beispiel. Le Caprice! Ich erholte mich langsam von diesem Schlag und zündete mir zitternd eine Zigarette an.

»Und weiter?« stieß ich hervor.

»Ach, Polly, mehr brauchst du doch nicht zu wissen. Ich meine, es ist doch eindeutig, oder? Abendessen, Kaffee, zurück in seine Wohnung ...« Sie verstummte unglücklich.

»Und sie haben natürlich ...«

»Aber natürlich!« sagte sie gereizt. »Was stellst du dir denn vor? Daß sie bis zum Morgengrauen Scrabble gespielt haben? Natürlich haben sie es miteinander getrieben.«

Plötzlich erhellte ein kleiner Hoffnungsschimmer den dunklen Horizont. »Aber – aber vielleicht ist es nur eine kurze Affäre. Vielleicht war er nur scharf auf sie und wollte ein bißchen Spaß haben. Weil ich nämlich – weil ich in letzter Zeit nicht oft da war; wie du weißt, Lottie, hatte ich sehr viel zu tun. Er hat mich gestern zu Hause angerufen, und ich war nicht da. Aber jetzt bin ich's wieder, und vielleicht läßt er sie fallen wie eine heiße Kartoffel und kommt zu mir zurück? Vielleicht hat er sich einfach hinreißen lassen, und jetzt tut's ihm schon leid.«

Lottie kniff die Augen zusammen und blies den Rauch über den Tisch. »Vielleicht.«

»Du glaubst es nicht.«

Seufzend drückte sie ihre Zigarette aus und beugte sich vor.

»Polly, hat er *dich* denn je anders behandelt als ein Mädchen für eine schnelle Nummer? Du hast fast ein Jahr deines Lebens an ihn vergeudet, aber wie oft hast du ihn tatsächlich gesehen? Zwanzigmal? Dreißigmal? Überleg dir mal, habt ihr euch je an einem Wochenende getroffen? Hast du je seine Eltern kennengelernt? Seid ihr je zusammen weggefahren, auch nur ein, zwei Tage, geschweige denn die Ferien über? Hat er dir je was geschenkt? Blumen, etwas zum Geburtstag, Sicherheit, Glück, Liebe, irgendwas?«

Unter diesem Hagel unwiderlegbarer Wahrheiten, die alle den Nagel auf den Kopf trafen, sackte ich auf meinem Stuhl zusammen. Lottie sah mein unglückliches Gesicht und hielt inne, obwohl sie noch mehr zu sagen gehabt hätte.

»Tut mir leid, Polly, ich will es nicht noch schlimmer machen, aber du *mußt* es einfach sehen, wie es ist. Du darfst dich nicht länger an jemanden hängen, der eigentlich nie richtig für dich da war, darfst nicht länger hoffen, daß dieser Niemand zu dir zurückkommt, um dir im

Grunde genommen gar nichts zu geben. Bitte denk darüber nach.«

Das konnte ich nicht. Ich konnte nur an Harry denken und daran, wie sehr ich ihn liebte und vom ersten Augenblick geliebt hatte, und eine Welle von Selbstmitleid schwappte über mir zusammen. Harry und mich gab es nicht mehr. Harry war mit einer anderen zusammen. Er hatte mich sitzenlassen. Es war aus und vorbei.

Wir leerten die Flasche und bestellten noch eine; Lottie trank viel weniger als ich. Eine Stunde später schwankte ich hinaus in den Sonnenschein, zwinkerte im grellen Licht, hoffte, daß ich den Schmerz mit Alkohol betäubt hätte, wußte aber, daß es nicht so war. Lottie umarmte mich und brachte mich zu einer Bushaltestelle. Sie wartete, bis der Bus kam, umarmte mich noch einmal, schob mich hinein und gab mir Geld für die Fahrkarte, als wäre ich ein Kind. Ich hielt die Münzen fest in einer Hand und stieg zum Oberdeck hinauf. Ganz vorsichtig ging ich den Gang entlang und setzte mich.

London rekelte sich noch immer im Sonnenschein, als ich Richtung West End zurückfuhr. Wieder kam ich an Harrys Büro vorbei. Ich fragte mich, wie es ihm wohl bei seiner Prüfung ergangen war, und dann fiel mir ein, daß er gelogen hatte. Er war mit Caro im Bett gewesen. Ich kramte mein Portemonnaie aus der Tasche, um zu zahlen, und vergaß ganz, daß ich schon Geld in der Hand hatte. Harrys Photo lachte mich aus einem Kreditkartenfach meines Portemonnaies an. Ich zog es heraus und rieb mit dem Finger darüber. Ich hatte es nicht selbst gemacht, sondern in seiner Wohnung in einer Schublade gefunden und einfach mitgenommen. Er lag bäuchlings an einem Strand in Griechenland, kniff in der Sonne leicht die

Augen zusammen und lachte braungebrannt und bildschön in die Kamera.

Ich fing an zu weinen, zuerst ganz leicht. Die ersten paar Tränen wischte ich hastig mit dem Handrücken ab. Aber dann flossen sie in Strömen, und ich begann unkontrolliert und immer lauter zu schluchzen.

Das Oberdeck war voll besetzt, aber es machte mir nichts aus. Sollten die Leute es ruhig hören, jedes von größtem Kummer kündende Dezibel. Der Schaffner wollte kein Geld von mir, und ich schluchzte weiter bis zur Haltestelle Hyde Park Corner. Irgendwann wurde es einer dicken alten Frau mit Pelzmütze und Tweedmantel zuviel. Sie kam zu mir gewatschelt und ließ sich neben mich auf den Sitz fallen, der von allen anderen gemieden worden war.

Beruhigend tätschelte sie mir die Hand und reichte mir ein Taschentuch. »Da, meine Liebe, ist ja gut, ist ja schon gut. Weinen Sie sich nur richtig aus.«

Das tat ich doch schon, oder? Was in aller Welt nannte sie »sich richtig ausweinen«? Ich war schon so weit, daß ich zwischen zwei Schluchzern wildfremden Leuten mein Herzeleid mitteilen wollte.

»M-m-mein – huhuhu – Freund-hu – huhu – h-h-hat, er hat sich hu – huhu – oh – h-h-h-hat ohohoh – er …« Ich schluchzte die Tweedlady an und überlegte, ob sie wohl bis zu meiner Haltestelle mitfahren und zu mir zum Tee mitkommen könnte.

»Ihr Freund, stimmt's? Aber, aber, meine Liebe, machen Sie sich nur keine Sorgen, er wird bestimmt wieder gesund. Keine Angst.« Die alte Dame hatte zweifellos einen entsetzlichen Motorradunfall vor Augen. »Das wird schon wieder, heutzutage vollbringen die Ärzte wahre Wunder, ganz bestimmt.«

O ja, das wurde schon wieder. Um Harry brauchten wir uns ja keine Sorgen zu machen. Es ging um mich. Würde ich den nächsten Tag überstehen? Die Dame wühlte in ihrer riesigen Handtasche und zog eine zerknitterte Papiertüte heraus.

»Da, nehmen Sie einen!«

Sie reichte mir einen klebrigen Fruchtbonbon. Ich steckte ihn in den Mund, und während ich lutschte, mußte ich immer seltener schluchzen, ganz ähnlich wie Jamie, wenn er seinen Schnuller hatte. Es wirkte merkwürdig beruhigend. Ich starrte aus dem Fenster, sie tätschelte mir wieder die Hand und sagte ab und zu: »Schon gut, schon gut«, was ich als sehr angenehm empfand. Alte Damen wie diese sollten mit ihren Fruchtdrops und Tweedmänteln die Runde durch alle Krankenhäuser machen und Leuten mit echten Problemen wie Verwandten von Unfallopfern, jungen Mädchen, deren Freunde wirklich vom Motorrad gekippt waren, zärtlich auf die Hand klopfen. Solche Frauen müßte man auf Rezept anfordern können. Bei meiner Haltestelle stolperte ich blindlings den Gang entlang zur Treppe und merkte, daß ungefähr vierzig Augenpaare auf mich gerichtet waren. Ich stellte mir vor, was heute abend überall in London, in Kneipen mit Freunden, zu Hause bei Mum und Dad, in der Küche mit der besseren Hälfte geredet würde: »Mensch, da war heut 'n Mädchen im Bus, das einen *Weinkrampf* hatte, einen richtigen Weinkrampf, total hysterisch. Es war *schrecklich*!« Ich schätzte, ich hatte heute dem Straßentheater erfolgreich Konkurrenz gemacht.

Als ich so vor mich hin ging, merkte ich plötzlich, daß ich aus Versehen den Weg in die Tregunter Road eingeschlagen hatte. Na und? Ich machte einfach auf dem Absatz kehrt und marschierte in Richtung Kensington. Ich würde ungefähr eine Stunde brauchen, aber was machte das schon? Irgendwie mußte ich ja die Zeit für den Rest meines Lebens totschlagen, oder? Meines Lebens ohne Harry. Ich schaute auf die Uhr, es war erst drei. Es würde schon schwer sein, den Rest des Nachmittags rumzukriegen, geschweige denn das ganze Leben.

Ich ging die Fulham Road entlang und schaute in die Schaufenster, sah aber nichts. Immer weiter ging ich, bis die Geschäfte seltener wurden und die Straßen sich zu breiten Alleen weiteten, eleganten Alleen wie die, in der ich mit Harry hatte leben wollen. Wie verrückt ich gewesen war mit meinen Träumen! Wie idiotisch und vermessen von mir, anzunehmen, ich könnte ihn halten. Als ich an einem kleinen Park vorbeikam, sah ich, daß das Tor offenstand. Ich ging hinein und lief eine Zeitlang darin umher. Der Wind rauschte in den Bäumen, und das Sonnenlicht fiel durch die Blätter und warf ein Fleckenmuster auf das Gras. Ich dachte an unsere gemeinsame Zeit zurück; sie erschien mir so golden wie das Sonnenlicht. Nie wieder würde ich Harrys Schritte hören, wenn er die Treppe zu unserer Wohnung heraufpolterte. Nie wieder würden wir in seinem Wagen zum Abendessen davonpreschen, nie wieder würde ich diese Erregung, diese Leidenschaft empfinden. Aber ich würde zwangsläufig von ihm hören. O ja, davon war ich überzeugt. Ich würde hören, was er mit Caro trieb oder mit Caros Nachfolgerin. Ich würde hören, auf welchen Partys er gewesen war, wie gut er sich amüsiert hatte. Und ich wollte es auch hören. Ich würde nicht von ihm loskommen und mir selbst das Leben zur Qual machen.

Ich umrundete noch einmal den kleinen Park und marschierte dann weiter Richtung Kensington. Es war ein warmer Frühlingstag, und ich war schon meilenweit gegangen, aber mir war sehr kalt.

Als ich bei Pippa ankam, merkte ich, daß ich keinen Schlüssel hatte. Ich klingelte, und Rachel öffnete die Tür. Erstaunt musterte sie mein bleiches, verweintes Gesicht. Ich ignorierte sie und ging langsam nach oben. Dort warf ich mich, ohne die Jacke auszuziehen, auf mein Bett und starrte, ohne an etwas Bestimmtes zu denken, zur Zimmerdecke hinauf. Ich hörte die Kirchturmuhr viermal schlagen. Ein paar Sekunden später schlug eine andere Uhr. Komisch, daß die Kirchenuhren es nie gleichzeitig schafften.

Etwas später klopfte es an der Tür. Es war Rachel mit einer Tasse Tee. Sie sagte nichts und fragte nichts. Sie saß nur auf dem Bettrand, während ich den Tee trank, und trug die Tasse dann in die Küche zurück. Menschen können nett sein, dachte ich, als ich das Gesicht zur Wand drehte. Die cremefarbene Tapete hatte ein hellgrünes Gittermuster. Ich betrachtete die Kletterrosen, die sich um die Gitter rankten. Meine Lider waren schwer. Ich hätte es nicht für möglich gehalten, aber ich schlief sofort ein.

12. Kapitel

Als ich am nächsten Morgen ins Büro kam, sah ich aus, als hätte ich eben fünfzehn Runden mit Mike Tyson geboxt. Meine Augen waren rot und geschwollen, die Lippen aufgesprungen. Pippa führte mich hinein wie ein Boxmanager seinen Champion und sah jeden vernichtend an, der etwas über meinen Zustand sagen wollte. Das wäre gar nicht nötig gewesen, denn ich sah anscheinend so fürchterlich aus, daß alle hinter Türen, Hängekarteien oder Photokopierern in Deckung gingen. Im Lauf des Vormittags gewann ihre Neugierde aber die Oberhand, sie schoben sich vorsichtig an meinen Schreibtisch heran, liehen sich ein paar Büroklammern oder einen Locher aus und beugten sich herunter, um einen Blick auf mein entstelltes Gesicht zu erhaschen. Ich fühlte mich wie die bärtige Dame auf dem Jahrmarkt und kramte meine dunkle Sonnenbrille aus der Handtasche heraus.

Joss und Ron gehörten zu den ersten, die sich mit ihren Hintern vorsichtig auf meinem Schreibtisch breitmachten. Ärger mit den Kerlen rochen sie auf fünfzig Meter gegen den Wind.

Joss nahm meine Hand und streichelte sie. »Arme Polly.«

Ron fand mein Knie und streichelte es. »Arme, arme

Polly«, wiederholte er, »aber wir haben dich gewarnt, Süße, stimmt's?«

»Und ob wir sie gewarnt haben«, sagte Joss. »Immer und immer wieder. Wir haben gesagt, was immer du auch tust, Polly, häng dein Herz nicht an böse Buben, sie sind sehr gefährlich. Das haben wir doch gesagt, oder?«

Ich nickte unglücklich.

»Und weißt du auch, warum sie so gefährlich sind?« fragte Ron beharrlich.

Ich schüttelte den Kopf.

»Ich kann es dir sagen. Die einäugige Schlange ist daran schuld. Ist es nicht so, Polly?«

Ich seufzte und lächelte schwach.

»Ja, es ist so. Und wir alle wissen auch, was kleinen Mädchen passiert, die mit einäugigen Schlangen spielen, stimmt's?«

Joss nickte weise. »Sie werden gebissen.«

»Wie recht du hast, Joss, sie werden gebissen. Also Finger weg davon!«

»Geh ins Kloster«, schlug Joss vor. »Schwarz steht dir gut.«

»Oder werde lesbisch«, meinte Ron.

»Egal was«, faßte Ron zusammen, »aber das ist Zukunftsmusik. Was du sofort brauchst, ist ein bißchen schöne, unverbindliche Amore.«

»In einem Hotel deiner Wahl.«

»Meiner Wahl«, korrigierte Joss.

»Nicht wieder das Sussex Gardens!«

»Warum nicht? Sehr diskret, saubere Betten, Teemaschine auf dem Nachttisch – was könnte sich ein Mädchen noch wünschen?«

»Ein bißchen mehr Stil, Ronnie, ein bißchen mehr Stil. Hier ist nicht die Rede von einem deiner üblichen

Betthäschen. Polly hat Klasse, sie läßt nicht überall ihren Rock runter.«

Als ich Rons Hand von meinem Knie wegschob, ergriff er meine Hand. »Hör nicht auf ihn, Süße, er hat ja keine Ahnung, und du hättest sowieso nichts davon, würdest die ganze Nacht auf das große Feuerwerk warten, und nicht einmal ein kleines Raketchen würde abgehen. Er nimmt den Mund voll und reicht dir einen leeren Teller, so einer ist das. Nein, nein, komm du mit mir. Ronnie weiß, wie man eine Frau verwöhnt. Wir verdrücken uns nach dem Mittagessen – ich kenne da ein kleines, gemütliches Hotel, zufälligerweise sogar in der Tregunter Road. Paßt es dir um vier?«

Ich lächelte matt. Sie strengten sich wirklich an, mich aufzuheitern. »Vielen Dank, ihr beiden, vielleicht ein andermal.«

»Nie hat sich jemand über mich beschwert«, sagte Joss und tat so, als sei er beleidigt. »Ich bin vielleicht nicht mehr so jung wie dein Harry, aber ich bin genauso athletisch gebaut wie er, und mein kleiner Freund steht immer stramm, wenn er gebraucht wird.«

Ich zuckte zusammen, als ich Harrys Namen hörte. Joss merkte es, zündete schnell eine Zigarette an und steckte sie mir in den Mund. »Tief einatmen!« befahl er. Ich zog den Rauch dankbar ein. »Was zu trinken?« fragte er und holte einen Flachmann aus der Tasche. Ich schüttelte den Kopf, das wäre jetzt wirklich die Straße ins Verderben gewesen.

»Ist ein ganz schöner Draufgänger, dieser Harry, wie?« meinte Joss, zündete sich selbst auch eine Zigarette an und trank einen Schluck Whisky. Sein Blick schien in die Ferne zu schweifen, und ich hörte etwas wie Bewunderung in seiner Stimme: »Trotzdem ziemlich übel von ihm, es mit deiner Mitbewohnerin zu treiben.« Ich merkte, daß es ihm in Wirklichkeit sehr imponierte. Ich seufzte. Die Flüsterpropaganda hatte schon eingesetzt.

»Nicht mit meiner Mitbewohnerin, mit ihrer Schwester.«

»Ach so! Na, dann ist es ja ganz in Ordnung.« Er schien enttäuscht. »Da kann man nichts sagen. Wie sieht sie aus?«

»Ach, weißt du, hübsch, jung, sexy, todschick, Riesenbusen, nichts Besonderes«, erklärte ich bitter.

Die Augen der beiden leuchteten auf. »Wirklich?« fragte Joss. Ron pfiff leise. Ich sah ihn scharf an. »Was für ein Mistkerl«, fügte er hastig hinzu und schüttelte den Kopf.

Nick kam auf dem Weg in sein Büro durch unser Zimmer. »James Hutchinson kommt um zwölf, räumt ein bißchen auf. Hier sieht es aus wie in einem Schweinestall.«

Joss und Ron hoben die Arme zum Nazigruß und marschierten im Stechschritt in ihr Büro. Nick erreichte seine Tür, blieb stehen und kam zu meinem Schreibtisch zurück. Er nahm mir die Sonnenbrille ab und schaute dahin, wo normalerweise meine Augen waren.

»Oje, doch nicht schon wieder, Polly. Was ist es denn diesmal?«

»Ein grippaler Infekt«, sagte ich, schniefte und setzte die Brille schnell wieder auf.

»Wirklich? Ein grippaler Infekt, keine Alkoholvergiftung?«

Ich schüttelte den Kopf und sah ihn aus meinen verquollenen Augen an. »Nein«, flüsterte ich.

»Ja, gehören Sie dann nicht ins Bett?« Seine Stimme klang jetzt sanft, und er schaute mich freundlich an. Lieber Gott, sei nicht nett zu mir, bitte sei nicht nett zu mir, dachte ich verzweifelt.

»Ich schaffe es schon«, erklärte ich tapfer, bohrte mir die Fingernägel in die Hand, um nicht zu weinen, und wünschte sehnlichst, daß er zu seinen üblichen Diktator-Taktiken zurückkehrte.

»Ich finde wirklich, Sie sollten heimgehen, Sie sehen richtig krank aus. Soll ich Ihnen ein Taxi bestellen?«

Ich schluchzte laut auf, schüttelte heftig den Kopf und hoffte, daß er die Träne nicht bemerkte, die mir langsam über die Wange lief.

Er bemerkte sie doch. »Harry?« fragte er.

Ich nickte kurz, war überrascht, daß er sogar Harrys Namen wußte, und hatte einfach keine Lust mehr, weiterzulügen. Ich hoffte, daß er jetzt nicht mehr so freundlich und fürsorglich sein würde. Das stimmte leider nicht. Er tat statt dessen etwas, das mir den Rest gab. Er zog ein wunderschönes schneeweißes Taschentuch aus der Tasche und wischte mir die Träne ab, bevor er es mir reichte. »Hier, nehmen Sie.«

Dieser Anflug von Menschlichkeit gab mir den Rest. Ich atmete tief durch, es half aber nichts: Beim Einatmen fing mein ganzer Körper an, heftig zu zittern. Große bebende Schluchzer bildeten sich in meiner Brust, und ich umklammerte krampfhaft die Schreibtischplatte. Reiß dich zusammen, Polly! befahl ich mir. Reiß dich zusammen! Und dann brach eine wahre Tränenflut aus mir hervor. Nick sah ziemlich verstört aus. Eine Träne ging ja noch, aber eine ganze Tränenflut?

Er richtete sich schnell auf und war vernünftig genug, wieder den Chef hervorzukehren. »Heute brauche ich eigentlich nur eine Reservierung für ein Arbeitsessen. Können Sie das für mich erledigen?« fragte er sachlich.

»Ja, natürlich«, antwortete ich zwischen zwei Schluchzern, froh, daß er wieder seine normale Bürostimme hatte und ich etwas für ihn tun konnte. »Es geht schon wieder.« Ich schaffte es, zu lächeln. Es wäre einfacher für mich gewesen, wenn er mich eine faule, nichtsnutzige Schlampe genannt hätte.

»Gut.« Er nickte kurz, machte kehrt und ging auf sein Büro zu. Dann blieb er stehen und sagte mit einer das ganze Zimmer umfassenden Geste: »Und vergessen Sie nicht, in diesem Höllendurcheinander ein bißchen Ordnung zu schaffen.«

Ich atmete erleichtert auf. Das war der Nick, den ich kannte und … Ich zögerte. Igendwie war das Wort »haßte« zu kraß. Ich vergrub mich hinter meiner Schreibmaschine und wünschte mir, ich wäre nie aus dem Barbie-Puppen-Alter herausgekommen. Männer waren mir einfach unbegreiflich.

Mr. Hutchinson erschien Punkt zwölf und einer Ratte ähnlicher als sonst. Er keuchte leicht vom Treppensteigen, aber als ich sah, wie seine Hühnerbrust sich hob und senkte, fragte ich mich, ob er nicht doch ein paar Runden in seinem Laufrad gedreht hatte. Seinen Knopfaugen entging nichts, besonders nicht mein verquollenes Gesicht. Seine behaarte Nase zuckte vor Aufregung, und er stellte sich tatsächlich auf die Zehenspitzen, um über den Rand meiner Sonnenbrille sehen zu können. Ich richtete mich zu meiner vollen Größe von einsneunundfünfzigeinhalb auf, was mehr schien, als er zu bieten hatte, und er gab sich geschlagen.

»Sie sehen heute sehr mysteriös aus, Polly. Sie versuchen doch nicht, sich vor mir zu verstecken?«

»Aber natürlich nicht, Mr. Hutchinson«, sagte ich und ergriff die Pfote, die sich mir entgegenstreckte. »Ich hatte Grippe, und meine Augen sind noch sehr empfindlich.«

Wurden die Augen bei Grippe empfindlich? Ich hatte eine so robuste Gesundheit, daß ich immer wieder vergaß, welche Symptome zu welcher Krankheit gehörten, aber die Ratte schien das nicht in Frage stellen zu wollen. Ich nahm ihm den grauen Mantel, den grauen Schal und den grauen Schirm ab und fragte mich flüchtig, ob seine Unterhosen auch grau waren. Wenigstens brauchte ich ihm die nicht abzunehmen. Ich fühlte mich plötzlich ein bißchen seltsam und wünschte, ich hätte nicht daran gedacht. Ich führte ihn in Nicks Büro.

»Möchten Sie einen Tee?« fragte ich, als sich die beiden Männer die Hand schüttelten.

»Böse, böse Polly!« rief er und drohte mir mit seiner kleinen Pfote. »Sie wissen doch, daß ich nur Kaffee trinke.«

»Ach ja, Entschuldigung. Ich fürchte nur, der Filterkaffee ist uns ausgegangen. Wir haben im Moment nur Special Roasty da, diesen widerlichen Instantkaffee.« Mr. Hutchinsons Gesicht wurde starr. Hinter ihm schüttelte Nick verzweifelt den Kopf.

»Na, dann muß ich wohl den widerlichen Instantkaffee trinken«, sagte er bissig.

Ich hielt mir die Hand vor den Mund. »Oh – ich meine nicht *Ihren* Special Roasty. Ich nenne nur jeden Instantkaffee so. Aber den, an den ich gerade dachte, der schon jahrelang bei uns im Regal steht, das ist ein gräßlicher Muckefuck. Aber wir haben ja zum Glück auch Special Roasty – ich bringe Ihnen sofort eine Tasse.«

Total durcheinander lief ich hinaus. Als ich mit dem Tablett zurückkam, schaute ich keinen der beiden Männer an. Ich stellte das Tablett auf Nicks Schreibtisch und verzog mich so schnell wie möglich wieder. Ich brauchte Nick gar nicht anzusehen: Ich fühlte seine kalte Wut bis auf die Knochen.

»Ich hab meinen Freund verloren, jetzt verliere ich auch noch meinen Job«, sagte ich düster zu Pippa, als wir in der winzigen Küche kalte Roastbeefscheiben auf eine Platte legten.

»Nie im Leben. Er hat dich viel zu gern«, meinte Pippa und mixte einen Salat.

»Der und mich gern? Du spinnst wohl«, sagte ich, obwohl ein schneeweißes Taschentuch kurz an meinem geistigen Auge vorbeiflatterte.

»Nein, er findet dich ausgeflippt und verrückt.«

»Na, phantastisch!«

»Was hast du dagegen? Es ist vielleicht eine erfrischende Abwechslung nach all den schöngeistigen Schauspielerinnen, mit denen er sonst zu tun hat.«

»Vielen Dank«, sagte ich trocken. »Das heißt also, er hält mich für chaotisch und minderbemittelt.«

»Irgendwas in die Richtung ... Wo ist das scharfe Messer? Ich will den Käsekuchen anschneiden.«

Ich kramte in der Besteckschublade herum. »Wir haben hundert Löffel und Gabeln, aber kein einziges Messer ... Da, nimm das.« Ich reichte ihr Rons rasiermesserscharfes Papiermesser, mit dem er seine Layouts zuschnitt.

»Polly, das ist doch unhygienisch.«

»Ist doch piepegal.« Ich hielt es kurz unter fließendes Wasser. »Gib mir den Kuchen.«

Sie reichte ihn mir, und ich schnitt ihn an.

Wir brachten das Essen in Nicks Büro. Die Männer diskutierten todernst und für meine Begriffe todlangweilig über Anteile von Markenartikeln und Markenzeichen.

Ich dankte wieder einmal meinem Geschick, daß ich nicht klug genug war, um eine Karrierefrau zu sein. Ich hockte mich auf Pippas Schreibtisch, schnippelte mir die gespaltenen Haarspitzen ab und überlegte, ob ich jemals wieder glücklich werden würde.

»Übrigens, Adam war gestern hier«, sagte Pippa ganz nebenbei, während sie schon wieder tippte.

Ich hielt die Luft an und ließ die Schere fallen. »Nein! Wirklich? Hier, in der Agentur? Pippa, warum hast du mir das nicht gesagt?«

»Ich sage es dir doch jetzt.«

»Ja, und? Hat er draußen gewartet? Pippa, hör sofort auf zu tippen, und erzähl mir, was los war. Dich läßt es natürlich kalt, er ist ja nicht hinter dir her!«

Pippa stellte die Maschine ab und drehte ihren Stuhl zu mir um. »Ja, er hat draußen gewartet. Lief hin und her, wie ein Tier im Käfig, und schüttelte seine rote Mähne – er ist übrigens überhaupt nicht mein Typ ...«

»Erzähl weiter, Pippa«, unterbrach ich ungeduldig. Gott, sie schweifte immer so weit ab!

»Na gut, er ging auf und ab und schüttelte den Kopf, ungefähr so ...« Sie schüttelte den Kopf wie verrückt über der Tastatur ihres PCs. »Wie ein tollwütiger Hund, und er fluchte obszön – das heißt, ich vermute mal, daß es obszön war. Ehrlich gesagt, Polly, wenn du mich fragst, tickt der nicht ganz richtig. Er hat mich an einen Freund meines Bruders erinnert, der richtig durchdrehte, als er mal im Sommer bei uns war. Zuerst hat er mit sich selbst geredet, und dann –«

»*Pippa*! Wir sind bei Adam.«

»Ach ja. Als ich ankam, stürzte er auf mich zu, packte meinen Arm« – sie zeigte mir, wie, und ich unterdrückte einen Schrei – »und fragte mich, ob ich mit dir zusammenarbeite. Ich sagte ja, zufällig hätte ich erst gestern abend mit dir gesprochen. Du hättest angerufen, um mir zu sagen, daß du ein paar Wochen lang Ferien bei Freunden auf dem Land machst.«

»Sehr gut. Was hat er gesagt?«

»Er packte mich am anderen Arm – so« – wieder machte sie es mir vor – »und fragte mich, wer diese Freunde seien und wo sie wohnten. Als ich sagte, ich hätte keine Ahnung, meinte er, das sei wahrscheinlich gelogen, weil ich dich schützen wolle. Ich sage dir, es war alles andere als angenehm. Als er drauf und dran war, die Seidenschnur aus der Tasche zu ziehen, um sie mir um den Hals zu schlingen, kam mir Nick zu Hilfe.«

»Jetzt mal im Ernst, hat Adam dich wirklich bedroht?«

»Nun, vielleicht nicht bedroht«, gab Pippa unwillig zu, »aber ich muß dir gestehen, ich war froh, als Nick auftauchte. Adam hatte einen ziemlich irren Blick – dieser Typ ist echt abgedreht, Polly. Nick fand das auch.«

»Okay, okay«, sagte ich und wischte damit Pippas amateurhafte Psychoanalyse vom Tisch. »Was hat Nick gesagt?«

»Natürlich hat es ihm nicht gepaßt, daß du einfach so aufs Land abhaust und er ohne Sekretärin dasteht.«

Ich stöhnte. »O nein!«

»Aber er fing sich schnell und sagte, daß ihn das eigentlich nicht überrasche, da du seit einiger Zeit so schlecht ausgesehen hättest und wahrscheinlich einfach etwas Ruhe bräuchtest …«

»Obwohl er wußte, daß alles erstunken und erlogen war?«

»Vermutlich. Er hat doch nicht gerade überrascht ausgesehen, als du heute morgen wieder da warst, oder? Er war jedenfalls brillant. Hat sogar erklärt, Adam könne sich gerne am Empfang hinsetzen und auf dich warten, müsse sich aber auf ein paar Wochen Wartezeit gefaßt machen.« Pippa kicherte. »Nachdem er seine Nase noch in jedes Zimmer gesteckt hat, ist er schließlich abgezogen. Vermutlich, um sich die Pulsadern aufzuschneiden. So wie der aussah, hätte ich ihm das durchaus zugetraut.«

Armer Adam. »Hast du Nick hinterher alles erzählt?«

»Nicht alles. Ich sagte nur, daß der Kerl dich verfolgt, weil er glaubt, daß du seine Freundin versteckst.«

»Was hat er gesagt?«

»Er schüttelte den Kopf, seufzte und sagte: ›Ehrlich gesagt überrascht mich das nicht‹, und seine Stimme klang irgendwie resigniert.«

»O Gott, er hält mich für verrückt«, sagte ich unglücklich und klopfte mit Rons Papiermesser auf den Schreibtisch.

»Wahrscheinlich, jedenfalls ...«

»Pippa, guck mal her.«

»Was?«

»Das Papiermesser, guck mal!«

Sie guckte und nahm es mir ab. »Die Klinge fehlt.«

»Genau.«

Wir starrten einander ein paar Sekunden lang an.

»Sie muß abgegangen sein, nachdem du den Käsekuchen angeschnitten hast«, sagte Pippa langsam.

»Und wo ist sie jetzt?«

Ich sprang vom Schreibtisch auf und raste in die Küche. Vorsichtig strich ich mit der Hand über die Arbeitsfläche und suchte die sehr kleine, aber möglicherweise lebensgefährliche, höllenscharfe Klinge.

Pippa schaute in den Ausguß. »Haben wir sie vielleicht weggespült?«

»Sehr unwahrscheinlich«, sagte ich und schüttelte fieberhaft die Küchenhandtücher aus. Wir sahen einander wieder an, und uns dämmerte gleichzeitig die entsetzliche Wahrheit.

»Die Klinge muß im Kuchen stecken!« keuchte ich.

Wir rannten zu Nicks Bürotür und preßten die Nase an die kleine Glasscheibe. Glücklicherweise wandte uns Mr. Hutchinson den Rücken zu. Nick sah uns, runzelte die Stirn, sprach aber weiter und tat so, als sei es ganz normal, daß wir uns so für Besprechungen mit Kunden interessierten.

Das Roastbeef war inzwischen gegessen, der Salat ebenfalls, aber der Käsekuchen stand noch unberührt da. Aber nicht mehr lange. Noch immer sprechend, reichte Nick Mr. Hutchinson einen kleinen Teller und schob ihm den Käsekuchen hin.

»Sag nein, sag nein!« betete ich. Dumm von mir, natürlich würde er ein Stück wollen, schließlich war es Käsekuchen. Die kleine Klaue schoß auf den Kuchen zu und blieb dann mitten im Sturzflug wie durch ein Wunder in der Luft hängen. Mr. Hutchinson fand offenbar, es sei jetzt der richtige Zeitpunkt dafür, Nick über einen wichtigen Punkt aufzuklären, zum Beispiel darüber, daß er der Kunde, das Geld *sein* sei und man sich daher nach *seinen* Wünschen zu richten habe. Nick lenkte ein, machte eine Prinz-Charles-Geste mit den Händen und nickte. Mr. Hutchinson lehnte sich wieder sehr zufrieden auf seinem Stuhl zurück und glaubte offensichtlich, er habe diesen Sieg seinem überlegenen Intellekt und nicht etwa seiner Knete zu verdanken; jedenfalls stand der Käsekuchen noch unberührt da.

Wir atmeten wieder, und das Glas beschlug leicht. Doch wir hatten uns zu früh gefreut! Sekunden später beugte sich Mr. Hutchinson vor und nahm sich das größte Stück Kuchen. Jetzt hielt ich es nicht mehr aus. Ich riß die Tür auf, nahm blitzschnell den Kuchen vom Tisch und Mr. Hutchinson das Stück vom Teller. Es war ein Werk des Augenblicks. Die beiden Männer sahen mich erstaunt an.

Ich lachte nervös. »Tut mir leid, aber der Kuchen ist ungenießbar.«

»Ungenießbar?« fragte Nick.

»Ja, der Konditor hat gerade angerufen.«

Nick sah mich vernichtend an. »Polly, was zum Teufel soll das bedeuten?«

»Das Haltbarkeitsdatum ist überschritten – schon lange überschritten, seit Monaten, schon länger als ein Jahr. Der Kuchen wurde als Schaufensterdekoration gebraucht und kam aus Versehen in den Verkauf. Sie haben es jetzt erst gemerkt und angerufen, um mir Bescheid zu sagen. Tut mir furchtbar leid. Ich bringe ihn sofort zurück.«

»Das gibt's doch nicht –«, begann Mr. Hutchinson.

»Doch, leider. Klingt wie ein schlechter Scherz, was?« Ich zwang mich zu einem Lächeln und zischte ab, den Kuchen in der Hand.

Ich hörte noch, wie Mr. Hutchinson sagte: »Aber er sieht doch ganz köstlich aus …«

Ich schloß die Tür hinter mir. Okay, Nick war wütend, aber ich nahm lieber seinen Zorn in Kauf, als für den Tod eines Kunden verantwortlich zu sein. Ich sah schon die Schlagzeile vor mir. *Sekretärin ermordet Kunden – Rasierklinge im Kuchen*. Mich schauderte, und ich rannte in die Küche, wo Pippa und ich den Kuchen wie die Leute von der Spurensuche sezierten. Ich besah mir die Schnittfläche jedes Kuchenstücks genau, und in dem letzten

Stück steckte doch tatsächlich die kleine, scharfe, tödliche Klinge.

»Gott sei Dank!« schrie ich und hielt das Beweisstück zwischen den Fingern.

In diesem Augenblick verdunkelte sich die Küche. Ich blickte auf, sah, daß Nick in der Tür stand, und ließ die Klinge in die Spüle fallen.

»Sind Sie jetzt völlig verrückt geworden?« bellte er und trat auf mich zu. Ich drückte ihm die Kuchenplatte wieder in die Hand und hielt ihn damit auf Abstand. Aber er war immer noch gefährlich nah. Das Funkeln in seinen Augen genügte, und ich sehnte mich wieder nach meiner dunklen Sonnenbrille.

»Ach, Nick, es war alles ein schrecklicher Irrtum! Eben hat der Konditor noch einmal angerufen und gesagt, daß doch jemand anderes den alten Kuchen erwischt hat. Sie haben es einfach verwechselt, ist das nicht wunderbar? Jetzt können wir ihn doch essen!« Ich nahm mir ein Stück und steckte es in den Mund. »Mmmmmmmm, gut, ausgezeichnet!« sagte ich und verdrehte die Augen, um zu zeigen, wie köstlich der Kuchen war.

Nick starrte mich ungläubig an, aber ich glaubte, um seinen Mund die Andeutung eines Lächelns zu erkennen – oder vielleicht doch nicht?

»Wir sprechen uns später, Polly«, sagte er kurz. Er drehte sich auf dem Absatz um, marschierte, die Kuchenplatte in der Hand, in sein Büro zurück und schloß sehr fest die Tür hinter sich.

Ich stolperte zurück in unsere Höhle und warf mich auf meinen Stuhl. Mir war, als sei ich durch eine Mangel gedreht worden. Das hatte mir noch gefehlt, ausgerechnet heute. Ich hatte nicht einmal Zeit gehabt, mich selbst zu bemitleiden, so chaotisch war es hier zugegangen. Vielleicht sollte ich Nicks Vorschlag annehmen und nach Hause gehen. Unterwegs könnte ich ja haltmachen und in die Themse springen. Das hätte wenigstens den Vorteil, daß er meinen Eltern ein paar nette Dinge über mich sagen müßte, denn bei meiner Beerdigung würde er mich gewiß nicht im nachhinein schlechtmachen. Ich seufzte. Ich wollte ja nicht sterben, viel lieber hätte ich auf einen Knopf gedrückt, der mich in Sekundenschnelle zwei Monate oder, besser noch, zwei Jahre in die Zukunft versetzt hätte. Ich konnte sowieso nicht weg. Nick verreiste am Donnerstag für zwei Wochen, und bis dahin war noch eine Menge zu erledigen.

Ich hämmerte auf die Tasten ein und wünschte mir, es wäre Caros Gesicht. Vielleicht hätte ich darauf achten sollen, daß meine Haut schön braun blieb. Ein paar Besuche im Sonnenstudio hätten mir nicht geschadet. Ich war von Kopf bis Fuß braun gewesen, als ich Harry kennenlernte, und das hatte ihm gut gefallen. War Caro auch nahtlos braun? Wahrscheinlich ja. Mit den Zähnen knirschend, hämmerte ich weiter. Ich versuchte, die traurige Sache einmal positiv zu sehen. Jetzt mußte ich mir beim Friseur nicht mehr so oft Strähnchen machen lassen wie bisher, mußte mir auch nicht mehr so oft die Haare an den Beinen entfernen. Ich würde etwas mehr Geld haben – und etwas dunklere Haare und etwas haarigere Beine. Ja, wirklich sehr attraktiv, Polly, das war der richtige Weg, um sich einen neuen Mann zu angeln. Aber woran dachte ich da? Ein neuer Mann? Großer Gott, nein, ich war doch in Trauer. Seltsamerweise verspürte ich im allerhintersten Kämmerchen meines Herzens etwas wie – wie soll ich es ausdrücken? – einen Hauch von Erleichterung. Vielleicht weil ich nicht jedesmal zusammenzucken mußte, wenn das Telefon klingelte? Weil ich mein Leben nicht mehr so einrichten mußte, daß ich alle Verabredungen in letzter Minute absagen konnte, falls *er* mich plötzlich sehen wollte? Nein, das war bestimmt nicht der Grund, es war … Aber was war das plötzlich für ein Lärm?

Ich blickte auf und lauschte. Am Empfang schien ganz schön was los zu sein. Anscheinend stritt sich unsere Empfangsdame Josie wieder einmal mit einem Vertreter herum. Ich täuschte mich. Denn im nächsten Augenblick flog die Tür auf, und herein stürmte Adam, der, wie Pippa ganz richtig gesagt hatte, wie ein Geisteskranker aussah.

Josie erschien hinter ihm, knallrot im Gesicht, die Brille rutschte ihr fast von der Nase. »Tut mir furchtbar leid, Polly, ich konnte ihn nicht zurückhalten.«

Adam war entsetzlich blaß und hohläugig, und er preßte die Lippen so aufeinander, daß sie schmal und blutleer wirkten. Das ergab einen starken Kontrast zu dem roten Haar. Ich erkannte den gesunden, strahlenden Amerikaner nicht wieder. Ein Muskel in seinem Gesicht spielte verrückt und zuckte ununterbrochen. Ich stand instinktiv auf und fand, daß es jetzt nicht unangebracht wäre, sich so schnell wie möglich aus dem Staub zu machen. Er war wie der Blitz an meinem Schreibtisch. »Wo ist sie?« fragte er mit gefährlich ruhig klingender Stimme.

»Das – das weiß ich nicht«, flüsterte ich ebenso leise, aber nicht so gefährlich leise, sondern eher völlig verängstigt.

Adam stützte seine riesigen, sommersprossigen Hände auf meinen Schreibtisch. Seine Fingernägel waren weiß, so stark drückte er die Hände auf die Tischplatte, und mit dem gleichen Druck würde er bald meinen Schwanenhals zusammenpressen.

Ich wich zurück, mein Selbsterhaltungstrieb war jetzt sehr stark, und ich hatte alle früheren Einfälle – wie den, in die Themse zu springen – längst vergessen. Ich wollte leben. Ich zwang mich, von den sommersprossigen Mörderhänden zu den blutleeren Lippen aufzublicken.

»Sie gemeines Biest, Sie!« stieß er hervor.

»Aber, Adam«, stammelte ich.

»Sie sagen mir, wo sie ist, Polly. Ich weiß, daß Sie es wissen, und Sie werden es mir sagen, weil ich Ihnen sonst Ihren gottverdammten Hals umdrehe!«

Ich hatte es gewußt, hatte es einfach gewußt! Er hatte es auf mich abgesehen. Er strahlte eine beängstigende Ruhe aus, und ich stand starr vor Schreck hinter meinem Schreibtisch. Ich mußte mit ihm reden, irgendwas. Das sagten sie doch immer, daß man mit Mördern und Flugzeugentführern reden muß.

»Wissen Sie, es würde Ihnen doch überhaupt nichts nutzen, wenn Sie mich umbringen würden«, quiekte ich. »Es ist völlig sinnlos, völlig – kontraproduktiv, das hat sich immer wieder gezeigt, und Sie hätten rein gar nichts davon.«

Dieser Gedanke war ihm offenbar noch nicht gekommen, aber jetzt hatte ich ihn darauf gebracht. Hmmm ... Mord, natürlich, das war das Richtige! Vielen Dank, Polly. Zu diesem Zweck kam eine der beiden sommersprossigen Fleischplatten auf dem Schreibtisch langsam näher und schloß sich um ein sehr scharf aussehendes Papiermesser, das ich leichtsinnigerweise nicht weggeräumt hatte. Ich winselte. O Gott, ja, das war für mein Herz bestimmt. Jeden Moment würde er es über den Kopf schwingen und es mir mit einem lauten Indianerschrei ins Herz rammen. Ich überlegte, wie weit das Blut spritzen würde, vielleicht bis zum Kopiergerät? Oder bis zum Fenster? Und wer würde es hinterher wegputzen? Pippa? Josie? Wahrscheinlich Pippa, dachte ich und schluchzte auf.

Das Messer in der Hand, machte Adam zwei Schritte nach links um den Schreibtisch herum. Ich machte es genau wie er, ging aber schlauerweise in die entgegengesetzte Richtung, so daß der stabile Schreibtisch zwischen uns blieb. Er machte noch einen Schritt nach links, ich sprang nach rechts. Wir standen einander jetzt schräg gegenüber. Er machte kurz halt und dann – drei Schritte nach rechts! Ich drei nach links! Er zwei nach links! Ich zwei nach rechts! Links! Rechts! Rechts! Links! Ich hatte eine Höllenangst, kam aber nie aus dem Takt, ganz wie Ginger Rogers. Mein Herz dröhnte wie ein verrückt gewordener Dinnergong.

In einem kleinen Winkel meines Hirns fragte ich mich, wie meine Kollegen dieses Drama erlebten. Ein schneller Blick über die Schulter bestätigte mir, daß sie »hinter den Kulissen« daran teilnahmen. Pippa und Josie hinter dem Photokopierer, Jason hinter einer großen Zimmerpalme und Ron und Joss hinter ihrer Tür. Sie rochen Blut, wollten es aber verständlicherweise nicht an die eigenen Hände bekommen. Vielen Dank, ihr Lieben, dachte ich grimmig.

Adam und ich legten eine kurze Pause ein, als wir uns wieder einmal schräg gegenüberstanden. Ich fuhr mir über die Lippen und setzte mich tapfer seinem eiskalten Blick aus, der nicht mehr so vergnügt war wie noch vor einer Woche im Savoy.

»Hören Sie, Adam, können wir nicht vernünftig darüber reden? Es ist doch verrückt, sich wie wilde Tiere aufzuführen, jeder normale Mensch würde uns ja für – aaaah!«

Ich schrie auf, als er mit seiner riesigen Hand auf den Schreibtisch schlug, die Papiere in alle Richtungen flogen und die Mitarbeiter der Agentur sich hinter eine noch bessere Deckung verzogen.

»Hören Sie mit dem Scheiß auf, Polly, und sagen Sie mir,

wo sie ist! Okay? Sagen Sie es mir!« brüllte er, so laut er konnte.

»Ich – ich weiß es nicht, wirklich nicht!« schrie ich zurück und spürte, daß ich mich nicht mehr richtig auf meine Beine verlassen konnte. Sie fühlten sich wie Wackelpudding an, und ich hoffte fieberhaft, daß die Tanzerei für heute vorbei war.

Adam beugte sich über den Schreibtisch. »Sie wissen es doch«, sagte er, jetzt plötzlich sanft – was ich sehr viel angenehmer fand, als das Gebrüll von vorhin –, »und Sie werden es mir auch sagen, denn wenn Sie das nicht tun, drehe ich Ihnen den Hals um. Klar?«

»Sie ist – sie ist bei ihrem Vater«, log ich.

»Lügen Sie nicht!« Hilfe, war der vielleicht schnell. Aber ich hatte noch nie behauptet, eine gute Lügnerin zu sein, nur eine notorische.

»Gut, okay, ja, – ja, Sie haben ja recht. Das habe ich nur so gesagt, sie ist nicht bei ihrem Vater, sie ist – äh, sie ist – äh ...« Ja, das war gut. Ich würde einfach immer weiter »Sie ist – äh, sagen, und irgendwann würde irgendetwas passieren. Er würde sich langweilen, oder es wäre Zeit, nach Hause zu gehen, oder das Telefon würde klingeln, die Polizei eintreffen, das Haus würde einstürzen. »Sie ist – äh, sie ist – äh«, murmelte ich, und es passierte tatsächlich etwas. Er griff blitzschnell über den Tisch, packte mein Haar und zog mein Gesicht mit einem Ruck zu sich herüber.

»A-a-a-a-au!« schrie ich, so laut und schrill ich konnte, und im selben Moment flog Nicks Tür auf. Da stand er, ein Kriegsgott in einem Savile-Row-Anzug. Wenn überhaupt möglich, sah er noch beängstigender aus als Adam. Ich hoffte inständig, in Ohnmacht zu fallen, damit mir die nächsten zehn Minuten erspart blieben.

»Was zum Teufel geht hier eigentlich vor?« brüllte Nick.

Adam ließ mein Haar für den Bruchteil einer Sekunde los, aber das war für mich lange genug. Ich nahm die Gelegenheit wahr und rannte, so schnell ich konnte, auf Nick zu. Am liebsten wäre ich unter seine Jacke geschlüpft. Statt dessen huschte ich an ihm vorbei und versteckte mich hinter seinem schönen, breiten, ach so willkommenen Rücken.

»Gehen Sie«, sagte er gerade zu Adam mit einer Stimme, die einem arglosen Zuhörer ganz normal erscheinen mochte, die aber für Insider Gefahrenstufe eins signalisierte. Er trat ein paar Schritte vor. Ich in seinem Windschatten auch, obwohl es mir schleierhaft war, warum wir vorwärts- und nicht zurückgingen. Er ballte die Hände, ich ballte sie auch, ich hatte ganz offensichtlich meine Identität verloren. Wir waren jetzt ein und dasselbe, Nick und Polly. Ein Nolly.

»Also los«, sagte Nick und wies mit dem Kopf zur Tür. »Da geht's lang.«

»Erst nachdem ich mit Polly gesprochen habe«, sagte Adam und kam auf uns zu.

»Verlassen Sie sofort die Agentur, oder ich hole die Polizei!« Nick ging zum Telefon, ich hinterher, das war Poesie in Bewegung umgesetzt, und im Gehen bewunderte ich seine hervorragend geschnittene Jacke, vor allem, um Adam nicht ansehen zu müssen. Ich war ganz hingerissen, noch nie hatte ich dermaßen feine Stiche gesehen. Nicks Hand lag auf dem Telefonhörer. Es herrschte eine unheimliche Stille. Dann wandte ich die Augen von dem grauen Flanell ab und riskierte einen Blick auf Adam.

Sein Gesicht sah ganz verzerrt und unglücklich aus. »Bitte, Polly«, sagte er, streckte die Hand aus und verfolgte plötzlich eine ganz andere Taktik. »Können wir nicht eine Minute miteinander reden? Nur eine Minute! Ich verspreche Ihnen, daß ich Ihnen kein Haar krümme«, bat er.

Er tat mir leid, ehrlich, aber was sollte ich tun? Ich konnte Rachel nicht verraten, und außerdem bin ich durch und durch feige. Ich senkte den Blick und sah aus den Augenwinkeln die Ratte aus Nicks Büro spitzen. Seine kleine Nase zuckte, seine Brille war vor Aufregung beschlagen. Das war vielleicht der spannendste Augenblick seines Lebens.

Nick hob den Hörer ab. »Ich gebe Ihnen zehn Sekunden Zeit, das Büro zu verlassen, dann rufe ich die Polizei. Eins, zwei, drei, vier –«

»Okay, okay.« Adam hob beide Hände. »Ich geh ja schon. Aber Sie werden noch von mir hören, das schwöre ich Ihnen. Ich komme wieder, Polly, darauf können Sie sich verlassen. Ich werde meinen Sohn schon finden, keine Angst, ich finde ihn, koste es, was es wolle.« Die Stimme versagte ihm.

Er wandte sich zum Gehen und hob noch einmal verzweifelt die Hände. Er sah völlig verstört aus. Ich zählte bis zehn, schaute dann wieder hin und sah gerade noch, wie er durch die Tür verschwand, die krachend hinter ihm zufiel. Es herrschte Totenstille. Endlich wandte sich Nick lächelnd an Mr. Hutchinson. »Tut mir leid, James. Wie Sie sehen, hat Polly einen extrem hartnäckigen Verehrer, aber ich bin sicher, daß er es jetzt kapiert hat. Sollen wir weitermachen?« sagte er und winkte ihn mit der Hand in sein Büro zurück.

Mr. Hutchinson kam nur widerwillig mit. Keine Vergewaltigung, kein Blut, kein Mord – wie schade!

Die beiden Männer verschwanden, aber bevor die Tür sich schloß, steckte Nick den Kopf noch einmal heraus und sah mich bedeutsam an. »Wir sprechen uns noch, Polly.« Damit schloß er die Tür.

Ich umklammerte meinen Schreibtisch und ließ mich vorsichtig auf meinen Stuhl nieder. O Gott, das war schrecklich, wirklich schrecklich. Ich fühlte mich richtiggehend krank.

Die anderen umschwärmten mich wie Bienen ein Glas Honig, plapperten wild durcheinander, gaben mir Ratschläge, stellten Vermutungen an, versuchten mich zu beruhigen. Sie sagten mir, sie hätten sich schwer beherrschen müssen, um nicht über Adam herzufallen. Sie konnten gar nicht mehr verstehen, wie sie es geschafft hatten, sich zurückzuhalten. Ich hörte ihrem aufgeregten Gequatsche schweigend zu, trank hin und wieder einen Schluck Whisky aus dem Flachmann und rauchte eine Zigarette. Ich überlegte, ob ich je wieder die alte sein würde.

Josie war die erste, die das Unvorstellbare aussprach. »Glaubst du, daß er dich jetzt rausschmeißt, Polly?« fragte sie mit großen Augen.

»Ich würde nicht dagegen wetten, sagen wir's mal so, Josie«, antwortete ich schwach.

»Das ist doch wohl das Schlimmste, was du dir hier jemals geleistet hast, oder?« meinte sie und betrachtete meinen Schreibtisch irgendwie begehrlich. »Und das auch noch vor Mr. Hutchinson!«

Ich seufzte. »Ja, Josie, ich glaube, du hast recht – und du kannst sicher sein, daß du die erste bist, die es erfährt, wenn mein Platz frei wird.«

Schließlich verzogen sie sich, und ich saß den Rest des Nachmittags wie betäubt da. Pippa erledigte stillschweigend alles, was ich hätte machen müssen. Es war ein schlechtes Zeichen, daß ihr nichts einfiel, was sie mir zum Trost hätte sagen können.

Gegen halb fünf brachte ich Mr. Hutchinson zur Tür und half ihm wieder in sein graues Ensemble. Er trödelte und versuchte mit mir über das große Ereignis des Tages zu reden, aber ich schüttelte ihm fest das Pfötchen und schob ihn praktisch ins Treppenhaus. Dann betrat ich in Erwartung des Fallbeils, das gleich heruntersausen würde, mit gebeugtem Kopf Nicks Büro.

Durch das Glasfenster der Tür sah ich, wie sich alle an meinem Schreibtisch versammelten. Ron hatte sogar ein paar Flaschen Rotwein mitgebracht. Offenbar sollte der Alkohol den Schlag ein wenig dämpfen, aber sie fingen schon jetzt an zu trinken. Josie hatte ihr Strickzeug dabei; sie saß mit gekreuzten Beinen auf meinem Stuhl, die Brille rutschte ihr wie immer auf die Nasenspitze, und sie klapperte mit den Nadeln.

Ich setzte mich an ein Sofaende und betrachtete meine Schuhe. Nick kam hinter seinem Schreibtisch hervor und setzte sich neben mich. Offenbar wollte er es mir auf die sanfte Tour beibringen. Er kratzte sich den Kopf, seufzte und überlegte sich zweifellos, wie er es formulieren sollte, damit ich nicht wieder in Tränen ausbrach. Er sah auf die Uhr. »Schauen Sie, Polly, ich habe jetzt wirklich keine Zeit, um mit Ihnen zu sprechen. Ich muß in ein paar Minuten weg. Bitte reservieren Sie uns für morgen mittag in irgendeinem Restaurant einen Tisch. Dann reden wir in aller Ruhe darüber, okay?«

Ich blickte überrascht auf. »Ach nein, das ist wirklich nicht nötig. Sagen Sie es mir jetzt gleich, und ich gehe, wirklich, kein Problem.«

»Was soll ich sagen?«

»Nun, Sie wissen schon… Wollen Sie mich denn nicht feuern?«

Er sah mich verärgert an. »Nein, das habe ich nicht

vor. Jedenfalls jetzt noch nicht. Aber ich wüßte gern, warum Sie zur Arbeit kommen und aussehen, als hätte man Sie gerade verprügelt, warum Sie unserem wichtigsten Kunden erklären, sein Produkt tauge nichts, warum Sie versuchen, ihn mit einer rasiermesserscharfen Klinge in einem Kuchen zu töten, und warum Sie einen amerikanischen Kraftprotz ermutigen, meine Mitarbeiter zu Tode zu erschrecken, ganz zu schweigen von meinen Kunden.«

Ich öffnete den Mund und setzte zu einer umständlichen Erklärung an. (O Gott, er hatte die Klinge entdeckt), aber er hob die Hand, schloß die Augen und hielt so meinen unvermeidlichen Redefluß zurück.

»Nicht jetzt! Nicht jetzt, bitte, Polly. Morgen, beim Lunch. Reservieren Sie irgendwo einen Tisch.«

»Aber Nick …«

»Machen Sie einfach mal, was ich sage, ja?« bat er verzweifelt und stand auf. »Könnten Sie einmal – ein einziges Mal einfach das machen, was ich sage?«

Ich starrte ihn völlig verwirrt an. Einen Tisch? Lunch? War das der richtige Ort für eine Exekution? Und war unser Gespräch jetzt wirklich beendet? Hatte ich irgendwie überlebt? Das hatte ich offenbar. Nick lief im Zimmer umher, packte Dokumente, Akten, einen Füller und seinen Mantel zusammen und verschwand. Und ich saß da und dachte über mein Glück nach.

Morgen würden wir zusammen zu Mittag essen, nur wir beide, ich und der Mann, der es haßte, Kunden und erst recht Mitarbeiter zu Arbeitsessen auszuführen. Über alles würden wir reden, hatte er gesagt, das klang ja nicht gerade nach einer Kündigung. Ich atmete tief durch und kniete in einem Anfall von Dankbarkeit auf dem grauen Teppich nieder.

»Lieber Gott«, flüsterte ich mit geschlossenen Augen und voller Leidenschaft und hoffte, daß Er sich an mich erinnerte, »bitte laß mich das nicht vermurksen. Bitte hilf mir, daß ich es schaffe. Laß nicht zu, daß ich wieder einmal alles kaputtmache. Ich habe meinen Freund verloren – das ist Harry«, fügte ich schnell hinzu, falls Er seinen kurzen Auftritt verpaßt hatte –, »aber bitte, bitte laß mich nicht auch noch meinen Job verlieren. Er ist alles, was ich noch habe.«

Die Türklinke wurde heruntergedrückt, und ich sah aus meiner knienden Stellung Nick verblüfft ins Zimmer hineinschauen. Er griff nach seinem Schirm, warf der wiedergeborenen Christin einen kurzen Blick zu, war aber klug genug, kein Wort zu sagen. Dann verschwand er und schloß leise die Tür hinter sich.

Ich seufzte, stand auf und machte mich auf die Suche nach einem Schluck Meßwein.

13. Kapitel

An diesem Abend stattete ich meiner Wohnung einen kurzen Besuch ab und sammelte alles ein, was Harry mir geschenkt hatte. Unnötig zu sagen, daß das nicht lange dauerte. Theoretisch wollte ich alles, was mich an Harry erinnerte, in die Mülltonne werfen, um ihn mir für immer aus dem Herzen zu reißen – eine Art Großreinemachen. Praktisch schaffte ich das natürlich nicht und entschloß mich statt dessen, alles zusammenzupacken, im hintersten Winkel zu verstauen und zu vergessen. Eines Tages würde ich dann die Wohnung auf der Suche nach meiner Geburtsurkunde auf den Kopf stellen – die Urkunde würde ich brauchen, um heiraten zu können oder so –, und beim Wühlen würde ich auf Harrys Bündel stoßen und in Erinnerung an meine dumme, liebeskranke, fehlgeleitete Jugend von Herzen lachen. Das würde in ungefähr einhundertfünfzig Jahren sein. Jetzt aber wollte ich noch einmal über meinem rührend armseligen Häuflein von Andenken ein paar gefühlvolle Tränen vergießen, und selbst ich mußte zugeben, daß armselig das richtige Wort für dieses Häuflein war.

Zuerst ergoß ich dicke Tränen auf die zwei Taschenbücher, die er mir zu Weihnachten geschenkt hatte, strich über die Einbände und freute mich über die vielen hundert Seiten – er konnte wirklich großzügig sein. Das eine hieß *Kochkunst für Vollidioten*, ein Geschenk, das ich für einen Riesenwitz hielt. Lottie hingegen fand es überhaupt nicht witzig und subtil wie einen Luftangriff. Das andere Buch hieß *Das Vogue-Buch der Schönheit* und war ein ähnlich feinsinniges Geschenk, denn er hatte auf die erste Seite geschrieben: *Fröhliche Weihnachten, Polly, nimm Dir besonders Kapitel elf zu Herzen! Alles Liebe, Harry.* Die Überschrift des elften Kapitels lautete *Cellulitis ade*. Charmant. Ich seufzte, legte die Bücher ordentlich in den Schuhkarton, den ich zum Sarg bestimmt hatte, und konzentrierte mich dann auf meinen einzigen Liebesbrief.

Dieses hochgeschätzte Schreiben hatte er hastig auf ein Stück Papier gekritzelt und mir an einem Abend, an dem ich nicht zu Hause gewesen war, unter der Wohnungstür durchgeschoben. Es war kurz, aber sehr lieb: *Bin auf gut Glück vorbeigekommen, schade, daß Du nicht da bist. Alles Liebe, Harry.* Ich muß zugeben, daß dieser Brief nie in eine Liebesbrief-Anthologie aufgenommen worden wäre, aber Literatur läßt sich immer aus verschiedenen Blickwinkeln betrachten. Einerseits konnte man den Brief so sachlich und nüchtern lesen wie ich eben. Doch es war subtiler und phantasievoller, den Zettel so zu falten, daß man die ersten fünf Worte nicht sah. Dann blieb etwas sehr Romantisches übrig: *Schade, daß Du nicht da bist. Alles Liebe, Harry.* Die tiefere Bedeutung hinter diesen oberflächlich klingenden Worten hieß, ich liebe dich, ich sehne mich nach dir, und das war ja wirklich alles andere als ein hingeschmierter Satz, der in den Papierkorb gehörte, wie Lottie fand. Ich hatte diesen Brief so oft entfaltet, gelesen und wieder zusammengefaltet, daß er jetzt fast auseinanderfiel.

Ich legte den kostbaren Zettel auf die beiden Bücher und erinnerte mich, wie Lottie mich ausgelacht hatte, als ich ihn beim Heimkommen aufgehoben hatte und mit dem Beweisstück für die Liebe meines Freundes in der Wohnung herumgehüpft war.

»Warum ist er denn auf gut Glück vorbeigekommen?« hatte sie böse gefragt. »Hat wohl gehofft, daß du auf die Schnelle mit ihm in die Kiste springst?«

Ich seufzte. Arme Lottie. Sie hatte wirklich sehr zynische Ansichten. Es mußte etwas mit ihrem Beruf als Rechtsanwältin zu tun haben.

Ich nahm mir die nächste schriftliche Äußerung von Harry vor. Mann, ich hatte ja ganz vergessen, was für ein fleißiger Briefschreiber er gewesen war! Es war eine sorgfältig ausgewählte Ansichtskarte, auf der ein tiefverschneiter Berg und ein Sessellift abgebildet waren. Sie lautete: *Wieder sturzbetrunken auf der Piste, Schweizer Mädchen können phantastisch kochen! Alles Liebe, Harry.* Herrgott, war er vielleicht witzig. Wie hatte ich gelacht, als ich die Karte bekommen hatte. Ich legte sie ein bißchen grimmig auf mein spärliches Häufchen und stellte fest, daß der Brief, den er unter der Tür durchgeschoben hatte, doch viel rührender war und viel mehr über Harry aussagte, darüber, wie er *wirklich* war.

Dann wandte ich mich der Schmuckkollektion zu. Überrascht? Aber ja doch, Harry hatte mir Schmuck geschenkt. Ich gebe zu, die Auswahl war etwas unglücklich, da die Silberohrringe (gestempelt, ich hatte es nachgeprüft) keine Clips waren, sondern sich nur an durchstochenen Ohren befestigen ließen, und die habe ich nicht. Was mich an den Ohrringen noch mehr störte, war der leicht beunruhigende, aber äußerst unzuverlässige Klatsch, daß genau dieselben Klunker früher die durchstochenen

Ohren einer Exfreundin Harrys geziert haben sollten, woraus manche Leute – ich natürlich nicht – schlossen, daß die Ex sie in Harrys Wohnung liegengelassen und er sie einfach einer neuen Verwendung zugeführt hatte. Was für ein Gedanke! Was für ein hemmungsloser Zynismus. Nein, nein, diese Ohrringe hatte Harry eigens für mich ausgesucht, nur für mich und für sonst niemanden. Okay, ich konnte sie nicht tragen, aber ich konnte sie polieren, oder etwa nicht? Ich rieb sie schnell an meinem Pullover blank und legte sie vorsichtig in die Schachtel.

Auf diesen langsam wachsenden Berg von Schätzen legte ich den Stummel der Zigarette, die er geraucht hatte, als wir uns zum erstenmal geliebt hatten – am nächsten Morgen hatte ich ihn aus dem Aschenbecher gerettet –, und einen Ableger von seinem Fleißigen Lieschen, der unglücklicherweise keine Wurzeln geschlagen hatte. Okay, der Ableger war verwelkt, nur hatte ich das nie als ein schlechtes Omen gewertet. Ich hatte die Pflanze liebevoll für die Nachwelt gepreßt, und ich legte sie wie einen Trauerkranz auf die Korrespondenz.

Jetzt war die Sammlung komplett, ich legte den Deckel auf die Schachtel und verschnürte sie, leise vor mich hin weinend, mit einem roten Band. Meine Tränen nahmen sich auf der Schachtel sehr hübsch aus, und ich preßte mir noch so viele wie möglich ab. Dann schob ich die Schachtel ganz hinten in meinen Schrank unter einen Haufen schmutziger Wäsche. Ich war mir ganz sicher, daß ich lange Zeit nicht aus Versehen darüberstolpern würde.

Und jetzt kam die »Galerie« dran. Sie bestand aus fünf – oder waren es sechs? – ja, aus sechs vergrößerten Photographien von – Sie erraten nicht, von wem –, die ich über meinem Bett an die Decke geklebt hatte – so hatte ich mir weisgemacht, daß ich jeden Morgen mit ihm aufgewacht war. Es gab Harry lächelnd, Harry schmollend, Harry lachend, Harry bei der Arbeit, Harry die Stirn runzelnd (sehr sexy) und Harry mürrisch. Ich riß die Photos gnadenlos von der Wand, paßte aber auf, daß ich keinen Teil seiner hinreißenden Anatomie beschädigte, und schleuderte sie dann unter mein Bett. Auch das große Schwarzweißporträt auf meinem Nachttisch landete dort. Ich bedauerte es sofort, zog es wieder heraus, preßte mein Gesicht an das seine und flüsterte: »Tut mir wahnsinnig leid«, bevor ich es wieder unter das Bett schob.

Als ich eine Stunde später wieder in Pippas Wohnung ankam, kroch ich völlig erschöpft sofort ins Bett. Ich muß gestehen, daß ich nachts wieder weinte. Ich versuchte, die Tränen zurückzuhalten, es gelang mir jedoch nicht. Am nächsten Morgen wachte ich auf und fühlte mich so unvorstellbar scheußlich, daß ich mir schwor, nie wieder einem Mann eine Träne nachzuweinen. Als Jamie beim Frühstück zu heulen anfing und den Tisch mit seinen Marmeladefingern verschmierte, tat er mir zwar leid, aber ich weinte nicht gleich mit wie gestern. Das war ein wesentlicher Fortschritt.

Gestärkt durch meine neue Haltung, machte ich mich auf den Weg zur Arbeit und fühlte mich schon ein klein wenig stabiler. Positives Denken war das, was ich jetzt am meisten brauchte. Einfach nur glückliche Gedanken haben. Der Geist besiegt die Materie.

Unglücklicherweise war ich so in mein positives Denken vertieft, daß ich vergaß, einen Tisch für das Mittagessen zu bestellen. Ich dachte erst um zwölf Uhr dran und telefonierte wie eine Verrückte zehn Minuten lang herum, aber in der näheren Umgebung waren alle Lokale ausgebucht. Zum Glück waren sie im San Frediano in der Fulham Road bereit, uns irgendwo hineinzuquetschen. So vergnüglich dieses stets überfüllte Lokal war, so wenig war es geeignet, seinen Boß zu beeindrucken und seinen Job zu behalten. Aber da sonst alles ausgebucht war, nahm ich den Tisch.

»Wie ist denn das Lokal?« fragte Nick, als wir zwanzig Minuten später die Fulham Road entlanggingen.

»Oh, es ist großartig, das Essen ist gut, und es hat – äh« – ich suchte nach dem richtigen Wort –, »viel Atmosphäre.«

Tatsächlich schlug uns die Atmosphäre schon entgegen, ehe wir noch einen Fuß in das Restaurant gesetzt hatten. Ein Taxi blieb vor dem Eingang stehen, und der Fahrer riß mit großer Geste die Tür auf und war sichtlich froh, seine Fracht von vier beschwipsten Sekretärinnen loszuwerden, die auf dem Gehsteig umhertorkelten, kreischten und gellend lachten. Sie überholten uns und betraten vor uns das Restaurant. Nick hob die Augenbrauen, sagte aber kein Wort.

Er hielt mir die Tür auf, und ein entsetzlicher Radau schlug uns entgegen. »Sind Sie sicher, daß Sie hier einen Tisch für uns bestellt haben, Polly?« rief er. »Es sieht ja brechend voll aus.«

»Doch, ganz bestimmt!« rief ich zurück und packte einen Kellner, der gerade vorbeikam, am Arm. »McLaren!« schrie ich. »Tisch für zwei Personen!«

Er versuchte erst gar nicht, etwas zu sagen, sondern nickte, grinste breit und führte uns zu einem etwa briefmarkengroßen Tisch. Gleich daneben gackerten die angedudelten Sekretärinnen.

Nick verlor die Geduld. »Haben Sie nicht einen etwas ruhigeren Tisch?« bellte er.

Der Kellner schüttelte den Kopf. »Tut mir leid, Signore, Sie sehen ja selbst!« sagte er stolz. »Aber«, fügte er konspiratorisch hinzu, »für frisch Verliebte« – ich wurde dunkelrot – »läßt sich immer was machen. Ich sorge dafür, daß Sie ungestört sind.«

Energisch bemächtigte er sich unserer Briefmarke und schob sie einen knappen Viertelmeter von den gackernden Sekretärinnen weg. »Bitte sehr!« sagte er und trat bewundernd zurück, als habe er uns ein kleines Séparée herbeigezaubert. »Hier können Sie ihr in aller Ruhe sagen, wie sehr Sie sie lieben!«

Ich wurde noch röter, und Nick ließ sich resigniert auf seinen Stuhl fallen. »Also wirklich, Polly, hätten Sie nicht irgendwo einen Tisch mit etwas weniger ›Atmosphäre‹ buchen können, oder ist Ihr ganzes Leben eine einzige Disko?«

»Tut mir leid«, sagte ich zerknirscht. »Ich habe mich ein bißchen zu spät darum gekümmert.«

Wie ein übergeschnapptes Kaninchen knabberte ich eine Salzstange nach der anderen. Kein sehr vielversprechender Anfang. Ich merkte auch, daß es mich unglaublich nervös machte, in dieser zwanglosen Umgebung mit meinem sonst so geschäftsmäßigen Chef zu sitzen, die Knie etwa einen Millimeter von den seinen entfernt. Ich überlegte, ob unsere Gespräche je anders als mit »Sehr geehrte Herren, anbei übersende ich Ihnen …« begonnen hatten.

Nicks Gesicht war dem meinen sehr nah, und plötzlich wünschte ich mir, daß ich ein bißchen besser zurechtgemacht gewesen wäre. Wenigstens die Haare hätte ich mir waschen können. Seit jenem schwarzen Montag war mir mein Äußeres ziemlich egal gewesen. Wen störte es auch, wenn ich völlig verkam?

Ich fuhr mir mit der Hand durch meine schlaffen

Locken, versuchte sie etwas aufzubauschen und wischte dabei mit dem Ellenbogen die Dekoration vom Tisch. Die Glasvase, in der eine einzelne Nelke steckte, krachte auf den Boden. Die vier gackernden Sekretärinnen erstarrten eine Sekunde lang und brachen dann in ein hysterisches Gekicher aus.

Der Kellner fegte die Scherben auf und stellte im Handumdrehen die gleiche Vase und die gleiche Nelke wieder auf unseren Tisch. »Sie sind nervös!« flüsterte er mir ins Ohr. »Ist doch alles okay, er lieben Sie!« Ich wurde rot und schwor mir, dieses Restaurant in Zukunft zu meiden. Glücklicherweise hatte Nick die »tröstlichen« Worte des Kellners nicht mitgekriegt, trotzdem wirkte er jetzt leicht gereizt. »Polly, entspannen Sie sich doch ein bißchen. Was, in aller Welt, ist mit Ihnen los? Sie strampeln herum wie ein Frosch in einem Eimer.«

»Entschuldigung.«

»Und hören Sie auf, sich dauernd zu entschuldigen.«

»Entschuldigung.«

Er schüttelte erstaunt den Kopf und vertiefte sich in die Speisekarte. Als der Kellner kam, bestellte ich den billigsten Salat, den es gab, weil ich nicht wie ein Schmarotzer wirken wollte.

»Sind Sie sicher, daß Sie nichts anderes wollen? Nur Salat?«

»Ja, danke.«

»Na gut, ich möchte ein Filetsteak mit Pommes frites, und wir trinken eine Flasche Rotwein, Hausmarke.«

Er reichte die Speisekarte dem Kellner zurück.

»Also gut.« Er verschränkte die Arme auf dem Tisch und beugte sich vor, was bei der winzig kleinen Tischoberfläche gar nicht so leicht war. Seine braunen Augen sahen mich eindringlich an, aber sie waren freundlich und ermutigend. »Und jetzt erzählen Sie mal, was in letzter Zeit los war.«

Genau das hatte ich befürchtet, aber ich hatte nicht geglaubt, daß es so schnell kommen würde. Hätten wir nicht zuerst etwas Smalltalk machen können, nur um nicht aus der Übung zu kommen? Ich hatte noch nicht mal ein Glas Wein, an das ich mich klammern konnte.

»Ach, eigentlich nichts«, sagte ich, rutschte unglücklich auf dem Stuhl herum und machte Origami mit der Papierserviette. Was wollte er hören? Das war meiner Meinung nach das einzig Wichtige. Was nützte einem Ehrlichkeit, wenn man hinterher im Arbeitsamt Schlange stehen mußte.

»Also, Polly, bin ich wirklich so ein Ungeheuer?« Ich schaute von der Papierserviette auf und dachte, daß ich schon lange kein so freundliches Gesicht mehr gesehen hatte. Aber das täuschte. Er war mein Boß, und wir hatten noch nie ein normales Wort von Mensch zu Mensch miteinander gesprochen. Wie konnte er also erwarten, daß ich ausgerechnet jetzt damit anfangen würde? Ich rutschte noch ein bißchen hin und her, aber die braunen Augen ließen mich nicht los, und ich wußte, daß ich ihm nicht würde entkommen können. Ich zündete mir eine Zigarette an und atmete das gute Nikotin tief ein.

»Gut, wo soll ich anfangen?« fragte ich versuchsweise und fand, daß ich als erstes eigentlich gleich mit der Geburt anfangen konnte, wenn er schon eine Katastrophenliste wollte.

»Warum fangen Sie nicht mit dem irren Rotschopf an?«

Ach ja, der. Nick glaubte offenbar, daß Adam hinter mir her war. Irgendwie war er das auch, aber um Hackfleisch aus mir zu machen. Wenigstens in diesem Punkt konnte ich ihm Klarheit verschaffen.

Ich begann, ihm die Geschichte von Rachel und Adam zu erzählen, und zwar ohne Übertreibungen und Verzierungen oder das, was andere Leute Lügen nennen.

Nick hörte aufmerksam zu und kaute nachdenklich auf seinem Steak herum. Als ich schwieg, schob er zuerst ein paar Erbsen auf seinem Teller hin und her und sah mich dann an. »Das ist ja eine wilde Geschichte, Polly.«

»Aber sie ist wahr«, sagte ich leicht verstimmt.

»Oh, ich glaube Ihnen, keine Angst.« Er wischte sich mit der Serviette über den Mund. »Nicht einmal eine so unübertreffliche Lügnerin wie Sie könnte sich etwas so Unglaubliches ausdenken. Und schauen Sie nicht so unglücklich drein. Es ist doch nicht Ihre Schuld, Sie hatten die besten Absichten. Woher sollten Sie wissen, daß es um ein Baby geht?«

»Genau.« O Mann! Ein winziger Pluspunkt.

»Es war allerdings verdammt bescheuert von Ihnen, sich überhaupt in diese Sache hineinziehen zu lassen.« Er mußte wie immer alles kaputtmachen. »Warum haben Sie es ihm nicht selbst überlassen, mit seinem verfahrenen Liebesleben zurechtzukommen? Hat er Ihnen gefallen oder was?«

»Überhaupt nicht!« sagte ich ärgerlich. »Er hat mir leid getan, er kam mir wie ein – ein argloser Fremdling vor«, fügte ich fromm hinzu.

Nick warf den Kopf zurück und lachte schallend. »O Gott, Polly, wie theatralisch! Ein argloser Fremdling! Der Typ sah ungefähr so arglos aus wie Jack the Ripper. Haben Sie denn nicht das mörderische Glitzern in seinen Augen gesehen? Den bösartig verzerrten Mund? Wahrscheinlich sind Ihnen diese kleinen Details damals entgangen: Sie hatten im Savoy sicher genug damit zu tun, den ganzen Champagner in sich reinzuschütten, den er Ihnen einschenkte.«

»Der Champagner hat nichts damit zu tun«, erklärte ich hitzig. »Wenn Sie es unbedingt wissen müssen, ich habe kaum was getrunken. Ich – ich hab ihm aus reiner Herzensgüte geholfen.«

»Ich verstehe, schon wieder eine ihrer menschenfreundlichen Anwandlungen.« Er grinste. »Polly, seien Sie mir nicht böse, ich hab's nicht so gemeint. Und was wollen Sie jetzt tun?«

»Tun? Was meinen Sie damit?« Sollte ich *noch* mehr tun? Warum war es immer gerade *ich*, die was tun mußte? Warum nicht zur Abwechslung einmal jemand anders?

»Na ja, Rachel kann doch nicht ewig bei Pippa hausen, und Sie auch nicht. Wie lange, glauben Sie, geht das noch gut?«

Ich seufzte. »Keine Ahnung. Solange es Pippa mitmacht, vermute ich. Sie ist wirklich sehr nett zu uns, aber auf die Dauer schadet unsere Anwesenheit ihrem Liebesleben.« Ich dachte an den armen Charles.

»Hat Rachel Pläne?«

»Ja, sie hat davon gesprochen, nach Paris zu ziehen.«

»Warum Paris?«

»Weil ihre beste Freundin Sally Lomax dort lebt, die angeblich den Brief geschrieben hat, von dem ich Ihnen erzählt habe. Natürlich kann sie nicht bei Sally wohnen, weil Adam ihre Adresse kennt, aber Rachel hat sie gebeten, ihr eine Wohnung zu suchen.«

»Das klingt gar nicht schlecht, aber wer soll das alles bezahlen? Hat sie Geld?«

»Ach, das ist kein Problem, ihr Vater ist stinkreich, und sie ist das einzige Kind. Die größte Schwierigkeit ist, in Paris eine Wohnung zu finden. Kann sein, daß ich Rachel noch wochenlang am Hals habe.«

»Und solange wollen Sie bei Pippa wohnen?«

»Es ist nicht gerade ideal, das weiß ich.«

»Wirklich nicht. Adam braucht Ihnen nur eines Abends von der Agentur aus nachzugehen, und das war's dann.«

Wie er das sagte, gefiel mir gar nicht, es klang ziemlich makaber.

»Haben Sie einen besseren Vorschlag?« fragte ich ein bißchen schroff, weil ich mich ärgerte, daß er bis jetzt nichts getan hatte, außer mich noch mehr zu ängstigen.

Nick betupfte sich mit der Serviette die Lippen und starrte ins Leere.

»Hmmm – ich weiß nicht so recht«, meinte er nachdenklich. Geduldig wartete ich auf seinen Orakelspruch.

Ich zappelte ein bißchen herum. Er ließ sich Zeit, und meine Geduld hatte Grenzen.

»Hören Sie, Nick, es ist nett von Ihnen, daß Sie mir helfen wollen, aber es ist mein Problem, und ich muß sehen, wie ich damit fertig werde. Ich bin sicher, daß ich ...«

»Moment, Moment, warum sind Sie immer so verdammt ungeduldig? Falls es Sie interessiert, ich habe wirklich eine Idee. Ich überlege nur, wie man sie verwirklichen kann.«

»Oh, tatsächlich? Was für eine Idee?«

Nick sah mich mit seinem durchdringenden Blick an.

»Sie wissen doch, daß ich in Cornwall ein Haus habe?«

Du meine Güte, warum erzählte er mir das jetzt? Nein, ich wußte es nicht. Gehörte es etwa zu meinem Job, zu wissen, wie viele Häuser mein Boß hatte? Woher zum Teufel sollte ich es wissen, wenn er sich nie in die Karten blicken ließ?

»Aha«, murmelte ich und nickte etwas lahm.

Er sah plötzlich ganz verträumt aus. »Ich bin dort aufgewachsen, es gehört meiner Familie schon seit Ewigkeiten. Es ist wirklich nichts Besonderes, nur ein weitläufiges altes Farmhaus am Meer und so baufällig, daß es eines Tages vielleicht wirklich reinrutscht, aber ich liebe es sehr...«

Er schaute in sein Weinglas, und ich rutschte ungeduldig auf meinem Stuhl herum. Ich meine, ich freute mich natürlich für ihn, aber was hatte seine idyllische Kindheit in Cornwall mit meinem Problem zu tun? Ich mußte sehen, wie ich mir den wahnsinnigen Amerikaner vom Hals schaffte.

»Mein Bruder Tim wohnt unter der Woche mit seiner Freundin dort, und ich fahre am Wochenende hinunter und kümmere mich darum, daß auf der Farm alles in Ordnung ist.«

»Auf der Farm?«

»Ja, ich habe doch gesagt, daß es ein Farmhaus ist, oder nicht?«

»Ja, aber ich dachte nicht, daß die Farm noch bewirtschaftet wird.«

»Und ob sie bewirtschaftet wird. Der Farmer sitzt Ihnen gegenüber.«

Ich erstickte fast an meinem Salat. »Sie? Ein Farmer? Das soll wohl ein Witz sein!« Nick war der allerletzte, den ich mir als Farmer vorstellen konnte. Ich stellte mir vor, wie er, an einem Gatter lehnend, einen Strohhalm im Mund und einen Diplomatenkoffer in der Hand, sein Vieh betrachtete, und stopfte mir fast die Serviette in den Mund, um nicht loszulachen.

Er grinste. »Das können Sie wahrscheinlich kaum glauben, weil Sie mich immer nur im Anzug, mit Schlips und Kragen bei der Arbeit sehen; aber ich fühle mich im

Kuhstall viel eher zu Hause, als beim Süßholzraspeln mit dem Rattengesicht Hutchinson.«

Ich lachte. Nick fand also auch, daß Hutchinson wie eine Ratte aussah? Das war vielversprechend. »Aber – aber was hat das alles mit Rachel zu tun?«

Nick sah überrascht aus. »Ach, habe ich das noch nicht gesagt? Ich dachte, sie könnte eine Zeitlang dort wohnen. Es ist ein großes Haus, und sie und das Baby hätten genug Platz. Und Adam denkt nicht im Traum daran, in Cornwall nach ihr zu suchen. Sie wäre dort bestens aufgehoben. Wie finden Sie das?« fragte er und faltete gelassen seine Serviette zusammen.

Meine Augen wurden riesengroß vor Überraschung. Nick wollte Rachel in seinem Haus in Cornwall aufnehmen? Ich suchte nach Worten.

»Verdammt, Nick, das ist eine großartige Idee, aber wir können doch nicht, das ist – das wäre doch eine ziemliche Zumutung. Sie kennen sie ja gar nicht.«

»Sie haben Adam auch nicht gekannt und stecken doch mittendrin in der Geschichte. Und wer weiß« – er grinste –, »vielleicht gefällt sie mir ja.«

»Das halte ich für völlig unwahrscheinlich, aber warum sollten Sie das für uns tun? Das ist einfach zuviel verlangt.«

»Sie haben überhaupt nichts verlangt, ich habe es Ihnen angeboten.«

»Ja, aber …«

»Hören Sie mal, Polly!« Nick beugte sich zu mir vor. Plötzlich wirkte er erstaunlich ernst. »Ich habe mich darüber lustig gemacht, aber Sie stecken, vorsichtig ausgedrückt, in Riesenschwierigkeiten. Ich habe das Gesicht von diesem Kerl gesehen, und er wird Sie bestimmt so lange verfolgen, bis er sein Kind wiederhat. Er ist ja jetzt schon nicht mehr ganz dicht. Sie und Pippa beschützen die Mutter, das ist sehr ehrenwert, aber auch gefährlich. Erstens weiß er, wo Sie arbeiten, und es ist möglich, daß er jeden Tag auftaucht und Sie terrorisiert. Paris ist eine gute Idee, aber wie Sie selbst sagen, kann es noch Wochen dauern, bis Rachel dort eine Wohnung findet. Mir macht es wirklich nichts aus, wenn sie eine Zeitlang in Cornwall wohnt. Es ist ein großes Haus, ich würde ihr nicht einmal groß begegnen. Ab Donnerstag bin ich für ein paar Wochen dort und kann sie ein bißchen im Auge behalten. Ich schlage vor, daß Sie mit ihr hinfahren und übers Wochenende bleiben, damit sie sich nicht so fremd fühlt. Sie können ihr helfen, sich einzugewöhnen. Und wenn sie soweit ist, reisen Sie ab, und sie kann ein paar friedliche Wochen am Meer verbringen, bis sie die Wohnung in Paris hat. Nun, klingt das vernünftig?«

Er trank sein Glas Wein aus, lehnte sich zurück und zündete sich eine Zigarette an. Ich sah ihn völlig fassungslos an. Vernünftig? Es war das Beste, was ich seit Tagen gehört hatte. Es war nicht nur vernünftig, es war wunderbar. Und unglaublich freundlich von ihm. Was mich anging, war ich im ersten Augenblick entsetzt über die Vorstellung, mit Nick ein Wochenende unter seinem Dach zu hausen, aber als ich ihn jetzt so über den Tisch hinweg musterte, erwärmte ich mich fast dafür. Was für ein Glück, eine Zeitlang aus diesem grauenhaften London wegzukommen – weg von Adam, weg von Harry, weg von allem. Ich war einmal im Frühling in Cornwall gewesen – Tausende von Schlüsselblumen und die frühen Narzissen hatten geblüht, einfach himmlisch. Ich dachte darüber nach, und je länger ich darüber nachdachte, um so mehr freute ich mich auf die kleine Reise.

»Glauben Sie, daß die Narzissen schon blühen?« fragte ich verträumt.

Er lachte. »Wollen Sie, daß ich anrufe und frage, bevor Sie sich entscheiden?«

Ich grinste. »Nein, nein, nicht nötig! Es ist eine ausgezeichnete Idee. Ich weiß nur nicht, wie ich Ihnen dafür danken soll. Es ist wirklich ...«

»Keine Ursache«, sagte er energisch und unterbrach mein Gestammel. »Natürlich muß Rachel auch einverstanden sein.«

Ich stöhnte auf. »Das ist der springende Punkt. An die dumme Kuh habe ich gar nicht mehr gedacht.« Das hatte ich wirklich nicht. Ich war im Geist singend durch die Narzissenwiesen gelaufen, und ihr übellauniges Gesicht war weit und breit nicht zu sehen gewesen.

»Am besten rufen Sie mich heute abend zu Hause an und geben mir Bescheid«, sagte Nick, füllte mein Glas nach und fuhr fort: »Weil wir nämlich, wenn sie einverstanden ist, gleich morgen früh aufbrechen, anstatt wie geplant am Donnerstag. Es wäre unter den gegebenen Umständen idiotisch, länger als nötig hierzubleiben und Adam Gelegenheit zu geben, Unfug anzurichten.«

»Aber was ist mit der Arbeit, haben Sie morgen keinen Termin?«

»Nur einen, und den kann Jason übernehmen. Wird allmählich Zeit, daß er sich sein Gehalt verdient.«

Ich kicherte. Der arme Jason war im akademischen Sinn rasend intelligent, aber in jeglicher anderer Hinsicht total untauglich. Besprechungen jagten ihm eine Höllenangst ein. Er schwitzte so stark, daß seine Brille beschlug, und konnte vor Schüchternheit kaum einen Finger rühren. Seine Art brachte Nick zur Verzweiflung, aber er war zu gutmütig, um ihn zu feuern.

»Ohne Sie macht er es ganz bestimmt besser, Sie jagen den Leuten Angst ein.« Jetzt war meine Zunge durch den Alkohol gelöst.

Nick hob überrascht die Augenbrauen. »Ich? Ich jage Leuten Angst ein? Das ist doch lächerlich. Haben Sie etwa Angst vor mir?«

»Also eigentlich nicht«, sagte ich und dachte, eigentlich doch. »Angst wäre zuviel gesagt«, fuhr ich fort. »Das wäre in meinem Fall nicht das richtige Wort.« Ich rutschte unbehaglich auf meinem Stuhl hin und her und fühlte, wie ich rot wurde. »Aber Sie können Leute schon ganz schön einschüchtern.«

»Das tut mir leid.« Er sah aufrichtig überrascht aus, sogar ein bißchen verletzt. »Das liegt jedenfalls nicht in meiner Absicht.«

»Natürlich nicht, es macht ja auch nichts«, sagte ich schnell. »Es wirkt irgendwie gar nicht mal schlecht – irgendwie kraftvoll.« Oje, was schwafelte ich denn da zusammen? Kraftvoll?

Nick sah noch überraschter drein, aber auch unglaublich belustigt. Mein Kopf war inzwischen ungefähr so rot wie die Tomate auf meinem Teller.

»Kraftvoll, ja?« sagte er grinsend. »So mögen Sie Ihre Männer, was?«

Normalerweise fällt mir auf sexuelle Anspielungen immer eine schlagfertige Antwort ein, aber in diesem Fall war es anders, schließlich redete ich mit Nick! Worauf wollte er hinaus? Ich rutschte auf meinem Sitz herum, schwitzte Blut und Wasser und wünschte, ich wäre irgendwo anders, zum Beispiel auf dem Damenklo.

Zum Glück brachte der Kellner den Kaffee, und ich konnte die Antwort umgehen. Als ich meinen Cappuccino umrührte, traute ich mich plötzlich, Nick eine Frage zu stellen, die mich sehr interessierte.

»Was ist denn mit Serena, kommt sie auch aufs Land?«

»Nein, sie kommt nicht«, antwortete er kurz. Zu kurz. Einerseits war meine Neugier jetzt geweckt, andererseits fühlte ich mich erleichtert; ich hatte keine besonders große Lust, ihr bildschönes Gesicht ein ganzes Wochenende ertragen zu müssen.

»Ja, fährt sie denn nicht immer am Wochenende mit Ihnen aufs Land?«

Jetzt rutschte er ein bißchen verlegen auf seinem Stuhl herum. Er zündete sich die nächste Zigarette an. »Sie ist nicht besonders gern dort, sie ist eine typische Großstadtpflanze. Außerdem dreht sie am Wochenende.«

»Sie hat wohl ziemlich viel zu tun – ich meine als Schauspielerin, oder?«

»Ja, ziemlich viel.«

»Und wenn Sie jedes Wochenende in Cornwall sind, dann können Sie sich ja gar nicht oft sehen?«

»Das ist richtig.«

»Und Sie arbeiten oft so lange, daß Sie abends sicherlich ...«

»Polly, sollen wir nicht erst mal Ihr Leben in Ordnung bringen?«

Ich grinste und ging nicht weiter darauf ein. Die beiden sahen sich offenbar nicht gerade häufig; vielleicht spielte er immer noch den Unnahbaren, um sie zu halten. Sie war schließlich ein »Fang«.

Nick zahlte, und wir verließen das überfüllte Lokal. Natürlich hatte ich wie immer zuviel getrunken, und die kalte Luft schlug mir wie eine Eisschranktür ins Gesicht. Ich war ein bißchen unsicher auf den Beinen und hatte plötzlich das Bedürfnis, meinen Arm unter Nicks starken, verläßlichen, tweedbekleideten Arm zu schieben. Kichernd widerstand ich der Versuchung. Statt dessen wickelte ich mir fröstelnd meine kurze Lederjacke fester um den Leib.

Wir gingen die Fulham Road entlang, und Nick musterte mich zweifelnd. »Wollen Sie meinen Mantel?«

»Nein, es ist ganz okay, vielen Dank«, sagte ich mit klappernden Zähnen. Er hielt ein Taxi an, öffnete die Tür und schob mich in den Fond.

»Aber es ist doch nicht mehr weit!«

»Macht nichts. Ich bin nicht besonders scharf darauf, in Cornwall eine lungenkranke Frau am Hals zu haben.« Er bat den Taxifahrer, die Heizung höher zu stellen. »Und warum essen Sie nicht vernünftig? Von diesem Kaninchenfutter kann ja niemandem warm werden. Sie machen doch keine Diät oder so was Idiotisches?«

»Nein.« Schmollend drückte ich mich in die Wagenecke. Großer Gott, es ging ihn doch wirklich nichts an, ob ich fror oder mich zu Tode hungerte. Zufällig machte ich gerade mal keine Diät. Ich hatte nur keinen Appetit, und die Klamotten fielen mir vom Leib. Das ist die einzige Entschädigung für ein gebrochenes Herz, dachte ich unglücklich.

Am Abend sprach ich mit Rachel über Cornwall. Ich wartete ab, bis sie Jamie gebadet und ins Bett gebracht, die Fläschchen für die Nacht vorbereitet und sich einen Gin Tonic eingeschenkt hatte. Ich setzte mich neben sie aufs Sofa, erzählte ihr vorsichtig von Nicks Haus und von seinem Plan, damit sie sich nicht überrumpelt fühlen konnte.

»Ach, Polly, das ist eine wunderbare Idee. Macht es ihm wirklich nichts aus?«

Sie wandte sich mir so lebhaft zu, daß ich erschrocken zusammenzuckte.

»Aber gar nicht. Er hat sogar vorgeschlagen, schon morgen zu fahren, falls dir das nicht zu schnell ist.«

»Je schneller, um so besser, ich kann gar nicht schnell genug aus London rauskommen.« Sie sprang mit einem bisher nie gezeigten Eifer vom Sofa auf. »Ich rufe gleich meinen Vater an und erzähle es ihm. Dann packe ich ein paar Sachen zusammen. Vielen Dank, Polly.«

Vielen Dank, Polly! Großer Gott, hatte ich Gnade vor ihren Augen gefunden? Plötzlich tat sie mir schrecklich leid. Ich war so mit meiner eigenen Tragödie beschäftigt gewesen, daß ich die ihre ganz vergessen hatte, die doch wirklich viel größer war als meine. Vielleicht hatte sie die letzten Tage hier eine höllische Angst gehabt, so allein, und nur darauf gewartet, daß Adam sich mit einem Messer zwischen den Zähnen durch eines der oberen Fenster hereinschwingen werde. Wie entsetzlich, niemanden zu haben, an den man sich wenden kann. Ich hatte viele Freunde, zu denen ich mich hätte flüchten können, sie schien keine zu haben. Um ein Haar hätte ich eine unfreundliche kleine Bemerkung darüber gemacht, daß sie garantiert mehr Freunde hätte, wenn sie ein bißchen liebenswürdiger und zugänglicher wäre, aber ich verkniff es mir.

Ich hörte Rachels aufgeregte Stimme am Telefon. »Es dauert noch etwas, bis das Urteil über das Sorgerecht durch ist. Und du weißt ja, wie sehr ich Cornwall liebe. Die frische Luft wird Jamie guttun, und jetzt, da ich weiß, daß Adam in London ist, will ich weg von hier!«

Polly, dachte ich, jetzt hast du wenigstens einmal etwas richtig hingekriegt – beziehungsweise Nick, gab ich großmütig zu. Ich wartete, bis Rachel ihr Gespräch beendet hatte, und wählte dann Nicks Nummer. Ich hatte ihn noch nie zu Hause angerufen und war geradezu lächerlich aufgeregt.

Während das Telefon klingelte, übte ich ein bißchen. Sag nicht: »Guten Tag«, sag ganz locker: »Hallo«, sag nicht: »Ich bin's«, sondern nenne deinen Namen; versuch halbwegs intelligent zu klingen. Eine Frauenstimme meldete sich, und das brachte mich völlig aus dem Konzept.

»Hallo?«

Serena.

»Ach – äh – ist – ist Nick da?«

»Und wer sind Sie?« Das klang verärgert.

»Äh – ich bin Polly – aus der Agentur«, sagte ich schnell und hätte fast hinzugefügt: Nur eine langweilige kleine Sekretärin mit gefärbten Haaren, überhaupt keine Konkurrenz für Sie.

»Einen Augenblick«, sagte sie eisig. Bezaubernde Manieren am Telefon.

Nick kam an den Apparat, und ich sagte ihm, daß wir sehr gern mit aufs Land kommen wollten. Wir verabredeten, daß er uns am nächsten Morgen gegen neun abholen würde.

Ich legte langsam auf und überlegte, wie wohl ihr Beisammensein aussah. Lagen sie engumschlungen auf dem Sofa und sahen sich etwas im Fernsehen an? Strich er mit den Fingern durch ihr weißblondes Haar und küßte sie auf ihre kleine Stupsnase? Streichelte sie sein kantiges Gesicht, lächelte sie ihm mit ihrem hinreißend sinnlichen Mund zu? Gingen sie zusammen nach oben, Arm in Arm, kichernd und schmusend? Zogen sie sich zuerst aus, oder rissen sie sich gegenseitig die Kleider vom Leib und fielen noch halb angezogen aufs Bett und übereinander her? Schauten sie sich, als sie dort lagen, in die Augen, bevor er nach ihr griff und anfing, sie zart zu streicheln ... Polly, hör sofort auf! dachte ich, bestürzt über die Ausführlichkeit meiner pornographischen Phantasien: Das ging mich doch überhaupt nichts an!

In dieser Nacht träumte ich, daß ich durch ein Narzissenfeld lief, mit der einen Hand streichelte ich die nickenden gelben Blumenköpfe, die andere lag in Harrys großer, schöner Hand. Er lächelte mir zärtlich zu, bückte sich und pflückte mir eine Blume, aber als er sich wieder aufrichtete, sah ich, daß es gar nicht Harry war, sondern Nick. Er hob die Blume hoch über seinen Kopf, und ich blickte auf und sah entsetzt, daß sich die Narzisse in ein Fleischermesser verwandelte. Ich starrte Nick erschrocken an, aber seine Augen waren nicht braun, sondern blau, eiskalt und voller Haß. Adam. Das Fleischermesser wurde immer höher gehoben, die Musik aus der Duschszene in *Psycho* ertönte, und mit dem geisteskranken Lächeln, das an Anthony Perkins erinnerte, stieß mir Adam das Messer zwischen die Augen.

Ich saß kerzengerade im Bett, schrie wie verrückt und war naßgeschwitzt. Gerechter Himmel, was war bloß mit mir los? Ich sank zurück auf das Kopfkissen, mein Herz raste. Mein Gott, dachte ich entsetzt, die Wirklichkeit ist schon schlimm genug, kann ich da nicht wenigstens ein paar angenehme Träume haben?

14. Kapitel

Am nächsten Morgen klingelte es um Punkt neun. Das schrille Geräusch drang bis zu meinen schlummernden Trommelfellen vor. Ich schoß wie eine Irre aus dem Bett und rannte splitternackt ans offene Fenster. Ohne nachzudenken, lehnte ich mich hinaus und sah hinunter, gleichzeitig schaute Nick zu mir herauf. Unsere Blicke begegneten sich, und er wandte sich hastig ab; mehr vor Schreck als aus Anstand, vermute ich mal, denn als ich zurücktrat und einen Blick in den Spiegel warf, sah ich eine hexenähnliche Erscheinung mit gerötetem Gesicht und Haaren, die wild in alle Richtungen abstanden.

Vorsichtig spähte ich hinter den Gardinen hervor und beobachtete Nick.

Die Hände tief in den Hosentaschen, klopfte er mit einem Fuß ungeduldig auf den Gehsteig.

Als ich im Morgenmantel über den Flur stolperte, sah ich, wie Rachel selbstgefällig lächelnd und wie aus dem Ei gepellt, mit Koffer und Baby die Treppe herunterkam. Warum, zum Teufel, hatte sie mich nicht geweckt? Pippa streckte ihren zerzausten Kopf aus dem Zimmer heraus. Sie trug ein T-Shirt, das gerade das Nötigste bedeckte, rieb sich die Augen und gähnte. »Nick ist da«, sagte sie. »Wir haben verschlafen.«

Durch den Türspalt erhaschte ich einen flüchtigen Blick auf den nackten Charles, der beim erfolglosen Versuch, seine Unterhose zu finden, BHs und rosa Schlüpfer vom Fußboden aufhob und wieder fallen ließ.

»Ich weiß, sag ihm, daß ich gleich fertig bin, ja?« sagte ich, als ich den automatischen Türöffner drückte.

Ich sauste in meinem Zimmer umher, warf mir Rock und Pullover über und zerrte einen Kamm durch mein vom Schlaf verfilztes Haar. Zeit zum Duschen war heute wirklich nicht, daher besprühte ich mich reichlich mit Diorissimo und hoffte, daß das ein einigermaßen würdiger Ersatz war.

Ich trampelte die Treppe hinunter, verrieb das Rouge auf meinen blassen Wangen, war wieder mal zu spät und kam mir ziemlich blöd vor. In der Küche briet Pippa Speck für Charles und Nick, und immer, wenn sie mit der Pfanne rüttelte, schauten gut fünf Zentimeter ihrer Pobacken unter dem T-Shirt heraus. Die Männer tranken Kaffee und unterhielten sich freundschaftlich, schauten sich aber nicht an: Beide ließen das Hinterteil der Köchin nicht aus den Augen, und Charles schien nichts dagegen zu haben, den hübschen Anblick mit Nick zu teilen.

Rachel kam herein und lehnte es ab zu frühstücken. Das habe sie schon viel, viel früher getan – man konnte sich des Eindrucks nicht erwehren, daß von einer Zeit vor Tagesanbruch die Rede war. Sie setzte sich, den Koffer neben sich, ins Wohnzimmer, als schlüge sie nur die Zeit tot, bis ihr Chauffeur in der Küche fertig gefrühstückt hatte.

Ich schnappte mir ein Stück Speck aus der Pfanne und steckte es zwischen zwei Scheiben Toastbrot. Dann setzte ich mich, kaute und bemühte mich verzweifelt, aufzuwachen. Hin und wieder warf ich Nick, der mit

Pippa und Charles lachte und scherzte, einen verstohlenen Blick zu.

Ohne seine eleganten Anzüge wirkte er wie ein anderer Mensch. Seine ausgebeulte Cordhose und sein verwaschener dunkelblauer Pullover ließen ihn jünger und zugänglicher erscheinen. Das dunkle Haar fiel ihm in die Augen, wenn er den Kopf zurückwarf und über die Witze von Charles lachte.

Er ertappte mich dabei, daß ich ihn anstarrte, und lächelte mich strahlend an. Ich wurde rot und begann den Frühstückstisch abzuräumen, um meine Verwirrung zu verbergen. Was dachte er sich eigentlich dabei, mich so anzulächeln? Jeder mußte ihn für einen sehr netten Menschen halten. Aber vielleicht war er das ja auch, überlegte ich unglücklich, als ich an der Spüle stand und das Fett von meinem Teller wusch; vielleicht lag es an mir. Pippa hat keinerlei Schwierigkeiten mit ihm, fiel mir ein, als ich jetzt sah, wie sie ihm lange blonde Haare vom Pullover zupfte und sie wie wichtige Beweisstücke in die Höhe hielt. Alle bogen sich vor Lachen.

Offenbar liegt es an mir, dachte ich, trocknete meinen Teller ab und stellte ihn in den Schrank. Ich nahm das Chef-Sekretärin-Verhältnis viel zu ernst. Aber jetzt waren wir nicht in der Agentur. Wenn wir das Wochenende zusammen verbringen wollten, mußte ich aufhören, umherzurennen und bei jeder Gelegenheit meine Hilfe anzubieten wie eine dienstbeflissene dumme Gans. Ich mußte einfach ich selbst sein.

Ich drehte mich um, stützte die Hände in die Hüften und lächelte zuversichtlich. »Wir können jetzt losfahren«, sagte ich mit meiner neuen, selbstsicheren Stimme.

Zu selbstsicher. Die anderen unterbrachen ihr vergnügtes Geschnatter und blickten überrascht auf. Nick stopfte sich hastig den Rest seines Sandwichs in den Mund und stand auf, ohne seinen Kaffee auszutrinken.

»Klar«, sagte er freundlich mit vollem Mund. »Ich bin fertig. Tut mir leid, ich habe gar nicht gemerkt, daß Sie gewartet haben.«

O Gott, jetzt kam ich mir natürlich vor wie eine herrschsüchtige Zimtzicke. Was war nur mit mir los?

Unglücklich tappte ich auf dem Weg zum Auto hinter ihm her. Wir luden das Gepäck ein, Rachel stand dabei und schaute zu. Das meiste waren Babysachen, die sie zwar unbedingt mitnehmen, aber nicht unbedingt einräumen wollte. Als wir abfuhren, standen Pippa und Charles an der Haustür, hielten sich in den Armen und winkten. Sie sahen aus wie ein Liebespaar in einer Seifenoper, und ich seufzte wehmütig.

Als wir London hinter uns gelassen hatten und zur Autobahn fuhren, sah Nick Rachel durch den Rückspiegel an und lächelte. »Wie alt ist Jamie, Rachel?« fragte er.

»Etwas über fünf Monate«, antwortete sie kaum hörbar.

»Verzeihung. Sagten Sie fünf Monate?«

»Hmmm.«

»Ach so. Und ist er – nun ja, ist er brav? Ist er ein braves Baby?«

»Ja, ziemlich brav.«

»Schreit er viel?«

»Nein, es geht so.«

»Großartig, dann hält er uns also nicht die ganze Nacht wach?«

»Nein.«

»Gut, gut … Ich muß schon sagen, er ist ein hübscher kleiner Kerl – und kräftig. Wenn er so weitermacht, wird er bald für England Rugby spielen – vielleicht als Schlußmann.«

»Wie bitte?«

»Der Schlußmann ist einer der wichtigsten Spieler.«

»Ach ja. Ja, richtig.«

An diesem Punkt gab Nick auf. Den meisten Leuten wäre schon viel früher die Lust vergangen. Rachels Eintritt-verboten-Schild war nicht zu übersehen. Sie saß auf dem Rücksitz, schaute aus dem Fenster und tat so, als sei sie taub. Man muß schon sehr von sich selbst überzeugt sein, dachte ich, um so wenig darauf zu geben, was andere Leute von einem denken.

Als wir auf die Autobahnauffahrt fuhren und Nick Gas gab, übernahm ich die Rolle des Fragenstellers.

»Wie lange haben Sie dieses Haus schon?«

»Ach, ungefähr seit zweihundert Jahren.«

Mir stockte der Atem. »So lange schon?«

Er lachte. »So lange ist es im Besitz der Familie. Verschiedene Generationen von immer ärmeren Penhalligans haben seit ungefähr 1790 dort gelebt.«

»Und jetzt gehört es Ihnen?«

»Ja, obwohl zur Zeit mein jüngerer Bruder da wohnt, während ich in London bin.«

»Und Ihre Eltern, wo wohnen die?«

»Mein Vater ist gestorben, und meine Mutter ist nach seinem Tod ausgezogen. Sie meinte, das Haus sei zu groß für sie allein, aber ich glaube, ohne Dad war es ihr auch nicht ganz geheuer. Zu viele Erinnerungen und so.«

»Das kann ich mir vorstellen. Wie traurig. Und wo lebt sie jetzt?«

»Am Rand eines kleinen Ortes namens Gweek. Ungefähr sechs Kilometer entfernt. Sie hat sich dort eine alte Scheune umgebaut. Wir fahren mal hin und besuchen sie, wenn Sie wollen. Sie werden sie mögen«, sagte er und lachte. »Sie ist ein ziemlich verrücktes Huhn.«

Darüber dachte ich eine Weile nach. »Und glauben Sie, ich werde sie deshalb mögen? Weil ich auch verrückt bin?«

Er wandte den Blick kurz von der Straße ab und grinste mich an. »Ich würde sagen, daß Sie ein gewisses Potential besitzen, aber Frauen werden erst mit ungefähr vierzig richtig verrückt. Sie schaffen es vielleicht schon ein bißchen früher – etwa mit fünfunddreißig.«

Ich grinste zurück, nahm mir aber vor, so spät wie möglich in die Reihen der verrückten Hühner aufzusteigen. Ich mußte an Serena denken. An diesem Wochenende würde ich versuchen, so zu sein wie sie, sehr weltgewandt, sehr elegant, sehr cool. Wenn ich lachen mußte, dann sollte es eher nach einem Silberglöckchen als nach einem Fuhrknecht klingen.

Ich schlug die Beine übereinander, die ich in einem wenig damenhaften Winkel gespreizt hatte, und spuckte meinen Kaugummi so unauffällig wie möglich in die Hand. Dabei merkte ich, daß ich ein ziemlich schmutziges Pflaster am Daumen hatte, das schon seit mindestens einer Woche dort klebte. Ich zog es ab, wickelte es um den Kaugummi und steckte das eklige kleine Packet dann … Ja, wohin in aller Welt sollte ich es stecken? In den Aschenbecher? Nein, da würde er es finden – ach ja, in meine Handtasche. Als ich die Tasche wieder schloß, stellte ich fest, daß mich Nick sehr amüsiert anschaute. Er hatte alles gesehen. Am besten war wohl, man bemäntelte es mit einem Lachen. Ich probierte mein neues helles Silberglöckchen aus.

»Habe mich gestern beim Kochen geschnitten – es gab übrigens Hummer … Hi-hi-hi-ja!«

»Was ist los?«

»Wie bitte?«

»Was war das für ein Geräusch?«

»Was für ein Geräusch?«

»Eben, so ähnlich wie ein Pferd.«

»Ach so! Ich hab gelacht, sonst nichts.«

»Wirklich? Das klang aber sehr komisch, als hätten Sie einen Nebenhöhlenkatarrh oder so.«

Ich stöhnte innerlich. Die Nummer mit dem silberhellen Lachen mußte offenbar erst noch perfektioniert werden. Ich wechselte das Thema. »Wer kümmert sich um die Farm, wenn Sie nicht da sind?«

»Oh, ich habe einen ausgezeichneten Verwalter, der den ganzen Laden schmeißt. Er hat ein Cottage auf dem Gut.«

Gut! Wohin fuhren wir eigentlich? Nach Schloß Balmoral?

Er sah mich lächelnd an. »Nur keine Bange, so toll ist es auch wieder nicht, es ist mehr oder weniger ein einfacher landwirtschaftlicher Betrieb.«

Mir war nicht bang. Der Gedanke an Balmoral gefiel mir. Im Geist packte ich meinen Koffer aus – hatte ich die richtige Garderobe dabei? Eigentlich schon, aber aus dem Ankleidezimmer von Balmoral würde ich ein paar Kleinigkeiten mitgehen lassen müssen; eine Windjacke hier, ein paar grüne Gummistiefel da – in den Landhäusern stand immer so viel von dem Zeug herum, daß man eine ganze Armee damit einkleiden konnte.

»Warum behalten Sie das Haus, wenn Sie nie ganz dort leben werden?«

»Wer sagt denn, daß ich nie dort leben werde?«

»Na ja. Sie behalten doch wahrscheinlich die Agentur, und da können Sie doch nicht gleichzeitig in Cornwall leben, oder?«

»Genau deshalb werde ich die Agentur verkaufen.«

Der Unterkiefer sackte mir auf die Brust, und ich brachte nur eine einzige Silbe heraus: *»Nein!«*

»Doch, doch, ich habe das ganz fest vor.«

»Aber warum? Warum, um alles in der Welt, wollen Sie die Agentur verkaufen? Sie geht doch so gut.«

»So ist es, und deshalb werde ich auch eine Menge Geld dafür bekommen. Ich hatte nie vor, diesen Job lange zu machen, Polly. Ich brauche das Geld, um das Haus zu renovieren – Sie haben ja keine Ahnung, wie kostspielig es ist, ein so großes Haus in Schuß zu halten. Das Dach stürzt bald ein, wir haben den Schwamm im Holz, und die Heizung muß erneuert werden; die Fenster sind morsch und undicht – man braucht eine Menge Geld, um das alles zu reparieren. Ich mach diese Werbegeschichte nur, damit ich alles bezahlen kann.«

»Aber – aber Sie sind ein so guter Werbemann«, sagte ich völlig außer mir. »Werden Sie die Arbeit nicht vermissen? Macht sie Ihnen keinen Spaß?«

Nick warf den Kopf zurück und lachte. »Spaß? Sie scherzen wohl. Glauben Sie, es macht Spaß, schleimigen kleinen Kröten wie James Hutchinson in den Arsch zu kriechen, damit er sich fünf Minuten lang wichtig vorkommt, und ihm zu helfen, seinen miesen Muckefuck unters Volk zu bringen? Nein, es macht mir gar keinen Spaß, und je mehr ich darüber nachdenke, um so mehr verabscheue ich diesen Job. Überlegen Sie doch mal, Polly; wir verbringen unsere Zeit damit, uns Fernsehspots auszudenken, in denen strahlende Liebespaare und wunderbare Kinder sich für irgendwelche Büchsensuppen oder Schokoriegel begeistern. Wir gaukeln den Leuten eine Traumwelt vor – mit Riesenschlitten, großen Häusern, tollen Urlauben – das ganze Leben ist eine Party –, und dann schlagen wir entsetzt die Hände über dem Kopf zusammen, wenn jemand in den Hi-Fi-Shop um die Ecke einbricht und ein Videogerät klaut, weil er meint, es sei sein gutes Recht. Die Leute im Fernsehen haben ja auch eins. Werbung stinkt, Polly, und je mehr ich davon zu sehen kriege, um so weniger möchte ich damit zu tun haben.«

»Aber – aber was wird dann aus der Agentur?« stotterte ich. »Sie machen doch eigentlich alles, und wenn Sie nicht mehr da sind, geht die Agentur ein.«

»Wieso denn das?« sagte Nick. »Wenn ich die Agentur verkaufe, dann nur unter der Bedingung, daß alle Mitarbeiter weiterbeschäftigt werden. Ich verkaufe meinen Anteil einfach an den stillen Teilhaber, dem auch jetzt schon die Hälfte gehört. Ich nehme an, daß er einen Werbefachmann einstellen wird, der euch auf die Finger schaut und euch Beine macht.« Er grinste. »Wer weiß, vielleicht nimmt er Sie mit, wenn Fernsehspots gedreht werden, vielleicht lädt er Sie auch öfters als ich zum Essen ein!«

Ich lächelte schwach. Irgendwie war mir ganz flau. »Und – wann soll das alles passieren?« fragte ich leise.

»Ungefähr in einem halben Jahr. Hoffentlich überzeugt unsere Präsentation diesen Hundefutterhersteller, dann haben wir einen zusätzlichen Etat von einer halben Million. Und dann verkaufe ich die Agentur.«

Ich starrte auf die helle Stelle an meinem Daumen, die vom Pflaster verdeckt gewesen war. Was immer Nick sagte, die Agentur würde ohne ihn völlig anders sein. Er, und nur er war die treibende Kraft. Wenn er ging, würden die anderen den ganzen lieben Tag im Pub herumsitzen. Wie die Dinge nun mal lagen, glaubte ich nicht einmal, daß heute irgendeiner zur Arbeit erschienen war. Pippa hatte so ausgesehen, als ob sie mit Charles schnurstracks zurück ins Schlafzimmer gehen würde, und Joss und Ron lauerten sicherlich schon einem Opfer in einer Bar in South Kensington auf.

Ich warf einen Blick auf Nicks energisches Kinn, seine römische Nase und die offenen Augen. Er hatte gut reden, daß alles so weiterlaufen würde wie bisher. Nicht jeder besaß so viel Entschlossenheit und Charakterstärke wie er. Wenn ich mir vorstellte, was auf uns zukam! Uns brauchte doch nur jemand zu einem Drink oder zu einem ausgedehnten Lunch einzuladen, und wir liefen mit, so einfach war das. Er ließ uns im Stich, überließ uns unserer lockeren Moral und unserem schwachen Charakter. Ich war fassungslos.

»Wenn Sie Werbung so unmoralisch und die Kunden so widerwärtig finden, frage ich mich, warum Sie Ihre Millionen unbedingt in dieser Branche verdienen wollten«, fauchte ich.

»Ich habe keine Millionen verdient, und ich habe nie behauptet, alle Kunden seien widerwärtig. Nur James Hutchinson und seinesgleichen. Ich weiß, es klingt blöd, wenn man den Moralapostel spielt, nachdem man beschlossen hat, auszusteigen. Aber als ich mit der Agentur anfing, habe ich nicht geahnt, daß mir die Werbebranche so gegen den Strich gehen würde.« Er sah mich an und grinste. »Was möglicherweise eine Erklärung dafür ist, warum ich in der Agentur so oft schlecht gelaunt bin.«

»Oh, das würde ich nicht …«

»Kommen Sie, Polly, ich weiß sehr gut, was für ein gräßlicher Chef ich bin, und ich entschuldige mich dafür, aber diese Arbeit verleidet mir alles. Ich bin nur solange dabeigeblieben, weil mir sehr schnell klar wurde, wieviel Geld man damit machen kann, und so idealistisch, auf dieses Geld zu verzichten, bin ich auch nicht. Ich brauche es für das neue Dach und die anderen Reparaturen an meinem Haus. Ich sage ja auch nur, daß ich nicht bis in alle Ewigkeit Werbung machen will.«

Ich saß mißmutig schweigend da. Das wollte ich auch nicht, aber mir blieb nichts anderes übrig. Mir hatte niemand eine Farm vererbt. Alle Leute schienen Pläne zu haben – nur ich nicht. Was sollte aus mir werden? Hatte sich schon jemand darüber den Kopf zerbrochen? Ich schluckte den Kloß hinunter, der mir plötzlich in der Kehle saß, und bemühte mich, nicht allzu tief im Selbstmitleid zu versinken.

»Werden Sie London nicht vermissen?«

»Überhaupt nicht. Was sollte ich da wohl vermissen? Den Verkehr? Die Menschenmassen? Die U-Bahn? Die verpestete Luft? Den Streß? Das unvermeidliche Magengeschwür? Oder meinen Sie vielleicht das ganze gesellschaftliche Trara?«

»Ja, ich glaube, das meine ich«, sagte ich mit leichtem Unbehagen.

Nick schwieg einen Moment, wechselte die Fahrspur und ließ einen Porsche mit ungefähr dreitausend Stundenkilometern vorüberpreschen. »Es würde mir«, sagte Nick endlich, »überhaupt nichts ausmachen, wenn ich nie wieder auf eine Londoner Cocktailparty ginge. Man steht ohnehin nur blöd herum, ein Glas sauren Weißwein in der Hand, und quatscht oberflächliches Zeug mit Wildfremden, die einen nicht die Bohne interessieren und die man nie im Leben wiedersehen wird. Nein, danke.«

»Aber es gibt in London doch sicherlich Leute, die Sie mögen? Oder haben Sie gar keine Freunde?« fügte ich boshaft hinzu.

»Doch, natürlich, viele Freunde sogar, und ich treffe mich nach der Arbeit gern mit ihnen auf einen Drink oder zum Abendessen. Aber ich habe keine Lust darauf, auf dem Weg zu ihnen eine Stunde lang im Stau zu stehen und am Ende des Abends festzustellen, daß mein Auto aufgebrochen worden ist. Warten Sie ab, bis Sie sehen, wofür ich das alles aufgebe, Polly. Es könnte vielleicht sogar eine Großstadtpflanze wie Sie bekehren.«

»Das bezweifle ich, denn ich nehme nicht an, daß Armani schon eine Filiale in Helford hat.«

Er schüttelte sich vor Lachen. »Nein, in der Tat, die gibt's nicht, aber ich glaube, auf dem Land hat keiner viel Verwendung für Armani. Es sähe doch ganz schön bescheuert aus, wenn ich im Designeranzug durch den Matsch stiefelte, meinen Sie nicht?«

Ich schaute miesepetrig aus dem Fenster und fand, daß das Leben ganz schön ungerecht war. Dabei fiel mir Nicks Freundin ein. »Und was ist mit Serena?«

Nick antwortete nicht. Er blickte starr geradeaus. Nur ein kleiner Muskel zuckte in seinem Gesicht. Aha! Jetzt hatte ich ihn. Auf diesem Gebiet sind wir nicht so selbstsicher und selbstgerecht, was, Herr Gutsbesitzer?

»Sie haben gesagt, daß sie Cornwall nicht mag«, fuhr ich beharrlich fort.

»Ja, das stimmt.« Er kniff die Augen zusammen.

»Können Sie dann überhaupt mit ihr zusammenbleiben?« Keine Antwort, aber das störte mich nicht weiter. »Was meinen Sie?«

Er lachte. »Du liebe Güte, Sie sind vielleicht hartnäckig. Quetschen Sie mich über was anderes aus, Polly, das ist wirklich nicht mein Lieblingsthema.«

Was, zum Teufel, hieß das denn wieder? Sprach er nicht gern darüber, oder lief es nicht so gut? Hinter der Windschutzscheibe flogen Felder und Hecken vorbei. Kühe und Schafe, Schafe und Kühe. Wir fuhren Kilometer um Kilometer, und im Autoradio sang sich Phil Collins die Seele aus dem Leib. »*And now we're living se-eparate lives*«, schluchzte er, und ich mußte plötzlich schlucken. *Seperate lives*. Auch Harry und ich würden getrennte Wege gehen. Ich schluckte wieder und blinzelte. Irgendwie war ich völlig geknickt. Wegen Harry? Weil Nick die Agentur verkaufen wollte? Oder weil ich das Gefühl hatte, von allen zurückgestoßen zu werden? Ja, es gefiel mir ganz und gar nicht, von aller Welt verlassen zu werden. Ich fühlte mich, als sei ich wieder fünf Jahre alt und wieder auf dem Spielplatz. Schnell, rennt weg, Polly kommt!

Nick unterbrach meine trübseligen Gedanken. »Ich weiß, daß es schon spät ist, aber wir könnten irgendwo anhalten und etwas zu Mittag essen. Was meinen Sie?«

»Aber klar«, sagte ich. Rachel sagte nichts, sie schlief.

Es war schon ein paar Stunden her, seit wir gefrühstückt hatten, und mein Bauch knurrte als Begleitung zu Phil Collins' Trommelwirbeln.

In Wincanton bogen wir von der Hauptstraße ab und fuhren eine Landstraße entlang und dann weiter in eine Reihe immer schmälerer Sträßchen, bis wir schließlich auf einen Feldweg gelangten. Ich schaute Nick überrascht an.

»Ich hoffe, Sie wissen, wohin Sie fahren?«

»Keine Angst, ich war schon oft hier.«

Wir fuhren bis zum Ende des holprigen Weges und hielten neben einem sehr alt aussehenden Gasthof an. Er hatte ein Strohdach und schöne Erkerfenster. Erstaunlicherweise parkten – obwohl das Haus mitten im Nirgendwo stand – ziemlich viele Autos davor.

»Wo sind wir?« fragte ich, öffnete mißtrauisch die Tür und hielt nach Pfützen und Kuhfladen Ausschau, bevor ich es wagte, mit meinen ach so sportlichen, aber ach so teuren blauen Schuhen auszusteigen.

»Willkommen im Dog and Duck. Der Gasthof gehört einer Freundin von mir.« Nick ging um den Wagen herum und öffnete Rachel die Tür. Sie gähnte, dehnte und streckte sich, während Nick sich mit dem Verschluß von Jamies Babysitz abplagte. Wir mußten die Köpfe einziehen, um uns nicht am niedrigen Türstock zu stoßen – ja, sogar ich! Dann wandte Nick sich nach links und führte uns in eine gemütliche kleine Bar mit dunklen mahagonigetäfelten Wänden und einem Eckkamin, in dem ein Feuer brannte. Rachel und ich traten sofort an den Kamin, wärmten uns auf und schauten uns im Raum um. Die Teppiche und Vorhänge waren von einem wunderschönen Altrosa, und an den Wänden hingen alte Farbdrucke. Außer einem bequemen Chintzsofa standen ein paar Ledersessel und ein paar Tische und Holzstühle da. Es war ein von leichter Hand möblierter Raum, der so aussah, als sei schon lange nichts mehr darin verändert worden. Ich wurde jedoch den Verdacht nicht los, daß dieses behaglich alt wirkende Ambiente mit gründlichem Überlegen und großem Kunstverstand geschaffen worden war. Als ich aus den bleiverglasten Fenstern auf die Felder schaute, ertönte links von mir ein Schrei.

»Nick!«

Ich fuhr herum und sah eine umwerfend schöne junge Frau in der Tür stehen. Sie war klein und zierlich, hatte zu einem Pagenkopf geschnittenes, glänzendes schwarzes Haar, große mandelförmige Augen und einen vollen, sinnlichen Mund. Sie strahlte vor Freude und warf sich Nick in die Arme. Er hob sie hoch und wirbelte sie herum. Als sie ihm ein paar herzhafte Küsse gab und ihm das Haar zerzauste, wandelte mich komischerweise ein

Gefühl an, als vergreife sie sich an etwas, das mir gehörte. Nick hielt sie fest und lachte, als sie wieder auf den Boden wollte, stellte sie dann aber auf die Füße.

»Nick, alter Junge!« rief sie atemlos. »Was, zum Teufel, machst du denn hier?«

»Ich wollte einmal nachschauen, was für einen Unsinn du wieder angestellt hast. Du siehst prächtig aus. Das Leben als Landpomeranze scheint dir gut zu bekommen.«

»Für einen Werbefuzzi siehst du auch nicht übel aus. Warum hast du mir nicht gesagt, daß du kommst? Heute hätte mein freier Tag sein können, und ich hätte dich umgebracht, wenn ich dich verpaßt hätte.«

»Na ja, ich habe fest damit gerechnet, daß du hier bist – nach meinem Auto Ausschau hältst, an der Tür auf mich wartest ...«

Sie tat so, als sei sie wütend, und holte zu einem Schlag aus. Er duckte sich und hielt ihren Arm fest. Dann wandte er sich lachend an uns. »Das ist Penny, die Wirtin. Sie führt dieses Lokal und ist geradezu beängstigend tüchtig und erfolgreich. Penny, das sind Polly, Rachel und Jamie.«

Wir lächelten uns an und sagten hallo. Es war unmöglich, Penny nicht sofort zu mögen, sie war so fröhlich und lebendig.

Penny beugte sich zu Jamie hinunter und löcherte Nick buchstäblich mit Fragen. Wie ging es dem Soundso? Was machte er jetzt? Wer tat was wem an? Wie ging es in der Agentur? Sie kannten einander offenbar sehr gut. Wie gut? fragte ich mich.

Nachdem wir uns am Feuer aufgewärmt und die beiden ein bißchen miteinander geschwatzt hatten, folgten wir Penny in einen schönen olivgrünen Speisesaal, in den durch die Erkerfenster das Sonnenlicht in breiten Bahnen einfiel. Als wir uns an den einzigen noch freien Tisch setzten, staunte ich über das Silberbesteck und das weiße Leinentischtuch. Das war alles andere als ein Durchschnitts-Lokal.

Penny lehnte es ab, mit uns zu essen, weil sie, wie sie sagte, zuviel zu tun hatte, servierte uns aber selbst das Essen und blieb jedesmal ein bißchen länger als nötig stehen und unterhielt sich mit uns, während sie uns zartes Roastbeef, kleine Maiskolben und die kleinsten neuen Kartoffeln, die ich jemals gegessen hatte, auf den Teller häufte. Das Essen war köstlich, und ich sagte es ihr.

Sie lächelte. »Das haben wir Tim zu verdanken, Nicks Bruder. Er baut Biogemüse an und liefert es mir ins Haus. Ich bin begeistert, es schmeckt wirklich viel besser als das Gemüse, das man sonst bekommt.«

Das war in der Tat so, und auch die rote Grütze mit Schlagsahne, die es zum Nachtisch gab, war ein Traum. Zufrieden und zum Platzen voll, lehnte ich mich zurück, als sie Kaffee brachte und sich zu uns setzte.

Während ich den heißen Kaffee schlürfte, sah ich mir Penny genau an. Also, eine Landpomeranze war sie wirklich nicht. Was zum Teufel machte eine so schöne junge Frau wie sie hier am Ende der Welt, wo sie doch wie geschaffen dafür war, die Sloane Street entlangzuschlendern und ein kleines Schwarzes mit dem gewissen Etwas zu suchen, das sie am Abend bei einer Cocktailparty in Chelsea tragen wollte.

Nick und Penny unterhielten sich über alte Freunde und alte Zeiten, was mir gar nichts sagte, aber ich hörte aufmerksam zu und wartete auf irgendwelche interessanten Einzelheiten.

»Und wie geht es dir und Serena?« fragte Penny, und das war genau die interessante Einzelheit, auf die ich gewartet hatte. »Werft ihr euch immer noch Teller und Gin-Flaschen an den Kopf?«

Mit möglichst gleichgültiger Miene rührte ich in meinem Kaffee und fuhr meine Ohren aus.

Nick lächelte, zündete sich eine Zigarette an und blies nachdenklich den Rauch in die Luft.

»Nun ja, man könnte sagen, daß wir eine Art Waffenstillstand erreicht haben.«

Seltsam, sehr seltsam – was sollte das schon wieder heißen? Konnte mich vielleicht jemand aufklären? Ich liebte Klatsch, ganz besonders Klatsch, der Nick betraf.

Er umging eine weitere Unterhaltung über sein Liebesleben geschickt, indem er auf das Restaurant zu sprechen kam und Penny hauptsächlich für alles lobte, was sie in der Zwischenzeit getan hatte. Rachel und ich fielen in die Lobeshymne ein. Nach dem Lunch gingen wir durch den dunklen, alten Flur und durch die niedrige Haustür zurück in den Sonnenschein.

Nick und Penny umarmten und küßten sich zum Abschied, viel zu liebevoll für mein erfahrenes Auge. Sie stand in der Tür, lächelte und winkte, bis wir nicht mehr zu sehen waren.

Ich brannte vor Neugier, schaffte es aber, mich zurückzuhalten, bis wir die Holperstrecke hinter uns und die Landstraße unter den Rädern hatten.

»Und woher kennen Sie Penny?« fragte ich beiläufig.

»Sie ist eine uralte Freundin von mir.«

»Hat mir aber wie eine sehr gute Freundin ausgesehen.«

Er grinste. »Okay, eine sehr gute alte Freundin.«

»Aber warum betreibt sie ausgerechnet hier ein Restaurant, wo sich Fuchs und Has' gute Nacht sagen?«

»Weil es ihr gefällt, nehme ich an.«

»Aber es ist hier so … ruhig.«

Er lächelte. »Das mag sie gerade.« Er schob eine Kassette in den Radiorekorder, aber so leicht war ich nicht abzuwimmeln.

»Kennen Sie sich schon lange?« fragte ich.

Nick gab nach. »Penny war mal meine Freundin. Vor Jahren waren wir eine Zeitlang zusammen, gleich nach meinem Studium in Cambridge. Ich wohnte damals in Cornwall, und sie lebte hier mit mir zusammen. Als wir uns trennten, ging sie nach London zurück, stellte aber bald fest, daß sie es in der Stadt nicht mehr aushielt. Ihr fehlte das Land. Ich hörte mich um und half ihr, dieses Restaurant zu finden. Sie hatte etwas Geld geerbt, lieh sich den Rest, lebt seitdem hier, und es geht ihr recht gut. Ihr Freund hat ein Antiquitätengeschäft im Dorf, und soweit ich weiß, ist sie sehr glücklich – ist das so merkwürdig?«

»Nein, nein, überhaupt nicht«, entgegnete ich und dachte, daß ich in dieser Einöde in kürzester Zeit total überschnappen würde. Penny war also eine Exfreundin von Nick. Das erklärte die Küsserei und das Geschmuse.

»Verstehen Sie sich mit allen Ihren Exfreundinnen so gut?«

Er lachte. »Ich glaube schon, aber so viele Exfreundinnen sind es gar nicht, nur Penny und …« Er unterbrach sich und tat so, als müsse er sich auf ein Straßenschild konzentrieren, obwohl er die Gegend sicher kannte wie seine Westentasche. Und wer war »und …«? Mein Gott, war er geheimnisvoll.

Ich gab mich zufrieden, schaute zum Fenster hinaus und sah die Landschaft vorüberfliegen.

Allmählich veränderte sich die Szenerie. Die Felder wurden kleiner, die Hecken höher, die Hügel steiler und die Straßen schmaler. Die Hecken, die die winzigen Sträßchen säumten, waren übermannshoch; Schlüsselblumen und Glockenblumen wuchsen so gefährlich nah am Straßenrand, daß man um ihr Leben fürchten mußte. Die Straßen wurden so schmal, daß wir manchmal zurücksetzen mußten, um entgegenkommende Autos oder Traktoren passieren zu lassen. Manchmal sah ich durch einen Spalt in einer Hecke eine üppige grüne Wiese oder ein Feld voll leuchtendgelber Narzissen.

Ich saß aufrecht da wie ein Kind, das darauf wartet, endlich das Meer zu sehen. Hin und wieder kamen wir durch ein Städtchen oder ein Dorf; die niedrigen weißgetünchten Häuser drängten sich um die Kirche wie eine geduldige Schafherde um ihren Hirten.

Ich öffnete das Fenster, lehnte mich hinaus, schloß die Augen und ließ mein Haar im Wind flattern.

Nick lachte. »Was machen Sie denn da?«

»Ich lasse meine armen Lungen von dieser wundervollen Landluft kosten – Sie haben recht, es ist sehr schön hier.«

Er grinste breit. So etwas hörte er gern. Wir rührend, daß er so stolz auf ein kleines Fleckchen England war. Ich hätte mir nicht vorstellen können, für meinen Heimatort Esher genauso zu empfinden. Selbst Rachel, die wieder geschlafen hatte, zeigte dem selig glucksenden Jamie Kühe und Schafe. Plötzlich fühlte ich mich fast glücklich. Im Auto herrschte echte Urlaubsstimmung, durchaus möglich, daß ich gleich anfangen würde, »*Green Grow the Rushes Oh*« zu singen.

Als wir mit halsbrecherischer Geschwindigkeit ein besonders schmales Sträßchen entlangfuhren und Rachel und ich zum Schein ängstlich quietschten, schaltete Nick plötzlich vom vierten in den zweiten Gang, bog links ab und fuhr durch ein verwittertes weißes Tor. Wir holperten über einen schmalen Weg voller Schlaglöcher. Er war lang und schlängelte sich durch einen Wald, ab und zu und in unregelmäßigen Abständen fiel Sonnenlicht durch die Bäume, als leuchte uns jemand mit einer riesigen Taschenlampe.

Kurz darauf teilte sich der Wald, und vor uns öffnete sich eine weitläufige Wiese. Direkt vor uns erhob sich ein großes, sehr altes graues Steinhaus.

Es war lang und niedrig, mit großen Fenstern und einer schönen, bogenförmigen Eingangstür. Das Haus war bis zu halber Höhe von einer riesigen Glycinie überwuchert, und die Kletterpflanze sah fast so alt aus wie das Haus selbst. Als wir näher kamen, entdeckte ich einen Anbau, der wohl ein Stall war, und hinter dem Dachfirst lugte ein Glockenturm hervor.

Ich hielt den Atem an. »O Nick«, sagte ich. »Wie wunderschön!«

»Sehr schön, wirklich!« rief auch Rachel.

Nick strahlte vor Freude. »Ja, es sieht nicht schlecht aus, aber leider ist es ziemlich baufällig, wie ihr gleich sehen werdet.«

Wir stiegen aus und gingen auf das Haus zu, und dann sah ich es tatsächlich. Die Backsteinmauern zerfielen buchstäblich, wenn man sie berührte, und die meisten Fenster hingen schief in ihren Angeln.

Nick ging vor und öffnete die riesige Holztür; sie führte in eine große cremefarbene Eingangshalle, die mich an die Nationalgalerie in London erinnerte. An den Wänden hingen unzählige Ahnenbilder – ein wahrhaft düsterer Haufen. Die meisten hatten dunkelbraune Augen, riesige Nasen und waren in Samt und Hermelin gehüllt. Die Frauen trugen ziemlich große Klunker um den Hals. Hieß das etwa, daß Nick irgendwie mit der königlichen Familie verwandt war?

»Tim, wo bist du?« rief Nick. »Ich bin's!«

Hinter einer Doppeltür hörte ich Stimmen, und als Nick sie öffnete, sprang eine kleinere, schlankere Version von Nick aus einem Sessel auf. Eine Zeitung segelte zu Boden, und ein Aschenbecher flog hinterher.

»Nick!« rief Tim und hechtete geschickt über ein Sofa, um schneller bei uns zu sein. »Wieso kommst du schon heute? Ich habe dich nicht vor morgen erwartet.«

Er klopfte Nick auf den Rücken, Nick klopfte zurück, und so ging es eine Zeitlang weiter. Während dieses Moriskentanzes erhob sich ein hübsches Mädchen mit braunen Locken und Sommersprossen aus einem Sessel am Fenster. Sie legte ihr Buch weg, nahm die Brille ab und lächelte etwas schüchtern. Nick lief auf sie zu und küßte sie auf beide Wangen.

»Sarah! Wie schön, dich zu sehen. Wie geht es in den Ställen? Watest du immer noch bis zu den Knien im Mist?«

Sie lachte. »Alles in Ordnung. Es wird dich freuen, daß ich jetzt immer andere Jeans anziehe, wenn ich ins Haus komme. Also keine Düngerwitze mehr, wenn ich bitten darf.«

»Das freut mich wirklich, besonders wenn du in meinen Sesseln sitzt ... Ach, das ist Polly, das sind Rachel und Jamie. Sarah Mansfield, Tims – was für ein gräßliches Wort! – Verlobte.«

Sie zog eine Grimasse. »Finde ich auch, aber ich bin es eben. Hallo.« Sie wandte sich an Rachel. »Was für ein süßes Baby, darf ich es mal halten?«

Lächelnd legte Rachel ihr Jamie in die Arme. Sarah gluckste zärtlich, und ich fragte mich, ob man ihr vielleicht gesagt hatte: Sei nett zu der verängstigten jungen Frau mit dem Baby, die aussieht, als komme sie gerade aus dem Kittchen. Jamie nahm Sarahs Finger und hielt ihn mit seiner kräftigen kleinen Faust fest.

»Was für ein süßer, kleiner Kerl!« rief Sarah leise. »Ich habe einen kleinen Neffen, der ist so alt wie du, aber er sieht nicht halb so süß aus.«

Rachel strahlte vor Stolz, und die beiden knieten vor dem Feuer nieder und tauschten Babygeschichten aus. Rachel sah richtig glücklich aus. Nick erbot sich, mir das Haus zu zeigen, und als wir aus dem Wohnzimmer hinausgehen wollten, wandte sich Rachel mit glänzenden Augen an ihn.

»Vielen Dank, Nick«, sagte sie und wurde rot. »Ich meine, daß Sie mich hergebracht haben und – und alles.«

»Keine Ursache«, sagte Nick. »Fühlen Sie sich ganz wie zu Hause. Sie können mit Jamie das rosa Zimmer im ersten Stock haben. Es hat ein eigenes Bad. Tim zeigt es Ihnen.«

Tim nickte. »Klar.« Er musterte Rachel forschend, als sie sich in ihrer übergroßen grauen Wolljacke ans Feuer setzte, und ich bin sicher, daß er dasselbe dachte wie die meisten Leute, wenn sie sie zum erstenmal sahen: Wie klein und verloren und verletzlich sie wirkt. Er schenkte ihr einen großen Drink ein, und Nick und ich verschwanden, um das Haus zu besichtigen. Während wir von einem riesigen, hohen Raum in den nächsten gingen, wurde mir klar, warum Nick alles daransetzte, das Haus zu erhalten. Es war von innen genauso schön wie von außen, aber auch hier drinnen wirkte es baufällig. Ich hatte das Gefühl, daß ein plötzlicher Windstoß, der durch ein offenes Fenster hereinwehte, die zarten Porzellanfiguren von den Regalen fegen, die dünnen Seidenvorhänge endgültig zerschleißen und die feingedrechselten Stuhl- und Tischbeinchen der antiken Möbel knicken würde. Alles war wunderschön verblaßt und verwaschen, so als habe jemand die Farbe am Fernseher heruntergedreht. Die Böden waren aus hellem Eichenholz, die Perserteppiche so ausgebleicht, daß man das Muster kaum mehr sah, und die ursprünglich kräftigen Wandfarben hatte die Zeit zu wunderbar sanften Tönen aufgehellt, die neu zu schaffen jeder Farbhersteller seinen kleinen Finger gegeben hätte. Es war wirklich bildschön, und obwohl ich nichts von Antiquitäten verstand, kam es mir so vor, als ob alles hier im Haus auch recht wertvoll sei.

Ich nahm einen hübschen blauweißen Teller in die Hand und stellte ihn vorsichtig wieder weg, als ich merkte, wie leicht und zerbrechlich er war.

»Könnten Sie nicht manches davon verkaufen?« fragte ich schüchtern und deutete auf die Schätze ringsherum. »Ich meine, wenn es so viel kostet, das Haus instand zu setzen, könnten Sie doch bestimmt eine Menge für ein paar von den Möbeln und – äh – das Geschirr bekommen.« War Geschirr das richtige Wort? Irgendwie klang das verdammt nach dem Erdgeschoß von Woolworth.

»Das stimmt sicher. Ich wage zu behaupten, daß das Porzellan« – das war das Wort, das ich gesucht hatte – »bei einer Auktion ziemlich viel einbringen würde, aber ich möchte das nicht. Ich bin mit diesen Sachen aufgewachsen – sie gehören für mich zur Familie. Und außerdem«, sagte er und verzog das Gesicht, »würde das Geld ganz und gar nicht reichen. Löcher im Dach reißen Riesenlöcher ins Portemonnaie.«

Wir kamen in den Speiseraum und traten an einen riesengroßen Mahagonitisch; in der Mitte stand ein mehrarmiger Silberleuchter, umgeben von vielen kleinen silbernen Tieren: Fasane, Füchse, Enten ... Ich griff nach einem kleinen Hasen und sah ihn mir genau an.

»Wie hübsch!« rief ich. »Woher haben Sie das denn?«

»Das weiß ich nicht«, sagte Nick und kratzte sich am Kopf. »Die Tiere waren schon immer hier, vielleicht weiß meine Mutter mehr, aber wahrscheinlich haben sie schon auf dem Tisch gestanden, als sie Dad geheiratet hat.«

Natürlich, wie dumm von mir, Leute wie Nick *kauften* ihr Silber doch nicht. Sie erbten es. Ich fragte mich, wie viele peinliche, dämliche Bemerkungen ich an diesem Wochenende noch machen würde.

Nick zeigte mir den Rest des Hauses. Ich lächelte viel und nickte bewundernd, wann immer es mir passend erschien, sagte aber nur wenig. Es konnte nicht verkehrt sein, zu lächeln und zu nicken.

Als wir durch die Halle zurückgingen, rutschte mir aber doch heraus, wie gut mir der kleine Walnußtisch mit der wunderschönen, kunstvollen Einlegearbeit am Fuß der Treppe gefiel. Einen solchen Tisch hätte ich eines Tages wahnsinnig gern neben meinem Bett stehen. Auf dem Tisch stand eine Schale mit Himmelschlüsselchen, die eben ein paar Blütenblätter auf die samtene Politur verstreuten.

»Mein Gott!« rief ich. »Was für ein bezaubernder kleiner Tisch!« Ich strich mit der Hand über die polierte Oberfläche.

»Ja, er ist wirklich hübsch. Ich habe ihn zu Weihnachten geschenkt bekommen.«

»Wirklich? Wie unglaublich großzügig! Von wem denn?«

Nick zögerte. »Von Serena.«

»Von Serena? Das ist ja sagenhaft!« Ich erinnerte

mich an mein eigenes, wie ich gedacht hatte, unglaublich großzügiges Weihnachtsgeschenk für Harry – einen marineblauen Kaschmirschal –, und mir wurde klar, daß das hier meine Möglichkeiten bei weitem überstieg.

»Wie reizend von ihr«, sagte ich.

»Ja, das finde ich auch«, stimmte Nick zu. Er bückte sich und hob ein paar Blütenblätter auf, die direkt neben meinem Fuß lagen. Zufällig streifte er meinen Schuh mit der Hand. Lächelnd richtete er sich auf. »Schöne Beine.«

Ich wurde rot vor Freude, weil ihm einer meiner unzweifelhaften Vorzüge aufgefallen war. Meine Beine steckten heute in schönen schwarzen Lycra-Strumpfhosen. Ich senkte die Augen und lächelte kokett.

»Ich finde es besonders hübsch, daß sie am Ende kaum merklich gebogen sind«, fuhr er fort.

Ich schnappte nach Luft. Wie unverschämt von ihm, mir krumme Beine zu unterstellen. Also wirklich! Ich folgte seinem Blick, der noch immer auf den Walnußtisch gerichtet war ... Ach so, jetzt verstand ich, er meinte die Tischbeine. Gut. Ich nickte und hoffte, daß er nicht gemerkt hatte, wie rot ich geworden war.

»Ja, die Beine sind besonders schön.«

Lammfromm und sehr enttäuscht folgte ich ihm ins Wohnzimmer. Tim und Rachel saßen am Feuer und unterhielten sich, wie ich leider zugeben muß, ziemlich angeregt. Ich hörte Rachel sogar ein- oder zweimal lachen, und ich hätte schwören können, daß sie sogar drei Sätze auf einmal herausbrachte, was noch nie, nie der Fall gewesen war.

Tim hörte aufmerksam zu, stellte ihr viele Fragen und ermutigte sie dadurch, ihm mehr von ihrer so überaus anziehenden Person zu berichten. Er schien ganz hingerissen von ihr. Vielleicht lockerten die frische Landluft und die freundlichen Leute sie ein bißchen auf. Und vielleicht können wir es uns jetzt alle etwas gemütlich machen, dachte ich und ließ mich auf ein bequemes Sofa fallen.

Sarah war in den Reitstall gegangen, in dem sie, wie mir Nick erzählte, praktisch alles allein machte. Das klang nach ziemlich viel Arbeit, um die ich sie bestimmt nicht beneidete. Ich schlüpfe immer gern in enge Reithosen und Lederstiefel, wenn jemand da ist, der meine gute Figur bewundert, aber ich will diesen Biestern nicht zu nahe kommen, und was die Arbeit in Pferdeställen betrifft – was für ein Gestank! Aber Sarah kam ein paar Stunden später glücklich lächelnd zurück, roch ganz und gar nicht nach Pferdemist und wirkte sehr zufrieden. Arbeit schien doch glücklich zu machen.

»Zwei neue Schüler heute!« sagte sie fröhlich und schenkte sich ein Glas Wein ein. »Und beide haben für zehn Stunden unterschrieben.«

»Das ist ja großartig!« Tim strahlte. »Wenn du so weitermachst, kann ich in den Ruhestand gehen! Bleib am Ball, immer feste arbeiten!« rief er und schwang eine unsichtbare Peitsche. »Was gibt's übrigens zum Abendessen?«

Lachend warf sie ein Kissen nach ihm. »Du mußt es dir selbst machen, wenn du nicht aufpaßt. Aber wenn du schon fragst, es gibt Bœuf Bourguignon. Ich schau mal in die Küche.«

Damit verschwand die tüchtige junge Frau, um letzte Hand an das Abendessen zu legen, und wies mein halbherziges Angebot, ihr zu helfen, entschieden zurück. Boeuf Bourguignonne war ein Gericht, das ich in Restaurants bestellte, ich hatte noch nie versucht, es zu Hause zuzubereiten.

Das Abendessen war ausgezeichnet und sehr gemütlich. Tim und Nick unterhielten sich über die Farm; Nick fragte, wieviele Lämmer in der Zwischenzeit geboren worden waren, und Tim spickte seine Antworten mit Worten wie »viel«, »ausgezeichnet« und »unter diesen Umständen gar nicht schlecht«, und Nick strahlte vor Freude. Dann kamen wir auf die interessanten Dinge zu sprechen, und ich fragte – so unauffällig wie möglich natürlich –, wem was gehörte.

Das Haus und der größte Teil von Grund und Boden gehörten offenbar Nick, der den Löwenanteil geerbt hatte, aber Tim besaß Land, das an Nicks Besitz grenzte. Und darauf baute er erfolgreich Biogemüse an. Dort stand auch ein Haus, das Tim und Sarah restaurierten und in dem sie später einmal leben wollten.

»Vielleicht im Jahr 2000, wenn wir so langsam weitermachen wie bisher«, sagte Sarah und lachte; aber sie wirkte glücklich, und Tim warf ihr über den Tisch hinweg einen Kuß zu.

»Keine Angst, ich trage dich schon lange vorher über die Türschwelle!«

»Oh!« sagte ich überrascht und freute mich für die beiden. »Wann wollen Sie denn heiraten?«

»Nächstes Jahr«, sagte Sarah glücklich. »In der Kirche von Manaccan. Sie ist wunderschön, ich zeige sie Ihnen einmal.«

»Sehr gern«, sagte ich und nahm die Gelegenheit wahr, über Blumensträuße, die Kleider von Brautjungfern und Geschenklisten für die Hochzeit zu sprechen. Ich überlegte, ob Londoner Läden eine Geschenkliste für eine Hochzeit auslegen würden, die so weit weg stattfand. Das war zweifellos ein Problem, doch eine Hochzeit auf dem Land hatte auch ihre schönen Seiten: eine malerische Umgebung; eine Kutschfahrt zur Kirche; vielleicht abends

Tanz in einer festlich geschmückten Scheune... Ich seufzte wehmütig.

An diesem Abend lachten wir viel. Der rote Bordeaux floß reichlich, und Nick zeigte sich von einer Seite, von der ich bis vor kurzem nichts geahnt hatte. Er und Tim spielten zwei Cornwallsche Bauerntölpel, redeten in einem kaum verständlichen Dialekt miteinander und blödelten, von unserem Gelächter angestachelt, ausgiebig herum. Zwischendurch drehte Nick sich zu mir um, und unsere Blicke trafen sich. »Alles in Ordnung?« fragte er lächelnd. Ich nickte und lächelte ebenfalls und hoffte, daß er nicht merkte, wie mir Tränen in die Augen stiegen. Ich war es in letzter Zeit einfach nicht mehr gewöhnt, daß sich jemand danach erkundigte, wie es mir ging.

In dieser Nacht ließ ich die Vorhänge offen, zog mir die Decke bis ans Kinn und blickte zum unendlichen schwarzen Himmel hinauf. Eine Eule rief in der Ferne, ein Lamm blökte nach seiner Mutter, dann war es wieder still. Ich atmete tief und genoß die kühle Nachtluft. Ich lächelte. Wie schön war der Gedanke, daß ich morgen früh nicht von einem Wecker, sondern von den riesigen Eichen geweckt werden würde, die sich vor meinem Fenster im leichten Wind wiegten, von blökenden Schafen und ihren Lämmern. Ich kuschelte mich tiefer ins Bett und schloß die Augen. So nah war ich dem Glück schon lange nicht mehr gewesen.

15. Kapitel

Beim Frühstück am nächsten Morgen – Tim hatte große Platten mit gebratenem Speck und Eiern aufgetischt – schlug Nick vor, daß wir alle zusammen die Farm besichtigen sollten. Das Herz sank mir bis in meine schicken Stiefelchen. Ich sah mich bis zu den Knien meiner Designer-Jeans durch Kuhmist und Dünger waten und verzweifelt Fliegen mit meiner Handtasche verscheuchen.

»Tut mir leid, aber ich hab viel zuviel zu tun. Heute werden die Bohnen gepflückt«, sagte Tim, nahm sich noch einen Toast und stippte damit das Eigelb auf seinem Teller auf. Er grinste seinen Bruder an. »Manche Leute müssen nämlich arbeiten, weißt du?«

»Du kannst froh sein, daß du hier und nicht in London arbeitest. Aber was ist mit deiner künftigen Ehefrau? Muß sie auch schuften?«

»Ich fürchte, ja«, sagte Sarah. »Gegen zehn Uhr kommt ein neues Pony an. Vielleicht tauche ich später noch auf.«

»Rachel?«

Sie seufzte. »Ich würde sehr gern mitkommen, aber Jamie muß in einer Stunde wieder schlafen, deshalb kann ich nicht mit.«

Nick verzog das Gesicht. »Oje, ich hatte keine Ahnung, daß Mutterschaft in Arbeit ausartet. Wenn ich Sie und Jamie hier so sehe, denke ich, daß ich es mir gut überlegen sollte, ob ich mir ein Kind anschaffe.«

»Ja, aber Sie wären doch bloß der Vater, oder? Mit den echten Schwierigkeiten müssen immer die Mütter fertig werden«, bemerkte Rachel düster.

Das ist ein starkes Stück, dachte ich, wenn man bedenkt, daß Adam Himmel und Erde in Bewegung setzt, weil er sich vor solchen Schwierigkeiten gerade nicht drücken will. Aber ich hielt klugerweise den Mund.

Nick wandte sich mir zu und lächelte. »Sieht so aus, als seien nur wir zwei übrig. Wie wär's mit uns?«

Aus irgendeinem Grund hüpfte mein Herz zurück an seinen angestammten Platz. »Ich möchte die Farm sehr gern sehen.«

»Bestimmt? Sie brauchen nicht höflich zu sein, wissen Sie, Sie können machen, was Sie wollen.«

»Ich glaube, das letzte, was sie will, ist, auf einer stinkenden, alten Farm rumzustiefeln«, sagte Tim. »Ich an Ihrer Stelle würde mit dem Bus in die Stadt fahren und mir die einzige Boutique in Helston angucken.«

»Sei nicht albern, in dem gräßlichen kleinen Laden gibt es bestimmt nichts, das Polly gefällt. Warum kommen Sie nicht mit mir in den Pferdestall?« schlug Sarah vor. »Ich arbeite heute nur bis mittag, und dann könnten wir in einem Pub was essen.«

»Das ist sehr nett, aber ich bin nicht besonders wild auf Pferde und würde wirklich gern mit Nick gehen«, sagte ich schnell. Viel zu schnell. Der Satz »Wirklich gern mit Nick gehen«, schien in der Luft zu hängen. Ich hatte das Gefühl, mich irgendwie rechtfertigen zu müssen. »Wissen Sie«, stotterte ich, »ich – ich interessiere mich sehr für Landwirtschaft.«

»Tatsächlich?« Nick blickte überrascht von seinem gebratenen Speck auf. »Davon hatte ich ja keine Ahnung, Polly.«

Ich auch nicht, und ich hoffte, er würde vergessen, daß ich das gesagt hatte, aber diese Hoffnung erfüllte sich leider nicht.

»Und wofür interessieren Sie sich besonders?« fragte er.

»Äh – meinen Sie – für welche besonderen Gebiete besonders?« stammelte ich und spielte auf dem Tischtuch mit ein paar Brotkrumen.

Nick sah verwirrt aus. »Ja, das meine ich wohl.«

»Ach so. Na ja, eigentlich für alles.«

»Für alles?«

»Ja, aber wenn Sie es genau wissen wollen: ganz besonders für Tiere, Gemüse und – äh – Mineralien.«

Jetzt legten Tim, Sarah und Rachel ihre Messer und Gabeln hin und musterten mich überrascht. »Für Tiere, Gemüse und Mineralien?« fragte Nick mit leicht zuckenden Lippen.

»Ja, wissen Sie, Kühe, Schafe – äh – Heu, Stroh ...« Ich zermarterte mir das Hirn. Was gab es sonst noch auf diesen verdammten Farmen? Eins von Jamies Bilderbüchern kam mir in den Sinn. »Ach ja, Hühner, Pferde, Zebras ...«

»Zebras!« rief Sarah erstaunt.

»Ich – äh – habe ich Zebras gesagt? Na ja, natürlich nicht bei uns, aber in Afrika. Dort gibt es sehr viele Zebras, und selbstverständlich bin ich weltweit an Landwirtschaft interessiert, Sie wissen schon, globale Landwirtschaft«, sagte ich, dankbar, daß mir das noch eingefallen war.

Tim schnaufte verächtlich. »Aber Zebras sind wilde Tiere, sie leben in Freiheit oder in Wildreservaten. Sie lassen sich doch nicht wie Schafe halten.«

»Sie würden sich wundern, Tim«, sagte ich, nickte weise und wünschte, auch ich wäre in der Sicherheit eines Wildreservats im schwärzesten Teil von Afrika. »Ein paar von diesen Eingeborenen machen vor nichts halt.«

»Waren Sie oft in Afrika?« fragte Sarah.

»Na ja, vielleicht nicht oft, aber ein paarmal.«

»Wirklich? Wo denn?«

»Wo? Ach, eigentlich überall, aber vor allem, vor allem im Osten, in Ostafrika.«

»Wo denn da – Tansania? Kenia? Oder nördlicher?«

»Hmmmm … Ja, hauptsächlich. Also ich finde diesen Pullover todschick. Wo haben Sie ihn gekauft?« Ich versuchte verzweifelt das Thema zu wechseln.

»Was, dieses alte Ding?« fragte Sarah und musterte ihren verfilzten schmutziggrauen Shetlandpullover, der schon ganz fadenscheinige Ellbogen hatte. Sie sah mich ungläubig an. »Den trage ich bei der Arbeit im Stall. Gefällt er Ihnen wirklich?«

»Ja, sehr.« Ich nickte, kaute auf meinem gebratenen Speck herum und starrte den wirklich scheußlichen Pullover an, für den auch nicht das geringste sprach. Ich wedelte mit meiner Gabel in seine Richtung. »Zur Zeit wird so was in London getragen. Solche Pullover sind jetzt der letzte Schrei, ganz besonders, wenn die Ellbogen gestopft sind. Auch gut zu zerrissenen Jeans. Rachel hat auch so was Ähnliches, nicht wahr, Rachel?«

»Wirklich?« fragte Rachel mit großen Augen.

»Ja, nur ist es kein Pullover. Eher eine Strickjacke. Ich meine dieses lässig ausgebeulte graue Ding, das du die ganze Zeit über trägst.«

»Ach, die Jacke meinst du. Ich hatte keine Ahnung, daß so was wieder in Mode ist.«

»Doch, sehr«, sagte ich und nickte heftig. »Zur Zeit

stolpert man in der King's Road auf Schritt und Tritt über solche Dinger.«

Aus den Augenwinkeln heraus sah ich, daß Nick sich verzweifelt anstrengte, um nicht laut loszuprusten.

»Nein, so was!« Sarah wirkte jetzt wirklich verblüfft. »Ich hatte ja keine Ahnung ... Ich meine, ich habe Dutzende davon. Oben liegt zum Beispiel eine malvenfarbene Strickjacke, die mehr Löcher als Maschen hat. Ich kann sie Ihnen gerne ausleihen. Ich hol sie schnell.« Sie warf ihre Serviette auf den Tisch und lief nach oben.

»Ach, nein, Sarah, ist schon gut«, sagte ich und steckte mir das letzte Stück Speck in den Mund. »Ich glaube, ich brauche heute keine Strickjacke. Es ist ziemlich warm für die Jahreszeit, oder?«

Mit der Serviette fächerte ich mir frische Luft zu, denn mir war in der Tat ziemlich heiß geworden. Dann rannte ich nach oben in mein Zimmer und schaute meine neuen, weichen Lambswool-Pullover liebevoll an.

Dankbar ließ ich mich aufs Bett fallen. Ich fühlte mich erschöpft, und es war erst halb zehn. Ich hatte zweifellos das Talent, mich in unangenehme Situationen hineinzumanövrieren – und das Herausschwindeln war manchmal ziemlich anstrengend. Wenigstens hatte ich heute was Schönes vor. Ein ganzer Tag mit Nick auf der Farm – warum freute ich mich so sehr darauf? Ich ließ diese Frage offen, weil ich mich vor der Antwort fürchtete.

Denk nicht dran, befahl ich mir und sprang vom Bett auf. Ich öffnete meinen Koffer, zerrte einen Haufen Kleider heraus und warf sie auf das Bett.

Für jemanden, der in South Kensington und nicht in South Cornwall zu Hause ist, stellt »ein Tag auf dem Bauernhof« eine echte Herausforderung dar. Nach einigem Anprobieren entschied ich mich für eine braune

Cordsamt-Reithose, ein rot-gelb kariertes Hemd und braune Reitstiefel, die ein bißchen derb, aber trotzdem sexy waren. Ich überprüfte das Resultat im Spiegel. Hmmm. Zwar sah ich nicht wie ein Naturkind aus, doch auch nicht so, als sei ich in einer Bar geboren.

Als ich, immer zwei Stufen auf einmal nehmend, die Treppe hinuntersprang, sah ich, daß Nick unten in der Halle geduldig auf mich wartete. Er blätterte in einer alten Ausgabe von *Country Life* und schaute lächelnd auf, als er mich herunterkommen hörte. Ich lächelte so gewinnend wie möglich zurück und sprang weiter treppab; dann entschloß ich mich, die letzten paar Stufen mit einem Satz zu bewältigen, um zu beweisen, daß ich alles andere als unsportlich war. Das war ein großer Fehler. In der Luft wurde mir – leider zu spät – klar, daß der Versuch, fünf Stufen auf einmal zu überspringen und auf einem polierten Holzboden zu landen, ein bißchen größenwahnsinnig war. Nick schaute mich entsetzt an, während ich auf ihn zuflog. Er konnte meine fünfundfünfzig Kilo nicht auffangen und krachte mit mir zu Boden.

»Auaaa!«

»Tut mir leid«, keuchte ich.

»Achtung!« schrie er und schlitterte mit mir zusammen auf die Haustür zu. Er befreite sich so schnell wie möglich – ich fand, ein bißchen zu hastig – aus meiner angstvollen Umklammerung und stand auf.

»Tut mir leid!« sagte ich noch einmal und rappelte mich mühsam auf. »Hab das Gleichgewicht verloren!«

Nick half mir beim Aufstehen. »Sieht ganz so aus. Was hatten Sie denn vor, wollten Sie sich umbringen? Oder mich vielleicht? Alles in Ordnung?«

»Ja«, log ich und spürte einen stechenden Schmerz im Fußgelenk. Was dachte er jetzt von mir? Daß ich unglaublich draufgängerisch war? Daß ich mich ihm im wahrsten Sinn des Wortes an den Hals warf? Ich errötete bis unter die Haarwurzeln.

»Ist wirklich alles in Ordnung?« fragte er besorgt und hielt meinen Arm fest, während ich versuchte aufzutreten. »Können Sie gehen?«

Ich humpelte ein paar Schritte. »Ja, es geht schon. Entschuldigen Sie bitte.«

»Schon gut. Aber warnen Sie mich bitte das nächste Mal, wenn Sie zuviel überschüssige Kraft haben, dann besorge ich ein Trampolin oder so was ... Meine Güte – was ist das denn für ein entsetzlicher Geruch?« Mißtrauisch schnupperte er in die Luft.

»Was für ein Geruch?«

»Es riecht ganz komisch, wie vergammelter Kohl oder so.«

»Ach das«, sagte ich und wurde schon wieder rot. »Das ist ein Parfüm namens *Country Girl*, damit die Kühe keine Angst vor mir haben.«

»Wollen Sie damit sagen, Sie haben das *gekauft*?«

»Im Laden hat es gar nicht so schlecht gerochen.«

»Meine Güte! Hoffentlich werden die Kühe nicht ohnmächtig davon. Also, gehen wir.«

Er marschierte los, und ich humpelte hinter ihm her.

Der Stall war unglaublich sauber; weit und breit kein Kuhfladen zu sehen. Auch die Scheunen waren wie geleckt, alles, was glänzen konnte, glänzte; die Melkmaschinen sahen so aus, als seien sie die Prunkstücke der Familie Saubermann.

»Ich hoffe, daß meine Schuhe sauber sind«, sagte ich, als wir eine offene Scheune betraten. »Ich hatte keine Ahnung, daß Landwirte dermaßen auf Sauberkeit achten.«

Nick lachte. »Ja, ich fürchte, die Wirtschaftsgebäude sind sauberer und besser instand als unser Haus. Manchmal denke ich, daß es angenehmer wäre, in der Scheune zu schlafen. Die Farm kommt immer zuerst. Schließlich leben wir davon.«

Leben *wir* davon? Ich überlegte, wen er in dieses »wir« mit einschloß.

Wir besuchten die Kühe in ihrem Fünf-Sterne-Stall. Dort war es kühl und dunkel, und die Tiere standen in einer langen Reihe, zupften Heu aus einem Netz und stampften mit den Füßen. Sie starrten mich unverschämt an und fuhren dann mit ihrem rhythmischen Mampfen fort. Ich hatte das Gefühl, eine Art religiöser Sekte gestört zu haben, die gerade ein Mantra sang.

Einer von Nicks Landarbeitern kam und begann die Melkmaschinen anzulegen. Wir störten ihn nicht, traten wieder hinaus in den Sonnenschein und blinzelten im hellen Licht.

Eine kraftvolle männliche Stimme rief: »Hallo, hallo! Ich kann kaum glauben, daß Sie die neue Kuhhirtin sind, aber sollten Sie es doch sein, geht es hier eindeutig bergauf.«

Ich drehte mich um und sah einen attraktiven Mann, der mich von der anderen Seite des Zaunes her anlächelte. Obwohl er weit über Vierzig war, sah man, daß er früher einmal glänzend ausgesehen haben mußte. Leider hatte er stark nachgelassen. Dicke Tränensäcke hingen unter den leuchtendblauen Augen, und sein Gesicht war faltig und wettergegerbt; ich vermute, das kam von einer Mischung aus zuviel frischer Luft und zuviel Alkohol.

»Nick, wie hast du es geschafft, ein so schönes Geschöpf in deine Scheune zu kriegen? Glaubst du, sie würde sich meine auch gern ansehen?«

Nick grinste. »Polly, das ist Jack Crawley, Nachbar, Gestütbesitzer, Schürzenjäger und Säufer.«

»Immer langsam, mein Lieber – *›bon viveur‹* – Lebemann –, gefällt mir viel besser ... Es freut mich, Sie kennenzulernen, meine Liebe!«

Er nahm meine Hand und küßte sie. Ich lächelte, entzückt, die Bekanntschaft eines Mannes zu machen, der mich vor Nick mit Komplimenten überschüttete. Er sah mich bewundernd an und hielt meine Hand ein bißchen länger als nötig fest.

»Wollt ihr meine Pferde sehen? Und hinterher trinken wir einen kleinen Frühschoppen ... Hast du Zeit, Nick, oder soll ich sie allein herumführen?«

»Ich glaube, ich habe ein paar Minuten Zeit«, sagte Nick lachend. »Du bist wirklich unverbesserlich!«

Jack öffnete ein Gatter, und wir folgten ihm über seine sattgrünen Felder zu einem großen Stallgebäude. Am anderen Ende des Zauns grasten ein paar Stuten mit ihren Fohlen. Die Fohlen tummelten sich vergnügt in der Sonne, bockten, schlugen aus und probierten, was sie alles auf ihren dünnen, langen Beinen anstellen konnten. Die Stuten grasten zufrieden oder standen da, blickten in die Ferne und genossen offensichtlich die warme Frühlingssonne. Hin und wieder verscheuchten sie eine Fliege mit ihrem Schweif. Offenbar ein äußerst friedliches Leben.

Eine elegante junge Stute kam angetrabt, ich streichelte ihre samtweiche Nase, und sie blies mir ihren warmen Atem ins Gesicht. Sie schien mich zu mögen, deshalb ging ich mit einer neuen Begeisterung für Pferde in den Stall, um Sorcha, Jacks preisgekrönten Hengst, anzuschauen. Die meisten Boxen im Stall waren leer, aber aus einer Ecke hörte man lautes Stampfen und Schnauben, und ich ging neugierig hinüber und beugte mich über die Tür der Box, um zu sehen, was der Radau sollte. Plötzlich tauchte Sorchas rotbrauner Kopf aus dem Dunkel auf. Er rollte die Augen und bleckte die Zähne. Ich schrie auf und sprang zurück, als er versuchte, mich in die Nase zu beißen. Er hatte offenbar den Duft von *Country Girl* gerochen und glaubte, seiner Nase nicht trauen zu können, doch ich muß sagen, ich war leicht gekränkt.

»Der ist ein bißchen wild, oder?«

»Nehmen Sie es nicht persönlich«, sagte Jack lachend. »Er ist ein schrecklicher Frauenfeind.« Er klopfte dem Hengst die Nase, und Sorcha schnupperte wie ein Kätzchen an seiner Hand.

»Sieht nicht eben gut aus für die Zuchtstuten, oder?« fragte ich zweifelnd.

»Ach, wenn es um Sex geht, kennt er sich aus, nur im gesellschaftlichen Umgang ist er nicht gerade höflich.«

»Hmmm, das soll es geben«, sagte ich vor mich hin.

Jack lachte. »Den Stuten macht das nichts aus, Roger hat sie vorher so scharfgemacht, daß Sorcha sich in der Nase bohren könnte, wenn er's ihnen schließlich gibt.«

»Wer ist Roger?« fragte ich und überlegte mir, an welche sexuellen Vorspiele Pferde wohl gewöhnt waren.

»Das ist er«, sagte Jack und zeigte auf einen zierlichen, ziemlich zerzaust aussehenden grauen Hengst in einer Box in der Nähe. Er ging rastlos im Kreis und nickte ständig mit dem Kopf, als sei er nicht ganz dicht. »Das ist Roger.«

»Der arme Kerl«, sagte Nick und klopfte ihm den Hals. »Seine einzige Aufgabe ist, an den Stuten herumzuschnüffeln und festzustellen, ob sie rossig sind. Aber kurz bevor die Stute soweit ist, wird sie Sorcha oder einem anderen Zuchthengst zugeführt, und Roger hat das Nachsehen.«

»Also kommt er selbst nie dran?«

»Ich fürchte nein, armer alter Roger.«

Ich schaute fasziniert zu, als Roger tatsächlich zu einer Stute geführt wurde. Er schnüffelte und schnaufte und rollte die Augen, sprang herausfordernd um sie herum, und nach kurzer Zeit war klar zu erkennen, daß sie nicht nur rossig, sondern zu allem bereit war. Nachdem der alte Junge noch ein paarmal leidenschaftlich um sie herumgetänzelt war und glaubte, jetzt sei es endlich soweit, wurde die jetzt übererregte Stute zu Sorcha geführt. Ich muß zugeben, daß er hinreißend attraktiv aussah: groß, dunkel, mit seidig glänzendem Fell. Seine Muskeln spielten, er warf arrogant den Kopf, und die graue Stute bekam weiche Knie und hatte Roger völlig vergessen.

Sorcha ging lässig einmal um das Hinterteil der Stute herum, hielt es aber nicht für nötig, auch nur einmal freundlich zu wiehern, und ging gleich zur Sache.

»Paß auf, daß er auch gut reinkommt!« schrie Jack dem Stalljungen zu, der die Mammutaufgabe hatte, Sorcha, wenn nötig, behilflich zu sein.

An diesem Punkt fing ich an wie ein albernes Schulmädchen zu kichern. Zurückweichend stopfte ich mir ein Taschentuch in den Mund. Das Ganze war schon aufregend genug, aber irgendwie wurde es schlimmer, weil ich neben Nick stand. Es war mir irgendwie lächerlich peinlich.

Ich ging weg, um Roger zu beruhigen, der in seiner Box tobte und alles anknabberte, was er zwischen die Zähne bekam. Nach und nach beruhigte auch ich mich wieder.

Als Sorcha seine Arbeit beendet hatte und die Stute weggeführt worden war, um sich zu erholen und über ihr Glück nachzudenken, kamen Nick und Jack zu mir.

Jack rieb sich die Hände. »Kann sein, daß wir wieder ein preiswürdiges Fohlen im Kasten haben. Wohin sind Sie verschwunden, Polly? Sie haben das Beste versäumt.«

»Ich wollte ihn nicht zu stark ablenken. Ich dachte, daß er Zuschauer vielleicht nicht so gern hat.«

»Ach was, der gute Sorcha hat nichts gegen Zuschauer. Habt ihr Zeit für einen kleinen Drink, ihr zwei?«

»Ein andermal, Jack«, sagte Nick. »Ich hab Polly versprochen, ihr den Rest der Farm zu zeigen, und dann muß ich unbedingt was arbeiten.«

»Ach, so nennt man das heutzutage? Mir braucht ihr aber nichts vorzumachen, ich sehe sofort, wenn's gefunkt hat. Lauft schon und springt ins Kornfeld.«

Nick lachte. »Du hast aber auch wirklich nichts anderes im Kopf, Jack. Bis morgen – schau einfach bei uns vorbei.«

»Wird gemacht. Auf Wiedersehen, Polly.« Er hob die Hand. »Passen Sie gut auf, er ist nicht ungefährlich.«

Ich wurde rot, lachte aber vergnügt und winkte. Vielleicht hätte man Jack sagen sollen, daß er bei uns völlig danebenlag, doch andererseits …

Nick und ich spazierten zurück zur Farm. Es muß gesagt werden, daß zwischen uns ein recht vielsagendes Schweigen herrschte. Schweigen kann ich nicht besonders gut, ob nun vielsagend oder nicht.

»Scheint ein netter Kerl zu sein«, bemerkte ich etwas lahm.

»Jack? Ja, er ist ganz in Ordnung. Nur sein Hirn ist irgendwo zwischen die Beine gerutscht.«

Ich lachte. »Ja, er wirkt ein bißchen – besessen.«

Nick öffnete das Gatter. »Na ja, er hat ein Gestüt, deshalb denkt er kaum an etwas anderes. Bei ihm dreht sich alles um Sex, Sex und noch einmal Sex … Steigen Sie schon in den Wagen, ich schau nur noch einmal nach den Kühen.« Er deutete auf einen offenen Landrover, der im Hof in einer Ecke stand.

Ich gehorchte und fühlte mich sehr erleichtert. Meine glänzenden braunen Stiefel waren schon dreckverschmiert, und die Füße fingen an, mir von der ungewohnten Anstrengung weh zu tun. Kurz darauf sprang Nick in den Wagen. Das ist das Wahre, dachte ich, als wir losfuhren und mein Haar wie ein Kornfeld im Wind wogte. Der Tag fing an, mir Spaß zu machen.

Wir fuhren kreuz und quer durch das Gelände, und Nick zeigte mir seine Wälder und Felder und in weiter Ferne die Grenzen zu den benachbarten Farmen. Halb Cornwall schien ihm zu gehören, und ich überlegte mir, ob er nicht doch irgendwie dem englischen Königshaus angehörte.

Wir fuhren einen besonders holprigen Weg entlang, der nirgendwo hinzuführen schien. In der Ferne sah ich nichts als leuchtendblauen Himmel. Die Schlaglöcher wurden tiefer, und ich faltete die Arme schützend vor der Brust und wünschte mir, ich wäre so schlau gewesen und hätte mir einen Sport-BH gekauft, bevor ich zu einem solchen Aktiv-Wochenende aufbrach. Plötzlich hielten wir an. Nick stellte den Motor ab.

Ich fragte mich, warum wir angehalten hatten, denn es war nicht viel zu sehen, aber ich stieg gehorsam aus. Wir standen am Rand eines Kornfelds, und als wir ein paar Schritte weitergegangen waren, blieb mir buchstäblich die Luft weg. Grüne Wiesen fielen sanft bergab, und darunter lag – was ich ursprünglich für den Himmel gehalten hatte – unendlich und funkelnd das Meer. Es war mit kleinen Booten gesprenkelt, die munter auf dem Wasser schaukelten. Das Wasser war glatt wie ein Spiegel, und nur die mal hier, mal da aufblitzenden Sonnenreflexe ließen ahnen, daß es sich leicht bewegte. Weit weg, am gegenüberliegenden Ufer der Bucht, träumten kleine weiße Häuser im Sonnenschein.

Ich wandte mich überrascht an Nick. »Das ist ja traumhaft, ich hatte keine Ahnung, daß wir so nah am Meer sind!«

Er lachte. »Wirklich? Eigentlich sind wir das auch nicht. Was wir sehen, ist ein Fluß, der ein paar Meilen weiter ins Meer fließt. Das da drüben ist Frenchman's Creek – sehen Sie's?« Er deutete auf eine kleine, von Bäumen bedeckte Halbinsel.

»O ja, wie romantisch!« Diese Halbinsel kam in einem der wenigen Bücher vor, die ich gelesen hatte, und ich konnte mir gut vorstellen, wie der hinreißende junge Franzose dort sein Boot festgemacht hatte, um seine aristokratische Lady hinter einer alten Eiche mit einem bißchen *je ne sais quoi* zu beglücken.

»Und die Ortschaft, die Sie dort sehen, ist Helford«, sagte Nick und zeigte auf die weißen Häuschen in der Ferne. »Wenn Sie Lust haben, können wir morgen mit dem Boot hinübersegeln, und ich führe Sie herum. Es ist wirklich ein hübscher Ort.«

»Sie haben ein Boot?« Gab es irgend etwas, was dieser Mann nicht besaß?

Er lachte. »Na ja, es wäre ziemlich dumm, hier zu leben und keins zu haben. Können Sie segeln?«

Nun, ich »kann« nichts von alledem, was man können »muß«; ich kann weder reiten noch Ski fahren, noch segeln, noch jagen und ganz bestimmt nicht kochen, und ich kann diese Frage nur bejahen, wenn es ums Trinken oder Rauchen geht; aber ich hatte mir im Lauf der Zeit für derlei Fragen ein paar Standardantworten zurechtgelegt. Ich lächelte ihn an. »Nein, aber ich kann sehr gut im Bikini an Deck liegen und darauf warten, bis die Sonne hinter dem Mast herumwandert.«

Er lachte. »Das glaube ich Ihnen aufs Wort, doch ich fürchte, dieses kleine Bötchen hat kein Deck, auf dem man liegen kann. Wie sieht es mit Ihren Seemannsknoten aus?«

»Ach, ich weiß nicht ...« Ich lächelte peinlich berührt.

Nick lachte. »Vielleicht ist es am besten, wenn Sie sich einfach hinsetzen, dekorativ aussehen und die Fahrt genießen. Ein Bikini ist gar keine schlechte Idee.«

Er sah mich nachdenklich an. Flüchtig erwiderte ich seinen Blick, senkte aber die Augen sofort wieder und fing an, mit der Fußspitze eine Kornähre auszugraben. Großer Gott, flirtete er etwa mit mir? Ich sah wieder auf und merkte, daß seine braunen Augen noch immer auf mich herunterblinzelten. Seine Mundwinkel umspielte ein Lächeln. Ich konzentrierte mich sofort wieder auf meine Kornähre. Er flirtete tatsächlich mit mir, und das kam so überraschend und machte mich so verlegen, daß ich gar nicht zurückflirten konnte. Ich zermarterte mir das Hirn, um mich nur an einen der schlagfertigen Sätze zu erinnern, die mir sonst mühelos über die Lippen gingen und mit denen ich Typen wie Harry Lloyd-Roberts und viele andere Männer im Handumdrehen eingewickelt hatte. Ich biß mir auf die Unterlippe.

»So gibt das nie was«, murmelte Nick.

Ich blickte erschrocken auf, aber Nick sah mich nicht mehr an. Er schien meine Existenz völlig vergessen zu haben. Ich folgte seinem Blick und schaute hinauf aufs Meer. Er beobachtete einen unglücklichen Surfer, der sich verzweifelt bemühte, sich auf seinem Brett zu halten, aber immer wieder ins Wasser kippte.

»Man braucht einfach ein bißchen Wind, sonst kippt

das Ding unweigerlich um«, fuhr er fort und beschattete die Augen mit der Hand. »Bei solchem Wetter ist es absolut hoffnungslos, ich verstehe nicht, warum er es überhaupt versucht.«

»Ja, völlig verrückt – an einem Tag wie heute«, brachte ich heraus.

Ich versuchte mich zusammenzureißen. Mir wurde klar, daß Nicks Anspielungen auf meinen Bikini nichts als Smalltalk gewesen waren. Ja, das war es. Eine leicht dahingesagte Schmeichelei, die nichts zu bedeuten hatte. Wie immer hatte ich überreagiert und geglaubt, er könne es nicht erwarten, mich endlich in die Arme zu nehmen und mich ins Kornfeld zu werfen.

Ich atmete tief durch. Ganz schön enttäuschend. Einen Moment mal – enttäuschend? Was sollte denn das? Hatte Harry mir nicht erst vor wenigen Tagen das Herz gebrochen? Hatte ich mich nicht mehr oder weniger entschlossen, daß ich mit den Männern fertig war, wenn ich Harry nicht bekommen konnte, und den Rest meines Lebens allein bleiben würde? Ich blätterte im Geist in den Photos, die ich von Harry hatte, und sah mein altes Lieblingsphoto vor mir. Wie komisch, hatte er immer schon so eng zusammenstehende Augen gehabt? War sein Mund nicht ein kleines bißchen zu schmal, und war es möglich, daß sein Haaransatz – großer Gott – schon deutlich zurückging?

Erschüttert bis ins Mark, verdrängte ich die Erinnerung an dieses Photo und musterte den Mann an meiner Seite. Weit auseinander stehende Augen, schön geschwungene Lippen, Haare in Hülle und Fülle. O nein, das konnte doch mir nicht passieren. Meine Zehen zuckten nervös in den Stiefeln.

Natürlich, dachte ich, ist es verdammt schwer, cool

und objektiv zu bleiben, wenn man bis zum Knie in einem Kornfeld steht, einen der schönsten Ausblicke der Welt genießt und neben dem attraktiven jungen Gutsbesitzer steht, dem alles Land gehört, so weit das Auge reicht. Verwirrt? Wer wäre das nicht?

Der Surfer gab es schließlich auf und schwamm, sein Surfbrett hinter sich herziehend, ans Ufer zurück. Die Sonne verschwand hinter einer Wolke. Ich zitterte. Plötzlich wirkte die ländliche Szenerie nicht mehr halb so friedlich, sondern schien voller Gefahren.

»Kalt?« fragte Nick, der mein Frösteln bemerkt hatte.

»Hm, ein bißchen.«

Nick betrachtete prüfend den Himmel. »Ich habe das Gefühl, daß es regnen wird, was gar nicht so schlecht wäre. Es ist zu trocken. Kommen Sie, wir fahren zurück. Ich habe Hunger. Sie auch?«

Wir kletterten in den Jeep, und während wir am Rand des Kornfeldes entlangholperten, warf ich unauffällig einen Blick auf meinen Gutsbesitzer. Ein Arm lag im offenen Fenster, mit dem anderen lenkte er. Er hatte die Hemdsärmel bis zum Ellenbogen aufgerollt, und ich sah seine braunen, muskulösen Unterarme. Er hatte sich an diesem Morgen nicht rasiert, und ich fand, daß ihm das gut stand.

Ich wandte den Blick ab und fragte mich, wie viele Mädchen schon seinem ländlichen Charme erlegen sein mochten. Ich natürlich nicht – noch nicht –, ich meine, überhaupt nicht, aber ich fragte mich eben. Es war einfach interessant, darüber nachzudenken. Seiner eigenen Auskunft nach hatte er nicht viele Freundinnen gehabt. Penny zählte nicht, weil sie aus der frühen Vorzeit stammte, aber Serena zählte. Serena war etwas anderes. Sie war nicht nur sehr aktuell, sondern auch sehr schön.

Ich wette, daß sie in einem Kornfeld, flach auf dem Rücken liegend, einfach wunderbar aussah. Aus irgendeinem Grund knirschte ich mit den Zähnen, als ich mir das vorstellte, und runzelte die Stirn.

Wo war Serena im Augenblick? Ach ja, sie filmte. Konnte nicht ein Scheinwerfer auf sie drauffallen und sie leicht verletzen, gerade so, daß sie – sagen wir – ein, zwei Monate lang aus dem Verkehr gezogen wäre? Vielleicht mit einem gebrochenen Bein? Dann hätte ich wenigstens eine Zeitlang freie Bahn. Aber wofür, Polly? Was hast du vor? Also wirklich, Polly, dachte ich und schüttelte mich. Jetzt ist Schluß mit dem Unsinn! Manchmal war ich über mich selbst schockiert.

16. Kapitel

Wie Nick versprochen hatte, verbrachten wir den nächsten Tag im Enid-Blyton-Stil. Fünf Segler auf dem Helford River: Nick, Tim, Rachel, Jamie und ich. Es war ein schöner, windiger Morgen, und wir schienen in Rekordzeit über den breiten Fluß zu sausen. Ich hatte mir immer vorgestellt, Segeln sei eine langsame, gemächliche Art des Reisens, aber Nick und Tim verfielen beim Segeln einem Geschwindigkeitsrausch und taten alles nur Erdenkliche, so viel Wind wie möglich in die Segel zu bekommen. Sie lehnten sich seitlich so weit aus dem Boot, daß mir ganz übel wurde. Ich zwang mich zu einem Lächeln, hatte aber das Gefühl, daß mein Gesicht grün war vor Angst. Insgeheim war ich ungeheuer erleichtert, als wir wieder festen Boden unter den Füßen hatten. Im Hafen von Helford setzten wir uns in ein Lokal, von dem aus man aufs Wasser sehen konnte, lachten ausgelassen und redeten alle durcheinander, und ich freute mich auf die Krabben-Sandwichs und das eiskalte Lagerbier, das wir bestellt hatten. Diese Gegend hatte eine merkwürdige Wirkung auf mich: Ich hatte dauernd Hunger. Beim Hereinkommen überflogen wir gierig die Liste der leckeren Speisen, die mit Kreide auf eine Wandtafel geschrieben war. In Erwartung eines guten, mit Alkohol angereicherten Mittagessens lief uns das Wasser im Mund zusammen – wenigstens dreien von uns. Als wir einen Tisch im Freien gekapert und uns hingesetzt hatten, erklärte Rachel nämlich, daß sie kein bißchen hungrig sei und mit Jamie einen Spaziergang machen wolle.

»Manchmal«, verkündete sie fast so dramatisch wie Greta Garbo, »muß ich allein sein – Sie verstehen schon, einfach, um einmal nachdenken zu können.«

Sie biß sich auf die Unterlippe und blickte wehmütig hinaus aufs Meer. Greta spielte jetzt die Hauptrolle in »Die Geliebte des französischen Leutnants«. Es fehlte nur noch das schwarze Cape.

Mit einem traurigen Seufzer wandte sie sich wieder zu uns um. »Ich will nicht unhöflich sein, es ist nur – nun ja, mir geht im Moment so viel im Kopf herum. Ich brauche einfach ein bißchen Zeit für mich allein.«

Brauchen wir das nicht alle, meine Liebe? Aber wir machen keine große Geschichte daraus, oder? Wir verkaufen keine Eintrittskarten. Wir verdrücken uns einfach und lecken unsere Wunden, und wenn wir wieder auftauchen, hoffen wir, daß niemand unsere Abwesenheit bemerkt hat. Und wenn uns doch jemand darauf anspricht, behaupten wir einfach, wir hätten die Klotür nicht aufgekriegt oder so. Nicht aber unsere liebe Rachel.

»Manchmal wird mir alles ein wenig zuviel, und dann muß ich einfach verschwinden«, flüsterte sie mit einem gequälten Ausdruck auf ihrem kleinen, spitzen Gesicht und drückte Jamie an sich.

»Natürlich, das verstehen wir doch«, sagte Nick und sah sie besorgt an. Er stand auf und legte ihr fürsorglich die Hand auf die Schulter. »Sie haben in letzter Zeit sehr viel mitgemacht. Ich weiß gar nicht, wie Sie das ausgehalten haben.«

Rachel schniefte ein bißchen.

»Sie Ärmste, es muß entsetzlich gewesen sein«, stimmte Tim ein. »Sollen wir ein bißchen auf Jamie aufpassen?«

»Nein, nein.« Sie reckte das Kinn wie ein tapferer kleiner Soldat. »Ich – ich hoffe, es macht Ihnen nichts aus, wenn ich jetzt gehe?« Sie schaute uns mit großen Augen ängstlich an.

»Aber nein, gar nicht!« zirpte ich.

»Kommen Sie denn zurecht, so ganz allein?« fragte Tim.

Ob sie zurechtkam? Herrje, sie machte einen Spaziergang, keinen Bungee-Sprung von der nächsten Brücke. Natürlich würde sie auf einem kleinen Spaziergang zurechtkommen.

Rachel biß sich auf die Unterlippe und nickte so heftig, als traue sie sich nicht, etwas zu sagen.

Ich jedenfalls hielt auch meinen Mund. In den letzten paar Tagen hatte ich festgestellt, daß die gute Rachel Marsden auf ihre eigene stille Art eine schrecklich dramatische Person war. Meist führte sie lange und bedeutsame Gespräche mit Tim, am häufigsten leise flüsternd vor dem Kamin im Wohnzimmer. Er stellte ihr vorsichtige Fragen über Jamie, Adam oder ihren Vater, und sie starrte ins Leere und wickelte sich eine Haarsträhne um den Finger, bevor sie so einsilbig und so leise antwortete, daß man eigentlich einen Hörapparat brauchte, um sie zu verstehen.

Diese sprühende Unterhaltung verstummte, wenn jemand instinktlos genug war, sich auch an den einzigen Kamin in diesem großen und eiskalten Haus zu setzen. Rachel hielt mitten in einer ihrer weltbewegenden Antworten wie »äh, ich weiß nicht so recht« oder »ja, vielleicht« inne und blickte mürrisch in die Flammen, bis der

Störenfried auf Zehenspitzen in ein anderes, kälteres Zimmer gegangen war. Dann nahm sie das Gespräch wieder auf, machte hier und da eine bedeutsame Pause und sah Tim unter den Wimpern hervor schüchtern an.

Ich hätte Schreikrämpfe kriegen können, so unglaublich gekünstelt kam mir das Ganze vor, aber ich hielt mich klugerweise zurück, weil ich keine Lust hatte, als kalt und gefühllos zu gelten.

Tim fand sie faszinierend und freute sich, wenn er sie »aus ihrem Schneckenhaus locken konnte«, wie er sich ausdrückte. Er hatte eine Engelsgeduld und wertete jedes Wort, das sie zögernd äußerte, als entscheidenden Fortschritt. Nick sagte mir, Tim sei in dieser Hinsicht schon immer ganz groß gewesen, und ich mußte zugeben, daß Rachel sich ihm gegenüber wirklich ein bißchen zu öffnen schien. Ich überlegte mir allerdings, was Sarah von all diesem Sichöffnen hielt, während sie sich im Stall halb totarbeitete.

Unsere tragische Heldin stand also am Strand und drückte ihr Baby an die Brust. »Bis später«, flüsterte sie und trottete los. Ihre weite Strickjacke und ihre strähnigen Haare flatterten im Wind, und sie stemmte Kopf und Schultern gegen die Naturgewalten.

»Tschüs!« rief ich ihr nach.

»Arme Kleine«, sagte Nick.

»Sie scheint so ...« – Tim suchte nach dem richtigen Wort; wenn er jetzt »verletzlich« sagt, bekomme ich einen Schreikrampf und stürze mich kopfüber ins Meer, dachte ich – » ... schutzlos zu sein«, beendete er seinen Satz.

Das war fast genauso schlimm. Ich biß die Zähne zusammen, um mich nicht in Tims Arm festzubeißen.

»Schutzlos wohl kaum«, sagte ich mit, wie ich hoffte, gelassener Stimme. »Ich meine, sie hat doch zwei Riesenkerle zur Hand, die sich überschlagen würden, um sie zu beschützen.«

»Na ja, wenn sie uns brauchte, wären wir natürlich da«, erklärte Tim mannhaft. Er hatte die Ironie in meinen Worten leider überhaupt nicht mitbekommen.

Er verschränkte die Arme und beugte sich über sein Bierglas zu mir. »Ich muß zugeben, daß ich sie faszinierend finde. Wie gut kennen Sie sie eigentlich, Polly?«

Ich seufzte. »Überhaupt nicht gut, wir waren während der Schulzeit nicht miteinander befreundet.«

»Also haben Sie sie nur durch diese Adam-und-Jamie-Geschichte kennengelernt?«

»Ja, und ich bin ganz sicher, daß sich unsere Wege sonst nie gekreuzt hätten«, erklärte ich nachdrücklich.

Tim schüttelte den Kopf und sah nachdenklich aus. »Wissen Sie, ich habe das Gefühl, daß viel mehr in Rachel steckt, als man auf den ersten Blick vermutet. Sie ist offensichtlich ungewöhnlich intelligent und sehr sensibel. Ich möchte sie besser kennenlernen, aber es ist schwierig, sie zum Reden zu bringen, obwohl ich sagen muß… Jack!«

Er unterbrach sich mitten im Satz, sprang auf und schlug Jack Crawley auf den Rücken. Jack, der durch irgendeinen wunderbaren und glücklichen Zufall an unserem Tisch erschienen war, grinste breit und schwankte heftig. Er hatte unverkennbar schon ein paar Gin Tonic intus. Ich hatte mich schon seufzend darauf eingestellt, mir weitere Reden über die faszinierende Rachel anhören zu müssen, deshalb war ich sehr froh, Jack zu sehen.

»Hallo, ihr Hübschen!« sagte er strahlend und hielt sich am Tisch fest.

»Jack! Was machst du denn hier?« fragte Nick und schob ihm schnell einen Stuhl unter den Hintern.

Jack ließ sich schwer darauf fallen. »Danke, mein Alter – war bei 'ner Cocktail-Party im Yachtclub. War verdammt lustig. Warum wart ihr eigentlich nicht dort? Die mixen eine ganz gefährliche Bloody Mary; hat mich fast aus den Pantinen gehauen. Auf'm Heimweg wollt ich nur mal hier reinschau'n, um zu sehen, ob ihr Taugenichtse wie immer an der Bar rumhockt. Und da seid ihr! Und die wunderbare Polly auch.«

Lüstern legte er mir die Hand aufs Knie und schaute mir tief in die Augen. Kichernd schob ich die Hand weg.

»Hat er wieder Heuschober mit Ihnen besichtigt?« fragte er grinsend und zeigte auf Nick. »Werd nie verstehen, was ein intelligentes Mädchen wie Sie an einem Typ wie dem da findet. Wir beide würden viel besser zusammenpassen.«

Er legte mir den Arm um die Schultern und die Hand wieder aufs Knie. »Wie wär's mit einem kleinen Drink heute abend bei mir zu Hause? Ziehen Sie sich was Bequemes an, am besten was Dursch-Durschi-Durchsichtiges – hick. Schwieriges Wort das, wenn man ein paar gekippt hat. Aber Sie wissen schon, was ich meine, schwarzen Chiffon oder so. So ungefähr um – acht – um neun herum? Paßt Ihnen – hick – das?«

Ich kicherte. »Da liege ich längst im Bett, Jack.«

»Wunderbar, wunderbar! Könnt gar nicht besser sein! Da bin ich auch schon längst im Bett. Ich warte also auf Sie – im ersten Stock – hick – zweite Tür links. Wir machen uns einen vergnüglichen Abend, mein Goldfasänchen«, lallte er.

Und so ging es weiter, er flirtete unverschämt mit mir, stolperte über seine eigenen Worte, und wir schrien vor Lachen, als er uns von seinen Affären erzählte – die meisten erstunken und erlogen, wie ich vermutete.

Nick oder Tim mußten nur fragen: »Und was war mit der langhaarigen Blonden, Jack?« oder »Was wurde eigentlich aus Sue?« dann lachte Jack in sein Bier und schilderte uns lebhaft ein weiteres Abenteuer im Heu, auf den Rücksitzen seines Landrovers, im Stall oder sogar – so behauptete er jedenfalls steif und fest – auf der Weide, auf der die Stuten gedeckt wurden.

Wir verbrachten eine vergnügte Stunde im Pub, lachten und scherzten und versuchten erfolglos, Jack am Weitertrinken zu hindern. Irgendwann gab er sich geschlagen und erhob sich schwankend.

»Das geht so nicht weiter, ich kann nicht den ganzen Tag hier rumsitzen. Manche Leute müssen arbeiten. Manche Leute müssen Stuten bedienen.«

In diesem Augenblick bog Rachel um die Ecke. Tim stand schnell auf und überließ ihr seinen Platz. »Rachel, das ist Jack Crawley, ein Nachbar. Jack, das ist Rachel.«

Jack ergriff Rachels Hand und küßte sie. »Bin entzückt«, nuschelte er.

Rachel runzelte die Stirn und zog ihre Hand so schnell wie möglich zurück. »Rachel wohnt mit ihrem kleinen Sohn Jamie eine Zeitlang bei uns«, erklärte Tim, als sie sich setzte.

Mit einer übertrieben tiefen Verbeugung schob Jack ihr ritterlich den Stuhl an den Tisch, verlor das Gleichgewicht und rappelte sich mühsam wieder auf. »Sehr erfreut, sehr erfreut. Es können nie genug Mädchen dasein, sage ich immer.«

Nicht in diesem Fall, dachte ich grimmig. Rachel lächelte angestrengt, schaute den sichtlich betrunkenen Mann mit den geröteten Augen voller Abscheu an und fand offenbar, daß jedes Wort an ihn verschwendet sei.

»Dann ist das also der kleine Jamie!« rief Jack, der

ihre eisige Begrüßung gar nicht zu bemerken schien. »Ein – hick – süßer Bengel, und so schöne rote Wangen. Wie geht's denn, mein Kleiner?« Er beugte sich über den Tisch, um Jamie am Hals zu kitzeln, und der arme Jamie bekam wahrscheinlich einen Schwall Alkoholdunst ab, aber Rachels Reaktion war dennoch unverzeihlich.

Sie riß Jamie zurück und wandte sich mit einem Ausdruck tiefsten Abscheus zu Jack um. »Rühren Sie ja mein Baby nicht an, Sie ekelhafter alter Trunkenbold!« fauchte sie.

Jack zuckte erschrocken zurück und zog die Hände weg, als habe er sich verbrannt. Sein Mund stand vor Überraschung weit offen; er konnte einfach nicht glauben, was er gehört hatte.

Einen Augenblick lang war es ganz still, wir alle mußten diese Worte erst einmal verdauen. Rachel starrte Jack, der wie angewurzelt dastand, herausfordernd an. Er schwankte nicht einmal mehr, was in seinem Zustand an ein Wunder grenzte.

Nick legte Rachel einen Arm um die Schultern. »Jack hat nichts Böses gewollt, Rachel, er ist ein guter Freund, er würde Jamie nie etwas tun.«

»Natürlich würde er das nicht. Was soll denn das Theater«, fügte ich stinkwütend hinzu.

»Aber ganz bestimmt nicht«, sagte Jack feuerrot vor Verlegenheit. »Tut mir schrecklich leid, ich wollte Sie nicht erschrecken!«

Tim sah sie freundlich an. »Ich hole Ihnen etwas zu trinken, ja? Sie sind ein bißchen überreizt, sonst nichts.«

Rachel sah die betroffenen Gesichter um sich herum und brach in Tränen aus. »Entschuldigung«, stieß sie schluchzend hervor. »Ich muß so – so vorsichtig sein.

Ich ertrage es einfach nicht, wenn ihm jemand zu nah kommt. Entschuldigung!«

»Schon gut, schon gut«, sagte Tim beruhigend und legte seine Hand auf die ihre. »Nach allem, was Sie mitgemacht haben, ist das nur verständlich, aber unser alter Jack würde keiner Fliege etwas zuleide tun.«

»Ich weiß, es tut mir leid«, brachte Rachel endlich schniefend heraus. »Mich macht im Moment jeder nervös, der mein Baby anfaßt.«

Sie schneuzte sich laut in ein Taschentuch.

»Kann ich verstehen, kann ich verstehen«, sagte Jack, der ganz offensichtlich überhaupt nichts verstand. Er schüttelte den Kopf. »Man kann heutzutage nicht vorsichtig genug sein. Am besten, wir vergessen es, ja?«

Rachel nickte und lächelte ihn kurz an. »Ja, gut.« Sie wandte sich an Tim. »Ich glaube, jetzt wär ein Drink das richtige, wenn es Ihnen nichts ausmacht.«

»Gern«, sagte er und erhob sich. »Gin Tonic?«

»Ja. Ich wasche mir nur noch schnell das Gesicht.«

Sie stand auf und ging zur Toilette. Jack wandte sich mir zu und zog die Augenbrauen hoch. »Was soll man dazu sagen?« fragte er. »›Trunkenbold‹ genannt zu werden macht mir nichts aus, ›ekelhaft‹ auch nichts, aber ›alt‹?« Er sah mich so entsetzt an, daß ich lachen mußte.

Er trank sein Bier auf einen Zug aus. »Ich verschwinde am besten gleich. Bei dieser Frau versagt mein Charme völlig. Bis später!« Er zog die Mütze und verließ hastig das Lokal.

Als Rachel zurückkam, hatte sie ihre Fassung zurückgewonnen, sah aber erfreulicherweise noch recht beschämt aus. Sie setzte sich; es herrschte verlegenes Schweigen, und ich hütete mich, als erste etwas zu sagen.

Tim hatte Mitleid mit ihr und reichte ihr lächelnd den

Drink. »Bevor Jack kam, wollte ich Polly eben fragen, woher ihr euch eigentlich kennt. In der Schule hattet ihr ja nicht viel Kontakt miteinander, oder?«

Rachel trank einen Schluck und entspannte sich sichtlich. »Nein, Polly war ein paar Klassen über mir, aber ich kannte sie natürlich. Alle in der Schule kannten Polly, sie war geradezu eine Berühmtheit.« Sie lächelte mich an, und ich bemühte mich, nicht vom Stuhl zu kippen.

Großer Gott! War das möglich? Machte Rachel mir ein Kompliment? Ich nickte ihr freundlich zu. Ja, es stimmte natürlich, ich war eine Art bunter Hund gewesen, hatte alles mögliche angestellt – war mit Hilfe von zusammengeknoteten Bettlaken nachts abgehauen, hatte der Hausmutter Salz in den Tee getan –, alles mehr oder weniger Kleinkram, aber damals hatte es großes Aufsehen erregt.

»Ja«, fuhr Rachel fort und erwärmte sich sichtlich für dieses Thema, »es gibt so viele Geschichten über Polly, daß ich gar nicht weiß, wo ich anfangen soll.«

Mir war es ganz egal, mit welcher verrückten Geschichte sie anfing, Hauptsache, ich würde am Ende gut dastehen.

»Die meisten sind ja sowieso Lügenmärchen«, sagte ich bescheiden und spielte mit dem Bierdeckel, um mir nicht vor freudiger Erwartung die Hände zu reiben, »oder sie sind zumindest stark übertrieben«, fügte ich schnell hinzu, um zu verhindern, daß die Zuhörer die wilden Geschichten, die Rachel jetzt gleich zum besten geben würde, für total erfunden hielten.

»Was sind das für Geschichten?« fragte Nick interessiert.

Ja, was würde Rachel jetzt erzählen? Ich war rasend neugierig. Ich wußte, daß mich die Jüngeren auf dem College für ganz cool gehalten hatten, aber ich hatte keine Ahnung, daß ich als wilde Volksheldin in die Annalen der Schule eingegangen war. Als eine Jeanne d'Arc der zehnte Klasse.

»Also ...«, überlegte Rachel und zog die Stirn kraus.

Ich beugte mich vor und unterdrückte den heftigen Impuls, ihr einen guten Tip zu geben. Das hätte wohl nicht gut auf die anderen gewirkt.

»Ach ja, jetzt fällt mir was ein!« sagte sie endlich.

Na fein!

»Wie war das noch mal, als du an alle Drogen verteilt hast, erinnerst du dich daran, Polly?« fragte Rachel und schaute mich mit großen, unschuldigen Augen an.

Drogen! Mir war, als schlage mir das Wort ins Gesicht und klebe mit roten Buchstaben auf meiner Stirn. Aus den Augenwinkeln heraus sah ich, daß Nick mich schockiert ansah. Mein Gott, was hatte sie bloß vor? Ich verschluckte mich fast an einer mit Gin getränkten Zitronenscheibe.

»Also, von Drogen kann man da wohl kaum reden, oder, Rachel?« sagte ich leichthin mit einem gezwungenen Lächeln. »Ich meine, ein paar halluzinogene Pilze, vermischt mit kleingehackten Blättern, die ich für Marihuana hielt, die aber in Wahrheit total harmlose Blätter eines Zierahorns waren, kann man wohl kaum als harte Droge bezeichnen. Kein Mensch wird von so was high.«

Nick und Tim lachten schallend. Puh! Was für eine Erleichterung!

»O Gott, Polly«, sagte Nick. »Ich sehe Sie förmlich vor mir, wie Sie diese Zierahornblätter kleinhacken und heimlich in Plastikbeutelchen füllen.«

»War das alles?« Rachel sah enttäuscht aus. »Also ich habe gehört, da sei viel mehr gewesen. Die Polizei wäre geholt worden, und ...«

»Du liebe Güte, nein«, fiel ich ihr hastig ins Wort.

Zugegeben, die Direktorin hatte mich in ihr Allerheiligstes zitiert und hochnotpeinlich befragt, weil ein paar empfindliche Seelen in meinem Schlafsaal ein bißchen benebelt gewesen waren, und, zugegeben, das Verhör hatte in Anwesenheit von einem Polizisten namens Moore stattgefunden, aber ein einziger lumpiger kleiner Dorfpolizist rechtfertigt wohl kaum eine gewichtige Floskel wie »die Polizei holen«, oder? Und nachdem ich erklärt hatte, ich hätte nur versucht, Kräutertee herzustellen, um für eine bessere Nachtruhe im Schlafsaal zu sorgen, war alles vergeben und vergessen, was, wie ich hoffte, auch jetzt der Fall sein würde.

»Da sieht man mal wieder, wie solche kleinen Geschichten aufgebauscht werden!« rief ich, lachte nervös und nahm noch einen Schluck Gin: Mein Hals war unerklärlicherweise staubtrocken. Komm, Rachel, jetzt hör mal mit Drogen und Polizisten auf, und erzähl ein paar von meinen lustigeren Geschichten, zum Beispiel, wie ich nach einer Wette nackt durchs Dorf geflitzt bin oder wie ich –

»O ja!« kündigte sie an und hob den Zeigefinger.

O gut, dachte ich erleichtert. Aber es wurde, oh, so schlecht.

»Und wie war das, als du beim Fuschen in der Geschichtsprüfung erwischt wurdest? Erinnerst du dich noch daran, Polly?«

Das tat ich, aber mir gefiel das bösartige Funkeln in ihren Augen nicht. Das war ganz eindeutig ein Schlag unter die Gürtellinie.

Natürlich hatte ich nie abgeschrieben. Was für eine Idee! Sophie Maxwell, die neben mir saß, hatte ihre Arbeit fallen lassen, und ich hatte das Blatt nur aufgehoben und kurz angesehen, um – na, was denn? – mich zu überzeugen, daß oben rechts ihr Name stand und es wirklich ihre Arbeit war, bevor ich sie ihr zurückgab. Hätte das nicht jeder getan? Jeder, außer der ekelhaften aufsichtführenden Lehrerin, die mich aus dem Prüfungsraum schickte und mich beschuldigte, bei Sophie abgeschrieben zu haben.

»Das war ein großes Mißverständnis«, sagte ich langsam und hoffte, daß ich einigermaßen überzeugend klang, »ein totales Mißverständnis, das dann sehr schnell aufgeklärt wurde.«

»Ach so«, sagte Rachel nachdenklich, »das wundert mich aber. Denn schließlich hast du nicht bestanden, oder? Ich glaube, du warst das einzige Mädchen, das ohne Abschluß vom St.-Gertrude-College ging, oder?«

Du dumme Kuh, dachte ich hilflos, du gemeine, dumme Kuh. Warte nur, bis ich dir den Hals umdrehe!

»Stimmt es etwa nicht?« fragte Rachel beharrlich. »Oder hast du doch noch deine Abschlußprüfung gemacht?«

Ich grub mir die Fingernägel in die Handflächen und dachte, es sei höchste Zeit für Rachel, wieder einen Spaziergang zu machen, möglichst dicht am Klippenrand.

Nick sah verwirrt aus. »Ach nein, das kann nicht stimmen! Ich erinnere mich, daß Sie in Ihrem Lebenslauf das Abschlußexamen angeführt haben.«

Und diese Bemerkung erinnerte mich an etwas, das ich vorübergehend vergessen hatte. Wir sprachen hier mit meinem Chef, oder, besser gesagt, Rachel sprach mit ihm. Das machte die Angelegenheit nun wirklich pikant.

»Das stimmt doch, oder?« wiederholte Nick.

Was, in aller Welt, sollte ich darauf antworten? Ich zermarterte mir den Kopf, mir fiel aber absolut nichts ein.

Ich öffnete den Mund und war selbst gespannt, was herauskommen würde. »Stimmt genau, stimmt genau. Ich hab meinen Abschluß in einem Sommer-Crash-Kurs gemacht«, sagte ich. Brillant! Absolut brillant! Wer braucht einen verdammten Schulabschluß, wenn ihm so wunderbare Ausreden einfallen?

»In welchem Crash-Kurs?« fragte Rachel, aber niemand hörte mehr zu. Es interessierte Gott sei Dank niemanden, welchen Crash-Kurs ich gemacht hatte.

»Ach, einer in Oxford«, sagte ich vage, »ich weiß nicht mal mehr, wie das College hieß. Will noch jemand einen Drink?«

»Nein, danke«, sagte Tim und trank sein Glas aus. »Wir sollten allmählich aufbrechen, ich habe noch zu tun.«

Ich auch, dachte ich blutrünstig, als wir zehn Minuten später im Segelboot auf dem Fluß kreuzten. Ich überlegte, auf welche Art man einen Hausgast möglichst ohne viel Aufsehen loswerden konnte. Am liebsten hätte ich die unverschämte Rachel gleich über Bord geschubst. Meine Zeit wird schon kommen, dachte ich und biß die Zähne fest zusammen. Rache, sagt man, ist eine Mahlzeit, die kalt am besten schmeckt.

Als wir im Haus ankamen, war ich immer noch wütend. Nick verschwand, um nach den Schafen zu schauen, deshalb setzte ich mich in den einzigen gemütlichen Sessel im Haus, in den, den sich Rachel normalerweise ans Feuer schob. Ich fand einen kleinen Schemel für meine Füße und drapierte die intelligentesten Seiten der Sonntagszeitung dekorativ um mich, obwohl ich in Wirklichkeit vorhatte, ein ausgiebiges Nickerchen zu machen.

Rachel rollte sich zu meinen Füßen auf dem Teppich

zusammen. Ich schloß die Augen und dachte, wie angenehm es wäre, wenn mein Bein eine dieser willkürlichen Zuckungen machte, die man manchmal beim Einschlafen hat, und ich ihr versehentlich einen Tritt in den Allerwertesten geben würde. Mein Fuß zitterte vor Lust, aber ich beherrschte mich. Es wäre doch ein bißchen zu auffällig gewesen.

Ich glitt in einen wunderschönen Traum hinüber, in dem ich die Heldin des Tages war, weil ich es schaffte, ganz allein Zwillingslämmer zur Welt zu bringen. Es war nachts, Nick war auch in der Scheune, ich stand da in einem ziemlich scharfen kleinen Nachthemd. Nick überschüttete mich mit Komplimenten, sah mich strahlend an und schloß mich sogar in die Arme, als in der Ferne plötzlich Tims Stimme zu hören war.

»O bitte, Rachel!«

Ich öffnete ein Auge. Er stand am Flügel und klopfte ermutigend auf den Klavierstuhl. »Bitte, spielen Sie etwas. Es ist höchste Zeit, daß wir etwas zu hören kriegen.«

Ich fluchte leise. O Gott, schon wieder drehte es sich um Rachel. Ich schloß das Auge wieder und hoffte, daß mich Rachels Paradestück nicht aus dem Tiefschlaf wecken würde.

»Ach nein, ich kann nicht«, sagte Rachel.

Ich riskierte einen Blick. Sie hatte sich vor dem Feuer aufgesetzt, lächelte schüchtern und drehte eine Haarsträhne um ihren Finger.

»Ach, kommen Sie schon«, bat Tim. »Wir würden so gern was hören.«

Du vielleicht, aber ich nicht, dachte ich grimmig.

»Ach nein, wirklich, nicht jetzt ...«

»Doch, bitte«, sagte Sarah, die gerade aus dem Stall

zurückgekommen war. »Auf dem Klavier wird nie gespielt, außer manchmal ein idiotischer Flohwalzer oder so was.«

»Ach nein, ich glaub nicht, daß ich jetzt spielen kann.«

»Versuchen Sie's doch.«

»Nein, wirklich nicht.«

Als ich eben wie eine Irre aufspringen, mir den Flügel schnappen und ihn ihr in den Mund rammen wollte, gab sie auf.

»Na gut. Ich spiele ein kleines Stück von Bach.«

Sie ging zum Flügel und setzte sich. Ich machte mich auf allerlei gefaßt. Sie spreizte die Finger, zog daran und begann dann zu spielen. Ich muß zugeben, daß selbst ich einen Kloß in meiner zynischen Kehle spürte, als die unendlich traurige, herzzerreißende Musik den Raum füllte. Wie verzaubert hörte ich zu. Sie war wirklich sehr talentiert. Es kam mir fast so vor, als sitze ein anderer Mensch am Flügel. Ich rieb mir die Augen. Das konnte doch nicht Rachel Marsden sein, die soviel Leidenschaft und Gefühl auszudrücken vermochte.

Es war ein langes Stück, aber niemand rührte sich. Als der letzte Ton verklungen war, blieb es einen Augenblick ganz still. Dann applaudierten wir wie verrückt, sogar ich, und das fand ich ganz schön großherzig von mir.

»Bravo! Bravo!« rief Tim.

Rachel lächelte schüchtern. »Vielen Dank«, flüsterte sie und schaute auf ihre Hände. »Ich war nicht besonders gut.«

Sie ging zum Kamin zurück und rollte sich dort wieder wie ein Gnom zusammen. Alle großen Gefühle waren verklungen. Rachel, die schmallippige kleine Maus, war wieder da.

Tim war ganz außer sich und lobte sie in den höchsten

Tönen. »Aber das war ja phantastisch, Rachel. Ich mag Ihnen wie ein Kulturbanause vorkommen, aber ich habe schon sehr gute Pianisten gehört. Ich finde, Sie sollten das zu Ihrem Beruf machen. Sie haben das Zeug zu einer Konzertpianistin.«

»Eines Tages vielleicht«, sagte Rachel ausweichend.

»Sie sollten es wirklich versuchen, Sie haben soviel Talent. Finden Sie nicht auch, Polly?«

»Ja, finde ich auch«, sagte ich.

Jetzt gab es für sie natürlich kein Halten mehr, und nachdem Tim sie noch einmal ermutigt hatte, spielte sie Nick etwas vor, als er zurückkam. Alle Stücke waren ernst und melancholisch, und so wunderbar es auch klang, am Ende hatte ich große Lust, mir die Pulsadern aufzuschneiden. Außerdem wurde es allmählich Zeit für mich, nach Hause zu fahren, und der Gedanke versetzte mir einen Stich.

Ich seufzte, holte mir ein Kursbuch aus dem Bücherregal und blätterte es unglücklich durch. Ich schaute auf die Uhr. O Gott, wenn ich den nächsten Zug nahm, kam ich ungefähr um drei Uhr nachts in London an. Ich mußte schnell packen und jemanden finden, der mich zum Bahnhof brachte. Die Vorstellung, Cornwall zu verlassen, machte mich ganz traurig. Wer hätte gedacht, daß es mir so leichtfallen würde, die glänzenden Lichter der Großstadt gegen Kuhfladen einzutauschen? Natürlich lag es nicht an den Kuhfladen. Ich schluckte, als Nick auf mich zukam und sich neben mich aufs Sofa setzte. Instinktiv hob ich die Oberschenkel ein bißchen an, damit sie schlanker aussahen.

Er nahm mir das Kursbuch aus der Hand und klappte es zu. »Müssen Sie denn wirklich schon heute abend nach Hause fahren?«

Großer Gott, seine Stimme klang, als wäre er der Herr und Meister. Meine Knie fingen an, vor Aufregung zu zittern, und ich mußte die Oberschenkel wieder runterlassen.

»Ich könnte auch morgen früh fahren – aber dann käme ich zu spät ins Büro.«

»Und wem würde das was ausmachen?«

Ich verstand, was er meinte, wollte aber einen pflichtbewußten Eindruck machen. »Es gibt ziemlich viel zu tun«, sagte ich heuchlerisch. »Die Drehbücher für das Din-Din-Hundefutter müssen abgetippt werden, ganz zu schweigen von der gesamten Präsentation.«

»Die muß ich zuerst schreiben, vorher können selbst Sie sie nicht abtippen.«

»Das stimmt, aber trotzdem gibt es genug Arbeit.«

»Unsinn. Ich bin nicht da, warum also sollten Sie dasein? Sie könnten genausogut noch ein paar Tage hierbleiben.«

Noch ein paar Tage? Mein Herz machte einen Salto rückwärts. Er wollte, daß ich blieb. Er wollte es wirklich – oder, anders gesagt, er wollte nicht, daß ich ihn verließ. Natürlich. Ja, es war offensichtlich. In den letzten zwei Tagen hatte er sich Hals über Kopf in mich verknallt, und wenn er es bis vor kurzem oft nicht ertragen hatte, mich zu sehen, dann konnte er es jetzt offenbar nicht ertragen, mich nicht zu sehen. Verrückte Welt! Ich versuchte, etwas zu sagen.

»Ich würde – ich würde sehr gern …« Das war zu hoch. Ich räusperte mich und versuchte es noch einmal. »Ich würde sehr gern hierbleiben, ich … Wirklich, es ist so wunderschön hier – das Land, das Haus, die Tiere und einfach alles. Ich war schon lange nicht mehr so glücklich«, fügte ich leise hinzu.

Immer langsam, Polly, immer langsam, übertreib bloß nicht. Ich atmete ein paarmal tief durch und versuchte mich zu beruhigen.

»Gut!« Er warf das Kursbuch über die Rückenlehne des Sofas. »Das hätten wir also. Ehrlich gesagt, ist es mir ganz recht, wenn ich Sie heute abend nicht mehr zum Bahnhof fahren muß.« Er grinste.

Das war ein Tiefschlag! Ich schaffte es zu lächeln und war enttäuscht. Doch allzu enttäuscht nun auch wieder nicht. Wenn man jemanden wirklich loswerden will, würde man keine Mühe scheuen, ihn am Bahnhof abzusetzen, oder etwa nicht? Wenn einem jemand wirklich auf die Nerven geht, dann nimmt man doch gern eine halbstündige Autofahrt auf sich, um ihn loszuwerden. Ganz bestimmt. Dennoch wurde mir klar, daß ich im Licht dieser letzten Bemerkung seine Verliebtheit noch mal neu überdenken mußte. Später. Viel später. Im Augenblick war ich glücklich, hier auf dem Sofa zu sitzen, ganz nah bei ihm – wirklich sehr nah. Allerhöchstens sieben Zentimeter trennten uns.

Er legte den Arm auf die Sofalehne, sah mich mit seinen glänzenden dunklen Augen an und sprach über die Farm. Ich seufzte glücklich und dachte an den Farmer. Ich war im siebten, nein, mindestens achten Himmel!

»Entschuldigung, langweile ich Sie?«

»Was? Nein, natürlich nicht! Warum?«

»Haben Sie nicht gegähnt?«

»Nein, nur geseufzt. Ich hab gerade gedacht – nun ja, wie schön es ist, noch hierbleiben zu können – äh – ein bißchen –, natürlich nicht lange, nur noch ein paar Tage.«

»Bleiben Sie, solange Sie wollen«, antwortete er mit einem strahlenden Lächeln.

»Vielen Dank«, flüsterte ich, blickte in seine herrlichen Augen und überlegte, ob jetzt von Wochen die Rede war oder von Monaten oder sogar von ... Nein, sei nicht albern, Polly. Ich gab mir selbst einen Ruck und hörte aufmerksam zu, als er mir von der Ernte und von den neugeborenen Lämmern erzählte. Ich nickte intelligent und stellte sachdienliche Fragen, wie es einer guten Farmersfrau – Verzeihung – Sekretärin zukam.

17. Kapitel

Die nächsten Tage flogen nur so vorbei. Rachel und Jamie hielten sich meist im Haus auf, Tim und Sarah arbeiteten, also blieben nur Nick und ich, um etwas zu unternehmen. Wir machten lange Spaziergänge, saßen in ruhigen kleinen Pubs, aßen Krabbensandwichs und Sirupkuchen und führten endlose Gespräche. Wenn wir nicht wanderten, redeten oder aßen, ruderten oder segelten wir – je nach Wind – den breiten Fluß auf und ab.

An einem sonnigen Morgen, als wir langsam den Frenchman's Creek hinauftrieben, lag ich im Heck des Bootes, meinen Strohhut tief ins Gesicht gezogen. Durch die Löcher im Stroh konnte ich Nick beobachten, ohne daß er es merkte. Sein schwarzes Haar war zerzaust, und sein Gesicht hatte schon nach den wenigen Tagen in der Aprilsonne eine gesunde Farbe bekommen.

Ich betrachtete seine kräftigen Hände, die fest die Riemen umspannten und das Boot geschickt um Felsen und herabhängende Zweige lenkte. Ich versuchte mir vorzustellen, wie sie aussahen, wenn sie Akten und Dokumente hielten und aus den Ärmeln eines Nadelstreifenanzugs in einem Büro in South Kensington herausschauten. Ich versuchte mir den ganzen Mann in South Kensington vorzustellen. Komisch, es war eine andere Welt, in die er ganz und gar nicht hineinzupassen schien. Paßte ich hinein? Wo war meine Welt?

Ich schloß die Augen und stellte mir einen Augenblick vor, daß ich hierher gehörte. Nicht nur eine Zeitlang, sondern für immer – als Herrin auf Trewarren, Ehefrau von Mr. Nicholas Penhalligan und Mutter seiner – ach, mal sehen – fünf, nein, sechs Kinder. Das schaffte ich in einer Sekunde. Und in der nächsten sah ich mich in der Küche von Trewarren, bis zu den Ellenbogen im Kuchenteig, mit klangvoller Stimme ein Volkslied singend, während ich den Kuchen für die Teestunde vorbereitete.

Manchmal schaute ich nachsichtig lächelnd auf meine schwarzhaarigen braunäugigen Kleinen hinunter, die zu meinen Füßen herumkrabbelten und glücklich mit ihren Fingerfarben und ihrem Knetgummi spielten, aber ohne das bei Kinderspielen übliche Geplärr und Geschrei. Sie waren die reinsten Engel, und zwei oder drei – oder vielleicht sogar alle – konnten sich ihre Windeln selbst wechseln, erstaunlicherweise schon von Anfang an, und sie waren in ihrem Leben noch nie krank gewesen. Aber ich schweifte ab.

Als ich den Teig in die Backform füllte, öffnete sich die Küchentür, und wer kam herein? Direkt vom Feld, den Geruch von Korn im Haar und den gewissen lüsternen Ausdruck in den Augen? Mein Ehemann, der Farmer. Ich wischte mir die mehligen Hände an der Schürze ab und begrüßte ihn mit einem zarten Kuß. Mit einer Leidenschaft, die in unseren vier herrlichen Ehejahren nicht abgeflaut war – einen Moment mal, wie viele Kinder hatte ich? Ach so, es waren Zwillinge dabei, äh – ja, es waren tatsächlich drei Zwillingspärchen –, jedenfalls mit dieser unverminderten Leidenschaft packte er mich um die Taille und zog mich, unter uns gesagt, ganz schön grob in seine Arme. Unter seiner rauhen Tweedjacke, die mich am Gesicht kitzelte, fühlte ich seinen harten, muskulösen Körper, der danach verlangte, mich nach oben zu schleppen, oder vielleicht – ja, tatsächlich wollte er es am liebsten genau hier und jetzt auf dem Küchentisch mit mir treiben.

Wie wär's mit uns? schienen seine Augen zu sagen. Ich schaute hinunter auf die Kinder. »Nicht jetzt«, flüsterte ich und lächelte ihn liebevoll an. »Später.«

Schwer atmend sah er mir tief in meine saphirblauen Augen und drückte mir einen endlos langen, sehnsüchtigen Kuß auf meine vollen Lippen. Dabei freute er sich zum x-tenmal darüber, daß er eine so phantastische Frau gefunden hatte, die nicht nur in der Lage war, den großen Haushalt quasi mit links zu führen, sondern auch umwerfend attraktiv und eine hinreißende Geliebte im Bett war.

Ich runzelte unter meinem Hut die Stirn. Würde der Haushalt ein Problem sein? Ich kratzte mich nachdenklich am Kinn. Ich wage zu behaupten, daß ich lernfähig bin, aber – Moment mal, warum sich Sorgen machen? Sicherlich hatten wir doch eine Köchin? Ja, natürlich hatten wir eine. Ich würde die Küche fast nie betreten, sondern den Vormittag in meinem Morgenzimmer verbringen.

Blitzschneller Szenenwechsel. Ich saß an meinem Sekretär, hinter mir fiel die Sonne durch das große Erkerfenster ins Zimmer. Und was machte ich? Ach ja, ich überlegte mir die Speisenfolge für die bevorstehende Dinnerparty. Es war zwar todlangweilig, aber hin und wieder mußten wir die ortsansässigen Holzköpfe einladen: den Jäger, die benachbarten Farmer usw., sie erwarteten es ganz einfach, und natürlich machte ich es hervorragend.

Ich nahm mein Diamantarmband ab – ein Hochzeitsgeschenk meines Mannes, das so schwer war, daß es mich beim Schreiben störte – und notierte die Reihenfolge der Gänge: zuerst eine Wasserkressensuppe, dann Lachs in Blätterteig, dann ein Roastbeef, so zart, daß es auf der Zunge zerging, und zum Nachtisch Himbeeren aus dem eigenen Garten mit Schlagsahne. Ja, das würde alles schmecken. Ach ja, und ich durfte nicht vergessen, den Butler Jenkins daran zu erinnern, den passenden Wein aus dem Keller heraufzuholen – oder würde Nick das machen? Da war ich mir nicht so sicher.

Jedenfalls stand ich auf, strich ein paar Fältchen aus dem schlichten marineblauen Armani-Kleid, das ich besonders gern trug, und schob meine eng am Hals anliegende Perlenkette zurecht – auch ein Hochzeitsgeschenk, nein, ein Geburtstagsgeschenk meines Mannes. Ich schaute kurz in den Spiegel. Die Perlen standen mir gut und hoben sich mit ihrem zarten Glanz schön gegen meine Sonnenbräune ab, die noch vom Weihnachtsurlaub in der Karibik stammte.

Als ich am Fenster vorbeiging, sah ich, wie meine süßen Kleinen im Garten von den zwei Kindermädchen umhergetragen oder im Kinderwagen geschoben wurden. Ich öffnete das Fenster und warf ihnen einen Handkuß zu. »Meine kleinen Schätzchen!« Sie winkten mir begeistert zu.

Ich ging in die Küche, um meiner Köchin meine Wünsche mitzuteilen.

»Ach, da sind Sie ja, Mrs. Smith. Ich habe endlich entschieden, was es morgen abend geben soll.« Während ich mit ihr sprach, sank ich in den bequemen Sessel, der neben dem großen Ofen stand, und schlug meine schlanken, seidenbestrumpften Beine übereinander.

»Sehr gut, Madame«, sagte sie, wischte sich die mehligen Hände an ihrer Schürze ab (*ihre* mehligen Hände wohlgemerkt, nicht *meine*) und schenkte mir ihre ungeteilte Aufmerksamkeit. Machte sie einen Knicks? Nein, natürlich nicht, das wäre wirklich übertrieben, Polly.

Ich beugte mich vor und sah sie prüfend an. »Wie Sie wissen, hat Mr. Penhalligan eine ganz genaue Vorstellung davon, wie Wasserkressensuppe schmecken soll, deshalb dachte ich …« In diesem Augenblick flog die Tür auf, und mein Mann kam herein. Er ging direkt auf mich zu, nahm mich in die Arme und … Korrektur! Noch *bevor* er mich in die Arme nahm, bekam Mrs. Smith einen dringenden Telefonanruf vom Metzger, der bestellte Braten liege bereit, sie solle ihn *sofort* abholen. Also eilte sie davon, und kaum war die Tür hinter ihr ins Schloß gefallen, kam er zu meinem Sessel und nahm mich fest in die Arme. Sein Atem ging schwer. »Ach, mein Liebling!« flüsterte er. »Ich sehne mich so nach dir!« Er küßte mich hungrig, dann hob er mich auf und legte mich auf den Küchentisch, wo er mich kraftvoll, aber sanft, wild, aber zärtlich …

»Was, zum Teufel, machen Sie da?« Im spannendsten Augenblick wurde mir der Hut vom Gesicht gerissen, und Nick, mein Chef – bestenfalls Freund, aber ganz bestimmt nicht Ehemann –, schaute verblüfft auf mich herunter.

»Geht es Ihnen gut?«

Ich setzte mich schuldbewußt auf. »Wie bitte? Ja, natürlich. Habe ich etwas falsch gemacht?«

»Na ja, Sie murmeln so komisches Zeug, rutschen hin und her und räkeln sich herum. Einmal haben Sie sogar ziemlich laut gestöhnt, und ich habe das Wort Wasserkresse verstanden. Ich habe gedacht, Sie seien eingeschlafen und hätten einen Alptraum.«

»Ja, ganz recht, ich hab geträumt. Ich bin eingeschlafen und – und hatte das entsetzliche Gefühl, daß mich Unmengen von Wasserkresse umschlangen wie – wie Riesenpflanzen. Sie stiegen aus dem Fluß herauf und packten mich um den Hals, so!« Ich machte es ihm vor und drückte mir die Kehle zu. Ich zitterte. »Ein Glück, daß Sie mich geweckt haben. Es war alles andere als lustig, das kann ich Ihnen sagen.«

»Sind sie immer so lebendig?«

»Was?«

»Ihre Träume.«

»Oh! Ja, immer. Großer Gott, manchmal weine ich und … schlage um mich. Einmal bin ich sogar aufgesprungen und ins Wohnzimmer marschiert. Ich habe eine unglaublich lebhafte Phantasie, alles kommt mir dann so wirklich vor. Mit mir zu schlafen ist die reine Hölle.«

»Wirklich?« fragte Nick und hob die Brauen.

Ich fächelte mir das Gesicht, weil es immer heißer wurde. »Na ja, nein, das stimmt nicht ganz, man kann sehr leicht mit mir schlafen – leicht in dem Sinn, na ja, in dem Sinn, daß ich gar nicht schwierig bin … Ich meine, niemand hat sich tatsächlich je beschwert – also nicht, daß da so viele waren, wenn Sie verstehen, was ich meine.« Das Thema drohte mir wirklich langsam aus der Hand zu gleiten.

Nick schüttelte sich vor Lachen. »Polly, Sie sind köstlich! Es ist mir doch völlig egal, mit wie vielen Leuten Sie geschlafen und wie viele davon sich beschwert haben. Das geht mich doch gar nichts an.«

»Jedenfalls habe ich noch nicht mit vielen geschlafen«, sagte ich, fest entschlossen, das ein für allemal klarzustellen, »und die wenigen haben sich auch nicht beschwert. Also.«

Ich kehrte ihm wie ein bockiges Kind den Rücken und starrte ins Wasser, wütend auf mich, weil ich mich wie ein Idiot benommen hatte, und wütend auf ihn, weil er gesagt hatte, es gehe ihn nichts an.

Nick ruderte weiter. Zwar konnte ich sein Gesicht nicht sehen, war aber überzeugt, daß er über mich lachte. Ich ließ meine Hand durch das Wasser gleiten, griff nach Wasserpflanzen und tat so, als sei ich vollauf mit den kleinen Wellen beschäftigt.

Die Stille war ohrenbetäubend, aber ich würde sie nicht brechen, er mußte zur Abwechslung einmal nett zu mir sein, und diesmal würde er sich richtig anstrengen müssen. Er sollte bloß nicht denken, daß er mich mit ein paar Gläsern Apfelwein und einem Bauernschmaus versöhnen konnte, o nein, diesmal mußte er sich schon etwas Besseres einfallen lassen.

»Polly?« sagte Nick nach einiger Zeit.

»Hmm?« antwortete ich verstimmt. Was immer er wollte, die Antwort war »nein«.

»Ich möchte heute nachmittag nach Gweek fahren. Es ist höchste Zeit, daß ich meine Mutter mal besuche. Sonst glaubt sie noch, ich hätte etwas gegen sie. Wollen Sie mitkommen?«

»O ja, gern.« Voller Eifer fuhr ich herum. »Sehr gern sogar.«

»Gut. Ich rufe sie gleich an, wenn wir zurück sind.«

Verstimmt? Keine Rede davon. Es war höchste Zeit, daß ich meine Schwiegermutter kennenlernte.

Und so kam es, daß ich ein paar Stunden später mit Nick im Auto saß, auf dem Weg zu Mrs. Penhalligan. Tja, so war das. Ich meine, er hätte doch leicht allein hinfahren können, wenn er das gewollt hätte. Es wäre doch ganz normal gewesen, wenn er gesagt hätte: »Ich hoffe, es macht Ihnen nichts aus, aber ich muß meine Mutter besuchen.« Aber nein. Nein, es war ihm wichtig, daß ich mitkam.

Als wir mit dem Landrover durch die Landschaft bretterten, strich ich den Rock meines Laura-Ashley-Kleides glatt und versuchte mich zu beruhigen. Nick hatte mich höchst belustigt angesehen, als ich elfengleich die Treppe hinuntergeschwebt war, aber ich zweifelte keine Sekunde daran, daß ich absolut richtig angezogen war. Das Kleid war aus kleingeblümtem, feinem Musselin, hatte einen schwingenden Rock und einen Spitzenkragen. Ganz reizend. Ich trug es nur, wenn ich irgendwelchen Eltern vorgestellt wurde, und es war immer gut angekommen.

Ich steckte mir ein kleines Spitzentaschentuch in den Ärmel und gab dem Country-Girl noch einmal eine Chance, betupfte mir diesmal aber nur die Handgelenke, nicht jedoch die Kniekehlen, den Nacken und andere strategisch wichtige Punkte. Jetzt fehlte nur noch das Mitbringsel. Pralinen? Blumen? Narzissen? Das wäre etwa so, als trüge man Eulen nach Athen, deshalb entschied ich mich für Pralinen und bat Nick, beim Dorfladen kurz anzuhalten. Er tat es und sah mich noch belustigter an, als ich mit einer großen Schachtel Pralinen wieder ins Auto stieg.

»Für wen soll denn das sein?«

»Natürlich für Ihre Mutter.«

Er brach vor Lachen fast über dem Steuer zusammen.

»Was ist daran so komisch?«

»Nichts, es ist nur so, daß alle Touristen genau diese Schachtel kaufen, um sie in ihr kleines, spießiges Zuhause mitzunehmen. Sehen Sie sich mal das Etikett an.«

Ich drehte die Schachtel um und las *Ein Geschenk aus*

Cornwall in altmodischer Schrift, umrahmt von Zwergen und Feen. Ich seufzte und warf die Schachtel auf den Rücksitz.

Als wir nach Gweek kamen, war ich angenehm überrascht, daß es ein ganz normales Dorf war. Helford war bestimmt hübscher, aber es war hauptsächlich ein Ferienort, in dem man sich gegenseitig zum Tee besuchte. Gweek hingegen war ein Dorf, in dem die Menschen richtig lebten und arbeiteten. Hier gab es keine reizenden Cottages; nur ein einziges stand gleich am Dorfeingang rechts auf einem kleinen Hügel. Es war weiß getüncht, mit Stroh gedeckt, und neben der Haustür wucherte ein Geißblattstrauch. Um die Fenster rankte sich Clematis, und eine große Tigerkatze sonnte sich auf der Türschwelle.

»Das ist Mutters Haus«, sagte Nick, als wir vorbeifuhren.

»Ach, wie hübsch!« Ich verrenkte mir fast den Hals, um einen Blick darauf zu erhaschen. »Aber warum halten wir nicht an?«

Eine eisige Hand griff nach meinem Herzen. Hatte er kalte Füße gekriegt? Es sich anders überlegt? Traute er sich nicht, seiner zweifellos sehr intelligenten Mutter eine so linkische und dumme Person wie mich vorzustellen?

»Weil sie nicht da ist, sondern woanders.«

Wir fuhren um die Ecke herum und hielten auf der gekiesten Zufahrt eines am Dorfrand gelegenen Pubs.

»Oh!« Ich war schockiert. Meine Mutter würde man an einem Donnerstagnachmittag niemals im Fox and Hounds in der High Street von Esher antreffen. Auf dem Kirchenbasar vielleicht, aber niemals im Fox and Hounds.

»Hat sie ein Problem?«

Meine Vorstellung von der vollkommenen Mrs. Penhalligan, die in Twinset und Perlenkette in ihrem Wohnzimmer Chrysanthemen in einer Kristallvase ordnete, veränderte sich rasend schnell in die einer whiskytrinkenden Landstreicherin, die in Südcornwall von einem Pub zum nächsten schlurfte.

Nick lachte. »O Gott, nein, hin und wieder nimmt sie zwar gern einen Drink, aber sie hat kein Problem damit.« Er hielt mir die Tür auf.

»Aber was macht sie dann hier mitten am Nachmittag?« fragte ich mißtrauisch, als ich mich duckte, um nicht gegen den niedrigen Türbalken zu stoßen.

»Hier bekommt sie ihre Inspiration.«

»Inspiration? Wofür denn?«

»Das werden Sie gleich sehen.«

Es dauerte eine Zeitlang, bis sich meine Augen nach dem hellen Sonnenschein draußen an die Dunkelheit in der Bar gewöhnt hatten, aber dann war Hetty Penhalligan die erste Person, die ich sah.

Sie saß in der Ecke an einem offenen Fenster, durch das der einzige Lichtstrahl fiel und ihr unverwechselbares Penhalligan-Gesicht mit einem heiligscheinartigen Glanz umgab.

Obwohl ich sie sofort erkannte, war ich doch sehr überrascht über das, was ich sah. Ich hatte mir vorgestellt, daß die Brüder die römische Nase und das kantige, ausgeprägte Kinn von ihrem Vater hätten, aber sie sahen ihrer Mutter ähnlich, deren markante Züge sie geerbt hatten. Mrs. Penhalligans schwarzes, jetzt graumeliertes Haar war zu einem strengen, geometrischen Bubikopf geschnitten. Sie war eine gutaussehende Frau.

Als ich hinter Nick auf sie zuging, strich ich mir über das Kleid und setzte ein süßes Jungmädchenlächeln auf, dann aber gefror mir das Lächeln auf dem Gesicht. Am liebsten hätte ich mir das Kleid vom Leib gerissen und mir im nächsten Secondhandladen etwas anderes gekauft, denn Mrs. Penhalligans Kleidung stammte ganz offensichtlich von dort. Über einem ausgebeulten blauen Mechaniker-Overall trug sie eine sportliche Herrentweedjacke, deren viel zu lange Ärmel sie bis zum Ellenbogen aufgekrempelt hatte. Um den Hals hatte sie sich ein gepunktetes rotes Tuch gebunden, und ihre Füße steckten in schweren Schuhen, die sehr nach Doc-Martens-Nagelschuhen aussahen. Sie war so mit Farbe bekleckert, als habe jemand den Inhalt einer ganzen Lackfabrik über sie ausgegossen.

Sie blickte nicht auf, sondern betrachtete merkwürdig konzentriert einen alten Mann, der ihr gegenübersaß. Er wiederum starrte ebenso konzentriert in sein Bierglas.

Als der Groschen endlich fiel, klappte mir vor Überraschung der Kiefer nach unten. Eine Malerin! Vor ihr stand eine Leinwand, auf die sie schnell ein paar Farbkleckse tupfte, und zu ihrer Linken stand ein Glas Weißwein, das eine etwas seltsame Farbe hatte. Als sie versehentlich den Pinsel statt im Wasserglas im Wein abstreifte, verstand ich, warum das so war.

»Verdammt noch mal!« rief sie. »Ich mach das immer wieder! Barney, bring mir bitte einen neuen Wein, ja? Meiner hier ist schon wieder preußischblau geworden.« Sie hielt das Glas dem Barkeeper entgegen und entdeckte Nick.

»Liebling!« rief sie mit brüchiger, weinseliger Stimme. »Was für eine wunderbare Überraschung!«

Nick gab ihr einen Kuß. »Hallo, Mama, ich hab mir schon gedacht, daß ich dich hier finden würde.«

Er setzte sich neben sie.

»Und wer ist diese charmante kleine Blume?« fragte

sie und betrachtete mein jungmädchenhaftes Musselinkleidchen.

»Oh, das ist Polly McLaren, eine Freundin von mir.«

»Hallo, Mrs. Penhalligan«, sagte ich und streckte lächelnd die Hand aus.

»Sie müssen mich Hetty nennen, das tun alle«, sagte sie und nahm meine Hand. »Ach, wie dumm von mir, jetzt sind Sie ganz voller Farbe. Da!« Sie reichte mir einen öligen Lappen, und ich wischte mir die Hand damit ab.

Ich kam mir in meiner Aufmachung völlig fehl am Platz vor und ärgerte mich, weil Nick mich nicht gewarnt hatte. Schließlich hätte ich hier auch ganz anders erscheinen können: Ich hatte eine ganze Kollektion lässiger, bohemehafter Klamotten mitgebracht. Für alle Fälle zog ich das Spitzentaschentuch aus dem Ärmel und ließ es verschwinden, und beim Hinsetzen schob ich den bauschigen Rock ein bißchen hoch.

»Barney, zum Teufel noch mal!« rief sie so laut, daß ich fast vom Stuhl fiel. »Sind wir hier in der Wüste Gobi? Drei Gin Tonics bitte, sei ein Schatz.«

Barney grinste gut gelaunt, stellte das Glas ab, das er gerade polierte, und beeilte sich, den Wunsch seines Stammgastes zu erfüllen. Sie wäre für jedes Pub Gold wert und zieht mehr Gäste an als ein Spielautomat, dachte ich.

»Und wie geht's so?« fragte Nick, zog seinen Stuhl näher heran und schaute seiner Mutter über die Schulter, um das Bild näher zu betrachten. »Hat man dich schon entdeckt?«

»Natürlich nicht«, sagte sie dröhnend – es war anscheinend die einzige Stimmlage, über die sie verfügte –, »die Spießer hier würden ein gutes Bild nicht einmal erkennen, wenn man sie mit dem Kopf darauf stieße. Sie wollen kitschige Hirtenszenen wie auf Pralinenschachteln oder kleine Kinder, denen Tränen über die Wangen rinnen. Ekelhaft! Nein, ich fürchte, ich muß mich umbringen. Nichts treibt die Preise so hoch wie der tragische Tod eines Künstlers.«

»Vielleicht reicht es, wenn Sie sich ein Ohr abschneiden?« schlug ich vor.

»Könnte klappen«, stimmte sie zu, »obwohl es natürlich eine ziemlich blutige Angelegenheit wäre.«

Ich sah mir das Bild an. Farbtupfer und Kleckse, Kleckse und Farbtupfer, ich konnte gut verstehen, warum die Einheimischen nicht gerade begeistert waren. Ich fand das Bild grauenhaft. Aber ich wußte auch aus eigener Erfahrung in Londoner Galerien, daß normalerweise gerade die Bilder, die ich unaussprechbar schlecht fand, von Experten in den Himmel gehoben wurden.

»Es ist verdammt gut«, log ich kriecherisch.

Nick lachte laut. »Es sieht aus, als hätte sich jemand auf der Leinwand übergeben.«

Hetty ignorierte ihren Sohn und wandte sich statt dessen an mich. »Vielen Dank, meine Liebe. Ja, es ist gut, nicht wahr?« pflichtete sie mir gelassen bei. »Aber ein Modell, das so häßlich wie Arthur ist, hilft einem natürlich enorm. Ein toller Charakterkopf.«

Ich warf dem armen Arthur einen raschen Blick zu und hoffte, daß er genauso taub wie häßlich war. Hetty hatte leider eine ziemlich durchdringende Stimme. Glücklicherweise schien Arthur nicht nur stocktaub zu sein, sondern auch hirntot, er sank nämlich immer tiefer in seinen Bierkrug.

»Vielen Dank, Arthur!« schrie Hetty so laut sie konnte und klopfte ihm auf den Arm. »Genug für heute.«

Er hob eine knochige Hand, um ihr kurz zu zeigen,

daß er verstanden hatte, und schaute mit wäßrigen alten Augen kurz von seinem Bierkrug auf.

Ich lächelte ihn an. Ein süßer alter Mann. Ich brauchte ein paar Sekunden, bis mir klar wurde, daß er ganz und gar kein süßer alter Mann war. Er starrte mich bösartig an, hob die rechte Pobacke und ließ ungerührt einen fahren. Es stank so infernalisch, daß mir schwindelig wurde.

Hettys Blick wurde hart. »Ich sagte vielen Dank, Arthur.«

Aber Arthur schien keine Lust zu haben, die gemütliche kleine Runde zu verlassen und sich zu seinen Freunden in den Schankraum zu setzen. Er rührte sich nicht und grinste in seinen Bierkrug.

Hetty seufzte und stand auf. »Setzen wir uns in den Garten. Es ist hier sowieso viel zu stickig.«

Stickig war ein sehr mildes Wort, um die von Arthur verpestete Luft zu beschreiben. Ich folgte Hetty so schnell wie möglich. Als wir das Haus durch die Hintertür verlassen wollten, drehte sie sich um. »Ach, Barney, können wir drei Sandwichs und drei Portionen von Mabels gutem Brotauflauf haben?«

Dieser Befehl wurde von Barney mit gespielter Dienstfertigkeit aufgenommen, und er zwinkerte mir zu.

»Ihre Mutter ist ganz schön herrisch«, flüsterte ich Nick zu, da Hetty schon vorausgegangen war.

Nick lachte. »Das war noch gar nichts, Sie sollten sie mal erleben, wenn sie wirklich ihren Kopf durchsetzen will.«

Wir schlenderten mit unseren Drinks durch den Garten. Es war eher eine Wiese, das Gras hoch, mit vielen wilden bunten Blumen, und hier und da war eine Decke ausgebreitet, damit sich die Gäste setzen konnten. Wir suchten uns eine sonnige Stelle und sanken glücklich zwischen den Blumen ins Gras.

Hetty saß neben mir. »Ah – das ist besser. Ich halte es in dem stinkenden alten Pub nicht lange aus. Muß zwischendurch immer mal wieder raus an die frische Luft.« Sie wandte sich an mich. »Kommen Sie vom Land, Polly?«

»Ja, na ja, eigentlich schon. Jetzt lebe ich in London, aber meine Eltern wohnen in Esh … auf dem Land.« Ich wußte aus Erfahrung, daß nicht viele Leute Esher als Land bezeichneten.

Hetty nahm mein Kinn und drehte mein Gesicht herum. »Hmm … Sie haben jedenfalls ein sehr frisches, ländliches Aussehen.«

Ich war mir nicht ganz sicher, was ich davon halten sollte. Fand sie, daß ich wie ein Bauerntrampel aussah?

Aber Hetty nickte anerkennend, während sie mein Gesicht hin und her drehte. »Ein wunderschönes Profil«, sagte sie. »Ich würde Sie gern malen.«

Ich fühlte mich sehr geschmeichelt, zog die Wangen ein und senkte die Lider. Hoffentlich hatte Nick gut zugehört. Dann fiel mir leider ein, daß Hetty auch Arthurs Profil »wunderbar« genannt hatte. Ich lachte nervös und befreite mein Gesicht unter dem Vorwand, mir eine Zigarette anzünden zu wollen, aus ihrem schraubstockartigen Griff.

»Schreckliche Gewohnheit«, sagte Hetty und zündete sich selbst eine an. »Wenn Sie so weitermachen, haben Sie bald eine so kaputte Lunge wie ich.« Sie wandte sich an Nick. »Wie läuft es auf der Farm? Hast du mit diesem Tony gesprochen, von dem ich dir erzählt habe? Der, wie ich dir sagte, das Zeug zu einem guten Verwalter hat?«

Sie legte mir plötzlich flüchtig die Hand auf den Arm.

»Tut mir leid, das muß Sie alles furchtbar langweilen, aber ich bin gern auf dem laufenden.«

Ich lächelte. »Ach was. Das ist schon in Ordnung.«

Ich streckte mich auf der Decke aus. »Ich tanke ein bißchen Sonne, und Sie tanken Neuigkeiten über die Farm.«

Ich schloß die Augen, und sie redeten weiter. Manchmal bekam ich ein, zwei Sätze mit, aber kurz darauf hatte ich wieder Dinnerpartys im blauen Armani-Kleid. Inzwischen hatte ich mich zu einem wunderbar rosafarbenen Seidenkleid von Versace gesteigert und war nicht Gastgeberin bei einer Dinnerparty, sondern eröffnete die örtliche Landwirtschaftsausstellung. Wen sonst hätten sie denn darum bitten sollen? Schließlich war ich die moderne Ausgabe der Landedelfrau.

Ich legte die Stirn in Falten. Wenn ich anläßlich einer feierlichen Eröffnung ein oder zwei Bänder durchschneiden müßte, würde ich eine große Auswahl an Hüten brauchen, und Hüte waren immer ein Problem. Ich habe einen ziemlich großen Kopf, und sie schienen nie richtig zu passen. Aber ja, natürlich, sie würden eigens für mich angefertigt werden; dumm, daß mir das nicht früher eingefallen war. Ich würde bei Herbert Johnson erscheinen, und er würde Maß nehmen – nein, ich würde nach Paris fliegen. Ja, jedes Jahr ein bis zwei Trips nach Paris – das war eine gute Idee. Ich meine, auf dem Land ist es ja wunderschön, aber man will doch nicht verbauern, oder?

Ja, ich würde mir jedes Jahr ein paar Wochen lang die neuen Modekollektionen ansehen. Ich sonnte mich in der Vorstellung, auf einem der zierlichen Goldstühle in der ersten Reihe einer Modenschau zu sitzen und – ach, ich weiß nicht, vielleicht saß Prinzessin Caroline links und

Lady Di rechts von mir? Ich würde wahrscheinlich etwas zu spät hereinschlendern, und hundert Köpfe würden sich nach mir umdrehen.

»Wer ist denn das?« würden die Leute flüstern.

»Ja, wissen Sie das denn nicht? Das ist Nicholas Penhalligans Frau.«

»Oh … Ich habe gehört, daß sie eine Schönheit ist, aber ich hatte ja keine Ahnung, daß …«

»Es heißt, er sei völlig vernarrt in sie und lasse sie keine Sekunde aus den Augen.«

»Nun, ich kann mir vorstellen …«

Und so ging es weiter, und ich phantasierte immer wilder drauflos. Ich zerbrach mir eben den Kopf darüber, was ich zum Dinner im Kensington Palace tragen sollte, als die Unterhaltung zwischen Mutter und Sohn eine interessante Wendung nahm. Ich öffnete die Augen und richtete mich auf.

»Wie geht's Tim, wann heiratet er Sarah?« fragte Hetty.

Aha! Kühe und Schafe waren kein Thema mehr, jetzt war die Hochzeit dran. Und das interessierte mich brennend.

Nick lachte. »Glaubst du nicht, daß du es erfahren hättest, wenn es so wäre? Er ist ja ziemlich verschlossen, aber ich glaube, seiner Mutter würde er es doch sagen.«

»Ich verstehe nicht, warum er bis nächstes Jahr warten will«, murrte Hetty. »Warum nicht sofort? Man muß die Gelegenheit beim Schopf packen. Warum ist er nur so lächerlich umsichtig! Dieses ganze Gerede über Geld und wo sie leben werden – ist das so wichtig? Warum mieten sie nicht einfach eine Wohnung und ziehen ein? Ein schönes Mädchen wie Sarah wird ihm vor der Nase weggeschnappt, wenn er nicht aufpaßt.«

Sehr richtig! Im Geist applaudierte ich ihr wie verrückt. Ich war ganz ihrer Meinung. Warum lange überlegen, wenn man verliebt ist? Diese Frau hatte ihr Herz am richtigen Fleck. Sie gehörte offenbar nicht zu den Müttern, die es nicht ertragen, wenn die Söhne ihnen nicht mehr am Rockzipfel hängen. Das verhieß Gutes für die Zukunft.

»Sag es ihm doch selbst! Es nützt nichts, wenn du das mir erzählst.« Nick lachte.

»Das werde ich auch«, versprach Hetty. »Und wenn wir schon mal dabei sind: Wie geht es deiner hochnäsigen kleinen Schauspielerin? Ich hoffe, die Anwesenheit von Polly bedeutet, daß du mit ihr Schluß gemacht hast.«

Sie legte mir den Arm um die Schultern und sah Nick unter hochgezogenen Augenbrauen hervor fragend an. »Sitze ich zufälligerweise neben deiner neuen Freundin?«

Ich richtete mich kerzengerade auf und wagte kaum zu atmen. Ja, Hetty, dachte ich glücklich, sitzt du vielleicht neben ihr? Ich widerstand der Versuchung, meine Augenbrauen auch fragend in die Höhe zu ziehen.

Nick lachte, er war offenbar an ihre unverhüllte Neugier gewöhnt. »Kümmere dich um deinen eigenen Kram, Mama«, sagte er, und das fand ich nun doch ziemlich enttäuschend.

Hetty seufzte. »In einem Punkt blasen meine Söhne ins gleiche Horn. Sie erzählen mir nichts, aber auch gar nichts. Schade, daß ich keine Tochter habe. Töchter sind meist viel offener.«

Es lag mir auf der Zunge zu sagen, Schwiegertöchter seien das auch, fand aber dann trotz Hettys Vorliebe für Direktheit, daß das etwas übereilt gewesen wäre.

»Und jetzt erzählen Sie mal, meine Liebe«, sagte Hetty und schaute mich mit ihren braunen Augen an. »Was machen Sie denn so? Sie posieren doch hoffentlich nicht halbnackt vor der Filmkamera?«

»Natürlich nicht«, erklärte ich tugendhaft. »Ich bin Produktionsassistentin.«

Nick schaute mich überrascht an. »Sie sind *was*?«

Was meinen Job anging, war ich so ans Lügen gewöhnt, daß ich ganz vergessen hatte, wer mir zuhörte. »Äh – ich meine, ich bin persönliche Assistentin«, korrigierte ich mich schnell. Nick senkte die Augenbrauen ein wenig.

»Um ganz ehrlich zu sein«, sagte ich kleinlaut, »tatsächlich bin ich Sekretärin.«

»Ach nein, persönliche Assistentin stimmt durchaus«, sagte Nick grinsend.

Ich grinste zurück. In diesem Augenblick kam ein junges Mädchen mit einem Tablett voller Sandwichs und Brotauflauf auf uns zu. Sie stellte alles auf die Decke, und mir lief das Wasser im Mund zusammen.

»Sekretärin, ja? Und wie ist Ihr Chef?« fragte Hetty und reichte mir ein Sandwich.

»Ein absolutes Ekelpaket, wenn man mit ihm zusammenarbeiten muß, aber außerhalb des Büros ist er einfach himmlisch.« Ich lächelte Nick zu, was hatte ich schon zu verlieren?

Er war so nett und wurde rot.

»Genau wie du«, sagte Hetty und klopfte Nick auf die Schulter. »Ich würde ums Verrecken nicht für dich arbeiten wollen. Ich wette, du bist immer schlecht gelaunt.«

»Stimmt genau«, sagte ich wahrheitsgemäß. »Wissen Sie, ich arbeite nämlich für Nick.«

»Das habe ich mir gedacht.« Sie warf den Kopf zurück und lachte schallend. »Da habe ich ja tatsächlich recht gehabt. So was! Einfach verrückt! Lassen Sie sich bloß nichts von ihm gefallen, Polly. Sagen Sie ihm, wo's langgeht. Er braucht eine feste Hand.«

»Ich werde dafür sorgen, daß er die zu spüren kriegt«, erklärte ich fröhlich.

»Das ist sicher alles gar nicht so einfach«, meinte Hetty und biß in ein riesiges Roastbeefsandwich. »Ich meine, mit dem Baby. Ich nehme an, Sie haben ein Kindermädchen oder eine Tagesmutter?«

Das klang so selbstverständlich, daß ich mir einen Augenblick überlegte, ob ich nicht vielleicht wirklich ein Baby hatte. Vielleicht hatte ich es einfach vergessen? Ich bin zwar unglaublich zerstreut, aber so zerstreut auch wieder nicht. Ich war mir ziemlich sicher, daß ich mich in jedem Fall an die Geburt erinnert hätte. Nach allem, was man so hörte, sollte das ja verdammt weh tun. Ich zermarterte mir das Hirn. Nein, ich hatte definitiv kein Kind auf die Welt gebracht.

»Ich habe kein Baby«, sagte ich vorsichtig.

»Wirklich nicht?«

»Nein.«

»Oh.« Hetty runzelte die Stirn und machte ein verblüfftes Gesicht. War das vielleicht ein Nachteil? Mochte sie künftige Schwiegertöchter nur komplett mit Baby? Hatten die männlichen Penhalligans vielleicht irgendwelche Probleme mit der Zeugungskraft?

Sie wandte sich an Nick und zwinkerte ihm zu. »Mein lieber Junge«, sagte sie, »was für ein hektisches Leben du führst!«

»Jetzt ist aber Schluß, Mama«, sagte Nick, der allmählich ärgerlich wurde. »Worauf, zum Teufel, spielst du eigentlich an?«

Hetty schluckte den letzten Bissen ihres Sandwichs hinunter und zog eine Zigarette aus der Packung. Sie zündete sie an und blies den Rauch nachdenklich in die Luft. »Ich habe Polly einfach mit einer anderen deiner Freundinnen verwechselt.«

»Mit wem denn?« fragte er ungeduldig.

»Wie soll ich das wissen? Ich habe sie offenbar nie kennengelernt, wer immer sie ist.«

»Meine Güte, Mama, von wem redest du eigentlich?«

»Na ja, gestern saß ich hier im Pub und malte, da kam dieser Typ herein und fragte an der Bar nach Mrs. Penhalligan. Ich hob die Hand, und er kam zu mir. Wir unterhielten uns ein bißchen, und er sagte, er habe eins meiner Bilder in London gesehen und es habe ihm gefallen, und weil er hier gerade ein paar Tage Ferien mache, wollte er mich unbedingt kennenlernen – alles natürlich übertrieben, aber du kennst mich ja, ich liebe Komplimente.«

»Ach, sind denn Ihre Bilder in London ausgestellt?« fragte ich.

»Äh – nein, noch nicht jedenfalls.«

»Aha«, sagte Nick grimmig. »Erzähl weiter.«

»Na, jedenfalls hat er mich zu einem Drink eingeladen und gesagt, daß er dich kennt.« Sie nickte ihrem Sohn zu. »Er hat gesagt, daß er dich in London ziemlich oft trifft, weil er auch in der Werbung arbeitet und ihr euch beruflich schon lange kennt. Dann fragte er, ob du zur Zeit hier seist und eine junge Frau mit einem Baby dabeihättest. Ich sagte, ich hätte keine Ahnung, aber wenn du hier seist, hättest du dich noch nicht nach Gweek verirrt, um deine alte Mum zu besuchen. Außerdem wisse ich sowieso nie genau, ob du in London oder in Cornwall bist. Und daher dachte ich natürlich, daß Polly die junge Frau sei, von der er gesprochen hat.«

Sie legte mir die Hand auf die Schulter. »Ihr Kleid war auch dran schuld, meine Liebe. Frauen, die gerade ein

Baby gekriegt haben, tragen so was.« Sie lächelte freundlich und klopfte sich auf den Bauch. »So ein weiter Rock verdeckt das Bäuchlein.«

Ich wollte antworten, aber mein Mund war so trocken, als habe ihn gerade jemand mit dem Fön bearbeitet.

»Und wer war dieser Freund?« fragte Nick ruhig. »Hat er seinen Namen genannt?«

»Ach nein, ich habe keine Ahnung, wie er hieß. Vielleicht hat er den Namen gesagt, aber du kennst mich ja. Ich und Namen. Er war ein ziemlich großer Kerl, kräftig, mit rotem Haar. Ich glaube, ein Amerikaner, und er sah wirklich gut aus.«

18. Kapitel

Meine erste Reaktion war Entsetzen. Nachdem diese Bombe geplatzt war, sahen Nick und ich uns bestürzt an. Großer Gott, er hatte uns schon gefunden! Ich konnte nicht sprechen, die Zunge klebte mir am Gaumen. Die Mischung aus Schock und Brotauflauf hatte ganze Arbeit geleistet. Ich ließ die Zunge, wo sie war, und gab mich meiner zweiten Reaktion hin, die – ich schäme mich, es zu sagen – hemmungslose Wut war. Verdammter Adam und verdammte Rachel – zum Teufel mit ihnen! Zum erstenmal seit Monaten machte ich ein paar Tage Ferien mit einem durch und durch akzeptablen Mann, und die beiden taten alles, um mir diese Tage zu versauen. Ich war versucht vorzuschlagen, die bockige Mutter zusammen mit dem aggressiven Vater in einem lecken Boot ins Meer hinauszustoßen und zu hoffen, daß sie spurlos untergehen würden; aber ich merkte, daß Nick die Sache wirklich ernst zu nehmen schien.

Er fragte seine Mutter gründlich aus. »Wann hast du ihn gesehen?«

»Hab ich dir doch gesagt, gestern.«

»Ja, aber um wieviel Uhr?«

»Um die Mittagszeit herum, ja, ungefähr um zwölf. Er

hat gesagt, daß er bei dir war, aber niemanden zu Hause angetroffen hat.«

»Gott sei Dank waren wir gestern alle nicht da. Aber du hast ihm nicht gesagt, daß ich in Cornwall bin?«

»O nein, das konnte ich doch nicht. Ich wußte ja nicht, daß du hier bist. Du sagst mir doch nie Bescheid. Ich habe ihm sogar gesagt, du seist höchstwahrscheinlich in London, da ich nichts von dir gehört hatte.«

Ich entspannte mich ein wenig. Das war wenigstens etwas. Vielleicht hatte Adam von jemandem gehört, daß Nick ein Haus in Cornwall besaß, und war einfach auf gut Glück hergefahren? Und war er, als er dort niemanden vorgefunden hatte, zurück nach London gezischt? Und wie, um alles in der Welt, hatte er spitzgekriegt, daß Nick etwas mit dieser Angelegenheit zu tun hatte? War es nur ein Verdacht? Oder hatte ihm jemand etwas erzählt? Das ließ Böses ahnen.

Nick kaute nachdenklich an seiner Unterlippe. »Du hast wahrscheinlich keine Ahnung, wo er sich aufhält, Mama?«

»Zufälligerweise doch. Er hat eins von Mrs. Greens Ferienhäuschen in Manaccan gemietet, das kleine weiße Reihenhaus mitten im Dorf, glaube ich. Ich hab ihre Telefonnummer in meinem Adreßbuch, falls du sie brauchst.«

O Gott, gemietet! Das klang mir ein bißchen sehr dauerhaft, aber es gab hier in der Gegend keine Fünfsternehotels, und Übernachtung mit Frühstück in einer Privatpension war für unseren Adam wohl unter seiner Würde.

»Und du hast bestimmt nicht gesagt, daß wir hier sind oder bald kommen wollen oder irgend so was?« fragte Nick beharrlich.

»Liebling, hör doch mit der Fragerei auf. Ich habe dir

schon erklärt, daß ich ihm nur gesagt habe, ich hätte keine Ahnung, wo du bist«, sagte Hetty leicht gereizt und ließ den Blick umherschweifen. Dieses Verhör langweilte sie ganz offensichtlich. »Ach, schaut mal, da ist Arthur!«

Und tatsächlich kam Arthur gerade aus der Hintertür herausgeschlappt.

»Meine Lieben, kann ich euch jetzt allein lassen? Ich muß das Bild von Arthur heute nachmittag noch fertigmachen. Er ist zwar widerwärtig, aber was soll man machen? Er ist ein wunderbares Modell, sitzt so still wie ein Toter. Für die Kunst muß man eben Opfer bringen.« Sie nahm ihre Zigaretten und das Feuerzeug und stand auf, um zu gehen.

Nick packte sie am Arm. »Okay, Mama, aber hör zu, wenn du diesen Kerl wiedersiehst, erwähne ja nicht, daß du uns gesehen hast. Ach ja, die Telefonnummer.« Er hielt ihr ein Stück Papier und einen Stift unter die Nase, und sie schrieb sie auf.

»Adieu, meine Lieben!« Sie warf uns einen Handkuß zu. »Viel Spaß – und wenn ihr noch was trinken wollt, sagt Barney, daß er es auf meine Rechnung schreiben soll, ja?« Und damit verschwand sie.

Ich fühlte, wie sich alles in mir zusammenzog. »Müssen wir jetzt nach London zurück?« flüsterte ich unglücklich, weil ich, selbstsüchtig wie immer, nur an mich dachte.

Nick starrte mit zusammengekniffenen Augen ins Leere. Er antwortete nicht gleich. »Nein«, sagte er endlich, »ich glaube nicht. Je mehr ich darüber nachdenke, um so mehr glaube ich, daß wir hierbleiben sollten. Ja, er sollte sogar wissen, daß wir hier sind.«

»Aber Sie haben doch gerade Ihrer Mutter gesagt, daß sie nichts sagen soll, falls …«

»Ich weiß«, erklärte er ungeduldig, »aber ich habe es

mir anders überlegt. Diesmal stellen wir ihn zur Rede. Ich lasse mich doch nicht von einem lausigen Amerikaner aus meinem eigenen Haus vertreiben.«

»Also bleiben wir einfach da und warten ab, daß er bei uns aufkreuzt? Er wird uns finden, Nick, ganz bestimmt, und er wird auch nicht höflich an der Haustür anklopfen, sondern die Terrassentür aufbrechen – wahrscheinlich kommt er durch mein Schlafzimmerfenster rein«, plapperte ich aufgeregt und feige, wie ich war. Nick hatte gut reden. Adam haßte mich mehr als sonst jemanden auf der Welt. Bestimmt war ich die Nummer eins auf seiner Abschußliste. Nick schwieg.

»Nun?« quietschte ich.

»Ruhe, Polly, ich denke nach.«

»Aber Sie wissen, wie er ist – ein Verrückter, wahrscheinlich gehört er in eine Anstalt. Er schreckt doch vor nichts zurück und – abgesehen davon, was wird aus Rachel und Jamie?« fügte ich menschenfreundlich, aber verzweifelt hinzu.

»Keine Angst, ich lasse sie nicht im Stich, obwohl ich manchmal denke, daß Rachel nur bekommt, was sie verdient. Nein, wir müssen uns was anderes ausdenken.«

»Aber was ist, wenn –«

»Polly, halten Sie um Gottes willen den Mund, ja? Ich versuche nachzudenken«, polterte er.

Ach so. Schmollend schob ich die Unterlippe vor, lehnte mich zurück und verschränkte die Arme. Das war wieder mal ganz der alte Nick; es hatte nicht lang gedauert, bis er wieder aufgetaucht war. Trotzdem schwieg ich gehorsam und wartete auf seinen nächsten Befehl. Es dauerte nicht lange.

»Kommen Sie, beeilen Sie sich!« Nick stand auf und trank sein Glas aus.

»Wohin fahren wir?« Ich drehte mich um und suchte meine Handtasche.

»Nach Hause natürlich. Gott sei Dank sind Tim und Rachel heute nachmittag nach Helston gefahren.« Er ging eilig los.

»Moment, ich komme gleich!« Ich leerte mein Glas, steckte mir den letzten Bissen Auflauf in den Mund und lief hinter ihm her.

Nick hatte schon den halben Garten durchquert. »Bringen Sie die Gläser mit, Polly!« rief er über die Schulter zurück.

Gehorsam raste ich zurück und holte die Gläser. Merkwürdig, wie wir in einer Krise sofort wieder in unsere alten Rollen hineinrutschten. Er der Herr und ich die Dienerin.

Keuchend rannte ich hinter ihm her. In ein paar Wochen wären wir Rachel losgewesen, sie hätte sich in Paris niedergelassen, und wir hätten Adam sagen können, er soll abzischen, aber ein bißchen plötzlich. »Warum mußte er gerade jetzt auftauchen?« murrte ich, während Nick mit großen Schritten um die Kneipe herum zum Parkplatz ging.

Er antwortete nicht, sprang, ohne die Tür zu öffnen, geschickt in den offenen Landrover und startete den Motor.

Plötzlich stieg leichte Erregung in mir auf. Es war ja auch spannend; inmitten einer beginnenden Liebesgeschichte beschützten wir eine Mutter und hielten ihr den rachsüchtigen Vater vom Hals: Wir waren ein Team, ein Duo – ja, wir waren Partner. Wir bewegten uns wie eine Person, wir dachten wie eine Person, wir machten uns stark für Gerechtigkeit, wir beschützten die Schwachen, wir sprangen in Jeeps – ich nahm einen kurzen Anlauf, packte die obere Türkante und sprang hoch. Als ich auf die Tür zuschoß, beugte Nick sich herüber und öffnete sie, um mich einsteigen zu lassen. Die Tür traf mich voll in den Unterleib.

»Aua …« Mit einem lauten Stöhnen stürzte ich rücklings in den Kies und rollte mich zusammen wie ein Fußballer, der einen Tritt zwischen die Beine bekommen hat. Als ich wimmernd dalag und mich in meinem blumigen Musselinkleidchen herumwälzte, kam Nick um das Auto herumgerannt, um mir aufzuhelfen.

»Du meine Güte, ich hatte keine Ahnung, daß Sie ins Auto *springen* wollten. Alles okay?« Er half mir auf.

»Es geht schon«, stöhnte ich, rappelte mich auf und überlegte mir, ob ich jetzt wohl noch all diese Babys kriegen konnte.

Nick hob mich ins Auto, schlug die Tür zu und rannte wieder zurück auf die Fahrerseite. Mit aufheulendem Motor und nach hinten wegspritzenden Kieselsteinen rasten wir los.

Wir schwiegen, und ich hütete mich, etwas zu sagen, weil ich aus Erfahrung wußte, daß alles, was ich jetzt vorbrachte, genau das Verkehrte sein würde. Nick brütete entweder gerade einen großartigen Plan aus oder war so sauer, daß er nicht sprechen wollte. Am Ende tat er es doch.

»Gut«, sagte er bedächtig, »hören Sie jetzt gut zu, Polly, folgendes werden wir tun.«

»Ja?« flüsterte ich. Ein »Ja« konnte nicht verkehrt sein.

»Als erstes schicken wir Rachel und Jamie weg, und zwar möglichst weit weg, irgendwohin, wo sie sicher sind.«

»Wohin zum Beispiel?«

»Zu Penny. Tim kann sie hinfahren, er muß sowieso oft Gemüse liefern. Er hat auf der Farm zur Zeit nicht viel zu tun, könnte also leicht ein paar Tage wegbleiben, unauffällig den Leibwächter spielen und dafür sorgen, daß sie wohlauf sind. Es ist völlig unmöglich, daß Adam sie dort findet.«

Ich mußte zugeben, daß das kein schlechter Plan war. »Ist das Penny denn überhaupt recht?«

»Ja klar, sie hat um diese Jahreszeit viel Platz, und sie freut sich immer über etwas Gesellschaft.«

»Gut, und was dann?«

»Dann rufe ich Adam an und lade ihn zu einem Drink ein.«

»Wie bitte?«

»Ich lade ihn zu einem Drink ein.«

Ich war starr vor Entsetzen. »Gut – und ich buche dann im nächsten Reisebüro einen Flug nach Australien.«

»Hören Sie, Polly, wenn wir die Initiative ergreifen, dann klappt es bestimmt. Ich bin nicht bereit, herumzusitzen und auf ihn zu warten, und ich glaube, es ist gut, wenn wir ihn überrumpeln. Das allerletzte, was er von uns erwartet, ist ein freundlicher Telefonanruf.«

»Ich bin auch nicht wild darauf, herumzuhocken und Däumchen zu drehen, aber was ist, wenn er die Einladung annimmt und sich anschickt, das Kettensägenmassaker von Cornwall zu inszenieren?«

Nick schwieg und schaltete vor einer gefährlichen Haarnadelkurve herunter. »Wir erzählen ihm eine hübsche kleine Geschichte«, sagte er leise.

»Ach ja? Und was für eine?«

»Wir erzählen ihm, daß der Streß – Sie wissen schon, sich um Rachel zu kümmern, aus Ihrer eigenen Wohnung vertrieben zu sein, nicht zur Arbeit gehen zu können, von der Trennung von Ihrem Freund ganz zu schweigen – Sie völlig fertiggemacht hat.«

»Das ist richtig«, sagte ich mit Nachdruck.

»Sie waren total erschöpft, körperlich und seelisch, Sie sind fast krank geworden und brauchten also ganz dringend Erholung.«

»Dringend. Ganz dringend.« Ich nickte heftig.

»Also schlug ich Ihnen vor, mit mir nach Cornwall zu kommen, um ein paar Tage auszuspannen. Sie stimmten zu, und deshalb sind wir jetzt hier.«

»Was? Nur wir beide?«

»Warum nicht? Schließlich«, sagte er, sah mich eine Sekunde lang an und lächelte, »schließlich haben wir doch eine Affäre, oder?«

Ich verschluckte mich fast. »Eine – eine Affäre?« stotterte ich mühsam.

Er grinste. »Ja, eine Büroromanze. Kommt doch jeden Tag vor, nicht wahr? Natürlich konnten wir die Sache in London nicht ausleben, deshalb bin ich mit Ihnen nach Cornwall gefahren, wo wir ein bißchen Zeit und Ruhe haben.«

»Ach – ach so«, sagte ich zögernd, und etwas daran kam mir irgendwie bekannt vor. »Und was ist mit Rachel?«

»Wir haben absolut keine Ahnung, wo sie jetzt steckt, es interessiert uns auch nicht. Wir haben sie zum letzten Mal gesehen, als wir sie vor dem Haus ihres Vaters abgesetzt haben.«

»O nein, das ist ganz schlecht. Adam hat das Haus in Kensington bestimmt wie ein Falke beobachtet. Er weiß genau, daß sie nicht dort ist.«

»Genau, er wird wissen, daß wir lügen, und das wird er uns auch sofort vorwerfen. Dann lassen wir die Katze aus dem Sack. Aber erst, wenn es gar nicht anders zu gehen scheint. Soll er ruhig ein bißchen herumstampfen und den wilden Mann markieren – und dann rücken Sie damit heraus, daß Sie gehört hätten, wie sie sich am Telefon nach einem Heim für ledige Mütter erkundigt hat.«

»Mein Gott, dann rennt er sofort in allen Londoner Heimen die Türen ein.«

»Na und? Daran sind diese Leute gewöhnt. Sie werden notfalls die Polizei rufen. Das wäre ja auch nicht schlecht.«

»Und wenn er uns nicht glaubt?« fragte ich ängstlich.

»Was macht das schon? Er wird Rachel nicht finden, und wenn er das ganze Haus durchsucht. Was könnte er dann noch tun – uns umbringen? Er ist ein frustrierter Vater, Polly, kein Massenmörder.«

»Da wäre ich mir nicht so sicher«, stieß ich nervös hervor und erinnerte mich an die riesigen sommersprossigen Pranken auf meinem Schreibtisch. »Sagen wir es Rachel?«

»Nein, sie wäre vor Angst außer sich, wenn sie wüßte, daß er hier ist, und wir wollen doch nicht, daß sie im ganzen Haus eine Panik auslöst. Ich spreche mit Tim, erkläre ihm alles und bitte ihn, ihr vorzuschlagen, mit ihm für ein paar Tage zu Penny zu fahren.«

»Aber sie wird den Braten riechen. Ich meine, warum sollte sie plötzlich zu Penny fahren?«

»Weil Tim ihr sagen wird, daß wir allein sein wollen, um in aller Ruhe unsere heimliche kleine Affäre auszuleben. Wenn Adam dann hier war und wir das Gefühl haben, daß die Luft rein ist, können sie alle zurückkommen«, sagte er grinsend, »in dieses sündige Haus der Lust und Leidenschaft.« Er warf den Kopf zurück und lachte laut über diese offenbar haarsträubende Geschichte.

»O ja, ich verstehe, verstehe sehr gut!« sagte ich leise. Ich warf ebenfalls den Kopf zurück und kicherte, so gut ich konnte, aber es klang etwas hohl, vor allem, weil ich nicht kapierte, was daran so witzig war. Was war denn so wahnsinnig komisch an der Vorstellung, daß wir ein Liebespaar waren? Nick jedenfalls schien sich überhaupt nicht mehr beruhigen zu können.

Als er, hustend und sich über dem Steuer krümmend, keuchte und nach Luft schnappte, versuchte ich den Witz von Nicks Standpunkt aus zu sehen. Gutaussehender, erfolgreicher, vitaler junger Mann, der mit einer bildschönen, sehr begehrenswerten Schauspielerin befreundet ist, riskiert alles für ein kleines Techtelmechtel in Cornwall mit linkischer, blond gefärbter, leicht übergewichtiger Sekretärin. Ich krümmte mich innerlich vor Unbehagen. Ja, wenn man es so sah, konnte man sehr wohl darüber lachen.

Unglücklich schaute ich aus dem Fenster. In den letzten paar Tagen hatte ich in einer Traumwelt gelebt. Nick würde sich ebensowenig in mich verlieben, wie er seine Farm verkaufen würde. Warum sollte er auch? Er hatte eine wunderbare Freundin in London. Ich starrte weiter aus dem Fenster. Ja, sie war – weit weg in London.

Ich fühlte mich miserabel, sehr miserabel, aber doch nicht miserabel genug, als daß mir diese letzte unbestreitbare Tatsache entgangen wäre. Die Freundin war sehr weit weg, und ich war ganz in der Nähe. Sie war dreihundert Meilen, ich nur drei Zentimeter von ihm entfernt. Sie war mehr als sechs Stunden weit weg, ich nur einen Wimpernschlag. Und was noch viel wichtiger war, wir waren allein.

Das war eine gute Gelegenheit, wenn auch eine kleine. Es sprach schon sehr viel dafür, an Ort und Stelle zu sein, wenn auch nur in dem Sinn, daß es besser war, als überhaupt nicht da zu sein. Ich gab mir selbst einen Ruck. Wo war der berühmte McLaren-Erfindungsgeist?

Ich hatte meinen Charme ja noch gar nicht spielen lassen – gut, ja, ich hatte es schon versucht, aber nicht richtig. Ich hatte ihn zum Beispiel noch nicht mit meinem berühmten sinnlichen Schlafzimmerblick angeschaut, ich hatte ihn noch nicht wirklich sexy angelächelt und mich auch noch nicht präsentiert. Und mein lieber Freund, ich hatte ein paar scharfe Klamotten mitgebracht: den Lederminirock, das enganliegende Top mit den auf dem Rücken gekreuzten Trägern, den blauen Seidenrock, bei dem die meisten Knöpfe offenblieben, die engen schwarzen Leggings – wenn ich damit erst mal auftrumpfte, hatte er überhaupt keine Chance mehr. Ich lächelte zuversichtlich. Ich mochte ja eine unbegabte kleine Sekretärin sein, aber in der Kunst der Verführung war ich einsame Spitzenklasse.

Als wir um die Ecke bogen und das Tor von Trewarren passierten, fühlte ich mich schon viel besser. Sie halten das Ganze also für einen guten Witz, Mr. Penhalligan? Nun, wir werden sehen.

Nick ging zu Tim in den Kuhstall, um ihn in unsere Pläne einzuweihen. Wir hatten verabredet, daß Tim mit Rachel sprechen würde, aber bevor er die Tiere versorgt und mit Rachel gesprochen hatte, durfte ich sie nicht aus den Augen lassen. Ich fand es seltsam, daß ich manchmal so allergisch auf Rachel reagierte, aber dennoch nicht wollte, daß man ihr das Baby wegnahm. Ich beschattete sie pflichtbewußt und folgte ihr sogar in das winzige Bad im Erdgeschoß, wo sie Jamie die Windeln wechselte.

Als sie auf dem Boden kniete und der halbnackte Jamie vergnügt zwischen ihren Beinen herumstrampelte, sah sie stirnrunzelnd zu mir auf. »Willst du etwas von mir, Polly?«

»Nein, eigentlich nicht«, sagte ich und lachte nervös.

»Es interessiert mich einfach, wie du das machst. Ach, diese Wegwerfwindeln haben einfach einen Klebestreifen? Da braucht man überhaupt keine Sicherheitsnadeln mehr?«

»Polly, das hast du doch schon tausendmal gesehen.«

»Na ja, irgendwann habe ich vielleicht selbst ein Baby, da ist es gut, wenn ich mir das so oft wie nur möglich ansehe.«

»Was? Du willst ein Kind? Also komm!« Sie schnaufte geringschätzig.

»Warum denn nicht?« sagte ich hitzig. »Ich bin ausgesprochen mütterlich veranlagt; ich werde eine sehr gute Mutter sein.«

»Es ist ja möglich, daß du mütterlich veranlagt bist, aber auf mich wirkst du nicht sehr verantwortungsbewußt. Babys bedeuten eine große Verantwortung, das schafft man nur, wenn man nicht hauptsächlich mit sich selbst beschäftigt ist.«

Ich kochte innerlich, ließ mir aber nichts anmerken. Undankbare Kuh! Wenn die wüßte, dachte ich. Wer trug denn die ganze Zeit die Verantwortung für die gute Rachel? Ich wartete, bis ich mich einigermaßen beruhigt hatte. Es hatte keinen Sinn, jetzt mit ihr zu streiten.

Ich zuckte mit den Achseln. »Wahrscheinlich langweile ich mich einfach ein bißchen.«

»Könntest du ein bißchen zur Seite gehen, damit ich die Matte ausrollen kann?«

»Ja, natürlich.«

Es war wirklich nicht viel Platz, deshalb klappte ich den Klodeckel herunter und stellte mich drauf.

Rachel sah mich alarmiert an. »Ist alles in Ordnung?«

»Ja, alles okay ...« Ich bemühte mich, so ausdruckslos wie möglich dreinzuschauen, betrachtete die Sprünge in der Decke, schwankte leicht und summte leise vor mich hin. Hoffentlich dachte sie, ich sei ein bißchen übergeschnappt, und ignorierte mich. Wenigstens brachte ich Jamie zum Lachen. Ich rollte die Augen und schnitt Grimassen, und er belohnte mich mit einem freundlichen Gurgeln.

»Rachel?« rief Tim im Flur.

»Ich bin hier drin! Immer hereinspaziert, auf einen mehr oder weniger kommt es nicht mehr an.«

Tim steckte den Kopf durch die Tür und sah verwundert zu mir auf. »Was soll denn das – so viele Leute im Klo? *Guinness-Buch der Rekorde*?« Er sprang zu mir herauf und hielt sich an der Wand fest. »Drei Personen. Vier mit Jamie.«

Ich kicherte, sprang hinunter, verließ den kleinen Raum und schloß die Tür hinter mir. Nein, dachte ich, das ist nichts für mich; schlechtgelaunte Leute zu bewachen, die es nicht verdienen. Auf der Suche nach ein paar Kalorien ging ich in die Küche. Statt dessen fand ich Nick, der im Haus umherging und Türen und Fenster schloß.

»Nein!« rief er, als ich die Speisekammer öffnete und das Licht anknipste. Ich fuhr erschrocken zurück.

»Verzeihung.« Hatte er Angst um seine Schokoladenplätzchen? Das hätte ich ja verstehen können. »Ich hab nur ein bißchen Hunger«, stotterte ich schuldbewußt.

»Essen Sie, soviel Sie wollen, aber machen Sie kein Licht.« Er legte mir die Hand auf die Schulter. »Tut mir leid, daß ich Sie so angefahren hab, aber wir müssen vorsichtig sein, solange Rachel und Jamie hier sind. Falls Adam draußen herumschleicht, wollen wir doch nicht, daß er denkt, jemand sei zu Hause. Sobald sie nicht mehr da sind, macht es nichts aus, aber bis dahin sollten alle

Türen und Fenster verschlossen bleiben, und es sollte kein Licht brennen, okay?«

»Okay«, flüsterte ich. Alles war okay, solange seine Hand auf meiner Schulter lag. Wenn er wollte, würde ich auf allen vieren durch das Haus kriechen.

»Haben Sie mit Tim gesprochen?« fragte ich; ich wollte, daß er weitersprach, wollte, daß er die Hand auf meiner Schulter liegen ließ und mein Glücksgefühl noch andauerte.

»Ja, und er spricht jetzt mit ihr. Ich hoffe, daß sie bald losfahren. Tim wollte morgen sowieso Gemüse liefern, also paßt es ganz gut.«

Schritte näherten sich der Küche, und wie der Blitz verschwand die Hand von meiner Schulter.

»Rachel findet die Idee großartig«, sagte Tim und lächelte zufrieden.

Rachel kam direkt hinter ihm in die Küche. »Ja, es ist eine hübsche Abwechslung, und dir wird es ja auch recht sein, wenn weniger Leute im Haus sind, Polly.« Ihr Mund verzog sich zu einem süffisanten Lächeln. Ach ja, natürlich, sie hatte von der Affäre zwischen Polly und Nick gehört, die so unaussprechlich leidenschaftlich war, daß sie extrem viel Platz zum Ausleben brauchte. Außerdem sollte möglichst niemand etwas davon wissen. Rachel hielt mich offenbar für ein richtiges Flittchen. Erst vor ein paar Tagen hatte sie mir mitfühlend eine Tasse Tee ans Bett gebracht, als ich mir wegen Harry die Augen ausgeweint hatte, und jetzt warf ich mich schon Nick an den Hals.

Nur zu deiner Information, *meine Liebe*, dachte ich und sah sie wütend an, das Ganze haben wir uns zu deinem Besten ausgedacht, nur um deine anämische, kleine Haut zu retten. Dabei vergaß ich gerne, daß ich nichts dagegen gehabt hätte, wenn die erfundene Liebesgeschichte wahr werden würde. Im Augenblick ärgerte mich nur Rachels scheinheilige Selbstgefälligkeit. Nur weil sie mit einem Mann, den sie nicht liebte, in die Kiste geklettert war, sprangen wir jetzt alle im Trapez.

»Äh – gut«, sagte Nick und ignorierte die giftigen Blicke, die wir uns zuwarfen. »Dann ist ja alles in Ordnung. Genießen Sie die Zeit bei Penny, Rachel, das Essen ist dort viel besser als hier, und außerdem wird das Zimmer jeden Tag geputzt. Ich muß zugeben, ich beneide Sie. Mir würde es auch guttun, mich ein paar Tage von vorn und hinten bedienen zu lassen.«

»Ach, ich bin sicher, daß Sie es hier nicht schlecht haben werden«, gurrte Rachel. »Schließlich sorgt ja Polly für Ihr Wohlergehen.«

Nick wurde rot. »Oh – äh – ja, natürlich. Ich würde vorschlagen, wir trinken noch schnell ein Glas, und dann macht ihr euch auf den Weg.«

»Haben wir es denn so eilig?« fragte Rachel. »Ich habe gedacht, wir fahren nach dem Abendessen. Es ist doch gar nicht so weit.«

»Ja, aber Penny erwartet euch zum Abendessen – o Gott, ich muß sie ja anrufen und ihr sagen, daß ihr kommt!«

Rachel sah verwirrt aus. »Weiß sie das denn nicht? Ich dachte, sie hat uns eingeladen?«

»Aber natürlich hat sie euch eingeladen. Sie hat heute morgen ganz früh angerufen. Ich will sie nur wissen lassen, wann ihr losfahrt.«

»Damit sie inzwischen was kochen kann«, fügte ich beschwichtigend hinzu.

»Aber – aber ich dachte ... Ihr habt doch gesagt, sie erwartet uns zum Abendessen.«

»Das tut sie ja auch!« sagte Tim schnell. »Aber es ist immer gut, wenn man Penny noch einmal erinnert, sie ist schrecklich zerstreut, und wir wollen doch nicht dort ankommen und feststellen, daß das Restaurant geschlossen hat, oder?«

»Das ist wohl nicht sehr wahrscheinlich, es ist doch erst fünf.«

Mein Gott, würde sie denn niemals die Klappe halten?

»So früh noch!« Tim schaute auf die Uhr. »Ich habe gedacht, es sei schon viel später – ehrlich gesagt habe ich einen Bärenhunger und fände es gut, wenn wir so bald wie möglich bei Penny wären, dort gibt es immer so gutes Essen.«

»Ach so.« Sie sah halbwegs überzeugt aus. »Na ja, dann gehe ich schnell hinauf und packe ein paar Sachen zusammen. Ich will keinen Drink, vielen Dank, ich bin gleich wieder da.«

Sie lief die Treppe hinauf, und wir drei marschierten durstig ins Wohnzimmer, wo die Gin-Flasche schon auf uns wartete.

»Oje!« stöhnte Nick und ließ sich auf ein Sofa fallen. »Diese Lügen machen mich fix und fertig. Ich wußte gar nicht, daß das so schwer ist. Ich muß sagen, Sie beherrschen es blendend, Polly.«

»Jahrelange Übung», sagte ich, ohne zu überlegen. »Ich meine – na ja, wissen Sie, ich war schon ein paarmal in schwierigen Situationen.«

»Das glaube ich Ihnen aufs Wort.« Er zwinkerte mir wissend zu.

Ich fühlte mich nicht wohl in meiner Haut. Was sollte das nun wieder heißen? Während ich an meinem Drink nippte, brütete ich über den tieferen Sinn seiner Worte nach.

Ein paar Minuten später kam Rachel mit Jamie auf dem Arm und einer dicken Tasche herein. Die Jungs sprangen auf, um ihr zu helfen. Tim fuhr das Auto zum Hintereingang. Das Gepäck wurde eingeladen, Jamie auf dem Babysitz festgeschnallt, Tim und Rachel stiegen ein, und keine fünf Sekunden später fuhr das Auto los. Tim schien wirklich großen Hunger zu haben.

Nick und ich schauten vom Fenster aus zu. Ich seufzte erleichtert. Gott sei Dank, sie waren weg. Mir stand das Zusammensein mit diesem undankbaren kleinen Biest bis hier, und ich konnte eine Erholung sehr gut brauchen.

Es war ein wunderschöner Nachmittag. Die Sonne schien noch hell, stand aber schon ziemlich tief am Horizont und tauchte die Farm in ein goldenes Licht. Die Bäume, die die Zufahrt säumten, warfen lange, schmale Schatten, und am Himmel rasten ein paar Wolken so schnell vorbei, als hätten sie den Anschluß an die große Herde verloren und beeilten sich jetzt, sie einzuholen. Vor dem Fenster nickten die Narzissen im Wind. Ich blickte verträumt nach draußen. England zeigte sich von seiner schönsten Seite. Und ich war allein mit Nick.

Er stand mit mir am Fenster und spähte durch den Vorhangspalt, und unsere Schultern stießen fast zusammen. Ich lächelte ihn so verführerisch wie möglich an.

»Und was machen wir jetzt?« fragte ich. »Es ist ein so herrlicher Nachmittag. Könnten wir nicht mit dem Boot hinausfahren? Oder einen Spaziergang auf den Klippen machen?«

»Wir machen weder das eine noch das andere«, erklärte er entschlossen. »Wir rufen Adam Buchanan an.« Er drehte sich auf dem Absatz um und ging zum Telefon im Flur.

»Oh!« Mein Herz sank mir bis in meine Espandrilles. »Das hatte ich ja ganz vergessen.«

Er wandte sich um, sah mich überrascht an und schüttelte den Kopf. »Manchmal glaube ich, Sie wohnen auf einem anderen Stern.«

Dann ging er weiter. Ich tappte lammfromm hinterher. Nun ja, dachte ich, ich wäre gern auf einem halbwegs fröhlichen Stern. Lieber noch auf einem Stern im siebten Himmel, aber unglücklicherweise zerrt mich immer wieder jemand auf die Erde zurück.

19. Kapitel

Ich setzte mich auf die Treppe, umarmte meine Knie und kauerte mich zusammen wie ein Gnom. Sehr bald würde Nick Adam an der Strippe haben. Ich fröstelte. Diese alten Häuser waren wahnsinnig zugig. Ich zog mir den Pullover bis über die Knie. Nick nahm den Hörer ab.

»Soll ich weggehen?« fragte ich. »Wollen Sie lieber allein sein?«

»Nein, bleiben Sie«, sagte er. »Ich brauche moralische Unterstützung.«

Jederzeit, dachte ich verträumt und betrachtete, zu seinen Füßen sitzend, seine Turnschuhe. Moralische Unterstützung, körperliche Unterstützung – meine Blicke wanderten seine Jeans hinauf – chirurgische Unterstützung …

Nick zog ein zerknittertes Stück Papier aus der Hosentasche. Er rief Mrs. Green an und bekam von ihr die Nummer des Cottage in Manaccan.

»Gut«, sagte er, als er den Hörer auflegte, »sind Sie bereit?«

»So bereit, wie man nur sein kann, wenn man einen Verrückten zu einem Drink einlädt.«

Er grinste. »Nur Mut, Polly, nur Mut!«

Er wählte die Nummer. Am anderen Ende klingelte

es endlos lange. Lieber Gott, laß ihn bitte nicht zu Hause sein – meine Feigheit war wieder einmal nicht zu überbieten –, bitte mach, daß er nicht da ist, ich verspreche dir, daß ich in die Kirche gehe, wenn ich wieder in London bin; Morgenandacht, Abendandacht, Beichte, Sonntagsgottesdienst – alles, was du willst. Aber Gott hatte solche Versprechungen schon zu oft gehört. Adam war da.

»Mr. Buchanan?« Nick hob die Augenbrauen, ich hielt den Atem an. »Nicholas Penhalligan, ich habe heute nachmittag meine Mutter besucht, und sie sagte mir, daß Sie mich suchen. Stimmt das? Ja, natürlich, kein Problem, aber ich fürchte, daß ich Ihnen nicht helfen kann. Sie suchen Rachel und Jamie ... Nein, nein, nicht hier ... Ich habe keine Ahnung, wo sie sind ... Polly? Nun, die ist nicht in London, sie ist hier ... Ja, hier. Sie sitzt direkt neben mir.«

Er schaute zu mir herunter und zwinkerte mir zu. Meine Hände wurden feucht.

»Das läßt sich schlecht am Telefon besprechen. Warum kommen Sie nicht auf einen Drink zu uns, dann können wir uns wie vernünftige Leute darüber unterhalten ... Ja, warum nicht? ... Sieben Uhr? ... Gut, bis dann. Auf Wiederhören.«

Er legte auf. Ich wischte mir die feuchten Hände an dem Treppenläufer ab und sah Nick ängstlich an. »Und?«

»Na ja, er hat angebissen, er kommt.«

»Und – wie war er?«

»Ganz normal.«

»Ganz normal. So sprechen Leute immer, die drauf und dran sind, etwas Ungeheuerliches zu tun. Hinterher sagen das alle, die Nachbarn, der Gemüsehändler, die erschütterte, schluchzende Mutter. Ach, er hat an dem Tag ganz normal gewirkt, er war immer ein so guter Junge, mein ganzer Trost, ich kann absolut nicht verstehen, wie er plötzlich zwei unschuldige Menschen kaltblütig mit einer Kalaschnikow erschießen konnte.« Ja, so las man es immer in der Zeitung. Plötzlich hatte ich wahnsinnige Angst.

»Darf ich mich in einem anderen Zimmer aufhalten, während Sie mit ihm reden?« fragte ich schüchtern. »Ich muß ihn doch nicht sehen, oder? Sie erzählen ihm unsere kleine Geschichte, und ich kann mich inzwischen oben nützlich machen. Vielleicht ein bißchen aufräumen oder so.«

Er lachte, zog die Schuhe aus und schlüpfte in eines der vielen Paar Gummistiefel, die auf einem Haufen im Flur herumlagen. »Es wird schon gutgehen, Polly, machen Sie sich mal keine Sorgen. Wir reden einfach ein bißchen miteinander.«

»Aber – aber ich könnte etwas Falsches sagen und Ihr ganzes Konzept verderben.«

»Ich wußte gar nicht, daß ich ein Konzept habe. Sie brauchen sowieso nicht viel zu sagen, wenn Sie nicht wollen.«

»Aber – aber was wollen Sie ihm sagen? Sollten wir das nicht genau besprechen? Wir sollten zumindest unsere Uhrzeit vergleichen oder so.«

»Machen Sie sich meinetwegen keine Sorgen, ich verschwinde jetzt.« Er grinste mich an, griff sich den Regenmantel vom Treppengeländer und ging zur Haustür. Wo zum Teufel wollte er hin? Ich packte ihn am Arm.

»Wohin gehen Sie denn?« fragte ich ihn angstvoll und hängte mich wie eine Klette an ihn. »Nehmen Sie mich mit!«

»Ich schau nur schnell nach den Kühen.«

»Ich komme mit«, stieß ich hervor. »Die lieben, lieben Kühe haben mich schon lange nicht mehr gesehen.«

»Seien Sie nicht albern. Es wird schon dunkel, da sehen weder Sie noch die Kühe viel. Ich bin bald wieder da. Trinken Sie was, schalten Sie den Fernseher ein. Das Ganze wird im Handumdrehen vorbei sein.«

Er klopfte mir geistesabwesend auf die Hand und löste dann praktisch jeden Finger einzeln von seinem Arm ab, bevor er in den vergleichsweise friedlichen Kuhstall ging.

Das ist ja alles gut und schön für dich, dachte ich unglücklich, als ich ins Wohnzimmer zurückging; du hast deine verdammten Kühe, und was habe ich?

Ich rollte mich auf dem Sofa zusammen und versuchte fernzusehen, aber ich starrte auf die Flimmerkiste, ohne etwas zu begreifen. Um ein Haar hätte ich angefangen, am Kissenzipfel zu nuckeln, und spielte mit mir selbst »Was, wenn?« Was, wenn er uns nicht glaubt? Was, wenn er unangenehm wird? Was, wenn er ein Messer zieht? Ich stopfte mir den Kissenzipfel in den Mund und verschluckte mich fast an der Quaste. Es war ja alles möglich. Gut, ich hatte Nick, der mich beschützen würde, aber was wäre, wenn Adam eine Waffe zöge? Gegen eine Maschinenpistole könnte Nick nicht sehr viel unternehmen. Und Amerikaner trugen heutzutage eigentlich immer Waffen mit sich herum; das war irgendwie in ihrer Verfassung verankert. *Mußten* nicht sogar alle Amerikaner über einundzwanzig eine Waffe tragen?

Plötzlich wußte ich, was ich zu tun hatte. Ich öffnete meine Handtasche und wühlte auf der Suche nach einem Kugelschreiber und einem Stück Papier darin herum. Ich fand den Umschlag mit meinen Bankauszügen, die ich mir sowieso nie anschaue. Ich benutze die Rückseiten als

Notizblätter. Mit zitternder Hand brachte ich meine letzten Wünsche zu Papier.

Liebe Lottie,

für den Fall, daß ich Dich nie wiedersehe, sollst Du folgendes wissen. Ich vererbe Dir meine Stereoanlage und alle Kassetten. Bitte nimm Dir auch alle Kleider, die Du willst, und gib Pippa den Rest. Ich wäre Dir dankbar, wenn Du Caro nichts von meinen Sachen geben würdest.

Meine Eltern sollen meinen echten Schmuck kriegen, nimm Du aber allen Modeschmuck, der Dir gefällt. Du warst immer meine beste Freundin. Bitte denk von Zeit zu Zeit an mich, Deine Polly, die, wenn Du das liest, wahrscheinlich schon tot ist.

PS. Bitte verständige Harry von meinem Tod, und lade ihn zur Beerdigung ein.

Ach ja, die Beerdigung. Der Tod hatte auch seine guten Seiten. Ich saugte nachdenklich an meinem Kugelschreiber und überlegte mir, wo das Begräbnis stattfinden sollte. Vielleicht in der schönen kleinen Kirche in der Seitengasse der Pont Street, ja, das wäre schick. Und auch praktisch, denn der Leichenschmaus könnte gleich nebenan im Admiral Codderington stattfinden. Komisch, wie oft sich meine Phantasie um Kirchen zu drehen schien. Im Mittelgang der kleinen Kirche in der Pont Street hatte ich mich schon ein paarmal gesehen – in aufrechter Haltung natürlich und in einem weißen Kleid. Diesmal würde man mich in horizontaler Lage durch den Gang tragen, in ein Leichentuch gewickelt. Waren Leichentücher auch weiß?

Ich sah meinen mit Blumen überladenen Sarg durch

den Gang schweben. Die Kirche war überfüllt – natürlich –, ein paar Leute mußten sogar draußen stehen. Harry war einer der Sargträger, Nick auch (natürlich nur, falls er nicht auch tot war); Seite an Seite standen sie in ihren schwarzen Anzügen da, die Köpfe gebeugt, vereint in ihrer Trauer.

»Ein Mädchen wie Polly gibt es auf der ganzen Welt nicht mehr«, flüsterte Harry schluchzend und preßte sich das Taschentuch auf die nassen Augen. »Wie konnte ich nur so dumm sein? Meine liebe kleine Polyester – für immer dahin.«

Nick brachte kein Wort heraus. Sein Gesicht war verzerrt, er kämpfte gegen die Tränen. Schließlich überwältigte ihn der Schmerz, er hielt sich an meinem Sarg fest, trommelte mit den Fäusten auf den Deckel und schrie: »Polly, Polly! Meine einzige wahre Liebe, komm zurück, verlaß mich nicht! Ich kann ohne dich nicht weiterleben! Ich ertrage es nicht!« Nachdenklich saugte ich an meinem Kugelschreiber. War das zu übertrieben? Zu schwülstig? Ich zögerte. Nein, ich war schließlich tot. Es war sein gutes Recht, völlig außer sich zu sein.

Jedenfalls rissen ihn schließlich andere Trauergäste, die ihn zu beruhigen versuchten, vom Sarg weg, aber er stieß sie zur Seite und stolperte tränenblind hinaus, weil er den Trauergottesdienst nicht länger ertragen konnte; geschweige denn den Gedanken an sein künftiges Leben.

Vor der Kirche stand Serena und sah erstaunlich unattraktiv aus: fettiges Haar, verhärmte Züge, Augenringe. »Nick – Liebling!« rief sie, aber Nick schob sie grob zur Seite, bevor er, niedergeschmettert von soviel schmerzlichen Gefühlen, davonging, um mit seinen Erinnerungen allein zu sein. Oder – Moment mal – ja, vielleicht sollte Serena doch lieber absolut hinreißend aussehen, und er würde sie *trotzdem* zur Seite schieben. Ja, das wäre noch besser.

Ich kritzelte die Adresse auf den Umschlag. Sollte ich noch ein paar gefühlvolle Choräle aufschreiben, falls Lottie keine kannte? Bei meinem Begräbnis sollten genau die Choräle gespielt werden, die garantiert alle zum Weinen brachten. Ich schwankte zwischen »Der Herr ist mein Hirte« und »So nimm denn meine Hände«, als Nick hereinkam. Ich stopfte den Brief in meine Handtasche. Zweifellos würde die Polizei ihn später finden und Lottie zukommen lassen; ich vertraute ihr rückhaltlos, sie würde zuverlässig alles veranlassen, was in diesem traurigen Fall zu tun war.

Nick sah ganz ruhig und entspannt aus. »Alles klar?« fragte er.

»Ja, alles in Ordnung«, blökte ich und lächelte tapfer. »Geht mir schon viel besser.«

»Brav.« Großer Gott, war er gutgläubig! Seufzend sank er vor dem Fernseher auf das Sofa. »Gott, bin ich kaputt.« Dann richtete er sich ein bißchen auf. »O großartig, *Dads Armee* – ich muß noch immer darüber lachen, obwohl die Serie schon so lange läuft.«

Und er lachte wirklich, sehr viel sogar; war der Mann aus Fleisch und Blut? Ich versuchte es auch, aber es klang eher so, als würde ein Huhn erdrosselt. Er sah mich besorgt an.

»Alles wird gutgehen, Polly, wirklich. Machen Sie sich keine Sorgen.«

Ich nickte benommen und fühlte mich plötzlich ganz krank. Es rumorte in meinem Bauch, und ich hatte einen bitteren Geschmack im Mund. In diesem Augenblick klingelte es. Gleichzeitig verließ mich aller Mut. Ich schrie auf und rannte aus dem Zimmer.

»Das ist wirklich zuviel für mich, Nick. Bitte zwingen Sie mich nicht dabeizusein!« flehte ich hinter der Tür. »Mir ist schon ganz schlecht, ich glaube wirklich, ich sollte mich besser hinlegen.«

»Stellen Sie sich nicht so albern an.« Nick zog mich hinter der Tür vor. Ich wehrte mich, aber er war stärker als ich und zog mich über den gebohnerten Holzfußboden.

»Setzen Sie sich einfach hin und entspannen Sie sich.« Er schob mich zum Sofa. »Jetzt bleiben Sie hier sitzen, ich lasse ihn herein.«

Ich schaute das Sofa zweifelnd an. Er gab mir einen kleinen Schubs. »Setzen Sie sich!«

Meine Knie gaben nach, und ich fiel in die Polster.

»Es wird ein Kinderspiel, das verspreche ich Ihnen«, log er und ging eilig zur Haustür.

Ich wimmerte leise vor mich hin, als ich Adams unmißverständliches transatlantisches, gequetschtes Näseln näher kommen hörte. Einen Augenblick später führte Nick ihn herein. Er schien den ganzen Raum auszufüllen. Wohin ich auch schaute, Adam war überall – ein Arm hier, ein Bein da; ich hatte vergessen, wie groß er war und wie rot. Ich krümmte mich entsetzt zusammen und sah seinen riesigen Schatten über die Vorhänge huschen.

»Hallo, Polly«, sagte er angespannt, aber höflich.

»Hallo«, flüsterte ich.

»Einen Drink?« fragte Nick.

»Ja, bitte. Whisky mit Soda, wenn Sie haben.«

Er setzte sich in die andere Sofaecke, aber ich hatte das Gefühl, er habe sich mir auf den Schoß gesetzt. Meine Güte, es gab doch genug Sessel im Raum, warum mußte es ausgerechnet das Sofa sein? Ich rutschte tiefer in die Ecke und hielt mich an der Armlehne fest. Adam schlug die Beine übereinander, lehnte sich zurück und legte einen Arm auf die Rückenlehne. Ich zuckte zusammen, als seine sommersprossige Hand meinem Kopf gefährlich nahe kam. Ich fand, daß er ziemlich bösartig grinste.

»Keine Angst, Polly, ich beiße nicht.«

»Das habe ich ihr auch gesagt«, sagte Nick, der an der Hausbar stand. »Aber sie glaubt es mir nicht. Sie denkt, Sie seien hergekommen, um sie abzumurksen.«

Adam grinste. »So etwas tue ich nur, wenn man mich stark provoziert.«

»Also provozieren Sie ihn nicht, Polly«, warnte mich Nick. »Ich möchte hinterher nicht die Überreste einsammeln müssen. Eis?« fragte er Adam.

»Gern.«

Wunderbar, dachte ich verstimmt und sah Nick wütend an. Jetzt sind alle gegen mich! Jetzt lachen Adam und Nick gemeinsam über die dumme kleine Polly. Warte nur, bis er dich um den Tisch herumjagt und dir eine Klinge an die Kehle hält. Mal sehn, ob du dann noch lachst. Ich musterte Adams Jacke und suchte nach einer Ausbuchtung. Aber mir fiel nichts Verdächtiges auf. Vielleicht steckte das Messer in seinem Strumpf, das war doch üblich, man hörte es immer wieder ... Ich ließ meine Zigarettenpackung fallen, bückte mich, um sie aufzuheben, und schaute mir dabei seine Schuhe so genau wie möglich an.

»Ich bin nicht bewaffnet, falls Sie sich darüber den Kopf zerbrechen«, sagte mir eine sarkastische Stimme ins Ohr.

Ich atmete tief ein, richtete mich hastig auf und begegnete dem Blick seiner eiskalten blauen Augen, die mich scharf ansahen. Natürlich, er hatte ja telepathische Fähigkeiten, das hatte ich ganz vergessen. Irgendwie war das beängstigender als alle Messer, die er in den Socken versteckt haben mochte. Ich rutschte wieder in die relative Sicherheit meiner Sofaecke zurück und zog die Knie hoch, um Schläge besser abwehren zu können.

»Mir sind die Zigaretten runtergefallen«, sagte ich und fummelte mit zitternder Hand eine heraus.

Das Flämmchen aus einem goldenen Cartier-Feuerzeug sprang direkt unter meiner Nase an. Es war hell und brannte ruhig. Ich schob die Spitze meiner zitternden Zigarette hinein und zog heftig.

»Vielen Dank.«

»Wie gefällt Ihnen Cornwall?« fragte Nick, als er Adam den Whisky reichte.

Adam kniff die Augen zusammen. »Hören Sie mal, ich will niemanden grün und blau schlagen, aber schenken wir uns den Mist, ja? Cornwall ist schön, doch ich bin nicht hier, um Blumen zu pflücken, ich bin hier, um meinen Sohn zu holen.«

»Ich fürchte, daß Sie die weite Fahrt vergeblich gemacht haben. Sie scheinen Pollys Verantwortungsgefühl überschätzt zu haben. Jamie ist mit Rachel in London, wir haben sie dortgelassen. Sie will jetzt allein zurechtkommen.«

»Das haben Sie mir schon am Telefon gesagt«, erwiderte Adam grimmig. »Aber ich bin leider gar nicht überzeugt, daß das auch stimmt.«

»Hören Sie«, Nick setzte sich Adam gegenüber in einen Sessel, »macht es Ihnen etwas aus, wenn wir die Geschichte einmal kurz von unserem Standpunkt aus betrachten? Um alles in die richtige Perspektive zu rücken.«

»Gern, wenn es sein muß.«

»Es muß sein, weil Sie nicht zu begreifen scheinen, daß nicht nur Sie in einer ganz blöden Lage sind. Polly hat ein sehr schlechtes Gewissen, weil sie, ohne es zu wollen, Rachel in große –«

»Sie meinen, *mich* in große Schwierigkeiten gebracht hat«, unterbrach Adam ihn und stach sich mit dem Zeigefinger in die Brust, zweifellos um auf seine kräftigen Brustmuskeln hinzuweisen, die bald an der Zerstückelung meines Körpers beteiligt sein würden. Er stierte mich an. Ich kippte einen großen Schluck Gin hinunter, und die Hälfte ging auf meinen Pullover.

»Schon gut, schon gut. Die Schwierigkeiten, in die Polly Sie gebracht hat, wenn Sie darauf bestehen.« Nick seufzte. »Ich bin nicht bereit, darüber zu diskutieren, auf wessen Seite sie hätte stehen sollen. Der Witz ist nämlich der, daß sie viel besser daran getan hätte, überhaupt nicht Partei zu ergreifen. Diese ganze lächerliche Angelegenheit geht sie doch gar nichts an, oder?« Er wandte sich an mich. »Es ist mir immer noch schleierhaft, warum Sie sich überhaupt in diese Sache eingemischt haben.« Er schüttelte den Kopf. Ich schaute beschämt zu Boden.

»Aber das ist eine andere Geschichte, und wir wollen uns hier nicht darüber unterhalten, warum Polly unfähig ist, sich aus fremder Leute Angelegenheiten herauszuhalten. Aber glauben Sie mir, als sie mir die ganze Geschichte erzählte, war ich zuerst einmal entsetzt. Ich habe ihr sofort geraten, daß sie Ihnen beiden sagen soll, Sie sollen sie in Ruhe lassen, daß Rachel und Sie diese Angelegenheit untereinander klären müßten. Für mich gab es keinen Grund, warum Polly sich noch weiter einmischen sollte – sie kannte schließlich eigentlich weder Sie noch Rachel. Alten Freunden kann man ja helfen, aber wildfremden Leuten? Ich bitte Sie. Sie hat mehr als genug für Sie getan.«

Völlig richtig. Ich genoß diese kleine Ansprache, sie

wirkte ausgesprochen beruhigend auf mich. Adam sah nachdenklich aus. Er schwenkte den Whisky in seinem Glas. Er sagte nichts.

Nick beugte sich vor. »Die ganze Situation ist inzwischen völlig absurd geworden. Polly traute sich nicht mehr in ihre eigene Wohnung, Sie hätten ihr ja dort auflauern können; sie traute sich nicht mehr zur Arbeit, weil Sie ihr vielleicht gefolgt wären ...«

»Ach, jetzt machen Sie aber mal einen Punkt«, sagte Adam. »Ich bin doch kein wildes Tier. Ich hatte nie die Absicht, ihr etwas zu tun ...«

»Ach, wirklich nicht? Das haben wir aber ganz anders erlebt. Haben Sie in der Agentur nicht mit einem Messer herumgefuchtelt und allen Leuten eine Höllenangst eingejagt?«

Adam zuckte mit den Schultern und sah etwas beschämt aus. »Okay, ich gebe zu, daß ich an dem Tag total fertig mit den Nerven war – eben völlig verzweifelt. Es tut mir leid, bitte entschuldigen Sie diesen Ausrutscher. Das ist sonst überhaupt nicht meine Art. Ich hasse Gewalt in jeder Form – wirklich. Aber ich bin zur Zeit sehr gestreßt, das können Sie sicher verstehen. An dem Tag bin ich einfach durchgedreht.«

»Na ja, das kann vorkommen«, sagte Nick. »Aber Sie müssen auch uns verstehen. Wir konnten ja nicht wissen, daß Sie nur zeitweilig ›durchgedreht‹ waren. Polly dachte wirklich, ihr letztes Stündchen habe geschlagen.«

Adam schüttelte den Kopf und seufzte. »Das ist verrückt. Ich will keinem etwas antun, geschweige denn jemandem Angst einjagen. Ich will nur eins: meinen Sohn finden.«

»Gut, das verstehe ich. Ich will damit ja auch nur sagen, daß wir damals allen Grund hatten, Ihre Drohungen ernst zu nehmen. Polly war halb verrückt vor Angst, und mir ging's auch nicht viel besser, das kann ich Ihnen sagen. Deshalb habe ich ihr vorgeschlagen« – er machte eine Pause und lächelte leicht –, »ich muß zugeben, nicht ganz uneigennützig, daß sie herkommt und eine Zeitlang mit mir hier wohnt. Um alles zu vergessen und um ein paar schöne Ferientage zu verbringen.« Er grinste. »Ich habe schon ein paarmal versucht, sie zu überreden, mich hier zu besuchen. Diesmal hat es endlich geklappt.« Er warf Adam einen raschen, halb verlegenen, halb verschwörerischen Blick zu, wandte sich ab und schaute aus dem Fenster.

Ich war beeindruckt. So redete kein begabter Amateur, so redete ein mit allen Wassern gewaschener Lügner, ein Profi. Vielleicht hatte er einiges von mir gelernt.

Während Nick ihm den Rücken zukehrte, sah Adam mich an, als suche er bei mir eine Bestätigung für das, was Nick gesagt hatte. Ich hatte in den letzten fünf Minuten nichts getan, als leicht befangen vor mich hinzuschauen, und mein Aussehen paßte sehr gut zu Nicks Geständnis.

Adam verzog die Oberlippe zu einem wissenden Lächeln. »Also das ist ja eine Überraschung. Sieht ganz so aus, als sei ich in ein Liebesnest hineingestolpert. Herzlichen Glückwunsch. Ich hoffe, ihr werdet sehr glücklich miteinander«, sagte er schleppend.

»Vielen Dank«, sagte Nick grinsend. »Das werden wir bestimmt.« Er stand auf, um sich noch ein Glas einzuschenken, blieb auf halbem Weg stehen und streichelte liebevoll meine Hand. Mir brach vor Aufregung der Schweiß aus. Er schaute Adam an. »Noch einen Drink?«

»Gern, warum nicht?«

»Polly?«

»Mmmm.« Ich nickte heftig, schluckte hart und

hoffte inständig, daß niemand mehr als diesen einen Laut von mir erwartete.

»Na, Polly«, sagte Adam, »Sie haben aber eine ganz schöne Kehrtwendung gemacht, was?«

»Was meinen Sie damit?« fragte ich schnell. Zu schnell. Wie gewöhnlich hatte ich schon gesprochen, bevor mein Hirn sich eingeschaltet hatte. Ich wollte gar nicht wissen, was er meinte.

»Na ja, ich erinnere mich, daß Nick vor gut einer Woche nicht gerade Ihr Idol war. Und ganz gewiß nicht Ihr Traummann. Ich erinnere mich sogar genau daran, daß Sie ihn einen echten Blödmann nannten.«

Ich versuchte um jeden Preis zu verhindern, daß mir das Blut ins Gesicht schoß, doch es gelang mir nicht. »Das ist – ist doch – lächerlich«, stotterte ich. »Nie hätte ich etwas so – so Absurdes gesagt!«

»Aber Sie haben es gesagt«, widersprach Adam, dem dieser Dialog offensichtlich Spaß machte. »Ich erinnere mich ganz genau an Ihre Worte. Sie nannten ihn nicht nur einen Blödmann, sondern auch ein Scheusal.«

Nick warf den Kopf zurück und johlte vor Lachen. »Vielen Dank, Liebling. Ein Scheusal, wie? Da hab ich heute nacht aber etwas anderes gehört.« Er gab mir einen Nasenstüber und reichte mir meinen Drink. Ich sah Adam wütend an. Was mußte Nick jetzt denken? »Was soll der Quatsch? Es ist ein starkes Stück von Ihnen, hier ein Gespräch unter vier Augen wiederzugeben. Mir fällt eben ein, daß ich an diesem Tag ziemlichen Ärger in der Agentur hatte und ein bißchen sauer auf Nick war – wegen irgendwas Idiotischem, ich weiß nicht mehr, was – und daß ich im ersten Zorn vielleicht etwas zu Ihnen gesagt habe, aber ich habe ihn nie im Leben ein Scheusal genannt!«

Adam und Nick grinsten von einem Ohr zum anderen. Nick saß auf der Armlehne des Sofas, legte einen Arm um meine Schultern und zog mich an sich.

»Beruhige dich, Liebling, er zieht dich doch nur auf. Ich weiß außerdem, was du über mich gesagt hast, und ich habe früher auch manchmal nicht gerade freundlich über dich gesprochen, aber das ist doch alles Schnee von gestern. Und du kennst ja das Sprichwort: Liebe und Haß liegen nah beieinander.«

»Ja, das habe ich schon mal gehört, L-Liebling«, stotterte ich. Schweißperlen liefen mir über die Stirn, und dabei stand uns der unangenehme Teil des Gesprächs noch bevor. Vielleicht konnte ich jetzt weggehen und den Dachboden fegen? Der einzige Trost war der, daß Adam inzwischen etwas lockerer wirkte und es ganz offenbar genoß, wie unangenehm mir das Gespräch war.

Er lächelte sadistisch. »Tut mir leid, wenn ich was Falsches gesagt hab, aber es renkt sich bestimmt alles wieder ein, wenn ich weg bin. Nach einer Krise ist die Versöhnung doppelt so schön. Ich freue mich jedenfalls, daß ich noch ein Kapitel aus Pollys irgendwie doch recht bewegtem Liebesleben zu hören gekriegt habe.«

»Bewegt?« rief ich ärgerlich. »Mein Liebesleben ist alles andere als bewegt. Merken Sie sich das gefälligst.«

Er lachte und hob die Hände. »Okay, okay, ich glaube Ihnen jedes Wort. Wir wollen uns aber von Ihrem bewegten oder nicht bewegten Liebesleben nicht zu sehr ablenken lassen und den Grund meines Besuchs nicht ganz aus den Augen verlieren.«

Er schwenkte den Whisky in seinem Glas. Ich hatte eine Zeitlang tatsächlich vergessen, warum er eigentlich hier war. Nicht aber er.

»Also, Polly, wo ist Rachel?« fragte er mit gefährlich sanfter Stimme und hob die Brauen.

Ich zuckte zurück. Hatte ich gesagt, er sei lockerer geworden? Ich spürte, wie mir das Blut aus dem Gesicht wich.

»Ich weiß es wirklich nicht«, flüsterte ich.

Nick umarmte mich fester. »Hören Sie, Adam, wir haben keine Ahnung, wo sie ist. Aber es wird wohl keinen Schaden anrichten, wenn wir Ihnen sagen, daß wir Rachel bei ihrem Vater abgesetzt haben, bevor wir hierherfuhren.«

»Sie erwarten doch nicht etwa, daß ich Ihnen das glaube? Im Haus sind nur der Richter und seine Haushälterin. Davon habe ich mich mit eigenen Augen überzeugt.«

»Vielleicht ist sie jetzt nicht mehr dort, aber ich kann Ihnen nicht mehr sagen, als daß wir sie am Mittwochmorgen samt Jamie und einer halben Tonne Babyklamotten dort abgeladen haben.«

Adam schüttelte den Kopf. »Unmöglich.«

»Glauben Sie mir, es stimmt. Vielleicht sind die beiden nur eine Stunde geblieben, vielleicht sind sie sofort weitergefahren, keine Ahnung. Ich sage Ihnen nur, daß wir an diesem Punkt aus der Geschichte ausgestiegen sind. Wir haben Rachel beim Haus ihres Vaters abgesetzt.«

Nick sah Adam ruhig in die Augen. Adam zögerte, dann wandte er sich wieder an mich: »Sie waren ein paar Tage mit Rachel zusammen, Polly, haben mit ihr geredet. Hat sie gesagt, was sie vorhat? Sie müssen doch mit ihr darüber gesprochen haben. Was hatte sie für Pläne?«

»Ich weiß es wirklich nicht, sie hat nicht mit mir gesprochen.«

»Halten Sie mich nicht für blöd. Sie muß doch etwas gesagt haben.«

»Nein – sie war sehr verschlossen.«

»Sie sollten mich nicht anlügen, Polly.«

»Aber es stimmt! Ehrlich, ganz ehrlich, sie – sie hat kein Wort davon gesagt, wohin sie will.« Ich war schrecklich nervös und verhielt mich gar nicht so, wie ich es eigentlich sollte.

Adam starrte mich einen Augenblick an, rieb sich dann die Augen und seufzte. Jetzt sah er überhaupt nicht böse aus, sondern sehr, sehr müde.

»Schauen Sie, ich verstehe, daß Sie mit der ganzen Sache nichts mehr zu tun haben wollen, aber bitte hören Sie mir ein paar Minuten lang zu, ja?«

Ich nickte stumm. Wir hatten ja keine andere Wahl, oder?

»Ich habe überhaupt nicht vor, Rachel den Kleinen wegzunehmen.«

Ich sah ihn mißtrauisch an. »Wirklich nicht?«

Er schüttelte den Kopf. »Nein, ich gebe aber zu, daß ich am Anfang so wütend war, daß ich nichts anderes wollte, als mir Jamie zu schnappen und ihn nach Amerika mitzunehmen. Aber ich habe viel Zeit zum Nachdenken gehabt.« Er beugte sich vor, stützte die Stirn in die Hände und starrte auf seine Schuhe. »Ich habe in Hotelzimmern oder gemieteten Häusern herumgesessen, habe stundenlang die Wände angestarrt und bin schließlich zu dem Schluß gekommen, daß das auf lange Sicht gar nicht gutgehen könnte. Rachel und ihr Vater würden mir die Polizei auf den Hals schicken. Ich würde mich dauernd irgendwo verstecken müssen. Es wäre schrecklich, aber am schrecklichsten wohl für Jamie.«

»Das glaube ich auch«, stimmte Nick zu.

»Ja, ich weiß, keine Angst, das ist mir inzwischen völlig klargeworden. Ich würde damit gar nichts gewinnen. Jetzt will ich nichts als Rachel finden, mit ihr sprechen und sehen, ob wir beide irgendeine akzeptable Lösung finden können. Es muß doch möglich sein, eine verbindliche Vereinbarung zu treffen, ohne gleich einen Prozeß gegeneinander zu führen.«

»Aber sie hat zu große Angst vor Ihnen, sie würde jetzt bestimmt nicht mit Ihnen sprechen«, sagte ich.

Adam streckte verzweifelt die Hände aus. »Warum denn? Warum will sie nicht mit mir sprechen? Es gibt keinen Grund, warum sie Angst vor mir haben müßte. Okay, ganz am Anfang war ich so außer mir, daß ich – übrigens sturzbetrunken – ein paarmal wütend bei ihrem Vater angerufen habe. Doch sie kennt mich gut genug, um zu wissen, daß ich ihr oder Jamie niemals etwas antun würde. Sie tut jetzt so, als sei ich verrückt, eine Art geisteskranker Mörder – es ist der reinste Wahnsinn! Was habe ich ihr denn getan? Ich habe sie geliebt, wir haben ein Kind bekommen, und ich habe sie gebeten, mich zu heiraten. Ist das denn so entsetzlich? Offenbar, denn wissen Sie, was sie getan hat? Ohne die geringste Warnung hat sie eines Tages klammheimlich ihre Sachen gepackt und ist mit unserem Sohn abgehauen. Sie hat drei Zeilen auf ein kleines Stück Papier gekritzelt; ich fand es auf dem Küchentisch. Unglaublich cool, das muß man ihr lassen. Können Sie sich das vorstellen? Packt einfach einen Koffer, nimmt Jamie unter den Arm und besteigt ein Flugzeug nach England. Und jetzt will sie nicht einmal mit mir sprechen – finden Sie das nicht ein bißchen seltsam, nachdem wir zwei Jahre sehr glücklich miteinander gelebt haben? Würde Sie das nicht auch verrückt machen, wenn Sie an meiner Stelle wären? Meine ganze Welt ist zusammengebrochen, und alle tun so, als sei ich ein Irrer, als sei ich derjenige, der sich abartig aufführt.« Er schüttelte fassungslos den Kopf.

»Sehen Sie, Adam«, sagte Nick leise, aber Adam fuhr fort, als habe er ihn nicht gehört.

»Und wissen Sie was? Das allerverrückteste ist, daß ich sie trotz allem immer noch liebe. Ich würde sie morgen heiraten. Wir haben ein Kind zusammen, meinen Sohn, den ich mehr liebe als alles andere auf der Welt. Das allein zählt für mich.«

Er machte eine Pause und fuhr sich mit den Fingern durch das Haar. Er sah entsetzlich müde aus. Eine Zeitlang sagte niemand ein Wort. Dann fuhr Adam fort:

»Mir ist inzwischen klargeworden, daß sich ihre Gefühle geändert haben müssen. Damit werde ich schon fertig. Eines Tages werde ich es sogar akzeptieren können. Es kommt andauernd vor, daß Liebe vergeht. Diesmal bin ich eben der Leidtragende, mehr kann man nicht dazu sagen. Aber trotzdem schuldet sie mir doch eine Erklärung, oder nicht? Einfach ins Flugzeug zu steigen, ohne ein Wort, und mit Jamie abzuhauen!« Seine Stimme überschlug sich fast; er kämpfte um seine Fassung. »Was immer Sie von mir halten, Sie müssen doch zugeben, daß sie mir erlauben muß, meinen Sohn zu sehen. Das muß sie mir doch einfach von Zeit zu Zeit erlauben, oder nicht? Ist das zuviel verlangt?«

Ich blickte aus dem Fenster. Ich war überrascht, als ich merkte, daß ich Tränen in den Augen hatte. Ich zwinkerte. Während wir geredet hatten, war es dunkel geworden. Ein schwarzer, sternenloser Himmel wölbte sich über dem Haus. Der Wind hatte sich gelegt, es war still und ruhig. Man hörte nicht mal ein Rascheln in den Bäumen oder das entfernte Blöken eines Schafes.

Natürlich verlangte er nicht zuviel von Rachel. Sie mußte ihm erlauben, seinen Sohn zu sehen. Ich versuchte mir vorzustellen, wie es war, wenn ein Mann von der Arbeit nach Hause kam und feststellen mußte, daß seine Familie in der Zwischenzeit abgehauen war. Nick und ich saßen wirklich zwischen zwei Stühlen, und ich merkte, daß mir Adam plötzlich viel sympathischer war als Rachel. Ich wollte ihm sagen, wo sie war. Ich wollte damit herausplatzen, daß sie sich in einem kleinen Pub namens Dog and Duck ganz in der Nähe der Wincanton Road versteckte. Trotzdem wußte ich, daß ich es nicht durfte. Ich sah Nick verzweifelt an. Auch er sah nicht gerade glücklich aus und rutschte unruhig auf der Armlehne des Sofas hin und her. Ich überlegte, ob er wohl dasselbe dachte wie ich.

»Nick?« flüsterte ich.

Adam zuckte zusammen, offenbar hatte er mich falsch verstanden. »Nick, können Sie mir etwas sagen? Wissen Sie etwas?« bat er flehentlich.

Nick zögerte. »Nein, nein, eigentlich nichts ...«

»Um Himmels willen, bitte!« flehte Adam.

»Nun – sie hat tatsächlich etwas erwähnt ...«

»Ja! Ja – was denn?«

»Nein, Nick, nein«, sagte ich leise.

Er legte mir eine Hand auf den Arm. »Ich finde, wir sollten es doch sagen, Polly.« Ich starrte auf den Teppich. Dieses kleine Schauspiel mußte auf Adam überzeugender wirken, als wir es uns hatten vorstellen können, und ich konnte es kaum ertragen. Ich konnte Adam nicht ansehen.

»Ja?« fragte er und beugte sich vor.

Nick seufzte. »Na ja, als die Mädchen bei Pippa wohnten, schnappte Polly zufällig etwas auf, das Rachel am Telefon sagte.«

»Ja?«

»Sie hat eines dieser Heime angerufen, ein Heim für ledige Mütter ...«

Ein Licht schien in Adams müden Augen aufzuleuchten. Ich wandte mich ab. »Ein Heim? Wo sie sich … hinflüchten können, so was?«

»Genau. Ich glaube nicht, daß sie dort länger bleiben will, vielleicht ein bis zwei Wochen. Ich weiß auch nicht, mit welchem Heim sie gesprochen hat.«

Adam sah mich an. Ich schüttelte den Kopf. »Nein«, flüsterte ich, »nein, am Telefon hat sie den Namen nicht erwähnt.«

Er stand langsam auf. »Ein Heim für ledige Mütter. Ja, so was gibt es auch in den Staaten. Ich habe davon gehört.« Er ging zum Fenster und schaute in die schwarze Nacht hinaus.

»Man wird Sie nicht hineinlassen«, sagte ich schnell – irgendwie konnte ich die Vorstellung nicht ertragen, daß er erfolglos alle Heime abklappern würde. »Und – und ich glaube, sie holen sofort die Polizei, wenn man versucht, trotzdem irgendwie hineinzukommen.«

Unabsichtlich hatte ich die Geschichte noch glaubhafter gemacht. Er trank seinen Whisky aus. »Tun sie das wirklich?« sagte er grimmig. »Sollen sie es nur versuchen.«

Er wandte sich zu uns um. Seine Sommersprossen hoben sich deutlich von seinem blassen, zu allem entschlossenen Gesicht ab. Er stellte sein Glas auf den Tisch. »Vielen Dank für den Drink«, sagte er höflich, nickte uns zu und wandte sich zum Gehen. An der Tür zögerte er und drehte sich um. »Vielen Dank. Mir ist klar, daß Sie mir das nicht sagen mußten. Ich bin Ihnen wirklich dankbar, Nick. Ich glaube, Sie verstehen ein bißchen, was ich empfinde.« Mit diesen Worten öffnete er die Tür und ging hinaus.

Nick und ich saßen schweigend da. Ich hörte die Haustür zufallen, hörte, wie die Wagentür zugeschlagen wurde. Der Motor sprang an. Wie immer spritzte der Kies weg, als das Auto anfuhr, und das Motorgeräusch verlor sich allmählich in der Ferne. Adam fuhr bestimmt auf dem kürzesten Weg nach London. Noch immer sagte keiner von uns beiden ein Wort.

20. Kapitel

Schließlich seufzte Nick schwer und stand auf. Er ging zum offenen Kamin und versetzte einem der glühenden Holzscheite einen Tritt. Funken stoben in den Kamin hinauf. Ich hatte auch Lust, nach irgend etwas zu treten, aber ich hatte so viel getrunken, daß ich nicht wußte, ob ich noch aufstehen, geschweige denn mit dem Fuß nach etwas zielen konnte. Statt dessen saß ich vom Alkohol benebelt da und fühlte mich schrecklich. Nick warf noch ein paar Scheite ins Feuer und blickte nachdenklich in die Flammen. Dann drehte er sich um und wärmte sich die Rückseite seiner Beine. Er sah mein unglückliches Gesicht und schüttelte den Kopf.

»Schauen Sie doch nicht so traurig drein, Polly, wir haben getan, was wir tun mußten.«

Ich seufzte. »Ich weiß. Es kommt mir nur so unfair vor. Warum müssen wir denn auf ihrer Seite sein?«

Nick zuckte mit den Achseln. »Warum müssen wir überhaupt Partei ergreifen? Es ist eine verdammt lächerliche Situation. Wir sind praktisch gegen unseren Willen gezwungen, in das Leben zweier Menschen einzugreifen, die wir kaum kennen, den einen bewußt in die Irre zu führen und den anderen zu beschützen.« Er schüttelte grimmig den Kopf. »Ich sage Ihnen eins, je schneller das alles vorbei ist, um so besser.«

Er drehte sich wieder zum Feuer um. Wir schauten eine Zeitlang in die Flammen.

»Armer Adam«, sagte ich schließlich. »Heute abend rüttelt er in London bestimmt an den Türen aller Heime für ledige Mütter.«

Zornig fuhr mich Nick an: »Sie wollten ihn doch loswerden, oder nicht? Es nützt jetzt nichts, ›armer Adam‹ zu sagen!«

»Ich weiß, ich weiß, aber – na ja, ich fühle mich einfach beschissen, am liebsten hätte ich ihm gesagt, wo Rachel ist«, sagte ich den Tränen nahe.

Nick sah mich gereizt an. »Großer Gott, Polly, manchmal kann ich es einfach nicht glauben! Was erwarten Sie eigentlich von mir? Hätte ich ihm auf einer Landkarte die Route von hier zum Dog and Duck einzeichnen sollen? Hätte ich ihn in das Pub hineinstürmen lassen sollen, ohne Tim, Penny oder Rachel zu warnen? Hätten Sie das richtig gefunden?«

»Nein, aber …«

»Ja, was denn sonst? Und woher wissen wir denn eigentlich, daß er die Wahrheit gesagt hat? Wie würden Sie sich fühlen, wenn er Jamie doch packen und nach Amerika entführen würde? Würden Sie dann ›arme Rachel‹ sagen? Oder was?« fragte er ärgerlich.

»Ja, wahrscheinlich«, flüsterte ich.

Ich blinzelte. Es war ein gräßlicher Abend gewesen, und ich hatte das Gefühl, daß ich es nicht ertragen würde, wenn noch jemand mich fertigmachte. Meine Augen füllten sich mit Tränen. Ich biß mir auf die Lippe und schaute weg, aber er sah, wie meine Lippe zitterte, und setzte sich sofort neben mich. Offenbar tat es ihm leid, daß er mich so angefahren hatte.

»Mein Gott, Polly, weinen Sie doch bitte nicht. Es ist

ja nicht Ihre Schuld. Ich bin nur selbst inzwischen ziemlich geladen, und Sie haben jetzt die volle Ladung abgekriegt. Ich weiß, daß das nicht richtig ist, aber ich habe dieses ganze verdammte Theater inzwischen so satt. Das macht mich wirklich fertig.«

Im Kampf gegen die Tränen fing mein Kinn an, dramatisch zu zittern. Nick seufzte und fuhr sich mit den Fingern durchs Haar.

»Und ich weiß auch, warum ich so wütend bin. Weil ich nämlich genauso empfinde wie Sie. Je mehr ich von dieser Sache höre, um so mehr denke ich, daß Rachel sich ganz mies verhalten hat. Aber das ist ja jetzt nicht entscheidend, oder? Entscheidend ist, daß wir versprochen haben, sie zu schützen, und wir können sie jetzt nicht einfach im Stich lassen. Das sehen Sie doch ein, oder?«

Ich schluckte. »Ja, natürlich, aber – aber es scheint mir Adam gegenüber so gemein zu sein. Er ist gar kein so schlechter Kerl. Vielleicht ein bißchen impulsiv, aber wer wäre das unter diesen Umständen nicht?«

Nick lachte trocken. »Ich muß schon sagen, das nennt man eine schnelle Wandlung. Vor einer halben Stunde war er noch Staatsfeind Nummer eins.«

»Ich weiß, aber jetzt sieht alles ganz anders aus. Man hat ihn wahnsinnig verletzt, und mit welchem Recht eigentlich? Wie er sagt, war sein einziger Fehler, daß er sich in ein Mädchen verliebt hat, sie geschwängert hat, sie heiraten wollte und sich dann um seine Frau und das Baby kümmern wollte. Das ist doch nicht so schrecklich, oder?« Ich ballte die Hände. »Wenn Sie mich fragen, ich halte Rachel Marsden für ein ganz übles Miststück!«

Nick grinste. »Tut gut, das auszusprechen, was?«

»Ja, wirklich.«

»Polly, ich denke genauso wie Sie, und das alles ist sehr

frustrierend, aber wir können nichts daran ändern. Wir können nur versuchen, es so schnell wie möglich zu vergessen. Wir sind Adam jetzt los, und in ein paar Tagen sind wir auch Rachel los. Dann ist alles vorbei, und wir haben endlich Ruhe, okay?«

Ich lächelte schwach. »Okay.«

»Und in der Zwischenzeit«, sagte er mit deutlich sanfterer Stimme, »versuchen wir einfach, nicht an die beiden zu denken und diese paar Urlaubstage so gut wie möglich zu genießen.«

Also, wenn ich eins erkenne, dann ist das ein verführerischer Tonfall, den erkenne ich schon zwanzig Meter gegen den Wind, und ich hätte schwören können, daß Nicks Stimme eben verführerisch geklungen hatte. Ich sah überrascht auf. Nick lächelte und – du meine Güte, ja –, die braunen Augen schauten mich unmißverständlich sanft und ermutigend an. Ja, sie schienen mich geradezu zu locken wie zwei köstliche, klebrige Schokoladestückchen.

»O ja, bitte«, flüsterte ich gierig. »Ich bin sehr dafür, daß wir die Tage genießen. Dafür bin ich immer zu haben, Sie nicht auch?«

Ich lächelte ihn so feurig und sexy wie möglich an, aber man hätte meinen verschleierten Blick wohl auch für ein volltrunkenes Glotzen halten können. Er lächelte zurück. Plötzlich war es so still, daß ich mein Herz schlagen hörte. Ich wartete, starr vor Aufregung. *Irgend etwas* ging hier vor, *irgend etwas* würde passieren. Ich hielt den Atem an und saß reglos da. Nicks Lächeln hüllte mich ganz und gar ein. Ich badete lustvoll darin, wagte aber nicht, mich zu rühren.

Über dem Haus kreischte eine Möwe. Die Großvateruhr tickte in der Ecke. Das Feuer knackte anheimelnd im

Kamin. Von diesen Geräuschen abgesehen, herrschte eine bedeutungsvolle Stille. Sie machte mich völlig verrückt, und mein Kopf tat das ebenso. Eine tödliche Mischung aus Gin und Begehren versetzte mein armes Hirn in eine kreisende Bewegung, wie man sie eher vom Trockenschleudergang der Waschmaschine her kennt. Absolut gräßlich. Ich schloß kurz die Augen, damit das Kreisen endlich aufhörte. Ein ganz schlimmer Fehler! Obwohl ich saß, schwankte ich gefährlich. Ich riß die Augen sofort wieder auf.

»Alles in Ordnung?« fragte Nick, der mich jetzt nicht mehr verführerisch, sondern besorgt ansah.

»Alles in Ordnung, wirklich. Wo waren wir stehengeblieben?«

Er lächelte freundlich. »Wir wollten es uns gutgehen lassen.«

»Ach ja«, murmelte ich und lächelte ihn noch freundlicher an.

Das gräßliche Waschmaschinengefühl ließ etwas nach, dafür prickelte mein ganzer Körper vor Erwartung. Mein Herz klopfte rasend schnell und pumpte heißes Blut in die entlegendsten Stellen meines Körpers. Bitte mach schnell, flehte ich Nick lautlos an, bitte mach schnell!

Aber er saß noch immer schweigend und aufmerksam da. Schließlich, es kam mir vor wie hundert Jahre, wandte er sich mir zu und legte die Hand hinter meinem Kopf auf die Sofalehne. Ja, ja, ja, drängte ich im stillen. *Jetzt aber los!* Er wandte den Blick nicht von mir ab. Seine Hand ruhte sanft auf meinem Hinterkopf. Lächelnd streichelte er mein Haar.

Ich begegnete seinem Blick und merkte, daß meine Nasenflügel sich dramatisch blähten. Ich schien viel zuviel Atemluft zu haben, wußte aber nicht, was damit tun.

Sie entwich in kurzen, heftigen Stößen, und riesige Mengen strömten wieder in mich hinein. Wo kam das alles her? Je mehr ich es zu unterdrücken versuchte, um so schlimmer wurde es. Jetzt streichelte er mir sanft den Nacken, daß ich am ganzen Körper eine Gänsehaut bekam, und die ganze Zeit über fixierte er mich mit diesen eindringlichen braunen Augen.

Ich war so kleine, zarte Schritte gar nicht gewöhnt. Die meisten Männer, mit denen ich mich in dieser Richtung näher befaßt hatte, hätten mir schon die Zunge tief in den Hals gesteckt und an meinem Büstenhalterverschluß herumgefummelt. Dieses Haarstreichelspiel war mir ganz neu, aber es trieb den Pulsschlag ganz schön in die Höhe.

Ich versuchte, meinen Atem unter Kontrolle zu bekommen. Wir waren uns nah, aber so nah nun auch wieder nicht. Etwa dreißig Zentimeter teure Chintz-Polsterung trennten uns noch. Kein Zweifel, einer von uns müßte noch einen Blitzangriff machen oder verstohlen näher rutschen. Aber du nicht, verbot ich mir streng. Sei bloß nicht vorschnell und vulgär. Sei ein einziges Mal in deinem Leben langsam und geschmackvoll. Konzentrier dich einfach darauf, ganz stillzusitzen, er wird schon alles andere tun.

Aber wann? Er streichelte mich und lächelte, und streichelte mich und lächelte, und plötzlich hielt ich es nicht mehr aus. Zum Teufel mit langsam und geschmackvoll, ich würde bald einen Herzschlag bekommen. Mit einer blitzschnellen Bewegung überwand ich die dreißig Zentimeter Sofa und warf mich ihm in die Arme.

Er prallte leicht zurück, aus den Augenwinkeln sah ich, daß er seine Augenbrauen leicht erstaunt hochzog, aber das machte nichts. Ich haßte mich wegen meiner ungeduldigen Natur, konnte mich aber nicht beherrschen, hob das Gesicht und – ja, er senkte seins. Einen Augenblick später waren wir im göttlichsten, leidenschaftlichsten, wunderbarsten Kuß vereint, den ich je erlebt hatte. Und es ging weiter, wurde immer schöner, immer gefühlvoller. Ich hätte ewig so weitermachen können, aber er geriet offenbar in Atemnot, und endlich lösten wir uns voneinander und schnappten beide nach Luft wie Tiefseetaucher. In seinen Armen liegend, betrachtete ich sein Gesicht, um zu sehen, ob so viel Leidenschaft in seinen kantigen Zügen etwas bewirkt hatte. Sie waren in der Tat viel weicher geworden. Er sah zufrieden und ein bißchen überrascht aus.

»Also nein, also nein«, sagte er leise und zog zart mit dem Finger die Form meines Mundes nach. »Wer hätte das gedacht ...«

»Ja, wer hätte das gedacht«, flüsterte ich außer Atem. Wer hätte was gedacht? Daß ich ein so lockeres Mädchen war? Daß er so tief fallen würde, sich mit seiner eigenen Sekretärin zu amüsieren? Oder daß es so wunderbar sein konnte? Wer hätte was gedacht? Ich wollte es gern wissen, aber vor allem sehnte ich mich nach mehr.

Unglücklicherweise machte mein Kopf nicht mit. Der Trockenschleudergang war wieder angesprungen, und ich mußte mich an Nicks Schulter lehnen, um zu verhindern, daß sich das Zimmer rasend schnell um mich drehte.

Ich atmete tief durch. Es war wichtig, tief zu atmen und auf keinen Fall die Augen zu schließen. Ich konzentrierte mich wie verrückt auf das Feuer, beobachtete die Flammen, die gierig an den dicken Holzscheiten leckten, und als ich es wieder wagte, den Kopf zu bewegen, blickte ich zu ihm auf. Nick runzelte die Stirn.

»In Ordnung?« fragte er.

In Ordnung? Was? Der Kuß? Fragte er mich danach? »Ja, natürlich! Wunderbar! Einer der schönsten – was sag ich, der allerschönste!«

Nick schien die Antwort verwirrend zu finden. Er legte die Stirn in noch tiefere Falten. Wie wahnsinnig sexy das aussieht, dachte ich verträumt, und sah sein Gesicht deutlich und dann wieder verschwommen vor mir. Woran er wohl dachte? Was immer es auch sein mochte, es war anscheinend nicht so einfach. Ach ja! Er überlegte sich, wie es mit uns weitergehen sollte. Theoretisch wußten wir das natürlich, aber er dachte darüber nach, wo wir tatsächlich zur Sache gehen sollten.

Gehörte er zu den Männern, die ein Bett brauchten? Oder kam dieser weiche Perserteppich vor dem Feuer, bei dessen Anblick mir ein wohliger Schauder über den Rücken lief, auch in Frage? Nick runzelte noch immer die Stirn. Es war offenbar gar nicht so leicht, den richtigen Ort zu wählen. Natürlich! Wahrscheinlich zog er den Heuschober in Betracht. Hatte er nicht vor kurzem erwähnt, daß er dort gern einmal schlafen wollte? Also wenn das keine deutliche Anspielung war, dann verstand ich die Welt nicht mehr. Ich half ihm auf die Sprünge.

»Denkst du an die Scheune?« flüsterte ich.

»Wie bitte?«

»Die Scheune. Denkst du an die Scheune? Weil – wenn du daran denkst, ich finde es eine sehr gute Idee, schön ländlich.« Ich stupste seine herrlich kraftvolle Schulter leicht mit dem Kopf an und blinzelte vielsagend.

Nick sah noch verwirrter aus. Dann ließ er mich plötzlich los und stand auf. Er ging zum Feuer, hockte sich nieder und stocherte nachdenklich darin herum. Ich setzte mich auf. Gütiger Himmel, das war ein totaler Rückschritt. Was zum Teufel war passiert?

»Das mit dem Heuschober, das war bloß ein Witz«, sagte ich. »Mir ist alles recht.« Großer Gott, das klang ja entsetzlich. »Ich meine, es ist mir egal, wohin wir gehen.« Das klang noch schlimmer. Ich wurde rot und blickte auf meine Hände.

Nick beschäftigte sich noch intensiver mit dem Feuer, offenbar war ich ihm zu direkt gewesen. Ich biß mir auf die Unterlippe, war total durcheinander. Diese schicklichen Perioden, in denen nichts geschah, mochten ja hochgradig zivilisiert sein, aber sie gingen über meinen Verstand. Schließlich hatte der erste Kuß die Fahrtrichtung festgelegt, jetzt sollte es gefälligst weitergehen. Sollten wir jetzt nicht nach oben rasen, einander die Kleider vom Leib reißen und uns mit irrsinniger, rasender Leidenschaft auf das Doppelbett werfen? Da war mir selbst das zurückhaltende Haarstreichelspiel von vorhin tausendmal lieber als diese mir unbegreifliche Kunstpause. Ich dachte angestrengt nach. Nein, Polly, nein, du hast es wie immer falsch verstanden. So geht es offenbar bei zivilisierten Menschen zu. Natürlich! Wie dumm von mir: Das Herumstochern im Feuer war vielleicht das erregendste erotische Symbol. Schließlich hatte er in Cambridge studiert, oder? Und ich hatte noch nie eine so hochkultivierte Liebesgeschichte erlebt. Bis jetzt war alles sehr, sehr edel gewesen.

Ich sah eifrig zu, wie er weiter mit dem Feuer spielte, und spürte, wie meine Erregung wuchs – und ich verstand! Je heftiger er schürte, um so erregter wurde ich, allmählich begriff ich die Spielregeln. Gott, war das aufregend! Aber wie sollte ich reagieren? Sollte ich zu ihm ans Feuer gehen? Noch ein Scheit hineinwerfen? Das alles war völlig neu für mich; und sehr, sehr nervenaufreibend!

Ich zermarterte mir das Hirn. Also los, Polly, denk

nach, denk nach! Plötzlich hatte ich eine Idee. Ich würde zu ihm hinübertanzen. Wie Salome! Ja, natürlich. Was konnte erotischer und symbolischer sein als ein Tanz? Und ich war eine verdammt gute Tänzerin, das wußte ich.

»Nick?« flüsterte ich.

»Ja?« sagte er und wandte sich zu mir um.

»Bist du bereit?«

»Äh – ja.«

Unsicher stand ich auf, zog mir eine Haarlocke über ein Auge und schaute ihn so verführerisch und durchdringend wie nur möglich an. Ich legte die Hände an die Hüften und schwenkte sie aufreizend. Dann begann ich langsam mit den Schultern zu rollen. Danach konzentrierte ich mich darauf, langsam und graziös in eine Art Sieben-Schleier-Tanz reinzukommen. Ich wirbelte anmutig meine Hände durch die Luft. Ein voller Aschenbecher fiel zu Boden, überall flog Asche herum. Egal, ich war jetzt voll in Fahrt, begann mit vorsichtigen Schritten auf Nick zuzugehen, schwankte, warf ihm unter halb geschlossenen Lidern verführerische Blicke zu und lächelte so schwül und sexy wie noch nie zuvor in meinem Leben. Sehr gut, dachte ich, sehr gut, Mädchen. Das zieht ihm die Socken aus.

Er sah überrascht zu, vielleicht ein bißchen zu überrascht, als ich mit schlangengleichen Bewegungen langsam auf ihn zutanzte. Je wilder ich tanzte, um so größer wurden seine Augen: Er war völlig gebannt. Er hockte, ein bißchen nervös vielleicht, am Feuer, und ich war jetzt direkt über ihm und heizte ihm so richtig ein. Ich warf den Kopf zurück und drehte und wirbelte und schlängelte und wand und …

»Oh!« …und stolperte über den Teppich und stürzte der Länge nach auf das Feuer zu.

»Paß auf!« schrie Nick, packte mich und zerrte mich von den Flammen weg.

»Oh, tut mir leid.« Ich landete etwas schwerfällig, aber doch immerhin in seinen Armen. Zugegeben, es war nicht die anmutigste aller Landungen, doch ich war genau da, wo ich sein wollte. Ich lächelte ihn verträumt an, als seine beiden verschwommenen Köpfe sich einen Augenblick trennten und dann wieder zusammenfanden. Ich mußte jetzt nichts mehr tun, als so bequem wie möglich in seinen Armen liegen und abwarten. Gleich würde er mich an sich reißen, leidenschaftlich umarmen und wie verrückt von Kopf bis Fuß abküssen. Ich schloß in ekstatischer Erwartung die Augen.

Nick räusperte sich. »Gut. Ich glaube, es ist Zeit, ins Bett zu gehen«, sagte er.

Er hielt es einfach nicht mehr aus. »O ja, bitte!« Ich kuschelte mich selig an ihn und zog dann seinen Kopf zu mir herunter. Ich hatte die Lippen leicht geöffnet, die Augen geschlossen – und wartete auf den Kuß, nach dem wir uns auf den Weg ins Schlafzimmer machen würden.

Der Kuß kam und kam nicht. Ich öffnete die Augen und merkte, daß Nick meine Arme von seinem Nacken löste. »Nein, Polly, jeder geht in sein eigenes Bett.«

Er stand auf, zog mich auf die Füße, drehte mich um und deutete auf die Tür. »Geh jetzt«, sagte er leise. »Wir sehen uns morgen früh.«

Schwankend stand ich da und wollte es nicht glauben. Mein Mund stand weit offen. Ich wandte mich zu ihm um. »Jeder in sein eigenes?« wiederholte ich wie benommen.

»Jeder in sein eigenes«, bestätigte er energisch.

Ich verstand die Welt nicht mehr. Ich konnte es nicht fassen. Jeder in sein eigenes Bett? Das hatte er gesagt, aber hatte er es tatsächlich ernst gemeint? Und wenn, was bedeutete das? Gehörte das am Ende auch zum verfeinerten Liebesspiel der oberen Zehntausend? Oder hatte ich alles falsch verstanden? Das konnte ich einfach nicht glauben.

Langsam ließ ich mir alles noch einmal durch den Kopf gehen. Dann dämmerte es mir plötzlich, und ich schämte mich wahnsinnig. O Gott, natürlich! Es lag an dem Kuß! Es hatte ihm nicht gefallen. So etwas war mir noch *nie* passiert. Und ich hatte schon viele Männer geküßt. Ich ließ den Kopf hängen und wurde knallrot. Wie furchtbar beschämend. Aber vielleicht – und das war ein noch entsetzlicherer Gedanke –, vielleicht war er einfach nicht scharf auf mich. Vielleicht hatte er gedacht, daß es ganz lustig sein könnte, aber als wir uns küßten, hatte er es – nun – eher ekelhaft und abstoßend gefunden. Schließlich hatte er schon eine Freundin, oder etwa nicht? Und eine sehr hübsche sogar. Warum sollte er sich dann mit jemandem wie mir einlassen? Ich war zutiefst gedemütigt. Wie hatte ich so dumm sein können? Meine Unterlippe wollte anfangen zu zittern. Reiß dich zusammen, Polly, reiß dich zusammen. Jetzt bloß nicht heulen.

Ich hob den Kopf und schaute ihn an. »In Ordnung«, sagte ich leise. »Ich gehe jetzt schlafen. Du hast recht, ich bin auch ziemlich müde – bis morgen früh!«

Tapfer lächelnd wandte ich mich um und durchquerte den Raum in einer ziemlich geraden Linie, obwohl ich zugeben muß, daß ich mich am Türrahmen abstützen mußte, um nicht zu schwanken. Jeder weitere Augenblick in diesem Raum wäre für mich unerträglich.

Ich merkte, daß er mir folgte. Ich fühlte seinen Blick in meinem Rücken, als ich, mich immer wieder leicht an der Wand stützend, durch die Halle zur Treppe ging.

»Alles in Ordnung?« fragte er besorgt, als ich zaghaft begann, die Stufen hinaufzusteigen.

»Klar«, versicherte ich, hob die Hand und winkte nach hinten, um ihn zu überzeugen, hielt mich aber schnell wieder am Geländer fest, da ich fast das Gleichgewicht verloren hätte. Klar. Im Moment war ich zwar nur einen halben Meter groß und wurde immer kleiner, aber sonst war alles prima, einfach super.

Die Treppe schien kein Ende zu haben. Sie kam mir vor wie aus einem Hollywood-Musical der vierziger Jahre, und die ganze Zeit stand er unten und beobachtete meinen unsicheren Aufstieg. Ich drehte mich um. Ja, er war noch immer da. Mein Gott, was für eine lange Treppe! Ich stolperte und hielt mich am Geländer fest: Wie komisch, ich hatte ja Gleichgewichtsstörungen.

Ich erklomm die letzte Stufe, wandte mich nach links, bemerkte meinen Irrtum – blitzschnelle Reaktion –, ging nach rechts in den stockdunklen Flur hinein und tastete mich langsam weiter.

Endlich erreichte ich die richtige Tür. Jetzt kannst du heulen, dachte ich, als ich ins Zimmer stolperte. Ich schloß die Tür und lehnte mich schwer dagegen. Jetzt kannst du so viel heulen, wie du willst. Ich warf mich aufs Bett und preßte das Gesicht ins Kissen. Ich schluchzte und schluchzte – so ungefähr zwei, drei Minuten lang. Denn dann geschah etwas sehr Seltsames. Anstatt lange und heftig zu weinen bis in die frühen Morgenstunden hinein, wie ich es mir vorgestellt hatte, schlief ich fast augenblicklich ein.

21. Kapitel

Als ich am nächsten Morgen die Augen aufschlug, wurde ich vom Licht fast geblendet. Das Fenster stand weit offen, und über meinem Kopf brannte eine Sechzig-Watt-Birne. Ich zwinkerte und rieb mir die Augen. Komisch. Wieso brannte das Licht? War es die ganze Nacht an gewesen? Ich stützte mich auf die Ellenbogen. Das war ein großer Fehler. Eine Welle frischer Frühlingsluft strömte durch das offene Fenster und traf mich mitten ins Gesicht. Ich stöhnte leise und sank wieder auf das Kissen zurück.

Mir ging es schlecht, wirklich ganz schlecht. Eine Minute lang lag ich still und versuchte festzustellen, was eigentlich los war. Etwas überaus Unangenehmes ging hier vor, hauptsächlich in meinem Kopf. Mein Gehirn schien sich über Nacht ausgedehnt zu haben und drückte auf der Suche nach mehr Platz hämmernd gegen meinen Schädel. Was hatte ich bloß heute nacht getrieben, daß ich in einem so bedauernswerten Zustand zu mir kam?

Verzweifelt versuchte ich mich zu erinnern. Langsam, ganz langsam fiel der Groschen. Er landete klirrend, und der ganze Horror des vergangenen Abends stand mir wieder vor Augen. Ich stopfte mir das Laken in den Mund. O mein Gott! Ich hatte versucht, ihn zu verführen! Ich war ihm in die Arme geflogen! Ich hatte – oh, Grauen über Grauen –, ich hatte getanzt! Hatte ich das tatsächlich? Ja, ich hatte getanzt! Ich zog mir das Laken über den Kopf und stöhnte. Plötzlich wurde mir kalt. Hatte ich – ich wagte es kaum auch nur zu denken –, hatte ich vielleicht nackt getanzt?

Von Entsetzen gepackt, richtete ich mich auf und sah mich im Zimmer um. Zum Glück entdeckte ich die meisten meiner Kleidungsstücke. Mein Rock hing über dem Lampenschirm, mein Hemd lag auf dem Bücherregal, mein Pullover hing zum Fenster hinaus. Mein BH – wo war mein BH? Ich schaute an mir hinunter. Wie seltsam. Ich fand ihn da, wo er hingehörte. Dann hatte ich ihn wenigstens nicht ausgezogen; aber das hieß noch gar nichts.

Mit einem schweren Seufzer legte ich mich zurück und sah an mir herab. Die Unterhose fehlte! Wo zum Teufel konnte die sein? Über den Lampenschirm im Wohnzimmer drapiert? Hing sie über einem Ahnenbild in der Halle? Oder schmückte sie das Treppengeländer?

Ich sprang aus dem Bett und sah mich suchend im Zimmer um. Gott sei Dank. Die Unterhose lag im Waschbecken. Ich stürzte darauf zu und drückte sie dankbar an meinen Busen. Plötzlich wurde mir schwindelig, und ich mußte mich am Waschbecken festhalten. Ich hätte nicht so schnell aus dem Bett springen sollen. Ich atmete tief durch, zählte bis zehn, kroch dann wieder ins Bett und schloß die Augen.

Ungefähr eine halbe Stunde später stellte ich mit einem Blick auf meine Uhr fest, daß es schon zehn Uhr war, und wenn ich liegenblieb, kam vielleicht *jemand* herein, um mitleidig nach mir zu schauen, und fand mich in diesem schrecklichen Zustand vor. Bevor das passierte, mußte ich mich irgendwie in einen menschenwürdigen

Zustand versetzen. Abgesehen davon meldete sich ein rasender Durst. Ich mußte aufstehen.

Ich stolperte wieder zum Waschbecken und schlürfte Wasser aus dem laufenden Wasserhahn; klatschnaß hing mein Haar in den Abfluß. Doch meinen Durst konnte ich nicht löschen. Nur ein voll aufgedrehter Gartenschlauch wäre mit einem solchen Durst fertig geworden.

Ich schaute in den Spiegel über dem Waschbecken. Wie merkwürdig. Mir blickte jemand entgegen, der mir zwar ähnlich sah, aber viel häßlicher war als ich. Die gleiche Gesichtsform, das gleiche Haar, aber winzige kleine Schlitzaugen. Die Haut war blaß und teigig und der Mund stark geschwollen. Das Herz genauso, dachte ich traurig, während ich mir die Zähne putzte. Das war das allerschlimmste – und noch etwas, über das ich kaum nachzudenken wagte. Er wollte mich nicht. Er hatte mich zurückgewiesen. Wenn ich die einzige Frau der Welt wäre, würde er auf den Mars auswandern. Und ich liebte ihn.

Das war ein Schlag ins Gesicht. Ich liebte ihn. Das häßliche Ding im Spiegel begann gefährlich zu zittern, und die kleinen Schlitzäuglein sahen erschreckend feucht aus. Nicht heulen! befahl ich streng. Folgsam hörte ich zu zittern auf und hielt blinzelnd die Tränen zurück. Um Gottes willen! Du bist schon so häßlich genug, mach es nicht noch schlimmer.

Ich duschte gründlich und ausgiebig und zog mich langsam an. Dann mühte ich mich eine halbe Stunde mit dem Make-up ab, ohne Erfolg. Es war ganz klar, an diesem Morgen konnte ich entweder wie eine Prostituierte oder wie eine verprügelte Ehefrau aussehen. Zuerst entschied ich mich für den Nuttenlook, aber auf halber Treppe kehrte ich um und wusch alles wieder ab. Wenn ich wie eine Nutte aussah, dann konnte ihm wieder einfallen, daß ich mich wie eine aufgeführt hatte. Nein. Heute war *nature* angesagt.

Mit frisch geschrubbten Wangen betrat ich die Küche. Niemand war da. Nick hatte offenbar schon gefrühstückt, er war zweifellos um fünf mit den Kühen aufgestanden. Ich öffnete den Kühlschrank und begrüßte den Orangensaft wie einen lang verlorenen Freund. Mit dem Müsli hatte ich meine Probleme. Ich schob es auf dem Teller hin und her und starrte aus dem Fenster. Wo war er? Versteckte er sich in einer Scheune? Rief er Tim und Rachel an und bat sie, zurückzukommen und ihn aus den Fängen einer Nymphomanin zu befreien, die das ganze Theater ernst genommen und versucht hatte – natürlich erfolglos –, ihm an die Wäsche zu gehen? Ich stöhnte. Wie entsetzlich peinlich.

Schon nach dem ersten Löffel Müsli mußte ich würgen, also schüttete ich es in den Ausguß und verstopfte den Abfluß damit. Plötzlich blickte ich auf – ich hörte draußen Schritte. O Gott, er war es, und bevor ich überlegen konnte, mit welchem Gesichtsausdruck ich ihn begrüßen sollte, öffnete er die Hintertür.

»Hallo!« grüßte er fröhlich; er sah frisch und vom Wind durchgeblasen aus. Sein Haar war zerzaust, seine Augen glänzten, und er sah einfach himmlisch aus. Wie hatte ich jemals glauben können, er könnte eines Tages mir gehören?

»Hallo!« Mehr brachte ich nicht heraus. Der Gesichtsausdruck, der an meiner Statt entschieden und sich verselbständigt hatte, war schüchtern, geduckt, einfach widerlich. Ich stand mitten in der Küche vor dem riesigen, alten gußeisernen Küchenherd. Sollte ich bleiben? Sollte ich gehen? Es war unhöflich, die Küche sofort zu verlassen, aber ich brachte es auch nicht fertig, eine unverbindliche Plauderei mit ihm anzufangen.

»Hast du schon gefrühstückt?« fragte er, setzte sich und zog sich die Stiefel aus.

»Ja, vielen Dank.«

Stille. Ich überlegte verzweifelt, was ich ihm Interessantes sagen könnte.

»Du auch?« Umwerfend, Polly. Wirklich umwerfend.

»Ja, schon vor Ewigkeiten. Ich bin um sechs aufgestanden.«

»Oh.«

Es war so schwer zu sprechen, und vor kurzer Zeit war es noch so leicht gewesen. Unglücklich starrte ich auf den Küchenboden.

»Was hast du – äh, denn gemacht? Heute morgen?« fragte ich zaghaft.

»Ach, dies und das, die meiste Zeit war ich bei den Schafen. Ich habe übrigens mit Mrs. Green telefoniert.«

»O ja?« Ich bemühte mich, Interesse zu heucheln, aber, ehrlich gesagt, war es mir völlig egal. Ich hatte die Schnauze voll vom Leben anderer Leute.

»Und sie hat gesagt, daß Adam noch gestern abend abgereist ist. Hat gezahlt, gepackt und ab die Post. Hat gesagt, er fahre nach London zurück. Hatte es offenbar sehr eilig.«

»Das ist gut. Das ist wunderbar. Was für eine Erleichterung«, sagte ich wenig überzeugend. Ich betrachtete meine Fingernägel. Ich mußte versuchen, ganz normal weiterzureden.

»Alles – äh – in Ordnung auf der Farm?«

»Ja, ein Mutterschaf hat Zwillinge geworfen, das ist immer eine schöne Dreingabe. Ich hatte mit einem gerechnet, aber sie hat gleich als erstes heute morgen zwei bekommen.«

»O gut!«

»Ja, und beiden scheint es gutzugehen. Und das Lamm, dessen Mutter gestorben ist, wurde von dem Mutterschaf angenommen, das sein Junges verloren hat, es klappt alles ganz wunderbar.«

»Toll.«

Schweigen. Ich fühlte, wie ich rot wurde. Es war heiß in der Küche.

»Und – und die Kühe?«

»Den Kühen geht es gut, vielen Dank, und sie freuen sich bestimmt, wenn sie hören, daß du dich nach ihnen erkundigt hast. Soll ich sie grüßen?«

Er lachte mich aus. Ich biß mir auf die Lippen und fühlte, wie mir Tränen in die Augen stiegen. Ich drehte mich um, hob einen Ring von der Herdplatte und stellte den Wasserkessel darauf. Das Wasser kochte fast sofort, und ich machte mir Kaffee. Ich konnte die Stille nicht ertragen, ich mußte sie brechen, egal, mit was für einem dummen Gerede.

»Wie sie – wie sie wohl in der Agentur zurechtkommen! Ohne uns – ich meine –, na ja, ohne dich.«

Nick schaute auf die Uhr. »Jetzt sitzen sie wahrscheinlich in einem Pub. Es ist halb zwölf. Um die Zeit macht ihr doch normalerweise eine gemeinschaftliche Pause, wenn ich nicht da bin, oder?«

»Nicht immer, aber ab und zu. Ja, wir gehen dann manchmal zusammen einen trinken.«

Er grinste. »Na ja, warum auch nicht? Es ist was anderes, wenn man für sich selbst arbeitet. Im Pub herumzusitzen ist für mich verlorenes Geld.«

»Ja, wenn man es so betrachtet, schon.«

Wieder Stille. Es war grausig, wirklich grausig, ich hatte mich noch nie mit jemandem so unbehaglich gefühlt. Ich mußte weg. Ich schob mich mit meiner Kaffeetasse seitlich zur Tür. Nick zog den zweiten Stiefel aus, warf ihn auf den Boden und sah, als ich bei der Tür ankam, zu mir auf.

»Und wie geht es dir?«

Ich wandte mich um. »Mir? Oh, gut, sehr gut.«

»Wirklich?«

»Ja, klar. Na ja, das stimmt nicht ganz, eigentlich geht es mir nicht so besonders. Hab ein bißchen Kopfweh.«

Er lachte. »Das wundert mich nicht. Du hast gestern wie ein Weltmeister gebechert.«

»Tatsächlich? Nun ja, vielleicht war es wirklich ein bißchen zuviel.«

»Ein bißchen? Polly, du konntest kaum mehr stehen!«

Also das war nicht gerade sehr ritterlich von ihm, oder? Ein Mädchen am Morgen danach an einen völlig untypischen Ausrutscher vom vergangenen Abend zu erinnern, oder?

»Na ja, weißt du – offenbar habe ich mich überschätzt.«

Nick stand auf und ging zur Spüle, um sich die Hände zu waschen, und sah das Müsli. Ohne ein Wort zu sagen, schob er es mit der Hand zusammen und warf es in den Abfalleimer. Ich betrachtete seinen Rücken, während er sich die Hände wusch. So ging es nicht weiter. Irgendwann würde ich auf den vergangenen Abend zu sprechen kommen müssen, und jetzt war die Gelegenheit günstig, da er mir den Rücken zudrehte und ich ihm nicht ins Gesicht sehen mußte.

Ich holte tief Luft.

»Nick, das von gestern abend tut mir leid«, platzte ich heraus.

Er trocknete sich die Hände ab und drehte sich zu mir um. »Was meinst du damit?«

O Gott, das war zuviel. Was verlangte er denn von mir, sollte ich den Horrorfilm von gestern abend noch mal abspulen?

Ich wurde rot. »Ach, du weißt schon. Daß ich mich dir an den Hals geworfen habe. Ich weiß gar nicht, was in mich gefahren ist.«

»Ein Liter Gin vielleicht?«

Ich lachte verlegen. »Stimmt, ich war ein bißchen blau.«

Er setzte sich an den Küchentisch und sah mich an. »Polly?« Er streckte die Hand aus. »Komm mal her«, sagte er sanft.

»Was?«

Er winkte mich zu sich heran. »Komm mal her zu mir.«

Ich ging zögernd um den Tisch herum. »Was, hierher?«

Er packte mich am Arm und zog mich auf seinen Schoß. »Ja, genau hierher!«

»Nein, ich bin zu schwer!« quietschte ich. Ich trat mit einem Fuß fest auf den Boden auf und hoffte, daß ich einen Großteil meines Gewichtes darauf verlagern konnte. Was sollte denn das – eine Generalbestrafung? Wollte er mich etwa übers Knie legen?

»Jetzt hör mir mal zu. Du hast überhaupt keinen Grund, dich für irgend etwas zu entschuldigen, was du gestern abend getan hast. Es hat mir gefallen.« Er grinste mich an. »Ganz besonders der Tanz!«

Beschämt ließ ich den Kopf hängen.

»Aber du warst so betrunken, so unglaublich blau, daß ich dich einfach in dein Bett schicken mußte. Ich glaube wirklich, du wärst ohnmächtig geworden, wenn wir etwas zusammen angestellt hätten: Entweder hättest du das

Bewußtsein verloren, oder dir wäre schlecht geworden. Du weißt es vielleicht nicht mehr, Polly, aber eine Zeitlang hast du dauernd von Scheunen gefaselt, wolltest unbedingt in eine Scheune gehen, erinnerst du dich?«

»Hmm, vage«, sagte ich und wurde von Kopf bis Fuß rot.

»Spätestens da dachte ich, du hättest eine schwere Alkoholvergiftung.«

»Tut mir leid.«

»Das macht doch nichts. Haben wir alle schon erlebt. Ich wollte es nur nicht ausnützen, weil ich heute morgen dann vielleicht eine Ohrfeige bekommen hätte.«

Das war also der Grund gewesen! »Oh! Also hast du meine – du weißt schon –, meine Annäherungsversuche nicht – abstoßend gefunden?«

Er lächelte. »Das kann ich nicht gerade behaupten.«

»Oh! Also – oh! Also –«, stotterte ich und bemühte mich vergeblich, mit meinen ausgetrockneten grauen Zellen seine unglaubliche Eröffnung zu verstehen. »Also heißt das, daß sie dir – irgendwie gefallen haben? Meine Annäherungsversuche, meine ich.«

Er warf den Kopf zurück und lachte. »Ja, Polly, das kann man wohl sagen.« Er hörte auf zu lachen und lächelte mich zärtlich an. »Ehrlich gesagt habe ich die ganze Zeit dran denken müssen.«

Ich schluckte. Er sah völlig ernst aus.

»Wirklich?«

»Wirklich.«

Ich wollte ihm sagen, daß ich auch die ganze Zeit an seine Annäherungsversuche gedacht hatte, aber das hätte albern geklungen. Ich saß so still wie möglich auf seinen Knien. Auch um uns herum war alles still, aber mir fielen einfach keine passenden Worte ein. Unpassende übrigens auch nicht. Ich fühlte nur eine riesengroße Sehnsucht in mir.

Worte waren auch nicht nötig. Nick sah mir in die rotgeränderten Augen. Ich hielt den Atem an. Er nahm mein Gesicht in die Hände und zog es sanft näher. Dann küßte er mich. Zart und sanft. Als wir uns nach langer Zeit voneinander lösten und ich wieder richtig atmen konnte, fiel mir ein, daß ich schon einmal so geküßt worden war. Natürlich gestern abend. Als er mich fest an sich drückte, hörte ich erleichtert, wie schwer er atmete. Wenigstens war ich mit meinen Atemproblemen nicht allein.

»Also, was meinst du«, flüsterte er, »sollen wir nach oben gehen?«

Ich öffnete den Mund, um zu antworten, überlegte es mir aber anders und beschränkte mich darauf zu nicken. Wenn ich nur nickte, konnte ich ja nicht allzuviel falsch machen, oder?

Wir stiegen Hand in Hand die Treppe hinauf. Diese Treppe hatte schon viel erlebt. Vor zwölf Stunden, als ich tief verzweifelt war, hatte sie mich gestützt, und jetzt trug sie mich hinauf, während ich innerlich jubelte. Endlich kamen wir oben an und gingen den Flur entlang, der zu seinem Schlafzimmer führte.

Im Zimmer jedoch zögerte ich. Ich war plötzlich schüchtern und furchtbar verlegen. Mein Gesicht war eine reine Katastrophe, und der Mut, den ich mir gestern abend angetrunken hatte, war verflogen. Ich sah Nick ängstlich an. Hoffentlich wollte er nicht nur nett zu mir sein.

»Nick, ich hoffe, wir tun das Richtige. Ich meine, es wäre schade, wenn wir unsere – du weißt schon –, unsere Freundschaft kaputtmachen würden. Sollten wir nicht lieber …«

Aber mein Herz wollte etwas anderes, und er brachte

mich einfach zum Schweigen, indem er mich in den Arm nahm und mich fest auf den Mund küßte.

»Kannst du nicht ein einziges Mal den Mund halten?« fragte er und küßte mich wieder. Wir standen direkt an der Schlafzimmertür und küßten uns noch immer. Plötzlich von einer verzweifelten Gier gepackt und ungeduldig wie nie, fiel mir auf, daß es noch weit bis zu seinem Doppelbett und zu den Freuden in der Horizontalen war. Doch ich mußte mir nicht weiter den Kopf darüber zerbrechen, Nick war das genauso klar wie mir. Klugerweise verzichtete er darauf, mich zu tragen, aber er schob mich zärtlich in Richtung Bett. Wir umarmten uns, küßten uns leidenschaftlich und sanken auf die Bettdecke. Es sollte wohl so kommen. Er küßte meine Ohren, meinen Mund, meinen Hals und schließlich meine Brüste. Dann flüsterte er mir zärtlich ins Ohr: »Tut mir leid, wenn ich nach Kuhdung stinke.«

Ich kicherte und freute mich, daß sich jemand außer mir wegen einer Schludrigkeit irgendwie im Nachteil fühlte.

»Macht gar nichts. Mir tut auch leid, daß ich so rote Augen hab, so feuchte Hände ...«

»Finde ich wunderbar – alles«, murmelte er.

Es dauerte lange, ehe wir wieder etwas sagten. Als wir es taten, lag er auf dem Rücken und hatte den Arm unter meine Schultern geschoben. Ich hatte mich an ihn gekuschelt, und mein Kopf ruhte auf seiner Brust.

»Glücklich?« fragte er.

»Im Delirium«, flüsterte ich.

Er lächelte und streichelte mir übers Haar. Ich betrachtete seine Brust, die sich dicht vor meinen Augen langsam hob und senkte. Wie viele Dunkelhaarige hatte er eine von Natur aus bräunliche Haut, und mitten auf seiner Brust wuchs ein kleines Wäldchen aus lockigen dunklen Haaren. Meine Augen wanderten über seinen Hals zum Kinn. Von mir aus gesehen sah es wie der Felsen von Gibraltar aus. Ich streichelte sein Kinn mit dem Finger und lächelte. »Wer hätte das gedacht.«

»Wer hätte was gedacht?«

Ich grinste, stützte mich auf den Ellenbogen auf und sah ihn an. »Daran erinnerst du dich nicht mehr, oder? Das hast du gestern abend zu mir gesagt, und genau das hab ich geantwortet. Wer hätte was gedacht?«

Er lachte. »Ich wollte wohl sagen, wer hätte gedacht, daß das passieren würde.«

»Bist du glücklich darüber?« fragte ich vorsichtig.

Er zog mich zu sich herunter. »Ich bin sehr glücklich darüber.« Er küßte meine Nase. »Du bist wunderschön, Polly.« Ich lächelte und freute mich über seine Worte. Ich war keine Schönheit. Ich hatte ein paar Kilo zuviel drauf, hatte keine regelmäßigen Züge, und heute morgen sah ich außerdem alles andere als gut aus, aber wenn er es sagte, fühlte ich mich auch so. Er sah mich weiter an, und anstatt mich wegzudrehen und das Gesicht hinter meinem Haar zu verstecken, fühlte ich mich seltsamerweise immer hübscher, je länger er guckte.

Wir lagen da, umarmten uns und hätten bestimmt noch die nächste Stunde mit zärtlichem Liebesgeflüster verbracht, wenn nicht auf einmal mein Magen protestiert hätte. Heute morgen hatte ich ihm mit der Begründung, er werde ohnehin nichts bei sich behalten, das Müsli vorenthalten, jetzt aber knurrte er laut und unüberhörbar.

Nick lachte. »Ich glaube, du brauchst so etwas wie ein Löschblatt, um die Exzesse von gestern abend aufzusaugen.«

Ich lächelte reuig. »Ich bin schon ein bißchen hungrig, aber ich werde es überleben.«

Auf keinen Fall durfte etwas so Profanes wie der Wunsch nach Nahrung unser Bettgeflüster stören. Ich kuschelte mich wieder an ihn. Mein Magen aber hielt nichts davon und knurrte pausenlos weiter.

Nick lachte. »Das klingt ja gefährlich. Komm, essen wir etwas, sonst schwindest du mir noch dahin.«

»Das wäre herrlich. Wenn ich früher eine Sternschnuppe sah, habe ich mir immer Magersucht gewünscht.« Ich seufzte. »Aber du hast recht. Ich habe einen irren Hunger. Daher werde ich jetzt aufstehen und uns ein Frühstück machen – vielleicht sogar schon ein Mittagessen.« Ich warf einen Blick auf die Uhr auf dem Nachttisch. Es war halb eins.

Er küßte mich auf die Schulter. »Essen wir im Bett.«

»O ja! Eine wunderbare Idee.«

Wie anders er war als Harry, der immer so schnell wie möglich aufstehen wollte, um sich den wirklich wichtigen Dingen des Lebens zuwenden zu können, die nie etwas mit mir zu tun hatten.

Ich warf die Decke zurück und stieg aus dem Bett. Er zog mich zurück. »Ich hole etwas zu essen, und du bleibst hier. Wenn ich zurückkomme, will ich dich genauso vorfinden wie jetzt.«

Ich legte mich in die Kissen zurück. Mein ganzer Körper schien zu lächeln. Was für eine Freude! Ein Mann, der tatsächlich etwas für mich tun wollte. Das war ich überhaupt nicht gewöhnt; es war lange her, daß ich mit jemandem zusammen gewesen war, der kein übler Mistkerl war.

Nick stand auf, und ich durfte einen raschen Blick auf seinen breiten braunen Rücken werfen, ehe er in Jeans und Hemd schlüpfte. Er lächelte auf mich herunter und stopfte sich das Hemd in die Hose.

»Du siehst wunderbar wild und verwuschelt aus. Rühr dich bloß nicht von der Stelle. Ich bin in fünf Minuten wieder da, mit Tee und frischem Toast.«

»Ich rühre mich nicht von der Stelle«, sagte ich mit einer Art Bauchrednerstimme, ohne die Lippen zu bewegen.

Er grinste mich an, beugte sich zu mir herunter und küßte mich auf die Stirn. »Erdnußbutter oder Marmelade?«

»Erdnußbutter.«

Er verschwand, und ich hörte, wie er die Steintreppe hinunterpolterte. Dann hörte ich ihn zur Radiomusik singen, während er in der Küche umhermarschierte, Tassen auf ein Tablett und den Wasserkessel auf den Herd stellte. Ich räkelte mich wohlig und fühlte mich wie eine Katze, die nicht nur ein Schälchen Sahne, sondern die ganze Molkerei geschenkt bekommen hat. Ich hätte gar nicht glücklicher sein können. Er fand mich schön. Wild und verwuschelt, ja? Wenn er nur eine Ahnung hätte, wie leicht es war, so auszusehen; kultiviert und elegant zu wirken war viel schwieriger.

Wie wild fand er mich? Ich stahl mich aus dem Bett und lief zu dem ovalen Spiegel, der über einer Kommode hing. Mein Gesicht war rosig, und meine Augen waren viel größer geworden; im Gegensatz zu heute morgen funkelten sie auch lebhaft. Nicht schlecht, dachte ich zustimmend, gar nicht schlecht, wenn man es mit heute morgen vergleicht. Mein Haar war völlig zerzaust, aber das gefiel ihm offenbar, und Gott sei Dank hatte ich alles Make-up abgewaschen. Sonst hätte jetzt sein Kopfkissen in allen Regenbogenfarben geschimmert.

Ich hüpfte ins Bett zurück und zog die Decke bis unters Kinn. Meine Füße führten unter der Bettdecke ein kleines Freudentänzchen auf. Ich war also endlich hier. In Nicks Schlafzimmer. Ich schaute mich gründlich um. Es war sehr schön. Gar nicht wie Harrys idiotisches Futonbett und seine so geschmackvolle, minimalistische Einrichtung, sondern unordentlich und bewohnt und – ja, ich fühlte mich hier willkommen.

Die Wände waren hellblau, der Teppich dunkelblau und ziemlich abgetreten, und darüber lagen mehrere rote Perserbrücken, die vielleicht sogar ein paar Löcher verdeckten. Das Regal unter dem Fenster war so mit Büchern vollgestopft, daß sie sich gegenseitig den Platz streitig machten und ein paar sogar auf dem Boden herumlagen. Die meisten Schubladen der schweren Spiegelkommode standen halb offen, und Kleidungsstücke hingen heraus. Ein paar gerahmte Jagddrucke bedeckten eine Wand, und an einer anderen hingen ein paar alte Landkarten. Über dem Bett hing ein modernes und recht gutes Ölgemälde, auf dem das Haus zu sehen war.

Der Raum war unordentlich, aber nicht chaotisch. Natürlich war es nicht halb so schlimm wie bei mir, aber gewisse Ähnlichkeiten waren nicht zu übersehen. Was ich vielversprechend fand. Der Nachttisch, zum Beispiel, war offensichtlich schon lange nicht mehr abgestaubt worden, und in einer Zimmerecke lagen dreckige Jeans, alte Socken und ein Pullover. Sehr sympathisch, dachte ich. Es standen auch keine Photos herum. Gut. Mir gefielen Männer, die nicht alles einrahmten, was sie liebten.

Auf der Vorhangblende balancierten ein paar alte, selbstgebastelte Flugzeugmodelle. Als ich sie ansah, fühlte ich einen Kloß im Hals. Er war in diesem Zimmer wirklich aufgewachsen. Ob er die Flugzeuge mit seinem

Vater gebastelt hatte? Wie war er wohl gewesen? Plötzlich wollte ich alles über Nick wissen, über seine Eltern, seine Kindheit, einfach alles. Wie herrlich! Wir standen noch ganz am Anfang und konnten noch viel übereinander herausfinden. Ich lächelte. Eine Welle von Glück durchflutete mich.

Ich schüttelte die Kissen auf, legte mich möglichst dekorativ zurecht und breitete mein Haar wie einen Fächer um meinen Kopf herum aus. Dann beschäftigte ich mich mit meinen Brüsten und zog die Decke gerade so weit darüber, daß zwar nicht alles, aber doch ziemlich viel davon zu sehen war. Ich legte die Arme so auf die Decke, daß sie weder meinen Körper berührten noch dick aussahen und vor allem wirkten, als hätte ich keinen Gedanken an ihre Lage verschwendet. Ich schaute an mir hinunter. Alles bestens. Und jetzt fing ich an zu warten. Er war jetzt schon mindestens fünf Minuten lang weg. Was machte er denn? Dauerte es so lange, den Toast zu rösten? Nein, er machte wahrscheinlich etwas wahnsinnig Liebes, pflückte zum Beispiel ein paar frische Blumen, um das Tablett damit zu schmücken. Ich würde so tun, als sei ich wahnsinnig überrascht. »Nick! Narzissen, wie wunderbar!« würde ich rufen, wenn er mir einen dicken Strauß in die Arme legte.

Aber was war denn das? War das nicht Nicks Stimme? Ja, sie war es. Aber mit wem sprach er? Ich runzelte die Stirn. Jetzt hörte ich auch noch eine zweite Stimme. Eine weibliche. Rachel? Die war doch bestimmt noch nicht zurück. Nein, es konnte nicht Rachel sein, es mußte – ja, natürlich, es war Sarah! Sarah, die aus den Stallungen gekommen war, um eine Tasse Kaffee zu trinken. Natürlich. Hoffentlich wurde Nick sie bald los, und zwar taktvoll. Wir konnten sie später natürlich anrufen und sie zum Tee einladen. Wenn wir nicht gerade mit einem wichtigeren nachmittäglichen Vergnügen beschäftigt waren. Ich quietschte leise vor Freude und Aufregung. Es war wirklich wahnsinnig spannend.

Dann kamen schwere Schritte die Treppe herauf. Wunderbar! Ich zupfte die Decke noch einmal zurecht und lächelte erwartungsvoll. Die Tür ging auf, und Nick kam herein. Er blieb im Türrahmen stehen. Sein Gesicht war blaß, und er sah total fertig aus. Der zärtliche Ausdruck von vorhin war wie weggeblasen. Er stand da und sagte kein Wort.

»Was ist denn? Ist was passiert?« flüsterte ich voller Angst.

Nick kam zu mir und setzte sich auf den Bettrand. Er fuhr sich mit der Hand durch das Haar. »Ich fürchte, wir müssen unser Frühstück verschieben, Polly, wir haben einen Gast.«

»Wieso? Wen denn?«

Er schaute auf die Bettdecke. Ein schreckliches Schweigen erfüllte den Raum. Ich fühlte, wie mein Herz plötzlich aussetzte und mir dann bis zum Halse schlug. Was in aller Welt war passiert?

»Nick, wer ist gekommen? Wer ist da unten?«

Komischerweise wußte ich es in dem Augenblick, in dem ich ihn fragte. Nick bestätigte meine Befürchtung. Er blickte auf und schaute mir in die Augen.

»Serena«, sagte er leise.

22. Kapitel

»Serena!« sagte ich und setzte mich kerzengerade hin.

Nick sah todunglücklich aus. »Sie ist eben angekommen. Hör zu, Polly, ich werde versuchen, ihr zu erklären –«

»Liebling? Liebling, bist du oben?« Ein merkwürdiges, vogelartiges Gezwitscher war zu hören, drang von unten herauf, flog ins Zimmer und traf mich wie ein heimtückischer, völlig unerwarteter Schlag ins Gesicht. Das also waren Serenas zärtlichste Töne, na vielen Dank!

»Geh lieber«, flüsterte ich und geriet plötzlich in Panik bei dem Gedanken, daß sie in ihrem todschicken Armani-Kostüm in der Tür erscheinen und uns hier sehen könnte. »Mach schnell, sonst kommt sie rauf.«

Nick sah mein entsetztes Gesicht, nahm meine Hand und drückte sie liebevoll. »Ich werde alles später klären, Polly. Nur jetzt – weißt du, sie ist zur Zeit furchtbar verletzlich, und ich möchte ihr, wenn möglich, nicht weh tun. Das verstehst du doch, oder?«

Er sah mich bittend an, ich nickte tapfer und verstand genau gesagt überhaupt nichts. Ihr nicht weh tun? Und wie wär's damit, mir nicht weh zu tun? Verletzlich, ja? Wenn es dich interessiert, fühle ich mich so verletzlich wie eine offene Wunde. Eine offene Wunde, die eben einen blitzschnellen Kung-Fu-Tritt versetzt bekommen hat.

»Liebling!« Da war sie wieder, diese Stimme; schrill, klar und zuversichtlich.

Nick ließ meine Hand los und verschwand.

Ich lag einen Augenblick lang wie benommen da. Dann stand ich langsam auf, hob meine Jeans und meinen Pullover auf und zog mich an. Eine Träne tropfte auf den Perserteppich, als ich mich hinsetzte und die Socken anzog. Ich zwinkerte heftig. Du kleine dumme Gans, dachte ich wütend. Hast du wirklich gedacht, daß dir das Glück in den Schoß fällt? Weißt du noch immer nicht, wie diese Geschichten bei dir laufen? Hast du dir eingebildet, du könntest sie jetzt noch umschreiben?

Ich fand einen Kamm, fuhr mir durchs Haar und schaute in den Spiegel. In denselben Spiegel, der mir vor kurzem noch das Bild einer aufgeregten, glücklichen Polly gezeigt hatte. Jetzt blickte mir ein kreidebleiches, verstörtes kleines Wesen mit feuchten Augen und einem zitternden Kinn entgegen.

Ich betrachtete mein Spiegelbild und richtete mit bühnenreifem Geflüster ein paar ernste Worte an die traurige Gestalt. »Jetzt reiß dich aber zusammen, ja? Okay, die Freundin, die wir beide bequemerweise vergessen haben, ist angekommen – das mußte ja irgendwann einmal sein, oder nicht? Und vergiß nicht, er mag dich sehr, sehr gern. Niemand, *niemand* hätte vortäuschen können, was vorhin passiert ist« – ich warf einen Blick auf das zerwühlte Bett –, »er muß dich sehr, sehr gern haben.« Scheußliches Wort. Man konnte einen Hamster gern haben, aber man mußte nicht unbedingt den Rest seines Lebens mit ihm verbringen wollen. Ich suchte nach einem passenderen Wort. »Du bist etwas Besonderes für ihn. Du bist etwas ganz Besonderes, okay?« erklärte ich meinem Spiegelbild. Irgendwie sah es nicht gerade überzeugt aus.

Die nackte Wahrheit hatte dummerweise die größte Überzeugungskraft, aber würde ich sie ertragen?

Ich musterte mich drohend. »Okay, ob es dir paßt oder nicht, du mußt es schlucken, Wackelkinn. Nick Penhalligan liebt die unglaublich schöne Schauspielerin Serena Montgomery ganz wahnsinnig, die leider viel zu sehr mit ihrer Karriere beschäftigt ist, um viel Zeit für ihn zu haben. Deshalb schläft er aus reiner Frustration in einem verrückten und lüsternen Augenblick mit seiner Sekretärin Polly McLaren, die er auch recht gern hat.«

Ich schluckte. Das klang leider so, als würde es der Wahrheit entsprechen. Mein Spiegelbild nickte mir traurig zu. Ja, so ungefähr verhielt es sich wohl. Und was bedeutete das für mich? Ich fühlte Panik in mir aufsteigen. Was hatte ich hier oben verloren? Putzte ich das Schlafzimmer? Machte ich mich irgendwie nützlich? Was trieben Konkubinen denn so den ganzen Tag?

Ich bedeckte mein Gesicht mit den Händen, aber nur eine Sekunde lang. Dann schüttelte ich mich. Nein, es war ganz klar, ich mußte ihr gegenübertreten, aber diesmal – ich rannte aus Nicks Zimmer und den Flur entlang in meines – in voller Kriegsbemalung.

Ich schminkte mich fieberhaft, klatschte mir alles ins Gesicht, was ich da hatte, und ging dann mit entsprechendem Kampfgeist gewappnet hinunter.

Aber als ich das Wohnzimmer betrat, ließ ich alle Hoffnung fallen, Serena je besiegen zu können. Sie saß – oder besser gesagt – ruhte auf dem Sofa, bis zu den Haarspitzen bewaffnet mit Schönheit, Haltung und – was noch viel mehr wert war – einem Glas Weißwein und einer Zigarette. Ich fühlte mich sofort im Nachteil. Was gäbe ich jetzt für eine Zigarette, dachte ich und sah ihre Packung neidisch an. Doch ihre atemberaubende Schönheit machte mir noch viel mehr zu schaffen.

Wie konnten ihre Augen nur so grün sein und so funkeln? Und wie konnten ihre Wangenknochen so absolut perfekt in ihr ebenmäßiges Gesicht passen? Und war ihre Haut wirklich so rein und rosig wie ein Pfirsich? Was zum Teufel dachte Nick sich dabei, mit einer so kaputten alten Schlampe wie mir herumzumachen, wo er doch dieses hinreißende Wesen im Schlepptau hatte? Hatte er vielleicht den Verstand verloren? Oder war er blind? Oder schüchterte ihn vielleicht ihre Schönheit ein? Mich nämlich schüchterte sie höllisch ein.

Als ich hereinkam, fuhr sie sich mit der Hand durch das aschblonde Haar und stand auf; nicht etwa aus Höflichkeit, sondern damit ich ihre hinreißende Figur bewundern konnte. Ihre langen, langen Beine schienen eine Ewigkeit zu brauchen, bis sie endlich durchgestreckt waren, und als sie, in braunes Wildleder gekleidet, auf mich zukam, wurde mir klar, wie völlig daneben ich mit meiner Kriegsbemalung und den knallengen Jeans aussehen mußte, während bei ihr natürlich alles goldrichtig war. Nicht zu elegant für das Land, aber doch so, daß sich jeder neben ihr wie ein Nichts vorkommen mußte. Tatsächlich erinnerte sie mich an ein schönes Stutfohlen: langbeinig, gut gepflegt, einfach vollkommen bis hinunter zu den kleinen Füßen, die in teuren italienischen Lederschuhen steckten und wie frisch geölte Hufe glänzten.

Mit ihr konnte man einfach nicht konkurrieren. Ich weiß genau, wann ich mich geschlagen geben muß. Diese Frau war Nicks Freundin und würde es bleiben, daran konnte kein Zweifel bestehen.

Ich ging auf sie zu, zwang mich zu einem Lächeln und

kam mir vor wie Aschenputtel. »Hallo«, brachte ich heraus, sonst nichts.

»Ja, hallo«, sagte sie, hob die Brauen und reichte mir eine eiskalte weiße Hand mit perfekt lackierten roten Nägeln.

Ich drückte sie, ließ sie aber schnell wieder fallen, als Nick mit einem Tablett voll Geschirr und Kaffee in der Tür erschien. Ich würde nicht neben ihr stehenbleiben, damit er uns vergleichen konnte, aber gewiß nicht. Ich ging in eine Ecke und setzte mich dort auf ein Kissen. Ich wußte, welcher Platz mir gebührte, und er war niedrig, sehr niedrig. Ganz eindeutig auf dem Boden der traurigen Tatsachen.

Serena kannte ihren Platz offenbar auch, sie setzte sich aufs Sofa, legte den Kopf zurück und schlug ein Bein über das andere. Ein Arm ruhte locker auf der Lehne, und sie brachte ihre ohnehin unübersehbaren Vorzüge voll zur Geltung. Ehrlich gesagt, war das ein uralter Trick von mir, aber sie beherrschte ihn leider hundertmal besser als ich.

Nick setzte das Tablett mit dem Kaffee ab und hatte den Anstand, ein verlegenes Gesicht zu machen. Er wandte sich an Serena. »Du erinnerst dich an Polly, oder?«

»Aber natürlich.« Sie blinkte mit ihren grünen Scheinwerfern in meine Richtung und lächelte süß. »Nur Gott allein weiß, wo Sie das nächste Mal aufkreuzen werden. Einmal sehe ich Sie hinter der Schreibmaschine, dann in einer Tiefkühltruhe, und jetzt lungern Sie hier herum. Also wirklich, was haben Sie als nächstes vor?« Sie lachte ihr albernes, glockenhelles Lachen.

»Ja, so bin ich eben«, sagte ich etwas düster. »Allgegenwärtig.«

Ich sah, wie Nick ein Lächeln unterdrückte, und beschloß, mich von dieser arroganten Ziege nicht beleidigen zu lassen. Ihre Anspielungen auf die Tiefkühltruhe und die Sekretärin ärgerten mich ziemlich. Also sah ich sie forschend an, als wisse ich nicht so recht, wer sie sei.

»… und Sie, Sie sind – äh – Selina, richtig?«

Sie sah einen Augenblick verblüfft aus, dann kniff sie die Augen zusammen, und ihr Mund wurde schmal. »Serena«, zischte sie. »Serena Montgomery.«

»Ach so, natürlich, Entschuldigung.«

Ich lächelte lieb und überlegte mir meinen nächsten Schritt, aber ich war nicht wirklich bei der Sache. Weiberkämpfe waren eigentlich nicht mein Ding. Ich hatte nicht die richtigen Nägel dafür. Und seien wir doch mal ehrlich, sie hatte allen Grund, sauer zu sein. Sie war immerhin die Freundin von Nick, und ich lungerte, wie sie so treffend festgestellt hatte, im Haus ihres Freundes herum. Das war ja wirklich ein ziemlich starkes Stück.

»Und wie lange gedenken Sie hier bei uns zu bleiben, Polly?« fragte sie und machte durch das kleine Wörtchen »uns« sehr deutlich klar, daß sie und Nick ein Paar waren. Und drei war entschieden einer zuviel, also warum setzte ich mich nicht gleich in den nächsten Zug nach London?

»Ich habe keine Ahnung, nicht mehr lange. Hab noch gar nicht darüber nachgedacht«, antwortete ich unglücklich und fügte im stillen hinzu: Sobald ich dir deine Zigaretten geklaut habe.

»Lieb von Nick, daß er Sie eingeladen hat; er hat mir erzählt, daß Sie dringend ein paar Tage Urlaub nötig hatten. Hoffentlich geht es Ihnen schon besser?«

Ich sah Nick an, aber er schenkte gerade Kaffee ein und wandte mir den Rücken zu. Also das hatte er ihr als Erklärung serviert. Der wohlmeinende Arbeitgeber schenkte einer seiner Angestellten gnädig ein paar Urlaubstage. Ein armseliges Wrack, das sich tagein, tagaus die Fingerchen auf der PC-Tastatur wund schrieb und schließlich vor dem Bildschirm eine Art Nervenzusammenbruch erlitten hatte, war großzügig vom herzensguten Chef gerettet worden, atmete ein paar Tage lang die frische Landluft auf seinem prächtigen Landsitz und wurde dadurch bestimmt bald wieder voll arbeitsfähig. Ich starrte beschwörend auf Nicks Hinterkopf. Konnte er sich nicht eine Sekunde lang zu mir umdrehen? Sag mir doch bitte mit einem kleinen Blick: Mach dir keine Sorgen, Polly, alles wird wieder gut. Offenbar konnte er das nicht.

»Ja.« Ich seufzte. »Viel besser.«

In diesem Augenblick klopfte es ans Fenster. Einer von Nicks Landarbeitern stand draußen. Nick trat ans Fenster und öffnete es.

»Tut mir leid, wenn ich störe, Nick«, sagte der Mann. »Aber ein Schaf hat sich ziemlich bös an einem Draht verletzt. Die Wunde sieht nicht gut aus, vielleicht sollten wir den Tierarzt rufen.«

»Verdammt noch mal.« Nick stellte seine Kaffeetasse ab. »Schon wieder dieser gottverdammte Draht! Habe ich Sie nicht gebeten, die Drähte, die noch überall herumliegen, endlich einzusammeln? Gut, Larry, ich komme.« Er zog eine Zigarette aus Serenas Päckchen und verschwand durch die Terrassentür.

Ich sah ihm nach. Er ging durch den Garten, sprang geschickt über den Zaun und marschierte in Richtung Schafweide davon. Herzlichen Dank, dachte ich bitter. Wenn's kritisch wird, dann gehen die harten Männer Schafe hüten. Mir schoß durch den Kopf, daß ich es ihm ja nachmachen und auch auf die Schafweide hätte fliehen können. Dann hätte Serena das Feuer im Kamin mit ihren ausgesuchten Liebenswürdigkeiten in Wallung bringen können. Aber wie gewöhnlich verpaßte ich den richtigen Augenblick und blieb wie angewurzelt sitzen. Ich sah Serena sogar erwartungsvoll an.

»Es geht Ihnen bestimmt bald wieder gut«, zwitscherte sie weiter. »Dieser Ort hier übt eine wunderbar beruhigende Wirkung auf alle Menschen aus. Ich komme immer her, wenn ich mich ein bißchen – na ja, kaputt fühle.«

Was war ich eigentlich ihrer Meinung nach? Eine Drogenabhängige auf Entzug? Oder eine Alkoholikerin, die trockengelegt wurde? Was für einen Quatsch hatte Nick ihr aufgetischt?

»Mir geht es wirklich sehr gut«, sagte ich so ruhig wie möglich und fügte ungewöhnlich mutig hinzu: »Eigentlich hat mir nicht das geringste gefehlt. Ich war selten so gesund wie zur Zeit. Nick hat mich einfach für ein paar Tage hierher eingeladen.«

Sie ignorierte meine Worte und fuhr fort, als hätte ich nichts gesagt: »Die Seeluft wird Ihrer Haut sehr guttun. Nick muß Sie unbedingt zum Segeln mitnehmen: Er hat ein entzückendes kleines Boot, und der Frenchman's Creek ist im Frühling einfach paradiesisch.«

Das einzige, was meine Haut brauchte, waren ein, zwei Tage ohne Alkohol und acht oder neun Stunden Schlaf, vielen Dank, und bei näherem Hinsehen erkannte ich, daß ihr Pfirsichteint ganz offensichtlich aus einer Tube stammte. Ich sah auch, daß sie nicht so jung war, wie ich ursprünglich angenommen hatte; sie war bestimmt drei oder vier Jahre älter als ich. Ich fühlte mich schon viel besser.

Ich fragte mich, ob ich jetzt nach oben verschwinden und mich in meinem Zimmer unter der Bettdecke verkriechen sollte, oder ob ich in den Stall abhauen sollte, um mit Sarah zu quatschen. Aber als ich aufstehen wollte, fixierte mich Serena mit einem sehr wachen Blick und redete weiter mit ihrer gekünstelt klingenden Bühnenstimme auf mich ein. Ich fühlte mich vom Gewicht ihres königlichen Monologs wie zerschmettert.

»... ja, ich komme so oft wie möglich her, ich liebe das Haus, hier fühle ich mich wieder wie ein Mensch. Die Leute haben ja keine Ahnung, wie verdammt hart Schauspieler arbeiten müssen. Im Morgengrauen aufstehen, um sich stundenlang schminken zu lassen, dann den ganzen Tag lang Dreharbeiten, oft in der sengenden Hitze eines subtropischen Dschungels oder einer gottverlassenen Wüste. Die Leute glauben, daß wir ein beneidenswertes Leben führen; aber kaum einer weiß, wie schwer zum Beispiel einige der gräßlichen Kostüme aus dem 17. Jahrhundert sind und daß man unter dem Make-up ganz entsetzlich schwitzt. Und dann die Crew! Pffff, die ist das allerletzte! Manchmal habe ich das Gefühl, ich sei von lauter Vollidioten umgeben. Wenn mir nicht irgendein dämlicher Regisseur erklären will, wie ich meinen Text sprechen soll, sagt mir ein Obertrottel von einem Kameramann, der möglichst noch nicht mal Englisch spricht, daß ich völlig verkehrt stehe, und Sie können Gift darauf nehmen, daß er alles daransetzt, mich aus einem möglichst unvorteilhaften Winkel aufzunehmen. Ich kann Ihnen gar nicht sagen, wie frustrierend das alles ist. Es ist mir vor kurzem in Delhi passiert. Irgendein einheimischer Kretin hat versucht, mir meinen Job zu erklären, und dabei sprach er nur ein unverständliches Kauderwelsch. Es wird immer behauptet, Reisen erweitere den Horizont, aber soweit es mich betrifft, verstärkt es nur die Vorurteile. Verstehen Sie, was ich meine?«

Ich hatte die ganze Zeit auf ein Streichholz gestarrt,

das in der Ritze zwischen zwei Dielenbrettern steckte. Ich drückte es mit dem Finger nach unten, und plötzlich verschwand es ins unergründliche Erdinnere. Ich hätte es ihm gern gleichgetan, doch statt dessen hob ich meine schmerzenden Augenlider und sagte müde: »O ja, natürlich.«

»Nein, nein, nichts geht über unser gutes altes England«, plapperte sie fröhlich weiter. »Wissen Sie, manchmal muß ich im Ausland einfach die Augen schließen und – wie man so sagt – an England denken. Das tu ich wirklich. Ich spiele eine ekelhafte Liebesszene mit einem Schmierendarsteller, der mich mit seinem schlechten Atem anhaucht, und dann stelle ich mir vor, ich sei hier mit Nick auf der Farm. Ich stelle mir vor, daß ich ihm beim Zählen der Lämmer helfe oder – oder daß wir zusammen im Boot liegen und uns im Sonnenschein langsam den Fluß hinuntertreiben lassen. Auf diese Weise schaffe ich es, in Indien – oder wo ich gerade bin – nicht verrückt zu werden.«

Ich nickte und spürte förmlich, wie ich dahinwelkte. Mir wurde ganz flau im Magen. Meiner Meinung nach spielte sie ein verdammt schlaues Spiel.

»Wir treiben langsam den Frenchman's Creek hinunter. Ich sehe das glitzernde Wasser, die tief herabhängenden Zweige der Trauerweiden, ich höre die Möwen über uns kreischen ...«

»Ja, ich war auch schon dort«, sagte ich in einem plötzlichen Anfall von Mut.

»Ach, wirklich?«

»Mit – mit Tim und Sarah«, fügte ich gleich wieder feige hinzu.

»Ach ja, dann kennen Sie es ja. Ist es nicht himmlisch dort?«

»O ja, und wie«, murmelte ich. Der Monolog der

Königlichen Schauspielschule hatte seine Wirkung auf mich nicht verfehlt, aber ich überlegte mir, wohin diese Eloge auf den Frenchman's Creek uns wohl bringen sollte. Serena spannte mich Gott sei Dank nicht lange auf die Folter.

»Ich kann mir einfach nicht helfen, es ist für mich der schönste Platz auf der ganzen Welt.« Sie legte den Kopf schief und sah mich mit einem durchtriebenen Lächeln an, das ich nur mit dem von Dame Edna* vergleichen konnte. »Ich denke, Sie wissen schon, warum?«

»Äh – nein.« Ich fühlte mich wie eine Maus in der Falle.

Sie hob die Augenbrauen. »Heißt das, er hat es Ihnen nicht gesagt?«

»Was soll er mir gesagt haben?«

»Daß er dort um meine Hand angehalten hat.«

Ich schnappte nach Luft. »Um Ihre Hand angehalten!«

»Ja, haben Sie das nicht gewußt?« In ihren Augen war ein bösartiges Funkeln, und sie glühte förmlich in ihrem Triumph. »In seinem lieben kleinen Boot. Er ließ sich auf die Knie nieder, Gott, ich erinnere mich noch so deutlich daran! Das Boot schwankte, wir kippten um ein Haar ins Wasser – ich sage Ihnen, es war einfach unbezahlbar.«

Ihr glockenhelles Lachen zerrte an meinen Nerven, und ich hatte das Gefühl, langsam, aber sicher auf dem elektrischen Stuhl hingerichtet zu werden.

»Er war so süß. Nie werde ich vergessen, wie er mich gefragt hat. Er sagte nicht: ›Willst du mich heiraten‹ oder etwas ähnlich Langweiliges, er sagte: ›Serena, würdest du

* australische, absolut schrille Moderatorin, die in ihrer Show auch die größten Stars unbarmherzig durch den Kakao zieht.

mir die Ehre geben, meine Frau zu werden?‹ Ist das nicht hinreißend? Natürlich verdarb ich die erhabene Situation, indem ich aufsprang und schrie: ›Ja! Ja! Ja!‹ Ich war so aufgeregt! Schließlich landeten wir kichernd auf dem Boden des Bootes. Wir hatten ein Riesenglück, daß wir nicht kenterten.«

Ich überlegte mir, ob ich mich unauffällig in die Topfbegonie übergeben könnte, ohne daß sie es bemerkte – oder vielleicht war der Kohleneimer neben dem Kamin doch besser geeignet. Ich nickte und schluckte die Magensäure tapfer hinunter.

»Als wir uns wieder unter Menschen wagen konnten – auf dem Fluß ist man nämlich nicht so allein, wie man glaubt, man weiß nie, wer plötzlich neben einem aufkreuzt; die Leute sind entsetzlich neugierig –, als wir jedenfalls wieder halbwegs präsentabel waren, nahm er diesen bezaubernden kleinen Ring aus der Tasche – sehen Sie!«

Sie hielt mir ihre Hand unter die Nase und wackelte mit dem Ringfinger. Daran steckte ein sehr hübscher antiker Goldring mit einem einfach gefaßten Jadestein.

Ich schluckte. »S-sehr hübsch.«

»Natürlich ist das nicht der richtige Verlobungsring. Den will ich mir in aller Ruhe aussuchen, aber ich glaube, daß ich diesen hier immer tragen werde. Er ist süß, nicht wahr?«

»Ja, finde ich auch«, brachte ich heraus.

»Er hat gesagt, daß er ihn gekauft hat, weil er dieselbe Farbe hat wie meine Augen.«

»Ja, das stimmt«, flüsterte ich und umklammerte Halt suchend das Bein eines Queen-Anne-Sessels, der in der Nähe stand.

»Gott allein weiß, wann wir Zeit haben werden zu heiraten. Wir haben beide so irrsinnig viel zu tun. Bei mir fangen bald die Dreharbeiten zu dem neuen Film an, und Nick kommt aus der Agentur nicht heraus – Sie wissen sicher, daß er sie verkaufen will?«

»Ja, das weiß ich.« Wenigstens diesen Schock hatte ich schon halbwegs verdaut.

»Jedenfalls kann es mit der Heirat noch etwas dauern, aber wir haben uns ein Versprechen gegeben, und das ist wichtig, nicht wahr? So viele Leute verloben sich heutzutage gar nicht mehr, aber ich finde, das ist ein Fehler.«

Ich murmelte etwas Passendes. Ich war nur noch ein elendes kleines Häufchen, und je blasser und zusammengesunkener ich aussah, um so mehr schien Serena zu jubilieren und sich aufzublähen.

Sie zündete sich noch eine Zigarette an, neigte den glänzenden blonden Kopf zur Schulter und lächelte wieder dieses mitfühlende kleine Lächeln. »Ich hoffe, Sie fassen das jetzt nicht falsch auf, Polly?«

Ich schluckte. Es lief eh alles falsch, was sollte ich da noch falsch auffassen?

»Schießen Sie los«, sagte ich tapfer, und sie ließ sich nicht zweimal bitten.

»Na ja, auf dem Weg hierher habe ich Jack Crawley getroffen, und er hat gesagt, daß Sie sich hier ein bißchen lächerlich gemacht haben.«

Ich schnappte nach Luft. »Was soll das heißen?«

Serena hob die Hand, um mich am Weitersprechen zu hindern. »Also was muß man da noch groß erklären. Ich verstehe ja gut, wie es passieren konnte. Nick ist nun einmal ein sehr attraktiver Mann, und ich nehme Ihnen nicht übel, daß Sie sich in ihn verliebt haben, aber der Punkt ist der, daß – nun ja, er findet Ihre aufdringliche Art ein bißchen lästig.«

»Das ist nicht wahr!« rief ich und spürte, daß ich feuerrot wurde.

»Ich versichere Ihnen, daß es so ist«, sagte sie kühl. »Warum, glauben Sie denn, ist er vorhin so bereitwillig zu den Schafen mitgegangen? Larry hätte sehr gut allein mit diesem kleinen Problem fertig werden können, aber Nick war froh, daß er einen Vorwand hatte zu verschwinden. Das Ganze ist ihm ausgesprochen peinlich. Sie laufen ihm wirklich ein bißchen zu sehr nach.«

»Ich laufe ihm nicht nach!« rief ich empört.

»Und warum haben dann alle den Eindruck? Warum erzählt mir Jack zum Beispiel, daß Sie Nick auf Schritt und Tritt folgen wie ein Hündchen? Glauben Sie mir, Polly, ich sage Ihnen das nur, damit Sie sich nicht noch mehr zum Narren machen. Es war ein Fehler von Nick, Ihnen nicht zu erzählen, daß wir verlobt sind, aber vielleicht dachte er, das wäre ein harter Schlag für Sie.«

Ich starrte auf meine Schuhe und wünschte mir, eine Million Lichtjahre weit weg zu sein. Ich wollte ihr sagen, wo wir gewesen waren, als sie angekommen war, was wir getan hatten, aber ich traute mich nicht.

Ich leckte mir die Lippen. »Hat Nick etwas gesagt?«

»Ja, das hat er in der Tat. Natürlich gibt er sich selbst die Schuld. Er weiß, er hätte nie so schwach werden dürfen, aber ich bin häufig nicht da, und es ist sehr schwer für einen Mann, wenn ein Mädchen – nun, wenn ein Mädchen sich ihm an den Hals wirft, verstehen Sie? Ganz besonders, wenn er – ziemlich lange allein war. Man kann verstehen, daß er unter diesen Umständen – Sie wissen schon – einfach die Gelegenheit ergreift.«

Ich hielt den Atem an. Dieser Mistkerl, wie konnte er nur? Ich wagte nicht, etwas zu sagen, und starrte weiter auf die faszinierende Naht meiner Schuhe.

»Also, Polly, machen Sie kein so verzweifeltes Gesicht. Sie wissen so gut wie ich, wie die Männer nun mal sind. Den armen Kerlen fällt es so schrecklich schwer, sich zu beherrschen, und wenn die Katze aus dem Haus ist…« Sie zuckte mit den Achseln. »Na ja, man weiß doch, was dann passiert. Ich behaupte nicht, daß Nick völlig unschuldig ist, aber Sie werden zugeben, daß die meisten Männer nicht nein sagen können, wenn eine Frau ihnen ein eindeutiges Angebot macht.«

Darf ich jetzt bitte ganz still sterben? Lieber Gott, laß mich bitte nicht länger leben! Hatte er es ihr wirklich erzählt? Oder klopfte sie nur blindlings auf den Busch? Ich wagte es nicht, aufzublicken. Die Pause wurde immer länger. Mein Gesicht war feuerrot.

»Jedenfalls«, sagte sie schließlich, »möchte ich keine große Geschichte daraus machen. Sie sollen nur wissen, daß ich keine Vollidiotin bin und Ihre Absichten durchschaue, okay?«

Meine Augen starrten weiter wie gebannt auf meine Schuhe.

»Ich will ja nicht unhöflich sein, aber Sie müssen wissen, daß sich niemand darüber freut, wenn Sie weiter hier herumhängen. Es ist uns allen unangenehm: Nick, mir, uns allen. Das verstehen Sie doch, oder?«

Ich nickte unglücklich.

»Die Züge nach London gehen ziemlich regelmäßig. Ich fahre Sie gern zum Bahnhof. Aber bloß keine Eile, packen Sie erst in aller Ruhe.«

Ich gab mir einen Ruck und schaute sie an. »Keine Angst, ich bleibe keine Minute länger als nötig. Ich verschwinde, sowie ich gepackt habe – und ich gehe lieber zu Fuß zum Bahnhof. Vielen Dank.«

Sie grinste. »Ich fürchte, es ist ein ziemlich weiter

Weg, aber wie Sie wollen.« Sie drückte ihre Zigarette in einem Aschenbecher aus und rieb sich die Hände, als habe sie eine Arbeit erfolgreich abgeschlossen. Nachdem sie Hackfleisch aus mir gemacht hatte, wandte sie ihre Aufmerksamkeit dem Haus zu. Sie stand auf und ging im Zimmer umher, blieb hier und da stehen, staubte einen Rahmen ab oder rückte eine Porzellanschale zurecht. Sie sah sich besitzergreifend um.

»Ich muß wirklich etwas unternehmen. Jedesmal wenn ich nach einer längeren Abwesenheit dieses Zimmer sehe, merke ich, daß es die reinste Katastrophe ist. Diese scheußlichen Bezüge sind schon total zerschlissen – hoffentlich kauft Nick bald neue.« Sie zupfte an dem wunderschön verblichenen alten Chintzbezug des Sofas herum. »Und diese schmutzigen alten Teppiche liegen auch schon seit Ewigkeiten hier.« Sie versetzte dem herrlichen Perserteppich mit ihrem teuren italienischen Schuh einen kleinen Tritt. Sie hatte den Raum in Gedanken bestimmt schon mit cremefarbenem Teppichboden ausgelegt. Dann ging sie zu der Begonie. Sie steckte den Finger in die Erde, um die Feuchtigkeit zu prüfen, und schüttelte den Kopf.

»Niemand macht sich die Mühe, die Pflanzen zu gießen. Wenn ich nicht hier bin, vertrocknen sie ganz einfach. Ich muß mit Nick sprechen und ihn dazu bringen, jemanden einzustellen, der sich tagsüber um den Haushalt kümmert, oder noch besser jemanden, der ganz hier wohnt. Das Haus muß besser gepflegt werden. Wenn wir nach der Hochzeit hier wohnen, kann und will ich nicht alles allein machen. Ich brauche ein paar Hausangestellte.«

Sie schaute auf mich herunter, auf mich armseliges, zu ihren Füßen zusammengerolltes Häufchen, legte den

Kopf auf die Seite und betrachtete mich nachdenklich. Überlegte sie vielleicht, ob ich als Putzfrau in Frage käme? Warum eigentlich nicht? Ich war ja schon bei Nick angestellt, würde also nur eine andere Stellung bekleiden. Von der Sekretärin zur Putzfrau – eine tolle Karriere. Plötzlich hatte ich eine Riesenlust, ihre eleganten, schmalen Fesseln zu packen und sie der Länge nach auf den Boden zu werfen. Unglücklicherweise widerstand ich der Versuchung und bat sie statt dessen schamlos um das, was mir im Augenblick am meisten fehlte.

»Könnte ich vielleicht eine von Ihren Zigaretten haben?« Es half alles nichts. Ich würde erst wieder richtig atmen können, wenn ich etwas Nikotin in diese angegriffenen Lungen bekam.

Sie war rührend um mich besorgt. »Aber natürlich«, schnurrte sie und drückte mir das ganze Päckchen in die Hand wie ein Almosen. »Bitte sehr, gern geschehen. Du meine Güte, Sie zittern ja, Sie Ärmste.«

»Ich brauche nicht das ganze Päckchen«, sagte ich mürrisch, »ich habe selber Zigaretten, weiß aber im Moment nicht, wo.«

»Natürlich nicht«, sagte sie tröstend, »Sie müssen ja im Augenblick völlig durcheinander sein. Ich wette, daß Sie nicht einmal wissen, ob Sie gerade kommen oder gehen!«

»Ach, ich habe das ziemlich deutliche Gefühl, daß ich gehe«, sagte ich düster. »Aber sorgen Sie sich nicht um mich. Mir geht es gut.« Ich griff nach den Streichhölzern und zündete mir mit zitternden Händen die Zigarette an. Dann nahm ich einen tiefen Zug.

»Sie können einem wirklich leid tun.« Sie kam zu mir und setzte sich in den Queen-Anne-Sessel in meiner Nähe. »Hoffentlich macht es Ihnen nichts aus, wenn ich es erwähne, aber ich habe gehört, daß Nick nicht der einzige Mann ist, in den Sie sich in letzter Zeit verliebt haben. Ihr Liebesleben scheint im Augenblick ziemlich kompliziert zu sein, oder?«

»Was wollen Sie damit sagen?« Was zum Teufel würde sie als nächstes aus dem Ärmel ziehen? Ein Klappmesser?

»Na ja, ich habe gehört, daß Ihr letzter Freund Ihnen den Laufpaß gegeben hat. Es war Harry Lloyd-Roberts, nicht wahr?«

»Woher wissen Sie denn das?«

»Ach, jeder in London kennt Harry, er gehört doch zur Szene. Ich hatte auch mal eine kleine Affäre mit ihm, aber er hat mich zu Tode gelangweilt. Er war außer sich, als ich ihn fallenließ, tauchte immer wieder im Studio auf und hat sich zum Narren gemacht. Dann saß er tagelang vor meiner Wohnung im Auto, um mich abzufangen. Er sieht natürlich traumhaft aus, ist aber dumm wie Bohnenstroh. Keinerlei Substanz. Seien Sie froh, daß Sie ihn los sind.«

Wie weit ging ihre Liebenswürdigkeit denn noch? Würde sie immer weiterquatschen, bis jemand ihr eine Kugel ins Hirn schoß? Ich hatte in Frauenzeitschriften schon über solche Frauen gelesen, denen es Spaß machte, Salz in die Wunden anderer Leute zu streuen. Jetzt hatte auch ich eine kennengelernt. Nur verschwendet sie bei mir ihre Zeit, dachte ich zufrieden. Es war mir nämlich piepegal, daß sie mit Harry geschlafen hatte. Ich spürte keinen Stich, nichts.

Ich fühlte mich zwar ein bißchen gestärkt, aber nicht stark genug, um aufzustehen. Als das Telefon klingelte, nahm Serena ab. Es war ja schließlich auch ihr Telefon, oder? Als sie wieder erschien, sah sie verärgert aus.

»Tim ist am Telefon. Er möchte Sie oder Nick sprechen.«

»Ich geh schon«, sagte ich und war glücklich, mit einem normalen Menschen sprechen zu können. Ich schnappte mir den Telefonhörer.

»Tim?«

»Hallo, Polly, wie geht's?«

»Oh, es geht so. Und wie geht's dir?«

»Es geht auch so.«

»Was ist passiert? Du hörst dich ein bißchen niedergeschlagen an.«

»Du auch.«

»Na ja ... Ich bin es wahrscheinlich auch.«

»Hör zu«, sagte er und kam auf den Grund seines Anrufs zu sprechen. »Rachel und ich wollen zurückkommen, falls die Luft rein ist.«

»Ja, die ist absolut rein. Adam war gestern bei uns ...« War das erst gestern abend gewesen? Ich hatte das Gefühl, es läge schon ein Jahr dazwischen. »Er hat unsere Geschichte geschluckt. Aber wir waren auch wirklich gut. Nick hat noch gestern abend Mrs. Green angerufen, und offenbar ist Adam sofort nach dem Besuch bei uns nach London zurückgedüst.«

»Gut, dann fahren wir gleich los.« Er klang erleichtert. Gab es ein Problem? Hatten Svengali und seine Schülerin sich schon zerstritten? Das konnte gut sein, Rachels schlechte Laune würde selbst die Geduld eines Heiligen auf eine schwere Probe stellen; vielleicht hatte Tim in der Zwischenzeit entdeckt, daß nicht viel an Rachel dran war.

»Bis später.«

»Ja, bis später.«

Ich ging auf Umwegen ins Wohnzimmer zurück und ruhte mich auf dem Weg dorthin auf meinem Bett aus. Ich war zu aufgeregt, um weinen zu können. Ich lag einfach da, starrte an die Decke und lauschte dem Ticken meiner Uhr. Er war mit ihr verlobt. Er war verlobt, sie würden heiraten, und ich hatte keine Ahnung davon gehabt. Ich hatte mir wieder mal den Falschen ausgesucht, und wieder einmal war es zu spät, etwas daran zu ändern. Ich hatte mich bis über beide Ohren in ihn verliebt. Wie anmaßend ich gewesen war zu glauben, Nick könnte sich ernsthaft für mich interessieren. Was für ein unglaublich lächerlicher Gedanke!

23. Kapitel

Ich blieb länger als eine Stunde so liegen. Fröstelnd zog ich die Decke über mich, umarmte ein Kissen und begrub das Gesicht darin. Tatsächlich fühlte ich fast gar nichts. Ich konnte nicht glauben, daß das alles wahr war. Ich schloß die Augen, um mein Elend dadurch etwas zu verkleinern, und dann schlief ich vermutlich ein. Jedenfalls kam ich erst wieder zu mir, als es laut an der Tür klopfte.

Ich streckte die Hand aus und griff nach der Uhr auf dem Nachttisch. Zehn nach drei. Ich war seit einer Ewigkeit hier oben. Wer war an der Tür? Nick? Suchte er mich? Ich setzte mich auf.

»Herein.«

Tims Kopf erschien im Türrahmen.

»Ach, Tim, du bist schon zurück?« Ich bemühte mich, mir die Enttäuschung nicht anmerken zu lassen.

»Ja, wir sind eben angekommen. Ich will dir nur sagen, daß das Essen auf dem Tisch steht. Es ist schon nach drei, aber es scheint noch niemand etwas gegessen zu haben, deswegen hat Sarah schnell etwas gemacht.«

»Vielen Dank, ich komme runter.«

Jetzt konnte ich nicht einmal mehr unauffällig abhauen. Ich mußte bei der zweifellos unangenehmsten

Mahlzeit meines Lebens erscheinen. Tim wandte sich zum Gehen, blieb aber zwischen Tür und Angel stehen und spielte am Türgriff herum. Er sah anders aus als sonst. Sein normalerweise fröhliches, offenes Gesicht war spitz und angespannt. Er drehte sich zu mir um.

»Geht es dir gut?« fragten wir gleichzeitig.

Er lachte, und ich mußte lächeln. Er kam und setzte sich auf den Bettrand. Ich richtete mich auf und legte die Arme um die Knie.

»Was ist los?« sagte er und sah mich eindringlich an. »Du siehst fürchterlich aus.«

Männer scheinen nie zu begreifen, daß man so etwas als Frau selbst dann nicht hören will, wenn man aussieht wie der leibhaftige Tod.

Ich zog eine Grimasse. »Ach, nichts.«

»Ach, komm schon, was ist denn?«

Konnte ich es ihm erzählen? Gerade jetzt brauchte ich dringend einen Freund, aber Nicks Bruder? Und es konnte ja sein, daß er ein großer Fan von Serena war.

»Ich habe einen Riesenkater, sonst nichts. Selber schuld. Und du?«

»Oh – äh – na ja, ich auch.« Sein Gesicht strafte seine Worte Lügen.

»Wirklich? Aber du trinkst doch gar nicht, wenigstens nicht viel.«

»Na ja, vielleicht war ich deshalb so blau, weil ich es nicht gewohnt bin.« Er vermied es, mir in die Augen zu schauen, und studierte statt dessen das Muster der Tapete. Mir als gewohnheitsmäßiger Lügnerin kann man nun wirklich nichts vormachen. Ich legte ihm die Hand auf den Arm.

»Tim? Was ist los? Hat es etwas mit Rachel zu tun?«

Er zuckte zusammen, als ich ihren Namen nannte,

und ich wußte, daß ich ins Schwarze getroffen hatte. Da hatte es offenbar etwas Größeres gegeben.

»Habt ihr euch in die Haare gekriegt? Ja?«

»O nein«, sagte er, »eher – oder vielmehr das Gegenteil.«

Das Gegenteil? Das Gegenteil von in die Haare kriegen? Was konnte das sein? Hatten sie sich zu gut verstanden? Unmöglich. Hatten sie sich so gut verstanden, daß etwas Unvorhergesehenes geschehen war? Hatte es vielleicht zwischen ihnen gefunkt, und sie waren ... »Ach, du meine Güte, Tim!«

Tims Schultern sackten nach unten. Er fuhr sich mit der Hand durch das Haar und legte den Kopf in die Hände. Das Schuldbewußtsein in Person. Ich war außer mir.

»Tim, willst du damit sagen, daß ...«

Tim nickte und sah mich noch immer nicht an.

»O mein Gott. Du und Rachel? Ich kann es einfach nicht glauben!«

»Ich auch nicht«, flüsterte er. »Ich kann wirklich nicht glauben, daß es passiert ist. Aber ich versichere dir, Polly, gestern abend war ich absolut machtlos. Ich konnte ihr nicht widerstehen. Sie war so ...« Er bemühte sich erfolglos, die richtigen Worte zu finden, und schüttelte den Kopf. »Sie war einfach so – so bezaubernd, so – ich weiß nicht – so unwiderstehlich. Und es ging alles so schnell. Wir saßen unten und unterhielten uns, und im nächsten Augenblick – gleich darauf waren wir in meinem Schlafzimmer. Es war der reine Wahnsinn, ich hatte einfach – einfach keine Gewalt mehr über mich.«

Rachel? Bezaubernd? Unwiderstehlich? Moment mal, sprechen wir von demselben Mädchen? Von der spießigen alten, übellaunigen alten, ungepflegten alten Rachel? Ich mußte mich wirklich anstrengen, um das zu begreifen. Versuchte er mir im Ernst einzureden, daß diese kleine Maus es in einer Nacht geschafft hatte, ihn von seiner bildhübschen, lebhaften Freundin wegzulocken, und ihn derart verhext hatte, daß er – hatte er wirklich?

»Hast du tatsächlich?«

»Was denn?«

»Du weißt schon …«

Er fuhr sich wieder mit der Hand durch das Haar und nickte. »Ja, natürlich.« Ein typischer Fall von »halb zog sie ihn, halb sank er hin«. Menschenskind, das mußte man ihr lassen, die verstand es. Und jetzt saß er hier, dieser gutaussehende, kräftige Kerl und wurde – wie ich hoffte – von Schuldgefühlen und nicht mehr von Begierde zerfressen.

»Bedauerst du es jetzt?«

Er stöhnte. »Natürlich bedaure ich es, es war dumm, unverantwortlich, völlig idiotisch von mir, aber ich versichere dir, Polly, ich hatte wirklich keine Chance. Ich war Wachs in ihren Händen, du kannst dir nicht vorstellen, wie – wie verdammt sexy sie war.«

Ich versuchte es. Ich versuchte es wirklich sehr, aber er hatte recht: Ich konnte es mir nicht vorstellen. Das gab einem allerdings zu denken. Jahrelang hatte ich praktisch in Chanel gebadet, hatte mir die Ausschnitte größer gemacht, die Röcke gekürzt, immer und immer wieder die Beine übereinandergeschlagen, das Haar zurückgeworfen, es verführerisch über ein Auge hängen lassen, im Spiegel glühende Blicke eingeübt, mir eine sexy Stimme angewöhnt, und was hätte ich statt dessen tun sollen? Ich hätte Klavierunterricht nehmen, mir das Haar um den Finger wickeln, in einer scheußlichen grauen Wolljacke dahocken und mir hin und wieder als Extrazugabe eine

Kassenbrille auf die Nase setzen sollen. Na ja, man lernt nie aus.

Tim riß mich aus meinen Gedanken. Er wollte nur noch beichten. Er stand am Fenster, starrte hinaus auf die Felder, berichtete den Schafen, den Kühen, den Bäumen von seiner Schuld – allen und jedem, der bereit war zuzuhören.

»Ja, ich hatte Wein getrunken, drei Gläser vielleicht, das ist mehr, als ich normalerweise trinke, aber das ist keine Entschuldigung. Ich war nicht betrunken, wußte genau, was ich tat. Es kam mir absolut richtig und natürlich vor. Wir aßen bei Kerzenlicht bei Penny zu Abend, es war ein köstliches kleines *dîner à deux* …«

Das konnte ich mir jetzt wirklich vorstellen. Pennys Speiseraum war am Abend bestimmt zauberhaft mit den Ölgemälden an den dunkelgrünen Wänden, den gemütlichen Nischen, den kleinen Tischen, die mit altem Silber gedeckt waren. Hier konnten zwei Menschen völlig ungestört miteinander reden, das Kerzenlicht fiel flackernd auf ihre Gesichter, ein gemütliches Feuer brannte im Kamin … Ja, ich konnte mir vorstellen, daß die Szenerie sehr verführerisch war. Dort würde ich das nächstemal einen Tisch für zwei Personen reservieren, wenn mich ein Mann, der mir gefiel, zu einem Wochenende auf dem Land …, aber lassen wir das. Dazu würde es nie wieder kommen. Ich würde ins Kloster gehen.

»Hörst du mir eigentlich zu, Polly? Es ist nicht einfach für mich, dir das alles zu erzählen.«

»Tut mir leid, ich habe kurz an etwas anderes gedacht.«

»Beim Essen fing sie an, mir ein bißchen was über sich zu erzählen. Ich freute mich darüber, weil sie, wie du weißt, sonst so scheu und zurückhaltend ist.«

Ich biß die Zähne zusammen und nickte.

»Sie hat mir erzählt, daß ihre Mutter starb, als sie noch klein war, und daß sie dann nur mit ihrem Vater und einer Haushälterin aufwuchs. Geschwister hatte sie keine, und stell dir vor, sie durfte nicht einmal Freunde einladen oder zu ihnen gehen!« Tim schüttelte den Kopf. »Schrecklich. Dann tauchte plötzlich dieser Adam auf. Genau das, was sie nicht brauchte. Ich meine, ihrer Schilderung nach, muß er ja richtig plemplem sein. Total verrückt. Er war furchtbar besitzergreifend, begleitete sie auf Schritt und Tritt, verhinderte, daß sie sich eigene Freunde suchte – ganz ähnlich, wie ihr Vater es getan hatte. Sie hat es wirklich nicht leicht gehabt, Polly.«

»Ich weiß, ich weiß, erzähl weiter«, sagte ich schnell. »Und was war dann?«

Ich wollte, daß er diesen Monolog zu Ende brachte. Viel mehr von Rachels schwerem Leben ertrug ich nicht mehr, ich hatte mit meinem eigenen gebrochenen Herzen und meinem Kater genug zu tun.

»Na ja, wir redeten und redeten. So gut habe ich mich schon lange nicht mehr mit jemandem unterhalten. Ich arbeite immer so verdammt viel. Sie schien sich wirklich für mich zu interessieren, stellte eine Menge Fragen, und ich erzählte ihr alles über Dads Tod, und darüber hatte ich seit Jahren nicht mehr gesprochen. Sie war ganz süß und hörte aufmerksam zu; na ja, sie hatte ihre Mutter verloren, da wußte sie natürlich, wie einem zumute ist. Dann erzählte ich ihr alles über die Farm und daß ich fest entschlossen bin durchzuhalten, obwohl alle Welt mir einreden will, daß man sich mit Biogemüse kaum über Wasser halten kann. Sie sagte nichts dergleichen. Sie hat mich ermutigt.«

Was du nicht sagst. Nein, wirklich? Und was tat Sarah? Sie schuftete am Wochenende auf seiner Farm, nachdem sie sich die Woche über im Reitstall kaputtgearbeitet hatte. Oder zählte nur die Unterstützung bei Kerzenlicht? Ich biß mir auf die Zunge.

Tim seufzte. »Irgendwann hatten wir über alles gesprochen und saßen einfach da und sahen uns an. Du weißt ja, wie das ist, Polly.«

Ich nickte. Ich, eine Frau mit Erfahrung. »Ihr habt euch bedeutungsvoll angeschaut?«

Er seufzte. »Ja.«

»Dann hat sie scheu die Augen niedergeschlagen und dich dann wieder groß angeguckt?«

»Ja, genau.«

»Sie legte eine Hand auf den Tisch?«

»Ja.«

»Du hast deine Hand über ihre gelegt?«

Er sah mich verblüfft an. »Ja.«

»Ihr habt euch wieder in die Augen geschaut und diesmal etwas länger, als es unbedingt nötig war?«

»Woher, um Himmels willen, weißt du das alles?«

Ich seufzte. Großer Gott, war er naiv. »Sagen wir, ich erkenne die Zeichen. Dann hast du schweigend bezahlt, und Rachel hat dir, die Ellenbogen auf dem Tisch aufgestützt, das Gesicht in die Hände gelegt, dabei zugesehen. Dann seid ihr langsam aufgestanden, sie hat deine Hand genommen, und ihr seid, ohne ein Wort zu sprechen, hinaufgegangen.«

Tim sah todunglücklich aus. »Ich hatte ja keine Ahnung, daß alles so vorhersehbar ist.«

»Nur bis zu diesem Punkt. Aber auf das, was jetzt kommt, bin ich gespannt. Es hätte doch alles mit einem keuschen und dennoch sehnsüchtigen Kuß vor ihrer Zimmertür enden können; dann hätte sie dich lieb angelächelt, dir für den schönen Abend gedankt und wäre allein in ihr Zimmer und in ihr Nachthemd geschlüpft. Andererseits ...«

»Äh – ja, andererseits?«

»Erzähl es mir, Tim.«

»Muß ich das? Du kannst es doch so gut.« Er seufzte. »Na schön, wir gingen nach oben und blieben vor ihrem Zimmer stehen, weil – nun ja – ich wollte ihr die Chance geben, mich loszuwerden, wenn sie wollte. Ich habe sogar gute Nacht gesagt.«

Ich nickte.

»Sie wollte mich aber nicht loswerden. Sie ging, noch immer meine Hand haltend, einfach weiter zu meinem Zimmer. Dann nahm sie mir den Schlüssel aus der Hosentasche – was mich unglaublich antörnte, das kann ich dir sagen –, schloß auf, und natürlich gingen wir hinein.«

Ich hob die Augenbrauen. »Natürlich.«

»Nein, nein, Polly, sie war überhaupt nicht aufdringlich, irgendwie war alles unvermeidlich.«

»Vielleicht. Aber vergiß nicht, Rachel hat nicht nur die Initiative ergriffen, sondern auch deine Hand und den Schlüssel.«

Du meine Güte, was für ein raffiniertes Frauenzimmer! Sie hatte von Anfang an ein Auge auf Tim geworfen, und niemand – Tim schon gar nicht – hatte es auch nur im entferntesten für möglich gehalten. Sie hatte ihn nach Strich und Faden vernascht.

»Und was empfindest du jetzt für sie?« fragte ich.

Er zuckte mit den Schultern. »Ach, natürlich mag ich sie«, sagte er. »Aber ehrlich gesagt war es für mich von vornherein etwas Einmaliges, wahrscheinlich für sie auch. Versteh mich nicht falsch, es war großartig, ja, es war wirklich« – seine Augen wurden ganz glasig – »wunderbar.«

Ich hustete.

»Ich meine, ich will sagen, daß es super war. Komm schon, Polly, du weißt so gut wie ich, wie leicht es ist, sich hinreißen zu lassen oder, besser gesagt, wie leicht es für Männer ist, sich hinreißen zu lassen.«

Und ob ich das wußte! Ich bemühte mich, nicht an seinen Bruder zu denken, dem es ähnlich ergangen war, und auf das zu hören, was er sagte.

»Das blöde ist, daß ich mich ganz mies fühle wegen Sarah. Ich würde sie niemals verletzen wollen, und niemand könnte jemals ihren Platz in meinem Herzen einnehmen.«

»Nun, was für ein Glück. Schau mal, Tim, am besten ist, du vergißt so schnell wie möglich, was passiert ist. Lauf ja nicht zu Sarah und beichte es ihr, um dein Gewissen zu entlasten. Glaub mir, es könnte sein, daß sie es nicht so leichtnimmt.«

Tim kratzte sich am Kopf. »Das schlimme ist, daß Sarah es vielleicht erfährt.«

»Wie denn?«

»Penny kam am nächsten Morgen mit einer Tasse Tee in mein Zimmer.«

»Nein! Und?«

»Sie hat total geschockt ausgesehen und ist sofort wieder rausgegangen, aber sie hat die Tür hinter sich zugeknallt, daß die Wände wackelten. Sie und Sarah sind sehr gut miteinander befreundet.«

»Wie hat Rachel reagiert?«

»Ganz ruhig. Ich bin in Panik aus dem Bett gesprungen und habe wie ein Wilder angefangen zu packen, aber sie lag einfach da und lächelte.«

Das glaubte ich ihm aufs Wort.

»Dann habe ich dich angerufen und dir gesagt, daß wir

zurückkommen. Ich habe es dort keinen Augenblick länger ausgehalten. Penny habe ich nicht mehr gesehen. Sie ist mir wahrscheinlich auch aus dem Weg gegangen. Polly, glaubst du, daß sie es Sarah erzählt?«

Ich seufzte. »Wirklich schwer zu sagen, Tim. Weibliche Loyalität ist eine komische Sache. Während Männer wahrscheinlich nicht einmal im Traum daran denken, etwas auszuplaudern, neigen wir Frauen eher dazu zu denken, es wäre unfair, eine Freundin in dem Glauben zu lassen, ihr Mann sei das reinste Unschuldslamm. Wirklich dumm. Andererseits ...« Ich zögerte. Lottie hatte mir gesagt, daß Harry mit ihrer Schwester in die Kiste gestiegen war, aber Harry war ein ganz mieser Kerl. Tim war alles andere als das.

»Ich finde, du solltest Penny anrufen und sie bitten, Sarah nichts zu sagen. Sag ihr, daß du stockbetrunken warst, daß es ein schrecklicher Fehler war und daß du Sarah nach wie vor liebst.«

Tim lebte sichtlich auf. »Glaubst du, daß das funktionieren könnte?«

»Möglich. Vielleicht aber auch nicht. Vielleicht besteht sie darauf, daß du es Sarah selbst erzählst.«

Tim schlug wütend mit der Faust auf den Nachttisch. »Frauen! Ihr seid alle so wahnsinnig selbstgefällig und selbstgerecht. Meine Güte, muß das denn alles noch einmal durchgekaut werden? Es war doch nur eine Nacht. Muß ich mir jetzt wie ein Schwerverbrecher vorkommen?«

»Tja, ich kann dir auch nicht helfen, Tim«, sagte ich ruhig. »Ich habe dir gesagt, was du meiner Meinung nach tun solltest. Wenn du nicht auf meinen Rat hören willst, kannst du dir ja selbst etwas einfallen lassen.«

Tim wurde rot und schaute zerknirscht auf seine

Schuhe. »Tut mir leid, Polly. Ich fürchte, daran ist nur mein schlechtes Gewissen schuld.«

Ich schaute auch auf seine Schuhe und erwartete so halb und halb, daß die Schuld sich langsam auf dem Teppich ausbreitete, und fragte mich, ob es sich mit Nick genauso verhielt. Während wir beide düster auf seine Schuhe starrten, beide in unser eigenes Unglück verstrickt, rief Serena mit ihrer schönsten Opernstimme herauf: »Das E-s-s-e-n ist fer-tig!«

Wir rührten uns nicht.

Aber so schnell gab Serena nicht auf. »Juhu, das Es-sen ist fer-tig!«

Tim seufzte. »Wir sollten lieber hinuntergehen. Vielen Dank, daß du mir zugehört hast. Ich fühle mich jetzt schon ein bißchen besser.«

Na, wunderbar, dachte ich bitter, als ich mich aus dem Bett aufrappelte. Bin ich froh, daß wenigstens einer sich besser fühlt.

24. Kapitel

Ich brauche nicht zu erwähnen, daß das Mittagessen eine absolute Katastrophe war. Sarah war die einzige, die gut gelaunt war, und das an sich war kaum auszuhalten. Sie hatte gehört, daß Tim früher als erwartet zurückgekommen war, hatte sofort alles fallen lassen und war vom Reitstall herübergelaufen. Innerhalb von zwanzig Minuten hatte sie für uns alle einen köstlichen Lunch zubereitet und freute sich offensichtlich auf eine lustige Wiedersehensparty. Als sie umherflitzte und jedem eine Riesenportion Fischpastete auf den Teller legte, sprudelte sie vor Begeisterung und Glück fast über, schwatzte alles mögliche und schien gar nicht zu merken, daß niemand auf ihr fröhliches Geplauder einging.

Ich ertrug es nicht, sie anzusehen, und mit Tim erging es mir nicht viel besser. Ebensowenig konnte ich Rachel ansehen, und Nick wollte ich ganz gewiß nicht anschauen. Auf den Gedanken, Serena anzuschauen, kam ich gar nicht erst. Aber Jamie war ja auch noch da. Zum Glück saß ich neben ihm. Das war normalerweise kein begehrter Platz, aber heute war ich froh darüber. Ich schenkte ihm meine ungeteilte Aufmerksamkeit und konzentrierte mich darauf, ihm jeden Wunsch zu erfüllen: hob ihm jedesmal sofort den Löffel auf, wenn er ihn herunterwarf; lächelte tapfer, wenn er mir seine klebrigen Fingerchen in die Augen bohrte, und genoß unsere faszinierende Lunchparty-Unterhaltung, die von meiner Seite aus Nicken und Lächeln und auf seiner Seite aus Essenspucken und Kreischen bestand.

Nur Serena und Sarah schafften es, die Fischpastete zu essen; wir anderen schoben sie ziemlich desinteressiert auf dem Teller hin und her. Ich spielte mit einer Krabbe herum, und Rachel starrte verträumt ins Leere. Hin und wieder warf sie Tim einen verschwörerischen Blick zu, dann errötete er schuldbewußt, schaute weg und zupfte an seiner Serviette.

Nick versenkte sich in sein Weinglas, als sei die Lösung für all seine Probleme im Frascati zu finden.

Nur Serena schien der Situation gewachsen. Sie saß am Kopfende des Tisches und unterdrückte alle Versuche der anderen, etwas zum Gespräch beizutragen, indem sie ohne Punkt und Komma jeden Blödsinn widerkäute, der über ihren letzten Film gesagt worden war. Es schien eine tausendköpfige Crew gewesen zu sein, und immer wieder erwähnte sie neue Namen, als müßten wir alle kennen.

»... und in der Maske sagte ich am nächsten Tag zu Anthony ...«

»Anthony wer?« fragte Sarah wie auf ein Stichwort.

»Andrews, Liebling«, antwortete Serena entzückt und fügte vorsichtshalber noch einmal »Anthony Andrews« hinzu, für den Fall, daß jemand den Vornamen noch immer nicht mit dem Nachnamen verband. Und dann kam noch die Information für alle, die die letzten zehn Jahre vielleicht in einer Höhle in der Mongolei gelebt hatten: »Er hat in *Brideshead* mitgespielt.«

»Ja, ja, wir wissen, wen du meinst«, sagte Tim. »Erzähl weiter.«

»Nun ja, er sagte, wie froh er sei, daß er noch einen festen Wohnsitz in England habe, und ich konnte ihm nur beipflichten. Wißt ihr, es ist schon sehr verführerisch, hier alle Zelte abzubrechen und ganz in Hollywood zu leben. Es ist einfach eine Tatsache, daß dort das ganze Geld ist, aber lohnt es sich auch? Okay, es macht schon viel Spaß, die vielen Partys und das phantastische Wetter und ständig im Mittelpunkt zu stehen. Aber es gibt im Leben schließlich noch andere Werte, oder nicht? Ich gebe zu, daß es sehr verführerisch für mich war, einfach dort zu bleiben. Ich erinnere mich an eine bestimmte Situation, als mir ein absolut göttlicher Regisseur eine ganz tolle Rolle anbot – ich war absolut hin- und hergerissen – doch es war eine Fernsehserie mit ewig langen Dreharbeiten; ich kämpfte wirklich mit mir, aber am Abend mußte ich ihm absagen. Nein, sagte ich, nein, Roman, tut mir leid, aber ich fahre nach Hause. England ist meine Heimat, und Heimat ist da, wo das Herz ist, wie es so schön heißt. Er war natürlich tief betroffen über meine Absage, aber was konnte er tun? Es ist schließlich mein Leben, oder etwa nicht? Ich muß es leben, nicht wahr?«

Sie beendete diese Aneinanderreihung von Platitüden, indem sie siegreich mit der Gabel in der Luft herumfuchtelte, und sah um sich, als erwarte sie Applaus. Die meisten von uns schienen über ihre Sets nachzudenken, aber einer von uns muß ihr doch einen schmerzlichen Blick zugeworfen und etwas Zustimmendes gemurmelt haben, denn sie plauderte sofort frisch und frei weiter.

»Ich meine, L.A. ist eine aufregende Stadt. Schnell, elegant, aber wißt ihr was? Es ist alles so künstlich dort. Ja, das stimmt wirklich.« Sie nickte weise, als ob wir ihre Worte anzweifelten. »Während es hier«, fuhr sie fort und fuchtelte wieder mit der Gabel, »während hier im schönen alten England alles so – nun ja, so *echt* ist, versteht ihr, was ich meine?« Sie legte den Kopf schräg. »Hmmm? Und wißt ihr, ich vermisse so viel, wenn ich in den Staaten bin. Ach, ich könnte noch lange über England und die Geschichte und all das reden, aber wißt ihr, was ich wirklich vermisse? Hmmm? Menschen. Denn letzten Endes zählt doch nur der Mensch, nicht wahr? Hier gibt es so viele unterschiedliche Charaktere. In L.A. scheinen alle aus derselben Form gegossen – alle sind so – so wie aus Plastik. Ja, massenhaft kleine Plastikmenschen.«

Ihr helles Lachen ertönte, und dann hefteten sich ihre grünen Augen besitzergreifend auf Nick, der neben ihr saß und nicht sehr freundlich dreinsah. Er war noch immer eifrig dabei, die Fischpastete auf seinem Teller herumzuschieben.

Sie beugte sich zu ihm und zerzauste ihm das Haar. »Ich weiß, was du denkst, Liebling, nein, ich habe dich nie vergessen. Ich muß doch nicht eigens betonen, daß du mir immer am meisten fehlst, wenn ich nicht bei dir bin«, schnurrte sie. Sie nahm sein Kinn in die Hand, drehte sein Gesicht in ihre Richtung und fuhr mit einer hohen Babystimme fort: »Und ich glaube nicht, daß du in L.A. glücklich gewesen wärst, oder, Katerchen?« Sie strich ihm mit einem ihrer leuchtendrot lackierten Nägel über die Wange. »Hmmmm? Ganz und gar nicht deine Welt, oder?«

»Absolut richtig«, sagte Nick grimmig, drehte mit einem Ruck seinen Kopf weg und vertiefte sich wieder in die Betrachtung seines mit Fischpastete verschmierten Tellers.

Serena wandte sich aufs neue an ihr Publikum. »Es ist so«, sagte sie langsam und deutlich, als hätten wir Schwierigkeiten, ihr zu folgen, »L.A. ist eine herrliche Stadt, aber nur in kleinen Dosen genießbar. Kaum zu glauben, aber dieser hedonistische Lebensstil ist auf die Dauer entsetzlich langweilig.«

»Das ist überhaupt nicht schwer zu glauben. Alles, was du von L.A. erzählst, klingt gräßlich, und ich glaube, ich hätte schreckliches Heimweh«, sagte Sarah etwas aufsässig und versuchte verzweifelt, ein Gespräch in Gang zu bringen und uns von dem tiefsinnigen, klischeeüberladenen Monolog der höllisch von sich eingenommenen Schauspielerin zu retten. Aber es half alles nichts.

»Oh, es ist alles andere als gräßlich, meine Liebe. Es geht sogar sehr lustig zu! Zwar auch schnell, sehr schnell, und wenn dein Herz am Stallausmisten hängt, dann wärst du dort bestimmt nicht glücklich. Aber ich will eigentlich nur eines sagen«, sagte sie und machte den Mund beim Kauen nicht ganz zu, »wenn man da drüben nicht höllisch aufpaßt, kann man seine Identität verlieren. Ihr wißt sicher, was ich meine.«

»Nicht ganz.« Sarah sah verwirrt aus, und das war kein Wunder.

»Wenn man dauernd glänzend unterhalten und gefeiert und umworben wird, besteht die Gefahr, daß man irgendwann den ganzen Mist wirklich glaubt. Das darf man nicht. Man muß dort immer wieder einmal innehalten, ein paar Schritte zurücktreten und sich sagen – he, einen Augenblick mal, was geht hier vor? Wer bin ich eigentlich? Verstehst du? Ich meine, was soll dieser ganze Zirkus? Wer sind eigentlich all diese Leute? Sind sie echt?«

Also, du bist es garantiert nicht, dachte ich. Ich hatte noch nie jemanden getroffen, der so unecht auf mich wirkte.

»Verstehst du, was ich sagen will, Liebling?« Sie schubste Nick, der sich schon seit ein paar Minuten gelangweilt von ihr abgewandt hatte und sich mit Tim über die Ernteaussichten unterhielt.

»Was? Ja, völlig richtig.« Er wandte sich wieder seinem Bruder zu.

»Deshalb hab ich mich entschlossen, nach Hause zurückzukommen«, sagte sie und lächelte so triumphierend, als habe jemand daran gezweifelt. »Ich hatte einfach die Nase voll. Ich wachte eines Morgens auf, packte meine Koffer, bestellte ein Taxi und fuhr zum Flughafen.« Sie kratzte ihren Teller sauber, legte die Gabel hin und betupfte ihre perfekten Kirschlippen mit der Serviette. »Und da bin ich wieder.« Sie wandte sich an Sarah. »Die Fischpastete war übrigens sehr gut, Sarah, trotzdem möchte ich dir einen kleinen Rat geben. Ich tu immer ein bißchen Petersilie hinein, dann schmeckt sie gleich doppelt so gut. Und vielleicht etwas weniger Milch in den Kartoffelbrei, er war ein bißchen matschig. Ich weiß, daß dir Kritik nichts ausmacht, solange sie konstruktiv gemeint ist, hab ich recht?«

Alte Giftschnalle, dachte ich und zwinkerte Sarah zu.

Serena beugte sich zu Nick und legte den Kopf auf seine Schulter, obwohl es eher sein Rücken war, da er sich fast völlig von ihr weggedreht hatte, um sich mit Tim zu unterhalten. Sie kuschelte sich so gut wie möglich an ihn. »Du warst richtig sprachlos, als ich anrief, um dir zu sagen, daß ich mit der nächsten Maschine zurückkomme, nicht wahr, Liebling? Liebling!«

»Was?« Nick unterbrach sein Gespräch.

»Schatz, wenn ich mit dir rede, könntest du wenigstens zuhören. Ich kann mich schlecht mit deinem Rücken unterhalten.«

»Tut mir leid.« Er nahm seine Unterhaltung mit Tim wieder auf.

Serena wandte sich an den Rest ihrer unwilligen Zuhörerschaft. »Jedenfalls, ganz abgesehen von allem anderen, wußte ich, daß ich zurückkommen mußte, um mich um das Haus hier zu kümmern. Das Dach ist undicht, allein diese Reparatur wird ein Vermögen kosten. Liebling, hat inzwischen ein Fachmann das Dach angeschaut? Liebling? *Nick!*«

»Entschuldige, was?« Das klang gereizt.

»Ich habe gefragt«, begann Serena, durch die Zähne zischend, »ob du inzwischen etwas wegen des Daches unternommen hast?«

»Nein, noch nicht, aber das kommt dran, sobald ich wieder ein bißchen Geld flüssig habe.«

»Dann ist es vielleicht zu spät; die Löcher werden leider nicht kleiner. Du mußt wirklich anfangen, Kostenvoranschläge einzuholen. In Helston soll es einen sehr guten Dachdecker geben. Er hat sich gerade erst selbständig gemacht. Es könnte sein, daß er dir mit dem Preis entgegenkommt. Und die Fenster sind eine einzige Katastrophe, die hängen schon ganz schief in den Angeln. Schau doch!«

Sie deutete mit dramatischer Geste auf das Eßzimmerfenster. Wir schauten folgsam, nur Nick und Tim zeichneten Diagramme auf die Rückseite eines Briefumschlages und steckten die dunklen Köpfe zusammen.

»Also dieses Fenster hält doch keinen Winter mehr aus, oder? Es ist doch völlig morsch und verfault, und wenn es noch ein paarmal regnet, fällt es einfach ab. Dann regnet es herein, und die Teppiche gehen kaputt. Es ist zwar nicht mehr viel dran kaputtzumachen – schau dir nur dieses alte Ding an –, aber, Nick, du mußt unbedingt einen Zimmermann anrufen, das mußt du wirklich. Nick? *Nick?*«

Sie starrte auf seinen breiten Rücken. Die Brüder unterhielten sich immer noch leise miteinander. Es folgte eine schreckliche Pause.

»*Nick!* Serena warf ihre Serviette auf den Tisch, schob den Stuhl zurück und stand auf. Alle sahen sie an; sogar Nick und Tim unterbrachen ihre Berechnungen.

»Wirst du mir endlich mal zuhören!« kreischte sie. Ihr Gesicht war schneeweiß, und sie zitterte. Plötzlich nahm sie ihren Teller, holte aus und warf ihn zu Boden, wo er in tausend kleine Stücke zersprang. Dann lief sie, ein Schluchzen unterdrückend, aus dem Zimmer und knallte die Tür hinter sich zu.

Betretenes Schweigen. Endlich stand Nick mit einem Seufzer auf und ging resigniert hinter ihr her.

Wir anderen schauten verlegen nach unten. Ich spielte mit meiner Serviette. Rachel kicherte gehässig.

Endlich sagte Sarah zögernd: »Nehmt das nicht so ernst. Sie ist – na ja, manchmal ziemlich theatralisch, fürchte ich.«

»Künstlerisches Temperament und so weiter«, fügte Tim hinzu und machte ein verlegenes Gesicht.

»Und ich glaube«, fuhr Sarah fort, »sie ist zur Zeit ziemlich unglücklich.« Sie sah mich kurz an, zwar nicht vorwurfsvoll, aber doch so, daß ich rot wurde.

»Ach so, und das gibt ihr das Recht, sich dermaßen schlecht zu benehmen, wie?« sagte Rachel sarkastisch.

Wieder herrschte angespanntes Schweigen.

»Ich muß jetzt wirklich zurück in den Reitstall«, sagte Sarah und erhob sich. »Ich bin sowieso schon spät dran.«

»Ich begleite dich«, sagte Tim, legte seine Serviette auf den Tisch und folgte ihr hastig. Jetzt saßen nur noch Rachel, Jamie und ich am Tisch.

»Schmierendarstellerin«, sagte Rachel und leckte ihre

Gabel ab. »Sie ist nichts anderes als ein verwöhnter kleiner Fratz.«

Schwer zu glauben, aber in diesem Augenblick war mir Serena fast sympathisch, wahrscheinlich weil ich eine solche Stinkwut auf Rachel hatte. Ich sah in ihr selbstgerechtes kleines Gesicht und konnte mich nicht mehr zurückhalten.

»Und wie kommst ausgerechnet du dazu, dich über das schlechte Benehmen anderer Leute aufzuregen, Rachel?« fragte ich ruhig.

Sie sah mich überrascht an. »Was meinst du damit?«

»Nun, wer benimmt sich hier eigentlich wirklich schlecht? Ich bitte um Antwort.«

»Worauf spielst du an, Polly?« Sie kniff argwöhnisch die Augen zusammen.

»Hast du überhaupt kein schlechtes Gewissen, wenn du neben Sarah sitzt? Ich meine, du warst schließlich mit ihrem Freund im Bett, oder? Ist es dir wenigstens ein klein bißchen unangenehm, in ihrer Nähe zu sein und zu essen, was sie gekocht hat, oder bist du von Haus aus so scheinheilig? Du weißt doch sicher, daß Tim und Sarah heiraten wollen? Verdirbt einem das nicht das altbekannte Ich-bin-so-wild-auf-dich-Spiel?«

Sie kniff die Augen noch mehr zusammen, jetzt waren nur noch zwei schmale graue Schlitze zu sehen. »Ich weiß nicht, Polly, du kennst dich da sicher besser aus als ich. Du bist doch auf diesem Gebiet unsere große Expertin.«

Ich lehnte mich überrascht zurück. »Was soll das heißen?«

»Na ja, wie leicht fällt es dir, neben der lieben Serena zu sitzen? Schließlich steigst du doch mit ihrem Verlobten ins Bett, oder etwa nicht?«

Ich hielt erschrocken die Luft an.

Rachel lächelte. »Da habe ich offenbar ins Schwarze getroffen.«

Ich schluckte.

»Schau doch nicht so überrascht, das hat doch jeder gemerkt, der noch ein paar kleine graue Zellen hat. Du hast ihn beim Essen nicht aus den Augen gelassen, und er sieht aus wie das leibhaftige schlechte Gewissen. Also sag mal, wie schläfst denn *du* nachts? Ohne ihn, meine ich?«

Ich biß mir auf die Lippe und schaute weg.

»Da weißt du nichts mehr zu sagen, Polly, wie?« fragte sie ruhig. »Kehr erst mal vor deiner eigenen Tür, bevor du dich über andere Leute beschwerst.«

Ich trank einen großen Schluck Wein und zündete mir eine Zigarette an. Natürlich mußten allen, außer den wirklich unterbelichteten Leuten, die Ähnlichkeiten zwischen Rachels und meinem Verhalten längst aufgefallen sein. Aber ich war noch nie groß darin, mir unangenehme Wahrheiten einzugestehen. Und wenn ich etwas zuviel Wein und Kopfweh und etwas zuwenig Schlaf habe, dann fällt es mir noch viel schwerer, der Wahrheit ins Auge zu blicken. Aber Rachels scharfsichtige Beobachtung drang selbst zu mir durch. Ich leckte mir über die Lippen und überlegte, was ich antworten sollte.

Aber gab es da überhaupt etwas zu sagen? Sie hatte recht. Ich war kein bißchen besser als sie, kein bißchen besser als Caro. Serena und Nick waren verlobt und würden irgendwann heiraten. Ich hörte sie in der Küche schluchzen und hatte, nicht zum erstenmal heute, alles satt.

Ich hörte, wie Nick beruhigend auf sie einsprach. Allmählich verstummte ihr Schluchzen, und es wurde still. Jetzt küßte er ihr ganz bestimmt die Tränen von den Wangen.

Es war höchste Zeit für mich zu gehen, und ich stand vom Tisch auf. Rachel schaute ich nicht an, weil ich genau wußte, wie sarkastisch sie mich anlächeln würde. Ich ging einfach weg. Wenigstens das konnte ich. Ich konnte weggehen.

In meinem Zimmer raste ich herum wie eine Irre und warf alles in meinen Koffer: rotes Hemd, Lederrock, kleines Schwarzes, Reitstiefel – diese wohlüberlegt zusammengelegten Klamotten hatten mich zwar ans Ziel gebracht; aber das Ziel hatte sich als Sackgasse herausgestellt.

Jetzt strömten mir die Tränen über das Gesicht, und ich versuchte erst gar nicht, sie zurückzuhalten. Ich setzte einfach die Sonnenbrille auf. Ich liebte Nick so sehr, aber daran durfte ich nicht denken, sonst drehte ich durch. Das beste wäre, heimlich und leise das Haus zu verlassen. Nick würde bestimmt erleichtert aufatmen, wenn er das leere Zimmer sah.

Das einzige Problem war, daß ich meinen Koffer nicht schließen konnte. Wie bei jeder Abreise schien ich doppelt so viele Klamotten zu haben wie bei der Ankunft. Ich setzte mich auf das verdammte Ding, aber selbst mein Gewicht brachte die zwei Kofferhälften nicht zusammen. Schließlich zog ich in meiner Verzweiflung ein paar Pullover und ein paar Schuhe heraus und warf sie unter das Bett. Ich wollte nur weg von hier.

Ich stahl mich so leise die Treppe hinunter, wie das mit einem zwei Tonnen schweren Koffer im Schlepptau möglich ist. Niemand schien in der Nähe zu sein. Nick und Serena hielten sich vielleicht immer noch in der Küche im hinteren Teil des Hauses auf, Rachel und Jamie waren jetzt bestimmt oben in ihrem Zimmer und Sarah und Tim im Reitstall.

Ich schlich auf Zehenspitzen leise durch die große

Halle und zog meinen Koffer hinter mir her, der zum Glück an der unteren Seite zwei dieser praktischen kleinen Räder hatte. Als ich eben die solide eichene Haustür öffnen wollte, klingelte das Telefon. Herrgott! Ich ließ meinen Koffer stehen und stürzte blitzschnell hin, weil ich fürchtete, jemand anders könnte das Klingeln hören und angerannt kommen. Ich schaffte es, den Hörer schon nach dem ersten Klingeln abzuheben, und legte die Hand über den Mund, damit bloß niemand meine Stimme hören konnte.

»Ja?« flüsterte ich.

»Hallo?«

»Ja, hallo, wer spricht da?« zischte ich ins Telefon.

»Oh, entschuldigen Sie die Störung, aber ist Polly McLaren zufällig bei Ihnen?«

Ich setzte mich schwer auf die unterste Treppenstufe. Diese Stimme würde ich selbst im tiefsten Afrika erkennen.

»Ich bin's, Polly«, sagte ich leise.

»Wirklich? Polly! Großer Gott, deine Stimme klingt ganz fremd. Ich bin's, Harry!«

»Ich weiß.«

»Du hörst dich ein bißchen komisch an, geht es dir gut?«

»Ja, es geht mir gut. Einen Moment mal bitte.«

Harry! Da brauchte ich sofort eine Zigarette. Ich legte den Hörer auf das Tischchen, rannte zur Tür, wühlte in meiner Handtasche und fand endlich meine Zigaretten. Ich zündete mir eine an und inhalierte tief. Harry. Harry rief hier an und suchte mich. Kein Wunder, daß meine Hand zitterte. Ich nahm den Hörer wieder auf.

»Hallo? Bist du noch da? Ich dachte, du hättest aufgelegt.«

»Äh – nein, ich bin noch da. Was willst du, Harry?«

»Ich rufe an, um mich bei dir zu entschuldigen, Polly.«

»Ach ja?«

»Ja, und um dir zu sagen – dir zu sagen, daß du mir fehlst.«

»Oh!« Ich war geschockt bis ins Mark, zog noch einmal an der Zigarette und konnte wieder sprechen. »Aber was ist mit Caro, Harry? Vertreibt sie dir nicht die Zeit?«

»Ach, Polly, sei doch nicht so, ich kann es erklären, wirklich! Ich habe mich – nun ja – einfach hinreißen lassen und habe nicht geglaubt, daß du es erfährst. Ich weiß, das ist schlimm und absolut keine Entschuldigung, aber – ehrlich gesagt, Polly, Caro war eine leckere Zwischenmahlzeit, der ich nicht widerstehen konnte. Ich kann dir gar nicht sagen, wie leid es mir jetzt tut. Als ich hörte, daß du abgereist bist, wußte ich überhaupt nicht, was ich tun sollte. Ob du es glaubst oder nicht, ich habe mir die Haare gerauft. Bitte verzeih mir, Liebling, bitte!«

Mein Mund stand weit offen. Ich wußte nicht, was ich sagen sollte.

»Sag doch was, Polly, bitte!«

»Ich – ich weiß nicht, was ich sagen soll, Harry.«

»Ach, Polly, sei doch nicht so. Das klingt alles so kalt und feindselig. Sei bitte nicht so zu mir, sag mir, daß du es verstehst. Ich verspreche dir, daß es nie wieder vorkommt, nie wieder!«

»Ach, wirklich?«

»Gott, du bist wirklich sauer, was? Bist du sauer?«

Ich seufzte. »Ehrlich gesagt, ich weiß es nicht.«

»Bitte sei mir nicht böse, bitte nicht. Es war ein Riesenfehler von mir, ich schwöre dir, es kommt nie wieder vor. Du weißt ja, einmal ist keinmal. Caro ist so kindisch, hat mich schon am nächsten Tag zum Wahnsinn getrieben. Ich weiß, das macht es nicht besser, aber ich habe es schrecklich bereut. Ich habe die ganze Zeit versucht, dich zu erreichen, aber keiner deiner Freunde konnte mir sagen, wo du bist.«

»Ja – wie hast du mich denn dann gefunden?« stotterte ich ungläubig.

»Ich habe Pippa immer wieder gefragt, und schließlich hat sie es mir gesagt. Polly, ich muß dir nämlich etwas sehr Wichtiges sagen.«

»Ja?« krächzte ich.

»Es ist nicht einfach, denn, um ehrlich zu sein, ich habe so was noch nie gesagt, aber während deiner Abwesenheit habe ich viel nachgedacht, und mir ist klargeworden, daß ich ... Ich liebe dich, Polly.«

Ich prallte zurück und hielt mich am Treppengeländer fest. Vor Aufregung rutschte mir der Hörer aus der Hand. Ich nahm ihn so schnell wie möglich wieder auf.

»Hallo? Hallo, Polly, bist du noch da?«

»Ja, ja, ich bin noch da.«

»Ich weiß, daß das ziemlich überraschend für dich sein muß. Ich weiß, daß ich kein Freund wie aus dem Bilderbuch war, aber – ich war mir deiner so sicher. Du warst immer für mich da. Erst als du verschwunden warst, merkte ich, wie sehr du mir fehlst. Bitte komm zurück. Ich brauche dich wirklich.«

Ich konnte das alles nicht glauben. Harry vermißte mich? Harry wollte mich unbedingt sehen? Harry – Harry *liebte* mich?

»Polly? Polly? Die Verbindung ist sehr schlecht, ich hör dich kaum.«

»Schon gut, Harry, ich höre dich ausgezeichnet. Die Sache ist die, ich will eben nach London zurückfahren.«

»Wirklich? Großartig! Das ist ja super! Mit welchem Zug kommst du an? Soll ich dich abholen?«

»Äh – nein, schon gut, ich nehme ein Taxi. Ich weiß noch nicht, mit welchem Zug ich komme.«

»Okay. Aber wenn du in London bist, kannst du dich mit dem Taxi direkt hierherbringen lassen.«

»Direkt wohin?« fragte ich etwas dümmlich.

»Hierher, in meine Wohnung. Wir könnten was essen gehen und dann, na ja, du weißt schon...« Er lachte. »Uns wieder kennenlernen!«

Ich starrte auf den Telefonhörer. Das hätte er nicht sagen sollen. Das nun wirklich nicht. Das war ein großer Fehler. Ich spürte, wie ich am ganzen Körper eine Gänsehaut bekam. Uns wieder kennenlernen? Ich und Harry? Wieder dieses blöde Sprungbrett und der ganze Quatsch auf seiner Designer-Futonmatratze? Splitternackt? Fröhlich von einem sexuellen Marathon zum nächsten? Und zwischendurch vielleicht noch eine kleine Rasur? O nein, das ging jetzt nicht mehr. Ich dachte an Nick. Nein, ich konnte niemals zu Harry zurück.

Ich war unendlich erleichtert. Ein schweres Gewicht schien von meinen Schultern genommen. Ich war frei, und das war ein wunderbares Gefühl. Er bedeutete mir nichts. Harry Lloyd-Roberts gehörte der Geschichte an.

»Polly, ich glaube, wir legen auf, und ich rufe dich noch mal an, ich höre überhaupt nichts.«

»Du hörst nichts, weil ich nichts sage. Aber jetzt sage ich etwas, Harry. Paß gut auf.«

»Äh – ja«, sagte er unsicher.

»Du hast absolut recht.«

»Ja?«

»Absolut. Du warst dir meiner in London so sicher, und du hast recht, es gibt keine Entschuldigung für dein Verhalten. Du warst nicht nur ein schlechter Freund, sondern überhaupt keiner. Wenn du es wirklich wissen willst, du hast dich wie ein Schwein benommen. Ich habe in der Zwischenzeit übrigens auch nachgedacht und gemerkt, daß ich ohne dich ganz prima zurechtkomme. Es tut mir leid, Harry, aber wir ziehen aus dieser kurzen Trennung total unterschiedliche Schlüsse. Weißt du, ich bin drüber weg. Ich fürchte, deine Liebesschwüre kommen zu spät. Tut mir leid.«

Ich hörte ein leises Gestotter am anderen Ende der Leitung. Ohne abzuwarten, legte ich auf. Dann packte ich meinen Koffer und zog ihn wieder zur Haustür. Mit einem mächtigen Schwung schaffte ich es, ihn über die Schwelle zu heben, und stöckelte dann langsam in Richtung Helford Road davon.

25. Kapitel

Als ich, den Koffer hinter mir herziehend, keuchend den Kiesweg zum Tor entlangstapfte, überdachte ich noch einmal das wahnwitzige Gespräch von eben. Es war unglaublich. Woher dieser plötzliche Sinneswandel? Vor ungefähr einer Woche war Harry die Gleichgültigkeit in Person gewesen, und jetzt überfiel er mich geradezu. War es normal, daß Menschen sich so schnell änderten? Wahrscheinlich schon. Ich selbst war das beste Beispiel dafür. Vor ein paar Wochen wäre ich in seine Arme zurückgeflogen und das glücklichste Mädchen der Welt gewesen, aber jetzt war alles anders. Und das lag an Nick.

Nick. Er hatte sich auch geändert. Und sogar noch schneller als ich. Erst heute morgen hatte er mir gesagt – tja, was hatte er mir eigentlich gesagt? Genaugenommen gar nicht viel – daß ich schön sei, ja, aber das war das übliche Bettgeflüster; etwas wirklich Tiefempfundenes hatte er nicht gesagt, oder? Das Herz tat mir weh, als ich daran dachte, was er im Augenblick wohl Serena zuflüsterte. Daß er sie liebe? Daß er sie lieber heute als morgen heiraten wolle? Daß ich nichts als ein – wie hatte Harry sich ausgedrückt? Daß die Sache mit Caro – ein furchtbarer Fehler gewesen sei?

Ich schluchzte laut, und Tränen strömten mir über

die Wangen. Es half mir auch nicht weiter, daß ich die Schuhe mit den höchsten Absätzen anhatte, die ich besaß: In einem verzweifelten Versuch, ein bißchen größer zu wirken und Serena vielleicht bis zum Nabel zu reichen, hatte ich vor dem Essen noch schnell die Schuhe gewechselt. Ich verfluchte die verdammten Dinger jetzt und stöckelte tapfer in Richtung des Flusses weiter.

Ich mußte die Fähre nach Helford erwischen, bevor ich die umständliche Reise nach Helston beginnen konnte, und ich hatte keine Ahnung, um wieviel Uhr die nächste Fähre ging. Setzte man sich einfach ans Ufer und wartete, oder mußte man ihr winken wie einem Taxi? Ich kämpfte mich die holprige Straße entlang und schwitzte schon jetzt. Dann bog ich nach links ab und zerrte den Koffer den Weg zum Fluß hinunter. Der Weg ging steil bergab, und mein Koffer rollte immer schneller hinter mir her und zwang mich dazu, immer schneller zu traben, so daß ich, als wir endlich am Fluß ankamen, ziemlich schnell rannte und völlig außer Atem war. Mein Glück war, daß ich von einem weißen Geländer an der Anlegestelle aufgehalten wurde, ohne das ich garantiert im Wasser gelandet wäre. Dankbar sank ich zu Boden, um auf die Fähre zu warten, und war froh über diese Verschnaufpause.

»Hüpfst du noch drauf, Schatz, oder was?« fragte eine Stimme.

Ich blickte auf. Ein kleines, vollbesetztes Boot tanzte vor mir auf dem Wasser. Alle Leute schienen mich anzustarren.

»Wie bitte?«

»Ob du noch draufhüpfst«, wiederholte die Stimme. Sie schien einem breit grinsenden Mann mit blauer Mütze zu gehören. »Nämlich, wenn ja, dann gib 'n bißchen Gas, wir fahren gleich los.«

Verblüfft musterte ich das kleine Boot. »Oh! Ist das die Fähre?« Irgendwie hatte ich was viel Größeres erwartet, eher so ein Ding, wie es über den Kanal nach Frankreich fährt.

Er grinste wieder. »Soviel ich weiß, ja – und ich sollt's eigentlich wissen, ich bin nämlich seit mehr als zwanzig Jahren hier der Fährmann!«

Ich sprang blitzschnell auf. »Warten Sie, ich komme!«

»Gib mir das Ding, Schatz.« Er beugte sich herüber und hob meinen Koffer ins Boot. Jemand anders streckte die Hand aus und half mir an Bord. Ich setzte mich dankbar auf den letzten freien Platz, und mit einem schrillen Pfeifen und einem kurzen Dampfstoß tuckerten wir los.

Eingezwängt zwischen zwei dicken Frauen, die mich links und rechts so bequem wie zwei große Kissen stützten, musterte ich die Mitreisenden. Die meisten waren vernünftig aussehende Frauen mit leeren Taschen auf dem Schoß, die bestimmt auf dem Weg zu ihrem Wocheneinkauf waren. Auch sie betrachteten mich mit Interesse und blinzelten mir freundlich zu. Ich versuchte zurückzublinzeln, aber mein Gesicht war wie erstarrt. Später, wenn ich sie nach dem schnellsten Weg in die Stadt fragte, würde ich bestimmt wieder blinzeln können.

Meine Füße brachten mich fast um. Ich entschloß mich, die lächerlichen Stöckelschuhe gegen ein paar flache Espandrilles auszutauschen. Mein Koffer stand vor meinen Füßen, ich öffnete ihn, quetschte die verdammten Schuhe hinein und zog ein Paar himmlisch flache heraus. Mit aller Kraft drückte ich auf den Deckel, aber natürlich ging das verdammte Ding nicht mehr zu. Ich stand auf und setzte mich auf den Koffer. Ich versuchte es mit allen Tricks, aber es war vergeblich. Vor Wut und Selbstmitleid traten mir Tränen in die Augen.

»Will einfach nicht zugehen, das Köfferchen«, meinte die dicke Frau neben mir. Sie kicherte freundlich. »Vermutlich zuviel drin, stimmt's?«

»Sieht ganz so aus«, sagte ich und merkte, daß meine Stimme leicht zittrig klang.

Ein letzter Versuch. Es nützte alles nichts. Plötzlich hielt ich es nicht mehr aus. Ich riß den Koffer wieder auf, packte die hochhackigen Schuhe und warf sie ins Wasser. Sie versanken langsam, und ich war heilfroh, daß ich sie nie wiedersehen würde. Triumphierend kniete ich mich auf den Koffer, und jetzt ging er endlich zu.

Ich seufzte erleichtert auf und grinste in die Runde. »Ich habe diese Schuhe sowieso nie leiden können«, sagte ich, ohne jemanden direkt anzusprechen.

Acht oder neun Augenpaare sahen mich an. Ihre guten, ehrlichen, abgearbeiteten Gesichter wirkten wie versteinert. Niemand lächelte, niemand sagte ein Wort. Aber alle starrten mich an. Durch eine kleine, unüberlegte Handbewegung hatte ich es geschafft, die herzensgute Bevölkerung von Helford und Manaccan gegen mich aufzubringen. Einer nach dem anderen wandte sich ab, und ich hörte es um mich herum flüstern. Ich fing den Blick des freundlichen Kapitäns auf. Er wandte sich ab. Ich senkte den Kopf und schämte mich fürchterlich.

Wir hatte ich so dumm sein können? Diese Schuhe kosteten ungefähr, mal nachdenken, ungefähr so viel, wie eine Familie eine Woche lang zum Leben brauchte – großer Gott, vielleicht sogar einen Monat! Die meisten dieser Leute waren wahrscheinlich glücklich, wenn sie zwei paar Schuhe besaßen; ihre Kinder rannten wahrscheinlich den ganzen Sommer barfuß umher. Ich meine, das war auf dem Land so üblich.

Ich wagte nicht, den Kopf zu heben. Die acht oder

neun Paar Schuhe in meinem Blickfeld bestätigten meine Gedanken. Sie sahen allesamt wie Museumsstücke aus. Sie waren mindestens hundert Jahre alt, waren ganz bestimmt von einer Generation zur nächsten vererbt worden, nach dem Tod der Großmutter hatte die Mutter sie getragen und dann die Tochter; sie waren täglich geputzt und immer wieder ausgebessert – nein, geflickt worden –, und das viele Jahre lang.

Als wir am anderen Ufer anlegten, wappnete ich mich und blickte auf. Es stimmte, meine Befürchtungen bestätigten sich. Statt freundlich interessiert wie am Anfang, sahen die Leute mich jetzt mißtrauisch an, und ich konnte nicht mehr hoffen, von einem von ihnen nach Helston mitgenommen zu werden. Von den Arbeitern da drüben, zum Beispiel. Ich komme normalerweise mit Straßenarbeitern prima klar. Ich gehe vorbei, sie pfeifen, ich schau sie kokett an, sie machen obszöne Gesten, ich werfe mein Haar nach hinten – und alle sind zufrieden. Aber heute lief das ganz anders. Beim Verlassen der Fähre versuchte ich, sie schüchtern anzulächeln, aber sie drehten sich weg, stiegen in einen wartenden Landrover und fuhren los, ohne mir einen Abschiedsgruß zuzurufen.

Es war kaum zu glauben. Ehe ich bis zehn zählen konnte, stand ich mutterseelenallein am Kai. Ich tat mir selbst unendlich leid, riß mich aber zusammen und machte mich samt Koffer auf die Suche nach einer Bushaltestelle. Wach auf, Polly, eine Bushaltestelle hier in der Wildnis? Es dauerte eine halbe Stunde, bis ich an ein Schild kam, das mich, wenn auch nur entfernt, an eine Bushaltestelle erinnerte. Das kleine rote Symbol auf dem Schild sah einem Viehlaster viel ähnlicher als einem Bus. Na ja, ich konnte unmöglich den ganzen Weg bis Helston zu Fuß gehen. Ich setzte mich auf meinen Koffer, der von

Minute zu Minute schwerer zu werden schien, und wartete. Und wartete. Und wartete.

Nach einer guten halben Stunde entschloß ich mich, mein Leben selbst in die Hand zu nehmen, den Daumen zu heben und es per Anhalter zu versuchen. Ich kramte in meiner Handtasche und fand eine riesengroße Perle, die im Taschenfutter steckte. Ich zog sie heraus. Ach ja, da war sie, meine überdimensionale Hutnadel. Ich fahre zwar selten und nur gezwungenermaßen per Anhalter, aber dann habe ich sie gern in der Hand. Gott allein weiß, wo ich sie im Ernstfall hineinstechen würde: Auf jeden Fall in irgendwelche Weichteile. Es beruhigt mich einfach, wenn die Hutnadel da ist. Ich stand auf, stellte mich an den Straßenrand und hob den Daumen hoch; er stach gerade und fröhlich in die Luft.

Zwanzig Minuten später sank mein Daumen traurig nach unten. Es hatte sich anscheinend überall herumgesprochen. Die guten Leute von Helford waren ganz eindeutig gewarnt worden: Nehmt auf keinen Fall ein blondes Mädchen mit, das einen dicken Koffer hinter sich herzieht. Das ist ein verworfenes Weibsstück, das mehr Schuhe als Verstand besitzt. Kein einziges Auto verlangsamte auch nur seine Fahrt, geschweige denn, daß es anhielt.

Schließlich kam eine kleine alte Dame mit einem leeren Korb auf mich zugewackelt. Die muß auf dem Weg in die Stadt sein, dachte ich, und ganz bestimmt kann jemand in ihrem Alter und mit ihrer Figur – sie war breiter als hoch – nicht die ganze Strecke zu Fuß gehen, oder? Aufgeregt sah ich sie langsam näher kommen. Es war wie eine Szene aus Monty Python. Jeden Moment erwartete ich, daß ein Bus um die Ecke kam und sie den Fuß ausstreckte und ihm ein Bein stellte. Aber nein. Sie watschelte schnurstracks an mir vorbei.

»Entschuldigen Sie!« rief ich verzweifelt hinter ihr her.

Sie blieb stehen, drehte sich um und begutachtete mich neugierig. »Wissen Sie zufälligerweise, ob heute noch ein Bus nach Helston fährt?«

Sie lachte laut auf. »Sie warten auf einen Bus, ja? Nein, heute kommt keiner. Dienstags und donnerstags, ja, aber nicht heute.«

Sie lachte noch ein bißchen und schickte sich an, weiterzugehen. Nicht so schnell, Oma, dachte ich. So schnell bin ich nicht abzuschütteln.

»Und wie kommen Sie in die Stadt?«

»Ich? Oh, ich werde abgeholt, machen Sie sich um mich keine Sorgen.«

Die Seelenruhe, mit der sie »ich – ich« sagte, war ärgerlich genug, aber als ich eben beschlossen hatte, großzügig darüber hinwegzusehen, und sie fragen wollte, ob ich auch mit in die Stadt fahren dürfe, kam ein Auto um die Ecke gebogen. Ein kleiner Elektrolieferwagen mit Milchkannen. Neben dem dünnen Fahrer hatte haarscharf noch eine dicke Person Platz, nämlich sie.

»Tag, Dolly!« rief der Milchmann fröhlich und bremste.

»Na endlich!« rief sie und ließ sich von ihm am Arm in den Wagen zerren. Sie plumpste auf den Sitz, winkte mir vergnügt zu, und das Gefährt ratterte davon.

Das gab mir den Rest. Ich setzte mich auf den Koffer, legte den Kopf in die Hände und schluchzte herzzerreißend.

Schluchzend, jammernd und triefend, steigerte ich mich in ein erdbebenähnliches Crescendo hinein, und dann merkte ich plötzlich, daß direkt vor mir ein Automotor schnurrte.

Einen Augenblick lang unterbrach ich mein Schluchzen und erkannte durch den Tränenschleier ein orangerotes Golf Cabrio. Das Fenster auf der Fahrerseite glitt lautlos nach unten.

»Dachte ich doch, daß Sie es sind!« rief eine mir bekannt klingende Stimme. »Warum um Himmels willen sitzen Sie hier am Straßenrand?«

Ich wischte mir die Augen und erkannte Hetty Penhalligan am Steuer. Ich setzte die Sonnenbrille auf und fuhr, zwischen Erleichterung und Schreck schwankend, in die Höhe. Sie konnte mich vielleicht wenigstens bis Helston mitnehmen, aber was sollte ich ihr als Erklärung vorflunkern?

»Wollen Sie nach Helston?« fragte sie.

»Ja!« rief ich froh.

»Da fahre ich auch hin. Werfen Sie Ihren Koffer in den Kofferraum, und steigen Sie ein.«

Mein Koffer lag im Kofferraum, und der Sicherheitsgurt war eingeklinkt, bevor sie bis drei zählen konnte.

»Alles in Ordnung, meine Liebe?« Sie spähte besorgt über meine Sonnenbrille. »Sie sehen nämlich furchtbar aus. Warum sitzen Sie denn wie ein kleiner Gnom hier am Straßenrand?«

»Ich habe versucht, nach Helston zu kommen, und dachte, daß es einen Bus gibt. Ich wußte nicht, daß hier nur alle paar Monate einmal einer vorbeikommt.«

»Wollen Sie damit sagen, daß Sie die ganze Strecke bis hierher mit diesem schweren Koffer gelaufen sind? Wie grauenhaft.«

Sie gab Gas, und wir preschten los, von null auf hundert in zehn Sekunden. Ich hielt den Atem an, mein Kopf flog zurück, und ich spürte einen stechenden Schmerz im Nacken. Ich klammerte mich fest und betete um mein Leben, als wir in einem Affenzahn die Kurven nahmen.

»Warum hat Nick Sie denn nicht hergefahren?« rief Hetty laut, um das Motorgeräusch zu übertönen.

»Es mußte schnell gehen, und Nick war nicht zu Hause!« schrie ich zurück.

»Wo ist er denn?«

»Er ist, äh – er ist auf den Markt gefahren, glaube ich.« Trieben sich Farmer nicht andauernd auf Märkten herum?

»Markt? Heute? Wie komisch«, meinte sie. »Markttag ist normalerweise am Montag.«

»Äh – ja, das stimmt, das hat Nick gesagt, aber man hat ihn ausnahmsweise auf heute verlegt, weil, äh – weil viele Farmer am letzten Montag keine Zeit hatten.«

Sie sah mich an, als ob ich zwei Köpfe hätte. »Was soll das heißen, sie hatten keine Zeit?«

Ja, was sollte es um Gottes willen heißen? Ich suchte verzweifelt nach einer plausiblen Erklärung. »Na ja, viele waren letzten Montag weg – auf so – so einer Art Kurzurlaub, über ein verlängertes Wochenende, wissen Sie? Das Wetter war doch so gut. Deshalb haben die Leute, die den Markt organisieren, die – die Marktorganisierer, beschlossen, daß er ausnahmsweise heute stattfinden soll.«

Hetty legte den Kopf zurück und lachte. »Hat Nick Ihnen das erzählt? O Gott, das ist ein guter Witz. Langes Wochenende? Was? Haha, Polly, ich fürchte, Sie sind verarscht worden. Offensichtlich hat er Geheimnisse vor Ihnen. Farmer haben keine Wochenenden, geschweige denn verlängerte.«

»Oh, wirklich nicht? Ja, ich muß schon sagen, daß ich es auch recht seltsam fand. Vielleicht hat er mich ein bißchen angeschwindelt – haha!« Wie angenehm, meine Lügen zur Abwechslung mal jemand anderem aufzuhalsen. Es war mir schleierhaft, warum mir das nicht früher eingefallen war.

»Und warum mußten Sie so plötzlich weg?« schrie sie, als sie in lebensgefährlichem Tempo die nächste Kurve schnitt. Ich hielt mich am Türgriff fest.

»Was?« schrie ich zurück, um etwas Zeit zu gewinnen.

»Warum müssen Sie so plötzlich zurück?«

»Ach so, meine Mutter ist krank geworden.«

»Das tut mir leid, was fehlt ihr denn?«

Ich hielt mich am Armaturenbrett fest, das Auto rumpelte über eine holperige Brücke, flog mit allen vier Reifen durch die Luft und landete mit einem heftigen Ruck wieder auf der Straße. Hetty verwechselte offenbar Monaco mit Manaccan.

»Was hat sie denn?« schrie sie wieder.

»Malaria!« schrie ich zurück.

Plötzlich schaltete eine Ampel auf Rot. Ich schloß die Augen und vertraute meine Seele dem Allmächtigen an, außerdem alles, was er vielleicht sonst noch von mir wollte. Mit quietschenden Bremsen hielten wir an.

Hetty schien sehr besorgt zu sein. »Malaria? Wie entsetzlich. War sie vor kurzem im Ausland?«

»Im Ausland? Nein, warum?«

»Na, weil man sich Malaria normalerweise nicht in England holt.«

»Ach, im Ausland! Tut mir leid, ich war nicht ganz bei der Sache. Ja, ja, sie war im Ausland. Sie war in – na, wo war sie denn schnell noch mal? – ja, in Frankreich. Sie war letzte Woche in Frankreich, aber sie fliegt so oft hin, daß das für mich gar keine richtige Reise ist. Wir haben dort ein Haus, es ist quasi meine zweite Heimat.«

Hetty hob die Augenbrauen. »Sie hat sich in Frankreich Malaria geholt? Was für ein Riesenpech. Besonders im April.« Sie sah mich zweifelnd an. »Es gibt doch noch keine Moskitos?«

Verdammt noch mal, natürlich, wie blöd von mir. Malaria war eine von diesen scheußlichen Tropenkrankheiten. Man bekam sie normalerweise nur, wenn man am Kongo Krokodile jagte oder mit Eingeborenen den Nil befuhr. Warum hatte ich mir nicht eine stinknormale Krankheit einfallen lassen, etwas, das man im Supermarkt aufschnappen konnte, wenn einem danach war? Zum Beispiel Grippe, das hätte gut gepaßt. Warum mußte ich immer so übertreiben?

»Äh – nein, Sie haben recht, es waren doch keine Moskitos. Der Doktor meint, es sei vielleicht etwas im Wasser gewesen. Sie war schließlich im tiefsten Süden von Frankreich – fast in Spanien.« Ich senkte dramatisch die Stimme, um anzudeuten, daß meine abenteuerliche Mutter etwas unternommen hatte, was vor ihr noch keine weiße Frau gewagt hatte.

Glücklicherweise leuchtete das Hetty ein, die offenbar dachte, alles, was südlich von Paris lag, gehöre zur dritten Welt.

»Das erklärt natürlich einiges. Spanien. Ja, natürlich. Den Spaniern ist nicht zu trauen.« Sie schüttelte heftig den Kopf. »Niemals! Das sind ganz gefährliche Kerle, ich traue ihnen alles zu.«

Ich lehnte mich erleichtert zurück. Die Ampel schaltete auf Grün, und wir rasten wieder los. Wenigstens das war geklärt. Wir fuhren wieder um eine Haarnadelkurve, und wieder wurde ich von der Fliehkraft an die Seitenwand gedrückt. Ein Laster wich erschrocken auf den Straßenrand aus, weil wir auch einen Teil seiner Fahrspur beanspruchten. Der Fahrer hob wütend die Faust, als wir vorbeizischten. Hetty winkte fröhlich zurück. Noch eine

Kurve und noch ein Laster, er hatte zwei Tonnen Heu geladen. Ich krallte mich am Armaturenbrett fest und trat unaufhörlich auf eine imaginäre Bremse.

»Vorsicht!« schrie ich, als der Laster in einem Abstand von höchstens drei Zentimetern an uns vorüberdröhnte.

Hetty sah mich überrascht an. »Sind Sie nervös, mein Kind?«

»Nein, nein, überhaupt nicht«, log ich, als wir mit stark überhöhter Geschwindigkeit in ein Dorf hineinfuhren und schleudernd vor einer mir sehr willkommenen roten Ampel zum Stehen kamen. Mein Herz pochte wie verrückt. »Ich bin nur diese kleinen, kurvigen Straßen nicht gewöhnt.«

»Keine Angst, ich kenne sie in- und auswendig. Kein Grund zur Sorge.« Sie tätschelte mir die feuchte Hand.

Ich lächelte, hatte aber so meine Zweifel. Ich war fest überzeugt, daß ich in diesem Auto sterben würde. Andererseits schloß ich aus der Tatsache, daß mir diese Vorstellung ziemlich unangenehm war, daß noch ein Rest Lebensfreude in mir stecken mußte. Sonst hätte mich der Gedanke an den Tod doch kaltgelassen, richtig? Richtig. Aber wohin hatte sich diese Lebensfreude verkrochen?

Ich blickte verträumt aus dem Fenster und betrachtete die Häuschen am Straßenrand. Sie waren alle mit Stroh gedeckt, trotzdem sahen alle ganz unterschiedlich aus, und jedes war auf seine Art wunderschön. Die rosa, blauen oder weißen Fassaden glänzten in der Nachmittagssonne, die Fensterscheiben blitzten. In den kleinen Vorgärten blühte Geißblatt, und die ersten Rosen hatten schon dicke Knospen. Auf der Rückseite der Häuser lagen Gärten, die sich noch ein gutes Stück den Hang hinaufzogen und an eine riesige Wiese grenzten, auf der eine Schafherde friedlich weidete. Kleine Lämmer hüpften herum und stießen die Köpfe in die Bäuche ihrer geduldigen Mütter. Ich seufzte. Wie wunderschön das alles war, und was für ein Pech, daß ich mich nicht nur in Nick, sondern auch in Cornwall verliebt hatte.

Ich biß mir auf die Lippen, als ich spürte, daß mir wieder Tränen in die Augen stiegen. So wird man verrückt, dachte ich und verbot mir, an Nick und an Cornwall zu denken. Statt dessen starrte ich aus dem Fenster und konzentrierte mich auf einen grünen Volvo, der gerade vor einem der Häuschen angehalten hatte, und fixierte seine Radkappen. Nicht an Nick und nicht an Cornwall denken, sonst gibt es eine Überschwemmung im Auto, und was würde Hetty dann sagen? Ich hätte es sicherlich geschafft, den Tränenstrom auf die Malaria meiner Mutter zu schieben, aber ich hatte den ganzen Hokuspokus satt.

Ich zwinkerte und sah wieder auf den Volvo. Die Tür öffnete sich, und eine Mütze tauchte auf. Sie saß auf dem Kopf eines jungen Mannes, der jetzt aus dem Wagen stieg. Er schlug die Tür hinter sich zu, schloß das Auto aber nicht ab. Na ja, warum sollte er auch? Wir waren ja schließlich nicht in der Fulham Road, in der es von Dieben wimmelte. Ich seufzte verzweifelt, als mir klar wurde, daß ich bald wieder dort sein würde. Der junge Mann ging auf das rosa Häuschen zu und zog dabei einen Schlüssel aus der Tasche. Was für ein idyllischer Ort, dachte ich, als er den Schlüssel ins Schloß steckte. Sicherlich war das Haus innen mit Natursteinplatten ausgelegt, und die Decken wurden von schweren alten Eichenbalken gestützt.

Die Ampel wurde grün. Hetty rammte den ersten Gang hinein und ließ den Motor aufheulen; bereit für einen Le-Mans-Start. Der junge Mann öffnete die Eingangstür und schickte sich an, das Haus zu betreten.

Komischerweise kam er mir irgendwie bekannt vor, obwohl ich sein Gesicht nicht gesehen hatte. Sein Gang erinnerte mich an jemanden ... Ja, es war der Gang und auch die breiten Schultern und das Haar, das unter der Mütze herausschaute – dieses – rote Haar.

Ich preßte die Hand auf den Mund. »O Gott!« schrie ich laut. Er drehte sich um. Unsere Blicke trafen sich. Ich duckte mich, und in diesem Augenblick raste Hetty los, aber es war zu spät.

»Was ist denn?« schrie sie. »Was ist denn um Gottes willen los?«

»Er ist es!« jaulte ich und rang die Hände. »Er ist es schon wieder, verdammt noch mal!«

26. Kapitel

Ich drehte mich um. Adam stand stocksteif da und starrte uns nach. Er hatte uns unsere Geschichte nicht abgenommen, er war noch immer da. Nicht in Manaccan natürlich – er brauchte nicht viel Intelligenz, um zu vermuten, daß wir das überprüfen würden –, nein, er hatte sich einfach im Nachbardorf eingemietet. Wie dumm von uns, uns so in Sicherheit zu wiegen. Panik stieg in mir auf.

Nachdenken, Polly, nachdenken! befahl ich mir. Ich krallte mich am Sitz fest. O Gott, wenn er nicht ganz dämlich war, würde er jetzt schnell handeln. Jetzt, da er wußte, daß ich ihn gesehen hatte, blieb ihm ja auch nichts anderes übrig. In diesem Augenblick lief er wahrscheinlich zu seinem Auto und raste nach Trewarren, um Jamie zu schnappen, bevor ich Alarm schlagen konnte. Dann würde er ihn auf schnellstem Weg nach Amerika verfrachten.

Ich stellte mir vor, wie der großäugige kleine Jamie, vertrauensvoll lächelnd, in seine blaue Wolldecke gewickelt, auf Boote, in Flugzeuge und durch den Zoll getragen wurde. Mein Herz setzte fast aus. Armes, kleines Baby! Ich biß mir auf die Lippen. Das durfte nicht passieren. Ich konnte jetzt unmöglich nach London zurück. Es gab nur eine Möglichkeit.

»Halten Sie an!« schrie ich so laut ich konnte.

Obwohl wir eben durch eine überaus tückische Kurve schleuderten, nahm Hetty die Herausforderung an. Um sich zu überzeugen, ob ich es ernst meinte, warf sie mir einen blitzschnellen Blick zu, trat dann auf die Bremse und kam erstaunlich schnell zum Stehen.

»Schnell, schnell! Drehen Sie um!« rief ich.

»Aber warum denn?« begann sie. »Warum haben wir …«

»Schon gut, schon gut, ich erkläre es Ihnen gleich, aber bitte beeilen Sie sich, wir müssen schnell sein.«

Mit weit aufgerissenen Augen, aber ohne jeden Widerspruch tat sie, um was ich sie bat. Ihr machte das alles großen Spaß. Sie beugte sich vor, sah mich ungeduldig an und wartete auf meine nächste Instruktion. Was sie wirklich hören wollte, war etwa: »Fahren Sie hinter diesem Traktor her!« oder irgendeinen anderen Befehl à la Miami Vice.

»Schnell, schnell!« quiekte ich. »Zurück nach Trewarren!«

Über das Steuer gebeugt wie ein Greifvogel, die Lippen entschlossen zusammengepreßt, wuchs sie in ihre Rolle hervorragend hinein. Ich hatte den Eindruck, daß sie auf diesen Augenblick schon seit Jahren gewartet hatte. Mit einem kleinen Freudenschrei ließ sie die Kupplung kommen, und wir schossen in Richtung Trewarren davon.

Meine Gedanken überschlugen sich. Natürlich hatte er uns nicht geglaubt. Wir waren ganz schön blöd gewesen, das anzunehmen. Als wir wieder durch das kleine Dorf kamen, sah ich, daß der grüne Volvo nicht mehr da war. Adam hatte keinen Augenblick Zeit verloren, aber wenn wir uns beeilten, konnten wir ihn vielleicht noch einholen.

»Schnell, schnell!« stieß ich leise hervor, aber nicht

leise genug für Hettys gespitzte Ohren. Ihre weit geöffneten Augen funkelten vor Vergnügen, als sie diese magischen Worte hörte, und sie trat das Gaspedal bis zum Anschlag durch. Ich schickte ein Stoßgebet zum Himmel, als wir auf eine rote Ampel zufuhren. Hetty nahm kein bißchen Gas weg, und wir preschten, eine Staubwolke zurücklassend, an Rot vorbei.

Außerhalb der Ortschaft führte die Straße geradeaus, und erst jetzt erlaubte Hetty sich, mich nach dem Grund für den plötzlichen Richtungswechsel zu befragen.

»Warum zum Teufel fahren wir plötzlich nach Trewarren?« schrie sie.

»Wegen des Babys!« schrie ich zurück und vergaß einen Augenblick, daß sie die ganze Babygeschichte ja gar nicht kannte.

»Wegen des Babys?« Sie schaute mich fragend an.

Sie gehörte zu den Fahrern, die einen ansehen müssen, wenn sie mit einem sprechen, und dadurch bei jedem Beifahrer helles Entsetzen hervorrufen, besonders dann, wenn sie mit Lichtgeschwindigkeit fahren. Ich mußte schnell denken. Die Rachel-Jamie-Adam-Geschichte war viel zu lang und kompliziert, um sie jetzt zu erzählen, und Hetty würde sich verpflichtet fühlen, mich zwischendurch immer wieder anzusehen, was unsere Überlebenschance fast auf Null herunterschrauben würde. Deshalb dachte ich mir eine passende Lüge aus.

Hetty zeigte mir einen Ausweg. »Holen wir das Baby?«

»Ja, genau«, stimmte ich zu und war ihr sehr dankbar, daß sie mich auf eine so wunderbare Erklärung gebracht hatte, auf eine so einfache. »Ich habe das Baby vergessen.«

»Oh!« Sie wandte den Kopf und sah mich kurz an.

»Ja, Sie hatten schon recht. Es ist mein Baby, ich

hatte nur keine Lust, es zuzugeben, als Sie mich danach fragten. Ich dachte, Sie hätten etwas dagegen, wissen Sie, unverheiratete Mütter und so … Aber es ist mein Baby, und das Furchtbare ist, daß ich es einfach vergessen habe. Es ist mir eben erst eingefallen, daß der Kleine wahrscheinlich immer noch in seiner Wiege in Trewarren liegt. Tja, man sollte es nicht für möglich halten, nicht wahr?«

Hetty konnte es offenbar nicht, denn sie sah mich entsetzt an. Plötzlich drosselte sie das Tempo geradezu dramatisch. Ich leckte mir die Lippen, und mir wurde klar – leider zu spät –, daß diese Geschichte nicht so einfach war, wie ich gehofft hatte, und daß ich jetzt ziemlich viel erklären mußte, um glaubhaft zu bleiben. Hetty wirkte ziemlich zerstreut und war bestimmt imstande, alles mögliche herumliegen zu lassen und zu vergessen – ihr Portemonnaie, ihre Autoschlüssel, ihre Brille – aber ein Baby? Wer vergißt schon ein Baby? Die Tachonadel ging zurück. Vierzig, dreißig, zwanzig – so ging es nicht weiter. Ich machte mich an meine Verteidigung.

»Wissen Sie – daran ist nur diese verdammte postnatale Depression schuld, verstehen Sie?«

»Ach so!«

War das ein mitfühlender Blick? Hatte ich in ihr etwas angerührt?

»Ja«, fuhr ich fort, »nach Jamies Geburt war ich absolut am Ende: konnte nicht mehr essen, nicht mehr schlafen, ich konnte einfach nicht glauben, daß ich ein Baby haben sollte. Ich dachte immer, daß er in Wirklichkeit gar nicht mein Kind sei und – das Schlimme ist, obwohl ich es jetzt besser weiß, vergesse ich noch manchmal, daß ich Mutter bin, und lasse ihn an den schrecklichsten Orten einfach stehen.«

»Mein armes Kind!« Betroffen legte sie mir die Hand auf den Arm.

Gerührt durch ihr Mitgefühl, erwärmte ich mich für das Thema. »Ja, ich hab ihn einmal in einem Peter-Jones-Laden stehenlassen.«

Hetty schüttelte den Kopf und sah mich freundlich an. »Das kann leicht passieren«, murmelte sie. »Zwischen all dem Porzellan und Glas.«

»Ich fürchte, ja. Oh, und einmal habe ich ihn vor einem Postamt vergessen, einmal beim Gemüsehändler und einmal im Kino ...«

»Sie nehmen ihn ins Kino mit?« Hetty machte ein erschrockenes Gesicht.

Himmel, durften Babys nicht ins Kino? Anscheinend nicht – es wäre vielleicht doch einfacher gewesen, ihr die ganze Adam-und-Rachel-Story zu erzählen. Zu spät. Ich machte tapfer weiter.

»Na ja, er schläft da gut ein, wissen Sie, und ich gehe auch nie mit ihm in einen Film mit Sex und Gewalt, nur in Liebesgeschichten und in Naturfilme.«

»Ach so.« Hetty sah nicht recht überzeugt aus. »War es eine schwere Geburt?«

»Oh, einfach gräßlich. Hat wochenlang gedauert.«

»Wochenlang!« Ein entgeisterter Blick traf mich, und Hetty blieb fast stehen. Sie wühlte im Handschuhfach nach Zigaretten.

Verdammt, wenn ich nur mehr über Geburten gewußt hätte! Ein Jammer, daß Rachel so verschlossen gewesen war, aber ich hatte doch schon oft gehört, daß manche Frauen eine Ewigkeit in den Wehen lagen.

»Äh – na ja, natürlich nicht wochenlang, mir ging's nur so furchtbar schlecht. Aber es hat tagelang gedauert, vier, fünf Tage lang.«

Hetty sah entsetzt aus. »Sie Ärmste!«

»Ich weiß, es war grauenhaft, alle Ärzte sagten, es sei die schwerste Entbindung gewesen, die sie jemals erlebt hätten. Fünf Fachleute machten sich gleichzeitig an mir zu schaffen. Jemand hat sogar seine Doktorarbeit über meine Entbindung geschrieben. Jedenfalls ist das der Grund, warum ich immer wieder so deprimiert bin und Jamie auch heute noch manchmal vergesse.«

»Das erklärt es ja hinreichend.« Hetty schüttelte den Kopf. »Sie Ärmste, Sie brauchen wirklich Hilfe«, sagte sie sehr ernst und nachdenklich.

Zum Glück schien meine bizarre Erklärung sie zufriedengestellt zu haben, wir fuhren wieder schneller. Ich beobachtete den Tacho wie ein Habicht. Innerhalb weniger Sekunden waren wir schon wieder auf Fünfzig. Vielleicht wollte Hetty mich jetzt in ein Müttergenesungswerk bringen, und die würden mich dann erst mal eine Weile dabehalten. Doch nichts dergleichen passierte. Offenbar war Hetty der Meinung, daß ein Kind zu seiner Mutter gehört, ganz egal, wie unfähig diese Mutter auch ist.

Auf der restlichen Fahrt schwiegen wir, und endlich erreichten wir die Abzweigung nach Trewarren. Wir preschten über den aufstiebenden Kies der Zufahrt und hielten vor dem Haus.

Ich sprang aus dem Auto und stürmte die Stufen zur Haustür hinauf. Da ich wußte, was für übermenschliche Kraft man brauchte, um sie zu öffnen, rammte ich gleich meine Schulter dagegen. Unglücklicherweise war sie nur angelehnt, und ich kam etwas schneller als erwartet in das Haus hinein. Wie eine Rakete schoß ich durch die Halle und prallte frontal mit Nick zusammen, der aus dem Wohnzimmer kam.

»Hallo, aufpassen!« rief er, packte mich bei den Schultern und bremste den Aufprall. »Oh, Polly, du!« Er erkannte mich offenbar an der ungewöhnlichen Art, mit der ich das Haus betreten hatte. Er sah etwas erleichtert aus. Doch die Erleichterung hielt nicht lange vor, er war wütend.

»Wo zum Teufel warst du denn? Ich habe dich überall gesucht, warum bist du einfach so abgehauen?« Er entdeckte Hetty, die hinter mir das Haus betrat. »Mama, was machst du denn hier?«

Hetty freute sich immer noch über ihren eben aufgestellten Geschwindigkeitsrekord. Ihr Gesicht war rot, sie fächelte sich Kühlung zu.

»Hallo, Liebling, ist das nicht eine Überraschung? Ich brauche jetzt einen großen Drink. Bin total fertig! Wir haben eine wilde Autofahrt hinter uns, und Polly hat mir die unglaublichsten Sachen erzählt. Ehrlich, was sie alles erlebt hat, man hält das nicht für möglich. Zuerst das Baby, und jetzt ihre arme Mutter ...« Sie warf sich in einen Sessel in der Halle. »Liebling, mach schnell mit dem Gin, ich sterbe in einer Minute.«

Nick deutete mit dem Kopf zum Wohnzimmer. »Bedien dich selbst, Mama, ja? Du weißt ja, wo alles steht.«

Hetty stand auf und verschwand dankbar in Richtung des Barschranks, ehe sie Zeit hatte, sich noch weiter über meine faszinierende Karriere zu äußern.

Nick hielt meine Schultern noch immer umklammert. »Polly, was zum Teufel geht hier vor?«

»Wo sind Rachel und Jamie?« rief ich aufgeregt.

»Meines Wissens liest Rachel im Garten, und Jamie schläft oben in seinem Zimmer. Warum?«

Ich machte mich los und sprang die Treppe hinauf, immer zwei Stufen auf einmal nehmend. Als ich oben ankam, hörte ich unten Rachels Stimme. Ich schaute schnell hinunter. Mit einem Buch in der Hand betrat sie von der Küche aus die Halle. Kein Jamie.

Sie zog die Stirn kraus. »Was ist denn los?« fragte sie, als sie mich wie eine neurotische Bergziege die Treppen hinaufflitzen sah.

Nick zuckte mit den Achseln und lief hinter mir her. »Sag schon, Polly. Was ist los?«

»Jamie«, stieß ich hervor und raste den Flur entlang zum Zimmer des Kleinen.

Die Tür stand offen. Ich stürzte an das Kinderbettchen und schaute hinein. Ein arg mitgenommener Teddybär schaute mich ernst mit seinen schwarzen Knopfaugen an. Die hellblaue Decke war zurückgeschlagen, man sah das weiße, mit gelben Butterblumen übersäte Laken. Ein blauer Hase klemmte zwischen den Gitterstäben. Jamie lag nicht im Bett. Irgendwie war ich, obwohl ich es erwartet hatte, doch nicht darauf vorbereitet.

Ich preßte entsetzt die Hand auf den Mund. »O Nick, er ist weg!«

Nick kam hinter mir herein. »Moment, Moment, vielleicht habe ich mich geirrt. Vielleicht war er doch mit Rachel im Garten oder …«

Dann war Rachel da. Totenblaß stürzte sie ans Kinderbettchen und schaute hinein. Dann schrie sie. Sie hielt sich am Gitter fest und schrie und schrie, als wollte sie nie wieder aufhören. Es waren Laute, wie ich sie bisher noch von keinem menschlichen Wesen gehört hatte.

»Er ist weg! Mein Baby ist weg! Er hat mein Baby – *o Gott!*« Sie schlug die Hände vor das Gesicht und schrie weiter.

Dann wandte sie sich an mich. »Wo ist er? Wo ist er! Du hast ihn gesehen, ja? Du hast ihn gesehen! Sag mir, wo er ist!«

Sie bestürmte mich, schlug mit den Fäusten auf mich ein, packte mich an den Schultern und schüttelte mich. Ihr verzerrtes weißes Gesicht war nur wenige Zentimeter von mir entfernt.

»Du bist schuld!« schrie sie. »Sag mir, wo er ist!«

Ich war zu Tode erschrocken. Nick zog sie von mir weg. Jammernd warf sie sich ihm an die Brust. Er drückte sie fest an sich, sie zitterte wie Espenlaub.

»Adam hat ihn geholt!« stieß ich, ebenfalls zitternd, hervor. »Ich habe ihn zufällig vor einem dieser kleinen Cottages in New Town gesehen, er ist gar nicht nach London zurückgefahren – und er weiß, daß ich ihn gesehen habe, deshalb ist er schnell hergefahren und – und hat Jamie geholt, solange er noch eine Chance hatte.«

Rachel stöhnte wieder und legte den Kopf in die Hände.

»Scheiße!« fluchte Nick durch die zusammengebissenen Zähne. Er drückte Rachel auf einen Stuhl und kniete neben ihr nieder. Sie schluchzte und zitterte fürchterlich. Er nahm ihre Hände.

»Jetzt hör mir mal zu, Rachel, alles ist okay, alles wird wieder gut. Wir holen Jamie zurück, mach dir keine Sorgen. Adam kann noch nicht weit sein – höchstens ein paar Minuten. Alles wird wieder gut.« Er stand auf und warf mir einen Blick zu. »Kümmere dich um sie«, sagte er und stürmte aus dem Zimmer.

»Wohin gehst du?« rief ich und rannte hinter ihm her.

»Ich rufe die Polizei an.«

Ich flitzte hinter ihm die Treppe hinunter. Als ich unten ankam, wählte er schon die Nummer.

»Ein grüner Volvo!« sagte ich atemlos.

»Gut. Sonst noch was? Nummernschild?«

»Das habe ich nicht gesehen, aber es war ein großes.«

Er berichtete der Polizei klar und ruhig, was passiert

war. Ein Baby war in Trewarren entführt worden. Ein großer rothaariger Amerikaner, ungefähr dreißig, in einem grünen Volvo. Könnte nach London fahren oder vielleicht zu einem Hafen.

»Er trägt eine Mütze«, fiel mir noch ein.

Nick schaute mich vernichtend an und nahm davon Abstand, diese wichtige Information weiterzugeben. Dann legte er auf, ging zur Tür und schnappte sich unterwegs seinen Autoschlüssel, der auf dem Tisch in der Halle lag.

»Wohin willst du jetzt?« schrie ich und lief hinter ihm her.

»Er kann noch nicht weit sein, ich suche ihn.«

»Ich komme mit!«

»Nein, bleib bei Rachel«, befahl er.

»Kommt nicht in Frage«, antwortete ich und rannte hinter ihm die Stufen hinunter.

Er sprang in den Landrover. »Und wer kümmert sich inzwischen um sie?«

Ich kletterte auf den Beifahrersitz. »Deine Mutter!« sagte ich und knallte die Tür zu. »Sie kann unheimlich gut mit verzweifelten jungen Müttern umgehen, das weiß ich aus Erfahrung. Jetzt aber los!«

Die Räder mahlten im Kies der Zufahrt, als Nick den Wagen wendete, seitlich am Haus vorbeifuhr und dann über den Schotterweg preschte.

»Wohin fahren wir denn?« fragte ich und hielt mich am Fenster fest, während wir wie auf einer Achterbahn zum Hinterausgang rumpelten.

»Zur Straße nach London«, sagte Nick. »Er ist ganz bestimmt nicht nach Helston zurückgefahren, sonst hättet ihr ihn gesehen. Ich nehme eine Abkürzung zur Hauptstraße, vielleicht holen wir ihn noch ein.«

»Wenn er schlau ist, läßt er den Wagen stehen. Er weiß ja, daß ich ihn gesehen hab.«

»Ja und, soll er zu Fuß weiter? Also Polly, ein rothaariger Mann mit einem Baby auf dem Arm ist ziemlich auffällig, und er müßte sehr lange marschieren, bis er zur Hauptstraße käme und per Anhalter weiterfahren könnte.«

»Er könnte doch mit dem Zug fahren.«

»Die Polizei überwacht den Bahnhof in Helston, und das ist die einzige Station weit und breit.«

Als wir auf die Hauptstraße kamen, hielt Nick eine Sekunde an, bevor er nach links Richtung London einbog. Er warf mir einen Blick zu. »Was zum Teufel hast du überhaupt in New Town gemacht?«

Ich blickte starr aus dem Fenster. »Ich war auf dem Weg nach London.«

»Du dumme Gans«, sagte er, schwieg dann aber und konzentrierte sich auf die Straße.

Wir rasten um eine scharfe Kurve und nahmen die halbe Hecke mit. Ich zog blitzschnell meinen Ellenbogen aus dem offenen Fenster zurück. Nick hatte offenbar schon auf dem Schoß seiner Mutter Autofahren gelernt, er fuhr genau wie sie. Wenigstens hatte ich heute schon eine Probefahrt hinter mir und wußte, wie es ging. Ich stemmte die Füße fest auf den Boden, damit sie im Ernstfall als Stoßdämpfer wirken konnten, und klammerte mich ans Armaturenbrett. Die Reifen jaulten auf dem Straßenbelag auf und erinnerten mich plötzlich an Rachels Schreie. Ich zitterte.

»Glaubst du, daß wir ihn einholen?«

»Ich weiß es nicht.«

»Wie weit, glaubst du, ist er jetzt?«

Nick hatte Gott sei Dank nicht die Vorliebe seiner

Mutter für Augenkontakt. Er blickte auch beim Reden geradeaus.

»Schwer zu sagen, vielleicht zwei Kilometer, vielleicht drei, wenn er wirklich so schnell wie möglich fährt.«

Er war offenbar nicht in der Laune, sich zu unterhalten, deshalb schwieg ich. Na ja, wenigstens ein paar Sekunden lang.

»Was machen wir, wenn wir ihn sehen?« fragte ich schüchtern.

»Hinter ihm herfahren natürlich.«

Wir schleuderten leicht, als wir einem alten Mann auf einem Fahrrad auswichen.

»Ja, und dann?«

In meiner Vorstellung fuhren wir schon auf gleicher Höhe wie der Volvo und gaben Adam durch Zeichen zu verstehen, daß er anhalten solle, woraufhin er uns einen bösartigen Blick zuwarf, die Zähne fletschte und noch schneller fuhr – aber das half ihm nichts. Wir rasten auf gleicher Höhe mit ihm die kurvigen Landstraßen entlang, bis es Nick zuviel wurde. Er rammte den Volvo so geschickt, daß er im Graben landete.

Nick zerrte den leichenblassen Adam aus dem Auto, zwang ihn, sich mit ausgestreckten Armen und Beinen auf die Motorhaube zu legen, und hielt ihn mit einem eisernen Griff fest. Ich informierte ihn über seine Rechte: »Sie haben das Recht zu schweigen, aber alles, was Sie sagen ...«

»... werden wir die Polizei anrufen und seine genaue Position durchgeben, dann ist es nur noch eine Frage der Zeit, bis sie ihn haben«, antwortete Nick ruhig.

»O ja, o ja, natürlich, gute Idee.« Ich war ziemlich enttäuscht.

Nach der nächsten Kurve fuhren wir fast auf ein kleines rotes Postauto auf, das im Schneckentempo die Straße entlangzuckelte.

Nick hupte, aber das Auto blieb da, wo es war, nämlich in der Mitte der Straße.

»Zur Seite, du Blödmann! Zur Seite!« schrie ich, trommelte auf das Armaturenbrett und wünschte mir sehnlichst, das Postauto möge im Graben landen. Der Fahrer dachte aber nicht daran, zur Seite zu fahren. Endlich wurde das Sträßchen etwas breiter, leider unmittelbar vor einer unübersichtlichen Kurve. Nick schaltete herunter, fuhr ganz dicht auf und zwang den kleinen Roten, in eine Hecke hineinzufahren. Als wir vorbeibrausten, erhaschte ich einen Blick auf einen kleinen Mann mit purpurrotem Gesicht, der uns mit der Faust drohte und Obszönitäten hinterherschrie. Er hatte eindeutig zu hohen Blutdruck und konnte jeden Augenblick einen Herzschlag kriegen. Dennoch hatte ich kein Mitleid mit ihm; er hatte uns lebenswichtige Sekunden gekostet.

Das nächste, was ich mitbekam, war eine scharfe Linkskurve in ein gepflügtes Feld hinein. In regelmäßigen Abständen schienen alle vier Räder die Bodenhaftung zu verlieren. Gott sei Dank habe ich kaum etwas von der Fischpastete gegessen, dachte ich, als ich vom Sitz abhob und mein Magen mir in den Hals sprang. Ich biß die Zähne zusammen und hielt meinen Busen fest, als wir über eine besonders tiefe Furche flogen.

Endlich hörten die dunklen Furchen auf, und wir schwenkten in das nächste Feld ein, das diesmal zum Glück grün und ebenmäßig war. Meine inneren Organe fielen an ihre angestammten Plätze zurück, und ich schaffte es zu fragen: »Wohin zum Teufel fahren wir?«

»Abkürzung!«

»Und was wird der Farmer dazu sagen?« fragte ich, als entsetzte Schafe in alle Richtungen davonsprengten.

»Ich bin der Farmer.«

Er trat auf die Bremse, und wir blieben vor einem hohen Zaun stehen. O nein! Was denn jetzt? Da durch? Da drüber?

»Mach es auf!« bellte er.

Ein Glück, es war ein Gatter! Ich sprang aus dem Wagen, rutschte aus und fiel flach mit dem Gesicht in etwas Scheußliches hinein.

»O Gott, pfui Teufel! Schafsdreck, bis in die Nase!« jammerte ich angewidert und stand langsam wieder auf.

»Mach schnell!« rief Nick und schlug auf das Lenkrad.

Mir wurde übel, aber ich wischte mir schnell die Nase ab und ging zum Gatter. Es hatte einen dieser wirklich komplizierten Verschlüsse, mit Draht und noch einmal Draht – um das öffnen zu können, brauchte man ein Diplom als Entfesselungskünstler. Meine Finger fühlten sich an wie Würste, als ich nervös an dem Verschluß herumfummelte.

»Ich krieg's nicht auf«, jammerte ich.

»Herrgott noch mal!« Nick sprang aus dem Auto, schob meine unfähigen Fingerchen zur Seite und murmelte etwas, das wie »hoffnungslos«, »verdammt« und »Weiber« klang, aber vielleicht bildete ich mir das auch nur ein.

Einen Augenblick später hatte er das Gatter geöffnet, rannte zurück zum Auto, gab Gas und raste durch.

»Jetzt mach es wieder zu!« bellte er mich an.

Es war verdammt schwer, aber ich bat Gott, mir zu helfen, und glücklicherweise versah Er mich mit übernatürlichen Kräften. Ich rammte das Gatter wieder zu.

Als ich zum Auto zurücklief, sah ich auf der anderen

Seite des Feldes hinter der Hecke plötzlich einen grünen Blitz.

»Das ist er!« schrie ich. »Der grüne Volvo!« Nick raste los, bevor ich richtig saß. An der Kreuzung bog er links ab, ohne zu schauen, ob uns etwas entgegenkam. Der Volvo war nicht mehr zu sehen, aber wenigstens wußten wir, daß wir auf der richtigen Straße waren.

»Schneller! Schneller!« schrie ich und hüpfte vor Aufregung auf dem Sitz auf und ab.

»Schnall dich an!« befahl Nick. Ich gehorchte wortlos.

Nach einer Kurve ging es ungewöhnlich lange geradeaus, und weit vor uns, kurz bevor er hinter der Kuppe eines Hügels verschwand, erspähten wir den grünen Volvo.

Nick trat das Gaspedal durch, und wir vergaßen in der Hitze der Verfolgungsjagd völlig, die Polizei anzurufen. Gleich hinter der Kuppe war eine Kurve – dann wieder eine – dann wieder eine und wieder eine. Jedesmal wenn wir aus einer Kurve herauskamen, sahen wir einen Augenblick lang den grünen Volvo, bevor er in der nächsten Kurve verschwand.

»Schnell, schnell! Schneller, noch schneller!«

Nick sagte nichts, er hatte den Mund zusammengepreßt, die Knöchel seiner Hände am Steuer traten weiß hervor. Wir kamen dem Volvo ganz eindeutig näher. Nick hatte den Vorteil, daß er die Straße sehr genau kannte, ich legte mich wie auf einem Motorrad mit in die Kurven, was seiner Mutter gefallen hätte, aber diesmal tat ich des Guten etwas zuviel und landete mit der Nase fast auf seinem Schoß.

»Verdammt noch mal, sitz still, ja?« schrie er. Ich zog mich gehorsam zurück und hielt mich am Griff über der Tür fest. Der Tacho kletterte höher. Ich hatte mir immer überlegt, wofür der Griff über der Tür war; jetzt wußte ich es: für lebensgefährliche Situationen. Das wird in den Hochglanzbroschüren aber nicht erwähnt, oder? Extraausstattung – ein Griff, an den man sich bequem klammern kann, wenn man dem Tod ins Auge schaut.

»Glaubst du, er weiß, daß wir hinter ihm her sind?« schrie ich so laut ich konnte, um das Motorgeräusch zu übertönen.

»Glaub ich nicht. Ich glaube nicht, daß er auch nur einmal in den Rückspiegel schaut, er fährt einfach so schnell er kann, um hier wegzukommen.«

Wir kamen ihm immer näher, aber ein Traktor auch – was wir nicht wußten. Der Traktor kam ihm allerdings entgegen. Er war vom Feld auf die schmale Straße eingeschwenkt und fuhr jetzt zur Farm zurück. Der Traktor war ein großes rotes, altmodisches Vehikel mit riesigen, weit herausstehenden Rädern und einem Anhänger. Er tuckerte langsam und gleichmäßig die Straße herunter, Adam raste sie schnell und immer leicht schlingernd hinauf.

Wir waren weit genug entfernt, um den unvermeidlichen Zusammenstoß nicht mit ansehen zu müssen, aber wir hörten das gräßliche Geräusch, mit dem Metall auf Metall prallt.

Ich schrie auf und bedeckte das Gesicht mit den Händen. Nick trat auf die Bremse. Innerhalb von Sekunden schlitterten wir um eine Kurve, dann um die nächste und kamen dann wenige Zentimeter hinter dem grauenhaft zusammengedrückten Volvo zum Stehen.

Der vordere Teil war fast völlig im Traktor verschwunden. Ich sah weder Adam noch den Traktorfahrer.

Bevor ich begriff, was geschehen war, war Nick schon aus dem Auto gesprungen und losgelaufen. Ich rannte hinter ihm her, aber als ich näher kam, blieb ich wie angewurzelt stehen und ging ein paar Schritte zurück. Adams Körper hing merkwürdig verdreht, mit dem Kopf nach unten, auf der Motorhaube des Traktors. Er war offenbar durch die Windschutzscheibe geflogen und hatte sich überschlagen. Blut strömte über sein Gesicht. Sein Kopf hing merkwürdig schief an seinem verdrehten Körper, seine Beine sah ich überhaupt nicht. Sie schienen irgendwo im Traktor zu stecken.

Mir wurde schlecht, und ich wandte mich ab. Ich erbrach mich ein paarmal am Straßenrand. Als ich aufblickte, sah ich, daß Nick auf den Traktor geklettert war und sich vorsichtig zu Adams reglosem Körper vorarbeitete.

»O Gott, er ist tot! Er ist tot, nicht wahr?« schrie ich.

Jetzt hatte Nick ihn erreicht. »Nein, er lebt noch – noch!« schrie er zurück. »Um Himmels willen, hol Jamie raus!«

»Jamie! O mein Gott!«

Ich lief zur hinteren Tür des Volvos, schaute hinein und versuchte mich auf das gefaßt zu machen, was ich vielleicht zu sehen bekommen würde. Zuerst sah ich überhaupt nichts, der Rücksitz war leer. Dann entdeckte ich ihn. Die Tragetasche lag auf dem Boden, zwischen dem Vorder- und dem Rücksitz eingeklemmt. Jamies große blaue Augen starrten mich an. Der kleine Mund stand offen und öffnete sich immer weiter. Dann kniff Jamie die Augen ganz fest zu und holte tief Luft.

»Äääähhh ... äääähhh!«

Gott sei Dank! Das klang gesund. Ich riß die Tür auf und zog die Tragetasche heraus. Es war eine altmodische Tasche, haltbar und seitenverstärkt, und sie war vollständig heil; auch Jamie schien mir völlig unverletzt. Er schien aber sehr aufgebracht zu sein. Er schrie wie am Spieß, als ich ihn packte, an mich drückte, seinen kleinen Rücken streichelte und sein warmes Körperchen schwer an meiner Schulter spürte.

»Ääääähhh ... äääähhh ... ääääähhh!«

»Pst, pst, Jamie, alles ist gut, du bist bei mir, es ist alles gut.«

Er hörte langsam auf zu schreien und schmiegte sich kurz darauf an meinen Hals, quäkte noch ein paarmal leise, packte dann mein Haar und steckte es sich in den Mund. Er war der einzige, der von dem Drama um ihn herum unberührt schien.

Ich drehte mich zum Traktor um. Nick hockte unsicher auf der Motorhaube und beugte sich über Adam.

»Jamie scheint nicht verletzt zu sein!« schrie ich. »Er schaut ganz gesund aus!«

»Gott sei Dank. Adam ist schwer verletzt. Schnell, Polly, ruf den Notarzt mit dem Autotelefon.«

»In Ordnung.«

Ich packte die Tragetasche, drückte Jamie an mich und rannte zurück zum Landrover. Dort legte ich das Baby in die Tasche, stellte sie auf den Rücksitz und sprang vorn ins Auto.

»Autotelefon, Autotelefon«, murmelte ich vor mich hin und suchte fieberhaft nach etwas, das doch sicherlich Knöpfe oder Zahlen vorn drauf haben mußte. Ich habe kein schnurloses Telefon, geschweige denn ein Autotelefon, also war ich ein bißchen überfordert. Wo liegen diese Dinger nur – auf dem Armaturenbrett? Unter dem Sitz?

»O lieber Gott, laß es mich finden, bitte!« Verzweifelt durchwühlte ich das Handschuhfach. »Bitte, laß mich wenigstens diesmal nicht im Stich.«

Ich leerte jedes Fach aus, das ich finden konnte, und warf alles auf den Boden; Landkarten, Schokoriegel, nur kein Telefon – wo zum Teufel war es denn? Ich steckte die Hand unter den Sitz. Wurde es dort aufgehoben? Dort unten?

»Oh, wo ist es denn nur, Jamie, wo!«

Die Tür wurde aufgerissen, und Nick steckte den Kopf ins Auto.

»Ich kann es nicht finden!« jammerte ich und rang die Hände.

»Meine Güte, Polly, auf dich kann man sich im Notfall wirklich verlassen, stimmt's?«

Ich fand das ein bißchen stark, nach allem, was ich schon durchgemacht hatte, aber ich sagte nichts. Er beugte sich über mich, öffnete ein Fach unter der Handbremse, zog ein schwarzes Ding mit Knöpfen und Zahlen heraus und drückte dreimal die Neun.

»Ich dachte, das gehört zur Handbremse«, flüsterte ich.

Er antwortete nicht, sondern wartete ab, und als sich endlich jemand meldete, forderte er mit ruhiger Stimme einen Notarztwagen an.

Ich warf einen Blick auf den Rücksitz. Jamies Lider wurden schwer. Ich schaute zu, wie sie sich schlossen, wie sein kleiner Mund sich öffnete, wie seine Faust sich lockerte. Eine Sekunde später war er tief eingeschlafen. Ich schlich mich weg. Ich würgte heftig und zwang mich, wieder zu Adam hinzugehen. Als ich, die Hand vor dem Mund, vor ihm stand, glaubte ich, seine Augenlider zittern zu sehen.

»Adam?« flüsterte ich.

Und jetzt schien sich auch sein Mund leicht zu bewegen. Ich ging noch ein paar Schritte näher.

»Adam?«

»Was zum Teufel ist denn passiert?« fragte plötzlich eine Stimme.

Ich sprang vor Schreck ungefähr einen halben Meter in die Luft, drehte mich um und sah den Traktorfahrer, der sich den Kopf hielt und auf der Straße umhertaumelte. O Gott! Wir hatten ihn ganz vergessen. Er war etwa einsneunzig groß und wie ein Ringer gebaut, ein Schrank von einem Mann. Er sah unverletzt aus, schwankte aber so stark, als habe er völlig seinen Gleichgewichtssinn verloren. Ich rannte zu ihm, um ihn zu stützen.

»Setzen Sie sich, setzen Sie sich!« rief ich und zog ihn zum Straßenrand. Dabei merkte ich, daß er einen geradezu spektakulären Körpergeruch hatte. Ich überlegte, ob das von der Angst kam oder ob er immer so stark roch.

Er setzte sich folgsam hin. Ich setzte mich neben ihn und rückte dann ein Stück weg, als mir der Geruch in die Nase stach. »Was ist denn passiert?« fragte er.

»Sie hatten einen Unfall, und Sie stehen unter Schock«, teilte ich ihm aus einiger Entfernung mit.

Er sah mich aus blutunterlaufenen Augen an. »Und wer zum Teufel sind Sie, Florence Nightingale?«

Ich ignorierte seine unverschämte Bemerkung und musterte sein rötliches Gesicht mit den Hängebacken. Er hatte einen kleinen Schnitt über dem rechten Auge und einen riesigen Bluterguß am Kinn, der sich immer dunkler verfärbte, aber darüber hinaus schien er keinen Kratzer abgekriegt zu haben. Der Traktor hatte weder ein Dach noch eine Windschutzscheibe, daher war der Mann beim Zusammenprall offenbar ins Feld geschleudert worden.

»Sie sehen gar nicht schlecht aus«, meinte ich. »Wie fühlen Sie sich?«

»Beschissen. Ich fühl mich verdammt beschissen. Hab eine Riesenbeule auf dem Kopf, der Rücken tut mir weh, und mein Bein bringt mich um. Wer zum Teufel war dieser Idiot in dem Volvo? Was hatte er denn vor? Er muß mindestens hundertsechzig gefahren sein – oh, mein verdammter Kopf!« Er sah aus, als werde er gleich in Ohnmacht fallen.

»Lassen Sie den Kopf zwischen die Knie hängen«, ordnete ich an, weil ich mich dunkel an meinen Erste-Hilfe-Kurs erinnerte. Ich packte ihn an seinem bulligen Nacken und schob ihm den Kopf nach unten.

»Finger weg, ja?« protestierte er, stieß meine Hand weg und versuchte aufzustehen. Ich konnte mit diesem Hünen nicht umgehen.

»Klappe und still sitzen!« befahl ich. »Ich bin Krankenschwester.«

Das schien zu wirken. Er sah mich einen Augenblick lang zweifelnd an, dann beugte er den Kopf gehorsam nach vorn, bis seine Nase fast die Straße berührte.

Wir saßen schweigend da. Ich schaute das zusammengedrückte Auto an. Nick war wieder auf den Traktor geklettert, um bei Adam zu sein. Adam sah größer aus als je zuvor. Er hing wie ein riesiges, vom Aufprall plattgedrücktes Insekt am Traktor. Er blutete noch immer stark und rührte sich nicht. Nick berührte seine Hand. Ich zitterte, zog die Beine an, legte die Arme um die Knie und den Kopf darauf.

»O Gott!« flüsterte ich. »Hilf Adam, laß ihn leben. Ich weiß, ich hab schon ewig nicht mehr gebetet, aber diesmal bete ich nicht für mich, ich bete für Adam und Jamie. Er wollte ja nur sein Baby haben, oder? Bitte laß ihn dafür nicht sterben.«

Ich betete immer weiter und murmelte scheinbar eine

Ewigkeit in meine Knie. Ich konnte das Autowrack nicht mehr anschauen. Tiefe Stille breitete sich über dem Unfallort aus. Nach einer Weile hörte ich Stimmen. Andere Autos hatten hinter uns angehalten: Wagentüren schlugen, Leute flüsterten miteinander. »Was ist passiert? Ist er tot?« Ich blickte noch immer nicht auf.

Schließlich hörte ich in der Ferne die Sirene des Notarztwagens. Ich hob den Kopf von den Knien. Ein Wagen mit blinkendem Signallicht kam um die Kurve und hielt an.

Eine kleine Gruppe besorgt aussehender, aber sensationslüsterner Autofahrer hatte sich am Unfallort versammelt, und die Polizei, die inzwischen auch gekommen war, mußte sie auseinanderscheuchen, bevor der Notarztwagen heranfahren konnte. Es schien ewig zu dauern. Schließlich war der Weg frei. Der Notarztwagen hielt, die hintere Tür ging auf, eine Bahre wurde herausgehoben. Ein paar Männer in weißen Kitteln liefen daneben her. Mit Nicks Hilfe schafften sie es, Adams verdrehten Körper auf die Bahre zu heben. Sie bedeckten ihn mit einer Plane und stopften sie rings um ihn fest. Der Traktorfahrer mußte auch einsteigen. Er knurrte und fluchte, dann wurden die Türen zugeschlagen.

Nick trat auf den Fahrer des Notarztwagens zu. »Wir würden gerne mitkommen.«

»Kennen Sie den Verletzten?«

»Ja, und wir haben sein Baby in unserem Auto. Es lag hinten im Unfallwagen. Es scheint in Ordnung zu sein, aber es sollte doch besser im Krankenhaus untersucht werden.«

Der Fahrer nickte.

Wir setzten uns schweigend ins Auto, und zum drittenmal raste ich heute über die engen Straßen. Wir fuhren dem weißen Notarztwagen hinterher, die Sirene heulte, das Signallicht blinkte. Etwa nach zwei Kilometern verlangsamte der Wagen plötzlich seine Fahrt und blieb in einer Parkbucht stehen. Wir hielten hinter ihm. Der Fahrer öffnete die Tür und stieg aus. Nick kurbelte das Fenster herunter. Der Mann kam mit gesenktem Kopf und hängenden Schultern auf uns zu. Er nahm die Mütze ab und fuhr sich über das Haar.

»Es tut mir leid, Sir, aber ich dachte, es ist besser, anzuhalten und es Ihnen gleich zu sagen. Seine Verletzungen waren zu schwer, er hat zuviel Blut verloren. Wir konnten nichts mehr tun. Er ist tot.«

27. Kapitel

Im Krankenhaus mußten wir Formulare ausfüllen, die Polizei stellte uns unzählige Fragen, aber nach etwa eineinhalb schlimmen Stunden durften wir nach Hause fahren. Ich rief Rachel an und ließ sie wissen, daß Jamie wohlauf und in Sicherheit war. Adam erwähnte ich mit keinem Wort, und sie fragte auch nicht nach ihm.

Wir fuhren schweigend heim, und als das Haus auftauchte, sah ich eine kleine Gestalt in einer großen grauen Wolljacke zusammengekauert auf der obersten Stufe neben der Eingangstür sitzen. Sie sprang auf und rannte uns entgegen.

Ich saß mit Jamie auf dem Rücksitz. Rachel öffnete die Tür, und ich reichte ihn ihr. Sie preßte ihr Gesicht an seinen kleinen Körper, und Tränen liefen ihr über die Wangen.

»Es geht ihm gut«, sagte ich müde. »Sie haben ihn im Krankenhaus untersucht. Glücklicherweise lag seine Tragetasche hinten im Auto auf dem Boden, das hat ihn wahrscheinlich gerettet.«

Sie nickte, brachte aber kein Wort heraus. Ich legte ihr den Arm um die Schultern, aber sie schüttelte ihn ab und ging ins Haus. Ich seufzte und stieg langsam hinter ihr die Stufen hinauf. Sie verschwand in der Küche. Ich ging ins Wohnzimmer, schenkte mir einen großen Gin ein und warf mich in den nächsten Sessel. Von Hetty war nichts mehr zu sehen; vielleicht war sie nach Hause oder – wie es ihre Absicht gewesen war – nach Helston zum Einkaufen gefahren.

Ich war völlig erschöpft und hatte das Gefühl, in den letzten paar Stunden dramatisch gealtert zu sein. Aber der Tod hatte diese Wirkung, oder? Es war ein ernüchterndes Erlebnis, jemanden sterben zu sehen; man wurde wohl ein bißchen erwachsener dabei. Und Adam war wirklich tot. Ich konnte es noch immer nicht glauben, aber es war so.

Nick erschien und ließ sich mir gegenüber auf das Sofa sinken. Er gähnte lange und rieb sich so heftig mit dem Handrücken die Augen, wie es nur Männer tun.

Ich fragte mich, ob ich auch so müde aussah wie er.

Dann schoß mir etwas durch den Kopf. »Nick, du glaubst nicht«, begann ich schüchtern, »du glaubst doch nicht, daß wir ihn in den Traktor hineingehetzt haben? Es ist ein furchtbarer Gedanke für mich, daß wir vielleicht schuld daran sind, daß er so gerast ist …«

Nick schüttelte den Kopf. »Polly, das darfst du nicht einmal denken. Ich hab dir doch gesagt, er hat vermutlich gar nicht mal gemerkt, daß ihm jemand gefolgt ist. Er mußte so schnell fahren, weil er wußte, daß wir die Polizei verständigen würden. Er wäre so oder so gerast wie ein Wahnsinniger. Es ist nicht unsere Schuld, obwohl das auch nichts ändert.« Er rieb sich wieder die Augen. »Ich wünschte nur, wir hätten etwas tun können, um ihm zu helfen. Ich fühlte mich so hilflos, wußte nicht, was ich machen sollte, außer bei ihm sein, seine Hand halten, mit ihm sprechen. Ich habe mich nicht getraut, ihn zu bewegen.«

»Du hast alles getan, was du konntest«, sagte ich tröstend.

»Aber es war nicht genug, oder?« Er sackte nach vorn und starrte unglücklich auf den Teppich. Ich wollte ihn berühren und streckte schon die Hand nach ihm aus. Dann fiel mir Serena ein, und ich zog die Hand hastig zurück.

Mir fiel flüchtig auf, daß von der lieblichen Serena weit und breit nichts zu sehen war. Jetzt, wo ich darüber nachdachte, fiel mir ein, daß sie auch nicht dagewesen war, als ich mit Hetty zurückgekommen war. Wahrscheinlich ist sie in Helston und sucht Vorhänge fürs Eßzimmer aus, dachte ich bitter. Ich wollte nicht fragen. Meine eigenen Probleme schienen durch das, was passiert war, winzig klein geworden zu sein. Ich hatte noch nie was mit dem Tod zu tun gehabt, und ich fühlte mich sehr, sehr seltsam. Ich zitterte.

Nick bemerkte es und beugte sich vor. »Alles in Ordnung, Polly?« fragte er leise.

»Ja, alles in Ordnung«, sagte ich. »Ich friere nur ein bißchen.«

»Das ist vermutlich der Schock – hier, nimm ihn.« Er zog seinen Pullover aus und warf ihn mir zu. Ich schlüpfte hinein und schmiegte mich in seine wollige Wärme. Er roch wunderbar. Ich überlegte mir, ob es Nick auffallen würde, wenn ich ihn mitnahm.

Rachel kam aus der Küche. Sie hatte ein Fläschchen in der Hand, und Jamie saß rittlings auf ihrer Hüfte. Sie ließ sich vor dem Feuer auf dem Teppich nieder und bot dem Kleinen den Sauger an. Er schnappte begeistert danach und trank gierig. Wir saßen schweigend da und beobachteten ihn. Er hatte die Augen halb geschlossen, und seine kleinen Patschhändchen umklammerten die Flasche; er schluckte und schluckte. Er war so klein und so verletzlich, zum Glück war ihm nichts passiert. Er trank die Flasche in wenigen Minuten aus. Rachel legte ihn sich über die Schulter und klopfte ihm zart auf den Rücken. Er machte ein so lautes Bäuerchen, daß wir alle lachen mußten.

Dann stand Nick auf und stellte sich neben Rachel ans Feuer. »Rachel?«

Sie sah so aus, als könne sie sich nie wieder vom Anblick ihres Babys losreißen, aber endlich schaute sie zu Nick auf.

»Ja?«

»Adam ist bei dem Autounfall ums Leben gekommen.«

Sie starrte ihn eine Sekunde lang an, dann lächelte sie kaum sichtbar. Mir wurde ganz schlecht.

»Ja«, sagte sie, »das habe ich mir schon gedacht.« Schnell sah sie wieder Jamie an.

Nick war bestürzt. »Ich hätte – äh –, ich würde dir gern sagen können, daß er nicht viel gelitten hat, aber das weiß ich nicht so recht ... Ich bin aber ziemlich sicher, daß er die meiste Zeit bewußtlos war ...«

Rachel blickte nicht einmal auf.

Ihr eisernes Schweigen übergehend, fuhr Nick fort: »Weißt du, ich denke, wir müssen seine Eltern verständigen ...«

Rachel hob die Hand. »Das erledige ich«, sagte sie kühl.

Ich starrte sie an. Einerseits bewunderte ich, daß sie nicht heuchelte – zumindest tat sie nicht so, als ob ihr Adams Tod etwas ausmache –, dennoch brachte mich ihre kaltblütige Haltung ziemlich aus der Fassung. Schließlich hatte sie diesen Mann einmal geliebt – beinahe geheiratet, und er war immerhin Jamies Vater gewesen.

Ich hatte plötzlich das Bedürfnis, etwas zu Adams Gunsten zu sagen. »Empfindest du denn gar nichts, Rachel?« fragte ich.

Sie hob langsam den Kopf und sah mich an. Ihre Augen wurden schmal. »Warum sollte ich etwas empfinden?«

»Oh – äh – nun ja, ich weiß auch nicht so recht«, plapperte ich unsicher; Rachel machte mir seit ein paar Tagen fast angst. »Es ist nur – ich denke …«

»Was denkst du?«

»Ich weiß nicht … Ich denke, daß du das alles sehr gelassen hinnimmst.«

»Ach, wirklich?« höhnte sie. »Und was hast du erwartet? Tränen? Einen hysterischen Anfall?«

Ich hatte das Gefühl, daß ich ihr nicht gewachsen war, nahm aber allen Mut zusammen und redete trotzdem weiter.

»Nein, natürlich nicht, aber du hast ihn doch fast geheiratet. Außerdem war er Jamies Vater, und er wollte eigentlich nichts, als …«

»Ja?« fiel sie mir ins Wort und brachte mich damit zum Schweigen.

Ich runzelte verwirrt die Stirn. »Was, ja?«

»War er Jamies Vater?« fragte sie mit kalter, tonloser Stimme.

»Nun ja – natürlich war er das, oder?« fragte ich.

Sie schaute mir sehr direkt in die Augen, und ihr schmallippiger, kleiner Mund war nur noch ein Strich. »Nein, das war er nicht«, sagte sie kurz.

Ich hielt die Luft an. Nick und ich wechselten einen erstaunten Blick.

»Also, um Gottes willen!« polterte Nick. »Was sollte dann das Ganze? Warum war er dann so wild darauf, Jamie zu bekommen? Warum sind wir ihm durch ganz Cornwall nachgejagt? Was zum Teufel redest du da, Rachel?«

Rachel band Jamie ein Lätzchen um und holte ein Gläschen Babynahrung aus ihrer Tasche. Sie öffnete es und begann, den Kleinen wortlos und ruhig zu füttern, ganz so, als ob Nick nichts gesagt hätte. Nick war aber nicht bereit, das hinzunehmen. Er kniete sich neben sie auf den Teppich, nahm ihr Kinn in die Hand, drehte ihr Gesicht zu sich um und zwang sie, ihn anzuschauen.

»Rachel, heute ist ein Mann gestorben. Und beim Versuch, dir dein Baby zurückzubringen, hätten auch Polly und ich sehr leicht verunglücken können. Was geht hier vor? Wenn Adam nicht der Vater ist, wer zum Teufel ist es dann?«

Rachel starrte Nick eine Sekunde lang an, dann schob sie ärgerlich seine Hand weg. Sie richtete sich auf, holte tief Atem, ganz so, als wollte sie eine Rede halten.

»Wenn du es unbedingt wissen willst«, sagte sie schroff, »obwohl ich, ehrlich gesagt, finde, daß es dich nichts angeht: Jamies Vater ist ein Mann namens David Saunders.« Sie wandte sich an mich. »Du erinnerst dich doch an Mr. Saunders?«

Ich sah sie verständnislos an. Ich hatte nicht die leiseste Ahnung, von wem sie sprach.

»Mr. Saunders?« wiederholte ich.

»Aus dem College.«

Aus dem College. Mein Gott. Jetzt fiel es mir ein, und das Begreifen traf mich mit der Wucht eines Konzertflügels, der durch die Luft flog. Sie sprach von Mr. Saunders, dem Musiklehrer.

»Mr. Saunders, der Musiklehrer?« stieß ich ungläubig hervor.

»Genau«, bestätigte sie ruhig.

Dann fiel es mir wieder ein. Natürlich. Mrs. Compton hatte seinen Namen erwähnt, als ich in der Schule anrief. Sie hatte gesagt, Rachel sei mit ihm besonders gut ausgekommen. Ich hatte mir nichts dabei gedacht, warum denn auch? Meine Güte, Mr. Saunders. Mr. Saunders mit dem – roten Haar. Ich betrachtete Jamies roten Schopf, der ihn so eindeutig zu Adams Sohn gemacht hatte. Aber Adam besaß nicht das Monopol auf Karottenrot, nur Rachel schien eine Vorliebe dafür zu haben. Na ja, kaum zu glauben. Rachel Marsden, die brillante Musikschülerin, die sich offenbar nicht nur für den Violinschlüssel interessiert hatte. Aber ausgerechnet Mr. Saunders ... Mir wurde richtiggehend übel. Nicht allein die Tatsache, daß er unser Lehrer war, traf mich wie ein Keulenhieb – obwohl auch das eine atemberaubende Neuigkeit war –, es waren mehr die körperlichen Attribute des fraglichen Lehrers, die in mir den Wunsch nach einer Spucktüte weckten. Er war nun wirklich nicht der Schönste gewesen.

»Einen Augenblick mal«, sagte Nick. »Dieser Saunders ist Jamies Vater? Nicht Adam? Hat Adam das gewußt?«

Rachel seufzte. »Ich habe versucht, es ihm zu sagen, aber er hat mir nicht geglaubt. Schau, Nick, versteh doch bitte, ich möchte dir das jetzt wirklich nicht ausführlich erzählen. Es ist alles sehr persönlich, ich bin sehr müde, und es ist eine lange Geschichte.«

Sie nahm Jamie auf den Arm, stand auf und wollte gehen. Nick packte sie am Arm und zog sie wieder auf den Teppich. Ich hatte ihn schon oft ziemlich wütend gesehen, so wütend aber noch nie.

»Du erzählst es uns jetzt, Rachel«, fauchte er grimmig. »Erzähl uns die ganze unschöne Geschichte mit allen persönlichen Einzelheiten, denn glaub mir, wir wollen es wissen. Polly und ich wollen es wirklich wissen.«

Selbst Rachel sah jetzt perplex aus. Sie musterte Nicks grimmig entschlossenes Gesicht und biß sich auf die Lippen. Dann setzte sie sich wieder.

»Na ja, wenn du es wissen willst, dann erzähle ich es dir eben«, sagte sie mürrisch. »Ich weiß nur nicht, wo ich anfangen soll.«

»Vielleicht am Anfang«, sagte Nick, der sie noch immer grimmig ansah. »Erzähl einfach von Anfang an.«

Rachel seufte. »Gut«, sagte sie langsam. Sie hielt Jamie im Arm und drehte mit der anderen Hand eine Haarsträhne. »David Saunders war Musiklehrer an unserem College. Du erinnerst dich doch an ihn, Polly?«

Ich dachte ein paar Jahre zurück. Na klar. Ich erinnerte mich gut an ihn. Mr. Saunders. Ich sah ihn jetzt vor mir, mit dem blassen, hageren Gesicht, dem dünnen roten Haar, der John-Lennon-Brille und dem kleinen Ziegenbart, an dem er immer herumdrehte, wenn er nervös war, also fast immer. Er war als Lehrer völlig ungeeignet und hatte keine Ahnung, wie er mit einer Klasse voller gelangweilter Sechzehnjähriger fertig werden sollte, die nur Jungs und Popmusik im Kopf hatten, aber nie einen Gedanken an Debussy verschwendeten.

Jetzt hörte ich ihn sogar. »Mädchen! Mädchen, seid doch bitte ruhig!« flehte er mit dünner Stimme, und seine Lider zitterten hinter der Brille. »Wir wollen doch ein bißchen still sein, ja?« Dieser rührende Appell verdoppelte nur den Lärm, wir klopften noch lauter auf unsere Bänke, warfen mit Radiergummis und schrien uns an, um uns verständigen zu können. Daraufhin legte er in seiner Verzweiflung Beethovens Fünfte in voller Lautstärke auf; es war ein hilfloser Versuch, uns zum Schweigen zu bringen.

Außerdem hoffte er, daß ein Lehrer, der zufällig vorbeikam, den Eindruck bekam, er habe die Klasse unter Kontrolle. Dann sackte er niedergeschlagen hinter dem Katheder zusammen, denn ihm war durchaus bewußt, daß er eine absolute Katastrophe war.

Er hatte chronisch hängende Schultern: Kein Zweifel, das Gefühl ständigen Versagens drückte sie nach unten. Seine Stirn war immer feucht, und ganz egal, wie oft er die Schweißtropfen mit vielen getupften Taschentüchern abwischte, die Tropfen waren gleich wieder da. Seine Hände waren offenbar genauso feucht, er wischte sie ständig an seiner Hose ab, und die Gläser seiner kleinen Hornbrille waren regelmäßig beschlagen. Für mich, einen absolut gelangweilten Teenager, war das faszinierend zu beobachten, und hinter seinem Rücken kicherten wir Mädchen und taten so, als müßten wir uns übergeben, wenn wir uns den Zustand seiner Achselhöhlen vorstellten. Tatsächlich war »sich in Saunders' feuchte Achselhöhlen kuscheln« eine Vorstellung, die uns »schlimmer als der Tod« vorkam, und nachts im Schlafsaal quietschten wir bei dem Gedanken, daß eine von uns es als Mutprobe machen müßte, und stopften uns die Decke in den Mund. Und sich vorzustellen, daß Rachel … Ich erwachte aus meinem Tagtraum und starrte sie ungläubig an.

»Ja – ja, ich erinnere mich an ihn«, flüsterte ich.

Rachel lachte. »Du warst wahrscheinlich auch in ihn verliebt, oder, Polly?«

Ich starrte sie entsetzt an und schüttelte den Kopf. »Äh – nein, ehrlich nicht, nein.«

»Ach, gib es doch ruhig zu, wir waren alle in mindestens einen Lehrer verliebt. Wer war denn dein Auserwählter?«

Das stimmte natürlich. Die meisten Mädchen waren

in einen der wenigen Männer verliebt, die hin und wieder in unserem von einer großen Mauer umfriedeten Internat auftauchten. Monsieur Ferout, Französischlehrer, ein aalglatter, immer elegant gekleideter Dandy, hatte in einem Jahr am Valentinstag nicht weniger als zweiundfünfzig Karten bekommen, und ich muß gestehen, daß meine Karte dabei war. Clive, der Gärtner, fand alle paar Tage einen Strauß halbvertrockneter Wildblumen in seinem Geräteschuppen, und selbst Billy, der gelegentlich Reparaturen ausführte, zuständig für alles, wofür sonst niemand zuständig war, hatte offenbar hinter den Meerschweinchenställen von einer verzweifelten Fünftkläßlerin eine Liebeserklärung bekommen, aber niemals, *niemals* Mr. Saunders.

Ich leckte mir über die Lippen und starrte Rachel mit glasigen Augen an. Wie konnte sie nur? »Na ja, weißt du, ich war in keinen speziell verliebt.«

»Das glaube ich dir aufs Wort. Alles offengelassen, wie?« Sie lächelte zynisch.

Ich wollte ihr eine passende Antwort geben, aber Nick schaltete sich ein. »So faszinierend diese Erzählungen von unerwiderter Schulmädchenleidenschaft auch sind, könnten wir wieder zur Sache kommen? Du hattest mit diesem Saunders eine Affäre?« fragte er Rachel.

»David und ich haben uns geliebt«, sagte sie schlicht.

Es fiel mir schwer, aber irgendwie schaffte ich es, ein ungläubiges Gelächter in ein keuchendes Husten umzuwandeln. Sie sah mich mißtrauisch an, als ich in mein Taschentuch prustete.

»Und wie lange hat es gedauert?« fragte Nick.

Rachel starrte ins Feuer. »Ungefähr drei Monate, glaube ich. Es fing an, als er eine Fahrt zu einem Konzert im Festspielhaus organisierte. Er heftete einen Hinweis ans Schwarze Brett, und ich war die einzige, die sich in die Liste eintrug. Es war alles natürlich absolut korrekt, er überredete sogar ein anderes Mädchen mitzukommen, aber sie kam dann doch nicht. Jedenfalls gingen wir hinterher etwas essen, weil wir nur zu zweit waren. Da passierte noch nichts, natürlich, aber wir unterhielten uns stundenlang, wir hatten einfach dieselbe Wellenlänge. Ich hatte das Gefühl, daß er der erste Mensch war, der mich verstand.«

Die Flammen spielten auf ihrem Gesicht, während sie sich erinnerte. Einen Augenblick sah sie sogar hübsch aus, ganz verändert. »Wir konnten einfach kein Ende finden. Ich erinnere mich, daß wir um ein Haar den letzten Zug verpaßten, so sehr waren wir ins Gespräch vertieft. Ich glaube, wir wußten an diesem Abend schon, daß es der Anfang von irgend etwas war. Es gab kein Zurück mehr.«

Sie wandte sich vom Feuer ab und wieder uns zu. Der sanfte, verträumte Ausdruck verschwand aus ihrem Gesicht. »Jedenfalls, so fing es an. Danach trafen wir uns immer in der Stadt, wenn ich mich aus dem Internat wegschleichen konnte. Unsere sogenannte Affäre war in Wirklichkeit nichts anderes als eine scheinbar nie versiegende Reihe von Tassen miesen Kaffees oder Spaziergängen im Park; alles ganz zahm, ehrlich.«

»Aber wie hast du es geschafft, die Sache geheimzuhalten?« Ich empfand eine gewisse Bewunderung für sie.

»Wir waren sehr vorsichtig. Unsere Freundschaft bedeutete uns beiden sehr viel, und wir waren entschlossen, dafür zu sorgen, daß niemand dahinterkommen sollte. Manchmal waren wir mutig und gingen zusammen in ein Konzert oder ins Theater, aber das war auch schon alles. Bis natürlich – nun, bis wir es nicht mehr aushielten.« Sie lächelte sarkastisch. »Und natürlich wurden wir genau dieses einzige Mal erwischt.«

»Was – du willst sagen – wo wart ihr denn?« fragte ich.

»Im Bett natürlich. Nicht im wahrsten Sinne des Wortes, aber im übertragenen Sinn sehr wohl.«

Ich schnappte nach Luft. »Meine Güte, heißt das, daß ihr tatsächlich – gerade dabei wart, als jemand … Wer hat euch denn erwischt?«

Rachel lächelte schief. »Miß Fisher.«

»Miß Fisher!« Fast erstickte ich an meinen Mandeln. Es hätte nicht schlimmer sein können. Miß Fisher, die stellvertretende Schulleiterin, mit der rasiermesserscharfen Zunge, dem bissigen Witz und dem sehr feinen, aber sehr verletzenden Sarkasmus. Selbst jetzt, Jahre später, verkrampfte sich alles in mir, wenn ich an sie dachte.

Nick grinste. »Also wo wart ihr, als sie euch erwischt hat? In seiner Wohnung oder in deinem Schlafsaal?«

»Weder … noch. Wir waren in einem verlassenen Bootshaus am Fluß«, sagte sie und wandte sich an mich. »Erinnerst du dich an dieses alte Häuschen bei der kaputten Brücke?«

Ich nickte; inzwischen war meine zähneknirschende Bewunderung zu uneingeschränkter Heldenverehrung geworden. Das Bootshaus war absolut verboten gewesen; wir gingen nicht mal in die Nähe, außer wir hatten den überwältigenden Wunsch, aus der Schule geworfen zu werden. Es war ein wunderschönes altes Haus mit weißer Holzverkleidung, umgeben von Ried, braunen Schilfkolben und einer riesigen Trauerweide an der Seite, die über das Dach wuchs. Das Haus war baufällig, und man sagte uns immer wieder, daß es jeden Moment einstürzen konnte, aber welches Mädchen hatte nicht von einer Liebesgeschichte geträumt, die in dieser romantischen Kulisse stattfand. Das

Haus war immer abgeschlossen, aber »David« hatte sich sicher einen Schlüssel verschafft. Ich versuchte mir Miß Fishers Gesicht vorzustellen, als sie die beiden dort entdeckte.

»War sie wütend?«

Rachel grinste. »Sprachlos. Wortwörtlich. Sie erschien in der Tür, eine Vision im roten Frotteemantel, mit Lockenwicklern auf dem Kopf, und leuchtete mit einer Taschenlampe herum. Wir sahen sie einfach an, und sie öffnete und schloß den Mund wie ein Fisch, aber nichts kam heraus.«

Ich fand das wunderbar. O Gott, ich wünschte, ich wäre dabeigewesen. »Was hat sie getan?«

»Na ja, es war mitten in der Nacht, und jeder vernünftige Mensch hätte bis zum nächsten Morgen abgewartet. Aber nein, sie bestand darauf, uns auf der Stelle zu Miß Harper zu bringen. Sie rief Miß Harper an, und wir saßen ewig lang in ihrem Arbeitszimmer und warteten auf sie. Miß Fisher marschierte währenddessen feuerspeiend auf und ab. Schließlich erschien die arme, alte Miß Harper im Morgenmantel und sagte, wir sollten ins Bett gehen, sie werde sich am nächsten Morgen mit der Angelegenheit beschäftigen.«

Ich grinste. Ich konnte mir vorstellen, daß unsere coole Direktorin nicht besonders erfreut gewesen war, mitten in der Nacht geweckt zu werden.

»Jedenfalls ging ich am nächsten Morgen zu ihr, und nach einem kurzen Gespräch wurde ich hinausgeworfen. Dad wurde angerufen, damit er mich abholte.«

Ich nickte. »Daran erinnere ich mich. Wir dachten, daß er dich einfach ganz ohne Grund vom College nahm, und fanden das ziemlich stark, so kurz vor der Abschlußprüfung.«

»Ja, das wurde erzählt, weil keiner wissen sollte, was wirklich los war.«

Hut ab vor Rachel. Und ich war mir schon verwegen vorgekommen, wenn ich manchmal eine Flasche Apfelwein in den Schlafsaal geschmuggelt und mit meinen jungfräulichen Freundinnen darüber diskutiert hatte, wie es wohl war, wenn man »es« machte; und wie hatten wir Rebecca Crocker ausgequetscht, die »es« in den Skiferien beinahe gemacht hatte. Und währenddessen hatte Rachel, die ruhige mausgraue Schülerin, es mit einem der Lehrer in dem verbotenen Bootshaus getrieben. Ich lag ihr voller Bewunderung zu Füßen.

»Und was ist mit David passiert?« fragte Nick.

Rachel sah traurig aus. »Ich habe ihn nie wieder gesehen. Er hat mir aus einer Schule in Kent geschrieben, wo er eine Stelle bekam. Offenbar hatte ihm Miß Harper gesagt, daß man seiner Familie den wahren Grund nicht mitteilen werde, wenn er sich still und leise verzog.«

»Seiner Familie?«

»Er hatte eine Frau und zwei Kinder«, erklärte Rachel ruhig. »Offenbar hat er seiner Frau gesagt, daß er wegen unterschiedlicher musikalischer Auffassungen mit Miß Harper entlassen worden sei. Wirklich lächerlich. Miß Harper konnte F-Dur nicht von b-Moll unterscheiden, aber wie auch immer, seine Frau schluckte die Geschichte, und sie zogen nach Kent.«

»Aber warum wurde die Sache unter den Teppich gekehrt?« fragte Nick. »Er hätte doch vom Schulbeirat über glühenden Kohlen geröstet werden müssen.«

»Völlig richtig, aber mein Vater war selbst im Schulbeirat und hatte eine Menge Einfluß. In seiner Position als Richter wollte er keinen Skandal.«

»Und dann schickte er dich nach Amerika?« fragte ich.

»Ja, Dad hat das alles arrangiert. Er hatte schreckliche Angst, daß ich versuchen könnte, Kontakt mit David aufzunehmen, was ich natürlich auch getan hätte, deshalb wurde ich nach Boston zu seinen alten Freunden geschickt. Damals hatte ich noch keine Ahnung, daß ich schwanger war. Denn David und ich hatten wirklich nur dieses eine Mal miteinander geschlafen, daher habe ich nicht einmal im Traum daran gedacht, ich könnte schwanger sein. Jedenfalls, als zweimal die Periode ausgeblieben war, gab es schon Adam. Als Schulter zum Ausweinen und – nun – als Liebhaber, der mich ablenkte. Ich war schrecklich unglücklich. Natürlich liebte ich ihn nicht, aber ich machte einfach mit, weil ich hoffte, daß eine heiße Liebesaffäre mich von David kurieren würde. Natürlich funktionierte das nicht. Jedenfalls, als meine Schwangerschaft offensichtlich wurde, dachten natürlich alle, Adam sei der Vater. Er selbst war felsenfest davon überzeugt.«

»Aber kann es nicht sein, daß er doch der Vater ist?« fragte Nick.

Rachel schüttelte den Kopf. »Ganz bestimmt nicht. Wenn man Jamies Geburtsdatum kennt, dann stimmt es zeitlich auf den Tag genau mit dieser einen Nacht mit David überein. Ich bin sehr froh darüber.« Rachel hielt Jamie an sich gedrückt. »Ich wollte ein Kind von ihm. Von Adam hätte ich keins gewollt.«

»Und für alle anderen kam Jamie einfach etwas früher als erwartet?« fragte Nick.

»Genau. Jamie kam einen Monat zu früh, und ich tat genauso überrascht wie alle anderen.«

»Und sie haben dir geglaubt?«

»Warum sollten sie mir nicht glauben? Niemand wußte etwas von David.«

»Außer deinem Vater«, sagte ich.

»Ja, außer Dad, und der hatte natürlich seinen Verdacht, als er erfuhr, daß ich schwanger war. Als er Jamies rote Haare sah, hat er erleichtert aufgeatmet. Er hatte David nie kennengelernt, deshalb wußte er nicht, daß auch er rote Haare hatte.«

Nick richtete sich auf und schaute nachdenklich auf sie hinunter. »Nun ja, das klingt alles verständlich, aber sag mir eines, Rachel: Als du gemerkt hast, daß du Adam nicht liebtest und von ihm weg und mit Jamie nach England zurückfliegen wolltest – warum hast du ihm da nicht gesagt, daß nicht er der Vater ist? Ich weiß, daß das brutal klingt, aber damit hättest du dir den ganzen Zirkus ersparen können.«

Rachel lächelte ihn an und schüttelte traurig den Kopf. »Glaubst du, ich hätte es nicht versucht? Natürlich habe ich es versucht. Am Tag vor dem Abflug habe ich es ihm gesagt. Wir hatten einen furchtbaren Streit, aber er wollte mir einfach nicht glauben. Von England aus habe ich ihm dann ausführlich geschrieben und ihm alles von mir und David erzählt. Er glaubte es immer noch nicht und weigerte sich auch, einen Bluttest machen zu lassen. Er meinte, das sei nicht nötig, weil Jamie ihm so ähnlich sehe. Er wollte es einfach nicht wahrhaben. Aber irgendeinen Zweifel muß er gehabt haben, denn warum hat er sich sonst geweigert, den Test zu machen?«

»Und dann beschloß er, herzukommen und sich Jamie zu holen«, sagte Nick.

Rachel nickte. »Richtig. Er wollte sich das Besuchsrecht nicht bei Gericht erkämpfen, weil er dann den Test hätte machen müssen. Deshalb wollte er mir Jamie einfach wegnehmen. Und ich weiß, wie er war, wenn er etwas wollte. Er schreckte vor nichts zurück. Ich hätte mein Leben lang keine Ruhe gehabt, hätte nie gewußt, wann er hinter uns her ist, um mir mein Kind wegzunehmen.«

Sie streichelte Jamies rotes Haar und strich seine widerspenstigen Locken glatt. Dann wandte sie sich an mich. »Du hast mich gefragt, ob ich jetzt nach Adams Tod etwas empfinde. Ja, ich empfinde tatsächlich etwas. Erleichterung. Ich habe das Gefühl, als sei mir eine Riesenlast von den Schultern genommen. Jetzt kann ich mich entspannen und versuchen, mit Jamie ein normales Leben zu führen.« Sie sah mich ernst an. »Das kannst du doch verstehen, oder?«

Das klang fast wie eine Bitte. Zum erstenmal hatte sie sich verletzlich gezeigt, hatte durch die Blume gesagt, daß sie verstanden und sogar gemocht werden wollte. Ich schaute Jamie an, der schlafend in ihren Armen lag. Ein paar Milchtropfen klebten noch an seinen kleinen rosigen Lippen, er hatte den Kopf zurückgeworfen und hielt mit seinem Patschhändchen ihren Finger umfaßt. Ja, ich verstand sie. Ich würde sie nie mögen, aber ich verstand sie.

Ich nickte. »Ja.«

Rachel schenkte mir das winzigste aller dankbaren Lächeln.

Es wurde still zwischen uns. Ich schaute hinaus. Im Fenster hing tintenschwarze Nacht. Am Himmel blinkten ein paar Sterne. Ich fröstelte und wandte mich zum Feuer, das im Kamin prasselte.

Nach langer Zeit sagte Rachel, mit einem Blick auf ihr Baby: »Ins Bettchen mit dir, mein Kleiner. Du hast einen langen und anstrengenden Tag hinter dir.« Sie stand langsam auf. Nick nahm Jamies blaue Decke vom Sofa und deckte ihn damit zu.

»Schlaf gut, Jamie«, sagte er und streichelte seine

Hand. »Wenigstens du hast keine Ahnung, was hier alles geschehen ist.«

Rachel wandte sich zum Gehen, blieb aber vor der Tür stehen und wandte sich zu uns um. »Ach, das hätte ich fast vergessen«, sagte sie leicht verlegen. »Ich wollte mich bei euch bedanken. Vielen Dank, daß ihr ihn zurückgeholt habt.«

Nick brachte ein Lächeln zustande. »Ich würde gern sagen, nicht der Rede wert, aber das wäre nicht ganz richtig.«

Sie nickte. »Ich fahre morgen früh mit dem ersten Zug nach London zurück und werde keinem von euch je wieder Schwierigkeiten machen. Grüßt Tim von mir, ja?« Mit diesen Worten verschwand sie nach oben.

28. Kapitel

Todmüde sank ich aufs Sofa zurück und schloß die Augen. Es war alles vorüber. Adam war tot, und er war nicht einmal Jamies Vater gewesen. Vielleicht hatte er es längst gewußt, wie Rachel gesagt hatte. Doch das hatte ihn nicht gehindert, Jamie weiter zu lieben, oder? Es hatte ihn nicht davon abgehalten, ihn bei sich haben zu wollen. Und was war mit Jamie? Ich überlegte mir, bei welchem Elternteil er besser aufgehoben gewesen wäre. Ich überlegte mir, was für eine Mutter Rachel werden würde. Was würde sie Jamie sagen, wenn er alt genug war, nach seinem Vater zu fragen? Würde sie ihm die Wahrheit sagen? Irgendwie bezweifelte ich es.

Ich öffnete die Augen und gab mir innerlich einen leichten Stoß. Es ging mich doch wirklich nichts an, was sie ihm sagen würde. Es war höchste Zeit, daß ich mich nicht immer wieder in das Leben anderer einmischte. Ich war nur deshalb in diese Geschichte hineingezogen worden, weil ich mich nicht um meine eigenen Angelegenheiten kümmerte. Höchste Zeit, daß ich etwas dazulernte.

Du liebe Güte, was war denn das? Kroch am Ende ein kleines Stückchen Weisheit in meine Seele? Vielleicht war es auch nur Müdigkeit. Und das Bewußtsein, daß es Dinge gab, die man nicht ändern konnte, und daß es dumm war und nur Zeit kostete, wenn man es versuchte. Ich konnte nur eins tun – mein eigenes Leben leben.

Ich sah auf. Nick wandte mir in einer mittlerweile vertrauten Haltung den Rücken zu und schaute aus dem Fenster. Mein Herz, das ohnehin schon tiefer saß als gewöhnlich, wurde noch schwerer. Die Schwierigkeit, mein Leben zu leben, dachte ich, bestand darin, daß das Leben meine Pläne immer wieder durchkreuzte. Hier stand zum Beispiel der Mann, der den Schlüssel zu meinem Glück besaß. Der Mann, auf den ich hoffte und von dem ich träumte. Und was tat er? Er zählte seine Schafe.

Ich seufzte und stand auf. Natürlich. Es war höchste Zeit, daß ich ging. Einen Augenblick hatte ich fast vergessen, daß ich gar nicht hierher gehörte. Eine Minute länger, und ich hätte die Beine über die Armlehne des Sofas baumeln lassen, hätte mir das Fernsehprogramm geschnappt, hätte in einen Apfel gebissen und hätte meinen Liebsten gefragt, ob er vielleicht ein Omelett machen könne, weil ich zu k.o. sei, um für das Abendessen zu sorgen. Was für ein Glück, daß mir noch rechtzeitig eingefallen war, daß mein Liebster verlobt war und eine andere heiraten würde. Er wartete offensichtlich darauf, daß ich ging. Sein Rücken schien mir zu sagen: Keine Auftritte, Polly, keine hysterischen Anfälle. Wie ritterlich. Nun, ich würde gehen. Ich stand auf und ging zur Tür. Nick wandte sich um, als die Dielen knackten.

»Wohin willst du?«

Ich erstarrte mitten in der Bewegung wie ein Kind, das im Spiel die Schritte seiner Großmutter nachahmt. »Oh – äh – na ja, nach Hause natürlich«, stotterte ich schuldbewußt. »Weißt du, ich war ja auf dem Weg nach Hause – als all das passierte.«

Er sah mich starr an. Endlich sagte er: »Polly, du überraschst mich wirklich. Nach allem, was wir durchgemacht haben – Adams Tod, die ganze schreckliche Geschichte –, all das hat überhaupt keine Wirkung auf dich gehabt, wie? Du machst einfach ganz normal weiter, ja? Du warst ja auf dem Weg nach Hause – und wurdest ein bißchen aufgehalten durch eine verzweifelte Mutter, ein entführtes Baby, eine Verfolgungsjagd, einen Toten – wirklich lästig.«

»Nick, rede keinen Unsinn! Ich bin völlig niedergeschmettert nach allem, was geschehen ist, aber ich muß dennoch heimfahren, oder etwa nicht? Ich meine, es ändert doch nichts.«

»Also, was hast du vor – willst du dich wieder aus dem Staub machen, ohne auf Wiedersehen zu sagen?« Er schüttelte müde den Kopf. »Dann geh. Zurück zu Harry wahrscheinlich.«

Ich sah ihn überrascht an. Endlich fand ich meine Stimme wieder: »Zurück zu Harry? Sei doch nicht albern!«

Er antwortete nicht, sondern warf mir einen merkwürdig durchdringenden Blick zu, bevor er sich wieder zum Fenster wandte. Wieder starrte ich seinen Rücken an. Einen Augenblick versank ich in Nachdenklichkeit. Ich fühlte mich fast schuldig. Dann wehrte ich mich entrüstet. Warum denn? Warum sollte ich mich schuldig fühlen? Wie durfte er es wagen, so mit mir zu sprechen? Ich wollte ihm die ganze Sache doch nur leichter machen. Plötzlich hatte ich keinerlei Schuldgefühle mehr, ich fühlte, wie ich vor Zorn rot wurde. »Du hast vielleicht Nerven!« fauchte ich ihn an.

Er wandte sich um, hob die Augenbrauen. »Ach? Und warum das? Weil ich offen gesagt habe, daß du dazu neigst, zu verschwinden, wenn's ein bißchen happig wird?«

»Happig? Ein bißchen happig nennst du das, was heute morgen passiert ist?« kreischte ich.

»Hör mal, wenn du davon sprichst, daß Serena hier aufgetaucht ist, das tut mir wirklich leid, aber dafür kann ich nichts. Ich hatte keine Ahnung, daß sie kommen wollte. Ich habe dir auch gesagt, daß alles in Ordnung kommt, du müßtest nur ein bißchen Geduld haben, aber Geduld ist nicht gerade deine Stärke, was, Polly? Du willst immer alles sofort regeln, und wenn das nicht möglich ist, wenn es ein oder zwei kleine Komplikationen gibt, dann kannst du damit nicht umgehen. Dann wartest du einfach, bis ich mich mal umdrehe, und schleichst dich davon wie – wie ein Dieb in der Nacht.«

»Das mußt du gerade sagen!« schrie ich, so laut ich konnte. Ich baute mich vor ihm auf und stieß ihm den Zeigefinger in die Brust. »Das mußt du gerade sagen! *Du* warst derjenige, der in dem Moment, in dem deine Freundin hier auftauchte, aufs Feld gelaufen ist, um nach den Schafen zu schauen. Mich hast du mit dieser zweifelhaften Person allein gelassen, mich ihr auf Gnade und Ungnade ausgeliefert. *Du* bist derjenige, der sich weigert, ihr reinen Wein einzuschenken, und es zuläßt, daß sie mir die Ohren vollquatscht, wie sie hier als hochwohlgeborene Landedelfrau leben wird.«

»Einen Moment mal!« rief Nick und packte meinen Finger, aber ich schüttelte seine Hand ab. Ich war jetzt wirklich in Fahrt.

»Erst hör mich zu Ende an!« schrie ich und stieß ihm bei jedem Wort wieder den Finger in die Brust. »Und du bist derjenige, der mich glauben ließ, daß du in mich verliebt bist, so daß ich wider mein besseres Wissen – und das ist völlig untypisch für mich – mit einem von deiner Seite sehr amateurhaften Schäferstündchen einverstanden war.

Und währenddessen, ja, während dieses ganzen peinlichen Akts hast du daran gedacht, wie fein du doch heraus bist, weil die wahre Liebe deines Lebens, die Frau deiner Träume, dieses einmalige Miststück – nenn sie, wie du willst – in London geduldig auf dich wartet.«

»Polly, einen Moment…«

»O ja, du hast es für ganz richtig gehalten, die gute alte Polly schnell mal herzunehmen? Hast nicht für möglich gehalten, daß es je herauskommen könnte, ja? Du hast gedacht, es mit der Sekretärin zu treiben sei eine akzeptable Erweiterung ihres Jobs, ja? Aber als deine künftige Frau hier erschien, warst du ganz schön durcheinander, wie? Das war ein bißchen unbequem, ja? Und das ist es, was mich *wirklich* ärgert – wenn du's genau wissen willst –, daß du nicht die Courage hattest, mir zu sagen, daß ihr verlobt seid! Und jetzt hast du die – die *Stirn,* mir zu sagen, mir zu sa-agen…«

Ich verstummte abrupt, als ich merkte, daß mein Kopf gleich abfallen würde, so heftig rüttelte Nick mich an den Schultern.

»Polly, sei still!« schrie er mich an. »Um Gottes willen, sei einen Augenblick still!«

Ich schwieg und keuchte vor Anstrengung nach dieser langen Rede.

Nick starrte mich an. »Wovon sprichst du eigentlich? Zukünftige Frau? Verlobt? Was für einen Unsinn redest du da?«

»Jetzt tu bloß nicht so!« schrie ich mit neuer Wut. Ich hatte seine Hände von meinen Schultern weggerissen, und mein Kopf saß wieder fest auf dem Hals. »Spiel ja nicht den Unschuldigen! Ich weiß alles. Ich weiß auch, daß du ihr in dem *süßen* kleinen Boot den Heiratsantrag gemacht hast. Ich hatte sogar das riesige Glück, den *süßen* kleinen Ring sehen zu dürfen, und sie erzählte mir alle Einzelheiten eurer bevorstehenden Hochzeit, die natürlich erst dann stattfinden kann, wenn ihr eure Terminkalender vergleicht und eine Lücke in eurem ach so arbeitsreichen Leben findet.«

Nick starrte mich ungläubig an. Sein Mund stand offen, aber er sagte nichts. Ich sah mit feuerrotem Gesicht und geballten Händen zu ihm auf, bereit, auf alle Anschuldigungen sofort zu antworten. Sollte er es nur versuchen, sich zu verteidigen! Er sollte es nur versuchen!

Schließlich fuhr er sich mit der Hand durch das Haar und stöhnte. »O Gott! Ich hatte ja nicht die leiseste Ahnung!« Er schüttelte verzweifelt den Kopf. »Aber ich hätte es mir denken können.«

Er wandte sich ab und setzte sich langsam auf die Armlehne des Sofas. Er sah völlig niedergeschlagen aus. Plötzlich hatte ich das Gefühl, als tappe ich wieder im dunkeln – es war ein Gefühl, an das ich mich in der Zwischenzeit wirklich hätte gewöhnen können. Mit dieser Reaktion von ihm hatte ich nicht gerechnet.

»Was? Was hättest du wissen müssen?«

Er sah zu mir auf. »Wozu sie fähig ist.« Er stand auf und umfaßte wieder meine Schultern. »Polly, hör mir zu. Die ganze Sache ist ein Lügenmärchen.«

Ich war sehr verwirrt. »Ein Lügen- was?«

Er rüttelte mich leicht an den Schultern. »Eine Lüge, ein großer Quatsch, eine Ausgeburt ihrer Phantasie. Ich habe Serena nie gebeten, meine Frau zu werden. Habe es nie getan, würde es niemals tun, werde es niemals tun.«

»Bist du ganz sicher?«

»Was soll das heißen, ob ich sicher bin. Natürlich bin ich sicher. Einen Heiratsantrag vergibt man doch wohl nicht so schnell, oder? Den macht man nicht jeden Tag.«

Er seufzte und schüttelte den Kopf. »Vermutlich hätte ich erraten müssen, daß sie so etwas inszeniert …«

»Also – was ist denn eigentlich los? Sie ist doch deine Freundin, aber ihr heiratet nicht? Oder – oder sie glaubt, daß ihr heiratet, doch du bist nicht so sicher? Oder – oder was?« Unzählige Möglichkeiten gingen mir durch den Kopf, eine alarmierender als die andere.

Nick seufzte. »O Gott, was für ein Idiot ich doch war!«

Ich neigte dazu, ihm beizupflichten, sagte aber nichts. Ich wollte von ihm hören, was los war. »Nick, bitte …«

Er schüttelte den Kopf. »Also, diese Frau – sie ist einfach unglaublich. Setz dich, Polly. Ich denke, ich sollte dir ein bißchen was über Serena erzählen.«

Er schob mich zum Sofa, und ich setzte mich. Ich fühlte mich wie betäubt. Nick hockte sich auf die Armlehne. Er starrte irgendwo über meinem Kopf ins Leere.

»Als ich Serena zum ersten Mal sah«, sagte er langsam, »war ich absolut überwältigt, das gebe ich gern zu. Ich dachte, ich hätte noch nie ein so atemberaubend schönes Mädchen gesehen.« Er machte eine Pause und sah mich an. »Du mußt zugeben, sie ist schon verdammt hübsch.«

Ich biß die Zähne zusammen, schnitt eine Grimasse und gab es zu. »Verdammt hübsch«, wiederholte ich. Das erste Wort fiel mir leichter als das zweite.

Nick schaute wieder über meinen Kopf hinweg zum Feuer. Er kniff die Augen zusammen. »Es war auf einer gräßlichen Cocktailparty. Ich stand mit einem Glas lauwarmem Sekt in der Küche und überlegte mir, wie ich am besten unauffällig verschwinden könnte. Da kam sie herein, um sich einen Drink zu holen. Sie fragte mich, ob Orangensaft da sei, weil sie noch fahren müsse, und ich erinnere mich daran, daß ich kaum antworten konnte. Ich starrte sie an wie ein Geisteskranker und stotterte, daß vielleicht Saft im Kühlschrank sei. Ich war völlig außer mir. Jedenfalls fand sie Orangensaft und ging wieder. Doch später, als ich im Schlafzimmer meinen Mantel suchte, kam sie auch herein und suchte ihren. Wir lachten, flüsterten uns zu, was für eine schreckliche Cocktailparty das sei und wie froh wir seien, uns endlich auf französisch empfehlen zu können. So kamen wir ins Gespräch. Wir unterhielten uns eine Zeitlang im Schlafzimmer, und dann gingen wir natürlich zusammen weg. Als ich ihr auf der Straße auf Wiedersehen sagen wollte, dachte ich plötzlich, daß es verrückt wäre, sie einfach gehen zu lassen. Ich fragte sie, was sie vorhabe und ob sie mit mir essen gehen wolle. Ich konnte kaum glauben, als sie antwortete, sie komme sehr gern mit.«

»Schnelle Arbeit für einen Jungen vom Land«, bemerkte ich trocken.

»Warum auch nicht? Ich hatte nicht viel zu verlieren. Wenn sie nicht mitgegangen wäre, dann hätte das meinen Stolz verletzt, aber sonst auch nichts. Jedenfalls gingen wir zum Essen, und in den nächsten Wochen ging ich oft mit ihr aus und fand mich ganz toll, das kann ich dir sagen. Wir betraten ein Restaurant, und alle, aber auch alle, drehten sich nach uns um und gafften uns an.«

Ich konnte mir lebhaft vorstellen, wie gut die beiden zusammen aussahen.

»Ich war verrückt nach ihr, absolut hingerissen. Von dem Rummel um den Filmstar, von ihrem Aussehen – von allem. Ich gebe zu, daß ich mich vom Glamour habe blenden lassen. Jedenfalls war sie auch verliebt in mich, und bevor ich bis drei zählen konnte, zog sie bei mir ein.«

»Wirklich? Einfach so? Wie lange hast du sie da schon gekannt?«

»Zwei Monate, glaube ich.«

»Mann, das ist nicht lange.«

»Nein, ich weiß, aber ich dachte wirklich, das wär's. Ich erinnere mich noch genau daran, daß ich dachte, es sei für alle Ewigkeit.«

Ich verkrampfte mich innerlich. »Erzähl weiter.« (Schnell bitte!) Ich wollte diese Liebesgeturtel-Phase rasch hinter mich bringen und hören, daß es – hoffentlich – sehr bald schwierig wurde.

Er seufzte. »Jedenfalls ging dann sehr bald alles schief.«

O gut.

»Zuerst war es schön, wir waren immer noch im ersten Rausch der – na ja, nenn es, wie du willst – Liebe, Leidenschaft, ich weiß auch nicht. Aber dann wurde alles ein bißchen ruhiger, und wir begannen, miteinander zu leben, was man eben so miteinander leben nennt. Weißt du – geben und nehmen, und wer schraubt die Zahnpastatube nicht zu, und wer spült ab und all das. Es war eine reine Katastrophe. Mir wurde bald klar, daß Serena noch nie an jemand anders als an sich selbst hatte denken müssen. Sie war von allen Leuten irrsinnig verzogen worden, von ihren Eltern, ihren Liebhabern, ihren Freunden; sie hatte nie etwas selbst tun oder auf die Gefühle anderer Rücksicht nehmen müssen. Das Leben war ihr in den Schoß gefallen; ihr Aussehen und ihr oberflächlicher Charme hatten ihr alle Türen geöffnet. Und genau das war sie: oberflächlich. Seicht sogar.«

Er sah mich wieder an. »Tut mir leid, wenn das anmaßend klingt, Polly, aber ich will versuchen, dir ganz genau zu erklären, wie sie ist.«

»Nein, nein, überhaupt nicht anmaßend!« Ich schüttelte heftig den Kopf.

»Nun ja, ich glaube, am Anfang habe ich mich von ihr fertigmachen lassen. Ehrlich, ich habe sie vorn und hinten bedient wie ein Lakai. Ich kochte, räumte hinter ihr auf, brachte ihre Kleider in die Reinigung, holte sie vom Theater ab, brachte sie zum Frisör oder in den Schönheitssalon – es war lächerlich. Dann hörte ich eines Tages einfach damit auf. Sagte, ich hätte zuviel zu tun und könne sie nicht zum Einkaufen zu Harrods begleiten. Sie war wütend. Ich glaube, noch nie hatte jemand ›nein‹ zu ihr gesagt. Das war der Anfang vom Ende. Wir hatten einen Riesenkrach, und so ging es noch ein paar Monate weiter. Wir stritten uns ziemlich oft, etwa jeden zweiten Tag, und, um ehrlich zu sein, nach ein paar Wochen hatte ich genug von dieser launenhaften, verwöhnten Frau, ich wußte mit ihr nichts mehr anzufangen. Ich mochte sie – es klingt furchtbar, aber es war so –, ich mochte sie einfach nicht mehr.«

»Das klingt überhaupt nicht furchtbar«, sagte ich glücklich. »Erzähl weiter.«

»Ich blieb immer länger in der Agentur, teils weil ich mußte, teils aber auch, weil mir der Gedanke unerträglich war, nach Hause zu gehen. Wenn ich dann irgendwann doch nach Hause kam, ging sie wie eine Furie auf mich los. Gewöhnlich hatte sie dann schon ein, zwei Flaschen Wein intus, und sowie ich durch die Tür hereinkam, schrie sie mich an, warf mir vor, ich lasse sie links liegen, und verlangte, ich solle mehr Zeit mit ihr verbringen.«

»Das klingt wie die typische gelangweilte Hausfrau.«

Nick zuckte mit den Achseln. »Vielleicht war es das, vielleicht hatte sie einfach nicht genug zu tun. Schauspielerinnen verbringen sehr viel Zeit damit, zu pausieren, wie sie es nennen. Jedenfalls bekam sie die unglaublichsten Wutanfälle, hat mit Sachen um sich geschmissen, meine

Hosen zerrissen, Geschirr aus dem Fenster geworfen und dann auf dem Bett so verzweifelt geschluchzt, daß ich sie trösten und ihr sagen mußte, es sei doch alles in Ordnung, obwohl ich mir verdammt klar darüber war, daß nichts in Ordnung war. Ich sage dir, ich war damals ziemlich fertig.«

Ich war überrascht. Das paßte gar nicht in mein Bild von der eiskalten, beherrschten Serena. »Aber sie wirkt so – so kühl.«

»Ich weiß, aber vergiß nicht, daß sie Schauspielerin ist, sie kann jederzeit in jede Rolle schlüpfen. In Wirklichkeit ist sie wohl total durcheinander. Du hast sie doch heute beim Lunch erlebt: Sie rastet einfach plötzlich aus und quatscht unglaublich dummes Zeug daher.«

»Ja, es klang ein bißchen daneben.«

Nick seufzte und schüttelte den Kopf. »Entweder das, oder unglaublich theatralisch, ich wußte es nie so genau. Sie läßt auch nicht locker; sie nimmt sich etwas vor und läßt dann einfach nicht locker. Sie fing an, mich ständig in der Agentur anzurufen – du hast es sicher nicht gemerkt, weil sie meine private Durchwahlnummer hatte –, und da wurde mir klar, daß ich etwas unternehmen mußte. Wenn ich ihr sagte, daß ich eine Besprechung hatte, was meist auch stimmte, rief sie einfach zwei Minuten später wieder an. Das war mir vor den Klienten äußerst peinlich. Und dann kam sie unangemeldet an und wollte mich zum Lunch abholen.«

»Daran erinnere ich mich noch. Pippa und ich waren total von den Socken, weil du einem bekannten Filmstar, einem Mercedes-Cabrio und einer Luncheinladung ins Bibendum widerstehen konntest.«

»Na ja, jetzt weißt du, warum.«

»Warum hast du nicht Schluß gemacht? Ihr gesagt, es sei aus und vorbei?«

Nick stöhnte. »Ich habe es versucht, und zwar immer wieder, aber sie hörte einfach nicht zu und weigerte sich auszuziehen. Ich hatte nicht das Herz, sie mit Brachialgewalt aus der Wohnung zu werfen und das Schloß auswechseln zu lassen, obwohl ich das Gefühl hatte, daß es eines Tages soweit kommen mußte. Die Sache ist die, Polly, sie wußte schon vor Monaten, daß es vorbei war, aber sie wollte es nicht wahrhaben. Ich glaube nicht einmal, daß sie verliebt in mich war. Ich glaube, sie konnte es einfach nicht ertragen, fallengelassen zu werden.«

Ich konnte nur staunen. »Sie ist also einfach nicht ausgezogen, obwohl du ihr gesagt hast, daß es zu Ende ist?«

»Sie weigerte sich einfach. Schließlich sagte ich, daß ich nach Cornwall führe und erwarte, daß sie ausgezogen sei, wenn ich zurückkäme.«

»Das war kurz bevor du mit mir hierhergekommen bist.«

»Ganz genau, am Tag davor. Ich muß sagen, ich habe es nicht für möglich gehalten, daß sie die Stirn haben würde, mir nachzufahren, und als sie aufkreuzte, war ich absolut außer mir. Ich wollte nicht, daß sie etwas von uns erfuhr. Erstens wollte ich sie nicht mit der Nase darauf stoßen und befürchtete außerdem, sie würde dir die Haare ausreißen. Es wäre ihr so vorgekommen, als sei ich direkt aus ihrem Bett in deins gehüpft, obwohl Serena und ich, wenn wir schon darüber sprechen, schon lange nichts mehr miteinander haben und ich dich schon seit einiger Zeit sehr … Aber das ist eine andere Geschichte.«

Er unterbrach sich und zupfte an einem Faden in seinem Pullover. Ich schluckte und wollte dringend sagen – ach, bitte, *bitte* erzähl mir die andere Geschichte! Sosehr ich seine Geschichte genoß, war ich ganz wild auf die andere, in der ich die Heldin war. Ich war jetzt sehr froh, daß er mich aufgefordert hatte, mich zu setzen; meine Knie zitterten vor Aufregung so stark, daß sie mich wohl kaum getragen hätten.

Er hörte auf, an seinem Pullover herumzuzupfen, und schaute zu mir herunter. »Sie hat dir wahrscheinlich das Märchen mit der Verlobung aufgebunden, als ich mit Larry draußen war.«

»Ja, genau, du warst bei den Schafen. Aber sag mal«, fragte ich ihn, »was ist denn mit dem Ring?«

»Mit was für einem Ring?«

»Dem kleinen grünen.«

»Ach dem! Ja, den habe ich ihr geschenkt, als ich noch ganz verrückt nach ihr war, zwei Wochen nachdem ich sie kennengelernt hatte. Ich habe ihn in einem Antiquitätengeschäft entdeckt. Er erinnerte mich an die Farbe ihrer Augen.«

»Das hat sie gesagt«, sagte ich langsam, weil ich allmählich anfing zu begreifen. »Und – wo ist sie jetzt?« Ich sah mich nervös um und erwartete so halb und halb, daß sie mit einer Machete in der Hand im nächsten Moment hinter dem Sofa aufsprang.

»Sie ist weg. Als ich feststellte, daß du nicht mehr da warst, wurde ich wahnsinnig wütend. Ich konnte nicht mehr weiter so tun, als seist du mir gleichgültig, und ich konnte sie nicht mehr im Haus ertragen. Ich drehte durch. Kein Vorsichtig-Vorsichtig mehr, kein Auf-Zehenspitzen-um-Serenas-Gefühle-Herumschleichen mehr. Ich sagte ihr klipp und klar alles, was ich ihr schon vor Ewigkeiten hätte sagen sollen, das ist wohl die einzige Sprache, die sie versteht. Und ob du es glaubst oder nicht, als ich gerade ansetzte, ihr zu sagen, ich wolle sie nie mehr sehen, gab sie mir eine schallende Ohrfeige und schrie, ich sei ein kompletter Idiot und sie könne nicht begreifen, was sie jemals an mir gefunden habe. Dann sprang sie in ihren Mercedes und raste nach London zurück. Ganz bestimmt, um sich dort den nächsten armen Kerl zu schnappen.«

Ich war unendlich erleichtert. Sie war weg. Gott sei Dank. Ich lehnte mich in die Polster. Glück. Reinste Glückseligkeit. Er würde sie nicht heiraten, er liebte sie nicht, anscheinend mochte er sie nicht einmal. Und er hatte mir ziemlich deutlich zu verstehen gegeben – nun ja, daß er mich sehr mochte, oder?

Ich war mir plötzlich seiner Anwesenheit sehr bewußt. Er hockte auf der Armlehne des Sofas, sein Bein lag warm an meinem Arm, ganz nah bei mir. Ich fühlte, daß er mich anschaute, lehnte den Kopf zurück, schloß die Augen halb und öffnete die Lippen ganz leicht. Das war ganz bestimmt unser Augenblick. Der monumentalste Gefühlsaugenblick aller Zeiten. Mein ganzer Körper prickelte vor Erregung. Ich gab mich einer Ekstase seliger Erwartung hin. Ich wartete und wartete unendlich lange, nichts geschah. Schließlich konnte ich die Augen nicht mehr halb geschlossen halten, meine Lider zitterten wie verrückt. Ich öffnete die Augen wieder.

Er sah mich merkwürdig an. »Polly?«

Meine Güte! Das klang aber gar nicht nach ekstatischen Gefühlen.

»Äh – ja?«

»Was ist mit Harry?«

Ich fuhr zusammen. »Was soll mit ihm sein?«

»Nun ja ...« Er zögerte. »Ich muß wissen, wie du zu ihm stehst. In London warst du ja ziemlich wild auf ihn und – ich bin fast sicher, daß du, während du hier warst, von ihm gehört hast.«

Ich setzte mich stocksteif auf. »Woher weißt du das? Hast du mitbekommen, daß er mich angerufen hat?«

Er machte ein leicht gequältes Gesicht. »Nein, nein, ich habe gehört, wie Serena mit ihm telefoniert hat.«

»Serena?«

»Ja, sie kennt ihn nämlich auch.«

»Das weiß ich. Aber warum hat sie ihn von hier aus angerufen?«

Nick rutschte auf der Sofalehne herum. »Also, sie hat ihn gebeten, dich anzurufen.«

»Sie hat was?«

»Sie hat ihn gebeten, dich – dich nach London zurückzulocken. Sie sagte, du seist ihr hier im Weg – ich habe alles gehört. Ich war im Badezimmer, und sie hat von meinem Schlafzimmer aus telefoniert. Er schien sehr geschmeichelt, daß sie ihn anrief – die meisten Leute sind das natürlich. Soweit ich verstanden habe, sagte er, er werde versuchen, ihren Wunsch zu erfüllen. Tut mir leid, Polly, ich hätte es dir nicht gesagt. Ich muß aber wissen, ob du seinetwegen nach London zurückwolltest.«

»Nick, was sagst du da! Soll das heißen, Serena hat Harry gebeten, mich anzurufen und zu behaupten, er vermisse mich? Mir vorzulügen, er liebe mich noch und den ganzen Quatsch – *verdammter Mist*! Verstehe ich das richtig?«

»Ich weiß, es ist schwer zu glauben, aber sie ist sehr wohl fähig …«

»Schwer zu glauben! Schwer zu glauben! Es ist monströs, verdammt noch mal! Verdammte Scheiße! Für wen hält sie sich eigentlich? Hat sie wirklich gedacht, daß das klappen würde? Hat sie wirklich gedacht, daß ich Hals über Kopf nach London fahre, um ihn zu sehen? Gerechter Himmel!«

Ich kochte. Ich kochte vor Wut über ihre Frechheit –

ich kochte auch, weil mein Stolz tief verletzt war. Alles war ein mieser Trick gewesen, um mich loszuwerden. Gott sei Dank war ich nicht darauf hereingefallen.

»Also du wolltest nicht?« fragte Nick.

»Was?«

»Nicht nach London, um ihn zu sehen?«

Ich starrte ihn ungläubig an. »Natürlich nicht! Wenn du es unbedingt wissen willst, ich habe ihm gesagt, er kann mich mal.«

Nick sah erleichtert aus. »Gut. Sehr gut. Tut mir leid, aber ich mußte dich fragen. Weißt du, als ich merkte, daß du heimlich abgehauen bist, war ich mir ziemlich sicher, daß es etwas mit Serena zu tun hatte. Doch andererseits wußte ich, daß Harry wahrscheinlich mit dir gesprochen hatte, und ich wußte nicht, nun ja – um ehrlich zu sein, Polly, ich wußte nicht, ob du ihn nicht noch liebst. Und wenn es so wäre, wüßte ich nicht, wie ich damit umgehen sollte.« Er schaute mich ängstlich an. »Du liebst ihn doch nicht mehr, oder? Ich frage ungern so direkt, aber ich muß es einfach wissen.«

Ich schaute ihm in das liebe, ehrliche Gesicht, und seine braunen Augen erwiderten meinen Blick, suchten nach einer Antwort. Ich lächelte. Meine Wut war verflogen. Das war jetzt alles nicht mehr wichtig. Was spielte Harry für eine Rolle? Was spielte Serena für eine Rolle? Am Ende waren beide Verlierer. Die Sieger saßen genau hier. Mein Lächeln schien sich über meinen ganzen Körper auszubreiten, ich war geradezu eingehüllt in ein Lächeln und unglaublich glücklich. Ich sehnte mich danach, von Nick geküßt zu werden, aber gleichzeitig fühlte ich etwas noch Überwältigenderes als Sehnsucht.

»Nein, ich bin nicht mehr verliebt in Harry«, sagte ich leise. Das Gefühl schien immer stärker zu werden, zog durch meinen ganzen Körper, bis es seinen Weg auf meine Lippen fand. »Ich liebe dich.«

Sein Gesicht entspannte sich, und er lächelte sanft. Er beugte sich zu mir herunter, und seine Lippen, nach denen ich mich so gesehnt hatte, berührten meinen Mund, sanft und fest.

»Ich bin überrascht«, sagte er endlich leise.

»Warum denn?« Ich erschrak. O Gott, was hatte ich jetzt schon wieder gemacht?

Er stand auf, kniete vor mir nieder und legte seine warmen, kraftvollen Arme um mich. Mein Herz klopfte wie wild, als er mich auf den Hals küßte und sich langsam meinem Ohr näherte. »Weil du mir nicht wie eine Frau vorkommst, die sich mit einem amateurhaften Liebhaber einläßt.«

Ich hielt entsetzt die Luft an und setzte mich auf. »O nein, das darfst du nicht falsch verstehen!« sagte ich ernst. »Das habe ich doch nur gesagt, damit du wütend wirst! Ich hab es nicht so gemeint, ich – ich hab es nur gesagt, um dich zu ärgern! Ich finde durchaus nicht, daß du ein Amateur bist, du bist ein echter Profi. Nein, nein! Ich meine, nicht in dem schrecklichen Sinn, daß du durch hundert Betten gezogen bist, aber du weißt, was man tun muß und – o Gott, ich finde dich einfach wunderbar.«

Er warf den Kopf zurück, lachte unbändig und drückte mich ganz fest an sich. »O Gott«, keuchte er schließlich, »ich muß sagen, du bist auch wunderbar, Polly, aber ich hab noch nie jemanden gekannt, der eine so einmalige Fähigkeit hatte, sich selbst in Schwierigkeiten zu bringen.«

Ich grinste. »Also diesmal sind es Schwierigkeiten, in die ich mich gerne bringe.«

»Da stimme ich dir zu«, sagte er sanft. »Diese Schwierigkeiten lasse ich mir gerne gefallen, ich glaube nämlich, daß ich dich auch liebe.«

Ich holte tief Luft, was ein großes Glück war, weil er mich küßte, bis ich einfach nicht mehr konnte. Als wir Sekunden später wieder auftauchten, hielten wir uns umklammert, und ich konnte unsere Herzen wie rasend klopfen hören. Sein Atem kam kurz und stoßweise, und ich atmete ihm so heftig ins Ohr, daß sein Ohrläppchen fast zu flattern anfing. Liebe, Lust, Erregung und Gott weiß was noch hatten sich verbündet, um uns das Atmen verdammt schwerzumachen.

»Wo waren wir stehengeblieben«, flüsterte er, als er mich geschickt auf den Perserteppich legte und mich unter sich begrub, »bevor wir heute morgen unterbrochen wurden?«

Mein Magen, der revoltierte, weil er wenigstens während dreier Mahlzeiten leer ausgegangen war, knurrte laut. Wir kicherten. Ich nahm sein Gesicht in meine Hände und zog es zu mir herunter.

»Du wolltest Toast machen«, murmelte ich.

»Ich hab jetzt was anderes vor«, murmelte er zurück.

Band 16155

Jennifer Anselm

Teilen wir uns einfach einen Mann

Die miteinander befreundeten Jenny Anselm und Anne Kielmann stellen eines Tages fest, daß nicht nur ihre Kinder, sondern mit einemmal auch die lieben Ehemänner Probleme verursachen. Jennys Kai, früher ein Draufgänger, läßt in punkto Erotik deutlich nach, während Annes Karsten nach zwei Jahrzehnten ehelicher Treue plötzlich fremdgeht.
Nach ausgiebigen Beschimpfungen und Racheschwüren überkommt die beiden Frauen das Verlangen, selbst unter die Seitenspringer zu gehen. Allerdings soll es im Zeitalter von Aids etwas Solides sein, und da eine dauerhafte Beziehung mehr Zeit erfordert, als sie haben, beschließen sie, sich einen Liebhaber zu teilen ...

BASTEI LÜBBE